二月河
长篇历史小说
典藏版

雍正皇帝

③ 恨水东逝

二月河/著

长江出版传媒
长江文艺出版社

图书在版编目（CIP）数据

雍正皇帝. 3, 恨水东逝 / 二月河著. -- 武汉 ： 长江文艺出版社，2024. 12. --（二月河长篇历史小说：典藏版）. -- ISBN 978-7-5702-3687-9

Ⅰ. I247.5

中国国家版本馆 CIP 数据核字第 2024LE3988 号

雍正皇帝. 3, 恨水东逝
YONGZHENG HUANGDI. 3, HENSHUIDONGSHI

责任编辑：黄雪菁　王乃竹　杨　阳　　　　责任校对：程华清
封面设计：璞茜设计　　　　　　　　　　　责任印制：邱　莉　胡丽平

出版：长江出版传媒 ｜ 长江文艺出版社
地址：武汉市雄楚大街 268 号　　　　邮编：430070
发行：长江文艺出版社
http://www.cjlap.com
印刷：湖北新华印务有限公司

开本：710 毫米×1000 毫米　　1/16　　　印张：92.875
版次：2024 年 12 月第 1 版　　　　2024 年 12 月第 1 次印刷
字数：1427 千字

定价：188.00 元（全三册）

目　　录

第一回　孤弱女羁押归京师
　　　　守陵督客旅逢异人

深秋，凄风苦雨中，一队络车在泥泞的黄土驿道上艰难地行驶。沿燕山绵延东西数百里的古长城都被蒙在似雾似霾的雨帘里，被雨淋得黑沉沉的老墙和城上锯齿样的堞雉巍然兀立着，时而被缓缓飘过的团云遮蔽，时而又透过云缝绽露它带着威压的峥嵘，沉默地望着这队络车。满山枯老的荆树，三尖两边形似手掌的叶片或橙或紫或黄或赤，时而在沙沙的雨中簌簌抖动，时而在凉透了的秋风中摇曳着湿漉漉的枝条。偶然从谷口袭来一股贼风，卷起驿道旁树上五彩斑斓的叶子，像受了伤的蝴蝶被什么无形的扫帚猛地扫起来，又无力地随着湿凉沉重的雨水向护卫络车的军士身上"砸"下去。几十名护卫军士都是一色新的夹袍夹裤，穿着米黄油衣，泡透了的牛皮靴子踩在泥沙道上，发出喀咕喀咕古怪的响声。看来他们都是受过严格训练的，尽管这样的天气，走这样的山路，却绝没有一个人倚倾歪斜跟跄不堪的。前后五步一个人夹车而行，连脚步都像操演似的踩着一个节拍。偶尔有人"咕咚"一声，结结实实摔在泥水里，也都是一挺身跳起来，目不斜视地按着腰刀继续走路。

络车最后边的是马陵峪总兵范时绎。这是个四十五六岁的中年汉子，四方白净脸，平平的两道一字眉像是用毛笔画出来的，只眉梢稍稍向上挑一点，透着冷峻和傲岸。露在油衣外如杵粗的辫子直垂到腰间，慢慢地摆动着，滴着水。他是朝廷三品大员，照规矩满可以坐大轿的，也许是护卫差事紧要，也许要给自己带的兵作表率，除了坐下一匹枣骝马，其余遮雨器具与兵士一模一样。他骑在马上双目端视远方，右手握着冰冷的剑柄，像是在思索着什么，又似乎什么也没想。

突然，前头路上一乘飞骑打马狂奔而来，泥水满身的马刚刚站稳，一个戈什哈滚鞍下来，平手向范时绎行一军礼，禀道："范军门，沟河和靠山镇边的三岔河口涨水，石桥冲塌了。这里的车过不去，请军门示下！"

"当兵的，逢山开路，遇水造桥，还用请示？"范时绎勒住马，盯视着戈什哈，徐徐说道，"立刻和靠山镇那边驿站联络，十三爷今早已经到了那里。这是他老人家的差使，你们仔细着了！""十三爷"是当今雍正皇帝的弟弟怡亲王，护卫十几辆这么普普通通的油壁车，竟劳动他奔波二百余里亲自接应！那戈什哈怔了一下，说道："是！标下知道差事要紧。不过方才标下到河边看了，沟河涨得太凶，前头打站兵士几次搭桥都没成功。请示军门，是不是往北绕道从沙河店过去，那边的桥修得结实……"范时绎听了一时没言声，摆手命络车队停下，方才对戈什哈道："走，带我去看看。"

"喳！"

于是二人打马一阵急行，约走五里远便远远听见沟河激流的咆哮声传来，又趱行二里地，果见沟河横在前。范时绎的军队隶属军机处和直隶总督双重统辖，专门守护清室皇陵，是"善扑营"马陵峪大营兵，名符其实的"御林军"。虽驻兵遵化，几乎每个月都要进京述职，不知从这里经过多少次。他从来也没见过这条温驯如处子、芳草芦花遍布河床的沟河会变得如此狰狞：淅淅沥沥的雨中，呼啸的洪水仿佛受不了夹岸岩山的挤压，从西南狭窄的河道冲决逆波直泻而下，在沟河桥一带三角盆陡地一个转弯，又向东南折下。从北燕山汇下来洪水混浊得像稀粥，也从这个三角地入沟河，两股水汇融相激，撞击起丈余高的浪花，不胜躁怒地在这个三角大潭中追逐。滚滚波涛像一锅翻花沸沸的水，焦急地、没有规律地旋转滚淌，寻找着发泄的出口。河涛的狂啸声、拍岸声，水底巨石的滚动声，混混沌沌融成一片，在暗得黄昏一样的天穹下，显得异常令人恐怖。百余名兵士疲惫不堪地站在被震得簌簌发抖的岩石梯道上，手中拿着木槌、斧子等造桥工具，岸边道上七零八落地放些麻包蒲包，看样子已经几次试过造桥，二十几根碗口粗的桩木像草节棍儿做的漂在水上时沉时浮。范时绎略一看，便知自己"遇水造桥"的指令绝不可行。他凝神望望对岸，也只一箭之遥，却是水雾弥漫看不清楚，似乎也有人向这边眺望。因回头问道："那边是十三爷的人？"见那戈什哈一脸茫然，知道他听不见，范时绎用马鞭捅了捅他，又指指对岸，用询问的目光看看戈什哈。

"啊！"那戈什哈这才醒悟过来，大声道，"军门，那是直隶总督衙门的人，来了有一个时辰了，方才在那边造桥也不成，喊话听不见……"正说着，对面几点红光一闪，似乎放了几枚火箭，大约中途被雨水打湿，多数都飘飘摇摇坠落了河里，只有一枝射到岸边。一个兵士忙捡起来双手捧给范时绎，说道："是那边送过来的箭书。"范时绎接过看时，见是一条明黄丝绦缚着一个油纸包儿，心知必是怡亲王允祥的手书。展开了，用手遮雨读时，却见上面写着：

> 敕令：范时绎不必造桥，绕道沙河店，明日晚抵太平镇驿站。匆匆此令。怡亲王允祥。雍正三年十月初三。

下方还钤着一方殷红的朱砂印，篆书"允祥"二字。

范时绎将敕令收了袖里，仰面望了望愈来愈暗的天色，长长吁了一口气，说道："用火箭回信，范时绎遵谕。今晚宿沙河店，请王爷放心。"说罢，拨转马头返回原地，命车队就地由旧驿道北折，几乎贴着长城脚，顶着寒风冻雨蜿蜒向北前进，直到天色黑定，才抵达沙河店。

这是坐落在燕山群岭中的一个小镇，东有太子峰，西有麦垛山，中间一带平川，沟河沿镇边穿过。这条沟河河面宽，水激河底巨石浪花翻飞，看上去比三条沟河也不止。样子吓人，其实最深处也不过齐腰。范时绎到镇边，第一件事就是着人去看镇北的桥，一时便听回说大桥完好无损，只桥头两边凹处因为涨水溢漫了两支分流，水深不过没膝，绦车完全可以平安通过。范时绎顿时放心，此时松一口气，他才觉得饥肠辘辘，望着雨幕中的沙河店镇，一时倒犯了踌躇：绦车上坐着四十三名太监宫女，原是侍奉被黜在景陵为先帝守陵闭门思过的大将军王允禵的，不知犯了什么过错一体擒拿解京。囚犯坐油壁车，押送的将军淋雨，原也有点不伦不类，但这却是皇帝第一宠臣允祥的手令："密送北京交我处置，不得委屈亵渎。"范时绎虽然觉得匪夷所思，也只得遵谕行事。但这个镇子里没有驿站，号民房居住又不易关防，还有十几个宫女，该怎么隔离居住？范时绎下马握鞭，只是沉吟。带队戈什哈知道他为难，踩着潦水过来，笑道："军门别犯愁。镇西有个破关帝庙，早就没了香火，咱们统共八十几个人，将就着住一宿，管保平平安安。"

"好！你晓事。"范时绎脸上绽出一丝笑容，"三十个男犯，除了蔡怀玺钱蕴斗两名，都住关帝庙。乔引娣和十二名女犯，寻一家宽敞的客栈包下来，我和军官看守蔡、钱和女犯，兵士们看护男犯——那都是些太监。他们不敢逃，也没处逃——然后分拨儿轮流到客栈吃饭。去吧！"于是一行人众带着车到了镇北，果见一座多年失修的关帝庙黑黝黝矗在夜空里，十几间庙房虽已破败不堪，里边到处湿漏，毕竟有些地方还算干燥。范时绎便命兵士们拆下神龛栅栏点起火来，自脱掉了官服袍靴，换穿一身绛红夹袍，顿觉浑身松快。因见去客栈定房子的亲兵回来，便问："差使办好了？"

"好了，就在沙河老店。"那亲兵回道，"我怕惊动人，换了便衣去的。是有名的百年老店，前酒楼后客房，不过里头已经住了十几个客人。我好话说了一车，老板死活不肯撵客人。说通天下一个规矩，进店就是财神。所以这店咱们包不下来。"范时绎笑道："那是自然。都把号褂子脱了，带四辆车过去，另拨二十个弟兄在外头守夜。只是密一点，叫人看出我们行藏我是不依的。"说罢披了油衣出来，看那天时，雨已经几乎住了，只零零星星洒着，雾一样的细水珠儿在脸上，微有些凉意。

店老板早已守在门口，见范时绎带着人车逶迤而来，忙迎上来，两眼笑得眯成一条缝，一边往店里让，说道："老客辛苦！快请里头安置。现成的客房，现成的热水，洗涮一下，外头现成的酒菜。您老头一回来，这顿酒菜不用出钱，算小的为爷洗尘，咱们图个长远……"在秋雨寒风中跋涉了一天的范时绎，被这几句温馨的奉迎话说得浑身松快，笑道："我们都饿得前心贴后心了。先吃饭，别的再说。没有不出饭钱的理，就是不出，你照旧从我房钱里扣了。你们店家这些把戏，我有什么不知道的？我先头也是开店的出身呢！"一句话说得老板笑哼哼的。眼见车上两个男的、十几个女的一个个面容憔悴下来，忙招呼着："这天，这路，颠一天可真够受的。快都进来——伙计们，给爷们烫酒——把大铜壶坐火上，爷们人多！嘿嘿，下头人多，楼上三间空着，只几个客人在那行令吃酒，请爷们都到楼上用餐。"范时绎见人已经都下车，款步走到第二辆车跟前，对站在车前一个女子温声说道："乔姑娘，今晚我们就在这打尖，您，还有——"他看了看头辆车下来的两个中年人，又道："还有蔡先生钱先生，都是我的东家，好歹体谅我们做下人的难处，将就些个，明儿天明咱们顺顺当当赶路，就是回去迟点儿，主子断不见怪的。"

店主人万没想到，这位气度雍容中带着威严的中年人竟然还是车里的"下人"。但看那车，也实在算不上什么华贵，下来的"人物"体态也不显得怎样尊严——他真的有点迷惘不解了。仔细打量，只见这位乔姑娘上身穿着绛紫暗格天马风毛套扣坎肩，下边系着石青宁绸金缉滚边绣花裙，微露出一双放了的半大不大的脚。一张瓜子脸苍白得令人不敢逼视，两条细细的笼眼眉中间微蹙，眉梢淡垂，顾盼间明艳照人，一张不大的口抿着唇微微翘起，显得很有主见。跟在她身后的两个中年男人，一个矮瘦，一个矮胖，都像有点浮肿，表情木然步履迟缓地移动着步子进店来。还有十二个使女打扮的少女，姿容绰约却都神色黯然，依次而入。他们一进店，立刻招引了所有食客的目光。

"蔡先生，"范时绎向护卫的便装亲兵丢个眼风，对走在前头的矮瘦子说道，"咱们的位子在楼上——钱先生，请。其余的伙计各自随喜吧。"说着带了三四名戈什哈不言声登楼上来。

这是三间打通了的酒座，东西墙靠着一扇扇屏风隔子，看样子原来是用屏风隔开的雅座，临时撤去了的。靠西南临街窗前坐着一桌，五六个人，正在行令吃酒，众人喝得高兴，都有点醺醺的，见他们一行二十多个人上来，也都没有在意。范时绎自和乔引娣坐了靠西北楼梯口桌旁，几个亲兵在南边临窗桌边，其余女客倒坐了离那群客人不远的桌上，众人都默默地，没有一个人说话，看着饭菜上来各自举箸而食，竟似一群陌生人偶然相聚。倒是蔡怀玺打破了沉寂，笑谓范时绎："老范，你知道，再往前走，我们就吃不到这么好的饭菜了。多谢你一路照应，送佛还该上西天，能弄点酒么？"恰酒保上来，范时绎便吩咐："我这一桌搬一坛子三河老醪，南边那桌一瓶，给他们佐餐，楼下用餐的也是一瓶——我们明儿一早赶路，不能多吃，明白么？"

"是喽！"店小二高唱一声，"给老客上酒喽！"忙不迭便下楼去了。顷刻已安置停当，范时绎也不劝酒，自己也不喝，只拣着饭菜自用。蔡怀玺和钱蕴斗二人却甚放肆，左一杯右一杯一碰即饮，那乔引娣几乎不动箸，怔怔地只是想心事，范时绎也不敢多劝。因此，这餐晚饭尽自丰盛，却吃得十分沉闷。渐渐地，西南那桌客人的行令声倒渐渐听进去了。

"猜谜儿太费神了，"靠窗一个三十多岁的白胖子说道，"总是贾先生赢。本是请他吃酒，倒弄得我们都醉了——我们换酒令，要先说一个字，加个字又成一个字，去掉偏旁换个偏旁仍成一个字，末后加个俗语不能离题——"旁边一个年轻一点，留着八字髭须的说道："石江，你这不是吃酒，是难为人嘛！什么这个字那个旁，啰唣死了，今儿我们齐心合力，赢了这个贾仙长，也就不枉了这个东道了。"

范时绎听着瞥眼看去，果见石江挨身坐着一个道士，也没穿八卦衣，只头上挽了个髻儿，披着雷阳巾，年纪不过二十岁上下。不禁暗想：这就是那个"贾仙长"了，这么年轻，能有多少道行？思量着，听贾道士说道："我知道你们的意思，无非要我多吃点酒好给你们推造命。其实人之造化数与生俱在，非大善大恶不能稍作更易。就今天酒楼上这些人，尽有横死刀下的，我就说明白了，白给人添心事，有什么益处？还是俗语'今朝有酒今朝醉，莫问明朝是与非'的好。"

"话是这么说，我还是想请仙长给我推一推。"石江笑道，"既然'今朝有酒'，我请贾神仙先醉——我起令了！"因唱歌似的吟道：

> 良字本是良，加米也是粮。除去粮边米，加女便成娘——买田不买粮，嫁女不嫁娘。

吟罢，众人鼓掌喝彩，八字髭须笑道："好！我甘凤池今儿也下海，听我的——"因朗声道：

> 青字本是青，加水也是清。除去清边水，小心便成情——火烧纸马铺，落得做人情。

说完，自得其乐地呷一小口，对身边一个又黑又瘦的秀才说道："曾静，你是东海夫子吕先生门生，瞧你的了！"曾静笑道："这个有何难哉？"因道：

> 其字本是其，加点也是淇。去掉淇旁点，加欠便成欺——龙游浅

水遭虾戏，虎落平阳被犬欺！

正陪着乔引娣吃饭的范时绎心中不禁一动。突然想起重阳节那天，自己带兵闯进景陵拜殿，赫赫有名的大将军王、皇帝的嫡亲弟弟允禵连自己心爱的奴婢乔引娣也无力保护，生生从他面前带走了，自己可不是那戏龙的虾、欺虎的犬么？这些话听着是太刺心了。范时绎端起粥来慢慢地喝，连蔡钱二人也都凝神静听。范时绎也想看看这个乳臭未干的"神仙"有什么门道，张了张口没说什么，只胡乱吃着侧耳静听。却见贾道士以箸击碗说道：

奚字本是奚，加点也是溪。去掉溪旁点，加鸟却成鸡——君不见殺五大夫百里奚，山妻破扉烹志鸡。

又道："凭这些酒令，你们难为不住贾士芳。下一个轮到石施主了，你要说的令我写在那边水牌上，说出来有一字之错，罚我吃一坛子酒！"

"好！"

众人不禁轰然叫妙。范时绎这边几十个人本来吃饭吃得沉闷，此刻连亲兵、护卫、宫女都停了箸，呆呆地望着那边桌上，只见贾士芳徐徐立起身来，向室中众人横扫一眼，看到范时绎这一桌，目光熠然一闪，却没言声，背转身提笔在粉牌①上疾书了几行什么字，翻了牌子，转脸对石江笑道："请你说出来，看我猜得对不对。"

石江已经看愣了，世间真有这样的神技？他翻着眼皮，搜索枯肠，半晌才道：

相字本是相，加水亦是湘。除却湘边水，雨下便成霜——各人自扫门前雪，莫管他人瓦上霜！

他话音刚落，贾士芳已将水粉牌翻了过来，一边笑道："我把'亦'字写成

---

① 旧时客栈为方便客人题诗，专门设的白漆木板，用过可以用水洗净。

了'也'字。看来大道没有圆融啊!"此时众目睽睽,所有的人都盯向那块三尺见方的牌子,果然见除了"加水也是湘"中间一字微有不合,其余竟然全部契合。顿时,连范时绎带来的人也都啧啧称奇,满屋都是议论声。石江几个人已站起身来,笑说:"虽然猜中,你自己说出错一字罚酒一坛。请君入瓮!"——那地下摆就的两坛三河老醪,其中一坛尚未启封——打开了就大碗倾。那贾士芳也不推辞,等着一碗接一碗喝了,霎时坛空碗净,已是酡颜微醺,对劝菜的石江说道:"你不是问功名么?你说一个字,我来为你推算。"石江道:"我早想好了——你猜猜看。"

"是个'乃'字,是么?"

"是。"石江道,"这个字难拆。"

"不难。你问的功名,乃字是缺笔'及'字,你终身不得及第。"

站在旁边的曾静笑道:"纯是游戏,我是圣人门生,就偏不信你这些把戏。我出一个'也'字,你玩玩看。" "这是个终身蹭蹬的字。无马不成'驰',无水不成'池',虽有'力'而'走之'不全,天罗地网布定,你走投无路!"曾静"扑"地一口酒笑得全喷了出来:"这个牛鼻子,年轻轻的如此捣蛋——你要能说出我的家世,我就服你!"

"你三岁丧父,七岁丧母。"贾士芳端详着曾静,"舅母收养了你,想逼你学生意,你又逃回家里。你伯父想吞你家产,赶你出来,几乎逼你自杀。你婶母和你死去的母亲要好,不忍曾家绝后,出私房钱资助你外逃山东,投奔东海去找吕留良。你在山东进学为秀才,吕留良死,你又返回湖南收拾家业,迎养婶母,教读为生——我说的可有一字之谬?"

曾静先还怔怔地听,听到后来,两腿一软坐回凳上,已是面如死灰。喃喃说道:"你不是人,你是鬼……圣人不云六合之外,我不能信你的——你一定在哪里打听过我曾静的惨史……"贾士芳笑道:"六合之外存而不论,是圣人不以鬼神说教,不是圣人不懂得。天下亿万庙堂,若没有灵响,谁肯信他?"说着一转脸,对着旁桌看得目瞪口呆的一个军官,又道:"这位兄弟,我总没有打听过他的'惨史'吧?——他也是七岁丧母,继母不良,调唆他父亲把他逐出家门,流落湖广、江南,又辗转到河南陕西,遇贵人收留,从军打仗,积功到五品——你是不是?"

"是!"那军官已被贾士芳说得满脸泪痕,竟忘了身份,一挺身答道,

"您真是活神仙！我叫霍英，是四川人，真服了您呐！请先生指明，我爹还活着么？"贾士芳随口答道："你出走三年父亲就病死了，你继母带你继母弟另嫁。你不要哭，这是孽缘，你也不要报仇，你继母嫁到这家苦受折磨，几乎天天挨打，冥冥报应，有人已经替你出气了。"说着转脸又问曾静："你可服气？你的磨难还在后边，若肯入我道门，为我弟子，我以五行颠倒大法为你除去霍云，颠簸红尘，否则有一日你终归悔恨莫及的！"曾静目光如醉，盯着幽幽的灯火，喃喃说道："恐怕你这点左道旁门还收伏不了我。君子知命……苟余心之所善兮，虽九死其犹未悔……"

范时绎眼见自己的人被这个莫名其妙的道士渐渐迷惑，一个个竟跃跃欲试想请他推算造命，正要起身带人下楼，身边的蔡怀玺突然大声叫道："那位仙长，肯屈驾过来给我这一桌观观气色么？"贾士芳仰面咕咕又牛饮一碗，笑着从容一点头，隔桌子过来，一边走一边对那群军校一一指点。

"存心善些儿。已经死了两个儿子了，不晓得警惕么？"

"你家门山向不利，偏西南了，向南正过来，你母亲的病就不治自愈了……"

"良善人，公门里头好修行。你自己福薄，可以见儿子孙子身登龙门。"

"天道福善祸淫，祖德原本不薄，都给你折尽了。你养的那几个小厮，总有一天夺了你命去……"

……一路说着，贾士芳款步踱过来，站在钱蕴斗身后立定了，却一时不言语，盯着众人嗟讶一叹，仿佛不胜感慨。范时绎冷冰冰看着他，半晌才道："《道藏》万卷浩如烟海，不在口舌之间，你不安分，挟技入世，淆乱视听，已经犯了天威。你不收敛，恐怕祸到无门。"

"我学成道家三昧，奉师命出龙虎山济世，济世也是修道。"贾士芳满不在乎，笑嘻嘻说道，"这酒楼上三十一人，你们尽有相识不相识的，于我却没有秘密。我不违天行事，天也无奈我何。你看——"他说着手指呈兰花状一弹，满楼五六支蜡烛突然同时熄灭，楼上顿时漆黑一团。人们被他突然露这一手惊呆了，竟谁也说不出话，漆黑中听贾士芳的声音瓮声瓮气，像是从很远的地方传来："太黑了吧？今天十月初三，这时候不该有月亮。我借来一片清光，为诸位佐酒。"

众人惊怔间，外边浓重的云已经散为莲花云，透明的，粉色的莲瓣中略带迟疑地闪出一轮明月，银色的清辉从南边一溜亮窗洒落进来，满楼都是融融宜人的月光。

"这是'小道'能办的？"贾士芳满意地看着对面目瞪口呆的范时绎，格格笑道，"这楼为我设，此雨为我兴，那河为我涨，彼桥为我坍，这是一会人物，天意是天意，我勉尽人事而已。"范时绎按捺住心头的惊慌，悄悄用手按住了剑柄，闷哼一声，说道："你是白莲教的吧？我虽是武将，却是文进士出身。自幼饱读史籍，何事不知？颠倒五行阴阳，你晓得前明徐鸿儒？你老实点，回你的山，修你的道，不然，三尺王法正为你设！"贾士芳将手一摆，已又是灯明月暗，竟向范明绎一躬致谢："你的话和我师父的话一样，是正理，所以我不驳你，但我确不是白莲教。乃是江西龙虎山娄真人关门弟子，专门出山了却俗缘。我不悖理违法，从善行济世，你钢刀虽快，难杀我无罪之人——这位先生，方才你叫我，来为你推休咎的么？"他把脸转向了钱蕴斗。

钱蕴斗和蔡怀玺都被他方才的幻术弄得五神迷乱。钱蕴斗这时想到是自己失态，招这道士来的，因点头说道："真人面前不说假话，这楼上多一半都是钦犯。这一番解往京师，吉凶如何？"

甘凤池曾静石江那一桌客人，原也纳闷这一群男女客人，突如其来坐得满楼皆是，却又互不言语各自闷头吃饭，至此才明白，原来是朝廷解往京师伏罪领刑的待决钦犯！

第二回　贾道士挟术演神技
　　　　李制台行医救畸零

　　贾士芳环视周匝，苦笑着点了点头，喟然一叹说道："生死事大，其理难明。"他用手指了指旁桌的乔引娣，又指了指蔡怀玺，"生未必欢死未必哀，君子知命随分守时而已。"范时绎心头不禁一震，军机处转来的廷谕：捉拿十四阿哥允禵身边的奸人，名单上头一个就是蔡怀玺，押解回京的内侍，批文也赫然写着：乔引娣等四十三名男女宫人。现在这些竟被这个年轻牛鼻子道人随口道出！这个贾士芳究竟是什么人物儿，范时绎真的起了戒惧之心。看看西边一桌，甘凤池一干人旁若无人地大吃大嚼快靴腰刀掩在袍下，举手投足孔武有力，似乎也都不像什么善人……范时绎呷一口酒，心里打着主意，却听蔡怀玺笑问："活神仙，怎么一到节骨眼上就嘴里含了个枣儿？你倒是说明白点呀！"

　　"没有什么不明白的。"贾士芳干笑一声，径自为蔡怀玺斟了一杯酒，轻轻一推送到蔡怀玺面前，"想活的死不了，你不想活，我有什么法子。"蔡怀玺举杯一饮而尽，还要攀谈时，楼下一个军校匆匆上来，对范时绎耳语几句，退后听命。

　　范时绎似乎怔了一下，随即起身对贾士芳道："道长，今儿个真是幸会。不过我公务在身，实在不能相陪——"他转过脸，对早已停了箸的众人道："都吃饱了，这里不是闲磕牙唠话的地方儿，下去安歇了，明儿还要赶路呢！"于是众人纷纷起身，押着蔡怀玺钱蕴斗和乔引娣一干人犯默默下楼。一阵浊重的步履响过，偌大酒楼上立时显得空荡荡的。范时绎瞟了一眼西边筵桌，对若无其事含笑站在身旁的贾士芳道："请足下留下行止住处，日后我一定奉访，有些事情还想请教。"

　　"出家人四海飘泊，哪来一定的行止？"贾士芳笑道，"有缘的自然再见，没缘分留下行止住处也无益。"说罢便打一稽首。范时绎对这位能颠倒阴阳不卜而知的道士也真的不敢轻慢，双手一拱说道："但愿有缘。"遂款步下楼。

范时绎下楼便是一怔，方才上楼的军士禀报，只说"江南巡抚李卫来了，在楼下候着"。他职在守护清室帝后陵，原本不受李卫节制，只早年在四川成都当城门领时和成都县令李卫过从密切，也想不透李卫何以突然出现在这个偏僻小镇。更使他吃惊的，李卫身边还站着一个人，不到四十岁年纪，通绣四爪蟒袍，石青补服，戴着金龙二层朝冠，颤巍巍缀着十颗东珠，正是当今雍正皇帝御前第一宠信爱弟怡亲王允祥！允祥大约身体受了寒，咳得满脸潮红，疲惫的眼神盯着范时绎，良久才道："你这狗才，愣什么？不认得你十三爷？"

"奴才范时绎给爷请安！"范时绎这才回过神来，忙打下千儿，说道，"奴才是古北口爷练过的兵，怎么敢慢主子？——太出意外了，靠山镇离着这里五十多里路呢，这黑天这路，爷怎么走来？"允祥笑着对李卫道："你听听，这是带兵的人说的话——差使不要紧，我才不肯黑灯瞎火来接你呢。就在这里，你和李卫交接。由李卫带乔引娣他们回京，你的人随行。你呢，随我回马陵峪，我要去见一见十四弟，有旨意和他谈谈。"范时绎这才和李卫攀话，"又玠公几时到京的？我瞧着也是气色不好，是冒了雨了吧？"

李卫是雍正皇帝藩邸时侍候书房的贴身小厮，放出去做官，一步步做到封疆大吏，最是雍正另眼相看的人。却是生性豪迈不羁做事果敢机敏，听范时绎说，嬉笑道："我们有几年没见面了。这会子想起来，真是人生何处不相逢！我和十三爷一样的病，一路咳嗽得此伏彼起，怎么会有好气色给你瞧？告诉你个好信儿，你哥子范时捷已经接了我的印，部议调到四川当巡抚。好嘛，兄弟俩一文一武，舅子们，家坟头大冒青气喽！"说得允祥也是一笑。当下范时绎便交割差事。备细说了如何拿到汪景祺一干策动允禵谋反的兵犯，又怎样奉旨到景陵捉拿蔡怀玺钱蕴斗和乔引娣等人……及到京移交人犯牌票手续也都交代了。又道："今儿因为雨，岔了道儿。前头还有二百多里，虽说是京畿，近来民间官场对十四爷的事谣言很多，也有传言江湖好汉要劫持大将军王，拥山头扯旗造反的——请又玠公多留心——就楼上这群人，就难说是个什么背景儿……"因又详细说了方才楼上贾士芳、曾静、甘凤池一干人情形，足用了一顿饭辰光才算交代完毕。

"李卫，"允祥一直在旁静静地听，直到范时绎说完，方才吁了一口气，"不要大意。忘了我路上跟你说的话么？像这个姓贾的，呼风唤雨都做得来，要是匪人，我们怎样应付？主子再三叮嘱，一定要把乔引娣他们平安送京，死了逃了磕了碰了都是不好交代的，你不要马虎，人交给你，都是你的干系。"李卫笑道："十三爷，您只管放心。乔引娣虽说要紧，总比不过十四爷。江湖上的传言，无非年羹尧坏事被拿，加上年羹尧的幕僚汪景祺到景陵联络十四爷，原是想着劫持十四爷到青海，拥立起来竖旗反回北京。如今阴谋已经网包露蹄儿，谁能临时拉起一支队伍，又劫了十四爷去占山为王？何况十四爷并没有起解北京，他们劫一个女子好派什么用场？爷今晚尽情倒头好好睡一觉。护卫的事交给奴才，有半点闪失，奴才也枉叫了'鬼难缠'了。"说罢叫过范时绎带的军将，一一布置区划关防，又送允祥和范时绎到上房安歇了。掏出怀表看看，戌时将尽，那雨兀自烟缠雾绕星星点点地丢落着，李卫因见楼上依旧酗酒高歌，众人猜拳行令十分热闹，陡地闪过一个念头，想也去会一会这群人。抬脚正要上楼，隐隐听得店铺外有人嘤嘤哭泣，像是女人声气，便住了脚。叫过跑堂伙计问道："你这店平常也是这么多人住店，这么热闹么？"

那跑堂的大伙计刚刚督率着众人收拾了范时绎这批人用过的桌子，忙得满头是汗，听李卫问，忙赔笑道："回老爷您呐！这地域平日不成。早年驿道打这过，还要热闹呢！打从康熙爷修了马陵峪到靠山镇的驿道，又在洵河上造桥，这边就不行了。谁肯绕几十里道儿再走沙河这边呢？"

"那今晚怎么这么巧，你这边就这么热闹？"

"这是天照应。"那伙计十分健谈，一哈腰又道，"洵河桥冲毁了，南来北往的要去京师的、要出门的，还得走这大沙河。方才我们老板还说，要在洵河岸桥边修一处分店，老店还是不能丢，这是块风水宝地……"

"唔，"李卫沉吟了一下，"你这店是百年老字号儿，据你看，楼上这几位是什么来头？"

"这个说不好。反正来了，都是小的财神衣食父母。"

李卫一笑，又道："外头像是有人哭？"那伙计被这东一榔头西一棒槌的问话弄得有点迷惘，眯着眼儿回道："是个要饭婆子，还有十六七岁一个毛头小子，兴许是病了，又没钱住店，老婆子抱着他哭呢。爷要嫌聒噪，小的这就撵了去……"说着便要开门出去，李卫手一摆，说道："慢！哪里不是行好积善？我瞧瞧是怎么了。"说着拉开门出了店。

此时已近子时时分，又阴着天，乍从亮处出来，李卫顿觉漆黑一团，只觉得潮湿得冷雾一样的"雨"浸透骨髓，半晌才定过神来，果见店对门沿街榜下黑乎乎蜷缩着两个人影，走近了，才看清是个六十岁上下的老婆婆坐在台级上，怀中横卧着一个小子，暗地看不清面目，只那老婆子已是哭得声音嘶哑："儿啊……你醒醒……你这么去了，娘怎么过活……"

"老人家，"李卫又近前一步，听那老婆子不管不顾哭得悲酸伤心，又道，"老人家，他——怎么了？"老婆子这才抬起头来，咽着声气道："这孩子昨儿不小心，被恶狗咬了一口。不知怎的就病成这样……我们不是穷人，到这里来是奔他爹来的，偏那个老不死的这个时候跟人家出去走镖，不知哪里撞尸去了，连这里的镖局子也给人砸了……他又病成这模样，可叫我怎么办啊……"老婆子说着便又要放声儿。李卫皱了皱眉，温声说道："这么着一味哭，不是事。这样，进店来，先暖和暖和身子，喝口水，再寻个郎中——"李卫说着，不料那小伙子蝎子蜇了似的大叫一声："水！我不要水……水……我好头疼，吓死人了……把这人打出去！"

疯狗病！李卫浑身一颤，急速说道："这耽误不得，快！进店来，调治早了兴许还有救！"老婆子在暗中泪水滢滢望着李卫，问道：

"你……"

"别问这个，我是叫化子出身。"

"好人哪！"

"这不是念经时候儿，快，进店来……"李卫说着，便向老婆子怀中抱过那小伙子，忙忙地过来，一边叫店伙计，"近处有生药铺没有？这边架上药锅子，我开个方子，抓药煎来就吃！"老婆子跟在后头，口中只是喃喃念佛："南无阿弥陀佛，南无地藏王菩萨，南无药王菩萨……"那伙计方在犹豫，恰后头霍英听见动静出来查看，喝道："混账！还不快去，找死么？"

李卫见霍英出来，一边安放沉迷不醒的病人，一边道："你叫霍英！我说方子，你写，写完你去抓药，快，预备纸。"霍英忙应一声，急切中找不到纸，摘下水牌提笔等着，便听李卫说道：

防风　白芷　郁金（制）　木鳖子（去油）　穿山甲（炒）　川山豆根　（以上各一钱）　金银花　山慈菰　生乳香　川贝　杏仁（去皮、尖）　（以上各一钱五分）　苏薄荷（三分）

说完，便道："快抓，快煎，快服！"待伙计和霍英忙不迭都去了，李卫方松了一口气，对满脸泪痕，怔在一旁的老婆子道："你坐着歇歇。这个症候虽险，服下去我这药，先护了心，再慢慢调治，再没个不痊愈的。"

"先生原来是个郎中？"老婆子怔怔说道，"这也真算我儿命不该绝——"她扑地双膝跪下，"老婆子没法报你的恩，只有给您立长生牌位，天天生佛烧香罢了……请赐下您老尊姓大名。"李卫一笑，上前搀起老婆子，说道："我说过，我是个叫化子出身，正牌子的叫化子都懂两手对付恶狗的法子。方才那药只是应急，这病时犯时好的，得两三年才调治下来呢！"老婆子正要说话，一阵楼梯响，甘凤池在前，曾静跟在身后，还有五六个伙计打扮的人，一色青布对襟蜈蚣套扣衫，黑孝绸灯笼裤，薄底黑缎靴脚步轻盈迤逦下来。李卫仔细搜寻那位贾道士时，却不见影儿。因站在灯影儿下装作查看那小伙子伤势，不住打量甘凤池。

甘凤池似乎心事重重，苍白的面孔上一对浓重的卧蚕眉紧紧蹙着。他三十多岁年纪，穿着件水色府绸风毛夹袍，连腰带也没系，没戴帽子，一条又粗又黑的长辫直垂到腰下，脚蹬一双黑缎面鹿皮快靴，显得又英武又洒脱，却是脸上笑容全无。跟在他身后一个伙计一边走一边劝说着："师傅，他那不过左道旁门，算不得真本领，您何必计较他？真的要寻他的事，回南京寻着生铁佛师伯，怕逃了他公道？再者说，龙虎山娄真人是姓贾的师父，和您也是至交，说一声，张真人免不了要治他的……"甘凤池吁了一口气，说道："这不是体面拳，也不是大事，不要说了。这个姓贾的，也带有老桑的信，也该是一会同志。我是生他这个气，小节不拘，大事也不同心，不像话！"话还没说完，买药的霍英已经提着几包药进来，倾进药锅，顿时药香满室。甘凤池不在意地看了看李卫，又审视了一眼晕在地下的小伙子，问道："你是郎中？他害了什么病？"

"他是给疯狗咬了。"李卫咬着一口细白的牙笑道，"我用这个偏方儿给他救治一下，其实也算不得什么郎中太医。"甘凤池是两江两浙有名的大侠，李卫在两江臬司任上不知捉了多少他的门生，一直留心这位黑白两道上都蹚得开的"小孟尝"，想不到竟在这燕山小镇中邂逅相逢，想到自己方才接的差使，心里对这群人存定了戒心，便不肯多话。

甘凤池却不走，死盯着李卫，半晌才格格笑道："想不到李制台身居高位，居然还有医国之手。佩服佩服，今儿个可真有点狭路相逢啊！"

李卫听得身上寒毛一炸，自己主持江南臬政任上，不知拿了多少甘凤池手下党徒，此人竟能到北京来寻自己的晦气。看那几个伙计，也是一个个慓悍孔武一身铮劲，也都不像良善之辈。回头看看，几个军校也从店后出来，李卫方略觉放心，和甘凤池四目相对，良久才嘻地一笑，说道："你大概喝贾士芳的马尿喝得多了，要寻叫化子的事是么？我并不认得你呀！"

"可我认得你！"甘凤池冷笑道，"你在南通拿了我的徒弟胡世雄，连审都不审，也不申报朝廷，就那么一刀宰了；还有罗松，你追逼拷打，寻问他营救胡世雄的主谋。你是不把我送进死牢决不罢休啊！你李卫是清官这我知道，可你为什么总和我过不去，我一没犯王法，二没挖了你祖坟，你几次扬言要掏了我的'贼窝子'，今儿既遇着了，我就想问问明白！"李卫目不转睛地望着甘凤池，半晌"噗"地一笑，"你说的都是有的。只是那是我的饭碗，有什么法子？你追到这里忒辛苦了的，要怎么着，你说个章程！"

"我也不要你的命。"甘凤池铁青着脸，阴郁地说道，"无法非礼的事甘凤池从来不做。不过，汪景祺是家父的结义兄弟，如今被朝廷拿了。是你押着他进京问罪的吧？我想见见，给他饯饯行，顺便问问他的案子，我好到北京打点营救。李大人和我多年'神交'，讨这点面子，总不至于叫我太难堪吧？"李卫见汤药已经煎好，那老婆子怔怔站着，似乎听得入神，便亲手接过药碗，扳起小伙子肩头，用羹匙撬开吐着白沫的嘴，一边小心地灌药，口中道："我一点也不想让你难堪。你的兄弟里头帮我做事的也大有人在，我也当着是我的兄弟。你的兄弟也是我的兄弟，咱们两个论份儿也是兄弟喽。既然都是兄弟，有话自然很好商量……"他口中絮絮叨叨，手中灌药，从容不迫，听得甘凤池又好气又好笑，一口截断了说道："我知道李大人诨号'鬼难缠'，还有人叫'您缠鬼'，不过我今儿没工夫听人嚼舌头。我要见一见汪景祺，这个面子给不给？"

李卫灌完了药，用手按按小伙子脑后和额头，满意地咂了咂嘴唇，直起身子，灯影下看去，他已经变得神气庄重，对那老婆子道："不妨事了——"又转身对甘凤池道："我当然买你的面子，昔日小孟尝，今世大郭解么！不过，汪景祺实实不在这里，已经另外押送北京。我李卫也是条汉子，跟你说明白，就是我押解，我也不敢违法让你们见面，将来他绑赴西市，你想见见，送一席饯行酒，我是成全你的。"

"说得真好！"甘凤池呵呵大笑，倏地又收了笑容，"我是久仰你的大名儿，顽皮无赖封疆大吏，所以多少有点不及。能不能容我放肆查看一下你带的人犯？"

"这恐怕不成。"李卫仍旧一脸嬉笑，"这沙河也是王法管的，这群兵卒是朝廷的。就算我李卫没话，他们不肯答应，扫了你面子也不好。你一口一个知法守礼，这叫识时务，照我方才的话，井水不犯河水，将来李卫倚重你的地方多着呢！何必把饭做夹生了？"

甘凤池咬着牙，看着这位油盐不进刀枪不入的无赖巡抚，向前跨了一步说道："我要是硬要看一看呢？"

"给你儿子灌一口热茶——看来我还得和甘大侠打打擂台——"他又转向甘凤池，"我在这救人，你却想害我？你可真称得'大侠'二字。人要是自轻自贱，那可真比这疯狗病还难治！"说着对站在霍英身边早已跃跃欲试的一群戈什哈道："你们不知道这位甘大侠，过了黄河，江南江北黑白两道，上至督抚大佬，下至绺窗子贼，提起这位甘英杰，没有不倒履相迎刮目相看的。我李卫还要回江南做官办事，不能不给足他面子，他只要不动武，你们不可孟浪拿人，听明白了？"

这群戈什哈从来没见过这种场面，也从来没听过官场大员这种指令，个个面面相觑，参差不齐地答应一声"是"！却都不肯离开，目不转睛地盯着甘凤池。霍英暗中不言声悄悄拔出绑腿中的匕首，冷不防"噌"地向甘凤池面门掷了去，料是他正和李卫斗口，这一刀即使要不了他的命，至少也要扎他个血流满面。不想甘凤池看也不看一眼，趁那匕首将到未到时，即速抬手，食指中指一夹，匕首已颤巍巍夹在手中！

"凭这点小伎俩想弄倒我甘某人？"甘凤池冷笑一声，把玩着那柄匕首，少许时间，便见那匕首被火煅烧了一样变得殷红——团了团已被捏得核桃大小，攥在手里，那铁汁子冒着青烟，一滴滴坠落在潮湿的地下，发出"哧哧"的响声。甘凤池直到匕首在手中熔化完，掏出手帕揩了揩手，方轻松地笑道："李大人，你们不要惊讶，我这点子手段并不是想在你跟前卖弄，石头城八义兄弟，我这点本事只能摆到第六。我只是想告诉你，不要和我动干戈，我们玉帛相见，让我见一见汪景祺，我抬脚就走人。"

楼前这一幕情景早已有人禀报了院后的允祥和范时绎，他们赶出来看时，正是霍英掷匕首时。范时绎原本要叫人拿甘凤池，但见他如此本领，李卫又近在身边，存了投鼠忌器的心，口张了几张又咽下去。允祥在旁也是眉头紧蹙，许久才道："足下如此身手，出来为朝廷效力不好？为什么要和贼匪勾连呢？"甘凤池回头看了看允祥，哼了一声道："尽忠尽义都是大道所在。我并不和朝廷作对，汪景祺是我的朋友，我想见见也算不得犯王法。"

"哪个有工夫与你磨牙！"李卫脸色倏地一变，大喝一声，"给我拿下！"

"喳！"

霍英等十几个戈什哈答应一声，立刻从桌后扑了上来。甘凤池的五个徒弟"嗖"地各人从腰间抽出一条软鞭，站定了方位护住甘凤池，霎时间满屋都是黑雾一样的鞭影。霍英见攻不进去，举起一张桌子猛力砸了进去，只那鞭子舞得密不透风，噼里啪啦几声碎响，方桌未到甘凤池身边已被鞭力切成无数碎木块，纷纷落地！甘凤池嘿然一笑，对李卫道："大人，这是你逼我，你没有贾道士的妖术，大约难逃我的手。对不起，只好请你留下作人质，请出汪先生，我们说几句话，我自然撒开手。所有得罪处，回江南后我负荆请罪。"说着伸手便去揽抓李卫。忽然，他觉得一个人用手轻轻拦住了，虽然力道不强，但运足了力气也摆脱不掉这只手，定神看时，竟是那个老婆子抓住了自己的手臂！甘凤池大吃一惊，向后退了一步，惊讶地打量着这位讨吃乞丐似的老婆婆，颤声问道："你——你是什么人？"

"我是他妈。"老婆子两眼昏花，颤巍巍的声气，指着平倒在春凳上的儿子说道，"我儿子病成这样，得指望这个太医给看脉行方，你把他弄走了，我的儿怎么办？再者说，这个李大人也是我的恩人，我也不能袖手旁观哪？"

甘凤池上下审视着这个老太婆，穿一身靛青粗布衫，滚着一道蓝花绣边，青灰布裤脚下一双小脚缠青裹腿。也就三寸许长，虽说不上褴褛，上下都是泥浆，毫不出眼的一个乡间老婆婆，怎么也想不到，这么一个老女人竟有如许大的臂力，稍一拽，自己的手就伸不出去！甘凤池方凝思间，老婆子又道："瞧着我薄面，撂开手，等我儿子病好，你和李大人有什么过节，你们自己去料理，好么？"此刻，允祥范时绎，连李卫都看得目瞪口呆。甘凤池知道遇了劲敌，暗自运足了气，冷丁里一个"通臂猿掏果"，"唵"地冲老婆子面门打去——只听"砰"的一声，那一拳着着实实打在老太婆鬓角上。甘凤池只觉得好像打在一个生铁铸的镇庙石上，右手中指顿时痛彻骨髓。他是武术大家，在江南石头城八友中排名虽然第六，其实最爱闯荡江湖，四处以武会友，名声还在号称生铁佛的第一好手之上。这一拳志在必胜，运足了力气，竟然一下子打折了自己一个中指。这一惊非同小可，后退一步，对徒弟们说："给我使劲用鞭子抽！"徒弟们见师父一拳打不倒这个老婆子，原已是惊呆了。听师父一声招呼，五条软鞭墨龙似的，几乎同时劈头向老太婆抽去，齐声叫道："着！"

"甘凤池也会以众欺寡，好样的！"

老婆子冷笑一声说道，伶伶仃仃挪动了一下小脚，毫不出奇的步法，五条鞭子竟一齐落空。待第二鞭扬起，她突然纵身跃起，足有一人来高，就空中从容打个转身，双手一划，五条鞭子竟被她捉到四条……轻轻落地，用手一抖一送，四个徒弟鞭子一齐脱手，噔噔后退几步才站定马桩。老婆子冷笑着，将四根鞭子总起来用手提拉，那鞭子如细绒败絮纷纷断开落下。老婆子不屑地哂道："还敢无礼么？"此刻前头庭里老板伙计，后头允祥范时绎霍英，还有十几个军校都已看得五神迷乱如对梦寐。饶李卫见多识广，也呆坐在椅上瞪目不语。

甘凤池面如死灰，他一直怔怔地在观察老太婆的身手，除了那一纵，动作都毫无出奇之处，怎么会两个回合就打败自己师徒六人？眼见再打只有更取羞辱，甘凤池摆手命徒弟们住手，平捺了一下自己的心火，抱拳一拱说道："领教，我甘凤池认栽了！请教老太太尊姓大名，我再练三年，一定登门求教。"

"这也没什么好瞒你的。"老婆子俯身看了看小伙子，见小伙子已经睁开眼，放心地转过身，对甘凤池道，"我是端木子玉家的。"

"端木世家!"

甘凤池身上一颤，武林中世传"南皇甫北端木"耳闻已久，却从来不在江湖中走动，也不曾遇到过，想不到偶然间在这个山野小店里竟撞到一处！想着，不禁改容笑道："原来是端木夫人，方才的话失敬得很了。我也没别的意思，只是汪景祺是家父结义兄弟。这义气上，他如今身陷图圄，想邀见一面，赠点盘缠。我也知道李大人是'官中豪杰'，必定不介意凤池鲁莽。"老婆子笑道："甘大侠我久仰了，古道热肠令人钦敬。不过我可不敢当'夫人'这两个字。我只是端木家一个奶妈妈，因为长得黑都叫我'黑嬷嬷'。我在端木家伏侍主子三十年，放出来和老头子开了个镖局。这是我家少公子，因为一点小事和老爷闹别扭，私自出门，途中没有盘缠，又冻病了，被恶狗咬了一口。他吃我的奶子长大，就奔了我。我这是护送少公子回山东去的，路上他犯病犯得这样，亏得这位李大人救下，万一有个三长两短，黑嬷嬷怎么见我的主母老爷呢？"说着连连给李卫蹲福，"我知道您老是贵人，好歹救下我家公子，您用着我时，水里火里只一句话，黑嬷嬷报答您的恩！"

"这不算什么，我是讨过七年饭的人，如今做了官，还长着个讨饭人心。"李卫听着他们的话，左右权衡，已是得了主意，怡然一笑说道："甘大侠，叫化子不打诳语，汪景祺真的不在这里。就是在这里，他是未审的钦犯，别说是见外人，就我也不能随便和他说话。像你这样，是在江南称雄惯了，这京师御辇之下，不同石头城啊！我将来还要回南京，有许多倚重你处，我们不要为这事生分了。留作将来见面办事地步，成么？"说罢一揖到地。范时绎见李卫对甘凤池如此谦逊诚挚礼敬有加，又见允祥含笑一语不发站在身边，心中暗自诧异。刚要说话，允祥悄悄拽了一下他衣袖，便没言语。

甘凤池起初以为李卫挖苦自己，脸涨得通红，听到后来，方知李卫一片心地要结纳自己，喟然一叹道："甘某纵横江南二十年，今日一会，方知天外有天，人外有人。往后端木家人遇我门徒，只需通报一声，自该退避三舍。李大人义气，甘某也不敢忘——再会了！"他抱拳一拱，曾静和他的徒弟们随后，脚步杂沓出店，消失在黑暗之中。

第三回　黑嬷嬷闲说江湖道
　　　　奉天王违制进京华

甘凤池一群人离店而去，李卫一颗悬得老高的心才放了下来。他命人将端木公子抬到后院自己住的套房外间，褪下他的裤子仔细查看伤势，只见大腿肘弯处两排牙印深入肌里，核桃大一块肉连衣粘在伤处。一条腿肿得水明发亮，靠伤口马掌大一块凸起，却是乌紫烂青血渍模糊。看那端木公子时，已醒得双眸圆睁，只咬牙忍着痛楚，似乎还不能畅快说话。李卫命人烧了一大盆青盐皂荚水，让黑嬷嬷用生白布蘸着轻轻给端木清洗着伤处，自己在伤口周匝不停地擦抹着薄荷油，一边抹一边问："端木公子怎么称呼？你家世代武林领袖，一条狗怎么伤得了你？……不妨事，这个症候虽险，救治得还算及时。再不至于伤了你命去的……"

"这是我家三少爷，叫良庸。"黑嬷嬷一边轻轻为他抹擦，一边噙着泪说道，"世上没有哪条野狗能伤得了他。他犯了家法，不合喜欢上了刘逊举老爷的女儿，老爷就放疯狗咬他，他逃得这条命真是神佛保佑……"

李卫睁大了眼睛，世上有这么狠心的父亲，儿子喜欢上别人家的姑娘，就行这样的"家法"？黑嬷嬷帮着李卫为端木良庸包扎了伤腿，叹了一口气坐到墙边木杌子上，缓着声气说道："我们老爷什么都好，恤老怜贫，从不作践下人。就是一宗，认死理儿。自永乐年间靖难兵起，端木家被永乐爷满门抄斩，只逃出一个太祖公，对皇天发下重誓，子孙里头有和官宦人家联姻的，定杀不饶，三百多年里头传了十一代，隐居在山东即墨，只是放佃作生产，暗地教读子孙学文学武。儿孙们谨遵这祖训，没有一个敢和官府仕宦人家联姻的。"李卫笑道："这家规真定得格外，天下人都像你们端木家，我的女儿嫁给谁呢？"

"可不是的么！"黑嬷嬷拍手打掌叹道，"我在端木家几十年，远的不说，良庸的叔爷就是盂兰会上和一个进香女子好上，那边是巡盐道家，曾祖生生把他叔爷关扣了三年，直到巡盐道一家子回原籍卸任才放出来。他叔爷一气之下，就出家当了和尚……可也作怪，听祖上传下来的话，几个犯了家法私自在外和人相好的，不是爹娘，就是伯叔，总有人病死。这条祖训也真成了端木家的家忌了。一听官家到府上拜望，除了家主，家里少爷、姑娘都躲起来不敢见面。"李卫笑道："真有意思。良庸又怎么敢犯这条祖训呢？"

二人正一递一语攀话，躺在旁边一直沉睡不语的端木良庸轻轻一动，口中喃喃道："梅英……梅英……"他突然睁开了眼，灯下看去，目光已经变得很柔和，不像李卫刚见他时那样又白又亮的刺人了。良庸怔怔地看着黑嬷嬷，又看了看李卫，问道："我这是在哪儿？"

"你到鬼门关走了一遭，如今在阳世。"李卫笑道，"这是劫数。你端木家法不和宦家交往，偏偏你就爱上了个梅英，又是我救下了你，你的嬷嬷救了我，我可是个不小的官呢！这是一笔算不清的账。"黑嬷嬷小心替良庸掩掩被角，噙着泪花笑道："小祖宗，你要吓死老婆子！亏得这位李大人，心好，也懂医道，不然你可怎么了？"一头说便拭泪。李卫俯身摸摸端木良庸额头，说道："穷人分善恶，官人也有三六九等。你们怎么就这么个混账家法？——你爱的梅英是谁家闺秀，你的事我包揽了！"

端木良庸在枕上轻轻摇头，苦笑道："这是我家三百年的规矩，谁也动不了。请教大人台甫，不知该怎么称呼？"李卫道："我叫李卫，是江南巡抚，虽是官面儿上的，江湖上有名儿'叫化子李'。人家帮我查族谱，也是永乐靖难败落下来的，还送了我个字叫'又玠'。你这么年轻，叫我个又玠叔，不算玷污你端木世家吧？——说说罢，你和哪家官宦女儿好上了，你爹和谁相好？这个筏我是作定了！"

"是即墨县陆陇其大令的女儿，叫梅英……"端木良庸此刻神清气定，灯下显得十分安详，接过黑嬷嬷递过的水呷了一口，舒缓地说道，"今年四月初八浴佛节，她去大悲寺进香，被几个恶少纠缠住了，我奉了爹的命，去即墨运瓷器撞上了这事，就出手救了她。我和梅英当时连句话也没说，送她回家我才知道是陆家小姐。这件事本来已经了结，也是缘法凑巧，五月端阳爹叫我去四眼泉取水，恰又碰到梅英和她妹妹去采桑，顶头儿见面，不得不说几句话。回去我就觉得心里空落落的，梅英的影子一直在眼前晃，家里人慢慢看出来我心神恍惚，询问小厮，才知道这个过结儿，爹就禁止我出门。谁知八月十五催租，人手不够，爹叫我东乡去召集庄头商议收租的事。鬼使神差的，梅英外祖母也在东乡，竟是我家佃户……我在东乡十里庙'催'了整整十天'租'……多一半时辰倒是和梅英一处……这一来，就包不住了。"他一双清秀的目光凝视着天棚，像是在回顾那十天令他终生难忘的经历，幽暗的灯烛无力地跳动着，他的话却十分清晰："我们端木是圣人七十二贤弟子的后裔，我不敢说祖宗有什么不是。我真不明白，他们哪辈子结下的冤孽，凭什么叫我们后代儿孙承当？我……和梅英好，是我的不是，她家也是家法大，我死了没什么可惜，可她……"他凄声长叹一声，不再说下去了。

一时屋子里三个人都没言声，里里外外一片死一样的岑寂，只有起更的梆子在远处暗夜的巷弄中单调而枯燥地"梆！梆梆……"响着。

"真像戏里头说的，有意思。"李卫许久才从遐想中回过神来，笑道，"陆陇其是出了名的清官；端木，又是山东望族，圣贤后代——这也是门当户对的事嘛！老爷子就这么古板！何况陆陇其已经死了多少年，有什么过不去的事，苦苦要难为两个孩子！你安心养病且就跟着我，我到北京走一遭还要回山东，你这闲事我是管定了。"黑嬷嬷这才问道："李老爷，甘凤池的地盘在江南，你又是当地一方诸侯，你们怎么在这儿聚了头，他又何苦得罪你呢？他那么无礼，你又为嘛子容忍他。就算他本领大，这里是京畿重地，你又带那么多兵，还擒不住他这五六个人么？"

李卫慢慢站起身来，缓缓踱着步子，什么也没说。他今日营救端木，全然出于恻隐之心，并没有施恩图报的心思。李卫出身寒微，自小儿讨饭被雍正买入王府为奴，从没有进过学堂。但一放外任为成都县令，一举缉拿"天府十三太保"，积年大盗渊薮清除，四川通省治安一夜之内为天下之冠；升迁任湖广首府，弥月之内连破江汉"香堂三圣""龟蛇二杰"两个统驭全省的窃贼窝子。绿林豪杰闻风震慑，成了天下闻名的缉盗能吏。凭着这个本领，加上他是雍正藩邸的旧门人，自雍正即位四年之间，连连升任直到江南巡抚，又改任两江总督，却又奉密诏，总管天下缉捕盗贼事。他这次进京述职，雍正三次接见，都是说的治安，还特地提到甘凤池等人，严令从速捕拿。但李卫却另有见识，他认为甘凤池、宋京、窦尔登、生铁佛、吕四娘、一枝花、圣手二、莫卜仁这个所谓的"八义"其中良莠不齐。有的打家劫舍为非作歹，纯粹是土匪；有的是为生计所迫鼠窃狗盗不足为大害；有的还和白莲教渊源甚深。像甘凤池、窦尔登，则是惩恶扬善扶弱抑强的江湖豪客领袖，引导得方，可以为朝廷所用。一体擒拿，反倒将这些不同的人挤到一处与朝廷为敌。因此，对甘凤池抱定的宗旨是结纳安抚。今夜他不肯认真捉拿甘凤池，也就为这个缘故。出乎李卫意料的是，山东端木家一个奶妈子的本领竟远在甘凤池之上，江湖上的事他原觉得心中有数的，如今看来反倒懵懂了。李卫徘徊了半晌，笑道："你问我这个，不好答。甘凤池是好汉，我李卫也是好汉，这叫惺惺惜惺惺。我在江南管军政，兼管缉捕天下盗贼，甘凤池门下我拿了不少，有些罪大的，我杀了。我是朝廷的人，不得不如此，可甘凤池这人人品我敬重。他也只是想看看朋友，这不算罪，所以我不能丁是丁卯是卯公事公办。"说着，掏出怀表看了看，说道："快到子时了，我到后院还要商议些事。恶狗伤毒，医家说是无药可医的症候，只有叫化子有这个不传之秘。良庸富家子弟出这事，已经是一奇，恰又遇了我，更是奇缘。他现在一时也回不得家，你们主仆且跟着我进京，慢慢调养，三个月才能除根儿呢！"说着，向案上提笔，提过一张素笺，叫过一个戈什哈，问道："你识字不识？"

"读过几年私塾。"

"我说药方儿，你写？"

"是！"

李卫因含笑说道：

真琥珀八分　绿豆粉八分　黄蜡制乳香各一钱　水飞朱砂六分
上雄黄精六分　生白矾六分　生甘草五分

说完又道："你去抓来，这药不稀奇，炮制得我亲自来——去吧！"他对满脸诧异的黑嬷嬷又是一笑，弹弹袍角便出去了。

允祥和范时绎都还没有睡，坐在上房一边吃茶食一边等着李卫。见李卫进来，范时绎忙站起身来笑道："太医，治病救人辛苦！——方才那阵势，我真怕甘凤池发了性子坏了又玠大人，我可怎么跟皇上交代？"李卫给允祥打千请安了，笑道："这算什么凶险？我擒拿十三太保，单人私访，你见见那个场面儿，什么都不在话下的了。"允祥也笑了，说道："我知道，李卫是个泼皮，他奉有特旨笼络天下绿林人物，刀口上滚出来的人了。"说着，示意二人就座。

"像甘凤池这样的人，是不肯轻易和官府翻脸无情的，他有身家有财产，一家三百多口子都在南京。何况他总领江南各路豪杰，他自己的命比我这个穷官儿贵重。"李卫笑嘻嘻，一欠身坐了，接过侍者递上来的油茶喝了一口，说道："好香，通身都暖透了！请给前头端木主仆也送两碗去——只今夜真的有凶险。我看甘凤池气色，像是在楼上和什么人生气了似的，也没见那个装神弄鬼的假道士下来。要不是这个黑嬷嬷，说不定真的要吃亏呢！"

允祥身子仰了仰，干咳一声，说道："说说差事吧。我离京时皇上有旨意，叫我去景陵看望十四弟，想召他回北京替八哥（允禩）整顿旗务。如今年羹尧已经赐死，隆科多抄了家，囚禁在养蜂夹道，念在他当日西征追随先帝的功劳情分。皇上打算赦了他，命他出远差，去阿尔泰和罗刹国会议边界。一来差使办得好，还可以重用，二来他留京师容易和八爷党混在一处，于允禩与隆科多都没有好处。十四爷的事说到就里，骨子里和八哥不全是一回事。他和皇上一母同胞，说到天边是最亲近的骨肉兄弟，近来皇上龙体也不十分安。我说皇上面容憔悴，皇上说'睡不好，一闭眼就梦见太后，说想念十四弟'。皇上颏下出了些文疙瘩，清热祛邪的药吃多了，又妨了胃气，心绪脾气再不好，还不是雪上加霜。"

"十四爷的脾性您知道的。"范时绎守卫景陵，兼管着"照看"允禵的差使，允祥的话他不宜缄默，因道，"据奴才看，前几个月十四爷似乎想通了些。汪景祺的事出来，又拿了他身边的蔡怀玺钱蕴斗和乔引娣，如今性气大发，每天头也不梳，脸也不洗，阴沉着脸绕景陵兜一大圈，回到陵园殿里一坐就是一天，给吃的就吃，给喝的就喝，不给也不要，说句该割舌头的话，竟像是个白痴！想想他也是个龙子凤孙，到了这个地步儿，也真让人瞧着难过。"

允祥听了默然良久，说道："老十四毕竟是英雄气短。蔡怀玺和钱蕴斗是朝廷派去专门照看他的，却吃里扒外，和汪景祺勾结想和年羹尧联合称兵造乱。这样的王八羔子，专门陷主子于不义之地，有什么值得挂记的？"范时绎道："蔡钱他们也只是想劫持十四爷，十四爷自己不像是知道底细。据我看，十四爷心疼的是这个乔引娣。""这也值得的？"李卫一笑，"十四爷也真是的，乔引娣的相貌我怎么瞧也不及十四福晋，为个女人神魂颠倒，人都还说他是英雄气概的王爷！"

"人都是当局者迷。你李卫不也一样？皇上当年藩邸家法最严，你怎么就不怕，和翠儿好上了？要不是先头邬先生，你这会子恐怕还在皇庄上做苦力呢！"允祥说着，陡地想起自己，囹圄囚禁整整七年，放出来时，两个女子双双为自己殉情自尽，心里一阵痛楚。便转了话题，说道："你把人解送回京，不要忙着回南京任上。去见一见宝亲王弘历，还有果贝勒弘时，他们都有差事给你。曹寅的儿子曹頫已经解到北京，他的亏空没还清，皇上说着你追比，恐防曹家在南京流散藏匿家产。另外，一枝花女匪在江西兴白莲教，有些剿抚的事宜也要和弘历商量办理。我离京前和弘历聊过，他很有些见地，要能等我回来更好，等不及时你就照宝亲王的指示办理就是。"

允祥说着，外头进来一个军校，双手捧着一份火漆通封书简，禀道："王爷，军机处转来的，六百里加急。"允祥接过来，就着灯下拆开看时，却是军机大臣、上书房大臣、领侍卫内大臣张廷玉的亲笔书信：

> 老臣张廷玉敬禀怡王爷讳祥：据奉天将军伊章阿密札，驻盛京简亲王勒布托、果亲王诚诺、东亲王永信、睿亲王都罗接内务府咨会，进京帮助旗务。臣思此四王皆为八旗旗主，世袭罔替亲王，驻奉天积世有年，例非奉旨不得入京。询之内务府堂官俞鸿图等职官，皆称不知此事。奏闻皇上，皇上命臣即询问怡亲王，知否此事，亟盼急告，切切以闻密勿，观后即焚。

允祥看完，将书简信封一并就烛火燃着了，怔怔若有所思地看着那卷纸烧成灰烬。因见范时绎和李卫都在盯视自己，笑道："你们别发怔，信里的事与你们无干。"因起身来把灯端到另一张桌前，濡墨挥笔写道：

衡臣枢密：札悉，莫名惊诧。此四王奉先帝诏书荣养奉天，从无
干政之例。祥何许人，敢不请旨而私召入京？整顿旗务，历为廉
亲王允祺的奉差，盼速将情形密陈圣上，令四王不必进京，徐图
查明实蕴，允祥草。

写完，亲自用火漆封了，交给那军校，说道："你带几个人星夜返京，天明
时交到张廷玉手。记住，如果四更天之后赶到北京，张廷玉已经去了畅春
园，你们在园门口双闸那儿，准能见到张相。如果他已经进内，就叫侍卫
张五哥代转，此外不准给第三人拆看，明白么？"

"喳！明白！"

"去吧！"

看着那军校退出去，范时绎和李卫对望一眼，似乎有点不知所措。李
卫说声"夜深了……"刚要起身，允祥却拍了拍他肩头，说道："再坐一时
去，我今晚有点心神不定。"范时绎料想是方才那封信件惹得这位王爷心里
不安，便道："十三爷，奴才请先告退。明儿回马陵峪，营里的人都不晓
得，奴才要先派个人知会一声儿，给王爷腾处房子。高其倬如今就在景陵，
王爷方才说也想见见，也得通知一声，他原说这几日就动身到泰陵去
的……"

"我见高其倬也没大事，至少说不是急事。"允祥的目光幽幽，在灯光
下不易觉察地流动着，"他风水看得好，正在给皇上看地宫；我想请他给我
也留留心，选一处住地。早已写信告他说了，这次见不见的都无所谓。"他
沉吟着，突然问道："范时绎，你马陵峪守陵大营实有兵力多少？"

"回十三爷，花名册上三万二千七十三名，出差在外的除去，还有病
员……能立即应召办差的三万不过一千人。"

"你吃多少空额？"

范时绎似乎有点意外，看了允祥一眼。允祥笑道："你不用瞅我，俸禄
低嘛，哪个将军不吃空额？朝廷正在想办法，你不要觉得丢人。年羹尧不
吃空额，那是因为他在西边打仗，军饷里的火耗银子就吃饱了他。年羹尧
赐死，户部兵部查他的私财，只有十几万。其实我心里有本账，光是塔尔
寺，他缴获了七十万两黄金，都没有上账，连同内地剿'匪'，他洗了几个

镇子，我估约他的私财总在一千万两银子上下。恐怕是早已藏匿起来了。你实说，吃多少空额？"

范时绎知道，在允祥这样的人面前再扯谎等于自取其辱，脸一红赔笑道："主子是练过兵的王爷，真人面前不说假话。我的驻地往来的都是朝廷大员，应酬的数目大，大约也就吃三五百名兵士的空额罢了……"

"我方才已经说过，不追究这事。"允祥一笑即敛，又道，"马陵峪这个地方冲要，不单是因为景陵是列祖列宗安寝之地。它又控制着喜峰口，同时策应北京、热河、奉天这三处国家根本重地。一旦有事，随时要用你的兵，所以要有规矩，不要学江南大营，一半兵带家拖口，一半兵有名无实，拉出来实战，一点用处也没有。你可知道利害？"

"奴才领训。随十三爷回营，请十三爷监督，奴才把兵额全部补齐。"

"对了，不要吃空额。"允祥点点头，"但你有应酬，也要照顾到。我从兵部军费特支你每月三千两用度。你不要见官就奉迎，那是个无底洞。要学你本家哥子范时捷，除了皇上，谁的账也不买，你这个特简的御林军总兵才算够分量。"

"是！谢十三爷体谅！"

范时绎和李卫对视一眼，允祥这话似训似戒，还带着点郑重其事的安抚，像是谈心，又在不动声色地安排军务，摸不清他到底想的是什么。两个人都觉得和方才张廷玉寄来的急件有关。但允祥不说，他们又怎么敢随便问？李卫叹道："其实今日朝廷财政，比起圣祖爷在时已不知好了多少，皇上要刷新吏治，我看就是抓了三件事。"

"也没有大的说头，"李卫永远是一副似笑不笑的面孔，"一是廉洁，二是节流，三是开源。"

"老生常谈。"

"是。"李卫嬉笑道，"不过皇上说过，凡老生常谈都是圣贤之言。撇开开源节流，单就'廉'字儿，有多大学问？您想让老范廉，不吃空额，可他一年年俸只有一百六十两，想廉也廉不起来。陆陇其是圣祖爷手里最清的县官，一个县令，死了谥号'清献'，这个荣耀谁有过？可家里现在式微到这地步，要女孩子抛头露面采桑度日！所以没有制度，想廉也廉不起！范时绎的哥哥范时捷是个中人，十三爷是当今皇上最心腹的股肱。不瞒你们说，前年报的江南省无亏空是假的，是我从秦淮河嫖客身上征重税，挖来的婊子卖肉钱顶了库里的亏欠。河南省无亏空才是真的，田文镜在那里当巡抚，如今又是总督，硬生生挤压着官儿们还亏空。官儿们不会屙金尿银，就逼老百姓。如今山东、安徽和江南讨饭的，你去听听，十个有九个是河南口音，这样治'贪'能是长法儿？"

允祥听得目中炯炯生光。良久，抚膝长叹道："说的是极。不过，两江总督的位子总归不能你李卫包揽一辈子，如果换你去河南当总督呢？开封只有一条黄河，没有秦淮河，你小叫花子又从哪里榨钱？"

"我有办法。"李卫笃定地说道，"从去年我就开始了火耗归公，由省城统筹安排，按各官缺份苦乐肥瘦，发给养廉银。上等县缺一年三千两，中等二千五百两，下等的两千两。今年开春，我请王命旗牌斩了射阳县令。奶奶的，你拿了我的养廉银子，仍旧不廉，李卫就下刀子——所以我江南一省没有清官，可也没有贪官。我看这法子满成！本来前年我就密奏上去了的，皇上发给年羹尧看，老年说李卫少不更事好大喜功，是个'言利之臣'，这制度没推开实行。如今年羹尧崩角儿了，旧话重提，请王爷在万岁跟前说道说道，别叫李卫落了人后头。"

允祥点了点头，说道，"你那个折子我看过，皇上亲批，错别字三百七十五，说得也不像这样明白。我看这办法成，应该明诏颁布天下一体实行。过去有年羹尧隆科多挡道儿，如今没有了！"他兴奋地站起身来，似乎还想说点什么，但猛地想到四个铁帽子王进京的事，心里一沉，目光黯淡下来，咳呛几声，忙用手帕子捂住嘴，口中又腥又甜，知道是血，连手帕扔进了炭火炉里。

第四回　澹宁居雍正会风尘
　　　　畅春园飞语惊帝心

当天一夜无事，第二日李卫便带了范时绎移交的人犯亲自押送京师。在靠山镇沙河店一天风风雨雨，使人觉得满天下都是这样天气，但过了顺义，因见天清气朗地土干燥，李卫着人一问，才晓得咫尺之间竟是两般气象，他越发信实了贾士芳是个能呼风唤雨的道德高深之士。

平安走了三天，由北驿道南下，巍巍的东直门已是遥遥在望。李卫驻马思忖。廉亲王允禩的王府就在东直门外朝阳码头旁边，押送这群"敏感"人物招招摇摇过他的王府大门，不但不恭敬，也容易引起北京人闲话猜疑。略一思量，便命霍英："你派人飞骑到畅春园报知张相爷，说我已经返京，从北直门进城。押来的这四十多个人是一处送刑部还是分头安置，我们在神武门北等着张相指示。"说罢便催动人马向西，由北直门迤逦进了京城。

此时正是冬初时节，北京城北人烟稀少，护城河上已经结了细冰。一阵风吹过，紫的、红的、黄的、褐的柳叶从树上碎絮一样被抛进清冽的水中，随着秋波涟漪瑟瑟沉浮。昏黄西下的斜阳有气无力地将余晖洒落下来，照射着这一群刚赶完远路、在神武门北景山下休息的车马人等，显得很是寂寥凄凉。李卫看了看那十几辆油壁车，揣想着车中囚人的未卜命运，也是不胜感慨。正没做奈何处，远处两骑飞也似打马前来。到了近前滚鞍下马，李卫才看清：一个是派去和张廷玉联络的军校，另一个也认得，是张廷玉的随身笔帖式张禄。两个人到李卫马前打千儿请安。李卫下了马，张禄忙说道："李制台，张相爷吩咐，蔡怀玺和钱蕴斗送交大理寺监押，太监们到原来大将军王府暂住，听候甄别使唤，不必派兵看管。您亲自押送乔引娣，这会子就去畅春园，递牌子请见。"

"是了，我明白。"李卫说道，"你去回复相公，李卫这就去。"说着便叫过霍英一一分拨随人押送人犯。顷刻间身边只留了一辆车，李卫命霍英亲自解送蔡钱二人，吩咐道："交割了差使，别忘了要一张大理寺的回执。今天没你的差使了，你带上端木主仆，今晚就歇我棋盘街下处，我面圣下来还有话交代——就这样！"说罢跃上马，和十几名亲兵簇拥着乔引娣的车一路往畅春园行来。

此时冬日昼短夜长，从神武门到畅春园还有二十多里路，李卫一干人到畅春园双闸大门口时，已是金乌西坠倦鸟归林，昏苍苍的暮色中景致不甚清爽，但见一大片皇家御苑有的地方林木萧森，有的地方黑沉沉碧幽幽，有的地方红瘦绿稀杂色斑驳，连连绵绵十几里地红墙掩映老树绰约——刚刚下马，便见一个四十多岁的侍卫大踏步过来。李卫边下马边说道："五哥军门么？我这会子递牌子请见吧？"

"李大人，皇上这会子正接见大臣，谈得很恼，暂时不见你。"张五哥英武的面孔上带着一丝笑容，亲自接了李卫的缰绳，说道，"你带上乔引娣，先在我的侍卫房里稍息，吃点点心，我陪着你说说话，该叫时，刘铁成他们自然就来叫我们了。"说罢，竟亲自到车前，打开门，轻声道："乔姑娘，到地方了，请下车来。我不便搀扶，你自己小心点儿。"

车中没有回音。张五哥又说了一遍，才听得里边衣裳窸窣，一个头发蓬乱、衣衫皱巴巴的年轻女子一手扶着车框，小脚小心翼翼踏着车镫子下来。李卫押送这位神秘的女子已有两天，为避嫌起见一路都由别的宫女照料，其实没有认真看过她一眼。此时天色虽暗了点，但实在离得太近了，睹面相对，只见她容貌也并不十分出色，瓜子脸上一头浓密的头发因为几天没梳，乱蓬蓬堆着。左腮边还微有几颗雀斑，前额似乎略高点，一双弯月眉眉心微蹙，眼睛也不甚大，但配着这样的眉，什么样的眼也会瞧得怦然心动。她紧绷着嘴，嘴角微微翘起，嘴角旁一对笑靥衬在端正清丽的面孔上，妩媚中显得十分要强，只脸色苍白得没有一点血色，令人不忍逼视——这就是那个掀起山西亏空大案，弄得巡抚诺敏腰斩，先为田文镜收留，又投奔十四阿哥允禵为奴妾，又莫名其妙地被雍正特诏押京的乔引娣——李卫只看了她一眼便收回目光，无声地将手一让。乔引娣也没有说话，看了一眼双闸大门石狮子北边的侍卫房，便踽踽走了进去。李卫和张五哥随即也跟了进去。打着火，点了六七支蜡烛，把个小侍卫房照得通明雪亮。

这是那种人世间最尴尬、最无可奈何的情景。乔引娣当初在十四贝勒府，张五哥常常去传旨送东西，可以说三个人都认识，但此刻彼此之间既不敢说话也无话可说。张五哥让乔引娣坐了炕上，倒了一杯水，轻声道："请喝杯水，这里我借来一套梳妆台，等会儿用点饭，你可以更衣梳洗。我只能转告你一句话，皇上万没有难为你的意思。"乔引娣脸上毫无表情，说道："谢谢。水我喝，饭我吃，我不更衣梳妆。"张五哥未及答话，一个十二三岁的小苏拉太监已捧着食盒子进来，将一碗粳米粥、四碟子小菜布在炕桌上，又摆了几盘子细巧宫点。那小太监却是伶俐。一边布菜，一边笑嘻嘻说道："乔大姐姐，我叫秦媚媚，就侍候您了。您有什么事尽管吩咐我。这会子您多用点饭，就是体恤我了。"

"听我吩咐么？"乔引娣一怔，随即变得若无其事，端起碗来啜着粥，冷冰冰吩咐道，"你去告诉皇上，我想死，我想见他一面，瞧他什么模样。"

张五哥和李卫大吃一惊，都是全身一震，这丫头文文弱弱，怎么这么混？但要呵斥，这个话又一点毛病也没。还没回过神，小秦却笑道："乔大姐姐先吃饭。您想死，总不能叫我陪着垫背的吧？皇上定必是要见你的，见了什么话由大姐姐您自个说不好？叫我瞧着，您这会子想死是一时想不开。赶到想开了，叫您死您也不肯呢！"一句话说得张李二人都笑了。

乔引娣却没有笑，木着脸喝完了那碗粥，又吃了一块点心，把条盘轻轻一推，盘膝坐着闭上双目，似乎在养神，又似乎在聚集着身上的力量。秦媚媚一边收拾碗筷，嬉皮笑脸说道："乔大姐姐，我瞧着您和皇上有缘分呢！"

…………

乔引娣睁开了眼，闪着愤怒的火光，盯着这个小不点太监不语。

"您别这么瞧我，我还小，挺怕您这眼神儿的。"秦媚媚显然是雍正选了又选，挑出来的人精猢狲，一脸赖皮相，笑道，"我没别的意思，方才您吃的饭是皇上赐的膳。皇上晚膳也就这么几样，平日我侍候得多了，皇上也是这么忙忙地吃碗粥，用一块点心，然后坐着谁也不理，闭着眼打坐。和您方才做派竟一模一样，这不是缘分凑巧儿么？"

乔引娣大约从来没见过这种人，皱着眉头盯了秦媚媚半晌，无可奈何地一笑，说道："你去吧！"

"是喽!"秦媚媚就地打个千儿,提起食盒子又道,"皇上说了,我要今晓能逗您一笑,五十两黄金赏我呢!往后侍候您日子多着呢!您多笑几笑,我就富贵了。"说着便一溜烟儿退了出去。

屋子里又只剩了三个人,但方才给这小鬼头搅一阵子,气氛好像松却了一点。乔引娣不再打坐,挪动着身躯下炕来,在灯影下缓缓踱步。她时而双手合十喃喃念佛,时而又像诅咒什么,连看也不看李卫和张五哥一眼。这样,李卫和五哥倒觉得好受一点,时不时地交换一下眼神,却也交谈不成什么。

过了不知多久,那个秦媚媚又返了回来,站在当门说道:"咱奉旨传话:李卫和乔引娣进去,皇上在风华楼见你们。今个天晚了,张廷玉不回府,住到清梵寺,着五哥侍卫送送张相。"

"是,奴才领旨!"李卫和张五哥如蒙大赦一齐起身答应道。待乔引娣出门,二人同时松了一口气。张五哥见两盏宫灯导引着张廷玉出来,忙迎了上去。

秦媚媚带着李卫和乔引娣到双闸口,已有两个宫女手执宫灯等着,见他们来,不言声就在前头先导,穿过雍正平常办事见人的澹宁居纯约轩,从黑黢黢的蔷薇花棚洞向北趔。与露华楼并排的西边,黑地里剪影一样高矗着风华楼,楼上并排八只黄纱宫灯,楼下里外都点的蜡烛,只有两名太监肃立在阶前,其余是一片寂静。李卫以为里边只有雍正一个人,站定了,理理身上冠袍,正要报名,却听里边有人说:"就是这样,你退出去吧。一会儿你的学生李卫还要进来,他的政见和你可不一样呢!朕的话只是对全天下说的,你云贵既然现在不宜实行,先按你的办。改土归流的事是国策,迟早一定要办的,你慢慢想想,想通了给朕递个条陈。明天你走前,不要再递牌子进来,朕叫李卫、史贻直他们送你上路——来,把那包老山参带上!"接着便听里边有谢恩辞行的话头。李卫一听便知是云贵总督杨名时,二人极熟稔的,此时却不便见面,忙闪在灯影里,看着杨名时履声橐橐渐渐去远才出来报名请见。雍正在里面干咳一声,说道:"进来吧。"

李卫在丹陛下答应一声,回头看了看乔引娣二人,进了楼,却见三楹楼底的西边设着雍正的大炕,中间用屏风隔了。东边一间一桌御膳像是刚刚有人用过,还没有收拾。屋内到处是灯火,亮得刺目。地下一个硕大的景泰蓝制大熏笼生着熊熊炭火，进门便觉得暖融融的。李卫一眼瞧见雍正坐在炕上漱口，"叭"地打下马蹄袖上前一步跪下，说道："奴才李卫给主子请安！"那乔引娣站在李卫身后却没有动，只好奇地打量着这位至尊。挨北墙的屏风各站着八名宫女和八名太监，见这个青年女子面君如此无礼，个个吓得心里"扑扑"直跳，苍白着脸垂着头一声不敢言语。

"起来吧。"雍正只穿一件白天马湖绸夹袍，腰间束一条黄绉绸褡包，盘膝坐在炕上手虚抬了一下，用目光微睨了乔引娣一眼，对李卫道，"朕算计你昨天必定就回京的，路上有了什么滞碍了么？你十三爷几时去马陵峪了的？"李卫头重重碰了三下，起身回道："是！路上下了雨，改道儿走沙河，就迟了两天。十三爷此刻恐怕已经到了马陵峪……"因将在沙河峪交接的事，和张廷玉如何安置的情形约略说了。又道："这个就是乔引娣，奉旨随奴来见皇上。"

雍正这才认真盯视一眼乔引娣，恰乔引娣也把头抬起来，二人四目相对，都又闪了开去。雍正对李卫满意地点点头，说道："饿了吧？——赐膳！"李卫忙道："方才杨名时赐膳，膳桌还没撤，奴才没那么多忌讳，就那里随便用两口就行了。"雍正道："那个膳凉了，那是待外臣的。你是朕的包衣家奴，朕方才的膳照样叫他们做了一份，又家常又暖胃。这里摆个木杌子，你就在这里用吧。"说话间，还是那个秦媚媚捧进了食盒子。乔引娣留神看时，果然见和刚才待自己的那一份一模一样。她一向以为皇帝吃饭，必定餐餐山珍海味，看十用一的珍馐佳肴，此时不禁一愣。秦媚媚送上饭，哈着腰正要退出去，雍正却叫住了："你不要去，一会还有话吩咐。"

"喳！"秦媚媚忙答道，"奴才省得！"

雍正这才转脸对乔引娣问道："你叫乔引娣？"

"是，我叫乔引娣！"

乔引娣直挺挺站着，竟不畏惧地盯着雍正。雍正皇帝在藩邸就是有名的"冷面王"，他这样冷峻的目光不知使多少亲王勋贵心颤股栗。养心殿总管太监高无庸在旁断喝一声："你这是跟主子说话？跪下！"

"不要难为她。她就叫你按倒在地下，也不是心悦诚服，朕要那份虚礼做什么？"雍正无所谓地一笑，又问引娣，"你是山西人？"

"定襄人！"

"家里都有什么人?"

"爷、娘、哥。"

乔引娣满心的敌意,想着雍正必定要从自己身上盘询十四阿哥允禵的不是,再也没想到雍正竟从这里开口,绝不像是要难为自己的意思,诧异地又看看雍正。雍正的目光带着倦容,似乎有点疑惑,却满都是慈爱和温馨。她的心一动,但立刻想到重阳节的淙淙大雨中和允禵生离死别的情景,允禵双膝跪在雨地里呼天抢地的嘶嚎声都在她的耳际萦绕……她的脸立刻又挂了一层凛不可犯的严霜。雍正低下了头,问道:"十四爷待你好,是么?"

…………

"朕知道,十四爷待你好。"雍正说道,"但他是犯了国法也犯了家法的人,要受惩处。"

"十四爷犯了什么法?"

"家事说不清,朕说你也不信。"雍正嘴角泛着一丝冷酷的微笑,"年羹尧派人和他联络,要暗地逃往西宁,拥他为帝反回北京。有人买通了蔡怀玺和钱蕴斗,送进去条子,条子上写'二七当天下,天下从此宁',允禵藏匿不报。九月初九,汪景祺冒充内务府人想闯进景陵陵区,恰这一天允禵也到陵区棋峰山,只是没来得及接头朕就觉察了,才没有成功——这都是大逆的罪,他逃得家法,但你懂得王法无亲!"

乔引娣的脸苍白得像月光下的窗纸,没有一点血色。这些机密事,有些她是亲眼见,有的影影绰绰也能轧出苗头,大约也是真实不虚,坐实了"大逆"罪,按大清律便只有"凌迟"这一种刑罚。她心里挣扎了一下,强口说道:"皇上要作七步诗,欲加之罪何患无辞!说这些没根没梢的话,听着叫人恶心!"

"朕兄弟二十四人,允禵是一母同胞。"雍正叹道,"朕发落他到景陵,为的是让他收收野性,也为的是让他远离那起子小人,不要挑唆得他到了不可救药的地步儿。朕不愿做郑庄公,惯纵弟弟无法无天,然后再杀掉,那不是仁者之心。这李卫是个见证。年羹尧带的兵,都是些除了年羹尧谁都不认的人。他起了二心,朕一道旨意,削他的爵,剥他的职,赐他自尽,没有一个人敢替这乱臣贼子说情。李卫,你说是不是?"

李卫因为肚饿，风卷残云将雍正赐的御膳吃得精光，一个饱呃刚要打上来忙又忍了，欠身赔笑道："年羹尧的《临死乞命折》奴才看过，他说'万分知道自己的不是了'，但也迟了。主子是信佛的人，对十四爷这样的亲兄弟更要保全。也真怕十四爷叫人挑三窝四的不安分，做出大不是，谁也保不下。引娣，没听说过'王子犯法，与庶民同罪'这句俗语儿么？"

"我是个女人，"乔引娣听着二人的话，自己万万占不了口台上风，决绝地咬了一下嘴唇，说道，"你们男人的是是非非我不明白，也不想弄明白。我只懂得从一而终，我既跟了十四爷，他就犯了滔天的罪，上山为匪，下地狱进油锅，横竖是我侍候的男人。现在我只求一死。要能死得快点我就谢皇恩，要能叫我和十四爷死一处，九泉之下我也笑。"说着端端正正凝神看看雍正，脸上半点怯色也无。满楼下一二十号宫女太监哪里见过人这样跟皇帝讲话，早惊得木立如偶，紧张得一片死寂。

雍正也在凝望着乔引娣，半晌转过脸去，舒缓了一口气，又道："十四爷待你很好，是么？"

…………

"朕会待你比十四爷更好。"

!!!

乔引娣瞪大了眼，目不转睛地盯着雍正：毕竟和允禵同父同母，眉宇之间十分相近，尤其是雍正皱眉时，那双墨黑的瞳仁，简直和允禵一模一样。只是雍正比允禵身材高一些，年龄大出去整整十岁，比允禵看去憔悴疲倦。她从允禵那里不知听了多少雍正"暴戾无德"的话，但眼前这个形象儿无论如何和那个刻薄寡情，性格喜怒无常的"雍正"对不起来。更不像戏上那种风流皇帝，见一个标致女人就双眼色眯眯的走不动路，一味纠缠。这是怎么回事？……引娣低下了头。突然间，她猛一仰脸，问道："你方才一口一个顾念兄弟情分，为什么这么作践他？我是十四爷的人，你为什么拆散了我们？"

"你们？"雍正心里泛上一阵妒意，讥讽地吊了一下嘴角，说道，"你是福晋还是侧福晋？福晋要朕封，侧福晋要在内务府玉牒里注册，你有吗？照大清律，允禵犯这样的罪，所有家人都要发落到黑龙江为奴！"

"那就请皇上照大清律办我。"

"——或者是分发各王府、宫苑为奴——怎样处置，不由你，存于朕一念之中。"

引娣惊愕地望着雍正后退一步，她不明白自己这样顶撞，皇帝为什么始终忍耐，一点也不恼。若论"情分"，她过去跟从允禵，仅仅见过雍正一面；若论姿色，这间楼下的侍女也都不逊于自己；若论"名分"，那更是不啻天壤。她本意料皇帝见自己，无非是要从自己身上找到允禵的"罪证"，但今晚的话题，似乎压根就不是这个！思量着，引娣颤声问道："皇上，你……你要怎么着发落我？"

"你就留在这里做宫女，别无处分。"雍正淡然说道，"你下头还有侍候你的，你不是下等宫女。"

"你的意思是把我从十四爷那里夺来，侍候你？皇上，你不怕我犯弑君罪么？"

雍正突然仰天大笑，许久才道："你越这样说，朕越要你侍奉。朕为天下共主，以仁以孝可化天下之人，就化不了你？"说罢，吩咐秦媚媚，"带她去。照宫里规矩，换衣服，花盆底鞋梳把子头，叫高无庸再拨三个太监、四个宫女日夜照顾她。"

李卫待他们出去，这才回过神来，在杌子上向雍正一躬身说道："奴才劝主子一句话，这样的人不宜在主子跟前侍候，或者拨到冷宫，或者杀掉，主子安全，也成全了她。"雍正似乎有点怅然若失，徐徐说道："朕要是舍得就好了……这件事你将来问问你十三爷，他知道……"他脸上似喜似悲，叹息了一声。李卫尽自百伶百俐，此刻断想不到雍正为什么这样厚待引娣，思谋片刻，方道："主子，乔引娣是诺敏一案的证人带进北京的，原告就是田文镜。田文镜其实还救过乔引娣。主子认真要引娣侍候，也得她心甘情愿。让田文镜进京劝说，也许就回心转意了。"

雍正摇摇头，说道："这是朕的私事。你是朕家奴出身，所以不背着你。不讲这个了——说说看，外头对赐死年羹尧都有些什么话？"

"年羹尧人缘儿很坏。"李卫坐直了身子，庄容说道，"他的家奴到外催办粮饷，知府以下都要跪接，人都说，即算年羹尧没有谋逆罪，他这样横行霸道，主子杀他也是千该万该。汪景祺写的《西征随笔》查出来，显见了他心怀不轨，想拥兵自重等待时机造乱。这个案子是铁证如山，任谁也替他翻不了案……"雍正不待他说完，轻轻摆手道："朕不要听这个。这都是明面儿上的。背面的话更要紧，你别尽给朕颂圣。"

李卫干咳一声，舔舔嘴唇说道："这个是皇上密折朱批上早就训诫过奴才的。奴才是皇上家奴，自己去官场听闲话，断没有人敢说真话。奴才奉旨结识江湖上的人，像漕帮、盐帮、青帮这些码头主儿，倒也还听奴才的。时不时就传来些民间的闲话，又怕断了这条言路，奴才只是听，奉朱批不予追查。"他缓了一口气，瞭了一眼不动声色的雍正，说道："反面儿的，一是说年羹尧功高震主，不知道收敛，他要学郭子仪自卸兵权，就落不了这下场。

"还有一等妄人，说先帝爷驾崩，隆科多在内，年羹尧在外，两个人勾连好了，私改了先帝遗诏，把'传位十四子'改成'传位于四子'，所以万岁一登极就要灭口，拿着这三个人开刀。"

雍正的神色愈来愈严峻，目光望着宫灯后楹柱，像要穿透宫墙一样凝视着远方。因见李卫住了口，雍正忙收神道："你说，说嘛。"

"是。"李卫咽了一口唾沫，"有人说，年羹尧的妹子是主子的贵妃，早年就在主子跟前周旋，知道皇上的事太多，皇上不除掉他，怕……怕天下后世议论……

"有人说，是奋威将军岳钟麒告了年羹尧刁状，年羹尧和岳钟麒争功，主子借机杀了年。

"还有人说，主子是'抄家皇帝'。八爷是个贤王，声望能耐都比主子强。年羹尧看主子不是……仁君，就和八爷勾手，主子铲除年羹尧，是为防八爷作乱。

"太后薨逝，当时就有人传言，是主子逼得太后没法活，碰柱子自尽的。太后叫主子放开手，待八爷十四爷像个哥哥样子，皇上顶口，母子翻了脸，太后就……自尽了。当时十四爷就在场，把这事写信告诉了年羹尧，说主子是秦始皇。年羹尧想当开国功臣，想当王爷，就派汪景祺去马陵峪和十四爷联络，汪景祺被拿，事情就败露了。"

雍正一直听得很专注，但他的脸色却愈来愈难看，青灰的面孔紧绷着，两排细白的牙咬着嘴，不时颤抖抽搐一下。待李卫说完，雍正端起杯子喝了一口奶子，大约奶子早已凉了，他像咽苦药一样皱眉攒目强噎了下去，将杯一举，似乎要摔碎那只杯子，却又轻轻放回案上。他下了地，背着手来回在地下踱着，青缎凉里皂靴发出橐橐的响声，越踱越快。李卫和满屋的侍女太监的目光都随着雍正的身影转来转去。突然，他停住了，目光盯住了炕后一张条幅：

戒急用忍

那上面四个茶碗大的字，隶书写得一笔不苟，这是康熙皇帝当年赐给雍正的座右铭。雍正深深吸了一口气，仿佛要倾尽胸中积郁似的长长吐了出去。他的神色已经恢复了平静，对李卫苦笑了一下，说道："这是当年朕和废太子因为赈济山东的事口角，先帝赏给朕的。朕性子急，眼里不能揉沙，今晚差点失态了。"

"皇上，"李卫见他这样克制自己，心下也觉感动，他的神色也有点黯淡，"小人造言，什么话说不出来？众人心里一杆秤，朝野上下都晓得皇上仁德诚考勤政爱民。这些齐东野语，都是些无稽之谈。只防着小儿作乱，拿住有证据的，正法几个，谣言不扑自熄。"

雍正在当地站着，没有立刻说话，良久，招了招手道："李卫，你过来。"李卫惶惑地起身打了个千儿走近雍正。雍正一把抓住了李卫的手，走到案前，一只手将当日的朱批谕旨抹牌一样平摊了开来。李卫觉得他手心里全是汗，又冷又温又粘，试探着挣了一下，雍正却没有撒手，叫着他的小名儿，颤声道："狗儿，还有的话你没说，有人说朕每天都喝酒喝得醉醺醺，有人说朕是好色之徒。更有编得出奇的，说朕的侍卫是什么'血滴子'队，图里琛带这个'队'想杀哪个大臣，使个眼色，夜里就派人去杀！"他的胸膛剧烈地起伏着，捏得李卫的手都发疼，"——这是今儿个朕批的奏章，一万多字，那是昨天批的，不到八千字。朕还要接见大臣，要到家庙祭祀……朕每天四更起身，做事做到子时才睡——狗儿，你想不到朕有多累——朕听你说的那些，与其说是震怒，不如说是沮丧，不如说是伤情……"他终于松开了李卫的手。

李卫惊异地看到，这位号称"铁汉"的冷面皇帝已经满面泪光。

第五回　谆谆语旧主慰旧僚
　　　　关关情仇兄会仇弟

李卫惊得倒退一步，雍正本来就有病，此刻脸色更苍白得像僵尸。李卫抖动着嘴唇说道："皇……皇上……您这是怎么了？都是奴才不好，奴才气着您了……"雍正抚着李卫的背，竭力压抑着自己的声音，说道："没有……二十年来，像这样子自己管不了自己，朕还是头一回。朕是说，朕这边没明没夜地操持国家大事，外头竟还有人把朕看得杨广也不如……"李卫急道："奴才方才说过，那都是小人！真正跟着主子过来的，这些朝廷大臣，奴才打保票，没人这么看！"

"他们可不是'小人'。"雍正拭干了眼泪，接过宫女递过来的热毛巾揩了脸，渐渐地又恢复了平静，仍旧是那种牢不可破的冷峻，轻轻吊起的嘴角似乎随时都在向人表示自己的轻蔑："你说的那些，小百姓造不出来。都是些了不起的大人物才捏弄得！生他们的气，哼，他们配？"他悠悠地转动着踱步，倏然间停住了，问道："李卫，假如此刻有人策动造逆，逼宫，你怎么办？！"

"哪有这样的事？！"

李卫惊得一跳，张皇着望望左右宫人。

"有的。"雍正一脸冷漠，扫视了一眼众人，"说说看——不要怕这些阉狗。他们谁敢泄这里的密，朕用柏油煮熟了，揭掉他全身的皮！"他的话像从很深的幽洞里吹出的风，连李卫也打了个寒噤，众人本来低着的头垂得更低了。

"奴才不是怕他们，自从去年皇上用笼蒸死赵奇，宫里的话从来没有人敢往外传言了。"李卫说道，"奴才是不信！真要有哪个王八蛋想试试，娘希匹，奴才就在南京起兵勤王！"

雍正说道："朕以万乘之尊，肯和你打诳语么？有人背了朕，联络八旗铁帽子王，串通他们来京，说是整顿旗务，召集八王会议，要恢复八王议政制度。朕看这是他们的第一步棋，和你听的那些谣言连到一处看，那就更有意思。一'议政'，你说的那些就成了朕的'罪'，就得下罪己诏，一道诏书下去，第三步棋就是逼宫，废了朕！"他狞笑着，"这个算盘打得可真不坏！"

"奴才暂时不回南京。"李卫梗着脖子，脸涨得通红，说道，"奴才没听说过这个'议政'制度，也没见过这些旗主王爷什么模样，倒要见识一下。"

"你还是要回南京当你的总督。"雍正说道，"朕已经给了兵部旨意，连湖广所有旗营、汉军绿营的兵都归你节制。没有朕的手诏，你不缴兵权。"他的脸色平静得像个刚刚睡醒的孩子，"本来根本无须这样，张廷玉是个一滴水也不肯漏的人，朕恰好俯从他这片忠爱心。弘历弘时弘昼这三个儿子，弘历陪你去金陵，弘时留在北京，弘昼要到马陵峪，住到范时绎军中。其实，朕只要一个允祥，百事都应付得下来。"李卫这才感到事情不但是真的，而且比自己想象的还要严重，一躬身说道："奴才理会了。回去奴才要调一调这些兵，不然到时候奴才使唤不动这些大爷。"

雍正笑道："兵权给你，杀伐决断自然由你。告诉你，不要心里总萦着这事。朕的江山铁桶价严实，你的心思还是要操在你的差事上。毕力塔统着三万人马驻在丰台，隆科多的步军统领衙门现在是图里琛管。李绂已经卸去湖广巡抚，调京来当直隶总督。没有兵权，八十个铁帽子王在朕跟前也站不直身子！"

李卫听雍正侃侃而言，激动得扑扑直跳的心平静下来，他已经知道了允祥去马陵峪的目的，心里一松。李卫"扑哧"一笑，说道："没有兵，他们瞎起哄个什么？万岁一道圣旨，不许奉天的王爷来京，他们不就得乖乖地待着？"

"脓包儿总要挤。"雍正也是一笑，"朕比你还想看看，这些王八蛋的黄粱梦是个什么景致。朕倒真怕他们缩了头，反而大费周折呢！"说着屋角金自鸣钟咚咚连撞十一下，雍正道："子时了，道乏吧！你不要回城去，今晚和张廷玉住清梵寺。他累极了的人，你不要惊动他。你还可在京住些日子，见见你十三爷再回你那个六朝金粉之地。"

"喳！"

雍正笑着又补了一句："翠儿如今是一品夫人了？她做的靴子很合朕的脚，捎信儿叫她用心再做两双——一点绫罗也不用，明白？"

"喳——明白！"

在离开沙河的第二天中午，允祥随范时绎来到马陵峪大营。这是和丰台大营、密云大营并称三大御林军的一支驻军，不但装备精良，火炮鸟枪马铳俱全，马步军也都配套。还有一支水师营——其实北方用不着，因此专门为大营制作舟桥，有类于后世所谓"工兵"。马陵峪大营的设置，是熙朝名将周培公的曲划，当时吴三桂三藩之乱初平，国力尚不强盛，罗刹国日夕在东北黑龙江流域，这个大营和密云大营的建立，其实是为防止东北巴海将军与罗刹战事不利的"第二防线"。整个大营以马陵峪为中心，像个蛛网一样向北辐射，中军大营设处背靠棋盘山，山下旱道纵横，山上溪泉密布，景陵西侧大片房屋，可用来贮存粮食和军火，登上棋盘山北望，连绵数十里星罗棋布的营房尽收眼底。允祥视察了大营，登棋盘山观望形势下来，一边走一边不绝口夸赞："我看过多少大营，这真是头一份，开眼！周培公算得一代奇才，可惜我生得晚，他活得短，只见过他一面，竟记不得他什么模样了！"

"奴才没见过周军门。奴才的爹跟周军门打过尼布尔。"范时绎用手搀着虚弱的允祥沿石级下着，说道："听爹说周军门是个年轻公子模样，怎么瞧都是个文弱白面书生。打起仗来那真是诸葛再世白起重生，笔下文章好，又是好口才，说降平凉城，骂死过吴三桂手下的'小张良'！这个营盘设置了快五十年了，您瞧了这部署，真是天衣无缝。北边不论哪一方有事，都能全营策应，掐不断的粮道，堵不断的水道！"允祥不胜感慨，说道："老一辈是都风流云散了。时势造英雄，英雄也能造时势。这话真是千金不易。到这里看看，先帝爷创业艰难，长策远图的谟烈都能体味到。我们不好生做，真不配做他的孝子贤孙。"

两个人一路说话，慢慢回到大营中军帐，身倦体软，在范时绎书房略坐了一时，还没来得及说话，突然身子一歪，几乎从椅子滑瘫倒了。慌得范时绎和允祥的亲兵一拥而上，小心搀架着他歪在炕上。范时绎一边忙不迭叫人传军医，一边用手试允祥额头时，却也试不出温凉。眼见允祥呼吸均匀却百呼不醒，直急得在地下团团乱转。一时，范时绎营中几个军医都赶了进来，号脉、翻眼皮、掐人中，允祥脸黄黄的，只是个昏迷，几个随军郎中都是治跌打损伤青红刀破的好手，于内科却是外行。有的说是痰涌，有的说是血滞，有的说是冒风受寒，有的说是汗脱失调，众口不一地乱嘈。范时绎满脑门子都是汗，口中只是反复唠叨："这可怎么好？这可怎么好？……"正乱着，大营门阇军校闯了进来，双手将一张道笺递上来。

"不见！"范时绎一摆手道，"你没长眼？十三爷这个样儿，我顾得着见和尚道士？"那军校却没有退下，赔笑道："那个人说他从龙虎山张真人处来的，叫贾士芳，说一提名字，军门要是还不见，他也就去了。"范时绎一怔，立刻想到是沙河见到的那位异能之人。他看了昏睡不醒的允祥一眼，嘘着气道："请他进来吧。"

一时，便见贾士芳飘然而入，却还是酒楼那身不道不俗的打扮，他一脚踏进书房便笑道："有贵人在这里遭难了，士芳特来结缘。"范时绎是早已领教了他的能耐了，一边令军医们都退出去，一边赔笑着对贾士芳一揖，说道："简慢了，就请仙长为王爷施治，范时绎自当重谢。""我说过是结缘来的，不要谢。"贾士芳瞟了允祥一眼，转过身，从腰间褡包里向外取黄表纸朱砂和笔，口中道："王爷是去了康熙爷跟前，有点舍不得那边，忘了回来了——我书一道符，请他回来。"他口中呢呢喃喃念着咒，便坐在灯下用朱笔在黄表纸上点点画画。此刻离得近，书房里十几支蜡烛亮如白昼，范时绎这才看清贾士芳：个头儿只五尺上下，弧拐脸又青又白，没有多少血色，嘴又小又尖，塌鼻梁旁长着一对骨碌碌乱转的小眼睛——哪里都是破相。偏是凑到一处却并不难看，像煞是个弱不禁风的寒门书生穿了道装。

这样一个人竟有那么大能耐！范时绎正在胡思乱想，贾士芳已是一笑，对书好了的符轻轻一吹，说道："人不可貌相，是吧，范军门？"范时绎被他说破心思，也是一笑，正要答话，贾士芳已经起身，也不踏步，也不作法诵咒，只将那符篆在灯烛上燃着了，说声"疾"！这才又坐下，笑道："不妨，王爷顷刻就回来。"

"给贾仙长献茶！"范时绎见他如此笃定，也就放了心，坐在贾士芳对面，似笑不笑地说道："怡亲王是万岁爷第一爱弟，他不能在我这里失闪。万一有个好歹，恐怕我就要请你殉了。"贾士芳满不在乎地说道："万事都有大数定着，王爷要是救不过来，我也就不敢来救。我敢来，你就殉不了我。比如说甘凤池，他要见汪景祺，造化没安排，他就见不到。我在楼上劝他们不要见，他们还想难为我，我就请他们喝马尿。和大人说这个大人未必懂，比如今晚我们共坐，说这些话，也都是前数定的。"范时绎道："你这些话莫名其妙。我现在最急的是十三爷——"他没有说完便戛然止住。因为允祥蠕动了一下身躯，已经翻身坐了起来。

允祥的神色里多少带着点迷惘，他确实刚从梦境里回来，但是怎样进入的梦境，已经全然忘记。他瞟一眼笑吟吟的贾士芳，淡然对范时绎道："你眼瞪着做什么？不认识我么？——这是个道士嘛，怎么在这里？"范时绎未及说话，贾士芳已经起身，微笑道："方才十三爷和圣祖说话，给您递报急条子的就是贫道。放心，那是梦！由来世间不过是一大梦，雍正爷此刻安坐北京，只是有点小病，不碍的。就是有人请什么铁帽子王，变不了这个大数！"允祥仰着脸回想了一下方才的梦，又从头到脚审视了一眼贾士芳，叹道："我明白了，是我大限到了。你救我回来的，是么？"

"大限到了谁也救不了十三爷。"贾士芳冷冷说道，"十三爷不过身子弱，走了元神而已。我晓得，您还想问那梦是真是假。告诉王爷，佛谓之空幻色，道谓之虚映实，由来大千世界也就是空虚一梦，何况梦中之梦？王爷是读过多少书的，也许我们此刻，正是方才那个王爷在梦境之中呢！"说罢又一稽首。他说话时，始终面向允祥单手并指。允祥觉得丝丝缕缕一股温热之气悠悠地扑面而来，直从眉心间透入胸膈，有如春风吹拂五脏，蕴藉温存，十分受用，顿时觉得气清目明。因改容说道："仙长真乃道德高深之士。总归一条，仙长能游悠于空色虚实之间，能通行于幽明造化之道，允祥真是有缘！""无量寿佛！"贾士芳粲然一笑，"王爷这话说得近了。贫道一来就对范将军说，要和王爷结善缘的。"

范时绎呆呆地听着他们两个人对话，他是将门之子，恩荫武职出身的将军，虽然读了几本书，不过为要装"儒将"幌子，会意而已，听允祥二人谈这些，似懂非懂的觉得没趣儿，见有话缝儿，忙道："王爷和贾仙长真是有缘——奴才没顾着介绍，这位就是路上跟王爷提起过的贾士芳——江西龙虎山娄真人处来的。"

"既有缘分，请贾仙长随我京华一游。"允祥久病缠绵，今天又晕倒在范时绎军中，和贾士芳对坐闲聊这么几句，浑身四肢百骸都觉得清爽通泰。想到雍正皇帝时常犯热病，几次提到让自己留心访求异能之士密荐进宫疗疾。眼前这个贾士芳，和自己所谈的，也都是《道藏》中正派学问，不由得他心里一动。旋又笑道："皇上以儒家仁孝之道治天下，胸中学术包罗万象，并不排佛斥道，如有善缘，贾先生还可为天下社稷多做些事。"

贾士芳仍旧一副不动声色似笑非笑的面孔，漫不经心地说道："谨遵王命。这是光明我道门大善缘。道士有没有那么大的神明通会，还是要看天数安排。"他起身对允祥又是一揖，说道："王爷，您今日很劳乏了，能这样兴致勃勃在这里长谈，是因贫道用先天之气护定了缘故，就请王爷安置。"见允祥点头，范时绎忙过来亲自料理，侍候着允祥睡了，又对贾士芳道："那边我已经叫人给神仙收拾出一间净室，就请过去安歇。"贾士芳笑道："我只是坐定，从来不睡觉的，王爷这也还得我亲自照料。"说罢便向西壁前东向盘膝而坐，双眸炯然一闪即瞑然入定，再也不说一句话。范时绎听允祥动静时，已是酣然黑甜入梦，掩门出去看时，已是斗柄倒转星河渺渺。他毕竟不放心，又推门进来，亲自坐在榻前假寐守护。

允祥一夜睡得很香，但醒得很早，听得远处村落鸡鸣三遍，揉着惺忪的眼轻轻坐起身来，见贾士芳兀坐西壁如庙中泥胎，范时绎斜倚在榻栏头上钓鱼打盹儿地睡不稳，又是好笑又是感动。范时绎已是听到他的动静，忙命人进来侍候洗漱，又道："天还早，王爷该多睡一会儿的。"允祥看了看闭目沉坐的贾士芳，说道："我是个心血不足的，有昨晚这一睡就很难得的了。不要惊动这位道长，他其实是为我疗病，也很累的。"于是二人便蹑着脚儿出来。

"王爷，"范时绎望着空荡荡的操演校场说道，"怕您歇不安，我昨晚已经下令，今日拉到峪北小校场出操。"允祥满意地点点头，说道："这是你的心。其实我早起惯了的，陪我就在这散散步，用过早点，我们到景陵去瞧十四爷。"

于是二人便沿着大操场月台边的草坪上慢慢散步。允祥似乎有心事，背着手望着东方的晨曦踱着步子一声不吱，范时绎也不敢搅他思绪，只能在他侧后亦步亦趋。足过一袋烟工夫，允祥突然止步，问道："时绎，你在想什么？"

"我……"范时绎猝不及防，怔了一下答道，"我在想，这姓贾的说不定是个妖人。太神了，也太玄了。前头沙河，还有这里他都在，似乎故意儿在王爷跟前炫耀能耐。十四爷是万岁爷屡次下密谕严加管束的人，说句良心话，奴才一半心思在军务上，一半心思都操在十四爷身上。您这次回京又带十四爷同行，还跟着这个半仙之体的贾士芳，奴才真难放心。"

"你说的是。"允祥点了点头，"贾士芳确实有些邪门。不过他说的大数之理还是正论，我也防备着呢，你晓得么？——万岁身子骨儿也不算很好，正在密访能医善法的人，我自己试试，如果可用，就荐上去。不可用也就罢了。我既不带他见十四爷，也不带他和我们同行回京，到时候你软禁了他，听我的信再作主张就是，怕什么？"

两个人绕阅兵月台旁满是白霜的草坪上一边转悠，又窃窃密语移时，直到红日高升才又回到书房。却不见了贾士芳，范时绎便问军士："贾道长呢？"

"贾道长走了有一阵子了。"军士禀道，"走时还留了个笺儿，说请王爷和军门回来看。"允祥见书案镇纸下果然压着一张信笺，几步上前拆开看时，上头却是一首诗。

> 奈何桃李疑春风，道家不慕冲虚名。
> 无情心香难度化，有缘异日再相逢。

允祥呆呆地将纸递给范时绎，说道："我们负了心，他去了。"范时绎却觉得心中一宽，笑道："这可都是他说的，有缘无情都是'数'。异日相逢，今日我少操多少心！"

吃过早饭，允祥和范时绎二人打马顺马陵峪迤逦东行到埋葬着康熙皇帝的景陵。十几里夹山驿道上三步一哨五步一岗，都是范时绎夜里安排好的关防。行约少半个时辰，范时绎在马上扬鞭遥指，说道："十三爷，前头就是景陵陵寝，这个地方和紫禁城一个规矩，爷下马走几步儿吧。"允祥向东觑着眼看，果然从马陵峪口出去约一箭之地，一片开阔地上坐落着寂寥无人的景陵陵寝。高大的景陵凿山而成，依山南下是巍峨的拜殿，环着瓮城下，是碧得发黑的老柏苍松，中间映着一座座飞檐斗拱的殿宇。寝宫正门外是三座一块石整雕的石块，卵石甬道从正中穿过。甬道旁也都是郁郁沉沉的松柏，掩着一对一对的石象、石马、石翁仲、天禄、辟邪……直向南边的驿道延伸过去。允祥踩着一个戈什哈的背缓缓下马，丢了缰绳。一股哨风吹来，他觉得冷，裹了裹披着的猞猁狲皮大氅，说道："我来景陵三次了，从来没有走过这条路。这地方的驿道纵横交错，又都掩在岩石大树里，真像迷魂阵一样。"范时绎也道："爷来景陵是代天子祭陵，走的是直通寝宫陵阙的正道儿，又是呼拥着来，攒簇着去，哪里留心这些个呢？"一边说，一边按剑跟在允祥身后直趋景陵前的石坊。

圣祖仁皇帝康熙的灵柩奉安景陵虽然才两三年，但这座寝宫修造已经交近五十年了。在灰暗高大的堞雉上满是暗红的苔藓，干枯了的牵手藤爬得满墙都是。正门箭楼的罘罳落满鸟粪。一群乌鸦见这么多人来，"嗡"地一齐飞起，随着一阵难听的"呱呱"叫声远去，十几个守在寝宫门洞里的太监见一下子来了这么多兵，又簇拥着一位王爷逶迤近来，都有点不知所措地惊惶四顾。一时，便见一个蓝翎子管事太监飞也似跑出来。他却认得允祥，老远便打千儿请安，又跪着磕了三个响头，说道："奴才赵无信给十三爷叩安。"

"嗯。"允祥点点头，问道，"这里就你一个管事太监？"

"回十三爷！"赵无信一说话三磕头，"还有一个秦无义，随身儿侍候十四爷，他在里头，奴才这就进去传他。"

"不必了。本王是奉旨来看望允禵的。"允祥看着周围凄冷荒芜的景象，打心底叹息一声，说道，"也用不着通禀，你起来，带我进去。"

"喳！"

于是赵无信前导着允祥，范时绎紧随近边沿着寝宫西仪门石甬道进来。只见偌大的寝宫正院几乎阒无人迹，西北风掠过，满院都是松涛声。允祥一边走一边问：

"你十四爷住在哪儿？"

"就顺这条道儿直朝前走，您瞧，尽北头偏殿门口有人，那就是。"

"他身子骨儿还好？"

"回王爷，十四爷身子骨儿不像有大不好。只是睡不好，吃饭不香。"

"每天早起，还练布库么？"

"不打布库了,只偶尔打打太极拳。十四爷偶尔也散散步,只是从来也不说话。"

"弹琴么?下棋不下?"

"回十三爷,没弹过琴,也不下棋,十四爷常写字儿,不过写完就烧。"

允祥不再说话,眼见西偏殿丹陛下一溜太监宫女都已跪下,一个太监小心地迎上来,料是秦无义,因摆手示意免礼,径自拾级登堂而入。却见一个人黑衣皂靴,腰间束一条玄色腰带站在案前,一手握着笔正在写字,允祥站在门口,审量移时,轻轻叹息一声道:"十四弟,我来看你了。"

允禵抬起了头,他比允祥小不到两岁,倒鬈八字眉,眉宇很宽,个头模样都和允祥很相似,只留着浓墨写出隶书的"一"字髭须,和允祥的八字须不同。允祥凝视着面前这位和自己一样并称"侠王"的弟弟,心里真有说不出的感慨。又怔了一怔,重复道:"我来看你。"允禵眉棱不易觉察地颤了一下,把笔放下,略带着口吃地问道:"奉旨来的吧?"

"……是。"

"是显戮,还,还是暗鸩?"

"兄弟,你别这样——"

"是显戮还是暗鸩?"

允禵消瘦的脸上目光炯炯,像盯着一个不怀好意的陌生人。他已经不再口吃,苍白得令人不敢逼视的面孔上略带着讥讽的冷笑,说道:"雍正派你这个铁帽子亲王来见我,还会有别的事?你要问我这两样死法挑选哪样,我可以告诉你老十三,若是旨意把允禵绑赴西市,万目睽睽下明正典刑,允禵这会子磕头谢恩奉诏;要用毒酒灌我,就把这里侍候的太监宫女全都叫来,我当众饮酒。若皱一皱眉头,我就不是爱新觉罗后裔!"

"十四弟,你误会得太深了。"允祥见他身陷囹圄,仍如此倔强英爽,不由一阵惺惺之惜,原准备复述雍正的话,只好换个办法说。他故作爽朗地一笑,坐了对面椅子上,说道:"请十四弟也坐,我和你同父之子,是亲兄弟;当今皇上和你一母同胞,更是嫡亲兄弟,就疑到这个份儿上,就生分到这个地步儿?——来,谁是十四爷跟前侍候的太监?"

守在门口的秦无义也以为允祥来传旨命允禵自尽,吓得脸色煞白,听见传叫进来,差点绊倒在门槛上,就势儿扎下千儿道:"奴才秦无义听王爷吩咐！"

"没有吩咐的话，"允祥不禁一笑，问道，"十四爷每天进几次饭，一天吃多少肉？"

"回王爷，十四爷一天早晚两顿正餐，不吃肉。"

"吃饭香吧？是十四爷不肯吃肉，还是你们克扣了？"

"奴才怎么敢克扣！十四爷仍是固山贝子，就没有爵位，爷也是金枝玉叶！爷只肯偶尔用点素鸡蛋，一天也就吃半斤到十两粮……"

"早晚跟前有人侍候没有？"

"有！这屋里十二个时辰，十四爷身边不少于四个侍候人。"

"十四爷是来守陵读书的，不是囚禁。"允祥又道，"你们也该常陪十四爷走动走动，散散步什么的。"

秦无义微睨了一眼面无表情的允禵，叩头连声，说道："这个差事奴才办得不好。十四爷随常时分只在这寝宫里头转悠转悠，从不出去。奴才们也不敢做主请十四爷外头去……"

"起来吧。"允祥淡淡说道，又转脸对允禵笑道："老十四，别把弓弦儿拉得绷紧的，叫你小哥子瞧着心里难受。方才这话就是我奉旨要问的，你就杀头砍脑袋地先闹起来！"

"是么？"允禵似乎有些意外，瞟一眼允祥，旋即收回目光，眼观鼻鼻观心哼了一声，说道，"那就请十三哥上复雍正，老十四安分着呢！我琢磨着，他必定还要问我有些什么想法儿。也不妨直言冒奏，我想我是个不忠不孝不友不悌的人，什么福也享过，什么罪也受过，只想早点出脱了。他是皇上，我是臣子，君要臣死臣不死为不忠不是么？杀了我是最好最好，也不用担心和哪个王爷勾起手来和他作对了，也不心疑惑哪个将军劫持了我去当傀儡皇帝了！他恐怕不肯开这么大的恩——这个四哥比我晓得，谁也没他伶俐——怕落杀弟名声儿，那就请他允我削发为僧，要真正这样，我打心眼里感激他这个仁君了！"

允祥听他夹七夹八侃侃而言，一多半倒不能对雍正直言转告，知道他抱了必死之心，因叹道："我懂得，我也知道。"

"什么？"允禵说得兴头，已是满脸泪痕，突然被允祥插进一句，不禁诧异地抬起了头。

第六回　情怡王情说图圉人
　　　　雄心主雄谈治世图

　　允祥慢慢站起身踱到窗前，隔玻璃望着外面。外边起了风，苍黄的天上几朵灰褐色的云。云从高高的墨绿色的老柏树隙间滚滚南下，仿佛在互相追逐，又好像一只只绵羊被什么猛兽吓坏了，拼命地向南逃跑。呼啸着的风穿进陵寝院子，便没了一定方向，在树和墙间乱窜乱碰，扫起秋末的残叶和黄草节儿，扭成一股又一股的旋风在荒落无人的殿宇前即生即灭即蹈即舞。允祥无可奈何地闭上了眼睛。他奉旨来的目的十分明白，动员这个固山贝子回京。因为年羹尧已经死去，策零阿拉布坦又在新疆阿尔泰一带与蒙古王公聚会，拒绝朝廷册封，大有东进重新侵占青藏的势头。一来允禵在西大通带过兵打过仗，召到京师可以参赞一下军事，二来雍正自己也觉得允禵毕竟是一母同胞，怕囚得久了招引闲话。但允禵眼前这种心态，肯听雍正的摆布么？

　　一股贼风裹着沙土扑窗而来，允祥看得出神，急忙躲避时，沙土打在玻璃上，簌簌一阵响便没了影踪。他回头看允禵时，已经漫不经心地又在援笔写字——这是他多年的宿敌，不但政见不同，还几次弄手段几乎置他于死地，原本无感情而言，但允祥这几年身体羸弱，读尽了佛经，昔日的恩恩怨怨此刻看，不过是过眼烟云，早已不存报复之心。允禵的执拗风骨也让他赏识……一时间允祥心乱如麻，他不能不遵旨劝感允禵，又着实担心他回京不安分，枉自断送了性命。思量着，允祥转回身来，看着不管不顾埋头临着颜真卿帖的允禵，长长吁了一口气，说道："你不是要问我懂什么吗？"

　　"方才是脱口而出。"允禵狠命地划着一捺，头也不抬说道，"这会子又不想问了。"允祥道："我是想说，我高墙圈禁了整整十年。你大约不会忘记的吧。"

允禵放下了笔，颓然落座。

"我们这种人，触了圣怒或犯了罪，除死之外，圈禁是最重的刑罚了。"允祥苦笑道，"就那么个十三贝勒府，就那么个小花园子小四合院，我囚了十年。看四方天，看四方地，看蚂蚁拖苍蝇上树，看墙角的牵牛花儿一次又一次地爬墙、开花，一次又一次地枯黄败落……比起我，你眼前这点子'遭际'算得了什么？""你本来就是'英雄'嘛！"允禵刻毒地挖苦道，"我拿什么和你比呢？"允祥摆了摆手，不在意地说道："英雄不英雄，自个心里清楚，我是个凡而又凡的凡人。我落了一身的病：失眠、身热不退、咳嗽不止，头发一多半都白了，我打起精神一天也只能做两个时辰的事。昔日那个'拼命十三郎'你再也见不到了！"

允禵惊愕地看着越走越近的允祥，允祥的口气也越来越咄咄逼人："当然如今不一样！我是亲王而你是贝子。因为兄弟逐鹿已见分晓了嘛！我的意思，皇上并不记从前的陈年旧账，当时是那种形势，彼一时，此一时么！有什么计较的？你是大丈夫，我借一句大丈夫的话，赢得起，也要输得起！瞧你这副熊样儿，还敢大言不惭，说什么'爱新觉罗之子孙'！"

"我的乔引娣呢？"一股热血全涌到脸上，允禵苍白的面孔变得通红，"你有乔引娣么？他凭什么夺走我的乔引娣？"

这是最难回答的问题，允祥离京前和雍正长谈，雍正百事肯让，唯独在乔引娣这个女子上寸步不移："你告诉允禵，除了乔引娣，连朕的嫔妃在内，无论大内还是畅春园、热河行宫，他看中的，立刻送他！"但允祥怎么能对允禵转述这话？他紧锁眉头思索着，说道："十步之内必有芳草！你说我没有我的'乔引娣'——我两个，两个呢！两个都……死了！"他目光陡然一闪，突然想到那个可怕的中午：大雪崩腾而下，康熙皇帝驾崩，雍正皇帝受命来赦免自己，阿兰和乔姐两个侍妾却都饮鸩自尽明志……允祥眼中突然涌满了泪水，喃喃说着："阿兰，乔姐，都是我不好，我……错疑了你们……"

"我道是谁呢，原来是这二位！"允禵却没留心到允祥的异样神态。阿兰和乔姐他当然都知道，因为她们都是他和允禩安排到允祥府中监视允祥的坐探。原以为她们都是被这位二杆子王爷灭口杀掉的，此刻才晓得这两个女人是自杀！允禵咬着牙冷笑道："这两个淫贱材儿有什么可惜的？你拿她们来比我的引娣，真是可笑——"

"啪！"没等允禵说完，允祥已是一掌照脸捆了将去。允禵被打得一愣，头嗡嗡直响，左颊顿时紫胀起来。他没有去捂脸，霍地站起身来，和允祥二人斗鸡一样恶狠狠互相盯视。屋里屋外，连范时绎都没听明白，这兄弟二人好端端说着话，会突然翻脸，个个吓得变貌失色，又不敢来劝，都站得木雕泥塑般一动不动。

"事不同而理同，情不同而心同。"允祥脸色白中泛青，"我并没有作践你的乔引娣，你怎么就敢糟蹋我的阿兰乔姐？""你没有作践，但雍正却作践了我的引娣。"允禵对政治之事早已无所谓，他最伤心的就是雍正无端从他身边抢走了他的爱妾，因此梗着脖子毫不让步，"夺妻之恨你知道吗？雍正这样作为，还算是个明君？"

允祥已恢复了冷静，他似乎有点伤感，松弛了一下自己，微微点点头，说道："皇上并没有把引娣怎么样，更没有纳她当嫔妃。这一条我能给你打保票。"他谨慎地选择着词句，缓缓说道："蔡怀玺和钱蕴斗勾通汪景祺，想劫持你到年羹尧大营造逆作乱，这是已经审明查实的事。你身边窝了这么多匪类，朝廷难道连一点处分也没？乔引娣并没有注册是你的侧福晋，她只是一个寻常丫头，按例调换你身边使唤人，也是怕你陷得更深，那不是好意？"

"巧言令色为虎作伥！"允禵一屁股坐回去，大剌剌跷足而坐，脸上带着刻毒的笑容，"就凭这样的'诚意'，'好意'，还指望着我回京给雍正朝廷卖命！还是开头那个话，明着杀暗着杀都由你们，成者王侯败者贼自古通理，我也不很在乎把我怎么样。"

至此，允祥觉得已经竭尽所能劝允禵回京臣服。允禵不肯就范，他反觉心里轻松——允禵这样的心境，就回北京也是死心塌地和廉亲王联合与雍正作对，留在这上不沾天下不着地的地方，反而易于保全。思量着，允祥已经转了话题，笑道："何必这么剑拔弩张的？我囚禁，你出兵，我释放，你又来这里读书守陵。十五年了吧，我们两兄弟没有单独聊过。一见面又像乌鸡眼似的对着盯！方才是我兄弟斗口，并不是奉旨和你析辩道理。你既然不愿回京，在这里再静养些日子也好，引娣的事我回去和皇上说说，要能周全，自然要周全的。老十四，不论你怎样想，我们总是兄弟，手心手背都是肉，不要总闹别扭跟自己过不去……我明后日返京，今晚在范时绎营里设一席酒，我们高高兴兴吃一顿团圆饭，不再说这些钻牛角尖儿的话了，成么？"

"这尚在情理之中，"允禵点了点头，"成！"

允祥出门，一股寒风扑面而来，不由得打了个冷噤，叫过赵无信秦无义两个太监头儿吩咐道："好生侍候你们十四爷，缺什么又不便奏朝廷的，到怡亲王府找我，要委屈了十四爷我是不依的。方才我们兄弟说话，都是家务，谁胆大，谁就只管往外说去——我准能剥了他的皮！"

允祥回京当晚，北京下头场雪。初时也不甚大，只是霰雾一样细碎的雪粒随着袅袅的朔风在这座灰暗阴沉的古都街衢间荡来荡去，渐次变成软绵绵的雪片飘洒下来，早已冻得结结实实的路面上冰封一层，又加上雪，走上去一步三滑。隔着玻璃轿窗看，外面的街市雪光映着，一般商贾店肆早已打烊，门面招牌都还绰约可见。掏出怀表看时，却已到了戌末时牌。一个护轿的亲兵一头一脸的雪，扒着轿窗呼着白气禀道："王爷，前头是岔道，咱们是去畅春园还是回清梵寺？"

"已经戌时了，这会子皇上刚刚用过膳，还要念佛入定，晚间还要看折子，"允祥沉吟道，"去一个人禀那里的当值侍卫，请转奏皇上我已回来，住清梵寺，皇上要见我就随时过去。"

轿夫们悠着嗓子呼一声，轿子平稳地转向北行。允祥在轿中撩开轿帘小窗，外面苍暗的天底下已是一片雪野茫茫。他凝望辨识着轮廓模糊的清梵寺，想起这一路去遵化蹀蹀跷跷的事，心里又是迷惑又是怅惘。一会儿是甘凤池，一会儿是贾士芳，一会儿又是允禵，影子走马灯似的在心里晃漾。大千世界有多少识不透的理，看不破的情啊！思量着，一声声暮鼓晚钟穿越雪幕传来，便听隐隐约约和尚晚课诵经之声。大轿在一溜四盏米黄西瓜灯的山门外稳稳停住，清梵寺是到了。守在庙门里怡亲王府的太监们早接到传呼，听说本主回来，四十多个太监、王府长史、笔帖式早迎出庙门，一溜线儿按序排班等候。大轿一落，两个太监立刻过来，挑轿帘，搀架着允祥哈腰出轿，立刻给他披上了油衣。

"雪下得大了，"允祥立刻被寒风袭得打了个噤儿。他一边用鹿皮靴子登着木屐，一边吩咐道，"告诉账房上，随轿的亲兵太监，还有轿夫，每人赏十两银子。寺东边有家酒馆，那边讨两桌席面大伙儿暖暖身。庙里是佛家清净地，不要到里头搅和。"一边说着便进庙。果见正北大悲殿中灯烛摇摇，和尚们击鼓打锣喃喃诵经，沿大悲殿西庑一溜房，是自己静修的精舍。东庑一向都空着没住人，但今晚却见也挂着灯。允祥在庑廊间走着，问道："那边也住了人，是哪家大臣？"

随行在侧的长史叫刘统勋，雍正元年的进士，黑红脸膛五短身材，十分精悍健壮，听允祥问，忙道："北边是张中堂，南边是李卫李制台，这几日都住在这里。"允祥怔了一下，说道："李卫，还没回南京？"一边说便进了自己屋里，一股热浪扑面而来，满身寒气立时都苏苏融化开来。

"回王爷话，"刘统勋跟进来，一躬说道，"李卫和六部里还有些公事没说完。他禀了万岁爷，要等王爷回来见见再去。"

允祥喝了一杯热腾腾的奶子，更觉暖融融的受用，脱去外边的狐皮大氅坐了，说道："我们这边房里都是火墙地龙，没过冬就修缮好了的。对面张中堂他们面西，屋里又没有这设置，就是李卫，也不是什么好身子骨儿。你告诉太监们，挤挤腾出两间房，一间给张廷玉住，一间给李卫住。天晚了，彼此都很乏，没要紧事今儿就不见了罢。""卑职这就过去传王命。"刘统勋说道，"不过张中堂后晌进的园子，见皇上还没下来，李制台才下雪时还在院里转悠过，要是已经睡了，可否就不惊动他了？"见允祥无话，刘统勋转身便去，还没出门槛，便听李卫在外边庑下报名：

"一等侍卫、两江总督、太子少保李卫请见怡王爷。"

允祥不禁一笑，大声道："进来吧，狗儿！"待李卫进屋，一边见他行礼，一边笑道："你这个职名有意味。你还兼管三齐监盗；连着报一二三，'太'是'大'，'少'是'小'，真真是占全了！"

"这屋里真暖和！"李卫磕了头又打千儿起身，赔笑道，"不光三齐，直隶山西河南的盗劫案子也归着奴才管呢！"就灯下觑着允祥脸色又道："王爷气色比在沙河时好多了。奴才跟王爷一个病儿，有什么好药，好歹赏奴才一点。""有什么好药！刚进这热屋子暖和的，我叫他们给你和张廷玉各腾一间，今晚就搬过来！"允祥说笑着摆手示意李卫坐了，又道，"我以为你早已经回南京去了，紧着在北京泡什么？"李卫敛去了脸上笑容，望着幽幽的灯火，说道："奴才是奉了旨意的。就是不奉旨，不知怎的，奴才也想多在北京待几日，奴才这病，总担心这回子去了就什么'壮士一去不复还'了的，有些恋主不舍。二则听到些风声，奴才也放心不下。三则有些细务还想请爷的示下。"说罢瞟了刘统勋一眼。

刘统勋十分机敏，立刻便向允祥一躬，说道："那边书房还有几封要紧文书没拆，王爷和制台在这说话，没别的吩咐卑职就过去了。"允祥点点头说道："其余的人也回避一下，给我和李卫在这炉子上温一壶奶子就成。"侍人都退出去，才笑问："什么事这么弄神弄鬼的？"

"奴才惦记旗主来京的事。"李卫用火筷子把奶子壶支得更稳了点，紧皱着眉头说道，"八爷也真胆大，这是豁出来性命和万岁爷作对呀！凭良心说，奴才真有点悬心——奴才在外省京里都有不少朋友，八爷外面上只管个旗务，其实势力很大，风声只要不对，朝局兴许真的推骨牌一样一下子就乱了。万岁爷上次谈了，奴才觉得心安了些。下来想想，八旗绿营里头的将校官员有几个不是旗下人？旗主在朝廷上撑住场面，军心再不会稳的，只要对峙住，带兵将官也会变心的。奴才死活是皇上的人，想着请十三爷再劝劝皇上，最好是别走这步险棋……"

允祥静静听完，抿着嘴唇说道："你说这些皇上不但想到了，比你还要想得深想得细。从去年有这个风声，皇上就给驻京旗营游击以上管带官员发了几十个密折奏事匣子。军队里一动一静清楚得很。"他站起身来，在热烘烘的地龙上慢慢踱着，"我担心的和你全是两回事，我怕八哥这次铤而走险，陷得太深没法自拔，这是大逆罪，又没法救。十四阿哥这次不奉诏，真是件好事。可还牵连着八哥九哥十哥一个亲王、两个贝勒，文武百官过去党附他们的有多少？就文华殿、武英殿还有几个大学士你就难讲他们是什么心！李卫啊，这是多大的案子，你见过吗？你听说过没有？圣祖爷二十几个儿子，大阿哥已经囚禁疯傻了，二哥病得奄奄一息，有一天没一天的，活不了多久了；十四弟其实也是软禁了，再加上这三个……天下后世哪里理会'树欲静而风不止'——写到史上，是个什么名声呢？"李卫一门心思担忧的是雍正的皇位，听允祥这一说，立刻心里清明，皇上和这个允祥其实是网罟俱备，单等这几条不知死活的鱼撞网的了。想想允祥的话，也替他们兄弟寒心，半晌才叹道："说到这烦恼，还不如小家子寒门小户呢！八爷也真是的，没有得皇位，总还是个亲王吧！怎么闹起来没个完？"

"所以这是气数。"允祥忽然想到贾士芳那番议论，心里又是一沉，他细长苍白的手指不安地握在一处搓动着，说道，"我们没法去劝八哥，他要做，我们又没法拦，只能照皇上意见挤脓包儿。八哥要知趣一点，自己收敛，安分办差，就是这些旗主来，我也能保下他；不然我也保不下来，这真是无可奈何……"他变得有点神经质，只是喃喃自语，"你说够了……也争够了，还没个完么？天下那么多事等着我们做，只是要闹家务？……不能学学十四弟么？"

李卫眼中满是怜悯地望着这位雍正皇帝的第一宠弟。当年，他在康熙的儿子里最不安分，挥鞭江夏镇有他，火马踏筵席有他，大闹御花园也有他，康熙御赐封号"拼命十三郎"是个闯祸的都头惹事的领袖，二十年党争十年高墙圈禁，竟像变了一个人！猛地想起乔引娣的事，便问道："十三爷，这个乔引娣是怎么回事，审诺敏一案我见过几次，标致是标致，算不上顶尖儿出色的。怎么十四爷就把住不放，万岁爷又指名硬要？都太痴了……为一个女人兄弟们闹生分到这份儿上，值么？"

"世上有几对夫妻像你和翠儿？青梅竹马患难之交又一双两好？"允祥怔望着微红的炭炉，"情之一事，任谁说不清的，为这个丢了江山、身家性命的要多少有多少，像吴三桂为一个陈圆圆称兵叛明，引大军入关，也还是个情——冲冠一怒为红颜！"

"可皇上过去和乔引娣并没有旧情。"李卫俯首沉吟，"太蹊跷了。我问皇上，皇上又叫我问您，您能告诉我么？"

允祥将沸了的奶子壶挪动到炉边，思量着，自失地一笑，说道："方才你说到'痴'，我想起来有人说过满洲人情痴的话。太宗皇帝要晏驾，世祖皇帝才六岁，睿亲王多尔衮揽总儿掌握朝政，眼看着的花花江山唾手可得，他就是不伸这个手。世祖皇帝在位十七年，才二十四岁，如今有说病故的，有说出家的，总之为了一个董鄂氏，和多尔衮一样为一个'情'字。说到乔引娣，皇上要她也为这个字。不过不为她自己，倒为了另一个女人，就说皇上情痴，也是真的。"李卫颇费心思地蹙着额头听完，说道："王爷的话太绕弯儿，皇上为情要引娣，又不为引娣，又为另个女子，这没法解。"允祥道："这没什么不好解的，引娣长相太像皇上当年要的另一个女子了！

二十年前，皇上巡视安徽，被大水围困，城破逃生后被一个女孩子救起来，在那女孩子家二人有过一段缠绵恩爱……"

"王爷，"李卫忽然想了起来，说道，"您这一提醒儿，我就都知道了。大水过后，皇上在扬州催办赈灾粮，人市上买下了我。我和皇上还一同去桃花渡、高家堰寻访过她。她叫小福……我们主奴那次险，差点在黑店里送了命！小福是乐户贱民，所以皇上还有一道特旨，为遍天下贱民脱籍。呀！乔引娣长得像小福？会不会——"一个更可怕的念头袭上李卫心头：会不会是母女?! 但他随即否定了，小福是被火刑烧死的，死时是雍正亲眼所见，离二人分手满共才三四个月，不会有后裔留下，天下也没有这般巧的事——他口风一转，疑虑地说道："会不会日子久了，皇上记忆错了？就算长得一模一样，还有脾气、性格儿呢！如今既然牵扯到国事，就让十四爷一步——"他又想到允祥比喻的多尔衮和顺治，便打住了，竟不知说什么好了。

一时间两个人都觉无话可谈，屋子里顿时沉寂下来。隔着大窗玻璃向外望，雪已经下得很大，一片片粘到玻璃上，顷刻就化成水，泪一样流下去，只远远地隐约听清梵寺方丈在朗朗念诵《般若波罗蜜多心经》：

> 观自在菩萨行深般若波罗蜜多时，照见五蕴皆空，度一切苦厄。舍利子，色不异空，空不异色，色即是空，空即是色。受想行识，亦复如是。舍利子，是诸法空相，不生不灭，不垢不净，不增不减……

"你们这么呆坐着参不语禅么？"寂静中忽然有人说道。允祥和李卫一回头，只见棉帘一动，随着一瞬即逝的冷风，一个人徐步跨进，张廷玉随侍在后。灯下看时，二人都吓了一跳，原来竟是雍正黉夜来了！

"是皇上！"允祥和李卫同时跳起身来一边行礼请安，一边李卫又忙将允祥随常坐的鹿皮交椅搬过来，口中道："老天爷！这黑夜大雪的，外头的路主子怎么走来！"允祥也道："皇上有什么事，叫太监来通知一下我们就过去了。从畅春园到这里四五里地呢！"

雍正乍从冰天雪地进到屋里，不胜欣慰地搓着手，有些青白的脸色也渐渐红润，见众人都站着，因笑道："都坐吧。怎么跟前连个使唤奴才也没？说机密事，朕在外头听，两个人又都不言声！"李卫冲出壶中的奶子先捧给雍正一杯，又给张廷玉和允祥倒了，口中道："奴才正和十三爷说起当年，主子收留了我，黑风黄水店遇难的事。一转眼二十年过去了，想起来像梦……"他瞟了雍正一眼，叹了口气。

"是啊……二十年了……"雍正也不胜感慨，"要不是带着你，朕也就没命了，你有擎天保驾的功啊！可惜又只能埋没掉……那时候儿黄水泛滥，桃花渡到高家堰一带几十里没人烟。我们在沙滩上运粮，路过的村落里都没有男人。上次批范时捷的密折，朕还特意问，那些过水河田，如今开垦没有。范时捷说经过洪水的田最肥，早已垦了，为划地界子还出了几件人命官司。李卫，萧家渡口北边还有几万顷淤地，听说你下令不让开垦，是为什么？"李卫一门心思要引着雍正说上乔引娣，然后三个人一齐谏劝他把人归还允禵，消弭兄弟之间这个缝隙，但雍正却把话题引到政务上，只好躬身答道："是。尹继善想发卖那三万二千顷地，是奴才拦住了。如今江苏的地多，再垦田贪多嚼不烂，眼见黄河已经归道，河堤修治好了，有钱主儿趁便宜买地，其实只是霸着不种。奴才想，与其叫这些土财主霸着，何如政府掌握？如今一亩只能卖到七两，康熙三十年那地一亩五十多两，到康熙四十年，一亩有的卖到二百多呢！奴才想等个好价钱，多卖几百万银子，也能办点大事。皇上要觉得不妥，奴才处置了就是。"雍正笑道："你这是替朝廷理财。很好，没什么不妥的。不过，事先要是奏朕知道了，闲话也就没有了。"

坐在雍正旁边的允祥一笑说道："这事李卫跟臣弟说过，想着过几年卖个大价钱，在南京给主子修个行宫。他盼着主子南巡呢！"张廷玉也不能不服李卫治事精明，在旁笑着叹道："天下督抚都能像李卫田文镜一样，朝廷在财政上省多少心！"

"朕心中三件大事，一是火耗归公，二是士民一体当差，三是云南改土归流。"雍正端端正正坐着，淡淡说道，"现在一个是李卫，一个是田文镜，江苏和河南已经试行，其余各省没有推开，一来是年羹尧隆科多乱政，四处插手，二来这两省还没见到好处，一时还不能发明诏。杨名时来京时谈了谈，这三件事他竟一件也不赞同。但他在贵州办差办得不错，朕和他有约，七年不动他的总督兼巡抚位置。杨名时是个清官，他靠人品做官，李卫田文镜也是清官，却是靠制度刷新政治。朕想，暂时各行其是也好，内地这两件事办不下来，改土归流也一时上不了台面，等七年约满再说改土归流——那是苗瑶杂居之地，一不留心就要出大乱子的。"

张廷玉听着雍正雄心勃勃的计划也有些兴奋，但毕竟是当了近三十年宰相的人，兴奋的火花一闪，接着就想到了困难。他不抽烟，只把玩着五冬六夏从不离身的一把湘妃竹扇，沉吟良久才道："火耗归公发养廉银，损了官员收项，士民一体当差纳粮，又损富益贫。自祖龙到今多少皇帝，这是第一篇吏治真文章。做好了，皇上也是千古一帝，但掣肘的又何其多，办起来又千丝万缕，何其的难！"雍正面无表情，许久才道："要没有难处，别人早办了。还轮得到朕？别说朝廷里外上下，就是宗室国戚，朕的兄弟子侄，不赞同的也居多。朕心里清清楚楚它的难。但这事和你们反复谈过，这些事越往后拖，留给子孙，他们越难办。朕不做圣祖之后的庸主，你们也不要做庸臣。就算是'兴头'里，谁阻了朕这个兴头……最亲的人也难逃朕大义灭亲！"说罢将奶子杯重重地放在桌子上。此时连和尚晚课也已经结束，深邃的古刹里一片寂静，暗夜中只听窗外微啸的西北风掠房而过，和无尽的大雪片片落地的沙沙声。

"皇上宏图远谋人所难及。"不知过了多久，允祥才幽幽地说道，他的声音很低，寂静中却显得格外清晰，"我们兄弟二十四个，早夭了四个，还有二十个。兄弟同心，其利断金，要是八哥十四弟他们能……那该多好！平心而论，他们也都不是无能之辈啊……"李卫是何等精明的人，立刻揣摩到是为乔引娣的事谏劝皇帝，"此刻，提出来真是火候，十三爷真是个角色！"他心里暗自较劲儿，却不肯再插话，只竖起耳朵等着雍正发话。

第七回　心意不投引娣抗颜
　　　背水一搏密室划策

雍正当然知道这几个心腹臣子的心思。

他是今天上午用过早膳见的乔引娣。当时只是天阴得很重，白毛风刮得正紧，雍正洗漱了，坐在案前批了几份奏章，觉得心里烦躁不安：不知是因窦尔登一伙抢劫了几船漕粮，漕运总督和山东巡抚两个人各自具折推诿责任；还是允禩自张家口又请允祧代递了折子，说身体不爽，想请旨回京调养……另外，御史孙嘉淦从云贵发回折子，去秋云南洱海几十处崩溃，请旨调拨库银修葺；岳钟麒从四川也有奏报，弹劾兵部尚书阿尔松阿玩忽职守，以十万石霉变粮食支应军需，天水绿营因伙食太差军士哗变，杀了管带逃亡山林，请旨查抄阿尔松阿，以其家财折变军费以慰军心……这些消息没有一条让雍正清目舒心的。他扯过孙嘉淦的奏折批道：

> 尔是御史固然，尔亦是钦差大臣在彼处，宁不为朝廷着想乎？自尔赴两广福建，动辄奏本即伸手要钱——即将此折本转给杨名时看：洱海糜烂，总督巡抚平素所为何事？汝二人可商一筹策，就地措款整修洱海，至于种粮，朕即着户部发往贵阳，不误春耕即是了。

还想往下写，觉得头有些晕疼，脖颈间有些发热，伸手摩挲，隐隐地淋巴有些隆起，雍正无可奈何地放下了朱笔，叫过高无庸问道："贺孟频还没有来么？"

贺孟频是太医院的医正，雍正自从患了这无名热的症候，一直都是他来看脉，昨天下午派他去通州给废太子胤礽看病，今早去传他进来给自己看，却还没回来。高无庸见雍正脸色不好，小心翼翼说道："奴婢已经叫人快马去传他来。主子别着急，稍等一会子就来的……"雍正没言声，踱下御座便往外走。高无庸见他要出去，忙道："我给主子取斗篷去，叫五哥过来侍候吧？"

"不用。"雍正一边说，已出了澹宁居。一股寒风立刻袭得他激灵一颤，见高无庸跟出来，因问道："乔引娣现在哪里住？"高无庸指了指西北方向，说道："在露华楼后方偏殿里。主子身子欠安，天又忒冷了的，不如奴才过去传她来见……"话未说完，雍正已是迈步，他只好在后跟着。

从澹宁居向西一箭之地再北趄就是露华楼，雍正一边走一边询问："听说她不肯更衣？"

"是，她说那是十四爷赏她的，不愿替换。"

"吃饭呢？"

"吃。不过不多。"

"朕赐的点心呢？"

"回主子，也吃的，"高无庸道，"她说她想见见主子，有话说。"

雍正站住了脚，怅怅望着远处，似乎在想什么，又似乎有点漫不经心，几个外省大臣刚刚从韵松轩弘时那里辞出来，见皇帝站在外头，以为他要见三阿哥弘时，忙都侧身跪了给他让道儿。雍正却没有理会，仿佛要驱尽心中郁气似的吁了一口气，趄身径往露华楼而来。

乔引娣住在露华楼后院专供太监住的"听传房"。她的身份不明，高无庸没法安置，想来想去，便寻了这么一个既是下人住的，又能随时传呼上去侍候的地方。加之这里宽敞，后边宫人出出入入也便于监视。说是"后院"，其实和露华楼最下一层通连着，因此雍正没走旁门，径由高无庸带着穿楼而过——从楼下须弥座西北，绕过几只烧得通红的大兽炭铜炉，转过一道砂西番莲带座儿屏风，便见一间空旷的大房子，仿佛客厅的样子。沿东一带是大玻璃窗，掩在露华楼的西北翘檐之下。这窗下放着几张竹藤春凳，执事太监平素就坐在这里听候传呼。东北角一个小门出去和外头太监住的排房超手游廊相通。后院的人进楼这是必经之地。乔引娣的床就摆在房子西南角，也是平常宫女用的板床。床头一个梳妆小柜，当屋一张八仙桌，桌下两只条凳，桌上放着茶壶碗具小匙等物，看去甚是零乱。雍正还是头一次进到下人们住的房子，乍从外边进来，也觉光线甚暗，只见一个女子穿着蜜合色棉裙，上身套着外发烧天马皮披肩，背朝外伏在八仙桌上用笔写着什么。几个宫女坐在春凳上，见是皇帝突然驾临，猝不及防唬得一齐起身，又忙伏地跪下。雍正见引娣专心致志地写着，似乎没发觉自己进来，摆手示意众人不要言声，自默默站在乔引娣身后。

"太像她了……"雍正怔怔地站着细细打量，那一头浓密得乌鸦一样的黑发放着黝暗的光泽，侧身那纤弱的腰肢，微斜在桌上的肩头，带着娇憨的红晕的腮，甚至阵阵传过来的幽香都像是为自己上火刑架的那个小福。他眼前闪烁着小福被绑在柴山上的影子，那殷红的火苗舔着她的全身，舔着她清秀的面庞和飘散的黑发。小福痛苦地来回扭动着身躯，至死都没说一句话……雍正已经完全沉湎在回忆里，脸上似喜似悲，喃喃说道："佛设所谓轮回之道，为什么不是她转世？对，是她转世的……"

引娣身子倏地一颤。她转过身来见是雍正，像是突然在路上见到一条蛇，身子一仄几乎摔倒了。她惊怔地后退一步，一手握笔站定了盯视着雍正，问道："你，你要做什么？"高无庸在旁喝道："贱蹄子，你这是跟皇上说话？"

"她刚来，不懂规矩。"雍正摆手制止了高无庸，他的脸色有些忧郁，上前拈起那张纸笺看时，只见上面写着一首诗：

> 长夜无灯磷自照，断魂谁伴月作俦？凄凄一树白杨下，埋尽金谷万斛愁……

一色的钟王小楷，笔意笔神却都似允禵的字。雍正不禁叹息一声，问道："这是你的诗？"

引娣是第二次见到雍正。上次见面时允禵刚刚黜掉王爵，带她进宫去看望弥留的十七皇姑，在皇姑的病榻前与雍正邂逅。当时雍正乍见她，吓得连退两步面白如纸，下来后她还好笑"皇帝老子怎么这德性"？她自幼学戏看戏，戏里的皇帝不是迷糊昏庸便是贪酒好色，但眼前这个活生生的皇帝站在面前，一脸的倦容满是忧郁之色，怎么也和戏里的形象对不上。她胡思乱想着听雍正问话，只戒备地点了点头。

"写得不坏，"雍正攒着眉头，神情里带着嗟讶，"只是太过阴惨。李贺诗风，不是福寿之语。你小小年纪，哪来这么多的愁绪？"乔引娣道："皇上的意思，要作诗也强颜欢笑么？我由着命拨弄，生离死别来到这里，有什么'欢乐之词'强捏得来？"

雍正不禁一笑，说道："你是打定主意抬杠来了。谁说要你强颜欢笑来着？朕是问你，劝慰你嘛！听你的意思，舍不得离开十四爷？"

"是。"

"但他犯了国法。"

"我是他的人。"

"不！"雍正的语气沉重得像是自己也负荷加深了，喑哑的嗓音带着嘶嘎，"你是朝廷的人，不过分到他名下侍候而已。他是皇亲贵胄，娶妻纳妾都有制度的。"

"我是他的人。"引娣坚持道，"他在我心里，我也在他心里。皇上你留我，我抗不过你，可我的心不是你的。要不是怕拖累十四爷，我早就死了。比如我不吃不喝，皇上你挡得了我死？"

在场所有宫女太监都恐怖地瞪大了眼睛。引娣的话不愠不火，字字言语安详，但口气间斩钉截铁毫不让步，他们几曾见过有人这样跟皇帝说话？但雍正却不生气，只是脸色看去更加忧郁苍白，许久才道："你有这样的心么？啊……朕赏识这样的人……但你必须活着，你死了，朕就下旨处死老十四！"他觉得头很晕，惶惑地又看了一眼引娣，无言转身出去了……

雍正坐在允祥的鹿皮椅子里，良久，才心猿意马地说道："老十三说什么？哦……难道朕不想兄弟同心么？就因为他们都不是'等闲之辈'，朕才步步小心如履薄冰啊！大家当年夺嫡逐鹿红了眼，圣祖爷选我这个没心当皇帝的当了皇帝，他们心里这口气消不下来呀。连隆科多也不明不白地上了他们的贼船，年羹尧都跃跃欲试想造乱——如今又弄什么'整顿旗务'，这么锲而不舍，朕一味给他们念佛经，成么？"他的手指有些发抖，从怀里取出一包药，灯下打开了，却是香灰一样的散剂。李卫忙从银瓶里倾出一杯水亲自端了站在旁边侍候，雍正苦笑着摇摇头，攒眉说道："别的太医都不中用，贺孟𫖮的药稍好些，又苦不堪言……"说着将药抖抖地倒进口，接过李卫递过的水连冲几口才咽尽了，撮着嘴唇又道："良药苦口利于病，忠言逆耳利于行。衡臣和李卫不要当哑子，言者无罪嘛。"

"皇上说的那些，老奴才都是亲眼目击。"张廷玉干咳一声，捋了捋苍白稀疏的胡子说道，"闲下来替皇上想，皇上也真难为。李世民曾说过'人主惟有一心，而攻之者甚众。或以勇力，或以辩口，或以谄谀，或以奸诈，或以嗜欲，辐辏而攻之，各求自售，以取宠禄。人主少懈而受其一，则危亡随之，此其所以难也'。从皇上当皇子办差时到现在，不是一直在受攻么？奴才以为，人主权柄不旁落，人臣所谓'勇力'也就难以动其心；人主聪察警惕，'辩口''谄谀''奸诈'也难施其伎。唯有'嗜欲'是天性中自带的，不在'克己'上用力，就难免堕入小人迎合之术中去。"

雍正一边听，含笑点头道："衡臣说的是，但朕有什么'嗜欲'，不妨明言。"允祥和李卫满以为张廷玉要说引娣的事劝雍正远色，不料张廷玉不慌不忙呷了一口奶子，说道："主上的嗜欲在于'急于事功'。下头吃准了这一条，就来投主子所好。藩库亏空是几十年积下来的，主上限令三年完库，先是一个湖广，虚报亏空补完，李绂一本奏上，几名方面大员罢职；山西诺敏假冒邀功，田文镜揭露两名封疆大吏死于非命。他们固然是咎由自取，朝廷给的功令期限太严也是原因。主上已经几次说'不言祥瑞'，尚崇旷奏遵化凤凰翔集，鄂尔泰奏贵州都匀石芝丛生都没有发到邸报上。但据奴才看，私心以为主子还是盼着'祥瑞'。鄂尔泰奏说古州一月之内七现'卿云'，十三爷跟前这个刘统勋当时就在大理。调来北京，奴才问他'卿云'是怎么个样子，刘统勋说兴许他眼里迷了沙子，他没看见过'卿云'。浙江总督性桂奏说，湖州人王文隆家万蚕同织一幅瑞茧，长五尺八，宽二尺三，明摆是假的嘛，还是宣布了。田文镜奏报河南嘉禾瑞谷，一茎十五穗，皇上还表彰了。可河南该荒歉还是荒歉。奴才的意思不是说报祥瑞的都不好，奴才说的是主子心里的'嗜欲'往往就启动下头的投合。日子久了，就分不清哪是真的，哪是假的了。"他顿了一下，审慎地选择着句子，又道，"至于别的嗜欲……奴才是眼看着主子从小到大的，实在是不好酒也不贪色。外头传言什么乔引娣的事，奴才不敢信，也不愿信，但奴才也有一言，天子无私事，天子的'私事'也和国事相连，说白了就是个国与家难分。是是非非，既然言者无罪，奴才也就放胆了。"

张廷玉说完，无声舒缓了一口气，李卫在旁不禁暗自佩服：这个张廷玉不动声色缓缓入题，把引娣这件最令雍正吃心的"小事"化入一大堆国事中奏谏，确比那种好色误国的直谏容易接受得多，难怪三十年荣宠不衰，真是姜桂之性老而弥辣。李卫一边思量，一边说道："张廷玉前头说的那些，奴才有的知道有的不知道。奴才自幼就在主子跟前侍候，又在下头做了这么多年的官，情弊也还知道些。官场这个'揣摩'二字，真是无药可医。你献四个穗的谷子，我就找得出二十四个穗的。那是光有个样儿——稗谷！——哄得主子高兴，不定就能升官，至不济也不会为这事儿罢了官，所以虚报亏空追索的事奴才也有过。只不过哄弄朝廷的事奴才有过，密折子里头跟主子还得说实话。所以我心里觉得皇上的家事和国事还不全是一回事儿。听了衡臣老先生议论，奴才觉得原先是想左了。密折奏事连有的亲王都没这福分，可见是皇上为国家之事广大耳目所特设的，与明折是一反一正的一回事。比如八爷，那年我把他门前的照壁都偷卖了，也没为这个和主子犯生分。但国家大政，八爷总在下头使绊子点邪火踢倒油瓶儿不扶，遇事总盼着朝廷处置坏了——譬如一家子出这个子弟，也真得提防着点。可他们又是皇上的骨肉，葫芦提办了，又容易招惹小人嚼舌头。唉，说起来也真是个难。奴才识字儿少，就看那戏上，都说是女人祸国，其实哪一朝哪一代都是男人当家，朝廷不听她的，她扳着手替皇帝写圣旨么？就算乔引娣的事是真的吧，一者是十四爷，我看犯不着为个丫头和皇上别扭。皇上也未必真的就爱她！审诺敏一案我的主审，天天见乔引娣，塌肩膀儿水蛇腰，四寸长个大脚片子，有什么看头？"他心里清明，口里却是东一榔头西一棒槌，明知自己"不识字"皇帝有担待，故意说得语无伦次，一句也不直说，却句句含着劝雍正顾及大局放掉乔引娣。说得允祥和张廷玉都是一笑，又忙敛住。

"你们绕弯弯儿，说的什么朕一清二楚。"雍正想到见引娣的情形，心里一阵痛楚，不易觉察地蹙了一下额头，说道，"允禵咆哮先帝灵堂，不遵太后教令，不守法不敬上，他是有罪之人，可他又是朕的兄弟。依着官说，为他更换身边侍候人是规矩；依着私说，朕也不愿他过分伤情。即这么说，朕体贴你们这片心。允祥可写信告诉他，在那里守陵也使得，回京做事也可，三年之内自省改过，还是朕的好兄弟，万事都可商量。他要是一味往什么'党'里钻，也就不可救药了。"说罢便站起身，李卫等人也忙起身，因外头雪大，李卫检着烧红了的炭给雍正装了手炉，几个人簇拥着雍正冒雪直送到清梵寺山门外，看着他登舆而去才返回来，恰听寺中晓钟撞响——已是子夜时分了。

就在雍正与允祥等人在清梵寺议论国事的同时，坐落在朝阳门外的廉亲王府，允禩和允禟兄弟二人也在西花厅围炉夜谈，在座的有刑部尚书阿尔松阿、礼部尚书葛达浑、贝子苏奴，还有侍卫鄂伦岱和勒什亨。

西花厅坐落在廉亲王府花园西海子洲东岸，一半在岸上，一半压在水上，靠水三面，卧地到顶都是双层大玻璃镶嵌，坐在花厅里海子对面的压水台榭举目可见。夏天不用出门，隔窗可以垂钓，冬天坐在室内可以观雪景。为了赏雪方便，连花厅的柱子都是空心焊的铜板，地下周匝火龙通着熏笼，熏笼又通着"柱子"。点起火来，连花厅房顶的雪都要融掉，允禩又要暖和又爱赏雪，就在花厅顶加苫了半尺厚的黄笔草，草上又加瓦。因此，看似平常的一座花厅，足用了四万两银子，不但王府，就是加上宫室御苑，这也是头一份。此刻，几个人已是酒饭之余，坐在这风雪中的"玻璃房"中，遥看着对面水榭子上戏子们走步子练台功，灯映之下冻得镜面一样的海子上霰雪如雾随风回旋流溜，真是别有一番情致。

"别的话都是多余的了。"允禩靠在东边大理石座屏旁的鹿皮安乐椅上，目光炯炯望着外头纷纷飞扬的大雪，打破了岑寂，"如今真到了图穷匕首见的时候儿了！'鱼肉'眼见要上刀俎，就为逃命，也须得跳、跳了。"他今年四十六岁，但看上去十分年轻，圆脸上一对弯月眉，蝌蚪一样的眼睛，眼角微微下吊，冠玉一样白的面庞上没有一丝皱纹，举手投足间都显得温文尔雅，说话声音洪亮却不带半点咄咄逼人之气，显得温存又不失帝室贵胄的尊贵威严。"八贤王"这个名声举朝皆知，他的这副相貌也为他增色不少。他缓缓说着这样激切的语言，却仍显得十分平和稳重。

允禟就坐在他的左侧，手里拿着一块汉玉扇坠，不厌其烦地把玩着。他比允禩小两岁，看上去要老得多，黑瘦峭峻，阴沉沉的，语气也有点森人："八哥说的一点不假，老四（雍正）是个睚眦必报的刻薄人，确是要新账老账一处算了。内廷唐桂儿传过来信儿，听允祥说开春就送我去岳钟麒大营，所以时间也紧。八旗旗主进京一定要赶在正月十五前。这个时候刚过元旦，人都懒了，葛达浑管着礼部，又是文华殿大学士，把王爷们都请到那里议事，然后请皇上接见，题目一摆，文章就做出来了。"他的情绪忽然变得有点亢奋，站起身子踱了几步，一手抠着大玻璃框帮子，盯着团团摇摇飘落的雪，说道："我们错过了多少机会？圣祖宾天，我们兄弟要有一个人在畅春园外头主持大事，允祥能轻易到丰台大营杀人夺兵权？允祥去哭灵，我们趁机大闹一场，隆科多他敢宣读那份假遗诏？允禵如果不奉诏进京，就在西宁按兵不动带兵办事，凭八哥一呼万应的人望，雍正能控制得北京的政局？隆科多已经拉到手的人，假如那次带兵闯畅春园再早一天，雍正就只好当流亡皇帝。我不是指责什么人，这些事我也有责任。我如果公然杀掉刘墨林那个浪荡钦差，年羹尧是已经萌了反心的，他就敢在青海自立为王！——我的意思是说，上天给我们多少机会都错过了，按理说已该厌弃了我们了。可它还在给！但我们还敢再次失之交臂么？"允祺听他历数往日失败，又是悔恨又是激动，浑身血脉偾张，脸涨得潮红，目中熠然闪着光，说道："以前的，以后的，责任都是你八哥。总想平平稳稳地不弄乱了朝局；再者我们也缺一个敢真搅真闹的孙大圣。一个敢为天下先的猛士。我仔细思量过，只要搅乱了，雍正他收拾不了局势！"

"我管着礼部，文华殿的太监也听我的。"葛达浑眼圈熬得通红，他似乎心事很重，右手抚摸着剃得光溜溜的脑门子，喟然叹道，"皇上无道，擅改先帝成法，欺母逼弟，暴虐群臣，这都是真的。我担心的只有三条，我们没有实际的兵权这是一；我们毕竟君臣名分已定。这'造逆'二字罪名难当。万一有不服的，称兵勤王，我们用什么抵挡？这是二；三嘛，八旗旗主现在只找到四名，这些人从来没有从过政，只是背地里发发牢骚，真到阵仗上实地和皇帝较量，会不会临阵下软蛋？这些事想不透，预备得不好，毁了身家性命事小，可是九爷说的，我们只能赢，已经输不起了。"允祺听了一笑，说道："老葛，你得弄清楚，我们只是借这些旗主用一用。棋，分着几步走呢！整顿旗务是雍正下的旨意，我按旨意办事召诸王来京，他说不出我什么来。雍正整顿旗务的宗旨有两条，一条是旗人自谋生路，分田种田，然后减削旗人的月例钱粮；一条是八旗的下五旗统属不明，旗营披甲人不务正业悠游荒唐。我们先从第二件事做，在京各旗营牛录管带的案卷都已准备好，通知他们各自晋见自己的主子，旗主能对属下行赏行罚，下五旗的兵权就拿到一半。就如毕力塔的丰台大营，毕力塔是个汉人，下头三个佐领都是满人，一见旗主，毕力塔他就指挥不动了；旗人分田自种是坏了太祖太宗和圣祖成法的，早已怨声载道，所以这一条不但行不通，而且王爷们必定还要和雍正理论争议——要知道，平日他们在盛京毫无权柄，一旦旗下门人奴才肯听命服从，一定要千方百计恢复'八王议政制度'。如今雍正弄什么官绅一体纳粮当差，又是火耗归公，抄家抄得鸡飞狗跳墙，真个是天怒人怨，暴虐无道，朝野布满干柴，一旦火起谁能扑救？八哥出来收拾局面，还不是顺理成章的事？"

允禩不安地晃动了一下身子，摆手道："老九最后一句话说错了，应该是八王旗主共管朝政。我们不是乱臣贼子，也没有篡位的心。但雍正管不好这个朝局，理不了这个天下之政。社稷，公器也，应该'公管'。下五旗王爷来了四名，勒布托是正蓝旗的，都罗是镶白旗，诚诺是正白旗的，永信是镶红旗的。这是四旗了，我是正红旗旗主，下五旗都在了。上三旗归雍正统属。镶黄旗是弘历、正黄旗是弘时、镶红旗是弘昼。弘历是铁心跟雍正的，他就要同李卫一道儿下江南。弘昼无可无不可，是个懒散人。弘时，你们记住，在京坐纛儿办事的这位亲三爷，他才是我们共举之主。真的八王议政，弘时也是我们的首领——他要夺位，我们只要实权，号召容易，也没有后顾之忧。诸位还有什么不明白的？"

"八爷剖析明白。"阿尔松阿说道，"我明儿去见见弘昼五爷。我是镶红旗第二佐领，归着五爷管。您别看五爷任事不管，他要发起火来，连三爷也怕。五爷整日在家烧丹炼汞，前年隆科多带兵搜宫，当时也是三爷坐镇北京，没有通知五爷。五爷恼了，把一府的人都轰出去。守护东华门，说东华门是他丹炉罡斗冲位，不许兵丁带刀进紫禁城。隆科多请三爷写条子请见五爷，都被挡在门外。紫禁城都搜遍了，就是进不去东华门。那炉丹到底也没炼成。五爷上门'请教'三爷为什么扰他静修，三爷当面赔罪才算了事。"允禩笑道："可以和五爷聊，不扯正题，我们不要误了他成仙之道。我那里还有一部元版《金丹正义》，你带了去恭送你家五爷。"

本来议论得十分紧张的话题，经这一调侃，气氛变得轻松了，说笑了一阵，允禩因阿尔松阿提起隆科多，想到他即将就道前往阿尔泰与罗刹会谈边界，心里一阵惋惜：此人虽然罢了相抄了家，在京师步军统领衙门旧部很多，是可资利用的一大势力。思量着，刚说了句"隆科多——"，屏风左侧门帘一动，进来一个家人。附在允禩耳旁轻轻说了句什么，退后躬身听命。

"隆科多来了。"允禩莞尔笑道，"说曹操曹操到。"他取出怀表看看，时针已指到将近子时时分，因站起身来说道："九弟，你们几个在这边，把细节再议议，苏奴是我的侄儿，一处见见不妨——请舅舅书房那边坐！"

第八回　隆科多贬官忧罪谴
　　　　廉亲王晤对侃治术

允裪赶到书房门口，正听里边金自鸣钟沙沙一阵响动，接着钟摆晃动着连撞十二声，隔玻璃向里看，一个五十多岁花白胡须的老人一手端杯子，正侧着身子眯眼看着琅玕插架的书架。允裪让苏奴开了门，一步跨进去，微笑道："舅舅安好？"苏奴就地打个千儿，旋即起身道："给舅爷请安了！"

"我是夜猫进宅无事不来。如今只有隆科多，哪来什么'舅舅''舅爷'！"隆科多把抽了一半的书送回书架，转过脸来。此时离得近，允裪才看出他脸上有些浮肿，连额头的皱纹都有点发亮，手脚动作间也显得迟缓。允裪笑着吩咐侍候在门口的家人："给隆大人送一碗参汤。"将手一让请隆科多坐了，说道："苏奴也坐——舅舅，你心里有气，这我知道。万岁前次一旨查看你家产，你送来十万银票让我收存，我悄悄给你退了回去，是为这个不是？舅舅为亏空的事，当今万岁登极这几年，在野的在朝的官员抄了上千家，他生就的一个'抄家皇帝'嘛。十四爷都抄了，我这里更是他早就瞄准的地方，有什么安全可言？我替舅舅想的要周全得多——"

允裪说着，探身向书架上取下一部《左传》，翻了翻，抽出一张笺儿递给隆科多，诚挚地说道："这是我在顺义置下的一处庄子，十三万本银。抄家只抄浮财产业，不抄祖业祠堂田地，我把日期向前提了十年，你留着备个万一。舅舅，我不是那种过河拆桥无情无义的人。这一条你尽管放心。"

"八爷，这事情不大，可见你的心田。"隆科多接过纸略看了一眼便收了怀里。他的神情有些憔悴，"我心里悬着的是那份玉牒。我去皇史宬借，是打过收条的。现在只是抄检了我的家，家私都还在宅子里封着没有没收。我现在情形八爷有什么不清楚的？说关就关起来，说杀也只一道旨意——连出门拜客都在这种时分！玉牒是弘时借去了的，我刚刚去三贝勒府见过他，说是八爷借看。三爷也说不安全，请八爷赏还了老奴才，不然，内务府追究起来连累面就大了。"

允禩看着这位曾经煊赫一时炙手可热的"天字一号"枢臣，不到半年光景隆科多仿佛老了十岁，原来棱角分明的黑红方脸变得皮肉松弛毫无生气，声音凄楚惨怛，丝丝散乱的白发在灯下颤抖。允禩的心不禁一沉，瞟了一眼苏奴沉吟不语。苏奴其实并不是允禩的近支侄儿，他的祖先其实是从太宗皇帝就分支出去了的，到他父亲一代爵位递降，只封了个三等子爵，每年只是在光禄寺领一份六百两银子的年例，余外的收项一概没有，是个地道的闲散宗室子弟。但苏奴从小聪明伶俐，话不多却极善结交钻营，八岁上头进宗学读书，别人只是图个体面，甚至希图几两纸笔银子，苏奴却瞧准了这是结交权贵的机会。康熙皇帝的几个小儿子背不上书，他留替身罚跪，替写文章，帮着磨墨铺纸。有时还悄悄弄些稗官小说夹带进去给允禩允祐允祁这些"叔叔"们解闷儿，买些只值两个子儿的蝈蝈笼、泥绣球、插笔竹筒、糖人儿送给弘时弘旺这干金尊玉贵的近支皇孙。……既没误了读书也巴结得人人说他"晓事"。因此从宗学里肄业出来，允禩就要他到十贝子府帮办府务，又荐到礼部刑部帮允禩办差。允禩是最早封亲王的总理王大臣，一个票拟分发出来就又当了芜湖盐道，几个密保，康熙才知道爱新觉罗皇家宗室子弟里竟还出了一位能吏，超迁提拔为湖广巡抚。允禵出兵拉萨，从户部发去的粮食都霉变了，唯独湖广送去的当年新米，允禵战胜，独本以军功扎扎实实又保一本，又叙他祖上功劳，康熙皇帝又发到允禩处命礼部议功议叙，一个"贝子"稳稳当当封了下来，又赐为侍卫。因此这个不哼不哈的远支宗室门楣重光，同学的穷宗室背地里都叫他"闷猴"。隆科多说的"玉牒"，上面只有几句话，记载的是现今宝亲王弘历的生辰八字。这种东西当时是绝密文案，为防着有人行妖法或魇昧之术加害皇帝皇阿哥，历来在皇史宬严封锁锢。三阿哥弘时不知要派什么用场，逼着隆科多弄权偷取出来，允禩从苏奴那里知道了这件事，又要"借阅"，不然就兜出来打钦命官司，弘时也只好俯就这位惹不起的八叔。

"八叔，"苏奴见允禩看自己，在杌子上一欠身说道，"这玉牒背也背得烂熟的了。老隆眼下这么个处境，留着确是没益处。不过——"他略一沉吟，脸上闪过一丝狡黠的笑容，"咱们是从弘时贝勒爷那儿'借'来的，几头不对面这会子舅爷取了去，三爷向我们讨，又该怎么办？"隆科多忙道：

"我的确刚从三爷那来，三爷不便亲自来，让我从八爷这悄悄取回去。这个玉牒八爷留着除了招惹是非，真的一点用处也没有……"允裪这才笑道："舅舅急什么，我当然还你。"苏奴这才起身，在书架上寻出一本书，从套页子里抽出一份硬皮折子，黄绫封面周匝镶着一道金边，打开了，里边端楷写道：

> 皇四阿哥弘历，于康熙五十年八月十三寅时诞于雍亲王府（雍和宫）。王妃钮祜禄氏、年氏、丫头翠儿珠儿迎儿宝儿在场，稳婆刘卫氏。

这就是那份价值连城，干系几家王公大臣身家性命的"玉牒"了。苏奴却没有直接还给隆科多，吊胃口似的在他眼前晃了一下，双手呈给了允裪。

允裪看也没看一眼，顺手将玉牒撂在书案上，转脸对隆科多笑问道："舅舅去阿尔泰与罗刹合议，几时启程？"隆科多一刻也不想在这是非之地多待，恨不得立地拿了玉牒就走，但他知道这位满身谦谦之风的"外甥"的手段，因一欠身说道："皇上怜惜我。我原说就上道儿的，昨儿进去陛辞，皇上说接到阿尔泰将军布善的奏折，罗刹国使臣刚刚离开墨斯克，你是天朝使臣，不宜先到，冰天雪地的路也不好走，开春草发芽儿了再去不迟。所以我一时还不走呢！"允裪一笑，说道："舅舅你是怎么回话的？"

"我说我是有罪之人，何得怕冷呢？"隆科多回忆着雍正接见时的情形，缓缓说道，"罗刹人阴险狡诈，想分割我喀尔喀蒙古，百年来锲而不舍。如今策零阿拉布坦蠢动，反相已露，罗刹国如果先到，二者勾结后患无穷。不如奴才先去，军事上有所布置，一则震慑策零，一则可以与罗刹国顺利签约——我的意见还是早点去。皇上说，'方才这些话都是老成谋国之言。阿尔泰将军也是钦差议边大使，你写一份条陈，朕发给布善，要他就地未雨绸缪。你虽有罪，朕还没拿你当寻常奴才看。过去你还是有功的嘛！这次差使办得好，朕就免你的罪——'八爷，总求你成全我，过了这道坎儿，奴才给您效力的日子有着呢！"隆科多说着，不知哪句话触了自己情肠，心中一阵酸热，眼泪已在眶中滚动，只他是个刚性人，强忍着不让泪水流出来。"舅爷如今成了'认罪大臣'了。"苏奴在旁说道："你有什么罪？你是跟从先帝西征准噶尔的有功之臣，如今又说你勾结了年羹尧，其实没有你坐镇北京，年羹尧才真的要反呢！"他一脑门子撩拨心思，信口雌黄着替隆科多抱不平，"你辞去九门提督，原本为了弃权避祸，皇上就腿儿搓绳又免了你的上书房大臣，说'勾结'又没有实证，说擅搜御园，那是你职权里头的差份，又拿不到桌面上，只好又找个台阶自己下来，他实实在在是个越王勾践！如今八爷在位，八爷再出事，他就又要治你'勾结'八爷的罪了！"隆科多听了默不言声，许久才道："我望花甲的人了，出将入相，这辈子也算不虚过的了，现在我什么也不想，什么也不能再做，只想平平安安地度此残年。说句实在话，平常在家静思，我还不如一了百了，也不至于遗祸子孙！八爷如若体念我这点心境，请放我一马，如不体念，我的鹤顶红已经预备好了，仰药而尽罢了……"他再也忍不住，眼泪扑簌簌淌落下来。

允禩见他如此伤情，也不禁动容，伸手将玉牒轻轻推过隆科多手边，说道："舅舅不要这样……也许你恨我，恨我拉你下水，误了你的锦绣前程，不过有两层请你思量，我也是不得已儿，处在这个位置上，为求自保自全跟自己亲哥斗心思。你看对面墙上，那是我手书的条幅——"隆科多抬头看时，果然见酱色绫裱装的一张条幅，颜书写着：

> 子独不见河边之柳乎：波浪激其根，仆御折其枝，此木非与天下
> 有仇雠，盖所居者然。夫华霍之树檀，嵩岱之松柏，上叶干青雪，
> 下根通三泉，上有鸾鸟凤凰，下有老豹麒麟，千秋万岁不逢斧斤
> 之伐，此木非与天下人有亲戚，亦所居者然。

"这是《鬼谷子致苏秦张仪书》里的。"允禩的目光在灯下游移，"都是木树，况遇不一样，这是造化安排的，没有办法，天地良心在这里，我从来没有起过害人的心，只是这个当哥子的皇帝不能容我！也就是个死吧，或者高墙圈禁，我都认了——本来成者王侯败者贼么！"他伸出两个指头，"二，我从不勉强人，更不卖友。舅舅，你和我这一'党'的事不说它，你和弘时的事我也无一不晓。你败落下来，全是因为雍正皇上多疑猜刻，不

能容人！他连自己一母同胞亲弟弟都容不得，何况我，更何况你？自你抄家失势，大理寺、刑部动用了多少人清查你与年羹尧的事，与我的事？除了你转移家财，别的查出什么来了？没有！可见我不卖友的。"他用手指点点那封玉牒，"舅舅把这个拿去，好生把漏子弥缝了。我万不会再寻你的麻烦。你尽管放心……"

"谢八爷！"隆科多捧过玉牒，抖着手小心翼翼揣进贴身汗衫里，冰凉的金页子立刻激得他打了个寒战，他昏眊的眼睛闪了一下允禩，随即低下头来，说道，"老朽无用之物，实在对不起八爷。不过八爷也请放心，隆科多半世英雄，也是从不卖友的。"说罢向苏奴略一点头，对允禩一揖到地，龙钟退了出去。苏奴望着长廊尽头隆科多消失的影子说道："就这么放过他去了！便宜了这个老杂毛！"

允禩如释重负地站起身来，说道："他已是灯干油尽了。强逼着他出来给我们效力，急了，不定一下子把弘时和我们一古脑儿卖掉。他是当过宰相的，如今又罢了职，一行一动多少眼盯着，我们不吃他的背累就算不错。他不入我们伙，雍正的心思就放在他身上，一旦替我们串连人，反而招引得留心到我们，牛不喝水强按头，我也不做这样的事。就是何柱儿的话：年三十逮个兔子，没有它就不过年了？"他转过脸来，眼睛在烛下幽幽泛着绿光，闷声说道："苏奴明儿走一趟三贝勒府，把我们议的结果告诉弘时，四个王爷已经到了承德，现在这个天儿也许要了允祥的命。可弘历一时也未必同李卫上道去南京，弘历不离开北京，几个王爷就暂住承德。告诉三爷，他八叔这次破釜沉舟为他争这个太子位儿了！"

但是允禩并没有完全估计对。时隔三天邸报出来，弘历以亲王、钦差大臣身份巡视江南，已由张廷玉代雍正皇帝到潞河驿郊送出京。弘昼奉旨到马陵峪视察军务，以皇子身份拜祭景陵。弘时传递过来的信儿，不但允祥已经卧病不能理事，雍正皇帝也患热症，暂停接见外臣。允禩觉得这些消息好得令人不敢相信，命太监何柱儿在宫里打听确实了，这才命轿去畅春园进谒雍正，亲自来探虚实。

"老八来了？"雍正在澹宁居召见允禩，看着他行了礼，含笑说道，"你身子骨儿一直不好，早有旨意不必专门进来请安的。难为你惦记着了。"他看上去果然精神十分怠倦，眼圈暗得发黑，脸色苍白中带着灰青色，颧骨又有点潮红。只散穿一件酱色江绸面貂皮袍，腰间束着黄绉绸褡包，半斜着身子懒散地偎在大迎枕上，声音显得慵懒温和，"那边杌子上坐吧。自己兄弟不讲那么多的礼数，朕见外臣从来也不肯这样的。你如今身子怎么样，看上去气色还好，上次的天麻用了么？"允裪忙欠身答道："托皇上洪福，这几天好些儿了，主上赏的天麻正在吃，只是这个晕病不是三朝两夕就能好的。臣弟原也没敢来惊动皇上的，见邸报说皇上暂不接见外臣，担心皇上身子，因此赶着过来请安。"

雍正撑着臂坐直了身子，一时没言语。这一对亲兄弟自康熙四十六年犯生分，为夺这个皇帝位逐鹿紫禁城，变成生死冤家已经近二十年。但历来刀枪相见唇枪舌剑，雍正这边是允祥，允裪那边是允禩允禟，相互直接交锋。雍正与允裪平时极少单独见面，朝会也只是揖让谦恭礼数不缺而已。此刻，两个多年的政敌相对已是一君一臣，心中都有万千感慨，却又不知从何说。不知过了多久，允裪才觉得这么干坐很不相宜，一躬身子道："上次见皇上还觉得您气色好，这次看上去有点憔悴，听说皇上一天要见三个时辰大臣，批折子到半夜，这么着打熬，没有病的也受不了。先帝在位勤政，千古帝王无人能及，皇上竟比先帝还要劳乏！一张一弛文武之道，皇上学贯古今，好歹当心些儿，也是天下臣民之福。"

"朕有自知之明。凡百事务处置，聪明天亶朕不及先帝，只好以勤补拙罢了。"雍正心知允裪巴不得自己立刻就死，听这假惺惺慰告，不由一阵腻味，嘴角嚼了苦橄榄似的皱着眉头，语气却十分安详，"人呐，最怕没有自知之明——朕这阵子不爽，原来早想叫你进来问问的，旗务整顿的事，如今到底办得怎么样了？"允裪略一沉吟，笑道："说句实在的，臣弟与皇上政见多有不合的，唯独整顿旗务，我打心里赞同。可就是皇上说的，人得有自知之明。开国才八十年，我们满洲八旗子弟就都成了一群窝囊废！康熙五十六年传尔丹兵败青海，六万人全军覆没，逃回来的人说，听见敲鼓声就吓得拉稀。允禵进军西藏，年羹尧在青海打仗，都用的汉军绿营。就京师这些旗下，每个月领了钱粮，什么事也不做，提溜个鸟笼子，就晓得坐茶馆吹牛，再不然喂肥狗，栽石榴树，十个里头连一个会说国语①的都没有了！所以这事臣弟十分经心着办，从没懈怠的。"雍正凝神听着，见高无庸送来奶子，说道："给你八爷——你接着说。"

允禩两手捧过奶子，谢了，呷一口奶子，从容说道："但万岁知道的，八旗旗下这些狗才个个都不是省油灯，骄纵惯了。他们又各有自己旗主，事权难从一统。前次奉旨，在密云、顺义、遵化这些地方划拨地土分给他们。老实一点的去了，滑头地把地租出去，坐收现成的粮。有一等不会也懒得生业的，干脆把地卖了。我追查这些事，抓了几个到我府里问，他们又都说请示过本主，气得我肺炸，又拿他们没办法。所以和三阿哥商议了一下，把各旗旗主叫到北京，列出整顿条例，由各旗旗主自己部勒自己旗下的满人，朝廷只是定期检视。办得好的褒扬奖励，办得不好的按例惩处。这些旗主在奉天也是无所事事，拿了俸禄也该叫他们办点正经事的。这是弘时和臣弟们思量的一个法子。合适不合适还要看皇上圣裁。"说罢垂头吃奶子。

"这些事你和弘时多商量吧。"雍正漫不经心地说道，"朕这头政务太多，下半年已经接见过各省知府以上官员。过了元旦，从直隶省开始，朕要接见所有的州县官。州县是最亲民的职份，朝廷一切制度都要他们去办，百姓的疾苦甘甜他们又最知道，刷新吏治先要从他们头上做起。有人说朕琐细，殊不知天下如今最缺的就是琐细不怕麻烦。朕知道你政见与朕不合，你不要为这个不安，杨名时李绂他们也都与朕不合，办好差使，不弄邪魔外道，朕还有这点容人之量。就整顿旗务而言，朕只有一句话，所有旗人都要体念朝廷爱养的深恩厚德，努力生业，共建大清极盛之世。有这个宗旨，法子由你们去想。"正说着，见张廷玉从韵松轩那边匆匆过来，雍正便问："有什么急事么？"

张廷玉向雍正打了个千儿起身，向允禩微一额首示意，说道："方才接到布善的军报，策零阿拉布坦带了三千蒙古骑兵偷袭阿尔泰大营，已经被打退。这是大事，所以奴才赶着过来奏主子知道。"雍正眉头一拧，立刻变得神采奕奕，问道："他的折子呢？双方死伤情形如何？""折子我叫他们正

---

① 国语：清时定满语为国语。

誊节略，这里先回一下主子，节略誊好也送怡亲王一份。我军死伤很少，只有七十三个死的，策零丢下二百多具尸体逃了。因是夜战，伤敌的情形不明，不过，敌军劫了我军一座粮库，运走粮食三千石，烧了大约七千石。阿尔泰大营冬粮不足，来春雪化泥泞，怕不好运输，请旨户部从速调拨一万石粮运去以资军需。"他顿了一下，略带迟疑地又道，"随折还有一份有功弁将名单，请朝廷议叙。"

"这是什么'胜仗'？"雍正的脸忽然涨得通红，冷笑一声说道，"布善是身统三万人马的建牙上将，被人家端了营，烧了仓库还带走了粮食，还外带死了七十多个人！他居然有脸向朝廷要粮请功？"他呼呼喘了两口粗气，按着胸口揉搓了一阵才平静下来，"你拟旨告诉布善，朕没有那多的恩典施给他！叫他革职留任戴罪立功，限他半个月也端敌军一个粮库，也允他战死二百人！不然，朕要锁拿他进京交部议处，想望首领可保也在可与未可之间。还生出这样的妄想，要朕给他'叙功'！"他焦躁地来回踱着步子，不时站在玻璃窗前望一眼外边白雪皑皑的房顶树冠和化得满院都是的雪水，又心无所主似的转过脸来，茫然盯着案上堆积如山的奏折。

张廷玉思索良久，说道："打了败仗是明摆的事，但奴才以为这只是小挫。如今下旨撤掉布善，或者他半月之内不能如命立功，朝廷选哪员将去阿尔泰代替呢？请主子睿鉴圣裁！"雍正不胜忿然地啐了一口，说道："朕并不为他'小挫'生气，败了就是败了，明明白白回奏，为什么要欺君？你说没人代替，朕不信！死了张屠户，就吃带毛猪？！"

"皇上，"坐在旁边一直没言声的允裪忽然徐徐说道，"讳败冒功，边将积习历来都是如此，您大可不必为这事动肝火。"

"唔。"

"布善是从圣祖西征的老军务，并非无能之辈。"允裪微笑着侃侃而言，"青藏西北阿尔泰这些地方都是寸草不生的沙漠瀚海苦寒之地，能在那里长期留守，布善也就算忠诚之士，不应以小过重罚，寒了守塞将士的心。换一个生手，威不足服众，指挥不能如意，反而要出大乱子。朝廷远在万里之外，臣弟以为更不宜作琐碎军务布置，策零阿拉布坦蒙古骑兵本来就飘移不定剽悍难制，他也未必有什么粮库。布善求功补过贸然出兵，又正值严冬之季，胜负之数更难预料，若再有败绩，隆科多来春和罗刹国的边界会议也不定因此吃更大的亏。这事本不是臣弟的分内差事，我坐在一旁细想，只能糊涂了。承认布善的小'胜'，命他乘'胜'相机进剿。皇上在密折朱批里倒可以明白直告他这样做的缘由，布善自然知恩感戴的。兵凶战危，这和政事不同，错了可以更正。臣弟刍荛之见，请皇上三思。"

雍正听不到一半就已明白允裪的主见是对的。他瞟一眼满脸温良恭谦的允裪，打心底里叹息，老八要能实心臣服，办事能耐比允祥也不逊色……脸上却不肯带出来，对张廷玉道："老八的主张看来有些道理，暂时不要申饬布善了。粮食怎么办！这一万石粮从哪里调拨？""粮食有的是。"张廷玉道，"河南陕西四川都有存粮，只是运起来不容易，骆驼、马匹、驴嚼，还有人夫吃，加上工钱，百里百斤一吊一①，像这样的天儿恐怕还征不上来人，总算下来路上花销也要一万石粮才够呢！"允裪见雍正目视自己，知道他心疼这笔脚资，遂一笑道："只怕百里百斤一吊三也未必征得足民夫数。岳钟麒的兵就驻在川北，发旨叫岳钟麒就营中军粮用军马运，脚银也就省去不少。"

"青海省原来年羹尧统辖的军队还驻有六万，靠的是各省支应军粮。青海省刚刚平定，也没有大粮库，岳钟麒能按住这头已经很不容易了，不宜再抽调岳钟麒的军粮！"张廷玉皱眉沉思着说道，"甘肃榆林军库现在还存着十万石粮，布善的缺粮可以从这里头调拨，榆林库里的粮也到了更新的时候，正好腾出库房来。甘东去年大旱，一开春就得赈济，也只能动用这批粮食。饥民熬冬无食，就由他们来运粮，脚资一律用现粮支付，他们有什么不乐意的？这样，粮库也腾出来了，也省了脚银，百姓也有粮过冬了，岂不四角俱全。这样变换一下，放赈变成工赈，春赈变成冬赈，来春就是不够用，也就差不多了。"

雍正的心绪一下子好起来，笑道："集思广益，今儿议得爽！朕是性情中人，大喜大怒从不掩饰，幸得你们成全匡正。李世民对房玄龄说'恒欲公等尽情极谏'，你们今儿是直谏，还算不得'极'谏，朕已受益不浅。粮食的事就这样办。用六百里加紧廷寄发到甘肃，由骆文寿亲自经理，两个月内务必把军粮送到布善大营。发文田文镜，调拨他今秋的粮食十万石到

---

① 运费计算方法，一百里路程一百斤东西，支付一吊一钱。

榆林，叫他心里先有个数！昨日礼部有个折子，直隶今年乡试主考还没点。张廷玉发个廷寄，叫李绂赶紧赴任，湖广那边几个积案不要他管，交给李卫去办。宝亲王和李卫在一处，有什么办不下来的？"他顿了一下，舒适地打个欠身，道："老八，好好做！就像今天这样做，成全了朕也就成全了你。往后遇有朕思虑不周的政务，廷玉你们不要心存顾忌，只管痛谏，朕再不会以这个恼人罪人的。"他目中闪烁着喜悦的光彩，带着期望盯着允禩。允禩却仍是一副恂恂儒雅之风，起身向雍正一揖，说道："臣弟自当努力巴结。"

"好、好！"雍正脸上带着笑，目光却已转暗，"你这样很好。昨晚接允禵的请安折子，他奉诏要回京做事了。都是自己亲兄弟，朕不在乎他请安这个礼数，只要让朕一个'是'字就够了。老十四是个暴性儿，你们又相处得来，平素一处多劝劝他些。就这样，道乏罢。你身子骨儿也不甚结实，需用什么告诉朕一声。"雍正一边说，允禩连连辞谢，一躬身便退了出去。望着他的背影，雍正长叹一声，说道："这未尝不是好样的人才呢？可惜不能为我所用。"

张廷玉默然一躬身，说道："但愿八爷实心为政，社稷之福，也是天家之福。"

"他不弄什么'八王议政'，朕自然不难为他。天要下雨娘要嫁人，瞧着他吧。"雍正脸上已经冷峻得像挂了一层霜，"十三弟病得很重，朕也身体难支。衡臣，你偌大岁数，里外忙你一个，朕好疼你！"张廷玉心里一阵酸热，正要说些谢恩的话，雍正又道："李卫和允祥都推荐那个异人贾士芳。这事你写信给李卫，叫他着意访求，也不局限贾某一个，不要怕推荐错了，朕自有试用之道。"张廷玉儒学大宗，对这些绰神弄鬼的事满不以为然，怔怔听了，却道："请皇上恕臣，臣不赞同，也不敢奉诏。"

雍正不禁一笑，半晌才道："不奉诏就算了。"

第九回　李巨来沽清判遗案
　　　　　　宝亲王奉诏下江南

　　李绂接到升任直隶总督的明发诏谕已经半年，但湖广巡抚的印信他还不肯交卸。他心里也急着进京赴任，但手头压着一件大案：汉阳业户程森为夺佃户刘二旦之妻刘王氏，夺佃烧房逼死刘家一门三口。这个案子已经拖了三年，本来汉阳县、府都已审明结案了的，程家不知做了什么手脚，案子详到省里，臬司衙门驳了下去，说"夺佃非罪，房产为程家之产；烧房不仁，律无抵罪之拟。刘老栓祖孙三人怀砒霜到程家当众饮药，意图讹诈，亦不为无罪。"判程森枷号三个月了事。刘王氏不服，在巡抚衙门击鼓告状。李绂接了状子便叫过按察使黄伦询问，黄伦倒也爽快，说程森固然为富不仁，刘家也不是什么好东西。程森说是因地租看涨，夺佃是为了加租。刘王氏说她去找程森理论，程森大天白日意图强奸。地租涨价有据可查，"强奸"却没凭据。听黄伦这么讲，又是一番道理。李绂因此时朝廷已有明发诏旨调任直隶总督，他是军机大臣张廷玉的门生，在湖广任巡抚三年清介自守，在雍正皇帝跟前眷宠不亚于田文镜，也不想为这么个案子让御史说三道四，因此将案由密奏了雍正，请求将这遗案处置完，干净利落去北京上任。不久就奉到雍正朱批：

　　　　为地租涨价夺佃，尚在情理之中，烧房，则不可解；刘氏一门三命为夺佃当众自尽，更不可解。该抚疑得是。李绂可缓来京，查实办妥之后赴任可也。此系人命之案，不可掉以轻心。

奉了这道诏谕，李绂索性将衙务交代了藩司衙门署理，亲自下汉阳私访了半个月，已是得了实情。回到衙门，恰过了冬至节，见到雍正催他北行的旨意，李绂一边出火票到汉阳县提拿证人和程森，又发文按察使衙门，请黄伦腊月初三过来会审结案。

三天之后，坐落在武昌城西的巡抚衙门挂出放告牌，立时便招引了不计其数的人来看热闹。此时孟冬季节滴水成冰，人们猫冬在家无事，哪个不来瞧。自卯正时牌，挨挨压压熙熙攘攘的人统袖缩脖嘈杂而来，挤在衙门照壁前、石狮子座旁、仪门外平常停官轿的地方，晒着暖儿，脚跺得山响，叽叽喳喳议论着。

"李抚台不是已经升了直隶制台了么？邸报都出来了，怎么还管咱们这里的事？"

"刘王氏的案子听说已经结了，李制台亲自去北京奏明案中有疑，皇上下旨叫李制台复审的，李制台如今是钦差呐！"

"清官啊……"一个老头子闭目喃喃自语，"最好李大人就留下，老天爷保佑来了个清官管我们湖北，火耗钱只收六钱……"

"嘻！铁打的衙门流水的官，谁也不是自己祖父事业！你想他留下，他就留下了？"

忽然，嗡嗡嘤嘤议论的人一阵起哄，原来是湖广按察使黄伦的大轿到了。人们急忙让出能过一个人的胡同来，只见一乘八人抬象格子暖轿，几十名手持水火棍的臬司衙门捕快前后簇拥着迤逦近来，后头紧跟着还有两乘四人官轿，是汉阳府汉阳县令坐着——都没有筛锣开道，直到巡抚衙门东侧仪门前停下。人们张望间，从签押房那边早飞也似跑过一个戈什哈，喘吁吁道："抚院请诸位大人签押房少坐。"三个人也不言声，一哈腰算是答应，由仪门鱼贯而入。众人正看得没头绪，突然听得正堂堂鼓"咚"的一声暴响，人们立刻像冲闸的洪水似的涌向方堂口，要看原告刘王氏是个什么模样的人。谁知到了跟前看，才知道不是刘王氏，是武昌三元庙文昌宫前天天要饭的米疯子，不知听了谁的撺掇，悄没声揣了半截破砖，结结实实把堂鼓给砸了一砖，竟砸破了拳头大一个洞！抚院的人不知道他是疯子，早过来两个亲兵按住了他。守门的戈什哈脖子筋胀得老高，正在气急败坏地发问：

"你为什么砸堂鼓？"

"我有冤！"

"有冤，县里去告。"

"县里管不了!"

"那就府里道里臬司衙门!"

"这里也挂放告牌,我就要在这里告!"

"这个放告牌,专为刘王氏挂的!"

"啊哈哈!"米疯子双脚一跳,疯笑道,"李抚台也是刘王氏一个人的抚台……哈哈哈哈……"戈什哈劈脸捆了他一掌,骂道:"操你祖宗!不看看这什么地方?有你妈的什么冤,非要这个衙门告?"米疯子深似不觉,念着楚剧道白道:"好个不孝的儿啊……老父亲苦一世供你做官,如今看看老父身受恶霸凌辱如同陌路之人!你你……这忤逆不孝之子啊……"

那戈什哈气得三尸暴跳,还要上前打时,旁边有知道的悄悄说道:"李头儿别和他生气,三元庙文昌宫那边天天转悠,出了名的米疯子——过继儿子当了官,又不认他这个宗,卷了地产的那位,您老不可怜他么?"李头儿笑骂道:"弄半天是个疯子?滚!"说话间,便见衙门口众人闪出一条路来,一个二十多岁的年轻女子前头由刑名房一个师爷导着进来。此时外头太阳已上三竿,千头攒动着的人们争看这个告状女人,李头儿便知这是刘王氏。只见她穿一身靛青粗布大衫,一头浓密的头发挽着一个髻儿,外头缠着孝布,平直得细线一样两条眉心微微蹙起,紧绷着的嘴唇边陷下两个浅浅的酒涡,在众目睽睽下怯生生进了衙门口,头也不敢抬。李头儿照李绂事先吩咐,将一柄四尺多长的鼓槌递给她,说道:"胆放开,使劲敲,不要停,直到放炮升堂,你再上去!"

"咚、咚、咚、咚……"

几声干涩沉闷的鼓声传入后堂侧畔的签押房。李绂平素是个冷人,不甚与人交往,今日坐衙专门等案,更是一声不吭。汉阳府县官卑位小,黄伦满心嫌李绂多事,也不来兜搭说话。四个人正枯坐得不自在,听见前头堂鼓声,李绂便站起身,看也不看三人一眼,只吩咐一声"升堂",遂出了签押房。黄伦几个忙不迭随后跟出来,便听前堂口石破天惊般三声炮响,三班衙役,巡抚衙门几个师爷忙忙拿着纸笔从后堂照壁按序一拥而出,几十个手执水火大棍的衙役一声递一声威严的堂威:

"噢……"

所有嘈杂的人声立刻停止,静得一根针落地也听得见。刘王氏早已跪在堂口，听得"李大人升堂"一声高唱，手执状纸深深伏地叩头，口中喃喃说道："李青天为民妇做主！"

李绂衣裳窸窣升了公座，见几个师爷已在肃静回避牌旁设了小案子援笔待录，公座侧旁西边一公案是为黄伦空着，汉阳府县是二人合坐一凳。他站在那里，用目光冷冷睃了一眼堂口，吩咐道："传请黄大人，汉阳知府柳青、汉阳县令寿吾一同会审——把刘王氏的状子呈上来！"

"喳！"

那个叫"李头儿"的戈什哈答应一声，径至刘王氏跟前取过状纸双手呈给李绂。李绂一边低头细看状子，一边对三个刚请过来的官员道："三位老兄请坐！"一直到细细看完了那状纸，李绂方轻咳一声，叫道："刘王氏。"

"民妇在……"

"你抬起头来！"

刘王氏不安地瑟缩了一下，躲避着众人的目光，抬头看了居中而坐的李绂一眼，忙又低下了头。大约她禁受不了巡抚衙门这样森罗殿一般的威严仪仗，双手一软，几乎跌伏在地下。

"你不要怕，"李绂轻声说道，"你的案子早已在臬司衙门立卷承审，本巡抚也有明察暗访，今日过堂为这案子审断，本巡抚虽已奉调北京，已经奏明当今，此案不结，我断不离湖北一步，你只管放心——让被告程森上堂！"

衙门外一阵轻微的骚动，两个衙役从西侧刑房带着程森出来。他大约五十岁不到年纪，戴一顶六合一统毡帽，灰府绸小羊皮袍，膀间束一条玄色槟榔荷包腰带，外头套一件黑湖绸褂子，胖胖的脸上倒也五官端正，只上唇凹陷些，留着一绺小黑胡子掩饰败相。程森却不怯场，脚步囊囊进了大堂，双手抱一揖，就地打了个千儿，看一眼跪在旁边的刘王氏，又是一揖站起身来。李绂一看便知是个做过官的，"啪"地将手中响木一敲，问道："你叫程森？"

"晚眷生程森！"

"你做过官？什么职务，原在哪里任职，又因何在籍？"

"卑职原在江西盐道，康熙六十年因亏空库银撤差追比。雍正三年亏空补完，起复为泰安同知，因母死丁忧在籍守制。"

"好一个'孝子'！"李绂警觉地看了一眼黄伦，他记得黄伦也在江西藩司衙门做过官，为程森一案翻案，莫非还有更深的背景？当下一边思索，冷笑道，"三年热孝未满，就敢奸宿有夫之妇，就不论孔孟之道，国法皇宪都不顾了么？""卑职并没有奸污刘王氏。"程森不屑地看了一眼刘王氏，"因卑职起复需用银钱，随行就市为佃户加收一成租。所有佃户没有不服气的。刘王氏一家抗租不缴，下头人气急了烧掉她三间茅草屋的事是有的，我已为这事把烧屋家人开革处罚过了。刘王氏为赖租，来我府中，见我的时候百般卖弄风骚，敞胸露乳，说了许多疯话，我赶了她去——我一妻二妾，这把子年纪了，能上她这个当？——想不到她公爹也是无赖，八月十六带着她两个儿子闯到我家，当筵饮药自尽。卑职当即抢救无效，就成了这件人命官司。这个案子经臬台黄大人多次审讯，证词一应俱全，卑职是读书人，不敢欺心蒙理，求中丞大人明鉴识伪，这个罪名儿卑职实实不敢承受的……"说着就扯出汗巾子拭泪。李绂听了，转过脸不假思索地问道："汉阳县，你是第一审官，这个程某人当时是不是这样供的？"

县令寿吾坐在最下首，当时接这个案子时巡抚是他的座师杨名时，黄伦并没有调来，他没想到案子会这样扯皮。他今天陪审，原是坐定了当个泥菩萨，刘王氏胜了，他当时就审得不错，程森胜了，乐得给黄伦顺水人情，没想到李绂头一个就点到自己，顿时脸上一红一白，局促不安地说道："当时程森没有到庭，是派他的管家程贵富代理的，还有几个在场求减租的佃户，口供和程森说的不一样。刘王氏父亲和儿子饮药是在八月十五，不是八月十六。八月十五程家设筵待佃户，续定来年佃租出了争执。刘家乘机揭出程森欺孤灭寡，被程家庄丁抓打吃药自尽的。这件事看见的人很多，卑职以为证据确凿，当即就断了程家无理。"坐在寿吾身边的知府柳青立刻说："寿令当时申报的案情就是这样，卑职所以就照准了。"黄伦在对面一口就顶了回来："程贵富不是正身。刘王氏告的是程森，怎么能据管家的话判断家主有罪？那程贵富对他家主怀有私仇，有意那样供，陷害程森的。"程森立刻接口响应，说道："幸亏了黄臬台明察秋毫，不然我真叫程贵富坑到死处！"他摆着头还要说，李绂将响木"啪"地猛一击案，断喝一声道："你给我住口！问到你再说！"几个人便一齐都住口。

"刘王氏，你说，到底是八月十五，还是八月十六？"

"八月十五！"

"八月十六！"程森立刻顶了回来，"庄户们都能作证。"李绂哼了一声，问道："谁能出来证明？"程森向外看了看，围在堂口的几个衣衫褴褛的人跌跌撞撞地爬跪进来，一窝蜂儿跪下，口中乱嘈，说："我们程老爷冤枉！八月十五我们都在场吃酒，刘老栓也在，没见他吃什么砒霜的呀。"

李绂转过脸，口气变得异常严厉，问刘王氏："这是怎么说？"

"青天大老爷！"刘王氏脸色青灰，连着爬跪两步，指着几个证人连哭带说，"他们都是指着程家佃田吃饭的人，程森说八月十六，他们敢说八月十五么？八月十五夜里好月亮，我带着两个本家兄弟去程家抬回我的爹还有我的两个儿，当晚哭丧哭得满村都过不成节，老爷您随便叫几个村民问问，这种日子还有记错的么？"说着她放声号啕，"我屈死的老爹……我的儿，我的娇儿……嗬嗬……啊……"凄惨的哭声盈庭回旋，人人心上都被激得紧缩起来。外头几个毛头小伙子也挤了进来，七嘴八舌地说道："我叫汪二柱，和刘王氏一个村的。我证老刘头是八月十五死的……"

"哭得满村人凄惶掉泪，这事谁不知道？"

"我娘还带着月饼去老栓家看来着！"

"我是住刘村抬死人的，八月十五，没错！"

李绂嘿嘿冷笑，倏地翻转脸来，问道："程森，你讲，为什么私改日期，嗯？！"

"……兴许，我记错了……""你是太聪明了。"李绂讥讽地吊着嘴角冷冷说道，"日子定到八月十六，证人就只限到你程家的人，就好做手脚了，可惜八月十五这个日子太好记了，更可惜的是你程森不能一手遮天，你只能胁逼你的佃户，别的人你掩不了口舌！"

程森仿佛被打了一闷棍，浑身激起一个寒战，他有点张皇似的环顾一下四周，又看了看几个刚刚进来的证人，咬了咬牙强自镇定着说道："就算是八月十五吧，反正就那么回事，他是自尽，又不是我强按着吃药的……"李绂狰狞地一笑，说道："你没有奸污刘王氏么？"

"没有。"程森瞟一眼黄伦，低下了头，他的口气已经不再那样强横。李绂将目光扫向刘王氏。刘王氏被看得低着头只是抠砖缝儿，张了几次口才嗫嚅道："他……他……"她偷看了一眼衙门口拥挤的人群，到底没有说出口。坐在西侧的黄伦将案一拍，喝道："今日对簿公堂，你吞吞吐吐语言恍惚，你这刁妇，存的什么心？"

李绂瞟了黄伦一眼，吩咐戈什哈："把证人带下去具结画押，门口这些人后退三丈！"衙役们答应着便来带证人。但门口的聚观人众听问奸情，却越发来神，推走这边，那边又涌上来，怎么也赶不走。还是一个师爷有办法，端了一碗墨汁，用毛笔蘸了站在堂口淋淋漓漓地就洒。前头几个脸上身上着了墨的立刻便往后退，后边伸着脖子听热闹的顿时挤倒了一片，外边一时吵声骂声哭叫声嘈杂不堪，好半日才安静住了。李绂对刘王氏说道："这是公堂，你必得有一说一有二说二，才好为你结案。多少烈妇受辱而死，《春秋》并不责备。既是强奸，那就没什么可丢人的。你只管如实讲，不要心存顾忌。"

"是……"刘王氏咽了一口唾沫，"我是他家针线上人叫去的，说是帮着做过冬衣裳……我爹已经去过几次求他别加租，我想着帮做冬衣，或者能见太太奶奶们求个情儿，就去了。我在他们西厢屋做针线，不知怎么后来就剩我一个人在屋里。他……他就进来，动手动脚，先是说疯话，我不理他，后来他就……猛地搂住我，一手扯裤子，一手摸乳——我叫唤煞，也没一个人进来……后来……后来他就糟蹋了我。我在他大腿上抓了几把，不知道抓出印儿没有……"她羞得说不下去，又低下了头。

"这就好办了。"黄伦在旁说道，"既是抓抠过他，只要验验有伤无伤就知道了！"

刘王氏突然抬起头来，下死眼盯着黄伦，她突然没了羞涩，梗着脖子，苍白的嘴唇哆嗦着，大声说道："黄大人！你得了程森多少银子？你——你还是个读书做官的！三年前抓的印儿现在还能验出来？你这么不要脸，一死就一死，我索性全兜出来，你占骗了我身子，答应替我雪冤，后来为什么变卦？"

她这个话一出口，立刻满堂皆惊。李绂、柳青、寿吾并所有的衙役都把目光射向黄伦，一个个脸色苍白，如同庙中鬼神泥胎，顿时大堂上一片死寂。黄伦万不料她竟攀出自己，脸色"唰"地变得蜡黄，没半点血色，半晌才回过神来，"啪"地猛一击案，吼道："你放屁！可见本按察使没有看错你，你这个臭婊子，竟敢如此含血喷人！来！"

"在！"几个臬司衙门的人立刻雷轰般答应。

"大棍侍候！"

"喳！"

"慢。"李绂早已立起身来，案情这样一转，是他万万始料不及的，此时可怎么办？他攒着眉头紧张地思索一阵，松弛了一下，笑道，"黄大人少安毋躁么。问明了再加刑不迟——刘王氏，你要知道，你是以民告官，先已经有罪，要想清楚了！"

刘王氏此时将一切已置之度外，死盯着黄伦道："民妇是破了身子的人，已经一钱不值，只要公道处置了我一家三口血债，什么罪我都领了！"她戟指指着黄伦，"你在二堂密审我，你说，程森给你送钱，你不稀罕可是有的？当时我磕头说，'大人不爱钱，公侯万代'，你双手把我拉起来，你那副脏脸叫人恶心！你说……你说……"

"你这刁恶无赖的淫妇！你住口！"黄伦吼道，"瞧你那副模样，谁瞧得上？"李绂笑道："你不要忙着问，让她说完——刘王氏，他说什么？"刘王氏道："他说'你真长得……可人意儿，我的四姨太也比下去了……'还说，只要和他'春风一度'管保我的案子赢……大人，我不是人……为了替我儿报仇，我就从了……"

李绂冷冷睒了黄伦一眼，正要说话，黄伦恶狠狠问道："你有什么凭证？说不出来，我剥了你的皮！"李绂因又问道："是。你有凭证么？"

"这种事还要的什么凭证？"刘王氏掩着脸泣声说道，啜泣了一会儿，猛地抬起头说道，"我看见了，他肚脐左边有一块朱砂记，上头还长着红毛。还有，还有，他的'那个'左边还有铜钱大一块黑痣。红毛记有半个巴掌大——大人，你验，他要没有，我就认这诬告罪！"

这一下把黄伦证到了死地，黄伦立时面如死灰，只是哆嗦嘴唇，一个字也说不出来。大堂上所有的人都目瞪口呆，瞠目望着李绂。

"士经兄，"李绂阴笑了一下，平缓了脸色，叫着黄伦的字说道，"案子已经涉到了你，真真假假自有泾渭。请士经兄回避一下，随我到二堂，我还有话说。"黄伦头昏目眩，形同白痴，眼睛直直地站起身，提线木偶般跟着李绂到了后堂。他们一离开，堂口立刻传来一阵人们兴奋的鼓噪议论声。

李绂吩咐跟着的戈什哈"叫他们安静!"一边示意黄伦坐下,亲自倒了一杯茶端过来,娓娓轻声细语说道:"士经,你说实话,我还可成全你的体面,不叫你当人出丑,不然,你想想看,万目睽睽之下,我也不好不秉公执法的。其实呢,这个案子我心里已经明镜一样——我自己调的人证根本就没有用上。你要一错到底,我可也就无法可设的了。因为这案子是皇上御批的,我不能没个交代。"

黄伦仿佛此刻才灵魂归窍,他仇恨地看了一眼满脸假笑的李绂,两只手抱着剃得发光的脑门子,来个一言不发。

"你再想想看。"

…………

"唔?"

…………

"你不肯招么?"

…………

李绂勃然大怒,怒喝一声:"给你脸不要脸,本抚成全不了你了!来,给黄大人去衣!"

"喳!"几个戈什哈立时饿虎扑食般拥了过来。黄伦本能地一闪,怪声怪气叫道:"我是朝廷三品大员,士可杀而不可辱,你们谁敢?!"李绂格格一笑,说道:"你是'士'?你是猪!我今天辱定了你!"说着手一挥。戈什哈们从没干过这差使,又新奇又好笑,两个人死死按住挣扎着的臬台大人,余下的七手八脚连解带撕,顷刻之间就剥得他一丝不挂。果然的真不假,黄伦肚脐左下侧一片红茸茸的细毛朱砂记。再扳开腿,那块黑痣赫然在目。

李绂什么话也没说,掉头便返回了大堂。嗡嗡嘤嘤满堂嘈杂立刻鸦雀无声。他站在公座上吸了一气,仿佛要吐尽纷乱的思绪,半晌才定住了神,咬着牙大声宣布:"黄伦已经招了!程森,你到底怎么和他勾结翻案,你给我从实——"他"啪"地猛击一下响木,连那个铿锵有力的"讲"字一齐"拍"了出去。

"我招……"程森面无人色,稀泥一样软瘫在地,"我和他在江西盐道上就是同事。头一回送银子三百两,他不肯要。后来叙出是旧行,我送他一千两银子,他就给我翻了案……"李绂无声透了一口气,坐回公座,吩咐道："给他画押！"一边援笔在手在案牍上疾书批文。

> 据程森一案，该犯原系在籍守制之朝廷命官，乃敢据势鱼肉乡里，将佃户刘老栓之家媳于光天化日之下骗诱到家，强行奸污，致使刘老栓祖孙三人饮恨自尽。又复交通赂赇朝廷方面大员黄伦，意图弭罪。灭绝天理于前，舞法弄权于后，使刘王氏一门三命久冤不解，实属罪不容诛。着判斩立决，报刑部详准施刑。黄伦身为朝廷法司大员，贪赃无耻，胁奸民妇，悍然弄法，即行监禁，案由申奏御览后遵旨严处。

写罢，接过画过押的状纸略一浏览，眼睛扫视一眼众人，朗声宣读了判词。立时外面千万人一齐欢声鼓舞，刘王氏满面泪痕，嘶声高呼："青天大老爷明断！李老爷公侯万代……"夹着程森家属含糊不清的号啕咒詈声混成一片……

恰此时，后堂匆匆出来一个戈什哈，对李绂耳语道："宝亲王爷，还有两江总督李卫制台来了，在后头签押房等候大人。"李绂脸上毫无表情，只点了点头，直到百姓散尽方徐徐说道："退堂吧！"

第十回　政见不一黑猫黄猫
　　　　志趣相投无情有情

　　李绂退堂回来，路过二堂，见黄伦形同木偶痴坐在堂角的木杌子上。他大概已经听到了李绂方才宣布的判词，见李绂精神抖擞地过来，身子一软便双膝跪了下去，说道："犯官有罪，总念我十年寒窗，四下考场，今天来之不易，求大人笔下留情……"李绂迟疑地站住了脚步，扬着脸看了看堂后院中签押房前肃立的几个太监近卫，叹了一口气，说道："既有今日何必当初啊！你的这件事太丢人，不单丢你自己先人面孔，朝廷脸上也是撑不住的。当今主子最讲心田，坏他名声的，断没有轻饶的理。这会子我还要谒见宝亲王，不能多谈，你先回府上闭门思过，写一个服辩给我，我奏皇上时夹片呈上御览。就以你贪色顽钝这一条说，辜负皇上苦心栽培，罪认得好，心诚，或可有你一条生路。至于功名，眼下根本谈不到。世上没有什么好东西能洗掉耻辱，只有时间。撕掳下性命，拼几年工夫雪心改正，那时才能说这件事呢！"黄伦听一句，哽着嗓子答应一句，李绂见他吓得浑身筛糠语不成声，心里也是一软，却没有再说什么，拔脚便进去了。

　　"好啊，包龙图退衙了。"李绂在签押房门口报了职名，便听里头一阵爽朗的笑声。挑帘进去，见宝亲王弘历坐在炭火盆子旁烤手取暖，李卫用铁筷子轻轻翻着，屋子里一股浓烈的烤白薯甜焦香味。李绂就地打千儿请下安去，说道："奴才给亲王千岁请安！"起身来时，才又对李卫笑道："臭叫花子，在我这屋折腾烤红苕，巴结主子了！"他这才用心打量，只见弘历一身宝蓝色土布棉衫，脚蹬双起梁"踢死牛"鞋，头上戴着青毡瓜皮帽，腰间系一条黑布褡包儿腰带，通身上下都像一个乡下穷秀才。只弘历年纪还不到十六岁，尽管看去比实际岁数老成，但天生资质秀丽雍容，貌如姣好女子，和他这一身微服打扮不甚相称。李卫也是便装打扮，像是乡里中户人家的长随。他永远是一副嬉天哈地模样儿，只是他身子骨儿不好，脸色带着青黄，借着翻弄烤白薯顺便儿取暖。李卫身后还有个二十多岁的年轻人，一脸书卷气，眉宇间却甚是英武。武昌地气夏热冬寒，这种时节棉袍棉衣尚且冻得缩首顿足，他却只穿一件夹袍，单裤套着快靴站在靠窗处，一脸的泰然自若。

李卫见李绂不住眼打量那年轻人，嘻嘻笑道："我们宝亲王爷主仆是步行赶来湖广的。你瞧这年轻人不起眼儿，把你衙门人都加起来也未必是他对手。他叫端木良庸，如今跟宝亲王一道南巡。"李绂向端木良庸略一点头，漫不经心说道："国家承平之世，练武不如习文。我看你这资质，像个读书料子呢！——王爷，前几日接邸报，说您要到南京，奴才万没有料到来到武昌，不知皇上龙体近日如何？"

"皇上龙体欠安，不过不相干，你可放心。"弘历起身站着说了一句又坐下，"我这次出来也顺便访医。要有身怀异能绝技的，或者十分上好的医生，你写密折奏荐进去。哦不，你不是这就要离任进京么？留心儿访着就是。"李绂笑道："皇上其实就是一个'累'字。奴才一路进去，一定用心访查医生。不过说选'异能'之士，奴才不敢奉命，还要劝劝李卫兄，离经叛道之徒江湖术士，万万不可轻易进荐。你要荐，我就弹劾你！"

李卫嬉皮笑脸，说道："你弹劾我还少了？不过狗咬狗罢了，该荐谁我还要荐的。上回你弹劾我违旨看戏，反倒给了我好处，弄了个'李卫奉旨看戏'——我不为荒淫怠懈，吃喝玩乐儿，大约你李绂无奈我何。"这说的是前年的事。雍正下旨令天下文武百官不准看戏荒怠公务，李卫却几次在南京总督衙门叫戏班子。李绂便以"阳奉阴违擅自观剧"为题，密奏了李卫一本。雍正臭骂李卫一顿，令他"据实回奏"，李卫答称因自己"识字不多，学术不够，又蒙皇上严旨切责读书学史，只得捡些于治道有益的戏文儿看看，长长见识"。雍正朱批，"尔之粗率无学朕深知之，肯于看戏学史，其心其志仍在法理之中，朕甚嘉勉之。但嘱尔勿以观剧荒怠公事耳。"——本来偷偷看戏的，经李绂这么一弹劾，李卫反而变成公然奉旨看戏。此时说起来，李绂也只好自失地一笑，说道："只要我看你不地道，我仍旧要弹劾你的！"

"巨来，"宝亲王弘历见二人戏说斗口，也是一笑，他虽在少年，自六岁入宫即在康熙皇帝膝下读书，学贯古今兼长文武的老皇帝亲自调教的皇孙唯独他一个。因此在康熙的百余名孙子中，不但学问最好，而且养成气质，举手抬足皆有制度，龙子凤孙华贵雍容中又带着温馨可亲，使人一见忘俗却近而难亵。他一开口便阻住了二李说笑，"我是从信阳府直下湖广来的。有人劝我从南阳老河口过来，说是道儿好走，其实我看是因为南阳为河南富庶之地，'千里不断青'，那是河南的脸。我没有看这个'脸'，从河南的'背'面过来了。比了比，觉得湖广治得比河南要好。你说要启程调直隶去了，我想劝你一句，以你的清廉介直，直隶也能治好，不过皇上锐意振数百年之颓风，刷新吏治。有些陋习不能不有所更张，河南、江南推行火耗归公，摊丁入亩，加上垦荒，岁入几乎都增了一倍。已经证明了的好办法好制度，我劝你到直隶还是要推行。杨名时在云贵也是按兵不动，那个地方苗瑶汉杂处，和内地不一样，你不可类比。你是聪明人，又是皇上心膂股肱，皇上寄托期望殷重，臣来你要切切留心。"

李绂在椅中欠身恭肃一礼，庄容说道："王爷训诲的臣切切在心。不过历来有人治而无法治，王爷熟读史籍，自必明了。即以王安石，岂是无能之辈？他的法政今日推详，也都头头是道。法治与人治相比，人治第一，这是千古不易之理。所以皇上整顿吏治，以峻刑严法惩贪罚赇，臣一力推行。至于耗羡归公，官绅一体当差纳粮，臣以为应该因地制宜，因事制宜，因人制宜，不可千篇一律。"他看了看李卫，说道："就像又玠（李卫字）在南京，广收烟花税补国用不足，是国家一堪悲之事，岂能作为成例成法推而广之？我和李卫私交很好，说到公事，他是小人之法，我就要鸣鼓而攻之！"

"黑猫黄猫，能捉耗子是好猫。"李卫听他当面指自己的办法是"小人"之法，顿时满心的不自在，嬉笑道，"你说我收秦淮楼嫖税不对，难道武昌的青楼不收税么？不过你轻我重罢了。你收的税都用了做什么，我也略知一二。有些没差使的，苦缺的官儿，你补贴了他们，官儿们说你好。我收的税，建了三十一座义仓，专门补济无业无产的穷民。如今天下讨饭的，你湖广去的也不少，他们都晓得我这南京长年设赈棚，迟早有饭吃。跟你不一样的，是破落产业户，叫饭化子说我好。嫖客身上抽血养活叫化子，圣人也不会说我没天理。"

"罢了罢了。"弘历摆手道，"再说下去就动了意气了。从来一兴一替制度变更之间，政见不一是常事常情。且来你若不肯推行火耗归公，我也不夺你的志，恐怕这件事是当今第一要政，你就不宜出任这个直督，这是我临出京时皇阿玛谈心时说的。给你下个毛毛雨，你也好心中有数。"

李绂眼波不易觉察地闪了一下。他一向谨守成规，以仁厚清廉自戒，以例传法度理治湖北，无论士绅百姓都知道他是"青天"，湖广每年的考绩都是"卓异"，远远超过田文镜的官声人望。对田文镜，他们原是患难之交，私谊极好的，自从田文镜强制河南大力垦荒，不少穷民不堪其苦，流入湖广为丐，二人书信来往讨论政事，意见相左，情分也就淡薄了。他倒不在乎田文镜被雍正称为"模范总督"，因为从雍正朱批谕旨时看，对自己的信任丝毫也不亚于田文镜。宝亲王轻描淡写的几句话，透露了皇帝对"火耗归公""士绅一体当差纳粮"这些新政推行的决心，也或者说朝廷对田文镜的信望已经远远超过了自己。李绂心里酸酸地泛上一股妒意，说道："王爷给我下这个'毛毛雨'足见厚爱。我也坦诚禀告王爷：我很爱湖北这地方，这里的百姓也爱我。这次进京见了主子，还想请求回湖广。主子可以瞧着我和田文镜比比脚力，看谁把省治得好！王爷是我的少主子，您的学问通天下都知道的。田文镜衙门里有'三声'：算盘声、板子声、嚎哭声；我也有三声：琴声、棋声、议政声；两个'三声'孰优孰劣请王爷判断。"

"这两个'三声'有意思。"弘历爽朗地一笑，看了李卫一眼，说道，"湖北确实治得不错，李又玠也有同感。你手下现在已经没有遗案，新到的朱批谅你已经收到，不要再滞留了。今日一见就算别过，你从水师给我们主仆弄一条船，我们沿江东下去南京，你快点回北京，直隶的乡试你主持，这是万不可耽延的。"说罢便起身。李卫却道："一条船怎么也不成，至少要三条船。叫水师提督换便装随着王爷的船暗地护驾，少主子的安全比什么都要紧。"

送走弘历三人，李绂再也不敢延误，立刻将刘王氏一案缮成奏章，用六百里加紧递送北京。此刻他要离省的消息已经传遍省城，当地士绅都暗地串连送万民伞，商议着选出头面人士赴京叩阍，请留任李绂，又有风传说要万人攀辕拦轿请求李绂从缓进京的。李绂深恐误了考期，匆匆将衙务交代给湖广布政使洛德，又出宪牌命武昌知府殷俊岩代理臬司。因汉江白河进中原一路都是逆水，李绂便不肯坐船，只带了两个小奚奴由陆路下襄阳，取道南阳鲁山北上。赶到洛阳时，已是过完灯节，算算日子，半个月可以轻轻松松抵京，李绂才松了一口气。因河南府知府罗镇邦是李绂会试同年，李绂便想在这里稍息两日，然后再趱行。李绂是简命湖广开府建牙的著名大臣，又奉调直隶总督，虽不是升迁，却是重用，罗镇邦自然十分殷勤，当晚就在衙中设筵为李绂接风。他深知李绂善爱文士，就近在老城邀了王宗礼、贺守高、杨杰、秦凤梧几个缙绅前来作陪。

"洛阳，兄弟还是第一次来。"酒过三巡之后，李绂已是满面红光，"白天在城里散了散步，商贾酒肆街面齐整，武昌也不及这里。武昌水旱两路九省通衢，洛阳交通五省九朝古都，伊阙邙山横亘其间，不愧天府重镇！就是省城开封，我看也不及此地！下晚时我去观瞻了孔子问礼处，碑倒还好，可惜碑亭破败了。你这个罗镇邦呐，也算读书人，就不知道修葺一下？"

罗镇邦年纪在五十岁上下，国字脸连鬓胡，身躯高大，显得十分壮实，喝了几觥酒，黑红脸膛油光光的，笑容可掬为李绂斟酒，说道："来来，巨来制台，我知道你海量，满上满上！——嗨……您是不知道我们这里的难啊！岂止是孔子问礼碑，周公庙、文庙大成殿更是破败，要修就都得修，但那是要银子出来说话的。河南府比别的府养廉银子多些，我是个从三品，和臬台一样，一年六千两，要应酬往来，要养家糊口，还得置点田产防老，这些个余外的风韵事是心有余力不足啊！要没有火耗归公这一条，洛阳的出息一年就是十几万，这些小事算什么！"李绂一听便知这是发田文镜的私意儿，他不愿背后议论这些事，略一思忖，说道："风雅事总有风雅人办——谢谢，我不能喝得太多了——洛阳人文荟萃之地，从读书人绅士那里募一点怕也办得下来了。"

王宗礼执壶刚给李绂斟了酒，挨次正在给罗镇邦倒酒，听见这话，叹道："大人，如今河南哪里还有缙绅？您去瞧田中丞身边那群人就晓得了。他的几个师爷，没有一个是做官出来的，不是讼棍就是刀笔吏出身。真不知读书人犯了田大人什么忌讳，一味地从士大夫头上开刀问斩。如今缙绅们远离官府唯恐不及，生怕派差弄到头上，谁敢出头冒尖儿露富操办这些事呢？"王宗礼是两榜进士出身，放过道台的，经历多见识广，说话从容不迫，因知道李绂与田文镜不睦，便极力撩拨。"前次他派了个钱粮师爷，叫钱度，一眼看去就不是个正道人。也是在罗兄这里吃酒，我们说起来士绅难处，钱度说，'你们再难，比佃户们还难么？比要饭的还难？'——您听听他说的这是什么话：'田中丞是替朝廷兴革，他私人又没得什么好处。谁不知道我们中丞爷是"模范总督"！别看李绂在湖北顶着不办，早晚他顶不住，还得学河南！'"坐在王宗礼身侧的杨杰是个墨瘦矮个子，操着一口江浙腔接口说道："王兄说的没半句假话，我也在场。说起来我和田抑光（文镜字）还是同年乡荐的孝廉。他一道宪命下来，我就得出河差，和那群泥脚杆子一道背沙包垛河堤。斯文扫地类同奴隶抬舆之辈，这什么世道嘛！我给他写了一封信，提到当年一道儿游西子湖，谈棋论诗的往事旧情，请他对读书人网开一面。这是他的回信，请李大人赏鉴——说给我寄十五两银子，觅人代工！娘希匹，我说的是面子，他给我银子，我稀罕他的钱么？李大人，我接这信真是侮辱难当，气得几夜都睡不安！"李绂闪眼看了看杨杰，恍然说道："你是叫四维的吧，原来我们是同年的孝廉！怎么刚才就不认呢？"

"礼义廉耻谓之四维，"杨杰似笑不笑说道，"如今你官大了，我还该有些儿自知之明，别像田抑光，我自触霉头巴巴儿去亲近同年，希图的不过是他能当个有古风的名大臣，哪承想自己讨人没趣儿呢？"李绂笑道："你可算所谓'一朝被蛇咬，十年怕井绳'的了。我们同房同科中的孝廉，是世兄弟嘛，有什么穷讲究！"众人这才知道杨杰和李绂还有这层亵缘，便一齐恭维杨杰。王宗礼便腾出座儿给杨杰，笑道："你和李大人同年世兄弟，坐这边，近些好说话。"李绂便拆看那信，果见是田文镜一笔刚劲的瘦金体楷书：

> 四维吾兄如面，马日札悉，不胜唏嘘。忆昔西子湖畔吟风弄月事，恍然有如隔世。其间二十余年，子逢、路青诸人纷纷凋谢，宁无悲乎！至兄所言，国事也。抑光深蒙圣恩，行官绅一体当差纳粮，亦为筹国之谋，非敢有一己之私念也。他日文镜退归泉林，亦当与兄一体为国负赋完差。但凡行一政、兴一事必有一弊相随，古

之能臣不免于是。文镜何人，敢自期于无憾？然吾兄穷状文镜亦深念之，谨赠俸银壹拾伍两，兄可觅人代差，以免劳顿之苦。即颂冬祥。田文镜谨启正月人日。

李绂看了忍俊不禁扑哧一笑，杨杰是"马日"写的信，田文镜"人日"回信，刻薄峭拔真到了极处。因将信折起还给杨杰，说道："田抑光还算大丈夫，明明白白。我是个过路客人，有些闲话给文镜听见不好。我们不要谈公务了。既是文人，以酒会文，且高乐儿，成么？"

李绂和田文镜一样的地位身份，如此恂恂儒雅平易近人，几位缙绅想起上次田文镜来洛阳，几乎一样的场合，一样的人，那种严冷倨傲，睥视万物的架子，拒人于千里之外的神情，不由感慨万分。当下众人一齐起身，赔笑道："制台之命焉敢不遵！"李绂便想测度洛阳文人才品，执酒沉吟片刻，说道："上次到南京，尹继善在莫愁湖，众人创制无情对，很有意趣，我们不妨也试试。"末座的秦凤梧最年轻，今天在座的都是做过官的，他还只是个秀才，因此一直插不上话，听李绂这一说，倒鼓起兴头，一欠身笑道："敢问何谓'无情对'？"李绂指着罗镇邦书房正面的联语说道："你们看这副联，'上巳之前，犹是夫人自称曰；中秋而后，居然君子不以言'，上下联文意相通，又都取自《四书》，指的又是一件事，这就叫'有情联'。上下联文意不相干对仗工切又不指一件事，用典不雷同，就叫'无情联'。现在请你出上联，我对一联，大家就明白了。"

"遵命。"秦凤梧一笑说道，"我可要放肆了。"因俯首思索着说道：

"欲解牢愁惟纵酒。"

李绂执杯仰首，良久，笑道："不要那多的牢骚嘛，不见得只有酒才能解愁。"因吟道：

"兴观群怨不如诗。"

吟罢又道："这里头'解'与'观'都为卦名，卦象却又不一样，应对必须如此之工，才算得'无情'。"众人听如此之难，都不禁暗自咂舌，又不好扫了李绂的兴，只得搜索枯肠打起精神应对。便听李绂起句：

"树已半枯休纵斧。"

罗镇邦摇头笑道："我甘拜下风，罚一杯了事。"因举杯一饮而尽。杨杰沉思着说道：

"日将全昏莫行路。"

贺守高笑道："这是个兴比联语，不是'无情联'，要罚酒三杯！"李绂点头道："确是兴比联，贺兄得认罚！"贺守高只得饮了。王宗礼却对了上来：

"萧何三策定安刘。"

于是众人哄然叫妙，李绂见有人对出，便自饮一杯，说道："以'萧'对'树'，以'何'对'已'既不相干，对得切，真无情对也！"秦凤梧在旁道："我也对出来了——'果然一点不相干！'——可好？"

李绂不禁大喜，起身竟过来亲自为秦凤梧酌酒，说道："这一句浑然天成。以'果'对'树'，'然''已'虚对，以'干'对'斧'——妙！后生可畏。来，我吃罚酒，你吃一杯贺酒相陪。"秦凤梧笑道："那我们二人算对了一杯'无情酒'！""道是无情却有情嘛！"李绂与秦凤梧相对一饮，回到座位上，说道，"你还是个秀才，好自为之！今年必定要入场的了！"

"十年寒窗五车书，为的什么？我现在很犹豫，拿不定主意该去应考不去。"他叹息一声，"李大人，您不晓得，我是个秋风钝秀才啊！"

李绂说道："你这个念头怪。这种事——自古无场外的举人——有什么犹豫的？"秦凤梧笑道："我一向岁考都是优等，去年进场三卷都落了。还加有批语，一本卷子上说'欠利'，一本上头批'粗'，都是写好的批条粘上去的。还有一篇文章批得更奇，粘上的批条是'猪肉一斤鸡蛋三十枚'。仔细想想，是根本就没看我的文章，连条子都是仆人们代贴的，把考场供给采买条子也误贴上了。"说到这里众人已是哄堂大笑，他们大抵也都落过卷，中式后也点过学差，想想其中道理确乎是这样。李绂笑道："文章有时命，也许上一科你写得不好也是有的。"

"真是文章不好，我有什么怨气？"秦凤梧道，"学政张大人素来赏识我的，我带了卷子去见他，他也笑，说：'你的文章并不荒谬。这一科是田中丞正主考，荐上来本来是你那一房的头卷。田中丞说："皇上不爱见姓秦的，他断然高发不了，不如腾个名额给别人，也少误了一个人。"'我想了想也是的，秦松龄那么一个大儒圣祖爷手里到底没做上官，如今宫里太监都改姓秦、赵、高！谁叫我姓秦，和秦桧一个姓儿呢？——一怒之下，我在'欠利'那篇文章后头又加了批，'已去本银三十两，利钱还要欠一年。'在'粗'的那个批上加批'自怜拙作同嫪毐，云粗云细君当知！'李大人别怪我轻薄，我受这样的屈，心里太气苦了。田中丞如果今年还当主考，我就不能去考的了。"

李绂的脸色早已阴沉下来，田文镜的刁恶刻薄他已"久仰"了，不料处事如此悖情谬理！思量着，冷笑道："今日大长见识。刘墨林在年羹尧军中参议，演《草船借箭》，有位丘八爷说：'孔子之后又有孔明，可见善有善报。'刘墨林玩笑说：'秦始皇后又有秦桧，魏武帝之后又有魏忠贤，可见恶有恶报！'想不到抑光兄竟真的照搬不误！笑话，李林甫是奸相，李卫和我要受株连，田蚡是佞将，那么文镜也不是好人了？"他没说完，众人已是鼓掌大笑。李绂也改了笑容，又道："今年河南学差是张兴仁，没有点田文镜的学差，你还是去考吧！放出你的手段，收敛一些儿锋芒，可以中得的。如果再因为你姓秦贴了你出场，我自然要说个公道！"

当下众人又高兴起来，吟诗作令直到三更方各自散去，也不及细述。

第十一回　巡河防风雪会故交
论政治歧道天津桥

李绂当晚就住了罗镇邦书房里。他有个失眠的症候，夜里吃了酒，又有心事，辗转反侧直到四更时分才蒙眬睡着，醒来觉得身上奇冷，原来因为炉子太热，蹬翻了被子。看天色时，窗纸却是通明透亮，李绂一披衣翻身而起，洗漱干净推门出来，一股寒风卷着雪片立即扑面而来，激得他倒噎了一口气——原来昨晚后半夜落了雪。隔壁侍候的是罗镇邦的两个家人，听见动静忙过来请安。李绂笑道："生受贵纲纪了，我的那两个皮猴子呢？"

"他们岁数都小着呢，贪睡。"那个年长一点的长随笑道，"制台别瞧天，这雪下起来了，房顶都白了一层，映着屋里亮，其实还早呢！我们老爷刚过来了一趟，吩咐了我们，天儿冷，制台要是冷，要什么添换衣裳只管说，一时早点就送过来。今个儿下雪，爷要是没兴头，就再歇几趟，坐了轿才敢去呢！"李绂道："我最爱雪天，也不坐什么轿子。去龙门伊阙只有五十里，雇头毛驴，叫他们两个跟上就是。镇邦是有公事的人，也不必陪——都是老朋友，谁也不要拘泥谁。"那长随忙答应道："是！不过老爷说了，他一定要陪。夜来田制台到了洛阳，天不明就叫了他去驿馆，要看洛河河工。罗老爷说，请制台爷耐心等他，不到午时他就下来，什么事也误不了的。"

田文镜来了？李绂怔了一下，笑道："这可真是赶得早不如赶得巧。田抑光来，我岂有不见之理？他们不是去了洛河么？我今儿不去龙门了，一处踏雪寻梅，不亦乐乎！……给我备一乘轿，到洛河河工上去。""轿子有，就是我们老爷家常坐的。"长随赔笑道，"我们爷说的意思，田制台知道您来洛阳，一定过来叙话的。老爷就不再劳动了。"李绂略一思索，说道："备轿吧，还是我去。"

知府衙门离洛河很近，李绂坐了轿子过了西关外向南，走了不到半个时辰，隔轿子便见白茫茫一片荒滩，远处乱羽纷纷的雪花中横亘着一条冻得镜面一样的大河。李绂指着路东一座破败不堪的大庙问跟轿的长随："好大一座庙，是谁的香火？""是周公庙。"长随踩着一步一滑的路说道，"破落多年了，我小时候它就这个模样。"李绂便不再言语，眼见远处大堤旁落着几乘大官轿，堤上几个人站在寒风里指指点点说着什么，料必就是罗镇邦一干人。李绂不等到堤根便命住轿，哈腰下来，徐步上堤，果然见是田文镜，带着一群师爷和省里司道官员在巡视河堤。因众人都不留心，李绂也不忙着厮见，悄悄儿随着众人走，瞥眼看田文镜时，仍是上次进京见面时那副模样，只是头发已将全白，干筋猴瘦的身躯在河堤上，像一阵风就能吹倒了，穿着锦鸡补服，起花珊瑚顶子后细长的辫子被风抛起老高，颏下的胡须上也全都是冰。

"镇邦，"田文镜眉头紧皱，指着散乱在堤内的方条石头说道，"你办事是越来越不经心了。这些条石，上次钱度师爷来，说还有几千方码得整整齐齐的。冬天上不去河工，你就不能派几个民夫看守着？都叫老百姓弄回去垒墙打石槽了！那石头是银子买的，要是你自己的，你舍得这么糟蹋？"罗镇邦一边陪着走，口中连连称是，又道："这里边有个过节儿，府学大成殿前头月台坍了，还有明伦堂和东院墙也都要修葺，几个府学教授训导住的房子也都要修一修。王翰林上次来看，说不像话。我说府里实在没有这笔钱，他们说冬天不施工，洛河滩闹着那么多的条石，先挪过来用用不妨的。省里张学台也下札子叫办。卑职就让他们先挪用了，到春暖开工时——""春暖花开？"田文镜刻板的脸上一丝笑容也没有，说道，"三月有桃花汛，五月有菜花汛，临时筹措，来得及？"

他这一说，众人便都闷住。田文镜心境似乎很烦躁，一时疾走不语，一时又站着沉吟。他也真不怕辛苦麻烦，有时还亲自到溜滑的堤腰，用石头敲击河堤，敲到有空洞处，不言声上堤来，狠狠把手中石头一扬，"这修的什么堤，嗯？！要查查有没有克扣河工银子的事！"又指着堤外长满了荒草野蒿的滩，说道，"这块地少说也有十万亩吧？皇上多少次明颁诏谕垦荒，你们竟是聋子瞎子！洛阳城里那么多吃闲饭的，这边的地却荒着——老罗你看，从洛河那上游建一座闸，引出水来，这是旱涝保收的肥田！"他拍着手上渐渐干了的泥土，冷冷说道："限你明年，全给我垦出来！"罗镇邦带的一群洛阳府县官，闷声不响地听这位刚愎急躁的总督大人训斥，个个垂头咽唾沫，人人脸色阴沉。罗镇邦苦笑道："大人，这块地是荒了，可都是有主的地，不然我早垦了它了。今儿看不仔细，下滩走走就知道了，里头都是坟园儿，一个祖茔四周的地界都清清楚楚。这是私地，官府确实无能为力……"

"唔。"田文镜吁了一口气，仿佛于心不甘地又望了望那片荒滩，"是私地？"他思索着，一时没说话。此时风雪更大了，团团片片的碎玉琼花在广袤无垠的河滩上淆淆乱乱、浑浑噩噩，时而像狂浪飞溅，时而又似疾箭一样卷地而起扑面而来，有的又卷成雪柱儿旋舞，肆无忌惮地互相追逐着……李绂此时已浑身上下雪人儿一般，见田文镜兀自瞪着眼挺身站着，目光下抢着搜剔下头官员的毛病儿，又是好气又是好笑。因在田文镜身后一笑，说道："抑光，你好勤政。不愧模范！"田文镜回过头来，盯了半日才看出是李绂，正笑吟吟对自己长揖，忙也还揖，脸上绽出笑来，"原来是巨来公！方才镇邦说你来，打算看完这段河工就去拜望的，你怎么就来了！"又嗔着罗镇邦，"李制台是客，上堤也不告诉我一声！"罗镇邦只得干笑着解释。

李绂和田文镜并肩走了一段，谈了自己离开武昌的情形，田文镜也十分亲切，一路走，问道："听说你不带家眷到任，为什么？"李绂漫不经心地说道："太麻烦了，一年三四次回北京，见面尽容易的，何必带到任上？上回在襄阳遇到一个去宜昌上任的县官，除了他太太，姨太太，七大姑子八大姨，三姑六婆，师爷书办加起来足有六七十个，我当时就撤了他的差。宜昌就那么小块地方，你带了这么多的牛鬼蛇神，刮地皮天高三尺！我看熙朝不少贪官，原本也不是坏人，他不伸手，当不得婆娘爱小，背后接人家的东西，一来二去也就上了船。"田文镜"扑哧"一笑，说道："你回直隶当总督，家就在北京，难道把她们遣返原籍？"李绂道："北京不一样，外头是个西瓜，到北京就成了芝麻，上头六部九卿，科道御史下死眼盯着，朝廷御辇之下，家里就有几个不肖子弟，刁恶长随，也不得不收敛些。我其实不愿回北京，应不为怕这些事，在外头封疆，一切我说了算。到北京，想做贪官难，想做实事更难！"

"唔，这个想头有意思。"田文镜很想说"那些'牛鬼蛇神'都是火耗银子养着。火耗归公，官员凭俸禄和养廉银吃饭，谁还带那么多吃客"，话到唇边却改了口，"可惜的是天下官不尽这样想，也是枉然呐!"李绂笑道："不要鼓吹你的'养廉银'了。今儿不谈这个——你看这雪，下得真好，要在苏杭，有梅花点缀着该有多好!"田文镜望着堤下，洛河两岸已落了不到三寸厚，已是一片皑皑茫茫，河对岸沙滩一片连亘的白杨，在丢絮扯棉的落雪中灰蒙蒙的，景物都不甚清晰。只河面冰上留不住雪，烟雾一样被风扫得荡来荡去。许久，田文镜道："河南有谚，'麦盖三床被，头枕馍馍睡'，我宁愿这雪是棉花呢——这种天儿——"他突然想起了什么，招手叫过罗镇邦，吩咐道："我带来的人，请钱师爷留下，其余的回去。河南府，这里的镇台衙门的人也回去。不过不能歇息，知会各县，看有没有雪压倒房子的，断炊的，从县库里周济一下。有些讨饭的这种日子难过，叫里甲长关照在庙里安置。两条：一、不许冻饿死人；二、谁敢从这里头克扣，吃一口，我田文镜叫他吐三升!"

"喳!"

罗镇邦答应一声，忙到后边吩咐，那起子官员戈什哈马弁轿夫巴不得这一声，跌跌撞撞下堤呼仆觅轿，顷刻便如鸟兽散。罗镇邦带着一个矮个子黑瘦中年人赶到他们面前，田文镜笑指着那个中年人道："钱度——我衙里的钱师爷——见见李大人。"李绂见钱度虽然短小，更透着精悍之气，两只眼睛骨碌碌乱转，一望可知也是个不安分人，心里厌憎，却挽住了钱度道："老头子别这样，请教你时多着呢!"钱度笑嘻嘻道："巨来大人清名满天下。我学生是久仰了的呢! 今儿天津桥畔风雪相会，学生缘分不浅。"说完，轻轻向堤下招了招手，早有一个戈什哈三纵两跳上堤来，怀中却抱着一大堆蓑衣，抖开来正好四件。钱度又道："这个天儿，里头皮袍也冻煞! 我叫他们到附近百姓家借了几件蓑衣，不为避雪，只图个挡风，雪中蓑笠而行，也助些雅兴么!"本来有些沉闷的气氛经他这么一搅和，顿时松快起来。

"天津桥我久闻其名，就在这里不成?"李绂和众人抖落了身上的雪，披上厚厚实实的蓑衣，果然觉得挡风，因笑着问罗镇邦："桥离这里有多远?"罗镇邦一笑，用手遥指洛河对岸，说道："那片小杨树林子北边，沙滩上就是。其实极不出眼的一座拱亭小桥，名气却大。文人墨客春秋两季时常到这里会文，平时也不大有人来。"李绂这才知道洛阳这座名满天下的"天津桥"并不横跨洛河，而是废置在洛河滩上的一处名胜。李绂见田文镜仍在出神，便笑道："还在想你的'棉花'？你这么当官，一多半得累死。咱们到天津桥看看去！"田文镜一笑，说道："来洛阳五次了，不是河工就是垦田，哪处名胜也没看过，雅兴都没了。按说这样的天儿，这么开阔的河景，很该有点诗思的，如今我是出不了这个风头了。"

于是四个人颤巍巍下河堤拥雪而行。穿过一道沙滩，临河而立，更觉雪花迷离，天地混茫。李绂看着碧青如石的河面说道："这里的水恐怕很深的吧，我小时候踩破冰落过水，至今心有余悸。走这样的河面，真是小心惴惴，如临深渊。"罗镇邦笑道："不妨事的，你们看，这上头隐隐约约还有大车印。原来说李制台要去看伊阙，我叫人试过多少遍了。你两个封疆大吏，要在我河南府出了事，恐怕万岁要殉了我罗镇邦呢！不过水深倒也是真的，夏天航船吃水吃到六尺也畅通无阻。去年李又玠（李卫字）去陕西打这里过，在洛阳城南安澜楼吃酒，天水一色，沙鸥成阵，也不亚江南风光。当地几个名流还写了不少诗呢！"

"又玠吟诗了？"李绂问道。

"他懂个屁诗。"田文镜道，"他就会卧底线听墙根儿捉贼！"

钱度小心翼翼走着，凑趣儿笑道："李大人墨水儿不多，心思灵动，天生的聪明人。不过偶尔也作诗的。嗯……前年我去金陵出差，范时捷方伯是我府试发科的房师，去拜望他，刚凑上他请又玠公、继善公去燕子矶览江楼吃酒，大家一处联诗。继善公起句'江天共一楼'，范老师是'风清送春秋'。我见又玠大人抓耳挠腮想不上来，也替递了一句'雁鱼随水去'——原想给他多想一会儿，不料说完他还是攒眉沉思，范老师和他极随便的，说'你这穷叫化子作什么诗？我替了你吧？'又玠突然眼一亮，指着远处江面说，'范大舅子甭多嘴，我也有诗了。你们看，那两个渔翁搅了渔网，在船上揪打，我的诗句是"两个渔翁揪打"！'

"这是五言诗，"罗镇邦摇头道，"又玠公怎么弄出六个字来？"钱度忍笑道："晚生也是这么说，'这是五言诗，大人可以把"打"字删去。也就叶韵了。'李大人高兴极了，按着我肩头说：'日你娘好好地搞！就是"两个渔翁揪"——这诗真正妙极！'尹抚台说，'你这句诗无论如何谈不上

"妙极"！科场上要弄出这种句子，就该打了。'又玠公一愣，指着我说：'我诗里头有个"打"字，他硬叫我删了么！'"

众人听了哈哈大笑。罗镇邦一个不留神一屁股跌坐到冰上滑出老远去。李绂猛地想起上次自己参劾李卫"不学无术"的折子，和这个田文镜比，李卫总算还对文人客气谦恭。田文镜倒是读书人，却一味和读书人过不去，思量着脸上已是没了笑容。说话间天津桥已到，李绂端详着，只见这桥正南正北对着洛阳城，长可五六丈，高约两丈，是一座很普通的玉带拱桥，桥上面矗着一座亭子却十分玲珑。四个人缓缓踏雪跶着，先到桥上远眺，但亭子里风像刀子似的，分外冷，又下桥到南边。

"这边有桥挡风，连雪也没有，倒暖和些，"李绂笑道，"——这座桥桥座儿像唐时风格，上边的亭子死板，是前明格调——为什么叫'天津桥'呢？"罗镇邦道："洛阳为九朝古都，唐时各地秀才进京赶考，都从这桥上过，犹如青云路口，所以名为'天津桥'。"李绂点点头，叹道："一晃就是千百年，桥在，人呢？当时的秀才就是今天的举人了，也不作八股文，真是享福啊！看这桥，唐时洛水也并不大嘛！"

李绂的话虽不多，却不自觉间刺了田文镜。谁都知道他是三赶京试落榜，过不去"天津桥"的落魄"秀才"，纳捐拔贡选出的官。众人便都不敢回话。田文镜却似不在意，吊着嘴角笑了笑，说道："洛阳共有四条河，伊、洛、瀍、涧，过去是分注入黄河的，后来伊河改道和洛河相并——是宋代陈康为通舟楫凿通了——洛河才有今天这个规模。陈康不是进士，没有跳过龙门，可他这么一办，天津桥也就不实用了。"李绂自知失言，脸一红没言声。田文镜兀立雪中，望着北岸灰暗阴沉的洛阳城，许久才道："镇邦，我明天去看涧河入黄河口工程，然后沿黄河北岸查看着回开封，你别介意我发作了你那许多。你办事还是认真的，毛病儿应我推一推，你才动一动。听下头的调唆，指着我们同年从省里藩库里挤银子。告诉你，洛阳商贾富甲天下，这里挂千顷牌的大绅士是全省最多的，要从他们身上打主意。省里的银子也不是我田文镜的，一条黄河要花多少，你连想都想不出！还有春荒赈济种粮口粮，那不都是银子？这些富户拥产坐吃，没有朝廷花钱办这些事，他们安生得了么？他是铁公鸡，你要有钢钳子拔毛！不要手软——这是为他们好。理喻不通，只好跟他不客气了。"李绂在旁听着，这些话没有一句入耳的。谁富，就用"钢钳子"拔毛，那叫劫贼勾当！堂皇国家取财有制度，怎么能乱来？但田文镜又是秉承雍正意旨，就有一车话也只能到北京见皇帝去说。李绂原想田文镜总要在洛阳盘桓三五日，自己趁空好好和他聊聊，听说明天就走，不禁一怔，想了想，说道："文镜，我想借一步和你说句话。"说着将手一让，二人便离开了天津桥，沿洛河岸向东漫步。

此刻风小了些，洛河河面冰上已盖了半寸厚的雪，映着对面灰暗的石堤，片片白羽无休无止地落着，冻河两岸除了落雪的沙沙声一片寂静。许久，李绂才道：

"抑光。"

"唔。"

"你是一心要做名臣，太辛苦了。"

"你说对了一半。"田文镜无声透了一口气，"我一半心思想当名臣，更有一半是要报皇上的恩。不辛苦不成，周公吐哺才能天下归心。"

李绂叹息了一声。田文镜说的是实话。他一个二十年的穷部郎京官，熬资格熬出了个六品，雍正元年出差陕西宣旨，归途擅自动用钦差关防清查山西藩库亏空，一举扳倒"天下第一巡抚"诺敏，三四年间开府建牙升任到总督，居然一方诸侯，全靠了雍正一力支持，他也只有累死才能报得这份"圣恩"。许久，李绂才道："我明白你的心思。不过有一言骨鲠在喉，想劝劝抑光兄。"

"什么？"

"待读书人好点，还有缙绅。"李绂道，"这是国家元气所在。"田文镜站住了脚，盯着李绂，他的眼睛里已经没有了温存："当然他们是'国家元气'。但元气太旺了，阳盛阴衰，不也是国家之病？火太大，就要泄一泄。拔他们的毛是为利天下，从根上说于他们有利无害。这些短视眼，只顾眼前之利，忘却前车之辙，不可怕么？你看，这个洛阳，前明是福王的藩地，洛阳近熟之田都是这个酒肉王爷的，舍不得拿出一点来周济穷人，奖励将士。城破家亡，堆山积海的金银全送了李自成作军饷！你要读读福王的诗，看看他的画，那何尝不是第一流的漂亮文人！""我没有说你不要读书人。"李绂尽量按捺着自己心中的火，徐徐说道："士大夫家脸面重于性命，就如你我下野，被官府撵了来这里筑河堤，背石头，填灰浆，这是国家优遇士人？邓州裴家营裴晓易，做过两年知府的清官，他死了，只剩下孤儿寡母五口，被撵到瑞河修桥出土，那是封过诰命的人，忍这样的羞辱，受得了么？熙朝没有实行养廉制度，我听说一个知府你每年给五千两养廉银，可裴晓易他没拿这笔钱！倒是贪官们平日聚敛，他们不怕你这个'官绅一体当差'。抑光，这么做太寒读书人的心呐！"

田文镜走着，一阵风裹着雪片迎面扑来，激得浑身一个寒战，他定了定神，说道："裴王氏自尽的案子我知道，皇上也有手批，要加意抚孤。但做这样的事，从来没有万安万全的，读书人做官是为天下为社稷，不是为自己谋私利。所以出官差并不是什么丢人事。出不起官差银子的士绅人家毕竟是少数，可以再想法子优恤。但士人乡宦不出官差，时日久了害处不可胜言。"

"其实我看没什么大不了的，你的折子我都拜读了。我觉得有点杞人之忧。"

"你的折子我也拜读了，四平八稳，"田文镜眯着眼，无所谓地说道，"如今朝野上下，参劾我的文章百几十封，有分量的不多。"

"揠苗助长，恐怕要事与愿违。"

"琴瑟不调，当然要改弦更张。"

说到这里，两个人站住，忽然同时大笑——原来二人剑拔弩张唇枪舌剑中无意对了一副联语。站在天津桥边的罗镇邦瞧见了，笑着对钱度道："都说田李二人势同水火，我看他们谈得满投机嘛！"钱度摇摇头，说道："你不知道这些大人，哭未必是悲，笑未必是喜，他们这些人大事才能动真情，小事是不动真情的。你见这范时捷么？说是马陵峪范总兵的本家，连皇上都顶得一愣一愣的。上回去南京，他属下一个计财局堂官就开他的玩笑，说上衙路上碰到两个小孩子，互相骂对方是乌龟，百般调解不开，范老总说，'这有什么调解不开的，你告诉他们，小孩子哪有"乌龟"？只有大人才能当"乌龟"的！'那堂官说，'这个话是大人说的，卑职不敢说。'……范老师也只笑骂了一句，下来该怎么办事就怎么办，像我们这位——"他用嘴努了努田文镜，"你在他跟前龇龇牙儿，他就能把你轰出书房。到该办正经事，仍旧叫你进来，和颜悦色地布置。"

　　"说归说笑归笑，"罗镇邦笑道，"陕州金寡妇一案，田制台驳了，这后头有什么文章？这个案子涉及缙绅富商。洛阳这些秀才们群情汹汹，要赴京告状。弄不好出了罢考的事，就叨登得大了。你晓得金生一是河南府文人座首，人死了，魂还在呀！"钱度道："这是毕师爷手里的事。金寡妇索债不遂，自尽在蔡家驹门前是雷雨夜里的事。毕师爷到陕州亲自查访，金寡妇平日二门不出，最是赢弱的个女人，没有仇人，没别的因果，主张动严刑严鞫。蔡家驹不知从哪里请了个刁笔，辩状反诘：'八尺门高，一女何能独缢？三更雨甚，两足何以无泥？'田制台说这驳得有理，所以发回来叫你重审的。"罗镇邦皱眉道："这锅饭做夹生了。你看该怎么办？"

　　钱度只一笑，没言声。罗镇邦忙从怀里取出一张银票塞到他手里，说道："金家确实冤，凑了点银子来打点，这个案子翻过来才能有点意思。"钱度也就老实不客气收了，问道："原被告两造人都提到洛阳了？"

　　"提到了，"罗镇邦道，"我叫发审房过了几堂，两下里都咬得很紧，得有个办法，一堂审定了这案。"钱度笑道："我有办法，可以不动刑办下来，替金氏讨这个公道，你可得谢我！"罗镇邦笑道："那是自然的，金寡妇的侄儿说，只要能出这口气，倾家荡产也情愿的。如今不许私收火耗，也就这些事上能补益些了。"

　　钱度凑近罗镇邦，望着远处河岸上的田文镜和李绂，说道："这事明摆的，是蔡家的人给金寡妇换了鞋。把那些女佣们分头隔开，验她们的脚，谁穿那双鞋合适，就连她和丈夫一起送大牢。回头再审姓蔡的——这件事串供是肯定的。就因为串供，知道的人就多了。你一个一个手不留情押她们大牢里，管情有人支撑不住招了。破了口儿，谁也堵不住了。"罗镇邦笑道："你这钱粮师爷，刑名也不含糊嘛！"钱度眨巴着眼睛笑道："两个制台那边谈得亲切，他们怎么知道我们在这边捣鬼呢！"

　　但李绂和田文镜已经谈崩了。

　　"抑光，我没有干预你河南政务，交友之道规之以义！"李绂按捺着一脑门子火，尽量温言细语说道，"你我毕竟是乡试同年嘛！"田文镜哼地冷笑一声，说道："你指手画脚，像是孔圣人派你来教训我。应该这样不应该那样——我比你大着十几岁，我自己不知道该怎么办？你觉得你在湖北那套办法好，偏是你的藩司私吞了库银。我做得不好，可我河南没有贪官！

你是进士，你有你的进士同年，文镜可高攀不上。"

一声轻微的凌响，李绂轻捷地闪了一步，说道："我一点也不想得罪你，是推心置腹劝你，你一味猛做，不宽恤，怕要弄出事的。官府统着士绅，士绅管着百姓。你是在整治官府的耳目爪牙呀！刷新吏治，就像走这冰河面一样，一步一留神还来不及呢！"

"狐疑。"

"什么？"

"我说你狐疑。"田文镜冷冷说道，"狐狸在冰上走，走几步听听，有一声凌响，就吓得倒退三步！你看——"他轻轻跺了跺脚。"这里都冻实了，根本没事！"

李绂腾地红了脸。他再也忍不住了："我倒一味尽让，你竟如此瞧不起人！做了官荼毒这些读书人！言利之臣——你是个小人，我要具本参你！"

"悉听尊便。"田文镜身子稍微晃晃，头也不回便往北岸回去。李绂也择路踏冰过河。

天津桥边钱罗二人正说得热闹，见他们两个忽然分道，互相交换了一下眼神。钱度忙去追田文镜，罗镇邦便赶着李绂，喘吁吁问道："好好儿的说话，怎么变出这模样儿？"

"我明天就走。"

"不是说还要——"

"这里铜臭味太重！"

钱度在这边问田文镜："东翁，李制台怎么了？你们不是说得很投机的么？"

"呸！"田文镜啐了一口，"伪君子！"

第十二回　钱师爷幕府展狡计
　　　　　贾士芳酒肆逞异能

　　田文镜气咻咻回到驿馆，一大群师爷戈什哈接着，他也不理睬，甩手进了正堂房间，坐了火盆子旁闷声不语，只一杯接一杯喝着又苦又涩的酽茶驱那肚中的寒气。一时钱度换衣服进来，见他这个样子，不禁一笑，说道："制台，怎么这么大的火呢？合得来就套套交情，合不来呢，就逢场作戏。李制台是过路客人，何必那么认真呢？"

　　"钱老夫子，弄好笔墨，替我打个草稿，我要参这个李绂！"田文镜目光闪了一下，"我这会子还气得发晕，心里乱，写不成东西。"

　　钱度看看桌上，笔墨现成的，便过去铺平了纸，一笑又回身来道："制台，你还穿着蓑衣呢！宽宽衣，静静心，商量商量。有了个章程，文章才好写。"田文镜这才发现自己还穿着又湿又重的蓑衣，忙脱下来。钱度趁他换衣服，又把火炉子捅开了，炭盆子续了新炭，屋里顿时温暖如春。经过这一折腾，田文镜心绪好了些，两手对搓着说道："这个李绂，你不要看他面儿上清廉道学，其实心里很污浊。我这个人宁可和真小人打交道，也不愿睬他这伪君子，他是见皇上表彰我是模范总督，妒火烧的了！参我？我先下手，看是他走得快，还是我的马跑得快！"钱度怔了一下，还是觉得田文镜说得不明不白，因道："不要着急着参他，李制台究竟都说了你些什么？"

　　"他说得我一无是处，"田文镜道，"他说天下十八行省，除了广西贵州青藏，老百姓最苦的就是河南。河南人在本地连做贼都不敢，逃荒在外的也属河南多。说我是个酷吏，只晓得蝇头小利不知《春秋》大义，他说转述的都是别人的话，其实我看都是他心里流出来的。我跟他讲，河南如今正大兴水利，见功不见利的时候儿，老百姓苦一点是真的。一劳永逸的事，明白人谁也不会反对，逃出去的都是些好吃懒做的刁棍地痞，在我河南严刑峻法不敢鸱张，到'君子'们辖地小偷小摸也是有的。后来他又说不该标新立异，弄什么官绅一体当差纳粮，弄得哀鸿遍地民不聊生。我说'模范'二字就打标新立异上头来。我当模范不是出自本心，皇上既然表彰，那就证明我没错……"他这才心思放开了汩汩滔滔将二人在天津桥畔的争论说了个大概。

钱度一边听一边咕噜咕噜抽着旱烟，直到田文镜说完才道："东翁，我听得仔细。这是你们两个大员私地交心，我看用不着写弹章参劾。李绂与朝廷政见不合，是人人皆知的事，说他阴谋不成。昨儿邸报湖广万名士绅联名叩阍，请他留任湖广，这个声势大得很呐。再说，李绂和您一样，都是在未遇前就深蒙皇恩的，他又是皇上一手提拔，幸宠并不在你之下。你为这些私下谈话弹劾他，皇上一定要把折子发给他，叫他'据实回复'。你想想，他在北京，你在河南，他说话方便还是你说话方便？两个人的事，又都信任一样，皇上更容易信他的，还是你的？"田文镜原本满怀信心的，听这个其貌不扬的钱度一番剜筋剔骨的剖析，顿时觉得没了把握，但他毕竟心有难言，恨恨说道："我就见不得他这个'假'字，明明心胸狭窄，还要装出大度大量，包容万物的样子。"钱度笑道："这种人多了。妒忌，怕是人人都免不掉有一点儿的。有在某人某事上妒忌的；也有眼空无物，谁都瞧不上，什么也看不惯的。学识好的掩饰得好，气质好的容易销蚀，容易认账而已。李制台和你一般宠幸，一般的地位，你这位杂途出来的如今是'模范'，他正途出身，反而落了后，怎么会无动于衷？你看他为政，万事循的孔孟之道，不贪不暴，不事更张无为而治，他就是要证明他的那一套是'正道'，复的古风！"

"若要复古，何不结绳记事？"田文镜思量着说道，"……如今京里正大肆整顿旗务，我看这位八王爷究竟不甘于臣位！整顿旗务，抓住内务府就办了。何必要旗主都进京？这群人久困沙滩，一旦进北京，不定闹什么乱子呢！我这段心绪不宁，也就为这个。他们要攻击皇上政务，多半我这个'模范'就是靶子。一古脑翻案，李绂反倒气都对。我琢磨着皇上调李绂进京重用，也为防着八王的这一手。李绂要趁火打劫参我一本，也许皇上动心呢！"

钱度浓浓吐了一口烟，徐徐说道："说句罪过话，赐死的年羹尧在西宁大破蒙古兵，一仗打下来，皇上地位已无可动摇，各地库银已经收齐，连着杀了几个大官，贪官也有些敛手。雍正改元，刷新吏治，自元明以来，现在的吏治恐怕是最好的。如今不比清初，皇帝一手掌握政权、治权、法权、财权、军权。几个空筒子讨吃王爷能造起反来？八爷真能异想天开！"钱度莞尔一笑，又道："李制台何等聪明人，怎么会去那汪浑水？他大约只会去联络读书人上折子写弹章整治你。你何如也静观待变，这种事先发制人没有不吃亏的。你写他一本，他不弹你了，显着你毫无器量，如果他见本便弹你一章，你们这叫'互讦'，顶多打个平手，一点意思也没有。今上和历代皇帝不一样，耳报神满天下都是，所以从现在起，你压根不提这事最好。"

"好，"田文镜已心胸豁然开朗，欣赏地看一眼钱度，"听你的。""我料李制台不会在洛阳久留，还该有点过从。他要走，你尽尽地主之谊，为他祖饯一席也是该当的。"

钱度这么说，田文镜却接受不了：刚刚谈得那么崩，忽拉巴儿颠着去套热乎，无论如何拉不下那张脸。钱度见他嗫着嘴唇只是踌躇，笑道："可以把难题塞给李制台——"还要说时，罗镇邦已经挑帘进来。

"制台，"罗镇邦神情多少有点尴尬，看样子李绂在洛阳府也说了不少话，他有点应付为难，嗫嚅着说道，"李制台明儿一早就走……都是卑职的大人，这这……"钱度忽然想到"大人""乌龟"的笑话，一口茶憋了嗓子扑地全喷了出来。田文镜忽地已经得了主意，也是一笑站起身来，至案边一边提笔构思，笑道："我们都是同年，生分了几句。他住你那里，你又是我的属下，你心里的难为我知道。我写封信你递给他。"说着便写：

> 巨来吾弟如晤！河干桥畔之争，是为吾二人政见不合起见。扪心而思，文镜雅不欲以公义而害私谊。顷接陕州报，三门峡凌结如坝，恐防来春洪水，弟即当星夜赴往矣！午间欲借此一馆地，薄酒浅酌再作探讨以释前憾，以为地主之谊。洛阳九朝故都，颇有可览处，弟可多盘桓数日，兄已令镇邦相陪。殷殷之言不胜于情，

思君实介甫①古人之意，临颖一慨。文镜顿首。

因将墨渖淋漓的信递给钱度，说道："你看看。"又对罗镇邦道："你不要不安。田文镜再不会为这些事计较人的。这封信你带给李大人，他要不能来，就说文镜以后慢慢补过，过了未时我是一定要启程的，就不能送他了。"

"他当然不会来。"钱度看着信笑道。田文镜如此机变，反客为主把难题推给李绂，他也不能不服，因笑道："制台这信写得好，既没有失礼，也占了道理。不过今晚可要辛苦奔波了。"

罗镇邦把那封信看了又看，才明白它的意思，小心地捡起，说道："督帅，您请先去陕州。卑职明天送走李大人，自然追随过去侍候大人。"

李绂在洛阳受了一肚子窝囊气，再也不肯滞留，第二天早晨便带了小奚奴，骑了骡子，生驴驮了箱子，冒雪离了洛阳。抄近路由孟津穿过冰封的黄河，翻越王屋山入山西境，取道阳城、高林、长治，前往邯郸。进了直隶自己的辖区，他才走得慢了一点。踏看庄稼，采记民情，顺便问着各府官员官箴民望，直到过了正月十五第三天傍晚才过卢沟桥。一路走来，雪已渐渐停了。他是奉旨回京另行简任的大员，虽然家在北京，不经见皇帝不宜回府，望着一轮落日沉沉从凋净了叶子的林杪间落下，李绂下骡来，挪动着颠得发麻的腿径往潞河驿。谁知到宁永巷口便被顺天府衙门的人挡住了。李绂的小厮上前一打听，原来是奉天来的睿亲王都罗已经占了潞河驿，顺天府接内务府牌票严加关防，文武百官无论何人一概不准私谒王爷。李绂向冷清清的巷里张望，只见里头路面扫得溜净，积雪都拥堆在两边墙根，沿墙三步一哨五步一岗挺立着戈什哈，却都是内务府装束。

正没做理会处，西边巷口一个店小二提着一盏米黄西瓜纱灯，上头写着"蔡记老店"四字，远远便招呼："那两位老客，请住咱们店吧！蔡记老店百年字号，前店后房铺盖俱全，后头专门盖的马厩，料水有人照应——前三十年张中堂，后三十年李制台都是我们店发抖出去的，爷要进考场，也图个吉利不是？"

---

① 君实，司马光；介甫，王安石。二人政见不合，而私人交谊很好。

"李制台，"李绂被他这一套说得一愣一愣的，不禁问道，"哪个李制台？""湖广总督李巨来老大人呗！"那伙计大吹法螺，"如今奉调京师为直隶总督，天子辇下第一臣，赐紫禁城骑马，太子太保——前几日打这过，还专门下轿进店，看了他老人家昔年进京在店里题的诗呢！"李绂仰着脸思量半日，才想起当年自己赴京，和田文镜同路，确实在丰台住过一宿。住店写诗那是常事，是不是在这里写过，写的什么，已是全然忘却了，但此刻旧话重提，李绂不能没有感慨，他目光熠然一闪，说道："好，图个吉利，就住你的店！"

那伙计喜得眉开眼笑，忙过来牵了牲口，带着李绂三人过巷口，约走一箭之地，果然见临街三间门面一处老店，泥金黑匾写着"蔡家老店"四个字，凤翥龙翔精神饱满，竟是熙朝故相高士奇的手笔。跋识字迹甚小，看不清楚。店里烛影摇摇，坐满了客人。早有跑堂的迎了上来，摆着抹布叫道："老客来了，又来三位，后头马二家的快牵牲口——请里头坐，来点什么？热炒，凉拌，老烧缸，热黄酒都有，饺子馄饨京丝挂——吃点暖和暖和身子！"

"不要酒，京丝挂一人一碗，一荤一素两个炒菜。"

李绂一边说，主仆三人进了店。三间房子摆着六七张桌子，腾腾热气的雾遮着几枝摇曳不定的烛光。李绂定了好一阵神才看清楚，大抵都是应乡试的秀才，围着桌子一边吃喝一边议论考题。他沿墙看了看题壁诗，无非都是欲报君恩，不觉有些扫兴，才知道这是客栈招徕孝廉秀才的伎俩。李绂只一笑，捡了个角座坐下，一时饭菜上来，便和两个小奚奴边吃边听，原来这些秀才们都在猜自己要出什么题。李绂倒来了兴头，因见两个小厮吃饱了，便叫过来耳语道："你们俩一个回府告诉夫人一声，说我明日见过皇上就回去，请夫人不要惦记。一个到相公胡同张中堂那儿禀告，请老师示下，是到军机处先报到，还是递牌子见过皇上再去军机处？老师有什么指示，要一字不漏给我复述出来。"待两个小厮离去，李绂又要了半斤黄酒，就着残菜坐听。

"李大人名门正派。"隔桌不远一个老秀才捋着胡子说道，"这又是乡试，他老人家肯定出大题。那年张廷璐坏事，顺天府会试重考，就是李大人主持。三题，《子所雅言》《叶公问孔子于子路，子路不对》《我非生而知之者》，不割不裂，不截不搭，那是何等的堂皇，大家的风范！所以据我看，李大人不会出偏题，他不是那种人！"

他旁边一个年轻后生一撇嘴说道："那也不见得，一部《四书》四万来字，考了几百年拿它当题目，就是炒石头也翻成沙了。不出偏题怪题，那就都是熟题。烫剩饭千篇一律，怎么分个三六九等？"远处桌上一个小胡子道："说的是！巨来大人在四川学政上出的就是上偏下全题，《其为人也，发愤忘食》——这是个半面题，《我非生而——女奚不曰》——这是隔章题，《好古敏以求之者》——这是截上题！谁说他不出怪题？"

李绂远远盯了那人一眼，都看不清面目，舒了一口气，端杯饮了一口，咕哝了一句："百口难调，这都胡说些什么！"

"胡说？"小胡子大约喝得多了点，趔趔趄趄隔座儿走来，红红的眼盯着李绂，"你敢说他没出这题么？"李绂看他架势，似乎只要自己一张口，就会把杯子掼了自己脸上，不安地挪了挪身子，笑道："议论嘛，你有你的解释，我有我的看法。"小胡子盯了他移时，突然大笑，说道："四次了，"他伸出四个指头，叉一样横的在李绂面前，"十二年四进考场，真要叫我蒋文魁老死名场了！人，一辈子有几个十二年呢？"

蒋文魁，这个名字李绂听得耳熟。这人他在户部听尤明堂说过，通州名士，极有才学又荡检不羁的。康熙五十九年乡试，三篇文章都做得花团锦簇，内定已是榜首解元。诗却交了白卷，说是没有诗思，写得不好不如不写，考官都笑他"蒋疯子"。李绂受不了他咄咄逼人的眼神，向旁边趔了一下身子，说道："君子知命守时。你这样浮躁，可见就不是大器。前次你要不留白，兴许就没了今天这些牢骚了！"隔桌老秀才笑道："这位先生说的是！我见过尤司徒的批语刻本，嗯——'皓月当空，一尘不染，君何吝赐教乃尔！回通州再翻诗韵，误尔三年，再言为朝廷效力！'可是指你文魁的么？"满屋人众吃酒说话热闹，冷不丁地听这老者说出尤明堂批评蒋文魁的批语，不禁哄堂大笑，就有人鼓掌喝彩：

"无字诗，妙！皓月当空，一尘不染，这才是书生本色，不愧'文魁'二字！"

"文魁是文魁，不过是个'僵'文魁，可惜可惜……"

"哈哈哈哈……"

"嘿嘿嘿嘿……"

李绂见蒋文魁一副嗒然若丧的模样，不觉一笑，说道："尤司徒虽然刻薄，也是你自取的。自负不羁之才，傲物狂放，也是文人一大忌呢！"众人一片嘻嘻哈哈声中，蒋文魁似乎酒醒了，他满脸冷汗，苍白得没一点血色，蹒跚着步子踽踽向店门口走去。忽然外头闪进一个年轻道士，一把攥住了蒋文魁，说道："这不是蒋居士么？上次我托钵通州，多承你一饭之恩。当时没有吃酒，我也不在意，原来你是'酒后相'。你只管应考，命里注定你本科解元。来来来，我请你吃酒！——别听那些凡夫俗子们老鸹聒噪！"一边说笑着又扯着迷迷糊糊的蒋文魁进来，指点着说道："蒋居士命宫中带着五年官运，发运只在今科，你们笑什么？你们在座的只有一个人能和他比。春榜放了，若说得不准，你们抉了我贾士芳眸子去！"李绂见满屋的人都面面相觑，因问座旁一个中年秀才说："这牛鼻子是哪个观的，这是好胡吹的？"

那个中年秀才道："这是龙虎山张真人那儿的。前天在白云观和鲁道长斗法，这种天气平地里种出西瓜来。这事轰动了半个北京城，你怎么没听说过？""这不过是个变戏法的游方道士。"李绂不屑地一笑，"我不信世上真有神仙！"

"我也不信。"旁边那个老秀才说道，"他那是邪术，要真有神仙，圣人为什么存而不论呢？"说话间酒保已经过来，恭恭敬敬放了一坛酒在贾士芳桌子上，满脸赔笑说道："贾神仙，我们掌柜的说，你老人家忌荤，这点酒先用着，后头把锅好好涮涮再给您炒素菜。你尽着量用，钱，我们是不收的。""老板好客，对了我的脾性。"贾士芳旁若无人地坐了，孤拐脸冲伙计一笑，"不过我从不吃白食，何况这酒是我请蒋解元吃的！老板心肠不坏，不就想要个儿么？把他住的里间房内门摘了，明年管叫他汤饼待客！"一边说，信手从条盘里取出一个馒头，随随便便捏弄着，对那说风凉话的老者道："我从来也没说自己是神仙。说算是邪术，你这位圣贤弟子能破得了？你瞧你自己那副熊样儿，能取功名？你除了弄那些高头讲章陈词滥调，还会什么？嫖窑子偷女人鞋，帮人打官司夺寡妇产业！"说着，手里已把馒头捏成一个一个棒子大小的面团儿，摆在桌上，神情古怪地审视着它们。

那老秀才气得浑身直抖，站起身来，指着贾士芳道："你……你诬人清白！你这贼道士，别人怕你，我不怕！"说着就要扑上来，同桌的几个秀才扯他时，他猛地一挣，却从袖子里掉出一卷子东西。一个眼尖的拾起来，就着灯看，是一卷纸，里边真的裹着一只不足三寸长的绣花鞋，不禁大叫："呀！这老杂毛真不是东西！"

这一下满座哗然，连李绂都看呆了。他身边的中年秀才瞪着眼，指着面无人色的老秀才道："你这衣冠败类，真给我们儒林丢人！"那边几个人在灯下饶有兴致地抖开纸，果然是一张讼状，稿不知替谁写的，上控黄李氏拐带家产私通媒姻，要另行改嫁的事。当时读书人以文章道德立心，身入公门关说官司视为卑劣行径，老秀才当众出了这个丑，在周围讥讽嘲弄的目光中再也无颜立足，状纸也不夺，绣鞋也不取，弯腰躬背匆匆去了。

"这个老刁棍，敢来寻我的晦气！"贾士芳漫不经心啐了一口，口中问，"还有哪个不服气的？站出来说，不要心里嘀嘀咕咕！"他抓起那些面团儿对搓了一阵，手里面屑屑纷纷落下，又吹了吹，"豁啷"一声放在桌上，却是六个齐明发亮的小银角子，每个大约二钱许，说道："这不是偷的，也不是面变的，是我在沙河店和人猜板耍，赢了江南好汉的，扔在河里，这时取来一用而已——够不够？不够我再取一点！"他手望空一抓，伸开来，又是一枚银角子，一齐推给看得目瞪口呆的伙计。墙角一个年轻人站起身来，大声道："你既是神仙，要能说出这一科乡试的考题，我才真的服你的气！"贾士芳抬头看了他一眼，笑道："考题我当然知道，说出来犯律条。其实该考上的，不说也考得上，不该考上的，说给你也考不上。比如你，四十岁前甭想功名，过了四十岁，能中个副榜孝廉，你这辈子也就这么点前程。"

"我呢——"一个黑瘦子年轻人怯生生问道。

贾士芳一笑，说道："你明天早晨到东厕里去看，就知道了。"

李绂双眉紧锁，思量着这位奇人，自己是主考，尚且不知是什么考题，他竟肆口胡吹已经知晓，而且连谁是第一名都定了下来，这也太神了！可方才馒头中取银，揭露老秀才隐私，又都是亲眼所见，再也思量不出这里的机关奥妙，想着，心忽然一动，站起身来笑道："贾道长，我不是不信你，但你说得太玄了。这种空中取银，街上卖艺的也多有能玩的；就是那老者的阴私，假如两个人事先串通好了，也不是什么稀罕事。乡试题目是礼部出了，奉旨照准密封廷寄各省学宫的，你现在就知道了，未免令人生疑啊！"

"您先生不信，那是自然的。因为连主考都不知道嘛。"贾士芳从坛子里倒出三碗酒，一碗递给蒋文魁，一碗递给李绂，一碗留给自己，笑道，"儒家有为尊者讳的经义，以你地位，我不呲着你短处。你看这坛子，里边还有酒么？"

"有的。"

贾士芳一笑，一手端起坛子，一手伸进坛底向上一提，那个带釉陶罐竟像软革一样顷刻之间被翻了个里朝外！众人瞠目结舌间，贾士芳用筷子当当敲了敲，又问："这坛子里还有酒没有？"

"没有了！"李绂惊诧激动到了极点，连说话声音都变了。

贾士芳道："那么请你验！"李绂凑近了看，那只釉面朝里的坛子里边竟满坛彻沿的都是琥珀色的黄酒，满得似乎挪动一下就要溢出来。嗅了嗅，一股浓烈的酒香扑鼻沁心，李绂连连摇头，说道："不可思议，不可思议……"贾士芳笑道："你是儒家，儒者是以文道治人的。大千世界万流百川，哪一条河流不到海里？是董仲舒废黜百家，独尊儒术，孔子才为百王之师，这难道不是史实？若论刑法文明理乱治世，也确实只有儒家能当得起。但大道有如宇宙，周流万世，耸高入于九天，渊深犹如四海，岂是一种学术可以包罗万象？"

"先生真是道德高深之人。"李绂连连嗟叹，"今日大开眼界！"他猛地想起雍正曾有密谕给自己，要他访求异能之士治病，莫非上天给自己这个机缘？李绂思量着正要说话，派出去的两个小厮已经回来，当着广众不便说话，因笑道："鹤驾是在白云观安置的吧？今儿我还有点事，我叫木子绂，家就在四牌楼。以先生之能，我也用不着再说什么。容我改日熏沐拜访。"贾士芳一脸古怪笑容，说道："足下保重。足下晦容隐于印堂，恐怕有小厄，有惊无伤，但修德养性，韬晦自爱莫问世事，百日之内不要出门。否则祸不旋踵——蒋居士，我原说请你吃酒的，玩了半天把戏，连菜都凉了！来来来，斟上斟上——你们这会子不要围着我了，明儿到白云观，有病的我看，问功名的免开尊口。"他不再理会那些巴巴望着自己乞求的神色，和蒋文魁举杯一碰一饮而尽。

李绂默不言声随两个小厮进了内院。"百日之内不要出门"那是压根做不到的；"祸不旋踵"？什么"祸"呢？皇上对自己宠信实不在李卫田文镜之下，自己又没做什么错事，万名百姓联名叩阍请留自己在湖广留任，名望更是无人能及。又没有私仇，也没有隐私把柄在别人手……想着，李绂不禁微笑。术士好以危言耸听，真真半点不虚。李绂一边满腹狐疑思量，一边问："你们谁见着张中堂了？"

"我去见的张中堂。"一个小厮忙道，"中堂老大人忙得很。多少官员都在他私邸客房里吃着茶等着接见。我一通禀，中堂就叫了进去！"看样子他觉得面子十分光鲜，口气中透着得意，又道："诚亲王老千岁，庄亲王老千岁，还有几个武官，像是善扑营的人，有两个是内务府的，奴才都不认的。张中堂看上去气色还好，问了我们一路情形，说：'李绂回来得正好。原想今晚见见他的。只他走了一天路，恐怕劳乏了。明儿我在上书房，抽空儿见了面后再请旨接见吧！'——我就回来了。"

李绂笑道："老师年过花甲，还如此勤劳王事，有这个话，我务必现在就去。我不想骑牲口了，叫一乘小轿抬我去就是——去觅轿吧！"

第十三回　悌党争枢臣谋善策
　　　　　怀私意诸王议整顿

　　因天黑路远，从潞河驿到张廷玉邸足走了一个时辰。他是张廷玉的门生，府里人头极熟的，见他进来，早有一个二管家笑嘻嘻迎上来道："我们相爷竟是神仙。料定了您要来！客房候见的大人都撵了，说是李制台要是到了，直接就领进去呢！"李绂一笑，塞过一块银子，跟着管家径往书房去。一边走，一边细问："张相还是四更起床？身子骨儿怎么样？梅凤大公子听说放了济南知府？"那管家一一小声答着："相公越想越精神，如今匀下来一天睡不到两个半时辰。梅凤哥儿原说留到直隶保定的，这是万岁的特旨，好随时照应老相爷，老相爷坚辞了。说他在朝为相一日，兄弟们不能留直隶做官。何况李——李大人您当直隶总督，又是他老人家的门生，得避嫌……"一边说，已到书房回廊口，管家便站住脚，说道："里头正会议，是我爹在里头照应，我不能过去，老爷请自便。"李绂提着气点点头，弹冠振衣直趋书房，刚到门口，便听里头张廷玉的声气："是巨来么？里头人多，不要行礼了，靠窗那边椅上坐了。"

　　"是！"

　　李绂答应一声进了书房，果见允祉允禄两位王爷坐在正面客位，都穿着朝服，二层金龙顶朝冠和朝珠都放在茶几上，其余的人也都穿戴齐整正襟危坐，很像是从朝里退出来，家也没回就赶到相府来的。除了诚亲王允祉和庄亲王允禄，下首坐着一位一品红顶子大员，是丰台大营提督德隆阿，一个二品顶戴的武官李绂也认得，叫图里琛，如今是九门提督。还有几位都是内务府的，除了一个叫俞鸿图的司礼堂官，李绂都不认识，因靠窗边椅上坐了，用目光和熟人一一招呼。

　　"李巨来来得正好，"庄亲王允禄正在说话，"你这位总督一到，京师各武备衙门主管也就齐了。我们这些人是今天下午在大内见的皇上。怡亲王病得不能理事，晚间皇上还要去看他。嗯……今晚是两个会议分头开：一头在廉亲王那里，几位旗主听八哥布置整顿旗务的事；我们这头也议一下。因为旗务已经七十年没整顿了，旗人现在不能打仗，也不事产业，这个样子下去将来都要变成废物——巨来刚才不在，怕你听不明白，我这里先说一下。我们并不要难为这些旗主王爷，是要帮他们有条理地办好差事。"在康熙皇帝留下的二十个儿子中，允禄排行十六，幼年因为顶撞太子允礽，挨了大千岁允禔一巴掌，打得耳朵有点背，倒也硕身玉立仪表堂堂，因为他忠厚朴讷，一向只管迎送外藩，兼着一个内务府王大臣的差使，从来没有在办事臣子跟前出头露脸。这番话是专对李绂讲，让李绂"明白"的，可惜言语毫无伦次，云天雾地的乱扯，听得李绂瞪着眼，心里稀里糊涂，口中只得应着"是"。诚亲王坐在上首，见李绂一脸茫然，忙插口替允禄解释："十六爷讲得很清楚。整顿旗务是件扎手差使。朝廷准备削减旗务开支，让旗人自食其力，在京各王府，旗营满人好几万，怕出乱子，八爷因此叫了旗主王爷进京。他们那边会议整顿细务，政府这边要严密关防督察，防着小人造衅生事。张相请大家来，就为商量这件事。"

李绂这才听明白，"这边"的会议明说是配合允禩"整顿旗务"，其实是为防着这干铁帽子王带领旗人造乱。允禩办这个差使时起时伏若明若暗已经几年，李绂原也没看在眼里，以为不过是安顿无差无业旗人生计的政务，至此才意识到这是绝大国政，而且连带着雍正皇帝与允禩二人近二十年的党争。想到潞河驿戒备森严杀气腾腾的关防布置，李绂竟不自禁打了个寒战，因躬身说道："二位王爷的训诲臣已明白。臣是汉人，对这里边的制度不清楚。要派什么差使，王爷们和相爷另要交代明白，我努力去做就是。"

"你的差使有两项。"张廷玉满意地看看自己的得意高足，"一个顺天府乡试，由你主考，这里头尽有旗人子弟，防着他们在里头煽动士子闹事。京师防务有图里琛毕力塔二人各按防区关防，你是直隶总督，本省军务也是你职分，要留心直隶几个旗营动静。有串连的，行动诡秘的要随时查拿随时举报。你每隔一天到清梵寺见见十三爷，十七爷也在那里，汇报各旗营整顿情形。有喜报喜有忧报忧，这就是你第二个差使。"允祉笑道："衡臣相公这一曲划就明白了，我和十六弟主持内廷礼仪。上次八弟和我说，按先朝制度，皇帝和旗主王爷只有上下座之分，不行君臣大礼。我说恐怕不行，如今允祥也是世袭罔替的亲王，平素相见是一回事，略庄重点的场合还是行三跪九叩的大礼。后来我没问允禄，不知老八跟你们是怎么说的。"

允禄咽了一口唾沫，说道："记不得了。记不得议这件事。八哥说要整出个条陈，几个王爷一道儿见皇帝，把条陈变成谕旨明发天下。我倒是请示过万岁，万岁一听就笑了，说'什么三跪九叩，二跪六叩的，这不是件了不起的事。要紧的是把旗务办好，旗营要能打仗，朝廷要用得灵，旗人要能生业，户部能免些开支，又免了他们无事生非荒唐嬉戏，就是行鞠躬礼朕也是无所谓的'。"张廷玉道："我随圣祖爷几次东巡奉天，王爷们见驾有行三跪九叩大礼的，也有圣命免礼的。在承德，王爷们见皇上也都随班免礼的。这次是在北京，君臣分际久别朝觐我看必须行三跪九叩大礼。礼，可不是小事。那是区划、分别；那是道理。"允禄舔了一下嘴唇，说道："那，那就照张相的章程办。"

"这事等皇上召见时现定不迟。"允祉一笑，站起身子说道，"我还要到清梵寺，老十三的症候不好呢！你们接着议。也不要一味怕乱子，别在小事上打转转。议大政，照皇上的旨意把旗务弄好是正经。"他不疼不痒又说了几句便含笑离去。众人起立等他出去才又坐了。图里琛见张廷玉面带忧郁只是沉吟不语，笑道："张相，您放心，不会出什么乱子的。铁帽子王帽子是拿的，头不是铁的。如今旗营和汉军旗都用朝廷钱粮，又不是吃的旗主的俸禄！他们乖乖照朝廷主意整顿旗务万事俱休；要生别的妄想，只要主子一道旨意，两个时辰我就能把他们逐出京师，要他们的头更省事！"

张廷玉摆摆手道："这话还用你说？我最怕你这样想！我要的是顺利整顿。几个王爷安富尊荣，其实就坐镇在北京压着各旗牛录把钱粮减下来，把田土分下去租赋定住了，这个差使就算圆满。怕就怕有人挑唆着生出别的事，本来清理吏治田赋制度已经弄得我们四脚朝天了。朝局要越稳越好。"李绂一听便知，自己这位老成持重的师相一片佛心，想保全允禩一干王爷平安；因笑道："这不是一厢情愿的事，图大人这里磨刀霍霍，也是为有备无患。天要下雨娘要嫁人，也就说不得了。"图里琛向李绂投过一丝温存的目光，抚着左颊上一道长长的刀疤微笑道："巨来大人这是知心之言。

不过我毕竟是厮杀汉出身，喜欢痛快处置。"

"最好不要翻脸。"允禄不安地看了张廷玉一眼，"翻了脸就要出几百年没有出的大案子，不翻脸，也许有些人野心压下去，也就老实办差了。"张廷玉不禁连连点头，雍正说允禄口齿艰难心里清明，果真一点不假。思量着说道："十六爷说的极是。"允禄站起身来，说道："现在天还早，衡臣相公和李绂图里琛，你们几个接着议，皇上还有旨叫我去理藩院，看看他们的礼仪有什么章程。还要去看看八哥，然后会同弘时、三哥去见皇上。我呢，今晚就不回王府了，住在理藩院签押房，你们要有什么不明白的事，见我也方便。"

"恭送王爷！"张廷玉忙也起身道。

"免了吧。"庄亲王允禄随随便便摆摆手，带着俞鸿图和一群笔帖式出去。一阵寒风透帘而入，空荡荡的书房书画文卷簌簌，烛影忽明忽暗，立时，一种不安的念头袭得李绂一个寒战，朝里紧锣密鼓，要出大事了！

允禄匆匆赶到朝阳门外廉亲王府门前落轿出来，掏出怀表看看，刚过了戌时。王府太监头儿何柱儿早已迎了上来，带着几个小苏拉太监一边行礼请安，一边赔笑道："里头八爷九爷和奉天来的王爷们已经开始会议。八爷原说庄王爷主持内务，已是通知过，必是要来的，后来天晚了，各位王爷回驿里还要走一程子路，所以叫奴才这里等着王爷……"允禄一边往里走，一边问："你是在西花厅？——都是兄弟，都是朝廷差事，八哥也忒细心的了。"何柱儿侧身带路说道："西花厅子小，在八爷正书房里呢！这边新修了火墙地龙，暖和着呢！"说着，带允禄过了二门倒厦，沿甬道直趋正书房，沿院阔大的空场两边超手游廊下，家人们已一递一声传进去，"庄王爷驾到！"正书房前大红西瓜灯下侍立着的几十名太监，阶前上百名王爷带的随从近卫亲兵像听了谁一句号令，立时黑鸦鸦跪了一地。便见允禩满面笑容，身后随着允禟迎出来。

三兄弟揖让客气一番进了书房，允禄顿觉暖意融融浑身舒展，看那书房，是五楹正屋打通了，沿南庑一卧到顶的大玻璃窗，东西两侧的书架是可着墙量就，一直顶到天棚。图书字画琅玕插架，北边炕里墙上张的是唐寅的《秋钓野趣图》，东西两侧是两道屏风，屏风俱用空心砖砌就，烘烘散着热气，一望可知是和地龙相通的火墙，虽为取暖，装饰得整个书房错落有致空而不旷。屏风前各设着茶几和扶手矮椅，四个世袭罔替的铁帽子王爷都是一脸肃穆之容端坐在屏风前。一色的东珠朝冠，滚龙绣舍瑞罩，四团龙褂套着江牙海水朝袍。

"来，我为你们介绍一下。"允禩冰冷的手握着允禄的手，对四位王爷说道，"这是当今万岁跟前的主事亲王，我的十六弟。怡亲王身子欠安，毅亲王允礼常去盛京，你们都认识的，他在古北口练兵，还没有赶回来，现在里里外外就忙我这个十六弟了。呃——"允禩顿了一下，又指着左首最年轻的一位王爷依次介绍道，"这是睿亲王都罗、东亲王永信、果亲王诚诺、简亲王勒布托……"四个王爷早已站起身来，点头应承着见礼。

允禄一律打躬还礼，显得冷淡而又客气，口中道："都罗王爷是一进京就见了一面的。其余三位康熙年间在承德也都见过。不过那时候本王还是藩邸阿哥，格于国家体制，心里虽然亲近，却不能像现在这样亲切。这次来京，觐见了万岁还要留几天，然后回盛京，万岁已经有旨意，由我一路护送。这边我请客，到奉天，你们可要尽地主之谊？"说罢抿嘴儿一笑，和允禩将手一让，分宾主坐了炕下的茶几旁。他顾盼着允禩的书房笑道："八哥这一处书房布置得好，就这一笔《兰亭集序》临得似乎比三哥还要出神。三哥松鹤堂里的书虽然多也没见有这么多的宋版书。哦，上次我请八哥给我临一幅《樵读图》，我看这幅唐伯虎的画摹得更好。那一幅我不要了，就临这幅给我。八哥不是看中我的那一套内画鼻烟壶了么？咱兄弟一物换一物，如何？"允禩听他见王爷时的话说得头头是道，后头这些话又变得着三不着两，心知他暗地里"练"过，不觉暗笑，因道："你眼力不差。这《兰亭集序》是三哥亲自临了送我的。这里头的宋版书有一多半都是赝品，倒是这幅《秋钓野趣图》还是真品。上年抄曹寅家，隋赫德孝敬我的，你要喜欢，回头给你送去，自己兄弟，不要说分斤掰两的话。"允禄点头叹道："八哥太夸奖了，我其实鉴别真假古董能耐很有限的。还是上回方苞先生指点了我几句，才略识真伪罢喽。"说着，脸上颜色已经不再那么拘谨冷漠。坐在一侧的睿亲王都罗是四王中最年轻的，见允禄听不出允禩满口揶揄之词，兀自"谦逊"着胡乱吹牛，一口热茶呛上来，几乎笑吐出来，憋得脸通红才咽了下去。允禩轻咳一声，说道："咱们说正经差事吧。"

"方才说的不少了。"允裪瞟了允禄一眼，"这次整顿旗务，圣上是反复思虑，一定要整理出个名堂来：既不能伤了旗人身份体面，又要自力更生，作养出国初旗人大勇大智的风范。上三旗旗主自康熙年间已经收归皇帝主管，下五旗的整顿要靠我们在座诸位。诸位来京之前已经把各旗佐领、参领、牛录名单开列清白呈到我这里。我看了看，归属还算明白清爽。只是年代久了，各旗旗人中抬籍、换旗的尽有，一时也难拨回原主。以康熙六十年为时限，全数统计，我这里有一式五份册子，各位王爷可以按这个册子重新造册，统属归一，然后在京就地如何会议，布达圣意。我算计了一下，在京旗人共是三万七千四百一十一名。密云、房山、昌平、顺义、怀柔、延庆可以拨出旗田二百万亩，无论老幼，每人分四十亩旗田。从今年开始算起，五年内不动旗人月例钱粮，五年后每年减二成，十年为期，旗人全部自食其力。我已请示过皇上，皇上说，只要旗人自立，可以永远不纳赋税。实在有难处的老弱孤寡残疾病废旗人，经本主奏明，还是由国家养起来。其实呢，只要算一算细账，四十亩的出息无论如何也超过了现在旗人的月例，要说服旗人目光放远点，体谅圣主朝廷爱养满洲的至意。我说句关门体己话，汉人百姓累死累活，收那么点粮，得缴多少税，纳多少捐，多少层官吏剥削？就是汉人里的缙绅，朝廷也在几个省试着与百姓一体纳粮。我们满洲人这个优遇，还不是因为咱们是姓'满'，是国家底气支柱，祖宗挣来的功德！"允裪侃侃勃勃长篇大论，从庙堂高远，圣恩浩荡讲到旗下生滋日繁，养尊处优日日随心的弊端。足用了一顿饭工夫，已是说得唇焦口燥。允禄不禁暗想：真是一把好手，可惜了和雍正心存嫌隙，早年要没有那段兄弟阋墙的孽缘，如今安生做个摄政王，允祥允礼也难及得他这份才情。他扫视一眼四个闷声不语的王爷，顿了一下，笑道："我原想也说几句的，廉亲王讲得这样清爽，响鼓不用重槌，你们都是明白人，倒不用多话了。宗旨就是这样定了，有些细务不明白的，可以聊聊，我见皇上可以代奏。"

四个王爷又沉默了一会儿，简亲王勒布托轻咳了一声，打火点着了旱烟，猛抽两口说道："整顿旗务，没得说的，是圣上英明决策。"他是四王中年纪最长的，已经七十多岁，但说起话来仍旧思路敏捷言语简明，只是受过箭伤的左臂微微有点发抖，当下抚着一部雪白的大胡子说道："镶蓝旗是我的旗下，如今下头旗人真是越来越不成话。别说北京，就是盛京那边，我旗下披甲人也有上千，多年不打仗，马都上不去，又不会办差做事，就会养狗转茶馆，吹嘘祖宗那份功劳。月例银子领到手，先下馆子解馋，不到半月就花得精光，四处打秋风借账吃喝。我每年三万俸银，要拿出一万来打发这些狗才。论起‘不争气’这三个字，真真恨得人牙痒痒。可想想他们祖上血汗功劳情分，又拿他没办法！所以去年整顿旗政的诏谕发到我那里，我当时就说一万个情愿赞成。"他从容装烟，点火，喷云吐雾说道："但如今情势已经不是康熙初年，八王议政废止得久了，连哪些王爷算是八旗旗主都说不清爽了。镶黄、正黄、正白三旗是皇上亲统的上三旗。十六爷既管着内务府，自然心里有数。下五旗呢？每旗五个参领二十个牛录，三百个佐领到底是谁——我们在座的哪个能说个子午卯酉？不把这个人事撕捞清楚，责任也就不明，谈整顿就是一句空话。比如说，我的一个牛录在蔡铤那里当副将，他的顶头上司第三参领花善反而在他手下当马弁——朝廷制度与八旗规矩顶着牛，你说是谁管着谁？我该找这个牛录来训话还是参领？"他话没说完，永信和诚诺便异口同声附和，七嘴八舌说道自己旗里情形。有的分布在云贵两广做官，有的上司又沦为没差事的闲散旗人，根本抓摸不着。一直默不言声的睿亲王都罗也说："有的包衣奴才都做到封疆大吏了，福建将军方正明，汉军绿营里的，如今起居八座。他的本主牛录瓦格达在他营里当哨长，两个人没法见面。上年方正明去奉天见我，说了这事，请我给他抬籍，我说我是罪余的空筒子王爷，哪来这个权？劝他花几千两银子送给本主回去养老完事儿。"

"事情还不止这一端。"勒布托被众人的附和弄得兴奋起来，指着都罗道，"睿亲王原来是镶黄旗的座主王爷，顺治年间老睿亲王坏事，一蹶不振七十多年，镶黄旗自康熙十二年统归圣祖爷亲手料理。他是旗主，管着哪一旗，真是天晓得！"

允裸和允禟木着脸倾听几个王爷大发牢骚心里都是十二分惬意。其实除了永信之外，那三位王爷都不是他们的心腹。偏是永信的旗营都集中分布在辽宁黑山一带，是最容易整顿的，号召起来也方便，但这一来，反而是永信没有了发难的借口。雍正下旨着允裸允禟整顿旗务以来，为了串通这几个王爷同仇敌忾一致起来要求恢复八王议政，这难兄难弟二人不知翻搅了多少脑汁心思，甚至不惜重金从广州聘请了两个英国传教士。一个送奉天永信王府，一个礼尊在八王府教习英语，便用英文互通书信。所以四王到京，永信密告"他们各位都有此意，害怕皇上势大，偷鸡不成蚀把米"。眼见王爷们平日积郁的火激得发作起来，两个人都兴奋得心里怦怦直跳，尽量抑制着把脸板得紧绷绷的。允裪见允禄一脸似睡非睡神情，对王爷们的话听若无闻，暗地里咬咬牙，加一把火，说道："你们说这些，八爷我们有的知道，有的不知道，现在要整顿的是旗务，不是政务。你们的心思，到底是什么意见？"说罢目视永信。

"两个章程。"永信黑红脸膛放着光，应声答道，"整顿旗务连着政务一道整，由皇上亲自主持，上三旗下五旗都囊括了。再不然，皇上暂将上三旗放权给十六爷、八爷和九爷，这样八旗全部事权都有了主儿。一同商量，一同下令，这盘死磨就推动了。"允禩转脸笑谓允禄道："十六弟以为如何？"

允禄只觉得乱糟糟的理不出头绪，怔了许久，摇摇头道："这样的大事要请示皇上。皇上全力以赴刷新吏治，掌握的是全局大政，不能分心来弄旗务，更不用说每天坐镇主持了。至于上三旗交出来由我们暂管，事关朝廷政体，恐怕也要和军机处上书房会议了请旨定夺。"

"什么他妈的军机处？"永信攘臂剔眉泼口骂了出来，"军机处会打仗？只会玩心眼子！青海一个罗布藏丹增，统共人马不到八万，年羹尧花了八百万银子，用了二十三万兵力，还逃掉了首恶元凶。我弄不明白，皇上是汉化了，还是我们旗人的兵真的成了酒囊饭袋？当时出兵，我就有奏折，请以我黑山镶红旗三万丁末，一百万饷银为限，扫不平青海割我头当夜壶！皇上不温不凉给了我'其志可嘉'四个字，不置可否！"他这么放肆兜底儿一开台，三个王爷立刻共鸣。

"就是！"勒布托接口道，"皇上是太惯纵汉人了。年羹尧得胜还朝，文武百官十里相迎，黄缰紫骝千乘万骑，连在京的王爷们都望尘舞拜，我跟着我们老王爷南征福建，白云岭一战灭敌二十万，谁迎过我爷孙们一步？"

"汉人有几个好东西？"果亲王诚诺一哂道，"周培公当年号称名将，其实没有图海老将军，他屁事也做不来！"

"别提那个周培公！心术最坏的一个人！要不是他建议全数征集在京旗

人，我们八旗建制还打不乱呢！"永信信口雌黄，大肆攻讦，"我听我家老爷子说过，他还是为一个女人得相思病死的。呸，下贱！"

允裸皱着眉头趁火添柴："王爷们，扯得远了，那是圣祖皇帝手里的事嘛！""说的是一回事！"简亲王勒布托手一摆，兴奋得摘掉帽子，挥着手道，"当时头疼医头，脚疼医脚，如今整顿起来何其困难！"永信立刻画龙点睛，说道："先帝爷那时要不废除八王议政，用人行政都出自旗人之手，旗政旗务也不至于就拆烂污到这地步。"勒布托正要接话，诚诺拖着腔说道："要依着我看，还是老祖先的制度好，皇上掌总儿，八王议政！当年我们入关，总共十二万人马，横扫中原，横扫江南，横扫两广福建——"他用手比着手势，"天下莫能谁何！"

"诸位，少安毋躁嘛。"允禄听到众人喊出"八王议政"，针刺了一样身上颤了一下，双手虚按了一下，待众人平静方徐徐说道："我们还是回到眼下的情势上，照皇上的宗旨来整顿旗务。王爷们说皇上向着汉人，这个话康熙年间就有了的。其实满人血食庙堂，享祖上余德，无论先帝还是今上，没有亏负满洲子弟的心。政务上有建议意见，我看到了旗务整顿有眉目时候从容再提为好。比如说镶黄旗，原来是睿亲王管着。现在上三旗是皇上亲自管，睿亲王怎么办，这是件事儿。我回去奏明皇上，必定还有旨意。恢复八王议政，事关国体，不是我们的差事，也不是我们职权里头的。"永信瞄了一眼允禄，干笑一声道："没有八王议政，我们这些旗主连一个旗丁也指挥不动，怎么着手整顿？我真奇怪，先头圣祖东巡，常带着当今圣上一道儿去的，嘘寒问暖话家常，那是多么亲密！如今我们赶来北京办差，怎么连个面都见不上？请十六爷原原本本代奏，就说我们想念圣躬，也有些办差的难处，请皇上召见我们。"一直坐着极少言语的睿亲王都罗一笑说道："我和各位情形不同。我们老亲王含冤蒙垢六七十年，如今又恢复了我的世职，心里感念圣恩，确实也想面见皇上一诉衷肠，听皇上训诫，踏实办好差事，尽我的本分——这是我的条陈，请十六爷代呈皇上。"说着，把一个通封书简递了给允禄。允裸在京已经几次会见这个年轻的外姓藩王，一谈到"八王议政"，这个王爷王顾左右而言他，整顿旗务又回避不了他。此刻见他这番作态，允裸真是要多腻味有多腻味，干笑一声道："睿亲王少年老成，这个条陈一定切中时弊！"还要揶揄时，门帘一动，皇三阿哥弘时呵着冷气进来，也不行礼便道："有旨意。"

允禩、允裪、允禄和诸王听这一声忙都站起身来，一撩袍角跪了下去。弘时掏出手揩了揩眉毛上挂的霜水，从容说道：

"允禩、允裪并东来诸王，明日由西华门入觐候见！钦此！"

"万岁！"

众人叩下头去。弘时笑着对允禄道："十六叔，皇上说让我见见您。这边的事要有眉目，咱们先走一步如何？"他转过脸，意味深长地对允禩道："八叔，你们还接着议——诸位王爷，皇上一直关念着你们，他老人家这几日身上时时高热——本来几次要逐位看望的，如今十三叔也病得不能起来，他也没好心绪。让我关照一下，好在你们不就走的，有事回头再见。"说罢和允禄一同辞了出去。勒布托望着他的背影，说道："这位三爷，满干练的。"永信笑道："龙凤百种嘛！你还没见我们宝亲王的风采呢！"

第十四回　揣叵测弘时会庄王
　　　　　狱文字名士遭奇辱

　　允禄和弘时同乘一抬绿呢大官轿进老齐化门，直趋坐落鲜花深处胡同北口的弘时府第——三贝勒府。允禄因弘时是奉旨"见一见"自己，便不言语，等着这个皇阿哥开口。但弘时好像心事很重，在小红灯笼幽暗的光线下只是默默出神。隔玻璃窗向外望，街衢上黑黢黢的。二月春浅，料峭的寒风隔帘缝袭进来，酸冷，激得允禄一阵阵身上起栗。待过五贝勒府，因见府前灯火通明，二十几个家人在府前大倒厦过庭里，有的拿着扫帚，有的手持长竿，似乎在打扫收拾装点门面，允禄不禁好奇地问道："老五这是捣什么鬼？他不是北边去了么！"

　　弘时清秀的面庞绽出笑容，向外瞥了一眼，说道："走到密云就回来了，给皇上递了折子，说是肺气不好，咯血！今下晚我路过，去瞧了瞧他，看他气色很好，我还说了他几句。"弘时说着，仿佛拿定了什么主意，深深透了一口气。允禄不禁奇道："年轻轻的，怎么这么怠惰？没出息！"弘时格地一笑，说道："十六叔这话就是我说他的。弘昼当时就回了我一个倒噎气，说，要论能干出息，谁比得上我们几位叔叔伯伯，你瞧他们很得意么？见面脸上开花，背地咬碎钢牙，那种日子很开心么？"

　　"这是混账话！父辈有父辈的情势，子辈有子辈的事业嘛！"允禄心里一动，迅速看了一眼这位实际是长子的"三贝勒"，一边揣猜他的用意，说道，"皇上就你们三个儿子，他身子又常闹病，儿子们不分忧谁分忧？"弘时蹙额说道："可不是的！十六叔你还不晓得，外头有些闲话，说皇上自从得了乔引娣，身子骨儿就……这话我都说不出口。乔妮子这是地道的个狐狸精、扫帚星，在山西折腾败了半省官员，诺敏的小命都搭了进去。又狐猸十四叔，弄得十四叔狼狈不堪，如今进宫，皇上又——纵没那些事，什么名声儿呢？您和皇上如今是最说得进去话的，从容时变着法子劝劝——

的卢马妨主，就不该留在身边的。"

允禄吁了一口气，这些话他也在旁处听说过。他自己也觉得乔引娣走一处败坏一处，是个不祥之身。但他也深知，雍正只是时时存问关爱这个女孩子，既没有役使也没有侍御，劝雍正"远色"的话断断出不了口。思量着又问道："老五就为这些个不肯出来办差么？"

"那倒不全是的。"弘时目光好像要穿透轿墙似的望着远处，"他说走到密云，遇到一个异人，叫贾士芳，断言他再往北走，今年有血光之灾。就是回京，也要韬光养晦深藏不露一年，才得躲过这一劫。他整修门面，大约就是听了贾士芳的妖言，听说还要在后院造一座高楼，想出门想急了，就登楼眺望一番……这些疯话他说得正颜厉色，我都忍不住笑。"允禄耳边听人说贾士芳都磨出茧子来了。府里几个太监想悄悄寻访进府，给允禄和十六福晋推推格。允禄想起当年大阿哥魇镇二阿哥，三阿哥请张德明大徒弟进府看相，八阿哥请张德明推造命的往事，一个个翻身落马鼻青脸肿的下场，虽然也有心见识一下这个神仙问问自己休咎寿际，到底忍住了，因问道："听说你也见过姓贾的，是不是真实有些本领？"弘时冷笑一声说道："有人劝过我是真的，我身为皇子，金枝玉叶之身，怎么会跟这种东西来结交？"

允禄明知是假话，听他说得冠冕堂皇倒不好再问，正要岔开话题，大轿已是稳稳落下，一个太监挑着公鸭嗓子道："三爷府到了，请二位主子驾！"当下二人便不再说话，相跟着下轿进府。弘时带着他们一边向书房里走，一边吩咐："进两碗参汤，要热热的。"一个家人答应着，又躬身禀道："贝勒爷，怡亲王府的二爷钱名世他们来了，这会子还见不见？"弘时似乎怔了一下，转脸看了看允禄，说道："十六叔，咱们不如见见，打发他们去了，我们再讲。"允禄想了想，弘时是坐纛儿皇子，一般政务不经请示雍正就有权处置，又奉旨和自己谈话，这种小事不宜推辞，便点了点头，和弘时一道趸到正房侧的小书房里。二人进来，果然见怡亲王允祥的二世子坐在书案前翻着一本册页坐等。旁边一个五十岁上下的老头子一脸诙笑陪着说话，允禄认出是翰林院侍读钱名世。还有两个中年人，个头模样都相似，都穿着万字印花宝蓝色宁绸小羊皮袍，外头套着黑烤绸马褂，一般模样留着浓密的八字须，却是神色惶惶，两手扶膝半个屁股斜签着坐在弘晓对面。

见允禄弘时进来，四个人忙都起身行下礼去，说道："给二位主子爷请安！"

"罢了吧。"弘时潇洒地一摆手，让允禄坐了，又对弘晓道："咱们自己兄弟，抬头厮见的，往后你见我不要跪，给十六叔请安就是了。"

弘晓忙躬身答应一声"是"，又笑着对允禄道："十六叔，我给您老介绍一下，这是康熙四十二年探花钱名世；这两位是双生兄弟同科登第的，一个叫陈邦彦，字所见；这位叫陈邦直，字所闻。"弘晓今年刚满二十岁，长弧脸，白净面皮，尖尖的脑袋，却一头好发，总成又粗又长的辫子，梢头还打了个红绒蝴蝶结，荡荡悠悠垂在脑后，说起话来又快又便捷，看去十分干练。他原是和老郡王膝下的第七个儿子，允祥未取福晋，雍正做主过继了怡亲王。后来允祥得罪，康熙又命他归宗原家，及至允祥脱得囹圄，圈禁中却和两个侍妾有了两个亲生儿子。他虽回到怡王府，雍正却只给了他个二等伯爵的位子，等于闲散宗室。要论起心境，和三贝勒弘时却是一拍即合，因此这府里走动得勤。弘时进畅春园帮着宝亲王弘历办理政务，说合着瞧允祥的面子，名义上给了个内务府帮办，倒着实和弘时亲近起来。这是前话也不及细述。当下坐了献茶，弘时便道："弘晓，我忙死了，你们还要给我添乱。什么事消停点明儿再说，就烧焦了洗脸水？"

"三贝勒胳膊上跑马的人，这点子事大约还料理得开。"弘晓双手捧碗，笑嘻嘻说道，"他们几个心里熬煎得油锅似的，老钱我们平日交情分上，我不忍得失手不管。在您，是芥菜籽儿，在他们，那就重于泰山，您说是啵？"弘时见允禄一脸茫然，便道："还是为年羹尧赠诗那件事，今天皇上批了下来，他们安不住心也是自然的。"

他这一提醒，允禄立时便记起来，谳断年羹尧大狱，赐年羹尧自尽，接着又清查出汪景祺受年羹尧指示，和蔡怀玺等人密谋营救囚困在遵化的十四阿哥允禵的大案。两案并为谋逆大案，株连极广。从西宁军中又查到了钱名世和二陈写赠年羹尧的诗。陈邦彦陈邦直都用"所见""所闻"字号，是和年羹尧的诗，除了年羹尧，也还称颂于"帝德如天被化外""尧天舜地封名将"。那钱名世却与众不同，皇恩帝宠一概不提，大肆吹嘘年羹尧"分陕旌旗周如伯，从天鼓角汉将军"，又是什么"钟鼎名勒山河誓，番藏宜刊第二碑"——既吹年羹尧，又捧允禵平藏之功，被吏刑二部专管磨勘的几个"魔王"查明奏上。雍正一来身子不爽，又正值听了许多闲话无处发泄之时，批了"卑鄙无耻殊堪痛恨"八字考语交部议处。听弘时说部文御批，允禄便道："先批到我那里，我一时顾不上，请他们转到军机处去请衡臣相公照发回部，里头说的什么，我还不知道。"

三个人听说雍正对自己御批处分已经下达，顿时脸色苍白，张皇地互望一眼，都站起身来，把目光转向弘时。弘时见钱名世紧张得颊上嘴角肌肉抽搐，陈氏兄弟两膝也在微微颤抖，他却不急着说，吊胃口似的叹了一口气，三个人吓得心里格登一声。

"这事原来不是我的手里。老四（弘历）没出京，主持韵松轩政务，皇上召见过他几次。"弘时从容说道，"老四回来跟我说，你们的部议都按'从逆'，按《大清律》谋逆不分首从，一概是凌迟的罪名。"他吮了一下嘴唇，一脸悲天悯人的神情，见三个人已面如死灰，满足地对搓了一下手掌，又道："弘历也觉得太重，说几个读书人，又没有谋反实迹，干吗下这辣手，也没有请旨就驳了部议，叫他们重拟，后来又议成斩立决。宝亲王还是觉得重，改了绞立决送呈主子，弘历又跟皇上说，日下京师谣言诼话多，不如从轻发落，堵一堵那起子小人的嘴。听说十六叔和张廷玉他们都在场的。"允禄点了点头，说道："那天没有决议。皇上说，谣言说我刻薄，我才不在乎呢，要堵谣言只有杀，杀掉这些无父无君之徒，谣言不攻自灭。我和衡臣都劝，皇上脸色才好看些，说'且再等等看'。"弘时接着对钱名世道："他们二位和你是有分际的。你写给年某的诗一句称颂圣德的话都没有，纯粹是拍马屁。他犯谋逆罪，你不卷到一处才怪呢！不要吓成这个熊样子，告诉你吧，你们三个都保住命了——革职还乡永不叙用，怎么样，还满意吧？"

三个人提得老高的心顿时落下，脸上颜色也回了过来，钱名世当头，二陈随后一撩袍摆崩角在地连连叩头，口中喃喃道："皇恩浩荡，谢皇上再生之德，谢诸位王爷贝勒爷超生斡旋。"弘时把袖里一份朱批过的奏议折子递给弘晓，笑着对三个人道："死罪虽免，有些活罪也甚是难熬啊——这是朱批，你看看——你们起来吧！"

弘晓接过那份折子看，前头洋洋数千言，都是刑部几驳几复议论谳断的过程，后边留的"敬空"里，一笔血红的朱砂草书触目惊心。

部议拟罪不当。若依"从逆"之罪，钱名世岂得仅以"绞立决"草草处置？钱名世实文人败类之尤，名教罪人之首也。朕在藩邸，其劣迹即稍有闻之。前奉大行皇帝御批，钱名世于修纂明史，将万斯同数篇传稿攘为己有，为高士奇所觉，恬然无耻毫不在意，着降两级逐回原班。此圣祖已早查此人奸佞之心矣！朕素以为不过文人无行，偶有贪念而已，乃以翰林清望之官，置君父于莫如，奉迎跋扈奸恶之边将，朕实不知其所读何书，所养何性。实名教之罪人，文士之匪类也！曷足以污朕之刀斧？彼既以文词谄媚奸恶，为名教所不容，朕即以文词为国法，赐以"名教罪人"四字匾额，示人臣之炯戒。至若陈邦彦陈邦直，吠声之犬耳，革职回籍可也，钦此！

弘晓看了，苦笑着把折本递给钱名世，说道："亮工（钱名世字），性命是留下了，似乎还可作个富家翁，只这'名教罪人'四字匾额太重——士可杀而不可辱，皇上真恨你到极处了。你可要支撑得起啊！"众人听说钱名世性命无虞，原是松了一口气，见这道诏旨，连允禄也是一愣：钱名世堂堂江南才子，武进书香世家，两榜进士标名天下的"探花郎"，要在自己祖宅门前，高高悬挂起写道"名教罪人"匾额，不但祖宗辱没，本人无脸做人，而且子子孙孙都抬不起头来。受这样的奇耻大辱，钱名世真不如干干脆脆在西市上吃一刀红的痛快，为这份诏旨传到允禄手中时，边沿已被各人的冷汗浸得湿漉漉的了。允禄看着萎缩成一团的钱名世浑不知疼痒地木坐在旁边，心里突然一阵难过，他的脸色也变得苍白，口吃着寻不出话来安慰，半晌才道："你不要急，不要乱走门路说话。皇上如今身子不好，脾性正躁，又加上听人说自己闲话，郁闷恼怒，就有千言万语，先承受下来，我们从容解说就是了。"

"多谢十、十六爷……厚意。"钱名世吃力地说道。他抬起头，脸色苍白得像月光下的窗纸，头轻轻地神经质地摆动着，嗓音变得喑哑而又浊重："名世确是名教罪人。二十年进士宦海浮沉，于君父无所答报，于生民无所裨益，谀墓文章残喘利途，蝇营狗苟龌龊度日，身不脱党争绳索，行未履圣人德义之道，说个名教罪人其实不冤我。至于是说在口里，写在纸上，还是张在门额上，以求实二字论之，并没有多大分别。"他两眼泪水突然夺眶而出，"……至于儿孙，我算对不起他们，我钱门五世七进士，为武进望族近百年，复极而剥也是自然之理……天幸孙子辈中有能明耻奋起的，重起草第再造家门，我今日虽蒙垢而死，也不冤了……"说罢再抑止不住，放声大哭。众人被他苍老凄厉的号啕声嗫住了，木雕泥塑般呆坐着不言语。

许久，弘时才从怔忡中清醒过来，他掏出手绢拭着眼角迸出的泪花，对弘晓道："你们劝慰一下。越是这个时候，要防祸从口出。我看圣上只是恨他党附年羹尧，这样处置，再没有更无故加罪的……"他踱到钱名世跟前，无限感慨地太息一声，说道："哭吧，畅畅地哭一场，心里会好受些儿。保重些儿身子……记住，能洗去这种耻辱的，只有一样东西——时间。你精白其志，洗心涤过，还有见天日一天的——十六叔，我们那边书房谈去。"他惨白着面孔向允禄让了一下，允禄和弘时像逃路似的匆匆离开了这间满是幽怨啼哭之声的书房。

"十六叔，"二人到西书房，一碗滚热的参汤喝下，弘时的精神渐次复原。看着慢慢啜着参汤的允禄，弘时皱眉道："钱名世这个处置你觉得怎么样？"允禄也已镇静下来，说道："这个姓钱的平日所为，不算个学正品端之士。凭良心说，当日在年羹尧气焰之下，我们哪个没有打过他的顺风旗？就是写诗称颂，顶多也就是个'文人无行'，得这样的处分，太重了。我一个人说情恐怕不成，明儿见见允祥，一同在皇上跟前保一保，也只走着瞧罢了。"弘时惨然一笑，说道："十六叔，你忒老实的了，皇上要下手整八叔，你真的看不出来？"

……

"钱名世真正得罪原因，不在那两首破诗。"弘时微笑着，从书案上抽出一张刑部供单用的折页纸，抖开了递给允禄。允禄接过，见是汪景祺的口供："康熙六十一年冬，我自军中去江南武进，遇钱名世年兄。那年江南气暖，我们闲话，钱说前日风雷掣电，为冬月江南一大奇观，接着就传来圣祖崩驾皇四子胤禛即位消息，也是一大奇。我说这是灾异之兆，反常为妖，冬月雷电不以时，绝不是国家祥瑞，钱年兄颔首称是。"弘时在旁指点道："说这个话在场的还有尹继善的两个门人，李卫府的师爷都出了证。前头京师谣言说雍正得位不正，见这口供，反复查了，钱名世并没有传言

'风雷掣电'这些浪事。不然，他真的要祸灭九族呢！我想，钱名世到底不是个正直人，又有这口供，怕十六叔您动了恻隐之心，贸然在皇上跟前说情，自讨没趣，何苦呢？"允禄手中纸片滑落了出去。雍正口说"最不喜人报祥瑞"，其实他心里最盼祥瑞，什么庆云、瑞芝、嘉禾报来，受与不受，脸上欢喜之容就带出来，这是尽人皆知的事。这个钱名世竟把雍正登极和风雷烈电灾异降临联到一处！犯这样的大忌，就是宽仁大度的康熙也容不得，何况鸡蛋里还要挑骨头的雍正！半晌，允禄叹道："钱名世到底是个才子，我很惜他。要是这么红一个炭圆儿，我也接不住——皇上命你找我谈，有什么事？"

弘时看了看窗外，天大概是阴了，黑得格外幽深，凉风掠过檐下，发出微微的啸声，像是远处有人隐隐约约呼呼着什么，给这万籁俱寂的寒夜平添了几分神秘和不安。怔了许久，弘时才道："皇上叫我问问十六叔，八叔他们到底是个什么章程，因为明天皇上就要召见他们了。皇上还特意问，为什么八叔几次奏闻旗主会议，十四叔都不在场。不知明天十四叔去不去见皇上？"允禄笑道："我当什么事呢！皇上原交代过，叫我明儿赶早进去，又巴巴儿这会子叫你来问。"因将在廉亲王府会议情形细细说了，又道："八王议政是他们心里最盼的，从前一处谈，都是吞吞吐吐闪烁其词，今晚是和盘托出的了。但似乎又不像是预谋好了的。睿亲王从头到尾话都很少，似乎很犹豫，临打离去还递了个奏折。"说着仍从袖中取出那份折子递给弘时："你要今晚还见皇上，就便儿递上去吧！"弘时皱着眉接过来信手放在案上，黑幽幽深不可测的目光凝视着书房门口那座金自鸣钟，仿佛在聚集着自己的勇气，良久，才道："八叔要不另打心里的小算盘，八王议政也不是不可以跟皇上说的。要紧的是不能引动皇权旁落！"

"什么？"允禄浑身一个激灵，仿佛不认识似地下死眼盯着弘时，"这是皇上的话，还是你的话？"弘时灯影下的面孔棱角分明，格格笑了两声道："你怎么这样瞧我，灯底下怪森人的。这是皇上的话，前日和今日下午两次见皇上，他都透出了这个意思。"允禄素知雍正一向态度，当然不会轻信："听着弘时，你十六叔是个扳倒树捉老鸹的人，熙朝阿哥党争二十年，谁也拿我没办法就是这个原因。我请你复述皇上的原话，不要用'意思'两个字搪塞！"

弘时冷笑一声，说道："皇上只叫我传达'意思'，我当然只能照办。不过你是我的亲叔叔，我可以说原话。嗯……头一回见我，皇上说：'允禩会做事会做人，朕心里清爽着呢！可惜此人终非池中物，真令人一憾！就是八王议政，何尝不是好制度？太祖太宗那时，正是我满人极盛之时，也亏了这个议政制度。'见我吃惊，皇上笑了笑，说：'其余的事都好商量，就是皇权不能旁落。多几个人共治天下，朕倒可稍为安闲些。'"

允禄目不转睛地看着弘时，眼睛里充满了疑惑，但已经没有了戒备的敌意。弘时沉吟着，又道："今天下午，我又到畅春园见皇阿玛。他刚从清梵寺回园里，看上去十分疲惫倦乏，跟我讲：'当初登极不久，张廷玉和朕议起来，朕和圣祖比，有三不及。圣祖是幼年御极，在位日长，朕是盛年即位，享国不能像圣祖那样久远。朕想，再怎么不济，二十年还是有信心的。现在看来竟未必，朕是觉得身子骨打熬不来了……看你十三叔，拼着命做事，累成那个样儿，张廷玉、马齐他们都老了，老十七挑不起大梁，老十六是个中平之才，守成有余，创建不足——你和你十六叔可以私地里唠唠：这些旗主们自己断然不会有觊觎大位的心，可惧的倒是自己的亲兄弟，若能变着法子不使皇权旁落，又能使国家满族旧人参政，朕也得了左右膀，旗政旗务的整顿也顺乎自然地办下来了，岂不两全其美？'我说，皇阿玛既有这意思，何不召见十六叔，很好计议一下。这不是小事，还该征询一下军机处和怡亲王他们意见。阿玛说：'这事是你十六叔的首尾，要你十六叔认可才能放心去问。明儿见见这些旗主们，他们提出来，再交军机处商议才是正理。'——十六叔，这是什么事，我敢胡言乱语？这里与皇上只有一步之遥，我敢矫诏乱政，自取灭顶之灾么？"

允禄深深吸了一口气，他被弘时的如簧之舌打动了。想想在允禩那里众人愤懑又无可奈何的话，觉得皇帝和旗主各让一步，未始不是最好的办法。而且要真的这样，自己也理所当然可以入值中枢，如意指挥各旗旗主，比起这个专管"内务"的王爷不知强去多少倍。思量着，允禄道："既有这旨意，我有什么说的？明儿见主子，就是我不说，他们也要提这个'议政'的事的。不瞒你说，我是全身全心戒备着呢——已经知会了善扑营明儿戒严全城，谁有动作先拿下再说。这么着，倒失惊打怪的了。"说罢又轻松地透了一口气。弘时取过睿亲王的折子，口里笑道："我就知道，一说这事，十六爷准犯狐疑。没想到你那么大的杀气，像是我要谋反似的——这个睿亲王，人就在北京，又眼见要召见，还写什么奏折？"他随手便撕开封口，将封皮揭开，看了看，说道："这是一份请安折，还夹着一份贡单。"允禄凑过来看，果然黄绫封面折内写着：

臣王都罗恭叩万岁金安，并呈贡微方物祈圣上哂纳。

里边夹着一张折叠单面，写的却是贡物：

油炸白肚鱼肉丁十坛，窝雏鹰鹞各九只，二年野猪二口，一年野猪一口，鹿尾四十盘，鹿尾骨肉五十块，鹿肋条肉五十块，鹿胸条肉五十块，晒干鹿背条肉一百束，野鸡七十只，稗子料一斛，铃铛米一斛，树鸡五十只，七里香九十把，公野猪二口，母野猪二口，鲟鳇鱼三百尾，翘头白鱼一百尾，山楂十坛，梨八坛，林檎八坛，松塔三百个，山韭菜二坛，野蒜苗二坛，枢梨木枪杆名三十根，桦木箭杆二百根，椴木箭杆二百根，白桦木箭杆二百根，杨木箭杆二百根，海青芦花鹰白色鹰各五对，窝集狗五条，贺哲匪雅喀里奇勒哇官鹏鼠皮二千五百八十二张，紫桦皮二百张，上用紫桦皮一千四百张，官紫桦皮二千张，貂鼠皮二百张，白毛梢黑狐狸皮二百张，黄狐貉皮二十张，活梅花鹿、角鹿各二十对，虎、熊、元狐皮各十张，黄狐皮、猞猁皮、水獭皮、海豹皮、豹皮各三十张，雕鹲翎六十根，小黄米、炕稗子米、高粱米面粉、玉米面粉、小黄米面粉、荞麦糁、小米面粉、稗子米面粉各六百斤，野鸡蛋三百斤，山核桃仁、松仁榛仁杏仁、松子各二百斤，白蜂蜜、蜜脾、蜜尖、生蜂蜜各二百斤，野葡萄六百斤，杜李、羊桃各二百斤，巴众菜、山韭菜、藜蒿菜、枪头菜、河白菜、黄花菜、红花菜、蕨菜、丛生蘑菇、鹅掌菜各二百斤。

允禄看罢不禁笑道："看上去是密密麻麻写的不少，其实不值几个，难得的是有这个心。春秋厥贡苞茅橘柚，所以示尊敬天子之礼也——睿亲王这个折子实际上是向皇上表心迹的。就是你方才的话，他们要是上遵皇宪，就议议政何妨呢？"

弘时却被这份折子弄得陡起惊觉：睿亲王现在手中虽然没有实权，也不管着哪个旗。但因老多尔衮功盖四海保扶幼主的声名，只要一排座次，仍是头一份。弘时和廉亲王又勾手又争权，本想借廉亲王之力夺掉军机处和上书房之权，弄掉弘历的储位，突然出来个都罗向雍正独表忠诚，这是什么用意？抑或是允裸的阴谋？这汪水此时是越看越深，愈发弄不清到底有多深了。思量着，弘时干巴巴一笑，说道："十六叔说的极是。只一条叔王记住，八王议政的事，其实皇上也是吃不准，所以叫我们叔侄私下议议。我们不可出头，明儿看着他们如何动作再说。"说罢莞尔一笑，他要把自己摆在更超脱的地位上，坐收渔翁之利了。

第十五回　世袭王庙见消意气
雄猜帝朝会颁新政

　　允禄一肚子心事，在炕上翻了一夜烧饼，刚蒙眬睡去，远远听雄鸡一声长啼，心知时辰尚早，又加了一个枕头还要再睡时，观音像前金自鸣钟沙沙一阵响，无比响亮地连撞四声，连纱屉子外头的茶炉子也烧开了，壶盖被热气冲着，好像专门凑热闹，嗤嗤响着，不时发出细碎而又连贯的敲击声。允禄叹了一口气，已醒得双眸炯炯，见四侧福晋吴氏已披衣偏身坐在炕沿，便道："这么早，起来呢么？"

　　"爷睡不安，我更睡不安。"吴氏穿着中衣，见他已经醒透了，趿了鞋为他斟了一杯茶兑温了端来，笑道，"你漱一漱，安生再睡个回笼觉。就睡不着，闭着眼养养神也是好的。"允禄漱了漱口，说道："你听听这外头动静，能睡得着么？"一边说，一手拉过吴氏坐在身边，另一手伸进她小衣，在她温润绵软的腹皮上轻轻摩挲着不吱声。吴氏见他手摸了上面又往下面，啐了一口，飞红着脸道："我也三十岁的人了，叫丫头们撞见什么看相呢？既这么着，昨晚怎么——半截儿就……不中用了？爷也是个银样镴枪头，上阵就败的……"

　　允禄见她娇媚羞涩，越发撩得上火，一把拉她进被窝，口中道："女人嘛，三十如狼，四十如虎，过了五十还坐地吸土呢！你不是还想要个世子么……"那女人已被他搓弄得眉低眼眵浑身软瘫，遂移船就岸如此这般一番，已是一个牛喘一个娇吁。事毕，允禄自起来穿衣整冠，威严地咳嗽一声出了房，看东方时，启明星刚露。他从滴水檐下一边下阶，对着迎上来的家人道："我立刻上朝，备轿——催着世子们赶紧起来，《子见南子》篇每人一篇文章，回来我要查功课！"

　　"请王爷示下题目。"

　　"嗯——《吾未见好德如好色者》——就这个题目，不得少于一千字！"

允禄一边说，已是出了二门。

允禄乘杏黄大轿赶到西华门，出来看时，启明星刚上屋梢。西华门外大大小小已经停了五六乘轿，有两个外省官员鹄立在门下大黄灯笼下，见他过来，都提袍角跪了下来。允禄因不认识，只含笑摆手命起身。定睛看时，其余都是内务府自己身边办事官员，便招手叫过俞鸿图，问道："八爷九爷，还有几位旗主亲王几时能来？你们都在这边，太粗心了！"

"回十六爷话，"俞鸿图一躬身说道，"奴才不敢掉以轻心。昨晚在各位王爷住处门口都安排了人随时打听随时报来，方才探马已经过来，说各府里都已掌灯，王爷们都已起来。张相爷已经进了大内，从这过时吩咐了奴才，说爷来了就请进去军机处说话。其余的张相没说，奴才也不敢自专。列位王爷来了，我们几个可先在这里照应，奴才料着皇上还在畅春园，皇上来了听旨意和爷的调派就是。"说话间，里头一路小跑出来一个太监，见允禄已在门前，先对两个外省官员道："今儿皇上和军机处都不接见，二位到礼部，一会儿随文武百官朝见万岁。"又转身到允禄面前，满面堆笑请安，说道："万岁爷昨晚已经回宫，张相爷、鄂相爷都在军机处当值。吩咐了，王爷一到，请先进去，军机处说知。"说罢又打了个千儿，匆匆进了西华门。允禄正要进去，门前又落一乘绿呢大轿，却是李绂从里头哈腰出来，便住了脚笑道："巨来，昨儿个约你到上书房来的，不防你去了我却忙得爽约了，真是对不起。方才传旨今儿朝会，你们从午门那边进去呢！"

"是庄亲王爷！"李绂紧趋几步过来，请了安笑道，"卑职已经知道朝会。西华门到正阳门中线归我们直隶总督衙门布防，我刚从南边看过来。他们告诉说杨名时进京了，在这边递牌子，怎么没见，莫不成下头竟敢骗我？——说到昨儿，我也没有跑冤枉腿，在上书房见了谢济世，我原听说他从浙江来，不知在京住在哪里，一问，他也在打听我，就借上书房宝地一块，我们聊了一个时辰。我又请他吃饭，虽没见着王爷，也满畅快的。"允禄不禁一笑，说道："你们是同年嘛。他递了密折，参劾田文镜十大罪，又是惺惺惜惺惺，自然谈得来。你手头弹劾田文镜的折子写了没有？先不要拜发，我们谈谈以后再说。这阵子太忙，过几天我就消停了——你说的杨名时我不熟悉。他从贵州来京了？方才有两个外省官，已经去了午门那边。你过去，要是杨名时，自然见得着的。"说着便进了西华门。

此时东方曦光已经透明，隆宗门内天街扫得纤尘不染。清亮的晨色中，乾清门前一片庄重肃穆，一溜八口镏金大铜缸边各有一个太监端着木炭盒子，小心地给铜缸下石龛灶中添着炭。龛灶下发出细脆的爆裂声。几十名侍卫服色鲜亮，钉子似的站在巍峨的乾清门前纹丝不动，天街给人一种空旷寂寥微带肃杀的气氛。只有军机处几个小章京指挥着笔帖式们匆匆搬运着一叠叠文书，给这紧张气氛带出几分活意。见允禄进了隆宗门，几个军机小章京立刻迎上来，禀道："王爷，方才有旨，您一进来就去养心殿见万岁。这就请吧！方先生、张相、鄂尔泰还有十三爷他们都在等着您呢！"

"三贝勒呢？"允禄这才知道，众人比自己都来得早，略一沉吟，忽然有一种大事临头的感觉，一边移步一边问，"连十三爷也来了？"那章京随着他脚步走着回道："三贝勒进来半个时辰了。十三爷昨晚就宿在军机处，刚才他老人家进去，这边才把文书挪过来……"见允禄无话只是走，那章京才止步退了回来。

"好，好，好！"雍正正在养心殿东暖阁和几个大臣说话，见允禄进来，笑道，"咱们大管事王爷来了——免礼吧，和允祥一道坐那边墩子上。"允禄这才留心，屋里几个人，张廷玉和鄂尔泰是站着，弘时跪在炕边，方苞和允祥都坐在雕花隔纱栅前的瓷墩上。他到底还是行了礼忖着自己的位置坐了允祥下首，笑道："我还以为我是最早进来的呢，还是落到诸位后头了。"雍正的心情似乎很好，微笑着喝着奶子，说道："李卫那边很顺手，江南、浙江两省已经推行火耗归公。养廉银子发下去，火耗银子归上来，藩库比平常年多收四成。从各府县密折奏上来的情形看，官场并没有多少闲话，没有人敢聚敛，也没有人敢怠懈。尤其是训导、教谕这些瘦缺官，还有些没人愿作的穷州县，如今都安置得好。冲聚疲难的大缺还是有人争着干，因为毕竟还比简缺多一点养廉银。李卫又抽出钱来设了义仓，周济衣食无着的穷民。赋均讼平吏清，官吏满意，百姓满意，朕自然更高兴。田文镜那边比李卫难，因为河南民风刁悍不纯，官场混账风俗惯了，田文镜又心高志大不甘落后，官绅一体纳粮和火耗归公双管齐下，务必要在麦收前两件事办完，所以有几份折子是参田文镜的。不过都是些微末小吏在背后嚼舌头。大员只有一个黄振国，署理藩司衙门。朕看也是因为田文镜堵了他的剥削发财路，发这个小私意，所以驳复下去，由田文镜全权处置。"

说着，高无庸带着个小苏拉太监托着条盘进上参汤，看样子是雍正早吩咐过的，每人一碗，因允禄后来，雍正便命："把弘时那碗给庄亲王，我朝家法愈是子侄愈是严苛，愈是亲近愈是'形远'。"弘时忙起身，活动一下发麻的腿，将参汤亲自捧给允禄，又笑嘻嘻回去跪下。允祥道："近来河南和外地弹劾田文镜的人不少，他处境不好。"

"有人弹劾不见得不好，都说好的未必就好。允祥没有读《左传》么?"雍正喝了一口参汤，"当初你不也是这样，催办户部亏空，弄得怨声载道，还被冤圈禁高墙十年! 那些好好先生，那些科名里有党援的人，做件芝麻好事，就有人替他捧得比西瓜还大。人主宰相，要特意地留心保全孤臣，他为朝廷办差不避怨嫌，身处四面楚歌之中，还架得住当主子的不体谅? 不关爱? 朕与你都是孤臣当过来的，见这情形，只能驰援，帮他解围，不能为他有这么那么一点小过掩了他的大节。孤臣难当，能护全孤臣的才是明主贤相。蔡铤在云南压制杨名时，说杨名时贪墨，朕说你拿证据来。观风使孙嘉淦，蔡铤也说不好，朕说蔡铤：'天下就你一个好人，朕真昏庸了!'索性留孙嘉淦在云南，去为他设观风使衙门，只怕那里的贪赎还好些儿。"

允禄满心想的，今日朝会接见旗主，不知雍正有什么面谕，听他兴致勃勃，说了李卫又说田文镜，说了蔡铤又说杨名时，不觉心里发急。好容易等着雍正的话缝儿，忙赔笑躬身道："都罗他们和老八老九昨晚会议了半夜……"雍正笑着一摆手，说道："方才外头已经报进来，他们先在午门外跪候，一会儿听旨参加朝会，朝会完了朕再接见。朕这里是理一理思路。这次朝会之后要天下各省全面儿推开朕的雍正新政呢!"允禄不禁一怔，他这才明白，这次朝会根本不是专为旗政和接见旗主而设，甚或不是朝会的主要议题。想起那几个亲王热辣辣的心思，不觉有点凉心。雍正似乎没有留心他的不豫之色，只顾侃侃按自己的思路说道："云贵的改土归流，鄂尔泰已经几次上了条陈，写得很细，思虑得也周详。杨名时在那里当云贵总督，与朕有七年之约，七年不动他的职位。但他反对朕的改土归流，所以朕叫他也进京。改土归流朕决心已定，他要反对，只好挪出位置，给乐意执行圣旨的人去做。"三阿哥弘时却对杨名时毫无好感，见雍正看自己，一碰头说道："杨名时有大儒之名，无大儒之实。他不但反对改土归流，连火耗归公、官绅纳粮、养廉制度都是不赞成的，其实是个沽名钓誉之徒。请皇阿玛留意！"

"看来杨名时着实犯了你的憎恶了！你这是第二次跟朕说这个话了。"和颜悦色的雍正倏地收了笑脸，"他究竟什么地方得罪了你？无非在京任职时弹劾了宗室阿哥荒废学业，扫了你一笔嘛！值得这样耿耿于怀？杨名时虽与朕政见不合，他也有人所不及的长处。云贵火耗银子只收三钱，天下没有比他再清廉的官了。云贵两省自他去，朝廷没再补贴一两银子，每年省七十万银子，你懂么？够赈济两次山东大灾！政见不合又是一回事，不要思路不清。等见到新政好处，他做起来比谁都会好。"弘时被他咄咄逼人的目光看得心里一寒，忙叩头道："儿臣心胸太窄了，不过确实不是记仇——杨名时既然反对新政，无论安插到哪个省，那省里的政务都难与朝廷合拍，儿臣心里是这个想头，请阿玛圣裁。"雍正笑道："不一定要在哪个省，可以到哪个部当尚书，或者当东宫太傅。他那好的学问，当你们老师，在毓庆宫讲学，岂不是人尽其才？"

允禄自接差事以来，既要贯彻朝廷宗旨意图，又要安抚东方诸王不平之气，两头奔忙说项，自谓这是极难办的差使，必是朝廷最重要的公务。听雍正曲划了半日，连远在云贵偏远地的苗瑶改土归流都想得周周到到，自己的差事却提也不提，心头不禁一阵光火。但他是淡性人，不惯作色，呆呆站着出神，心里塞了一团棉絮似的什么也想不成。弘时似乎也有点魂不守舍，怔了一会儿，见雍正长篇大论已经说完，便问道："旗务旗政的事在朝会上是否也议一下？"

"允禄和廉亲王九贝勒旗政办得不错。"雍正笑道，"几个旗主王爷都赞同朝廷旗务整顿的宗旨，这很好嘛。旗人的头是最难剃的，朕知道这些大爷们，任事不会还要躺在祖宗功劳簿上卖大。但旗政和云南改土归流一样，不是全天下的大事，论起来只能说是我们满洲人窝儿里的家务。不就是八旗议政么，就议这个'旗'政就好。先开始朝会，下来朕和这些功勋王爷们私地再谈谈，允禄既管着这摊子事，可以先退出去，由你带着他们进来，可好？"

"啊？喳——"

允禄一肚皮的不欢喜，见谈到自己差事，虽说表彰了，却又似乎没有摆到全局，意马心猿地听了雍正的训诲，忡怔间又听命自己出去带队进来朝会，一惊之下才回神答应，说道："臣这就去传达旨意！"他是出了名的"十六聋"，弄得雍正也是一笑，摆手命他出去了。

"方先生一直没有任职。"雍正看着方苞笑道，"他现在名义上是在国史馆修史，其实是在朕身边随时参赞。这次朝会很要紧，事关雍正新政全部推行，有不赞同的大臣，还得叫人家说话，说不定要当庭辩论，所以方先生不能回避。朕看可以给方先生挂一个武英殿大学士的名义随班入朝，你们觉得如何？"众人听了俱各无话，倒是方苞说道："即使当庭辩论，臣也只是参赞主子发言。臣原来没有职份，骤然封为一品，于礼不合。如果主上觉得不封不好，就给个军机处章京名义就好，臣是当不起这样大位的。"张廷玉和鄂尔泰也都赞成方苞意见。鄂尔泰道："布衣白丁宣麻封相，有骇物听，且容易启动一般没意思人幸进之心。但方先生是两朝老臣，做武英殿侍郎资格是够的，留着一级为进步之路也好。"

当下几个机枢臣子按照雍正方才的思路各抒己见，拾遗补阙，密密细细又议了小半个时辰。耳听金自鸣钟连撞七声，高无庸进来禀道："辰时已到。"

"发驾乾清宫！"雍正神色庄重地站起身来，"传旨午门外，六部九卿各司衙门正官，并在京诸王，依次从左右掖门进乾清宫朝会！"

顷刻间，景阳钟登闻鼓声大作，悠扬沉稳的钟鼓之声漫过重重层楼琼宇，越过灰暗高大的五凤楼，直传出午门来。

"万岁爷起驾乾清宫！"

"万岁爷起驾乾清宫……"

一声一声的传呼由太监们递送出了午门。

允禄赶到午门外，掏出怀表看看，时针还差一刻不到辰时，此时午门阔大广袤的阅兵场上到处都是赶来朝会的各部官员。"文官到此下轿，武官到此下马"的石碑南边也黑鸦鸦一大片落着轿子，摆得煞是齐整。阅兵场上官员们或外地进京述职的，或同年科名不同衙办理的，有拉线认同乡、同年的，或找别的部衙门司官拉到背人处说事荐人的，三三两两五七个人凑在一处。有的大说大笑，有的窃窃私语，有的望阙沉吟，有的顾盼寻友，簪缨辉煌翎领交错，到处都是来来往往四处乱窜的官员，足有上千的人。允禄张着眼寻了半日，才见侍卫房南边长跪着几个人，领头的像是允禩，疾走过去看，果然是允禩允禟打头，并排跪着都罗、永信、诚诺和勒布托。四个王爷都是金龙二层顶子，饰着十二颗东珠，上衔着红宝石，青狐端罩下石青五爪四团金戈补服裹套着蓝色蟒袍。在满场大小官佐中，几个最尊贵的人独独奉特旨"跪候"，部院小吏倒可以随意活动，因此几个王爷无不面带愠色，只有睿亲王低着头似乎在想事情，其余王爷都头蓥得葱笔价盯着走近前来的允禄。允禄一边走，脸上已是堆笑，远远便说道："八哥九哥，怎么叫王爷们都跪这里？快请起来，快请起来！"

"我们是奉旨'跪候'么！"允禩脸色不知是冻的还是气的，又青又白，"怎么敢擅自违旨呢？"允禄一听便笑了，忙道："那些官员哪个不是奉旨午门外跪候？都是望阙一叩头也就罢了，偏王爷们就这么认真！"允禩冷笑一声，说道："我连这个都不晓得么？我们奉的是'特旨'，难和别人一样！"

允禄听他们拧上了劲，心里越发着忙，赔笑说道："那不算特旨，来午门的人人都说'跪候'，跪了也候了就不算违旨。这么多人，你们太扎眼了，快请起来的是。""如今还思量什么扎眼！"允禩见周围一些官员在侧耳听，越发精神，大声道，"虽说是兄弟，也有个亲疏远近。老十四方才就随老三进乾清门'跪候'去了。他不也是奉旨进京整顿旗务的？看来还是得和主子一个娘胞才更体面些。"

允禩在康熙儿子里是最会做人最温善可亲的，一夜之间忽拉巴儿变了性，竟这么执拗强项，在这个芥菜籽大的小事上当众别扭，允禄顿时没了主张。扎煞着手，看着四周的人，压着嗓子道："快好生起来吧。这叫什么呢？人听见什么意思呢？"允禩这才哼了一声撑身起来，其余的人也自起身搓手弹衣。允禟便问："皇上有什么旨意？议政的事你奏了没有？"

"你们都要见皇上，这种事我打的什么埋伏？昨晚已经和弘时说了，方才皇上也说了这件事。"允禄心里乱糟糟的，他此刻最怕这几个王爷在朝会上一窝蜂儿起来闹什么"八王议政"，搅了雍正新政大局，自己就吃不了兜着走了。因拣着要紧的，将雍正在养心殿的训话说了，又道："这次朝会，议题就那么几个。我们是藩王，不干政，只是听听。皇上说，八旗旗主议政是满洲人家务，朝会下来另外接见，专门商计旗务，请诸位留意。"还要往下仔细说，大内钟鼓之声大作，两队太监拍着手小跑出了左掖门和右掖门。便听里头传出了"万岁爷起驾乾清宫——"的传呼。广场上顿时肃静下来，脱班离位的官员们脚步橐橐，寂然回班肃然跪下——此时才"跪候"了，几个刚站起来的王爷反而鹤立鸡群般的显眼。

允禵一眼瞧见诚亲王允祉从左掖门由太监们前呼后拥地出来，铁青着脸望着不知所措的允禄，心里骂了一声"笨伯"！口中却冷冷说道："看来我们还得跪了才成！"于是几个人重垂头丧气又复跪了，允禄独个站着觉得不妥，便也跪了。

诚亲王允祉在侍卫太监众星捧月般簇拥下，健步走到午门正中，矜持地站定，用手轻轻抚了一把墨线一样修整的八字髭须，朗声说道："有圣旨，百官跪接！"

"万岁，万万岁！"

所有官员一律伏下身子嵩呼。

"万岁爷已经起驾。"允祉悠长稳重的话语响彻午门前的广场，"着六部九卿各率司员，由允禄允禵允禩率奉天诸王，由左右掖门入乾清宫朝会。钦此！"

"万岁！"

允祉宣完旨，扫视众人一眼，却不就进大内，徐步走到侍卫房前，对几个跪着的王爷双手虚扶一下，笑道："老八、老九、老十六，请诸位王爷起驾，由我来带你们进去。"他今年刚满五十岁，因为修饰得好，又保养有术，看上去和小他十六岁的允禄年纪仿佛，红光满面，连眼角的鱼尾纹都不甚清晰。他举止优雅，仪态端庄，看上去极可亲近，待诸王起身，又上前一一握手致敬温言嘘寒问暖，当着这么多的人，几个王爷自觉体面，心里的寒意便驱去不少。只允禵用多少迷惘的目光望着这位三哥：此人一手笼了十四阿哥，绝不参与"整顿旗务"的事，从内线传过来的话，似乎和朝廷也没有多少瓜葛，这会子又虚情假意来这一套，是什么意思？莫不成他也另外打着主意？允禵揣猜着允祉葫芦里的药，口中含糊笑道："请三哥前头走，我们唯三哥马首是瞻。"

允祉不再多说，领头带着王爷们从左掖门进了大内。这四位旗主王爷在康熙年间也曾进京朝觐过，勒布托还不止一次。但他们来京，都是从西华门递牌子进内，或在乾清门，或在乾清宫觐康熙。康熙晚年勤躯已倦，不喜欢郑重其事大张旗鼓召集朝会，接见或是君臣晤对，或赏茶赐膳，都是小场合，亲戚家人一样随和家常。几个人一进宫门，便觉和往日进京感受大异。从金水桥北的一溜正殿，太和门、太和殿、中和殿、保和殿的正门朱漆铜钉、狞恶铺首衔着栲栳大的铜环，都紧紧封锢。两行官员东西昭穆，按部就班摆着方步，肃然过昭德门贞顺门，从中左门后左门，中右门后右门进入天街。弘義阁和体仁阁前，太和殿空旷的演场上，铜磬形的品级山从从九品一直向北两行延伸，直通"天下第一殿"——太和殿。从甬道到左右翼门各个出入道路，每隔三步便是一名带刀善扑营亲兵，穿着簇新的武官服，钉子似的各站岗位。巍峨高大的三大殿前，铜鼎铜龟铜鹤铜贔屃都焚了香，袅袅御香从龟鹤口中冉冉散淡而开，似乎到处都是紫光流雾，给龙楼凤阙平添了几分神圣庄严的气氛。几个王爷一路走，心里不住慨叹，什么位极人臣一方诸侯，什么出警入跸起居钟鸣！到了这里，人生意气一概销尽。待到乾清门，高无庸上前大声宣呼："请王爷暂时留步！"几个王爷还没有从那种氛围中清醒，膝盖一软，几乎跪了下去。守在乾清门内的允祥刚吃了一碗三七老参汤，咳也略止了些，用手绢擦了擦嘴便迎出来，对高无庸道："不必在这里滞留，礼部已经在里头安排好了——请，三哥；请，十六弟；请，八哥；请，九哥；请，睿王爷；请……"他竟是一个一个地在门内和各王爷握手见礼，亲自送他们进了阔朗的乾清宫，在雍正皇帝的须弥座东侧请他们跪候。此时，诸王心里窝着的"气"早已丢在爪哇国去了。一边跪了，一边悄眼看着各部官员在礼部司官带领下入班按秩序跪候。又闪眼瞧见御座东屏风前一溜排着十几个茶几小椅，料是给王爷们留的座位，各人心中暗自熨帖。

此时大殿中官员越进越多，满殿中但闻呼吸声衣裳窸窣声，轻快浊慢的脚步声，话语咳痰一概不闻。约有一袋烟工夫，西阁门突然无声洞开，一个小苏拉太监站在门口，"啪啪啪"连甩三声静鞭，殿外庑下百余名畅音阁供奉太监击鼓撞磬，瑟筝笙簧箫笛，黄钟大吕，编钟排律，乐声大作。供奉们口中不紧不慢，喃喃有词唱道：

万国瞻天，庆岁稔时昌。灿祥云，舜日丽中央。翕河乔岳纪诗章，附舆执靶标星象。胥藜柩，正恩威克壮。奉金根陟响，奉金根陟响！帝心盻格皇仁广，和铃戛击和鸾响。德化风行草上，刑措兵销，绩熙工亮。春省秋省轸吾皇，轸吾皇，句陈肃穆出瑶阊，丛花缭绕时和盎。时和盎，闪龙旗，浬浬扬扬……村村绘出升平像，丰亨原野裕仓箱。一自龙舆降，九阊佚荡仰龙光。风俗淳美，泉水都廉让。都廉让，成功奏，避轨迈陶唐……时纳庆，岁迎祥，沛殊恩，沾浩荡，王辂听锵锵，酒醴笙篁，饮尧尊，歌舜壤……

在深闳沉着的歌声中，雍正从西阁门跨步出来，徐徐向设在殿中央的御座走去。他脸上挂着一丝似乎凝固了的笑容，站在御座前静听片刻，方到座前端正坐下。允祥、允祉、弘时、方苞、张廷玉、鄂尔泰也鱼贯而出，哈着腰撑着马蹄袖从座前趋步到东边屏风前依次跪了下去。殿中几百名大小官员低着头伏身跪着，仿佛有什么感应力，忽然都把头低得挨着了地——他们觉得出雍正御驾已经升座。

雍正皇帝坐在宽大得四边不靠的御座上鸟瞰着殿内，目光晶莹闪烁，为争夺这个雕龙黄袱面的天下第一座，兄弟二十四个中有九个卷进了党争的滔天狂澜。从康熙四十六年以后的十五年间，九兄弟人人机关算尽，个个呕心沥血，斗得焦头烂额，败的败，死的死，疯的疯，上天将这大任交与自己岂是容易的！他在康熙年间屡次说过，做皇帝是最苦的事，以示自己并无夺嫡野心。但从心里说，"大位"上无比的尊荣，一语间左右人之荣辱生死的威严，一纸诏书颁下九州皇风浩荡的权柄，实在撩得人夜夜五更不能寝。他自认是康熙的儿子中最有才干，也最守仁德的，原以为自己做了皇帝，普天之下莫非王土，率土之滨莫非王臣，必能雷厉风行，很快就能"振数百年之颓风"，剔清财政，整饬吏治，做一个父皇那样的千古贤君，令后世人主垂涎。但是，从登极五年的真实情形看，整顿吏治，西疆兵事中间夹着诺敏、年羹尧、隆科多几个大狱，多少人打横炮，多少人百般作梗。每天做事见人，朱批谕旨动辄千言万语，从五更到子夜，"宵衣旰食"四字竟全不是虚设！也只有在这个时刻，钧天之乐中接受王公大臣文武百僚的君臣大礼时，雍正才真正体会到帝皇的滋味。那种居高临下登泰山而小天下的感觉，是任何东西都代替不来的。他觉得自己多少日子的疲劳、困倦、沮丧、兴奋、抑郁的情绪都溶化在撞击着钟鼓的乐声中了。

"乐止！"弘时唱歌一样带有弹性的嗓音惊醒了雍正沉迷的遐想。定神听时，弘时又大声喊道："向吾皇行三跪九叩大礼！"

"万岁！"满殿臣子伏地叩头，三番扬尘舞拜，嵩呼"万岁，万万岁！"

雍正双手平伸示意免礼，含笑对允禄道："各位亲王，还有九贝勒，赐座；军机处王大臣赐座！"待允祥勒布托等都坐下，雍正见几座尚有空闲，用眼风扫着，忽然又道："朱轼大学士，你是做过朕师傅的，有年纪的人了，请那边座上坐。"

众人张目四顾间，听见礼部班中一个苍老的声音带着哽咽，高声道："臣朱轼恭谢吾主隆恩！"接着一个白发苍苍的一品大员颤巍巍立起身来，迈过前边跪着的人向茶几走去。雍正忽然心念一动，竟亲自下座，扶着朱轼到几旁安坐了，才回到御座上。大殿里立时传来啧啧称羡的声音。

"诸臣工！"雍正收了笑容，提足了底气，声音显得铿锵有力抑扬顿挫，"元旦朝贺不久，又让大家来，是有几件要紧国事与诸臣共商。现在已是雍正六年，从今年起，要普天下推行雍正新政，刷新吏治，均平赋税，沿圣祖文治武功谟烈，宏光我大清列祖列宗圣德，振数百年之颓风，造一代极盛之世，自今日始！"

他的声音在大殿中回荡着。

第十六回　论朋党明堂起纷争
弹幸臣允禵闹龙庭

雍正按照和军机处商定的议题侃侃而言，讲得十分平静沉着，先说了圣祖"名为守成，实为创业"艰难竭蹶的六十一年。疆域之广大，人民之众多，政治之修明，生业之繁荣自开辟以来，为历代君主所无。接着讲天下官员于圣祖晚年倦勤之时"结党怀奸、夤缘请托、欺罔蒙蔽、阳奉阴违、假公济私、面从背非"种种劣迹渐起，以至于贪风日炽，赋捐不平，诉讼不公，都来自于"吏治不清"这个根本上。只有"将唐宋元明积染之习尽行洗濯，则天下方能永享太平"。他用了近一顿饭的时辰，不惮其详地介绍了李卫田文镜的"火耗归公""官绅一体纳粮""摊丁税入田赋"，又讲了鄂尔泰提任广西巡抚，不避怨嫌，推行改土归流卓有成效，称赞他集"公忠"为一身，可以与李卫、田文镜并称为"三大模范"。所谓雍正的改元新政，改土归流也被纳入主要国策之中。

十四阿哥允禵的座位安排在怡亲王允祥和庄亲王允禄之间。看着这个一母同胞的四哥高坐在龙椅上款款言政从容不迫，他心里真是百味俱全。当初夺嫡逐鹿，雍正是最没有指望的一个琐碎刻薄阿哥。上天是怎么安排的，偏偏让这样一个人登极称孤道寡！想到被雍正生生从身边夺走的引娣，他心里针刺一般痛楚了一下，用闪烁着火焰的目光睨视雍正一眼；又想到身边三哥多天来苦口婆心劝说，话中夹话地讲说允禩等人要破釜沉舟，恢复八王议政旧制，一切都要静中待命，宁为渔翁不为鹬蚌的至理名言。允禵悄悄舒了一口气，等着廉亲王发难。他料想，雍正必定要讲"旗务整顿"，廉亲王必是要抓住这个题目翻脸摊牌……一边思量，又偷看一眼南坐着的允禩。允禩却是毫无表情，只身子直矗着不向后靠，两手紧握着椅把手，听得出心里的紧张和不安。正胡思乱想间，听座中雍正口风一转说道：

"举凡上边说的，新政役大投艰，必须君臣文武一心一德方能期有成效。这里，朕还想说说'朋党'。朋友也是五伦之一，往来交际也是人之常情。但人臣之间缘分相投交往过从得好，只可对平日私事。至于朝廷公事，那就要讲究'秉公持正'，不能把党援之私掺和进去。"他瞥一眼屏风下坐的兄弟和外藩诸王，平静地继续说道，"朕自即位，在乾清门、养心殿听政，即面谕诸王文武大臣，要以'朋党'为戒，圣祖仁皇帝也再三训诲廷臣。这是老话题，今日重提，就是因为朋党之风没有除尽！朕为天子，用人加恩，其实也有不当之处，只可本日月经天之义，时时自慎自警，而臣工们也要三省其身。不是他一党的就攻讦，罚一人，是他一党的就庇护——那么臣工吏员的荣辱就和赏罚不相干，只与是其党或非其党相联了。那么，君父呢？国法呢？这个事情重体大，你们须扪心自问，不可阳奉阴违，以致欺君罔上，悖理违天。不要以为朕怀恩宽大存了幸心，不要以为'罪不加众'就肆无忌惮。至于国法，朕虽欲宽大，奈何上头还有天理呢！"

说到这里，雍正舒了一口气，端起奶子杯，满殿鸦雀无声，只听得他啜吸的微响。良久，雍正才放下杯，因见屏风下鄂尔泰和张廷玉不住地递眼色，又道："不但吏治，旗务也要大加整顿，这是屡降明诏天下皆知的事。奉天诸王今天也来朝会，会议完了，朕还要专门安排细务。因为今天说的几条大政，都关于大清气运国脉，平时听下头有不少的议论，今天叫你们来，不是听听而已，有什么好的条陈建议，不妨当廷直奏；言者无罪，朕虚己纳谏择善而从。若是朝会不言，背地里嚼舌根打横炮，误国误君，朕只有用欺君之罪办他了！"他嘴角微吊，按着奶子杯，点漆一样的目光凝视着全场，说不清是怒是喜。许久，又问了一句。

没有人说话。

雍正站起身来，正要吩咐散朝，突然刑部班中有人高声道：

"臣有要奏的事！"

居然真的有人敢在这种场合作仗马之鸣！

本来跪得两膝酸疼，听得双耳嗡嗡的文武大员们都是身上一颤，角落上的小吏们不禁伸直了脖子向御座左前方张望。霎时，殿中气氛紧张起来。雍正向跪在前头的刑部尚书夏明滔看了看，问道："是谁要奏事？""是——"夏明滔脸如死灰，连连叩头，语不成声地说道，"是刑部员外郎臣陈学海。"

"陈学海。"雍正和蔼地说道,"你跪到前面来奏!"

在众目睽睽下,一个身材微胖、三十多岁的中年人戴着白色玻璃顶子,侧身膝行穿过前面几个部院长官直到御座前,叩头道:"臣刑部员外郎陈学海!"

"你有什么要奏的?"

"田文镜乃是奸邪小人,方才万岁表彰他为模范督抚,"陈学海连连叩头,"皇上信任这样的误国害民小人,诚所谓雍正新政役大投艰,岂能期之必成?"

允裸见雍正今天摆的这个阵势,原已觉得气馁,没想到自己安排的湖广布政使勒丰没有发难,却先跳出来一个陈学海。他兴奋得呼吸都变得有点急促,强按捺了激动的心情,用目光寻找着勒丰。

"这说的是田文镜的私德。"雍正不安地注视了一下已有些骚动的会场,说道,"就朕说的几项国策,你有什么条陈?"话音刚落,下面有人高声道:"奴才勒丰有要奏的事!"雍正抬头看了看,说道:"你也跪上来!"

"喳!"

在瞠目结舌的人众之中,勒丰跪了上来,伏首叩头。陈学海连连叩头道:"私德不淑,何来的公义?求皇上圣聪明查!田文镜在河南垦荒,垦得饥民四处流散,他实行'官绅一体当差',已有河南学政申报,士子要罢考,河南官场有口号说:'田抑光,如虎狼,强征赋,硬开荒。小户走四方,大户心惶惶。'这样应该投畀豺虎的酷吏,何得为天下表率?"勒丰膝行一步,也叩头道:"陈学海所奏句句是实。奴才湖广和河南比邻,前曾有奏本,外省饥民流入湖广,奏旨在汉阳三镇设粥场。奴才亲自查看询问,饥民中十个里有九个是河南人。田文镜去岁报的是丰收,而且有嘉禾祥瑞为凭。他这么做,难逃欺君之罪!"

田文镜自雍正元年在山西省大闹一场(见拙著《雍正皇帝·雕弓天狼》)获雍正赏识,以一个六品京堂骤迁巡抚、总督,朝臣、外省官员没有几个服气的。此刻见有人开了第一炮,会场上立时沸沸扬扬交头接耳,就有几个跃跃欲试的。张廷玉做了几十年宰相,从来还没遇到这种场面。他看看身边不动声色的允裸,心知这位不安分的王爷正在打主意,又见雍正似乎没有留心,心里不禁一慌,遂站起身来,却不言语,只用冷峻严厉的目光向会场各个角落扫去。他是熙朝老相臣，威望既高，门生故吏也极多，都是身居要津的大员，在他目光的威慑下，会场气氛安静了不少。

允禩和允禟迅速对望一眼，都知道是遇到了千载难逢的机会，从田文镜的事扒开豁口，雍正的新政本来就伤及不少高官显贵，今日一个朝会蜂拥而起，当场提出"八王议政"，众怒难犯，不怕雍正不服软儿。接下来的连锁儿反应简直令人心花怒放！允禩咬着牙，心一横，仇恨的目光直射雍正，两手紧攥着椅扶手轻咳一声。早已等得心痒难耐的东亲王永信应声而起，倏地立起身来，大声道："臣王有本要奏！"

"是你?!"雍正刀子般的目光扫了过来，"你上前头跪了，一个一个说！"

永信刹那间似乎胆怯了一下，但话已出口，绝无转还余地，几步跨到御座前长跪在地，果亲王和简亲王眼见如此势头，也都立起身来，大声道："臣王有本要奏！"张廷玉见本来已经安静下来的会场又骚动起来，真的急了，一拍椅背站起来，向雍正说道："皇上，不可一次接见多了，讲话也不清爽。"

"嗯。"雍正此时才真正意识到危险正在向自己逼近。他脑子里"嗡"的一声，血立刻涌上了脸，对张廷玉笑道，"衡臣说的是。"他用最大的毅力抑制着自己的情绪，但心里已经慌乱得突突乱跳，两条小腿也痉挛得微微颤抖。方苞见这情形，不言声离位，向允祥坐处悄声耳语几句。允祥不安地看了看身边的允禵，说声"方便"起身离座。出了殿门，便见上书房那边图里琛一路小跑而来，也不及行礼，问道："十三爷，听说里头闹起来了？"

"火速给我调一棚御林军！"

"喳！"

"慢！"

允祥眼中闪着狠毒的光，一字一板说道："听我的号令，我叫拿谁就拿谁，不要犯嘀咕！"

"是！"

"喳！"

允祥返回身来，殿中已是乱糟糟的一片声响。允禩已经亲自出马，戟指指着张廷玉，大声呵斥："张廷玉你要挟权乱政？皇上说今儿言者无罪，你为什么指着说十四爷身子骨儿欠安，请十四爷和三爷回府去？你忘记了你的身份！你充其量不过是我们满洲人一条狗，跟了个主子就有这副嘴脸！"御座上的雍正立即压制允禩："廉亲王，你是犯了疯病。张廷玉乃是先帝老臣，社稷长城！听你话中的意思，满汉还有分别？"永信就在座中大叫道："万岁！满汉何得无别？！列祖列宗八旗议政，里头有汉人么！？"诚诺立即响应："对，东王说得对！八旗议政有什么不好？就请皇上这会训诲！"勒布托捋着胡须连连道："言之成理，言之成理！"

此时殿内多数人已成了木雕泥塑，僵跪在地直着脖子听王爷们与皇帝斗口。雍正脸色雪白，"砰"地据案而起，厉声道："你们这样和朕说话，还有没有君臣名分？"一刹那间的静寂声中，突然礼部班中一个年轻的笔帖式站起身来，竟径自走到屏风前，对已经吓木了的允禄说道："方才万岁爷训旨，明白指令旗主王爷们的旗务另作安排，不在这个朝会上议。请十六爷下令着诸王遵旨。"允禄忡怔间还没及说话，允禩突然问道：

"你是谁？"

"内务府笔帖式俞鸿图。"

"六品官？"

"七品。"

允禩突然大笑，说道："真正是乾坤倒置，连一个芝麻大的七品前程也在这殿宇上跳跟行威！"

"我是奉旨随十六爷办理旗务整顿的官员。"俞鸿图的嗓子又清又亮，老鼠胡子骄傲地一翘一翘，"何况今日朝会，主子并没有说几品以下不许发言。你们有人违旨行事，我请庄亲王本主出来说话，有什么错？"雍正万没有想到微末小臣中竟突然杀出一个程咬金，站在自己这边说话，用极为赏识的目光盯着这个貌不出众的小吏，说道："俞鸿图，朕调你都察院，晋封御史！你不是'小吏'了，放胆讲！"允禄此时头脑也清醒过来，说道："鸿图有什么建议只管说。"俞鸿图道："还是按万岁爷的令旨办事，旗务与政务分开。请诸位王爷安坐观礼，就有什么话也少安毋躁。那边皇上该听谁的条陈奏议，由皇上自行安排。这样一哄而起，大殿里议题不一，各说各的，不是搅乱了场么？"

允禄心里顿时理出头绪，遂起身对几个亲王一躬，说道："请诸位凛遵朝廷规矩，安心坐下听会。"永信格格一笑，说道："方才万岁也讲到八旗议政的事，可见不是不能商量。我们也是本着祖宗家法说话，并没有出格儿，庄亲王你凭什么拦着？"

"整顿旗务只是雍正新政里的一条。"允禄说道，"并不是不议，皇上已经做过安排，我们应该遵旨办理。""遵旨办理，皇上方才讲'言者无罪'，"允禩不阴不阳说道，"既然这殿中挂着'正大光明'的匾额，何必另找时辰？"

"皇上并没有说诸位有罪。"俞鸿图尖锐而刺耳的声音响彻大殿，"是否光明正大，天下人和自己心中有数。"

允禩眼中出火，一拍案厉声喝道："你狂妄！我府里三等奴才也比你大些，你就这么绰直站着和王爷们拌嘴？"

"这是万岁爷的龙庭，不是八爷府上！我是万岁爷的命官，也不是八爷的奴才！"俞鸿图寸步不让，大声道，"八旗议政已经废止六十余年，圣祖爷废的，难道圣祖爷也会错误？八爷您口口声声'八旗议政'，请问上三旗的旗主是谁？下五旗的旗主怎样诏革？您管的是哪一旗，旗下佐领、参佐、牛录、包衣都是谁，在哪里办差？恐怕除了我内务府，没有一个人能说清楚！八爷，虽然我在您跟前无礼，但我没有犯上作乱的心。若论'礼'上一字，是您和诸位王爷先在主子跟前无礼的，也没有在万岁爷跟前大声呵斥廷臣的。"

允祥对这个俞鸿图真是感激到了万分。变起仓猝，他最怕的是图里琛到来之前这里已经局面大乱，尽管能镇平下去，但在这庄严的最高机枢之地，堂堂朝会上抓人拿人甚至杀人，毕竟不是什么体面事，善后仍难。俞鸿图这么拼命一搅，争得了时间。眼见图里琛佩剑戎装已到殿口，允祥心里不禁一宽，起身直趋御座，向雍正低低说了几句，却步恭退下来。

"没有想到横中生出枝节。"雍正的脸色苍白得令人不敢逼视，勉强笑道，"请臣工退出天街外候旨。既然有人想议'八王议政'的事，朕就先议这件事，议决了再叫你们进来。"他摆了摆手，又道："暂且跪安！"

张廷玉见廷臣们面面相觑，正要说话，鄂尔泰大声说道："怎么？还不谢恩退下？"

"谢……恩！"

文武官员们参差不齐地说了一句，依旧在礼部指挥下脚步杂沓地退了出去。到了乾清宫丹墀之下，他们才惊异地发现，一千余名御林军的军士荷戈持枪，杀气腾腾集中在东西配殿前面。想起方才激烈的廷争，一个个都有恍若隔世之感。

大殿里只剩下雍正皇帝和方苞、张廷玉、允祥、鄂尔泰、允禄、弘时，还有另一方允禊、允䄉、允禵、都罗、永信、诚诺和勒布托。看着战战兢兢鱼贯退出的文武朝臣，双方都在沉默。仇人日日相见，都还要装出笑脸；今日撕破了面皮，一个要灭此朝食，毕其功于一役，一个要鱼死网破，拼命一搏，都在可怕的沉寂中聚集着自己的力量。雍正见俞鸿图惶惑顾盼，似乎不知该怎么办，便笑道："俞鸿图，你留一下。你的话没有说完嘛。"

"我的话也没有讲完！"允禵大声道，"我不关心什么'火耗'，什么'当差'，也不想当什么鸟议政王。我只是憋气，我犯了什么王法，把我囚在东陵，死不死，活不活，人不人，鬼不鬼，连个身边人都保护不住？我在西海打了胜仗！我不是万岁的同胞兄弟？本来，我听十六弟的劝告，朝会上不想说话的。那么多官员对你的新政不满，也想请你俯从民意！""民意？"方苞立刻反唇相讥，"十四爷过去管兵部，又出兵放马，回来后又在东陵读书。您是深居简出养尊处优的金枝玉叶。您知道一郡之内多少田土，大业主占多少，小业主占多少么？您知道一任知府十万雪花银，都从哪里来？前明灭亡，李自成革命，不就因为地土兼并过甚，官员贪墨无度么？"鄂尔泰刚进军机处，全局大政还不熟悉，但允禵的情形他是知道的，他长跪在地，仰着脸不卑不亢接着方苞的话朗声说道："先帝爷驾崩，十四爷大闹灵堂，太后重病，十四爷侍疾言语不谨，难道无罪？若是常人，这样的罪要发交刑部严议，万岁爷正是念兄弟情分，仅削去王爵，请十四爷守陵读书。这一片保全抚爱之心，十四爷为什么不能体贴？蔡怀玺汪景祺勾结十四爷身边人，图谋劫持十四爷造作大逆，万岁爷除首恶以外一概不问，将他们从十四爷身边遣散已是法外施恩。十四爷，您凭心想想，主子哪不是仁至义尽？"

允禊在旁见允禵被问得涨红了脸，欲言又止，虽也恨允禵来京不肯与自己通力合作，但此时此地不能不助他一臂之力。他一改往日温文尔雅的儒者风貌，大剌剌跷足而坐大声喝道："十四爷和万岁说话，你们插什么口？"

"今日言者无罪，允禩你何必如此浮躁？"朝臣们全部退出，雍正已经松了一口气，此刻这几个人跳踉放肆，他觉得很容易应付，早已定住了神。他的声调不高，口气却又刁又蛮，"你们不就指着乔引娣的事，想说朕一个'淫昏暴虐'么？回头你们可以见见她，问一问朕有没有非礼之事！——还是开门见山的好。你们这样不顾身家性命地闹，是不是要弄什么'八王议政'的玄虚？"

允禵咬着下嘴唇，恶狠狠看着雍正，良久说道："就算是的吧！那是列祖列宗的旧制，我们在朝会上光明正大地提出来，也算不上什么犯上作乱！皇上，您不是也有旨意，说'八王议政'也不是不能提吗？"

"朕几时说过这个话？"

"你问允禄！"

雍正狐疑又闪着火光的眸子盯向了允禄："老十六，你——人都说你老实，你居然敢矫诏！"

"臣弟哪里敢？"允禄原本坐得笔直的，顺势跪了下去，盯着弘时，期期艾艾说道，"三贝勒……三贝勒说的，是皇上的意思……"雍正浑身一颤，掉头死盯着弘时不语，弘时此时吓得心胆俱裂，"扑通"一声跪了下去，颤声说道："儿子最是胆小，哪敢虚捏圣意害国乱政！必是十六叔误听了。儿子的意思，是说八王议政，皇上另有安排。议政议的就是旗政旗务，与今日皇上训诲说的一样！"

"嗯？！"

允禄死盯着脸色煞白的弘时，心中又惊又怒，双唇哆嗦着竟一时不知说什么好，但他很快灵醒过来，这个满口谎言的人毕竟是雍正的爱子，自己再辩白更加倒霉也未可知。半晌，无可奈何地咽了一口唾沫，叩头道："臣弟这会子心乱，实在记不清了。臣弟是有名的'十六聋'，也许是误听了……"

"你误得好！"雍正勃然大怒，向前迈一步。张廷玉很怕他上前踢允禄，要上前拦时，雍正却止住了，冷笑道，"是朕糊涂，用了你这聋子办事！削去你的王爵，回去闭门思过。滚！"

允禄双眼饱含泪水，委屈胆怯地看了看雍正，叩头泣声说道："是……"爬起身来踽踽退了出去。恰此时图里琛从外头进来，和允禄打个照面径到雍正御座前跪了，禀道："礼部的人刚刚进来，让奴才代奏，百官已经都在乾清门前按班跪候，请示主子有什么旨意。"

"叫他们等着！"雍正满意地看了看图里琛的一身戎服，"待会儿还有旨意。告诉他们各部尚书，有私议国家大政者，休怪朕开杀戒！"

"喳！"

雍正眼中闪着阴狠的光，转过身来对允禩等人格格一笑："朕即位之初就曾说过，朕无意做这个皇帝，只是圣祖托付，不得已而提了起来。圣祖德近三王，功过五帝，就是撤除八王议政，也是他老人家手里的事。你们今日突然发难于大庭广众之中，说是要恢复八王议政。朕想知道你们的真心，是圣祖措置失误，还是朕自己有失德的地方？你们谁想当这个皇帝，不妨站出来直说！？"

自从朝臣们遵命退出，允禩便有一种蓦然而至的失落感。平常在私邸里，几个人密议，雍正似乎无能得不堪一击。刹那间才感觉到中央机枢之权在握的威权，占起自己的便宜要多容易有多容易！从敞开着的大殿门可以清楚地看到，黑鸦鸦集中起来的御林军铁墙一样壁立在月华门北整装待命。允禩心知大势已去，打心里泛上一声悲凉的叹息。他强忍着又惊又怒的心境，叩头道："万岁这话，臣子们如何当得起？臣等并没有自外朝廷的心，更何况造逆！八王议政乃是祖制，就是永信、诚诺他们，也无非想出来为国效力，辅佐皇上理治天下，臣弟担保他们没有异样的心思！"

"睿亲王请起身说话。"雍正没有理会他的话，含笑说道，"朕很高兴你没有和他们掺和。"

允祹眨巴着眼，形势这样急转直下，也是他始料所不及的，他觉得允禩太软弱，刀俎之鱼还要蹦几蹦吧！思量着，亢声说道："万岁这话，臣弟还有话说！睿亲王入京，和其余东来诸王一样，我们一处议了整理旗务的纲目，一起谈了建议八王议政，并没有人背地里另支炉灶。不知万岁'他们'指的是谁？'掺和'又意所何云？"允祹立刻也意识到"服软"即是"理屈"，应口又道："别说我们没有私地阴谋。皇上若无失政，何必如此堵塞言路；若有失政之处，又何必拒谏饰非？"雍正嘿然冷笑，说道："嗬！

朕'堵塞'了你的言路？你有什么话，朕有什么失政之处，不妨明言！"

一句话问得二人都闷了。允禵在旁大声道："田文镜明明是小人，敲剥聚敛的酷吏，河南官民恨不得食肉寝皮。皇上你树为'模范'，任用不疑，这难道不是失政？"

"你身居东陵，他是小人，你怎么知道？"

"方才几位大臣说的，我听了很有道理！"

"你的道理？"雍正脸色铁灰，面上毫无表情，"你的道理是大业主、大豪绅的道理！"

"皇上难道要杀富济贫？"

雍正突然仰天大笑："说得好！但朕不是要杀谁济谁，朕是要铲除革命乱根，创一代清明之世！"他倏地收了笑容，涨红了脸，连鼻息都激动得调息不匀，青缎凉里皂靴在金砖地下橐橐来回响着踱步，似乎对人，又似乎自语："朕就是这样的皇帝，朕就是这样的汉子！父皇既把这万里河山交付给朕，朕就要将它治理得固若金汤！谁阻了朕的这点志向，朕决不容情！"他突然朝殿外喊道："图里琛！"

"奴才在！"图里琛就站在殿外檐下，一步跨进来，"叭"地打了个千儿，"主子有何旨意？"

"你八爷、九爷、十四爷今儿累了。"雍正扬着脸道，"由你步军统领衙门护送回王府！"

"奴才遵旨！"

图里琛爬起身来，向外摆了摆手，立刻进来四名千总，向雍正行了军礼，肃立不动。图里琛脚下马刺踩得金砖地叽叮作响，直向允禩走去，打了个千儿道："八爷、九爷、十四爷，奴才奉旨送你们回去。"

"无非一死而已！"允禩霍地挺身站起，"老九、老十四，不要脓包势求人宽恕！"又向雍正揖手一拜，说道："皇上四哥，兄弟我等着你来杀！"说罢昂然出殿。允禟也是一揖，那允禵更格外，起身来只用轻蔑的目光盯视雍正一眼，哼了一声便离开了。

第十七回　赫然天威雍正惩弟
　　　　怀刑畏祸弘时下石

雍正的脸由铁青突然变得血红，细碎的白牙紧紧咬着，踱到四个唬得面如土色的王爷跟前，气出丹田地哼了一声，反身疾步到御案前提起笔来，似乎要写什么。因朱砂蘸得太饱，笔未落纸就先滴了两滴在专门颁发明诏的麻纸上。大约这血一般殷红的朱砂刺了他一下，雍正将笔又放下，背着手绕座彷徨。张廷玉知道他在思量如何处置这几个"铁帽子王"，因也恨满人平素跋扈骄纵，很愿意借皇帝之手压一压他们的气势，便低着头装没看见。鄂尔泰却深知事体重大，本来满洲各姓旗人已经对皇帝偏向汉人深为不满，自整顿旗务旨下，不知有多少西林觉罗本家本旗本门的跑到自己府上，质问"皇上还要我们满人不要了？"三个王爷今天在金殿上的作为，只要发交到部，至少要拟个"斩监候"。别说旗务没法"整顿"，整个奉天都要震动，说不定还要波及东蒙古诸王。满蒙是国本所在，一旦乱了，大清也就岌岌可危。鄂尔泰急切中，躬身说道："皇上，奴才有话：天命六年，太祖武皇帝曾与诸王对天焚香共同祈祷：上下神祇，吾子孙中纵有不善者，天可灭之，勿刑伤，以开杀戮之端——恭请万岁留意！"

"唔？"

雍正止住了愈踱愈快的脚步，他的精神似乎变得有些恍惚，蓦地殿西壁上一幅字映入眼帘：

　　　戒急用忍

正是康熙皇帝题写给雍正的座右铭。他额前暴得老高的青筋渐渐隐去了。脸上的神色也平缓下来，轻轻叹息一声，踱至东侧的屏风前，良久，才问道："尔等知罪否？"

"臣等……知罪！"

"知罪朕即不加罪。"雍正心知不能不饶这几个不知天高地厚的王爷，却又于心不甘，仿佛在徐徐吐出自己心中的郁怒，缓缓说道，"说一句诛心的话，你此时只是'畏罚'，并不见得是真的知罪。朕治天下，其实只有两个字，一是孝，二是诚。就诚字而言，对天地，待父兄，御群臣，临万方，都出自本性，没半点虚伪矫揉。这有个内外的分别，朕待天下人，犹如光风霁月，恩惠是一体均等；待满洲人，则又似家人子弟，有骨肉亲情。期之愈高，求之愈苛，全是一片恨铁不成钢的心。你们今日跟着人胡闹，是让人当了炮使。就你们本心，还是信不过朕这个'诚'字，这是其一，这就是不敬！其次，你们觉得自己久处奉天，管的事不出满族满人，受人蛊惑，要分一点皇权。你们须知，如今天下情势早已不是开国之初那样。本来汉人多出我们百倍，皇帝是满人，各部各省大员满汉各占一半，已经弄得怨声载道。架得住再弄一个'旗王议政'？马上得天下，不可以马上治之，因为情形变了，你们懂么？"

"臣……懂了。"

"你们不懂！"雍正的火气压抑不住地又涌上来，怒喝一声，又道，"如果你们懂，就不会听那三个逆王的挑唆大闹朝堂！八王议政，哼哼！你们死了那条心！"雍正摆了一下手，又恢复了理智，"压根上说，你们只是在这里叫嚣，今日朕若问你们，八王，都是哪八王？你们能说出来？"

几个王爷额前已碰得乌青，仍不住叩头，说道："臣等真的不知道……"

"连这个都不知道，闹什么'八王议政'？可笑之至！"雍正厉声说道，其实八旗制度早已湮灭溃散，他自己心中也是一塌糊涂，却转脸对跪着的俞鸿图道："这是已过已死之事，是'史'。鸿图，你讲给这几个畜生听听！"

"是！"

俞鸿图极漂亮潇洒地叩了一个头，他是今天唯一得了彩头的人，唯恐高兴过头引起众人反感，略一沉吟，庄严肃穆地说道："按《八旗通志》，己未天命四年，太祖令褚胡里、鸦希诏、库里缠、厄格腥格、希福五臣带誓书，与喀尔喀部五卫王共谋联合反明，起初并不是八个王，而是叫'十固山执政王'。

"到天命六年，也就是鄂尔泰方才说的盟誓这一年，情形又是一变，参与盟誓的并没有五卫王，也没有喀尔喀诸王。是四大贝勒代善、阿敏、蒙古儿泰、皇太极，还有得格垒、迹尔哈郎、阿吉格和岳托四王——这就是所谓'八王议政'。

"但此后有大事具名议政的，又不定是这八人。太祖遗嘱中说的各主一旗的，像多尔衮、多铎，都不在八王之内。其余和硕贝勒也只随时更定，直到圣祖手里八旗议政的制度，虽然名存，已经很少有人能确指八王议政是指的哪八个王了。"俞鸿图真的是十分熟知国故，将此之后屡次重要会议，哪一次是哪几个王爷参政，哪几个王爷又因什么原因没有参政，说得周备无遗，算来竟没有一次是完全的八王议政。又备细陈述太祖杀速尔哈赤父子，世祖杀肃亲王豪格，罢废睿亲王多尔衮一门之前后缘由。他心思灵动，又十分好口才，将伏法诸王情致描绘得如目击亲见。俞鸿图神采焕发，长跪在地，口中振振有词："正是因为八王议政从来也不能事权统一，而且易启人臣觊觎大位之心。我顺治爷当时一揽上三旗之权归于天子，康熙爷又将旗营、汉军营统编入兵部，由国家统一提调。七十年间，愈是皇权统一，愈是国家大治，旗主也得享太平盛世之福。三藩之乱，中央大权所及之处，有叛官而无叛兵，唯有尼布尔王子悍然称兵造乱，而上将军图海周培公十二日敉平者，恰又统率的是八旗旧人！设如圣祖因循祖制，八旗各方为政，吴三桂祸乱十一省，岂能轻易就范？即使无三藩之乱，西晋之八王之乱也是殷鉴，同室操戈其豆相煎，不但无今日大治，诸王何能安会盛京血食一方，传之子孙而不替？"他辞色俱厉，侃侃款款口说手比，至此结束猛煞一笔，真是掷地有声。最后他向雍正一叩首道："臣已奏完！"

"俞鸿图今天给你们讲这些，应该当功课，下去好好温习。温故而知新，也就本分些。"雍正极为赏识地看着俞鸿图，心中只是嗟讶：这样一个人才，近在紫禁城中，竟到今日才发现。他缓缓将目光转向永信等人，说道："八旗干政，弊端不可胜言！但你们只是无知。造孽的是八阿哥允禩、九阿哥允禟、十四阿哥允禵，还有一个叫允䄉，是十阿哥，现在张家口。你们借他们的势，他们用你们的力，叵测之心难告天下臣民！念及你们祖上功业，朕不打算对你们诛戮惩处了。但自今而始，哪一个敢再冒险犯难，与当政人勾结图谋不轨，朕必取他的首级示惩天下！——你们退出乾清门候旨！"四个王爷磕头谢恩爬起身来，张撑着跪得酸疼的腿趔趄向殿门走去。雍正却招手道："睿亲王回来！"

都罗身上抖了一下，忙回身趋至雍正面前，跪下说道："万岁有何圣谕？"

"三王到京，都是两肩抬着一个口，他们是诚心和朕打擂台，一心要跟着允禩来捞好处的。你不一样。"雍正温存地笑着，"弘时递进了你的贡单，很替你说了些好话呢！朕贵为天子，富有四海，你这点区区贡物，朕是不希图的。难得的你不往那堆里搅和，难得你这片忠诚之心。多尔衮老王爷见你这样，可以含笑于九泉了！"都罗激动得浑身颤抖，泪水夺眶而出，哽咽着说道："生我者父母，知我者皇上！但臣王所居位置，像方才那样情形，不宜出头与诸王纷争，求皇上明鉴。""当然，朕心里明白着呢！你若出头站在朕这边，外人就会以为满人内讧。你也是信得及朕自能处置嘛，所以朕很欣慰。但你已是世袭罔替之亲王，无上之爵位，朕无可赏赐。弘时记着记档，睿亲王冠上可再加一颗东珠，可以红绒结顶。除世子之外，由你自己从儿子里再挑一个，朕封为郡王！"

弘时正有劫后幸余之感，他最怕的就是雍正追究他与庄亲王传递圣旨失误的事。此时才完全放心，忙躬身赔笑道："皇上圣明！睿亲王确是忠贞事主的贤王！"都罗还要谦逊时，雍正笑道："不必说了，朕奖罚都有规矩尺度的。你若为非，朕也一样处置。你当得起，就可受之不疑。三哥，你出去传旨，叫乾清门外的人都进来，仍旧接着朝会。传完旨你到老八、老九处走一走，还有老十四。告诉他们不要惊慌，但要安分些，在家静候朝廷处分——带着图里琛一处去，叫步军统领衙门负责这几个王府的护卫。就这样，去吧！"俞鸿图忖度，这里已经没有自己的事，忙也跪辞。雍正笑道："好好！你还随班进来才是正理。"

乾清门离乾清宫咫尺之地，允祉出去一袋烟工夫，几百名官员再次循着原路进殿。这次没有奏乐，雍正高坐在须弥座上面无表情，张廷玉、鄂尔泰、方苞、都罗、弘时等人都端坐在老地方，神情严肃。怡亲王允祥却换了安乐椅，他是久病不愈的人，瘦得干柴一样的身子疲惫不堪地强撑直坐着，盯视着鱼贯而入的官员，不时低一下头，似乎不胜感慨，又似乎什么也没想，直到群臣高呼万岁，他才凝神注目雍正。

"朱师傅还上来坐。"雍正打破了殿中极度压抑的寂静,略晃动了一下身躯,又对允祥道,"老十三,朕就怕你身子骨不好,才赐坐安乐椅的。要这种坐法更受罪,高无庸,拿个枕头给你十三爷垫上——想歪就歪着,坐不住可以走动走动。这个朝会朕尽量短些——不妨事,难道还能再跳出一个曹操?"

底下的朝臣听着这寒彻骨髓的话,都吓得身子一伏。

"你们都瞧见了的,朕何尝愿意无事生非?树欲静而风未止,奈何?"雍正神色平淡,自失地一笑,说道,"他们也太小看了人,拿朕当汉献帝、晋惠帝,要弄什么挟天子令诸侯!须知今日高高在上者,乃是四十年栉风沐雨,忧患勤劳王事之雍亲王!办老了差事,就深悉民间官场情弊,荆棘丛里走过来,还不懂那些鬼蜮伎俩?"他口风一转,又道,"但我们今天朝会还议大政,还是开头的题目,还是言者无罪,诸臣工可以备述己见。"

…………

"不要缩头缩脑,朕只诛有罪之人,只治怀逆之身,从不以言词加罪于人,从不以文字降祸于人。"

这话说得太假了,前头徐乾学正因吟诵"明月有情还顾我,清风无意不留人"被斩首在柴市口,血犹在目;现放着一个钱名世,文字之祸,尚在不测!朝臣们谁敢在他盛怒之时作仗马之鸣?

…………

仍旧一片死寂。跪在御座西侧的杨名时膝行一步,朗声说道:"万岁,臣杨名时有条陈,已经写成奏章,愿呈皇上御览!"一个小太监忙走过去,将杨名时的本章恭敬地呈到御案上。

"很好。"雍正见众人不言语,心知是方才那一场大闹所致。他的本意是在今天朝会上痛驳几个不识时务,反对刷新政治的臣子,然后降明诏颁布火耗归公等大政,堵住六部九卿京师各司衙门私地妄加议论的口。允禩等人这一闹弹压下去,歪打正着,正有敲山震虎之效。而且此时雍正对允禩满怀怨毒之心,也没有情绪再与下边这些官员饶舌,他敛去了脸上的微笑,用手扶着杨名时的奏折,用略带嘶哑的声音说道:"既然再三征问,没有人有异议,那就是大体可行。有人对田文镜有所弹劾,那是寻常事,朕即下旨,着弘历返京时顺途访查,自然要公道处置。无论田文镜还是什么别的人，只要不是另有图谋，不是对君父心怀叵测，出于公心而言政，说对说错，朕决不计较。朕想，有些人其实心里有话，只今日场面被人搅了，有些心障不敢讲，或不愿在这场中讲，没什么，下去写条陈写奏章，或密折，或明发，只管奏上来，朕自能甄别洞鉴。就是明令颁布之后，施行起来有不便处，有错误处，仍旧可以直封奏陈。"

雍正说完，正欲散朝，坐在安乐椅上的允祥面部突然痛苦地抽搐一下。他用双手撑了一下，想勉强坐直，但手一软，像挨了一棍子，又歪倒了下去，口中狂喷出一口鲜血！雍正霍地站起身来，一手紧扶着椅背，用惊恐的目光看着他的爱弟。十几个太监唬得一拥而上围住了椅子，雍正这才回过神来，一迭连声命："快快！快传太医！"守在乾清宫东配殿的太医们早已闻风，跌跌撞撞冲门而入。有一个不小心在人腿上绊了一下，就地摔了个马爬。殿内骚动了一阵，鄂尔泰起身连呼："跪好！不许交头接耳！"

"臣弟……"允祥半晌才睁开眼睛，见雍正在一群太医中俯身看自己，他使劲动弹一下，勉强笑道，"臣弟争强好胜一世，今儿当众丢人。看来真的大限已到……圣祖……圣祖……臣弟要跟圣祖去了……"雍正容色惨怛，抚着允祥的前额，他的眼中满是泪水，说道："老十三，别胡思乱想。你寿……寿际长着呢！邬先生说你九十二正寝！你回去，朕用最好的太医，最好的药，万事无妨的……"他的泪水大滴大滴滚落出来。允祥凄凉地一笑，说道："托主子的福了……"几个太监再不迟疑，就安乐椅一起簇架着抬走了允祥。

雍正回到御座前，背对着群臣，好一会才猛地转过脸来。张廷玉最是熟知雍正秉性，料是允祥的病重激怒了他，眼见雍正满脸都是乌云，顷刻就要雷电大作，正寻思如何婉转谏劝，雍正丝丝带着浓重的咳音已经开口："刑部听着：原已拟定秋决人犯，除大逆十恶的罪名，由朕特批的之外，停止秋决一年，为吾弟允祥纳福！"他的眼圈变得有些发红，仰首望前上方，像是要穿透殿宇仰望茫茫苍穹："他是跟着朕，跟着先帝爷办差累倒了的！二十年前，谁不知道英武豪侠义薄云天的'拼命十三郎'！他累倒了。还有一个李卫，也累坏了身子。有人说田文镜长短，田文镜火耗只收到三钱，推行耗限归公，捐厘不入私门，官绅一体当差，也是四面楚歌。他给朕的奏折说，骨瘦如柴而不遑宁处，恐年命不永——他也要累疯了！朕自己一天也就胡乱睡一两个时辰，也累得筋疲力尽。你们看这个老臣张廷玉，三年之内头发已经皓白如雪！若不为上对列祖列宗缔造艰难，下对子孙万世昌荣，朕用得着这么熬灯油一样夙夜勤政？这些国家精英，至于一个个都累得这样么？"张廷玉闭上了眼，老泪已无声流淌出来。只听雍正声音愈来愈激扬难抑："……朕在藩邸为王，威福并不减今日帝皇之尊，虽说也常办差，仰赖圣祖神圣威武，比起今日，还是闲适十倍不止！这皇帝位有什么好！偏就有人百折不挠，锲而不舍地追求！朕一心一意追求政治清明，民生安业，偏是像允禩允禟允禵这样的小人，打横炮使邪力，必欲取朕代之而后安，他们的心思不在天下，不在臣民，只是希图这位上那点子威荣，他们狗猪不如般龌龊！阿其那、塞思黑……阿其那、塞思黑……"他顿了一下，咬着牙抽过一张纸，朱笔狂草写道：

> 允禩允禟允禵等人结党乱政，觊觎大位至死不渝，枭獍之心人神共愤！着允禩改名为"阿其那"，允禟改名为"塞思黑"，允禵着——

他突然想到允禵和自己是一母同胞，十分烦躁地勾掉了他的姓名，恶狠狠又写了"钦此"二字，对鄂尔泰道："你骑快马去允禩允禟那里宣旨，允禩改名'阿其那'，允禟改名'塞思黑'！"想想终究太便宜了允禵，由允禵又想到年羹尧钱名世，仿佛要出尽心中毒火，又扯一张大纸过来用擘窠大字写了"名教罪人"四字，扔掉了笔，这才抬起头来。

文武群臣从没有见过雍正这样暴怒的神色，都愣了，吓傻了，有几个直矗着身子忘了叩头，不知哪个部里，一个官员眼一黑，竟当场晕倒在殿里！

"朕之处事处心有如日月经天！朕之光明磊落祖宗神明皆知！"雍正咆哮道，"你们下头尽有'八爷党''九爷党'的，恐怕对朕口是心非都亦不为少。今日在这堂堂天枢之地，光明正大之殿宇，文武百官毕集，你们只要有一个人出来说：朕不如那个'阿其那'，那个'塞思黑'，朕决不加罪，即行让位给他！"他用挑战的目光，带着冷峻笑容扫视着殿宇，许久，见没有人敢言声，似乎气平了一点。但也只是一瞬间的平静，他想到允禩党盘根错节经营多年，下面跪的这些人不知有多少是他的党羽，自己亲手写了御制《朋党论》，至今竟没有一个站出来揭露允禩允禟的阴谋！雍正顿时有一种莫名的愤怒，觉得自己只是在强权上赢了允禩，无论德行人望上都比不了那个"阿其那"，不禁又妒忌又不理解。"真奇怪，"他说，"君臣大义列在三纲之首，你们都是读书人出来的，竟然蠢如豕鹿，放纵允禩党羽在朝在野为非作歹这么多年！那个钱名世，探花出身，他什么书没读过，忝居翰林清贵之职，去捧允禩的死党年羹尧的臭脚！想起来就叫人恶心！这幅'名教罪人'的横匾已经题好，就着礼部颁赐钱名世，'礼送'他回江南，挂到他钱家大门上，常州知府、武进县令每月初一、十五两日去钱家查看挂匾情形，如未悬挂，呈报督抚奏明，朕自然另有一番料理。江南省本人文荟萃之地，居然出了钱名世这样的败类，自应反躬自省，思耻明过，着江南省停止乡试一年。汪景祺虽已伏法，但他的原籍浙江，也自应照此办理！钱名世离京之日，由礼部知会百官，大学士以下官员都要写诗为他'赠行'，他既然以文词谄媚奸恶，为名教所不容，朕即以文词为国法，示人臣以炯戒！"

张廷玉眼见雍正言语越扯越远，由允禵又牵及汪景祺、钱名世案子上，深恐这位已经气得有些失态的皇帝口无遮拦，说出更使人难堪的"料理"。乘雍正喝水，他起身缓步踱到御座旁，小声道："方才太医院来禀，怡亲王病体已经无碍，他想见见皇上。"

"唔！"雍正似乎被针刺了一下似的，憬悟过来，他已觉得自己失态了。很多话不及思索，有些事还该与军机处和上书房商议一下再定的，但是"君无戏言"，既然话已经出口，也无可更动。因点了点头示意张廷玉退下，说道："本来要与诸臣商计新政大计，让夜猫子给搅了。可话又说回来，挤掉这个脓包儿，揭掉这层烂膏药，也未始不是一大快事。推行新政，或者梗阻也就少些儿也未可知！方才张廷玉禀说，怡亲王病体已经稍安，此乃国家良实之臣，古今罕见之贤王。若被今日事激病，有朕所不忍言之事，朕必以'阿其那''塞思黑'抵命！"说罢一摆手，拂袖出了乾清宫。

雍正没有回养心殿，径直乘銮舆出西直门，至清梵寺看望了允祥，即便返回了畅春园。他浑身乏力，似乎每个骨节都被醋泡得酥软了，走起路来像踩在棉花垛上，一高一低地，每一脚都踏不实，头也一阵一阵昏晕。

他觉得饿，但御膳进上来，望着满桌的珍馐佳酿，变得一点胃口也没有。高无庸料是他胃气不适厌荤，命御厨房做了一碗京丝挂面，兑上醋姜汁，撒了点蒜花儿，滴了两滴香油捧进上来，雍正才勉强吃了。和衣歪在澹宁居暖阁大炕的大迎枕上，吩咐高无庸："朕要静一静儿。除了张廷玉、方苞和鄂尔泰，谁也不见。"便随意取过几份奏章，一边看，一边只是出神，方才去清梵寺的情形又闪现在眼前。

"皇上，"允祥精瘦的胳膊伸在被外，两只手紧紧握着雍正的手，仿佛一松手雍正就会突然消逝似的，声音凄楚而又清晰，"这几年我病，读了几本史书。自古帝王像皇上这样精勤求治，食不甘味寝不安席，连圣祖在内，没有一个及得您的。我有时也想，皇上——比如说您每次接见州县小吏，一个县一个乡的事都要躬亲询问，天语谆谆叮咛——是不是太琐细了？可返回大局思量，觉得也只有这样。因为……因为您这是'为天下先'。数百年陋习陈陈相因，要扭转颓风谈何容易？除了皇上贴身的大臣，知道皇上要追踪圣祖，超迈前人的心胸的，实在没有几个人。您要做的是千古伟业，下面庙堂中辅弼的，却多是庸才，所谓曲高和寡，也真难为了皇上。所以请皇上多多留意人才……"

雍正听他话意，很像是要临终留言，心里一酸一热，几乎坠下泪来，抚慰道："你瞧你，病得这样了还想这些。留着精神气力，待你康复了，咱们再聊……"

"康复——"允祥黄蜡一样脸上泛过一丝笑容，"我一生仗义，人们尽有称我'侠王'的。可我也作孽不少。杀丰台提督成文运，成文运没有可杀之罪，但当时情势不得不如此，也还说得过去。阿兰乔姐两个弱女子，都是一心一意痴情于我，可我也错疑杀了……"他两颊滚下泪来，"现在我一闭眼就看见她们……天作孽，犹可活，自作孽，不可活，不是四哥您常说的么？所以……皇上雷霆之怒，该整治的人自然还要整治，但不要轻易动怒。就是八哥，心有山川之险，胸有城府之严，明摆着是奸党头子，可他毕竟和我们一个皇阿玛。剥了他们的权柄，没有能力祸害朝政也就够了，不要……杀！"雍正抽手拭泪，哽着嗓子道："哥哥记着了。你不要胡思乱想，朕这里亲自给阿兰乔姐超生度亡——"他站起身来，双手合十，喃喃念诵《往生咒》：

拨一切业障根本得生净土陀罗尼——南无阿弥哆婆夜，哆他伽哆夜，哆地夜他，阿弥利都婆毗，阿弥利都！悉耽婆毗，阿弥利都！毗迦兰帝，阿弥利都！毗迦兰哆，伽弥腻，伽伽那，枳哆迦利娑婆河……

念完，他的手松垂下来，俯身对允祥道："阿兰乔姐朕都很熟，方才心会意通，她们已经往东南好人家转世去了，和你不定还有再生之缘。这会子不要再去思量了，好么？"见允祥默默点头若有所思，心神似乎安定了一点，这才轻步离去……

澹宁居外似乎起了风，殿西一带的玉兰树尚未发芽，枝桠在风中摆动碰撞发出"啪啦，啪啦"的响声，东一片老竹则"沙沙"响成一片。雍正在蒙眬中仿佛见弘时进来，便道："朕乏得很，你且去吧。有什么话明儿再说。"

"外头风大。"弘时并没有退去，一躬身赔笑道，"这场风过去，今年不会有冷天儿了。儿子想到阿玛说的'树欲静而风不止'的话，有要紧事要奏。"

"什么事？"

"儿子心里疑惑。"弘时说道，"'八王议政'，打一开头阿玛和王大臣们从来没有松过口，十六叔怎么会传错了圣旨？他是耳朵背，还是心里糊涂，还是后头有别的文章？"

"什么文章？"雍正惊觉地问道，"你听见什么了？"弘时一笑，说道："儿子天天跟皇阿玛，谁能跟儿子说什么？据儿子看，或者是诚亲王（允祉）或者是宝亲王在后头掉的什么花枪。十六叔为人所使，不得已而假传圣旨罢了。"雍正心里蓦地一惊，问道："你有什么凭据？"

弘时淡淡一笑："父皇别忘了烛影斧声的故事。隆科多弄那个玉牒有什么用场？还不是要行妖法害您！他还是托孤老臣呢！宝亲王眼见是等着接大位的人了，四处收买人心！谁像儿子，跟着父皇没头没脑地傻干！"

"你放屁！"雍正一把抓起一个垫肩朝弘时砸过去，"弘历远在江南，怎么会假传圣旨？允禄树叶掉下来还摸摸头，他敢？！说假话办假事，你还不到火候！去跟你八叔学学再来跟朕掉花枪！"

弘时不见了，一个女人影子走近御榻，雍正说道："朕连安生觉也不能睡一会儿么？你——"他一下子怔住了，原来竟是乔引娣，细看时，又像死了的小福，不禁揉了揉惺忪的眼睛，叫道："是小福？"

"皇上好睡。"小福抿嘴儿一笑，说道，"真是得了新人忘旧人。如今您有了引娣，亏您还能想起我来！"说罢转身便走。雍正急得披衣起身跟着，说道："你往哪儿？等着我！""你不是给我念过《往生咒》了么？我到'悉耽婆毗'去呀！"小福说着便走远了。

雍正心中迷惘，一脚高一脚低，驾云似的在后头追赶。倏地景色又似在广漠的黄河滩上，劲冷的河风吹得小福衣裾飘摇脚步踉跄。弥漫的黄沙旋风中，雍正追寻着她的影子边追边喊，好容易才赶上了，一看却又像是引娣。雍正抹着冷汗说道："这是梦还是真的？你是小福，还是引娣？"

"亏皇上还是无上菩提，"引娣冷笑道，"岂不闻'色即是空，空即是色'！梦也好，无梦非梦也好，不都是色相幻化？我烧死在这棵老柿树下，二十年前你就在那边青纱帐里，看得真真切切，还说什么梦不梦！"雍正恍惚觉得她又是小福了，听她说"烧死"，才想起她久不在人间，却也并不惊恐。正要问话，小福又道："我们缘分已尽了。从此天各一方，人间世事纷扰变诈，人心恶如九幽之风。您好歹保重些！"

一转眼间小福不见了，昏暗广袤的沙滩上凄凉的风呼号着，黄黄的沙浪在风中起伏追逐，远处黝黯的树杪暗影在风中婆娑起舞，雍正用失神的目光望着苍穹，悲怆得哽咽不能自已，一遍又一遍无望地呼唤，"小福！小福——你回来……引娣，引娣……你不要走！"他突然间又意识到自己是皇帝，急声大叫："侍卫们太监们！你们都死到哪里了？给小福修庙！派人去，给我把引娣找回来！"……

"皇上！"

守在外间的高无庸几步跨进暖阁，一边替雍正掩着蹬开的被一边低声道："你魇着了——奴才们都在这侍候着呢！您先喝口水，奴才去瞧瞧乔姑娘，她要肯来，叫过来侍候主子可成？还有，方先生和张廷玉进来了，主子见不见？"

"好，叫进。"雍正这才知道方才是南柯一梦，想起梦境，心头兀自突突乱跳，一边看着太监们掌灯，一边吩咐道，"引娣要不乐意，不要勉强。"

第十八回　弥反侧议政清梵寺
念亲情允䄉蒙宽典

　　高无庸打发小苏拉太监去传守在"旷真阁"书房的方苞和张廷玉，自己亲自到殿西北角工字房来请乔引娣。乔引娣因早听允䄉等人数落雍正"好酒贪淫"，起初到澹宁居就戒心百倍，内衣都用细针密线缝得结实，昼夜备着一柄用来自裁的长银簪，略可疑的饭一口不吃，水一口不喝，准备着如皇帝来横施淫暴，当即一了百了。但日复一日过去，雍正到这里，千篇一律的就是听政，从不到下人这边来，偶尔也传人过去侍候，但都特意有旨，"引娣听便"。别的宫女虽也妒忌，因引娣时去时不去，十分不兜搭这些台盘上的差使，久了也就相安无事。高无庸笑嘻嘻进了拐角房，便见引娣穿着密合色裙子，撒花裤腿，连"花盆底"鞋子也没蹬，偏身坐在床帮上描花样子，便道："乔姑娘，好洒脱，好标致！呀——啧啧……这花样子也能描得这样！这荷叶鲜灵得就像刚从水里捞出来贴上的！咱在宫里侍候这些年，手巧的也见得多了，总没有及得您的……"

　　"有什么事？"见高无庸打叠出这么一车好话奉迎，引娣便知雍正又想叫自己出去侍候，因抬起头，说道："我洗了一天衣裳。又把大件该换的幔帏都叠好了送浣洗处。今儿差使我做得不少了！""那些个粗活怎么能叫你做？下头人真是混账！"高无庸打叠起精神巴结，"你什么也甭做，身子骨儿养结实就是你的'差使'！你脸上做喜相些儿，我们就沾光儿了！"

　　这是真的。有一次小太监给雍正拂纸，不当心茶水溅了，刚写好的一幅字要赏人的，渗散得不成样子。雍正恰心绪不好，便命人将他拖进后院抽篾条。打得小太监满地乱滚还不敢出声儿。引娣实在看不忍，出来给雍正端了一杯茶，低声说："甭打了，奴才给您拂纸，您再写一幅，成么？"雍正当时就命人停刑。因此，宫人们偶犯过失，常常找引娣告情。重罚改轻罚，甚或饶了，总没有不给面子的。当下引娣便问："又是谁怎么的了？"

"谁也没怎么的。"高无庸赔着小心说道，"今儿听说几个王爷闹了朝堂。八爷九爷都改了名字叫什么'阿其那''塞思黑'，还有十爷十四爷也都捎带上了，皇上也气病了。方才还叫你过去，又说你过去不过去自便。今儿他老人家身子瞧着不好，性气也大，万一有个闪失，恐怕大家都吃不了兜着走。好姑娘哩，你知道吃这碗饭，不容易啊……"引娣听说允禵出事，心里一沉，不等高无庸说完已是站起身来，从巾栉架上扯了一方手帕出了澹宁居外殿。她见雍正正在暖阁里歪在炕上和张廷玉方苞说话，默不言声福了两福，从银瓶里倒一杯茶捧到炕桌上，垂手侍立在一边。

"朱师傅是恺悌君子。"雍正本不渴的，因引娣之情，端起喝了一口，温和地看了她一眼，又向二人说道，"当年保太子允礽，那么朕也是保了的。他在文华殿坐了多年冷板凳，于君父毫无怨心，这就是忠！朕看他精神还矍铄，身板儿也硬朗，就进军机处吧，你们平素也相与得好，断不至龃龉误事的。这个建议很相宜。至于俞鸿图，灵皋先生既说放外任好，就放江西盐道吧。原来那个盐道太迂了。朕去年接见，问他一路到京，安徽水灾如何，他说'怀山襄陵'，又问他百姓情形，他说'如丧考妣'——改成教职算了。"说罢一笑。张廷玉和方苞也都一笑。乔引娣偏转脸也是偷偷一笑。雍正又问："外头还有些什么话？不要顾忌，朕这会子已经想开，不至于气死的。"

张廷玉一欠身说道："下头臣子震慑天威，没有人私议，更没有串连的。奴才下朝，各部叫来一个司官在私邸座谈。都说允祎——阿其那大肆鸥张，无人臣礼有篡逆心，连永信在内应交部严议，效宋仁宗诛襄阳王之成例，明正典刑以彰国法。翰林院编修吴孝登说同僚们对两个王爷改名有点微词，还说毕竟是圣祖血脉，后世听着也不雅训。"

"吴孝登？嗯，还有什么话？"

"还有……钱名世好歹是读书人，一方名士，辱之太甚，寒了士大夫的心。就是赐匾额惩戒，悬到正房或他的书房也就够了，不必一定悬之通衢，叫过往的贩夫商贾都耻笑。"张廷玉看雍正脸色微变，忙又道，"请主子留意，这不都是吴某人的话，是奴才请他们座谈的。"雍正天性是个刻薄的，原要说"来说是非者，即是是非人"。听张廷玉这样说，便咽了回去。偏转头想了想，又问道："衡臣、灵皋，你二位的意见呢？"

二人怔了一下，方苞喟然一叹，说道："若论允禩允禟允䄉他们今日行为，放在其余人臣位置，十死也不足以弊辜！"引娣听见允䄉闯了这么大祸，脸色立即变得苍白，方苞只瞟了她一眼，龇着黄板牙一本正经自顾说道："但这样一来，圣祖的阿哥们凋零伤损得太厉害了。无论怎样解说，史笔留下，后世总是遗憾，更使万岁为难，只可由万岁圣躬睿断圈之高墙，或软禁外地，他们得从善终天年，也不得再出来兴风作浪，这也就可以了。至于钱名世，不过一个小人，平素行为也不端。'名教罪人'算得上中肯考评。口诛笔伐一下，使天下士子明耻知戒，于世风人心，于官场贞操，我看是得大于失的。"张廷玉接口道："奴才也这么想。"

雍正紧蹙着眉头听着，两个心腹大臣都主张对允禩法外施恩，原是在意料中事，但允禩只是倒了牌子，他苦心经营数十年，朝野的潜在势力并无大损。留下这二人性命，他担心的是自己身体不如这几个弟弟，万一先他们而死，儿子们怎能驾驭得他们。要有个风吹草动呢？何况还有外头的**允禵**，又如何处置，不趁此机会打得他们永不翻身，怎么也咽不下积郁多年的恶气。思量着说道："**允禵**没有参与此事，他原本也只是个无知无耻昏庸贪劣之徒。朕看就在张家口圈禁。死不死的，他也作不起怪来。至于他们三个，可以不交部。但这案子是在朝会上犯的，千目所击，眼睁睁看着。各部要是缄口不言，那可真是三纲五常败坏无遗。文武百官尽丧天良了！杀他们不杀，还是要等等六部九卿的会议。其实，朕也并不忌讳灭掉他们。周公诛管、蔡，古人大义灭亲，王子犯法，与庶民同罪么！"雍正还要往下说，高无庸匆匆进来禀说："内务府慎刑司堂官郭旭朝有事请见。奴才说了皇上旨意，他说原本这些事是庄亲王代奏的，庄王爷如今听候处分。请旨，向谁回话？"雍正忖了一下，说道："叫进来。"

"万岁方才圣虑周详。"张廷玉神情多少有点不安，沉思着说道，"阿其那结党营私二十余年，党羽爪牙不计其数。穷治起来，既要时日又牵扯精力。方今刚刚下诏推行新政，恐怕难以各方顾全。奴才以为可以借这件事令百官口诛笔伐，以声讨、诛心为主，以此方法瓦解朋党——有些极坏不可救药的绳之以法，其余只可以此事为戒，令其洗心涤虑，改过从新。至于允禩等人处分，可以从缓。他们要'八王议政'，到底还打着恢复祖制名义，与谋逆篡位还是有所区别。不知皇上以为如何？"

雍正点头不语，见高无庸引着郭旭朝进来跪下，不等磕头便问："有什么事？"郭旭朝偷看方苞和张廷玉一眼，嗫嚅道："方才八爷——阿其那府有人进内务府禀说，八爷府，不——"他"啪"地打自己一个耳光，"阿其那府把书信文卷都抱到西书房烧，几个大瓷盆都烧炸了……奴才寻思这不是小事，可庄王爷他——""你不用说了。"雍正一听便知他是庄亲王负责监督允祺的耳目，这不是体面事，因止住了他，说道："这种事往后暂且报给方苞。高无庸，带他出去，赏二十两银子！"雍正待他们出去，脸色已变得异常狰狞，对张方二人道："老八给自己烧纸送终了。他们三个的府邸今晚就要查抄！证据毁了，将来如何处置？"

方苞和张廷玉对望一眼，都没有言声。

"嗯？"

"烧了也好。"方苞说道，"就是都搜抄来，反而更麻烦。"张廷玉见雍正阴着脸不言语，赔笑说道："万岁当年在藩邸查出任伯安一案，当着众阿哥举火一焚。事情奏到圣祖爷那儿，奴才也很替主子捏一把汗。圣祖夸奖说：'雍亲王量大如海，谁说他刻忌寡恩？只此一举可见他识大体顾全局。'当时太后老佛爷也在座，她老人家听不懂，是奴才解说了，'这是王爷不愿兴大狱杀人，顾全兄弟面情'，老佛爷好欢喜，当时合十念佛呢！"

雍正听张廷玉复述当年康熙和太后对自己的评价，坐直身子肃然敬听了，一叹说道："不过两案不同，朕当时是办差人，有这个权；阿其那是当事人。他是为保全党羽，毁灭罪证——"

"事不同而情同理同。"方苞躬身说道，"不同之处在于，抄收上来，朝廷反而更为难；阿其那焚毁，由他一人负责而已。"

"那——那就叫他烧吧！"雍正揆情度理，两个心腹大臣实是谋国之言，不由深长太息，事到其间，他才真正领会，当皇帝并不能想怎么就怎么地任性作为。他神色黯然，说道："如不兴大狱，也确是这样的好，政府断没有焚烧证据的理。明天……后天吧，叫老三、老十六、弘时分头去查抄阿其那塞思黑和十四贝勒府，谅那时书信文件也烧得差不多了。"

这就是说，连庄亲王也解放了，雍正见张廷玉方苞诧异地看自己，解嘲地一笑："阿其那的亲信死党都不料理了，还说什么老十六。他只是耳朵背，不甚精明而已——天已经黑透了，你们跪安回清梵寺去吧！允祥的病要有动静，随时进来奏朕知道。唉……"

"喳——"

天已完全黑了下来，偌大的澹宁居只留下三四个太监侍候，都垂侍在正殿的西北角听招呼，暖阁这边只留下了引娣。隔窗向外看，料峭的春风吹得园中万树婆娑，影影绰绰模糊混沌成一片，殿内寂静得阒无人声，只有殿角自鸣钟摆无休止地摆动着，发出单调枯燥的"咔咔"声。乔引娣原来打定主意趁张廷玉和方苞退出的时候离开这里的，自己也不知什么缘故，她犹豫了一下没走。见雍正半仰在榻上注视着天棚，似乎陷入了深深的思索，又似乎在侧耳倾听外边微啸的风声，一点也没留意自己的存在，她才小心地透了一口气。

"引娣……"

…………

"哦？噢！"乔引娣从忡怔中惊醒过来，向雍正一躬，说道，"主子有什么旨意？"

"你在想什么？"

雍正的目光在灯下闪着慈和的光，已是坐起了身子，看着有点手足无措的引娣问道。引娣见皇帝眼神中毫无邪辟，略觉放心，低着头想了半晌，低声说道："奴婢……奴婢心里害怕……""怕？"雍正一笑，自己倒了一杯温水漱口，问道，"怕什么？怕朕杀掉允禵？"

"也为这个，不全是为这个。"引娣两道清秀的眉颦着，心情十分矛盾，"奴婢自己也说不清楚。连这园子里的树，连这里的房子都怕。更怕皇上——我是小家子小门小户出身的。别说是亲兄弟，就是隔了五服的本家子，也没有像这样子一年两年，十年二十年你杀我砍的。这……没个头么？"雍正无可奈何地一笑，呷了一口温水，品味似的噙了好一阵才咽下去，说道："你还是见识不广。山西大同府阎效周一门兄弟三十四人，为争一块牛眼风水地，男男女女死了七十二口，一门一户几乎死绝了——那也是有争斗，也是见血的！你要明白，朕坐在这个皇位上，还有什么别的企盼？只有别人眼红来争的，朕也只是个自保而已。午夜扪心而论，一块坟地，尚且兄弟斩头沥血地争夺，何况这张九重龙椅？"引娣半晌才道：

"别……别杀人……太惨了……" 她仿佛不胜其寒地打了个寒战。

雍正双手抱膝，望着幽幽的灯火，不知过了多久，问道："引娣，你到这里侍候多久了？"

"四百二十一天了。"

雍正一笑，问道："度日如年，是么？"

"我……不知道……"

"朕喜爱喝酒，贪杯，是么？"

"不，皇上不大喝酒。"

"那么，朕贪色，很荒淫么？"

引娣疾速瞟了雍正一眼，但雍正并没有看她，仿佛漫不经心地望着一跳一跃的灯光。其实这一条是引娣感触最多的，雍正十天里头有八九天都在澹宁居见人批本章，几十名宫娥在这殿里进进出出，极少假以辞色的。后宫嫔妃，除了那拉氏、钮祜禄氏、耿氏和已病故的年氏外，还有齐氏、李氏和几个承御宫人，连圣祖的一半也不到。偶尔翻牌子召幸而已，天不明就又送回原宫，照常起来办事。就是引娣，也从来语不涉邪狎，似乎只要引娣能常在眼前就满足了。允禵纵对她有一千倍好，但她说不出雍正"好色"这两个字。嗫嚅良久，引娣方道："皇上不贪色。"

"这是公道话。"雍正收回目光，趿了鞋下来随意踱着步子，似乎不胜感慨，"其实'食色，性也'是圣人的话，好色也是人之常情。但朕实在是不好色，自古帝王在这上头栽跟头的史不胜书，朕就敢说朕是世间最不好色的皇帝！"他踱到了引娣面前，用手抚了抚她的秀发，喟然叹道："你也许心里想，既然如此，为什么弄了你来这里？这里头的缘故朕不能说，也不愿说。朕只想告诉，你和一个人长得太像了。朕是说不出的疼怜你，比你的十四爷还要疼怜你！只要你说出来，朕做得到的，什么都给你！"他又移开了步子。

引娣方才见他近前，慌得心头突突乱跳，此时才定住心神，她望着雍正伟岸的背影，忽然生出一种从未有过的怜惜之情，乍着胆子道："皇上，既这样说，奴婢斗胆有事求您。"

"唔！"雍正倏地转身，疑惑的目光烁然有神，"什么事？"

"请万岁放十四爷一马！别……别……"

"这是国事。你不能干政！"

"我知道。"引娣受不了雍正目光的逼视，低下头来，喃喃说道，"您不答应，就算我没说。可您要放十四爷一条生路，不要和八……八爷一例处置——别杀……奴婢就死心塌地在这里……就这样伏侍您到老……"说着，已泪下如雨。

雍正已经黯淡的目光又幽然一闪，轻声道："不要哭，不要哭么！允禵这次罪名非同小可。是在堂堂朝会上众目睽睽下犯的。如果问他的心，朕和允祥当年几次遭人谋杀，穷究起来，恐怕他难逃公道。但那是暗的，这次是明的。朕——"他咽了一口又苦又涩的唾液，"瞧着你份上，朕可以再放他一马。""噢！"引娣又像惊诧，又似惊叹地轻呼一声，一下子抬起头来，"真的?！"雍正心头一阵难受，强忍着悲泪点点头，说道："你毕竟和他牵心。朕若被他们篡位，谁肯为朕这样挂念？朕死了，又有谁为朕一掬清泪？你可以……可以去见见允禵，告诉他这些话。他要是还不甘心，朕还可召集百官，当众和他较量！"

引娣惊讶的眼中满是泪水，盯着雍正，连话也说不出，她第一次觉得这个冷峻严肃的中年人身上有一种允禵所没有的气质，第一次感到，几十年兄弟阋墙纷争，她所敬重的十四爷允禵也许有些不是对的。

"朕精神好多了。"雍正淡然一笑，起身来除去了朝服，只穿一件宁绸宝蓝长袍，却披上了小风毛天马大氅，踱到满脸泪痕的引娣面前，拍了拍她肩头道，"你该高兴才是呀！——朕要去一趟韵松轩，三阿哥办事朕不能完全放心。告诉高无庸，这屋里再弄暖和些，朕晚间还要批折子。"说罢便出殿来，守在殿下的侍卫和太监忙上来簇拥着他去了。

允禄当众挨训斥被逐，抱定了"躺倒挨锤"的主意，等着雍正的严旨处分。他原想黄夜求见雍正，造膝密陈，但思量来去，矫诏的事一旦落实，自己和弘时就成了不共戴天之敌，而且绝无转圜余地，不是弘时死就是自己亡。而弘时毕竟是雍正的亲生儿子，就算证得弘时山穷水尽，也只是给自己种下更大的祸而已。两端皆祸取其轻，只好认个"耳朵背"。但连着等了两天，不但自己，连允祺等三人永信等三爷的消息也没有。只是听说六部三司官员纷纷写奏折弹劾廉亲王"犯上作乱危害社稷"，折子雪片样飞往军机处；邸报载朱轼以文华殿大学士入值为军机大臣；又说十七阿哥允礼已阅军完毕，刻日还京。接着又有明诏颁发，历数钱名世"卑鄙无耻盗名欺世"，赐匾严遣回乡，并命文武百官赠诗送行。允禄是闭门思过的废置王爷，例不许各处走动，只有坐在家里，让儿子们出去打听转述而已。

耐到第三天，允禄决定亲自去畅春园请罪。他对自己这位皇帝哥子秉性十分清楚：你热炭儿般赶着去巴结，他瞧不上你低声下气的奴才相，你拉硬弓和他挺腰子，又会疑你心存不敬另有别图，既近不得更远不得。因此，吃过早饭便命家人："备轿，我去畅春园！"几个丫头老婆子忙过来替他更衣换朝服，正乱着，外头门阍老仆人跑得喘吁吁地进来，说道："诚亲王爷、三贝勒爷来了！"

"是传旨么？"允禄霍地立起身来，一把推开正在往身上套袍子的小丫头，哆嗦着手亲自系着钮子。"开中门迎接！"老门子忙道："二位爷已经进来了，不让奴才通报，奴才跑进来请爷迎一迎。"他说着，允禄闪眼见允祉和弘时一前一后已进了二门，忙撇开众人迎出堂外滴水檐下，一边快步下阶，口中道："三哥，时儿，亏你们这时辰还来看我，快请进！"允祉一边上阶，跨步便进了堂房，面南站定，说道："有旨意！"允禄怔了一下，一提袍角当地跪了，叩头道："罪臣允禄恭聆上谕！"家下人顿时回避开来，站到外边庑下，一个个面面相觑脸色煞白。

允祉点了一下头，徐徐说道："奉上谕，着允祉、弘时、允禄、弘昼四人前往查看阿其那、塞思黑、允䄉家产。允禄本系有罪之人，念皇考遗脉，且观其平素心性，似无大恶，朕不忍以一事之非遂掩其功，着复其原职办差。若敢故态复萌，瞻徇因循，则朕不尔恕矣！钦此！"

"罪臣仰邀皇上高厚之恩，定当精白己志以赎前愆，焉敢复蹈故辙，自干刑律！"允禄重重叩头说道，"谢恩！"起身来感激地看了一眼弘时和允祉，笑道："三哥、时儿，坐，献茶！"这一道旨意传来，阴郁紧张的庄亲王府顿时气氛轻松下来，几个有头脸的大丫头早脚步轻捷地进来侍候茶水点心。允禄一边亲自给允祉端茶，说道："必是三哥和时儿在皇上跟前为我说情，我这里也谢过了。"说罢微微一躬为礼。允祉呷着茶笑道："你忒是个胆小，你这点子事顶多芝麻大，就唬得二门不出！当年老十三被圈禁，也是我去传旨，那真是坦然受之，我还没走他就叫齐了府中人，说接圣旨误了一会儿，叫接着排演《牡丹亭》！大辱不惊，真是英雄志量！"弘时道："钱名世出京，上千官员抬匾送行，四百八十多人写诗辱他，潞河驿瞧热闹的百姓总有上万吧？我瞧他脸上也只淡淡的。人嘛，不就那回事，一股气撑起来，什么也不在乎了。"

允禄经二人这一说，才懊悔没去为钱名世"送行"看热闹，忙问道："皇上有诗没有？钱名世说了些什么？"弘时笑道："皇上没有写诗，军机处几个大臣都写了。所有大臣的诗都呈御览。翰林院的吴孝登不知吃了什么药，竟写诗安慰钱名世。'莫道攱薏存心田，明月五湖好垂钓'，激得皇上大发雷霆，将他发配了黑龙江。陈邦直陈邦彦也咏弄风花雪月，御批'乖谬'，将他们革职。你记得詹事府那个短胖子陈万策吧？——走起路来屁股哆嗦得凉粉似的那位——诗中有句'名世已同名世罪，亮工不异亮工奸'，因前头一个戴名世给《南山集偶抄》写序得罪，偏也叫'名世'，年羹尧刚好也有个字叫'亮工'，无巧不巧也被这丑八怪拈来，皇上老大赞'造句新巧'，赏了二十两黄金呢！我看钱名世，虽然平素行为不甚端，这回见了真章，气度很从容，说'雷霆雨露皆是君恩，开罪于名教，失节于圣道，这都是我自作孽，没有什么可辩的'。"允祉一笑，说道："四百多首诗，集成一部《名教罪人诗》，也算亘古奇闻。你想听听我们方大儒的诗么？"他呷着茶从容吟道：

> 名教贻羞世共嗤，此生空负圣明时。
> 行邪惯履敧危径，江丑偏工诔佞词。
> 宵枕惭多惟觉梦，夏畦劳甚独心知。
> 人间天地堪容立，老去幡然悔已迟。

"方灵皋这诗可以为《名教罪人诗》集压卷。"弘时满脸讥讽之色，撇嘴儿笑道，"亏他也是一代大儒！大凡一个人，学问品行再好，一入名利场，是人的也不是人了——混蛋！"

当着允祉允禄两个人的面，弘时说话这样放肆，允禄不禁吃了一惊。看允祉时，却浑似没有听见，只是缓缓起身，笑道："该办的差使还得要办啊！旨意是咱们四个人，弘时是坐纛儿阿哥，他两兄弟去'阿其那'府，我去'塞思黑'府，十六弟你去允䄉那儿。记住，旨意只叫'查看'，没说抄检没收。内务府那干人作践天家骨肉最是无情无义，好好约束住了，别叫他们发这个黑心财！"

三个人当下又议论了一会儿，一同升轿去弘昼府，约齐了再分头行动。允禄心知大家有意耽延，多给允禵留点准备时间，他此时能免祸于心已足。哪里敢说破了？

三乘八人抬绿呢大官轿前后卤簿齐全，在几百名内务府吏员簇拥下浩浩荡荡招摇过市，直趋鲜花深处胡同。刚折转胡同口，便见一乘快马飞奔而来，在允祉轿前滚鞍下来，却是内务府慎刑司的一个笔帖式，叉手轿前禀道："诚亲老王爷，五爷（弘昼）他——他殁了！"

"放屁！"允祉一把掀起轿帘，怒喝一声，"我今早上朝从他门前过，他还在打太极拳！"

那笔帖式打千儿，一手扎地，一手指着远处道："奴才怎么敢戏弄主子？请主子看，门神都糊了，里头人都哭成一片了！"

"真的？"

允祉在轿中手搭凉棚向胡同深处看时，果见五贝勒府门前灵幡纸花白汪汪一片，隐隐传来鼓吹哀乐之声。他心里一沉，不禁怔住了。

第十九回　活出丧贝勒逃命劫　承严旨廉王遭抄检

允祉满腹狐疑哈腰下轿，弘时和允禄已经从后边快步赶过来。两王一贝勒往巷口一站，瞧热闹的人立刻拥了过来。却都是说说笑笑指指点点，半点也不像看出丧那么郑重端肃。三个人正没做理会处，胡同深处一个家人浑身披麻戴孝飞也似奔过来，俯伏在三个人面前干嚎一声，禀道："我们五贝勒爷升天了！"

"几时殁的？"允禄皱着眉头问道，"丧帖子发出去了没有？没有报宗人府、内务府，叫他们具本奏上去么？"他的心情变得十分沉重，雍正子嗣本来就十分艰难，九个儿子六个都出痘夭亡，只有弘时弘历弘昼三个成人的。这一去，雍正膝下更为荒凉了！正暗自嗟叹，身旁弘时喝道："你这杀才！瞧瞧你那模样，像个替主子守丧的样儿？你是叫王保儿吧？"

允禄允祉这才细看，只见王保儿孝帽子反戴着，两根白飘带儿垂在额前。额前和脸颊上横一道竖一道涂着淡墨，活像个开戏台跳神的白无常。正要斥责，王保儿磕头道："爷们甭生气难过。这是我们贝勒爷的钧旨，既不发丧帖子也不上奏，方才我们爷还说，自己家里热闹热闹算完……"

方才！三个人顿时如坠五里雾中。弘时眼一横，厉声道："你这王八蛋，弄什么花枪？弘昼到底是怎么回事？你不说，爷就不能揭你的皮？"说着便喊："来人，鞭子侍候！"王保儿捣蒜价磕头，禀道："是奴才没说清。我们贝勒爷是活祭奠，他老人家——结实着呢！"大约想着府里此刻热闹，他竟忍不住"扑哧"笑出声来。

"荒唐！"允禄和允祉对望一眼，拔脚便向五贝勒府门走去。后边瞧热闹的越发多了，弘时便命自己的随行太监和亲兵："把这胡同给我封了，里边的闲人也赶出来——老五真是胡闹！"说话间已赶到五贝勒府门前。只见府外一箭之遥都摆满了灵幡，纸人纸马纸轿，金库银库钱库，几百面白纱帐在微风中漫天飘荡，纸花漫墙簌簌摇曳，纸钱随风飘洒，上千条金箔银锭细碎作响，倒也别有一番情味。门洞里十几个吹鼓手围着两张八仙桌，桌上垛的小山似的酒肴菜蔬，宫点汤饼一应俱全，唢呐笙簧竹旱雷聒耳欲聋，吹的却是"小寡妇上坟"。弘时眼尖，一眼瞧见一个二品官，红顶子上套着一块孝布，双手抱着简板"啪啪啪！啪！啪啪！"随乐打拍，一俯一仰十分起劲。弘时一把抢了他过来，问道："你不是军机处的罗铸康么？一个大章京，朝廷命官，做这样的事？呸！"他照脸就啐了罗铸康一口。

罗铸康在乐声中正手舞足蹈，被弘时捉来当头棒喝一声，半晌才醒过神来，见是允祉等人，忙跪了道："我是镶蓝旗下的包衣奴才，五爷是我正路主子，叫过来侍候丧事的……这起子吹鼓手里最小也是知县，都是五爷的旗下奴嘛！"允祉忍俊不禁呵呵大笑，拍拍罗铸康肩头道："你没错，还吹打你的！皇上整顿旗务，端正上下名分也是一条！"说着便进了院。

院子里更是热闹，四面白幛环拥，从甬道隔开，东边是大觉寺和尚，锣鼓声中双手合十呐呐咏诵《大悲咒》；西边是白云观道士铜鼓银锣笙歌齐鸣，也有百余人；却混杀了些家人，披麻戴孝载舞载歌，五音不全地大唱《龟虽寿》。

　　　　对酒当歌，人生几何？譬如朝露……

过了幔幛便是正庭。五贝勒的妻妾也有二十几人，还有儿子永壁，却是独身一人，一齐都跪在两侧廊下，正中阶下到处都是象、鼎、彝、盘、盂等明器，袅袅香烟笼罩着一大长案堆山积海的供馔。在地动山摇的法事鼓铙中，这边几十名男女唱歌般地扯着长音嚎哭。允祉允禄和弘时三个人乍从街上进到这庙不像庙、家不像家的贝勒府，一个个目迷五色，耳感天籁，都迷迷糊糊如对梦境，张着眼看了好半日，才看见"死人"弘昼一身簇新的贝勒服，端坐在供案后，用眼觑着哪一样供馔顺眼，便手拈筷夹来旁若无人地大嚼一通。

"止乐！"三贝勒弘时突然大喊一声，上前一把扯住弘昼拉下座儿来，"老五，你是越来越荒唐了。上回这么闹，圣祖爷当了笑话没追究，你还要胡来！叫皇阿玛知道，你还活不活了？"此时里里外外连家人在内足有七八百人，早已舞歇乐止，一个个痴痴茫茫望着上房檐下几个人，不知出了什么事。这种场合允祉允禄都不便出面，正是显摆哥子身份的时候，满院只听弘时一人大声呵斥："这是堂堂大清的贝勒府？这是庙会——牛鬼蛇神的弄来这么大一堆！老五，统统给我打出去！"

弘昼此时才从刚才祭奠礼乐中回到现实中，见哥哥发脾气，两个叔王也呆着脸，因换了笑脸，说道："三哥，气大伤身，别那么大火嘛！有什么事不能商量呢？来，来，坐，坐！三伯伯，十六叔，侄儿给你二老请安了！"几个家人见状，早飞奔去搬了椅子来。允禄说道："别怨你三哥生气，你到胡同口瞧瞧，恐怕看你这活出丧的人有上万！什么名声呢？"弘昼是个单眼皮，满脸的迷糊相，似笑不笑一咧嘴说道："十六叔，您老人家怎么忘了？七年前——也是这个月令吧——您带着我去安亲王府，小安郡王也做生祭。侄儿还陪着您一块儿上筵呢！今儿你们既来了，也是赏我的面子，都不要走。这几卷经唱完，我请你们一醉儿！"

"恐怕不行。"允祉在旁说道，"我们都奉有旨意，是到你这传旨来的。"弘昼笑着看了看满院的人，说道："没法叫他们回避。这里现成的香案，请三伯伯把诏书赐给侄儿跪读，成么？"允祉无可奈何地看看这个活宝，说道："好吧。"便将诏书捧给弘昼。

弘昼双膝跪地接诏，捧着默读完毕，将诏书捧还允祉，叩头说道："儿臣弘昼遵旨！"因又起身让座。弘时不耐烦地说道："既然遵旨，咱们这就走——叫家里人把里里外外这些劳什子撤掉，和尚道士们发送回去！"弘昼连连揖让，笑道："这个似乎不必忙。阿其那叔叔又不长翅膀，他们飞不到哪里去。圣旨上也没说即刻查看，不得延误。这会子倒是我的生死事大。叔叔哥哥好歹给个面子，我虽然从不办差，也晓得里头通融余地大得很。今儿给我发送了，明儿——明儿一定跟你们去——说到做到，不去我是个——"他四个指头在桌上爬了一下，"——乌龟！"他满脸笑容，油腔滑调却又彬彬有礼，客气中带着固执。允祉是圣祖诸子中公认学问最博的，也拿他没办法。弘时却不知怎的，有一种受轻蔑的感觉。径自招手叫过弘昼的管家王保儿，主子似的吩咐道："五爷已经奉旨办差。你叫这里人散了！"

"是，三爷。"王保儿口中答应，却不行动，一哈腰问道，"我们爷还叫了一班戏，点的《混元盒》，请爷示下，撤不撤？"

"当然撤！"

"是，三爷。"王保儿头也不抬，又问道，"几位老王妃，连诚亲王太妃娘娘、庄亲王福晋、怡亲王侧福晋，都说要来看戏的，请爷的示——"

弘时歪着头想想，底气已经不足，说道："你派人知会各处娘娘、福晋、宫眷，戏改到明日唱，请她们明日再来！"

"是，三爷。"王保儿仍是老一套，再问道，"这府里爷也知道，前后院养着上千笼鸟。既然戏改到明日晚来，挪移怕不方便——有的鸟脾气太大，不好侍候——奴才叫后院退休了的老刘头照料一天，可使得？他是老行家了。"

至此，允祉允禄全然明白弘时已经上当，听见"有的鸟脾气太大"，两个人都几乎笑出声来。弘时虽觉不对头，但王保儿说得一本诚挚有礼，他一时还醒悟不过来，不耐烦地说道："这是些小事，你裁度着就办了——"

"这不是小事，鸟是我们爷的命根子！"王保儿认真地说着，仍是头也不抬，"奴才还得请示，给鸟配食的是四福晋太太，前头配好了够一天嚼吃的，城东三舅老爷昨儿来说四福晋太太的老太太和姑太太、姨太太都去了三舅家，接了四福晋太太家去，鸟食仓库钥匙还在她那里。奴才派人接四福晋回来，还是把钥匙要回来？"

"这都是你家琐碎家务，我为什么要管？"

"回三爷话，奴才不晓得！"

"你！"弘时此时才意识到已经堕入这个油头滑脑的家伙奸计中，一下子脸涨得血红，"啪"地按着椅把手站起身来，已是气得浑身乱颤，"你竟敢戏弄主子！谁教给你这样跟主子讲话的？"王保儿恭谨地抬了一下身子，又伏得更深，说道："三爷千万别生气。话赶话地说到这里，奴才岂敢有轻慢主子的心？其实奴才也晓得，爷最后这一问该磕头谢罪的。不过五爷家法不许磕头敷衍，只许明白回话，爷才误会了的……"

允祉允禄这才知道弘昼有这个乖戾家风，不禁相视一笑。弘昼直见哥哥气得赤红暴脸，才喝退了王保儿，对允祉允禄说道："二位叔叔，三哥，王保儿又皮又倔，前生乃是一头驴，千万别和他一般见识。今天实在对不住，因为贾士芳贾神仙替我推数，十天里头不许出门一步，不然就有血光之灾，今儿是最后一日。这事你们甭犯愁，被抄的三家，你们刚好三个人。这事我今早也写了密折禀奏了皇上。你们要耐烦等，那就明天；要等不得呢，只管就去办差，我该得个什么不是，那也是命中注定。实在得罪了，办差事小，性命事大，是不三哥？"

"从来奉旨办差急如星火。"弘时脸气得趣青，他一向以为弘昼和自己一样对红得发紫的宝亲王不满，所以长时间不交结人不办差，优游自娱。今日见着了这个乃弟，竟是一块撕不烂嚼不动的牛皮糖，因冷笑一声，"你自己相信牛鼻子老道胡说八道，乌烟瘴气装死人，还要攀上别人！三伯伯十六叔，在这耽误的时辰不小了，咱们分头赶紧办差去！"弘昼却是不温不火，一丝也不缺了礼貌，一个长揖拜下去，亲自从他们到仪门里，就门洞里大声喝令："罗铸康，你们几个有职分的奴才，替你主子送送三爷和两位王爷——别过了，明儿见！"

在十几个浑身重孝嬉皮笑脸的官员簇拥下，三个人各自上轿。弘时是一肚皮的窝囊气，阴着脸，甩帘进了轿，命人："往南，出老齐化门到朝阳门码头！"允禄一头担心弘昼任性获咎，一头也抱怨白误了时辰，一边上轿，一边口中道："三哥，咱们往北，少绕点道儿吧？"允祉却想着弘昼的种种乖僻怪诞举动和几个官员龇牙儿三分哭七分笑的滑稽模样，强忍着上了轿，轿帘一放下便笑不可遏，只憋着不肯放声儿。听那鼓吹时，已经又响起来，却是一曲怪腔怪调的《小放牛》。

弘时盛气上轿，起了不到一箭之地却已心平气和。弘昼这么做，焉知不是向自己表明，永远不觊觎这个帝位，站干岸看河涨，稳稳当当一个亲王位置是跑不了的。要是自己也处在这个位置，或许也是这模样呢！想想八叔落到如今下场，他自己也觉胆寒。但他先前乘年、隆倒台，把二人手下的党羽收到门下的着实不少。弘历表面上看宽仁大度，似乎只知道顺从雍正意旨拼命办差，其实背后传话过来，弘历已对自己十分戒惧，曾向雍正说过"三哥收门人太滥，皇阿哥金尊玉贵，春华茂德，不宜结交外臣太多"。张廷璐科场一案，弘时也找过几个当事人询问，明明是已经疑到自己做手脚，却不见他当面只言片语的规诫，甚至连雍正面前也讳莫如深——这都是什么意思？留一手，到对证时和盘托出么？他转念又一想，弘历虽然封了亲王，三兄弟中地位最尊，但雍正似乎也颇有不满处，有一次在韵松轩议论调补外官进军机处，说起田文镜，弘历说田文镜急功近利，不是王臣气象。一个读书圣人门生，应该以学问立品，不然办事就是缘木求鱼，儿臣很不取他两条：一条乱报祥瑞，一条急于事功。雍正当面抢白："当今之世，说空话不办实事蔚成风气了。你得好好下去看看，官是什么样子，大业户怎么说，小业户又是什么境遇，学问不单在你读的几本书上！"——这次由自己坐镇北京，弘历出京办差，看来雍正未必没有别的深意。要错过这样的机会，那才真是天字第一号傻瓜呢！……弘时正在胡思乱想，大轿已经稳稳落下。隔轿窗看，运河北岸巍峨壮观的廉亲王府赫然在目，弘时收敛心神，一哈腰便下了轿。随身太监牛森高喝一声：

"钦差大臣，三贝勒爷驾到！"

廉亲王府照壁阔大的空场早已密密麻麻站满了人。顺天府衙门派来的差役一百多人，都垂手侍立在大倒厦紧闭着的朱漆铜钉大门前。内务府二十几个人，都是七品以上的官员鹄立在高大威猛的石狮子侧旁。九门提督图里琛亲自带着戈什哈排成两列，持戈按剑挺立在门前，在春日融融的阳光下，刀枪林立闪烁耀目，杀气腾腾，一片紧张恐怖气氛。见弘时徐步过来，除了图里琛带的御林军，所有官员鸦没雀静地跪了下去。只图里琛大步上前，一扎跪地道："奴才给三爷请安！方才内廷军机处朱相爷派人来问开始查看没有，奴才说三爷去约五爷了，说话就来——怎么，五爷没来么？"

"弘昼身子不爽，正发热说胡话，"弘时嘴角掠过一丝笑容，旋即又板起了脸，问道，"你是管内外警跸关防的，谁在里头料理查看事务呢？"说话间，石狮子旁一溜小跑过来一个四品官，也不过四十岁年纪上下，枣核一样两头尖脑袋，高颧骨凹嘴唇，浓眉下双小眼睛骨碌碌乱转，精干麻利，一看就知道是个浑身消息一揿就动的角色。他趋到弘时面前极熟练地打千儿，笑道："奴才马鸣岐给主子请安，请三爷训示。"弘时笑道："走吧，进去再说！"

不知关堵了多久的正门呀呀呻吟着被打开了。弘时居中，身后两侧图里琛和马鸣岐亦步亦趋，沿着王府正殿前的临清砖甬道进来。这是北京第二座最大的王府，仅比怡亲王允祥的府邸略小一点，连花园在内，占地也有三顷上下。若论内里殿宇规制，布局堂皇，除了紫禁城，没有别处能比。沿正门中轴，东西两大偏院对称构筑，东边三进院是允禩办差筵客，正式接见官员所在。前院男仆，后院女仆，西三院中院是允禩的书房和起居所在。前院太监，后院家眷，中间银銮殿只是摆样子。但前面空场足有五六亩地，两庑廊一间间的小房子里住的都是当值的家人。院子中间还矗着三丈余高的一座"二仪门"，却是四墙不靠，像煞一座孤零零的石坊，与正殿遥遥相对。此时弘时进来，府里几乎不见人，只几个老得衰迈不堪的家人拿着扫帚、铲子，有的在铲月台基上暗红的苔藓，有的在仔细地扫着砖缝。月台前一群乌鸦正在啄食着什么，见突然拥进这么多人，"嗡"地飞起老高，盘旋着"呱呱"叫个不停，仿佛在哀叹这曾冠盖如云的繁华场的殒灭。弘时也是嗟讶不已，站在石场前正打主意如何见这个"阿其那"八叔，忽然东侧门一响，一个四十多岁的中年太监迎了上来，却是廉亲王府的总管太监何柱儿。何柱儿脸色白得半点血色也没，在门口用漠然迟钝的目光看了看弘时一行人，缓缓打下马蹄袖，哈腰趋步过来跪了，颤声说道：

"三爷，奴才给您老请安了！"

"料必你家主子已经知道了？"

"这是明摆的事儿。"何柱儿磕了一下头，"我们主子专候钦差，他这就出来。"话音刚落，允禩已经出了侧门，身后还随着自己的儿子弘旺、弘明、弘意、弘映。允禩见是弘时来传旨，似乎略觉意外，正了正缀着十颗东珠的朝冠徐步踱过来，只用极度轻蔑的眼神扫了图里琛一眼，竟一句话也不说，挺身站在弘时对面。

"八叔，"弘时忽然有点自惭形秽，两条腿也有点不听指挥，不时地哆嗦一下，"您身子骨儿还好？"

"没什么好不好的。膝关节肿了，跪不下去。你叫两个人把我按倒。"允禩胸脯急剧起伏，显然十分激动，语调却仍十分平静，"既然雍正皇帝给我起了新名字，你现在身份也不必讳避，就叫我'阿其那'好了。我听着爱新觉罗·允禩还不如这个顺口。"他话中丝丝带着金石碰撞的颤音，半分恐惧和哀伤也没有。他的几个儿子已啜泣成一片，弘旺双膝一软跪了下去，哽咽着对弘时道："三哥，我代父亲跪聆圣旨！"允禩突然发怒，大声断喝道："忤逆种子们，嚎什么丧？！"

弘时瞟了一眼面无表情的图里琛，看着几个泪眼模糊的弟弟——都是宗学里日日见面的朋友，如今竟成阶下之囚——也不由得眼圈一红，说道："八叔既然身子不爽，可以由儿子们代跪领旨。八叔，事情到这份儿上，侄儿也不想虚安慰您，您善自保重，回头皇上必定还有恩旨给你的。接这个差，侄儿心里也十分难过，先请八叔体谅。"说罢，硬着心肠板起面孔，大声道："奉皇上旨，弘时前往廉亲王府，查看阿其那家产。钦此！"

"谢恩……万岁！"弘旺兄弟四人一齐叩下头去。

马鸣岐见当事人已经接旨奉诏，抢上一步，极干练地给允禩打了个千儿，说道："奴才是奉差办事，身不由己，八爷海涵着些儿！"又转身叉手躬身，对弘时道："请贝勒爷示下，奴才们好遵谕承办！"内务府带进府里的一百余名衙役都站在二仪坊西侧，看见要动手，个个兴奋得摩拳擦掌，眼中放光。

"我知道你们混账，发惯了抄家财。"弘时冷冰冰说道，"今儿奉旨，只是查看家产，并不要搬运。由何柱儿带着，各库房看看，把御赐物件和私产一类归堆儿，造册呈报。福晋是安郡王家人，过门时的妆奁、体己也是不少的，不能一体查封。这也由何柱儿指实，登记造册，但仍可启用。家属和家人都集中到太监住的院子里，不许惊扰，书房和签押房由我亲自处置。八叔，所有御批御札，和内外大人来往书札，恕侄儿要带走。至于八叔自己的图书，连封锢也是不必的，请八叔务必鉴谅。"

允禩冷冷说道："我也抄过别人家，如今自己被抄，规矩我懂。内务府这些贼王八，你不叫他捞点好处，兴许就敢把御赐物件给我砸了，增我的罪戾，再不然弄几本违禁书到我的文书堆里，灭我的门的事都是有的。我早有准备，来的人一人二百两银子赏了。不要再偷着掖着弄不清白，也算我求诸位了。至于文书，我也都整理好了，该怎么办，都是现成的。"

"那再好不过了。"弘时脸上似笑非笑，说道，"请兄弟们就跪在这里，我陪八叔到书房吃茶说话。"说罢将手一让，熟门熟路和允禩相跟着到东书房。马鸣岐向几个书吏一摆手，内务府的人立刻分头行动，提着糨糊桶，拿着封条，有的查看书房，有的撵赶家人，待允禩和弘时进书房，已听西院乱哄哄人声嘈杂，隐隐传来女人哭骂声。那允禩竟似充耳不闻，弘时却面露不忍之色，命跟进来的人在书房外天井站着，独自跟着允禩进了书房。

"万没想到事情弄到这地步。"弘时一坐定便急急说道，"如今什么也说不得，也不是埋怨后悔的时候。八叔有什么指教，或有什么要办的事，趁着没人自管说，无论如何侄儿是要保全您的。"

允禩嘿然良久，只是默谋。对弘时这些话，他只信一半。但他此刻已经对东山再起绝望，满脑门子心思是对雍正的仇恨和报复心。思量着，从靴页里抽出一张薄如蝉翼的纸，也只可巴掌大小，上头密密麻麻都是蝇头小字，递给弘时，说道："我不抱怨，也没有什么要办的事。这是'八爷党'里头还没有暴露的官员名单，可惜一二品大员已经不多了，你拿去或者用得着。"他又从案卷下抽出一分文卷，说道："这是书房里物件清单，东橱里是上缴的文卷，剩余的都是我的私藏图书。"

"上缴的就这么一点？"弘时极快地将名单收藏了袖子里，看着清单，皱眉说道，"书信没有一封，御批奏件也像不全。皇阿玛何等精明的人，这搪不过去的。"

允禩起身，在书房里款款踱步，许久才问道："你知道不知道老四（雍正）准备怎么处分我？"弘时叹了一口气，说道："一时间无碍，昨晚我去请安，见皇上在礼部的折子上批的'暂授民王，以观后效。凡朝会，视民公侯伯例'。别的我还没听说。""他总要假惺惺再当两天'仁兄'的，这个我想到了。"允禩的眼睛干涩得像暗红的炭，一眨不眨盯着前方，"不过这局面久不了，墙倒众人推，那些个巴结头、马屁精、墙头草也不肯饶过我，这正是献他们牛黄狗宝的好时候。生死，命耳！我早已置之度外，不然我也不走这个险棋。弘时，我从来也没有篡位的心。这一条你回去务必讲清楚。这也是我对你的心腹话。正为如此，我也不劝你篡位。那个雍正倒行逆施，违天拂命行事，他长久不了！你看他，其实现在已经累倒了！一个人能耐再大，这样违情悖理做事，没个不当独夫的。他累，就因为他不懂无为而治顺水推舟。他长寿不了！"他像吞咽着一块苦涩干燥的饼子，平静地述发着一腔怨毒之火，半晌才喘息了一下，又道："至于你，我也有一言奉告，决不可保我和你九叔，要劝他把我们明正典刑——我们不但不恨你，九泉下还感激你！——还要告诉你一声，你办事处人，精明不及弘历。弘历不露锋芒，你太显棱角，不少人都看出来你是在和弘历争夺什么。这就落了下乘。你再不要吃我这一辈吃过的亏。要果决，明断！等人占了中央位置，你什么都晚了！"弘时听着这话，犹如雷轰电掣一般，又是感动又是难过，心里倒了五味瓶似的，什么滋味全有。他痛呼一声"八叔——"嘴唇抖动着竟再也接不下去。

"别为我难过，千万不要保我！"允禩浑身的血都在倒流，"弘历已经在以太子自居了！你能百尺竿头再进一步，我的儿子们或有重见天日的一天。弘历！他是既定的继位人，哪里会想到我的儿子！"想到儿子们前途吉凶不测，允禩虽抱了必死之心，也不禁潸然泪下。

"叔王，别难过。"弘时起身来抚慰道，"留得青山最要紧。我只要不败事，好歹能照拂你的。听方苞说皇上说过'罪不及孥'，福晋和弟弟们料也无妨。后头的事谁料得定？白急坏了身子更了不得！此处不可久留。您就歇在这里，我出去招呼一下带着人要走了。"他也怕再看允禩一眼，在门口略一停，顿足出来到了正院。

图里琛和马鸣岐两个人已经收到各处送来的抄单，二仪门旁十几个抄手坐在矮凳子上掌管抄录，算盘子儿打得下雨般哗哗响。见弘时出来，二人同时迎上来，图里琛笑道："三爷，清单立时就出来，方才福晋传过来话，正殿东侧的八宝琉璃屏是她乌雅氏家的，是太皇太后当年赏给娘家的，但又是御赐物件，请爷示下怎么办？"

"这么快就出来了？"弘时从书吏手中要过几份抄单在手里倒换着看，口中道，"那不算什么违禁忌讳物。孝诚老太后赏我母亲的，我母亲寄在家里也好多件呢。造册上另加附记就是了。"因见弘旺几个人仍旧涕泪滂沱地伏跪在冰冷的砖地下，走过去温语说道："弟弟们起身吧。我们公事说话就完，你们还该去照看你们父亲。该叫你们出来送行，自然有人叫去的。"待弘旺去了，弘时向马鸣岐道："大约总数值多少银子，这会子也理不出细账。不过皇上要问，我不能说不知道。"

马鸣岐赔笑道："八爷的东西有条理，好清。绸缎是绸缎库，贡品是贡品库，玉器瓷器珍玩、古董、家具、金、银、钱都各自有库、有账，一丝不乱。这里的兄弟一人得二百银子，也没有敢再贪心大胆的，账银账物相符就封了。我粗估约一下，除了皇上赏的，私财在二百万两银子上下。各处庄子有十三座，银号、当铺、古董店二十七处不计在内。这里账上约值六百万上下。贝勒爷跟皇上估个七八百万，不至于出谱儿的。"

　　"也就这个数儿。"弘时知道允禩在东北还有挖人参加金矿税两项收项，私财决不至于这么一点，却也佩服他这么短时间撕掳得明明白白。因笑道："我连个零头也不及他的，他出手大方，自奉还是节俭的。当年抄十三叔，总共才抄出十几万来。就是兄弟，一样的俸禄，会营运不会，也是天差地别。"说着由马鸣岐和图里琛带领，各处库房查看了，又亲自封了银銮殿，看看天色将近黄昏，便指挥着众人离了廉亲王府。又关照图里琛："八爷还是王爷，并没有革职，这里守护的人不可缺礼，更不能动蛮。八爷家产都封了，要遣散些家人，这都是理所当然，不要擅自搜查扣留。你的人无故惹是生非，仔细我拾掇你！"说罢升轿去了。

第二十回　感途穷允禩散余财
　　　　　统全局雍正息狱谳

一天惊心骇目的喧嚣过去，廉亲王府一下子岑寂下来。没有灯火，没有人影，连守夜的更夫也没有，到处黑黢黢的鬼影幢幢。允禩自倒卧在东书房的檀香木榻上，浑似做了一场噩梦，由着弘时出去，由着儿子们进来，由着福晋乌雅氏带着姬妾婢媪们进来。不吃，不喝，不言语，连叹息和眼泪也没有，只痴痴望着雕满西番莲的黄杨木天棚。一家子二十几口人，儿子们跪着，乌雅氏坐着，其余的人都是满腹心思地侍立着，仿佛都身处荒野深山中的古庙里，听着外边春风掠顶而过。外面的一切都好像和这屋里瘆人的气氛相呼相应。墙头上去岁的枯草在风中丝丝颤抖哀鸣，刚刚发芽的柳条在风中慌乱地婆娑起舞，一声声铜马"叮——咚咚——"从檐下传进来，更增了人们凄凉无主的心绪。终于，允禩开口了，声音平静得像刚刚睡醒的人：

"都凑过来一点。"

人们互相望了一眼，向榻边挪动了一点。乌雅氏亲自给允禩端上杯暗红的水，说道："王爷将就着点，这是一碗参须汤。走到哪山唱哪山的歌，老爷你也不要太放不下。屋里原存着二斤老山参的，天杀的们'查看'了就没影了。落毛凤凰不如鸡，这是他娘的什么世道?!"说着，哽哽咽咽就要放声儿。她是老安亲王的老生女儿，由康熙指配了允禩。允禩的生母良妃，是内务府辛者库浣衣奴出身，倒是她嫁来，反而无形中抬高了允禩在兄弟们中的地位，因此平素最是骄纵，浑也不把允禩放在眼里，家里人暗地都叫她"王府太后"。如今家败势尽，她才觉得自己娘家毫不足凭，这个王府离了允禩，原是一文不值。乌雅氏当下泣道："这都怪我拖累了你……"她的这个话是有来由的：康熙四十七年第一次废太子，群臣举荐允禩入选东宫，康熙为此专门下一道诏谕给儿子们，说允禩"受帛于妻，妻为安亲王岳乐女，嫉妒行恶……"其实暗含的意思实指允禩"怕老婆"，主宰天下恐怕有"女主当国"之祸。允禩从此就再也没有翻过身来。

"别这样。"允禩淡淡一笑，抚慰道，"其实忌妒为忌妒，你清楚我明白。欲加之罪何患无辞呢？我是树大招风、才高震主的罪，跟你不相干。圣祖原本只为惩戒一下太子，'举荐'不过是幌子。没想到满朝文武都推举我，他老人家吓坏了，以为我有篡权的心。"他咬着牙笑了笑，又道："我也自认不是当皇帝的料。可他老人家给我们选了个什么主子？每天心里都在打算盘怎么能多从老百姓身上捞钱！扣火耗、催亏空、士绅当差完粮，连讨吃的人头税，还有我们满洲人每月那二两月例银子都打到了算盘里！我好歹是个总理王大臣，总不能看着他把满朝文武赶得鸡飞狗跳走投无路！我为人中之杰，并不留恋他这五斗米；说到根上，他就是妒忌我，妒忌我得人心，他——他连个女人也不如！"他脸上泛起红晕，激愤地说着，但很快又平静下来，"不说他了，说他让人心里更恨更悲。像他这样的民贼独夫，天不会照应——还说我们的事。福晋是不相干的，顶多逐你回娘家。你一定把儿子们带好，不管是你养的不是，都是我的血脉，他们成人了，我活着死了都是安然的……"

他话没说完，屋里已一片嚎啕声。乌雅氏边哭边叫："我的爷，你怎么说这个话？那个杀千刀的……他还要把你怎么样？我是死是活都是要跟着爷的……呜……老天老天，你好歹睁睁眼……哪见过哥子这么整治兄弟的……嗬嗬……"

"都别哭，听我说！"允禩低声一吼，哭声立止，"听说我改封民王。据我看这不过是一步棋分成两步走。他不把我整死或整疯，不会撒手的。你们谁比我知道我这四哥？所以百事要有预备。预则立，不预则废。万一我圈禁，何苦的你们都搭进去白牺牲？只可跟着两个人侍候也就是了。我看就是紫燕和湘竹两个通房丫头吧——你们说实话，要勉强，我宁可再换人。"话音刚落，榻边捧巾栉的两个丫头已经扑地跪倒，磕着头连哭带说："我们都是讨吃的出身，爷把我们从人牙子手里买出来，如今老子娘都成了人上之人——就是死了，报得您的恩么？天爷不会亏了八爷这样的好人，奴婢们死也不离您半步！"允禩一阵欣慰，他当然相信紫燕和湘竹的话，进廉亲王府当差，就是为奴，也必须是受过他大恩的。他一生乐善好施扶危济困，人称"八贤王"，又有叫"八佛爷"的，就是这个缘故。当初怎样照应这两个丫头，都是顺情而作，早已忘怀了。此时见她们感恩图报，允裸心里一阵暖融融的。

乌雅氏在旁拭泪道："难为你们两个了。不过事情还在可知不可知间。要真的那样，其余的人都跟我娘家去，总不成他还株连到岳父家？"允裸听了只是摇头，说道："我知道你还有几个体己钱，不过百十万吧！你落魄回门，娘家人脸色也是不好看的。依我说，娘家站得住的，带银子回去，只算借住他们房子，孤苦无倚的跟你。其余家丁仆妇，我现在就要全部遣散！"

"现在？"所有的人都愣住了，他们谁也没有想到事情会这么紧迫严重。

弘旺是长子，十五六岁年纪，已经完全懂事，跪前一步道："父亲！这么着太扎眼。事情还不到那一步，容易起流言，皇上本来就疑心重，这时分动作越小越好。"允裸辛酸地一笑，说道："到那一步再做就来不及了，好孩子！"

允裸翻身坐起，从枕下抽出厚厚一叠银票，在手里掂了掂，自失地一笑，说道："人，最好是有权；有了权，什么银子美女、华堂名声都会不招自至。其次就是有钱。昔日祖龙礼尊巴寡妇，还不是因为她富可敌国？！抄去我八百万，这里还有一千万，我要全分了它，今晚分了。明天全部带走散了！我叫他抄！我叫他挨门挨户地抄——这个无药可医的钱痨！"

众人此时无不目瞪口呆，他们谁也没想到允裸平日口不言利手不沾钱，竟会亲自掌握着这么大一笔活钱！正发怔间，允裸将那把崭新硬挺的银票一分两半，一多半交给乌雅氏，说道："这是咱们自家人的，由你分派，穷的就多点，富的可以略少点！"他略一思忖，对紫燕说道："你去叫何柱儿，叫他和管家丁金贵带着二层管家们都来，在月洞门口听吩咐。"紫燕轻轻答应着，蹲身一福便去了。福晋已满脸是泪，说道："好爷！我们这个家今晚可不就败了么？"

"夫妻本是同林鸟，大难来时各自飞。"允裸苦笑道，"夫妻尚且如此，何况别人？其实世上没有不散的筵席，别说这家，这朝、这代、这国、这世界也有灰飞烟灭的一天！好了，外人就要来，你体尊位重的，不好看相。这里只留紫燕、湘竹还有你，何柱儿来了，由你分拨银两。"因见紫燕带着何柱儿进来，后头陆续跟着十几个二管家，最后是老管家丁金贵押后进来，允禵便命弘旺，"送你娘姨太太们回去!"

丁金贵等人垂手侧立着等弘旺等人出去，这才率管家们向允禵请安。丁金贵道："奴才清点了一下，通府里人听爷的吩咐没有外出的，只西院茶库里三个小子裹了些钧瓷茶具逃了。还有东院东书房侍候的，有八个人告病的，东院刘家的最混蛋，一家四口跑了个精光。外门房憨牛儿他们几个商量着要一个一个找回来，叫他们跪死在爷的书房前。是奴才按住了，不叫他们妄动，这是见真章的时候儿，叛主逃跑，奴才总归要拿来打死这些畜生!"

"你们千万不可这样! 要真的忠于主子，就得听你主子这话。我是个施恩不望报的。留，是你忠义;走，也必有走的道理。非但不许追打，每家都还要助五百两盘缠银子!"允禵用不容置疑的口吻说道，温和地扫视着他的这些家政纲纪，"我于外人尚且记恩不记过，何况自己家人? 何况这种时分? 不但现在，将来你们遇见，也不能造次鲁莽!"说完，他喘了一口气，接过湘竹捧来的茶呷了一口，将要遣散家人各奔前程的话一长一短说了，又道："我想了一下，这三百五十万银子，单身奴每人五千，成了家的每口四千，我的家生子儿奴才每人八千，太监每人六千，剩余的，我自己留十万，你们十几个把剩下的——还有二十来万吧——都平分了。不图个别的，伏侍我一场留个心念儿。我不能学前头直亲王，把着抠着舍不得给下人，都让人抄干净了去。"

允禵说话间，众家人已经哭成一团。丁金贵连连磕头，声结气咽地说道："爷，您……您糊涂了? 您叫我们都当不义奴才么? 死死活活不过一条命罢了，我们要什么钱! 爷您放心，您走到哪一步，我们都跟着，就是种庄稼，我们主仆们养活不了自己么? 好我的糊涂主子啊……"

"你们的爷饱读经史，不糊涂!"允禵眼中泪水转来转去，"我这是仔细思量了的。天幸我过得去这一劫，见面再容易不过。我要过不去，就不如早早离散。今晚分了银子，能走的就走，拖家带口的，白天一窝蜂出府也太扎眼。一拨一拨地，就走完了。给人知觉了，我如今只是改了个脏名字，还是个王，也还扛得住。雍正想一步一步斩尽杀绝，你们留下来也不过陪送。"他泪眼模糊地望着何柱儿，说道："只苦了你了。你名声太大，又净了身子，是没个走处的。我给你十万银子，要有靠得住的朋友暂存起来，将来脱难也使得着。"说罢，眼泪已走珠儿般滚落下来。

何柱儿是康熙四十七年到允禩府当差来的。他原在毓庆宫废太子身边当总管太监。眼见满朝文武一致推举允禩承位东宫，自愿投靠了允禩。九位阿哥争夺嫡位，他以廉亲王府总管太监来往于各王府，周旋于紫禁城，也是雍正眼中一颗小钉子，名气这么大，自然难脱此厄。他此时却也沉得着气，忍着悲愤抗声说道："奴才压根也没打算过什么'出路'。银子奴才也是不要的，平素爷赏的足够他们度穷的了。他们也得远走高飞才成呢！再说了，奴才陪着爷吃官司坐圈院儿，咱爷们手里也得有点钱不是？"允禩想了想说道："你说的虽是，照雍正秉性，断不会发大善心，叫我留那么多体面人的。你没见十四爷跟前的乔引娣么？银子，你还是拿去，你有这片心，也就不枉了我素日疼你。你跟别人不一样，身带着残疾在这府里侍候差使，有时为遮外人眼，我还得拿你作法、出气。你这一辈子苦，不容易啊……"他话没有说完，何柱儿已触了隐痛，公鸭嗓子遏了几遏，还是哭出了声，似断似续，如幽如怨的，在这漆黑无月的王府中荡送着。

隔了两天，军机处拟了旨意颁发下来，废黜廉亲王封号，允禩改封民王。允裪和允禟则压根儿一字不提。此时允禩的抄家清单刚转到韵松轩，允裪和允禟的还没有报上来。雍正派十七阿哥毅亲王允礼前往传旨催办，他自己坐乘舆回紫禁城，到奉先殿、承乾宫等处拈香告祭康熙处置弟弟缘由，又踅到大觉寺为允祥进香添寿。回到畅春园，已是午初时分，听侍卫德楞泰说张廷玉方苞和朱轼都还在露华楼议政，没有退朝，便传膳赏了一桌过去。自己叫小厨房御厨现炒了几个菜，一边进膳一边随手翻阅。还没有吃完，高无庸进来禀报："十七爷过来缴旨，主子这会子见不见？"雍正隔窗一望，果然见允礼弓着身子站在丹墀下，便笑道：

"老十七，尽那么站不累么？进来吧！"

允礼脚步如风地走了进来。他今年才二十七岁，康熙的儿子们大多身材颀长，唯独他个子矮小，常年在塞外练兵，小腿也因骑马变得稍有点罗圈，敦敦实实的，脸色又黑又红，好像浑身都是用不完的精神。允礼进来，规规矩矩给雍正打千儿行礼，笑道："臣弟的差使办了。先去的韵松轩，三位相公正在领筵，我就没进去。我想，先来回皇上，说不定也能饶点点心垫垫饥呢！"

"那你想得不差。"雍正呵呵大笑，他的情绪显得极好，用手指着案上的菜对高无庸道："这个都撤过去赏你十七爷，朕只用这盘小豆沙馅包子。"高无庸忙答应着连条盘端过来放在允礼面前几上。允礼看时，是一盘宫爆青椒野鸡，一盘芹菜豆芽，一盘烧三样，一盘酱蒸鹿口条。除了芹菜豆芽，其余的似乎只是动了动，四盘攒着中间还有一海碗鸭骨汤，另有一碟放着十几个饽饽——喜得眉开眼笑，说道："臣弟今儿起得早，这会子真饿了，可要放肆了！"说着夹起一大筷子鹿口条，油卤卤塞进口中，拿起饽一掰两半就着，鼓着腮帮子一顿大嚼，霎时间风卷残云吃得精光。雍正见他吃得香甜，将自己的豆沙包子也赏了他，允礼一躬谢恩，顷刻之间已又了账。雍正笑道："亏你还是天潢贵胄，这么饕餮！谁和你争么？饱了么？没有饱朕再赏！"

允礼满意地用手揩了一下油光光的嘴，笑道："皇上见笑了，这是带兵带出来的。我和古北口中军将领一个锅里搅勺子，吃起饭来那哪里是人，竟是一群狼！独我一个人细嚼慢咽，叫人笑话我是个公子哥儿，慢慢地也就惯了。十三哥其实就是那时在外练兵，弄坏了胃气，才落得一身病的。其实皇上不晓得，下头兵将最怕训练，倒是不怕打仗，打仗有好吃的，也没有早起操演，夜半集合，冷练三九热练三伏这些规矩。赌吃赌打仗，兵士们最高兴！所以有口号：天不惊地不惊，死不苦打不疼，就怕没事胡折腾，三九五更穷练兵。"他一头说，雍正笑得前合后仰，问道："你怎么就没有吃坏了胃气？朕瞧你比走时更壮实呢！"允礼道："胃这东西，底气壮，越吃越强，底气不壮，越吃越黄。各人禀赋不一样。十三哥比我心思重，他就吃了这上头的亏。"

"说正经事吧。"雍正又笑了一阵，觉得浑身轻松，盘膝坐了炕上，因见引娣又过来，便道："给你十七爷倒杯茶。——阿其那和塞思黑都有些什么话？"允礼虽然回京不久，但已经知道乔引娣不是一般宫人，欠身接茶一笑点头，回奏雍正道："臣弟先去见了十六哥传旨，十四哥已经迁居寿皇殿。他那里几次迁徙已经空空如也，怕寿皇殿那边家具日用物少，我倒关照内务府按贝子位置再给他添置些。阿其那已经几天没吃饭，躺在床上听旨，只笑了笑，一句话也没有。塞思黑接了旨，也谢了恩，神态很是倨傲，说：'皇上是至尊圣人，还会说错了我？说的都是，我还有什么话说呢？只请你这台面上的阿哥爷代奏。我如今万念俱灰，请允我削发出家。如果罪大难赦，我自请明正典刑，以塞国法。幽居困禁，像大哥那样疯疯傻傻招人可怜，还不如死了的好！"雍正听着，脸色又阴沉下来，握着茶碗盖的手指都捏得发白。又问："还有什么话？你只管说。"

允礼叹一口气，正容说道："别的话是没有了。臣弟从九贝勒府出来，遇到图里琛，说西山善扑营巡弋，拿住两个可疑人，自称是十二爷的门人。去十二爷府核对，府里没人能认得。行李里头夹带着两封信，一封是番文，一封是汉文，汉文的上头言语十分暧昧。请允禄辨认，说像是老九笔迹，番文的没人能识得，我都带来了，请皇上过目。"说着从袖子里抽出两份通封书简双手递给雍正。雍正先抽一封，却是那封番文信，勾画曲连如同天书，有点像清真寺里的波斯文，又有点像钦天监档案存书里的英吉利文，好像还揉着一行藏文，颠来倒去瞠目凝注，竟是一字不识。看那汉文信，却十分简单：

> 王无天地谨识：藉以盖世之气，拔山扛鼎之勇，百战皆胜而终困垓下。以诡道终输竖子，殆天亡之，非战之罪也。事机已失空帐无盖，毋作虎帐虞歌儿女子情长之态，以此颈血酬心而已。知名不具。

雍正呆了半晌，问道："捉到的送信人呢？招了没有？"允礼低沉地回道："内务府的人认出来了，一个叫毛太，一个叫佟宝。都是九——塞思黑府里的。臣即在内务府后衙严刑夹讯，两个人都招了，是塞思黑写给允禩的信。那封西洋字的信，他们也看不懂。说是允禵在西宁时，阿其那亲手造的，为通信息方便，和塞思黑、允禩各持一本译码。我又赶紧查阅他们的抄单，里头却没有这本译码。谁也弄不清信里到底说的什么了。"

雍正心里暗自思忖。此时再去搜抄这个译文本，十九要扑空，更会有人说自己残忍刻薄，即便译出来，说不定案子牵连得更难处置，思量着，冷笑一声道："他们的心思一点不难猜。都无非求死，让朕杀掉他们，落个暴君名声儿。引娣，就是你这当下人的在旁想想，还有半分兄弟情谊没有？"他冷冷地扫视一眼大殿，起身踱至案前，援笔在纸上疾书谕旨！

> 此二件发上书房、军机处及六部侍郎以上官员看。从来造作隐语，防人察觉，惟敌国为然。允禵前在西宁，未尝禁其书札往来。向至别造字体，暗藏密递，不可令人共见耶？至塞思黑寄允禵书"事机已失"，其言尤骇人，此其可以"阴微卑鄙"概之耶？尔诸大臣议之奏朕。

他刚放下笔，外头便听张廷玉的声气，似乎在问守门太监："皇上进膳了没有？进得可香？"便知几个人过来谢恩，头也不抬地说道："你们都进来吧。"

允礼忙也站起身来，却见鄂尔泰也跟着方苞等三人进来。五个大臣点头一会意，张廷玉等人又复行礼。雍正命众人坐了，吩咐引娣"赏茶"，说道："奇文可共赏。允礼带了塞思黑两封信，你们这些饱学大儒不妨开开眼！"

"皇上，"朱轼头一个看完了，递给张廷玉，在椅中一欠身说道，"事情是明摆着的。人人都晓得阿其那这几个人觊觎大位，二十年如一日锲而不舍。您就再多一点证据，也加增不了什么。如今每天接几十封奏章，不是弹劾，就是条陈，总无外乎怎么敷陈他们的大罪，建议如何处置。皇上——无论如何，这只是一件案子，它毕竟不是政务。朝廷的思路还是应该放在天下大事上……"张廷玉也道："塞思黑这案子不宜大张旗鼓。这其实是老案子里的新枝节。""他们摆着个死猪不怕开水烫的阵势，"方苞接口道，"就是要朝廷心里眼里盯着他们，顾不得办别的事，横了肠子和您死挺死顶，一句话，求乱，乱中再生事，新政也就耽误了。"

雍正听几个人曲划分析，不禁悚然而悟。仿佛要泄尽胸中郁火，他长长吐了一口气，冷笑道："朕也正在想这事，我们君臣可谓不谋而合。这样，由允祉允禄承办这案子，军机处别的人就不必专门过问了。军机处要督责各省新政推行，当作第一要务来办。鄂尔泰朕已有旨，叫他拿出云贵两广改土归流实施办法，然后分出主次一条一条地下旨叫地方去办。这当中有什么造梗阻的，你们随时商计报朕。春荒就要到了，山东、安徽、江西去岁有几处水灾的，前头已经有旨，从湖广调粮，催问一下调去了没有。菏泽县令奏上来一份报荒折子，他那里已经饿死了人，已经把粮库底子都翻尽了。施世纶在两湖任总督，他手里有的是粮，再特拨三万石去菏泽。除了人吃，还有种粮呢！饿死老子娘不动种子粮，这不是玩的！"他喝了一口水，猛地想起乔引娣是山西定襄人，又道："山西雁门关，定襄、五寨几处闹了雪灾。下廷寄给山西巡抚，亲自去看有没有断炊的，就地赈济，免去山西通省钱粮。"几个大臣互相看了一眼，山西雪灾并不大，只是压塌了几处民宅，倒是甘肃旱灾更吃紧，怎么特地关照？允禄赔笑道："山西巡抚鲁峰已经奏上来，晋北收成中平，晋东南是百年不遇的丰收，他们不缺粮。京师每年也要四百万石，年年都从江苏运来。所以军机处议了，从山西调拨一百万石，给松松担子，现今再免山西钱粮不合适。"张廷玉却摸透了雍正心思，笑道："十六爷说的是，奴才以为不必免山西通省钱粮，着他们加意抚慰受灾府县，务使百姓感沐皇恩就是了。"

允禄还要说话，一眼瞧见乔引娣执着银水瓶侍立在旁，顿时恍然大悟，一笑点头道："衡臣虑得比我周到。"

"河南乡试秀才罢考。"雍正盘膝坐得双腿发麻，下炕背抄着手来回踱着，一边思量一边说话，"看似是对田文镜，其实指的是官绅一体当差纳粮。是嘛，多少辈子老规矩，一人得道九族升天，大小是个缙绅就不当差不完粮，这么大甜头没了，有些人死也不甘。田文镜不能说没错儿，但有些正牌子科名出身的官儿不服他这杂途官，从中挑拨生事也是有的。方苞可以写信给田文镜，就说已经有旨命宝亲王亲赴河南。另外，李绂也奏田文镜苛捐杂税太多且蹂躏读书人。李绂也系朕的亲信大臣，不会哄弄朕的。你不要提李绂的名字，只说事儿，让他据实密折奏上来。有不是处朕自然指点他，不要叫外人笑了去。"雍正在殿门上舒展了一下身子，大约从允禩的案子里跳出来，回到日常政务上，他的心境陡然豁亮了许多，用久病初愈一样的目光凝望着万木复苏的畅春园。

时当三月季春头，正是四季中最宜人的时光。园中所有树木都已抽出嫩娇的芽箭，篱笆边的迎春花，像无数灿然发光的黄星星攒簇在一处，牵牛藤无声无息攀着斑驳的老墙已经爬到它的中间。无数不知名的小花在绿茵茵的绒草上星罗棋布，融融的艳日中引来了小蜜蜂。呢喃而语的紫燕在檐下穿来穿去，衔泥筑巢，发出唧唧的叫声……

……许久，雍正才从迷人的景色中回过神来。回身进殿看着几个大臣一笑，说道："今天议政不错。朕看这比兄弟们斗心思要快活得多。想想人生，光是斗心眼儿争名夺利，实在辜负了天，也实在没意思。朕想，就是阿其那他们，见这春光，也该彻悟点了。允䄉就在张家口，发允裪去保定由李绂管起来，允裪就在北京。都在北京容易无事生非，他们只要不再为非，朕也懒得难为他们了。"他眼中闪着柔和的光，顿了一下，又道："你们跪安吧。"

第二十一回　　妙手空空投诗报惊
　　　　　　天潢贵胄巡视粥棚

　　弘历奉到返京旨意，已是四月初三。此时推行新政的诏谕已经通天下皆知，南京城大街小巷到处张贴着两江总督和江苏巡抚会衔布告，解释新政。李卫不大识字，叫化子把式，把雍正的旨编成两份：一份原封装订成册发放各县各府学宫，由教谕、训导三天一讲，集中各地秀才听了，回乡再作宣讲。各知府、县令除了逢一考较举人秀才们领会圣意，逢五还要应付李卫和尹继善寄来的考卷。贴到大街上的，却不是上谕和廷寄的原文。李卫命令幕僚们把圣旨和廷寄文书，凡与新政有关的，都编成鼓儿词、道情、莲花落、加官词儿大量刻板印刷。各戏院开戏加官戏，茶肆酒楼说书卖唱的正文前加唱《颂皇恩》，甚至秦淮河上风月人家接客，也是每客一份免费赠送。江苏浙江两省真是连渔父樵夫也都对雍正新政家喻户晓人人皆知了。弘历住在夫子庙东的驿馆前，因为是南京最热闹的所在，总督衙门专设了一个灯棚，各色灯上也都是李卫手下的俚语作品，白天晚上招引看客，猜灯谜猜中了并没有彩头奖品，只发放一张彩票，凭彩票一张，回乡可在义仓支粮一升。连彩票背面也都印的宣传圣谕口号：

　　各位父老你是听，天子雨露恩情重。耗限本自民间取，中有余银应归公。文武吏员取养廉，廉官节用为百姓。赋者均来讼者平，白发黄童享太平……

　　而今大府设义仓，丰时积存欠度荒。富家好仁积阴骘，穷家得惠亦安康。簪缨富贵应慕义，虽是缙绅亦纳粮。应知吾皇远筹谋，为汝世世计平阳。

……如此种种不一而足，招惹得八僻四乡进城农人把个灯棚终日困得水泄不通密不透风。半个月前，弘历命人密采了这些彩票将样本直呈雍正，又写密折极力夸奖：

> 儿臣计之，以彩票一张兑米一升，发放一百万张计，仅付江南余粮一万石，而山野小民，僻壤穷乡皆得被沐皇恩，下愚黔首皆可体仰圣谕要旨。是又不可从区区万石之粮而计值矣。

今天在接到回京述职，并途访查田文镜被劾数事的旨意里，原折加朱批发还了他。仍是父皇雍正那笔极熟悉的端楷：

> 李卫公忠之声朕素知之，其聪明得之天性，人亦难学。已将尔之折誊发各省，可由其参照办理。天下事难以一概之，即如山东，今方赈灾，虽一万石粮亦筹措为难。长袖善舞，多财善贾，李卫是矣，然亦平日着意留心政务处也。
>
> 另，发邸报数份尔看。因尔即将离宁赴豫，途中多有不便，此几份邸报是尚未发出中省者。及尔至开封，可以接续阅读而无间滞也。

弘历又拿起随廷寄密封匣子交来的几份邸报，其实也没有重要内容。除了十八省行耗羡归公，推行官员养廉各处顺利的消息，醒目一点的是由礼部侍郎胡什礼亲自押送允禵赴保定，将"塞思黑"交李绂"严行看管"。李绂弹劾田文镜"五不可恕"的折子没有发原文，只刊登了一个标题。还有一件是阿尔泰将军的军情通报，说罗布藏丹增病死，罗之残余旧部已为策零阿拉布坦收留。准噶尔喀尔喀蒙古军队事权统归了策零，如今调动频繁。已经另有旨意给威远将军岳钟麒，命其戒备防范。还有两则，一则说杨名时已任礼部尚书之职，一则说孙嘉淦已由云贵观风使回任左都御史，即日启程回京云云。

他在书房中对照朱批参读这些邸报，原来有点忐忑的心放了下来。前些时"八爷党"大闹乾清宫，他这里急报一日多到五六件，对京师发出的事变他都了如指掌。李卫尹继善范时捷一干人每天过来请安，绕着弯弯儿打探内廷消息，弘历虽从容应付，但心里却也不踏实。起先担心廉亲王搅乱朝局，尔后又怕兴起大狱穷治允禩党。一切平静，又觉得自己久在外省，疑惑会不会有人在雍正跟前拨弄是非。这道密谕和邸报，所指示的事情大小无所谓，重要的是雍正更加信赖自己，为使自己不间断地掌握各省及边境全局，竟亲自将未发出去的邸报样本寄来。弘历不由得佩服父皇的心细如发，也隐隐意识到弘时在京政务措置有不合皇帝心意之处。因此，放下廷寄文书，弘历心中已经完全释然。却见堂房外从二门进来四个长随打扮的汉子，也不进屋来，就阶前天井里一字排开，肥肥地喝一声"喏"，禀道："四王爷，奴才邢建业、邢建敏、邢建忠、邢建义陪主子练招儿了！"

这邢家四兄弟原是山东人，从前明万历间，祖传七辈的捕快世家，父亲邢连珠年老休致派自己的四个儿子出册到李卫处奔走。为考较邢家子弟武艺能耐，李卫特调了他们先到南京总督衙门听用，恰弘历每逢单日练武，便指定他四人陪练。弘历见他们到，随即脱去外身套的袍褂，内里月白长衫上只套了一件玫瑰紫巴图鲁坎肩，又换了一双灯芯绒皂靴，将袍角掩在腰带里，一手提了根齐眉棍步出堂前，笑道："今儿恐怕是最后一次练把式了，我就要回北京，明儿起三天里头分别接见南京官员，就没空玩儿了——今儿怎么练？"

"凭爷吩咐！"邢建业叉手说道。

"你们拳脚已经领教过了。"弘历微笑道，"今儿换个花样。今儿我练棒，你们一个一个上，谁能夺下我手上这根棒，赏二十两银子！"弘历说着，从靴页子里抽出一张银票放在窗前台阶上，用石头压住了。过来支个门户，单手抡棒一招满天撒网，身子滴溜溜连旋十几个圈子，一手"举火烧天"，一手攥棒成秦皇负剑式，顿时满院生风。

四兄弟见他如此潇洒利落一个起手，不禁鼓掌，高声齐发一声彩："好！"

那弘历舞得一发起兴，一根棒在手里勾、挑、拈、搭、撬、绰、崩、刺……灯草般轻巧，时而支棒如轴，通身飞旋空中连环踢腿；时而进步连跃，双手倒舞得那棒如风车般，纵跳飞踢还夹着拳脚，连天井旁的花草都被棒风带得如风催动。这四个兄弟一时都没有出手，站在旁边细观顷刻，已经看出，弘历的棒法出自内廷，虽受过大内侍卫高手指点，但犯了"宫病"。尽自舞得密不透风，却只是个好看，四个人都觉得夺掉他手中这根柞木棒不是难事。但又虑他是当今"太子"，任性自负，扫了面子可怎么好？邢建业正在寻思办法，老四邢建义一个欺身已经进场，大叫："四爷，得罪了！"在弘历的棒影中纵跃环跳，瞧准了弘历下盘不稳，飞足横踢弘历后腿。弘历急忙支着棒一个鱼飞，身子悬在半空，谁知建义却是虚招，左腿弓步，右足收势猛地一勾，弘历下头失了支撑，已经落地。建义眼见他要摔个马爬，将左手一拦，托住弘历，弘历一怔间，手中的棒已被邢建义右手震飞出三丈高许。那棒飘飘地落入邢建义手中。弘历笑着退了一步，说道："不用再比了，连你都夺了去，何况你哥哥？真好身法，我的棒舞起来连水都泼不进来，你怎么进了场的？大内高手也没这个本事。"

"大内侍卫是让着王爷的。"邢建义笑嘻嘻说道，"天下棒法没有一样天衣无缝的，他专向您舞得密的地方泼水，自然就泼不进去。小人欠了人家赌银二十两，爷这张龙头银票太叫人眼热了，因此放肆了！"弘历不禁大笑，说道："原来如此！你赌输了银子红了眼？好好好！这么实诚，你主子当得帮你填还！"一边说，一边回头取那张银票时，不禁吃了一惊：原来台阶上好端端压在石头下的彩物已不翼而飞，不知被谁换成了一张薛涛笺，点点渍渍的似乎还有字！弘历小心得像怕被烫伤似的取出纸条，脸上犹带着凝固的笑容，抖着手指展开了看，纸上写着一首诗：

> 矜在勤政载功还，忍听旧歌鹊鸰原。妙手空空谨相告，北去途中防凋残！

细看时是自己素常用的笺纸，墨迹潮润触指即染，显然是刚刚写的。光天化日之下，又在戒备森严的钦差王邸，当着几个武林高手，这贼竟从容入书房题诗，寂然换银票，来无迹，去无踪，不但胆大到了极处，本领也令人匪夷所思。

邢家兄弟一愣，立即知道出了什么事，邢建业和邢建敏抢上几步一前一后护住了弘历，建忠建义呼啸一声飞身上房，两个人在房背上手搭凉棚四下眺望，但见青堂瓦舍接陌连阡，曲巷小街千回百折，时而传来小孩子叽叽嘎嘎的笑声，院内院外一片春光景象，太平世界，哪得见个贼影子？四兄弟又搜了弘历的书房，才请惊魂初定的弘历进去。见弘历呆呆地爽然若有所失，四个人都觉讪讪地。邢建业低着头赤红暴脸说道："惊了爷的驾了，都是小的们无能，也真不防南京还有这样的飞贼！"

"也许是这驿站里有江湖上卧底的人所为。"弘历见他们羞得无地自容，反过来替他们圆场道，"再说，你们都盯着我和建义过手，没有留神。别这么垂头丧气的死了老子娘似的，这是一百两银子，爷照样还赏你们！"说着又递一张银票过去，四个人哪里敢接？正没做理会处，门阃上进来人报说："两江总督李卫、江南布政使范时捷来拜。"弘历将银票向邢建业手中一塞，立起身来说道："叫进来吧。"

须臾，便见李卫穿着一件宽大的九蟒五爪袍子，外边套了件锦鸡补服慢慢摆着方步进来。他久病方愈，一直犯着痰喘，瘦得像麻秆，空荡荡地挑着衣服。身后的范时捷却敦实得石碴似的，吃得红光满面，走一步脸上横肉乱颤。随后还有两个侍女丫头和一个老婆子默默跟着，过了二门便沿墙垂手站住。李卫朝她们一摆手，说道："你们先在这听使唤。"转身朝迎出来的弘历打下千儿去，说道："奴才李卫、范时捷给主子请安！"便和范时捷一同磕下头去。

"好好！起来！"弘历在阶上双手虚扶了一下，一边让二人进屋，一边笑问，"继善呢？我原想他也必定来的，怎么就你二位？"又看看李卫脸色，说道："你脸色仍旧苍白，精神好多了。我请杨名时给你弄二斤上好银耳，他回信说已经回京，已请云南布政使江韵洲代办，这几天就能送到。那东西叫翠儿配上冰糖熬化了，随时进补，于身子最有益的。""亏得主子惦记着了。"李卫赔笑道，"银耳今儿上午驿传来过，老江还专门附了信说是主子的恩典。尹继善这会子来不了，清江口那里去年黄河淤沙，堵漕运，今春要补运二百石粮到直隶山东。黄河菜花汛就过来，不及早清理就误了大事。继善正召集河道衙门的人议事，还有尖山坝工程，春化土松，要调民工修筑——这些都是肥缺，要用最清廉的人，也得巡抚操心。我跟他讲：'你要弄些个河南操娘的黄振国那样的东西去治河筑坝，今秋江苏境江西境出一处纰漏，或决溃了，老子也就顾不得几十年脸面交情，非弹劾得你七窍生烟不可。银子，如今耗羡归公，有的是。你派的那些河工官儿敢黑我这点新政钱，我非请王命旗牌斩他不可！'继善这人我一百个放心，不过丑话在前，图个顺利不是：——晚间我设水酒一杯给四爷饯行，继善必定来的。"

范时捷是个安静不住的，一边听李卫说话，一边东顾西盼，笑道："继善也为这个忙，尹泰老相公在北京来信，大太太晋封了一品诰命，叫他写诗纪庆。他母亲又是五十大寿，他得采办寿礼。跟我说，想请四爷顺道儿带回北京，又说，既不能张扬，又不能叫母亲寒心。我说：'你这事叫四爷难办。四爷是天上人，能背着尹老相公帮你给母亲塞体己？你这不是闹笑话！亏了你还是个大学问的探花郎！'……"他夹七夹八一顿说，弘历如堕五里雾中，李卫忙赔笑道："继善公的母亲是小娘，自然不得与封诰命……尹泰老相公的正室妒忌得很，尹泰又是老古板，到如今继善这么大官，母亲在家还是青衣荆钗，站着侍候老爷子太太。这事继善没处说，只有自己苦罢了……"

弘历听了不禁点头叹息。李卫转了话题问道："爷的随从奴才们呢？爷在这边和邢家兄弟练功夫，他们都不在跟前侍候？"弘历笑道："你李卫是天下治盗第一能吏，我还有什么不放心的？因这两天就要走，我打发他们到街上买图书。皇上仍旧是内热，我已经写信给黑龙江将军，叫他捉活熊送北京取胆，我从这边带点真牛黄回去。还有我母亲，也要带点东西，其余的人都在后院打裹行李。但看来你这里还不能夜不闭户啊，大白天的，几个人眼皮子底下竟有飞贼偷我的银子！"说着便将那张字递给李卫。

"是么？！"李卫吃了一惊，双手接过纸笺看看，有一半字不认得，便递给范时捷道，"老范，娘希匹这贼也太不给面子，总是我不知什么时候说了满话，到四爷这儿来出我的丑。你是识字人，给咱念念！"范时捷又是吃惊又是好笑，读了诗，说道："这贼不像有歹意，提醒四爷路上小心些。他这么显摆能耐，有意为朝廷效劳也未可知。""格老子的！"李卫咬牙笑骂道，"这都是甘凤池一干人弄的，撒英雄帖在南京会筵，招惹得外省这些不三不四的蟊贼来捣蛋！黑嬷嬷陪端木良庸回去完婚去了，原打算请他们顺道护送四爷，如今看起来只有奴才亲自送您回去了。"又指着二门前站着的几个仆妇说道："这是黑嬷嬷家的几个亲戚，她老了，叫家里人来侍候端木。端木他们回山东，我留下了这几个人，这几个丫头吹拉弹唱都能来一手。路上侍候四爷，到底比男人粗手大脚的好。"范时捷笑嘻嘻地看着邢家兄弟道："怎么样，不吹嘘'打遍山东无敌手'了？这回现眼，等着挨你家老爷子的家法板子吧！"李卫便招手叫丫头们进来。

弘历见四个人臊得满面涨红，忙止住了范时捷说话，道："当时我们全神贯注练功夫，是大意了，何必责之过深呢？我回京，还由他们护送，李卫你放心，这贼绝不是冲我的命来的。你也甭亲自送，为一张小小帖子这么闹起来，不怕人笑话你少主子？"因见那个中年妇人带着四个丫头已款款进屋，便不再言语，留神打量时，那中年妇人约可四十岁上下，巴巴髻上插着象牙簪，容长脸儿高鼻梁，一望可知当年也是美人胎子。但两个女子形容都还小，只在十五六岁年纪，都是放了足的，一色撒花葱绿裤，鹅黄滚边绣花衫，容貌并不很俊，但齐站一处，犹如并蒂两枝黄花亭亭玉立，别有一番风致。弘历年少才高风流倜傥，只因是钦差大臣在外，有关物议，身边不便携红带绿，整日只有几个汉子伏侍，见她们风致楚楚腼然赧颜站在书房里，顿觉精神一爽，把玩着手中折扇笑问："你们叫什么名字？"

中年妇人出前福了一福，说道："小妇人姓温，温刘氏。主子叫我温刘氏就成。"又指着两个女孩子说道："这两个孩子是两胎双生，都是小妇人的女儿。眉心有朱砂痣的是姐姐，主子给他起名儿嫣红，这个是妹妹，叫英英。"

"主子？"

"哦，就是黑嬷嬷，"温刘氏说道，"嬷嬷本家姓方。永乐靖难年间就败了，我们家那时就是方家的世仆。端木家是因为收养方家子孙有恩，方家才认了恩亲，对外头说是主仆，其实不当奴才使的。倒是我们温家，是地道的低门头儿。"

她没说完，弘历已经明白其中的瓜葛，想不到李卫整日夸说武林里的端木和黑嬷嬷两个家族竟这么久远的渊源！思量着笑道："既是方家，又是靖难时败的，一定是方孝孺了，忠臣烈士之后，相扶相携三百余年，这也算一段佳话呢！"说着便取杯要吃茶，温刘氏不待吩咐忙从茶吊子上摘下壶，嫣红撮茶，小心沏了三杯用盘子端了过来，英英将壶中热水倒了面盆中，又续了凉水，把搭绳上毛巾浸了三块，趁热拧出来，三个刚饮了两口，噙香品味间，热毛巾已送了上来。弘历不禁笑道："屋里的伏侍差事，还是要女人。我带的几个男仆，忠心也尽有的，一到这些事上都活似傻子。"见李范二人笑道起身要告辞，弘历忙又道："别忙着走，我还有点事。天也好早晚的了，待会儿我还要去看看李卫设的粥场。晚间你不是还要请我么？就便儿一同就去了。"

"是！"

范时捷和李卫对视一眼，又坐了下来。弘历从书架上取下一个镀金木匣子，用手一揿机关，"啪"地打开了，取出一封黄绫封面的折子。二人一眼瞧见是雍正常常批复用的请安折子，忙站起身来。李卫便问："皇上有密谕么？"弘历点点头，把折子交给范时捷道："给李卫读读。"范时捷一眼瞧见是皇帝手迹，忙打一躬，恭恭敬敬读道：

> 十八日折悉。朕近日身心皆有所不安，时时身觉灼热，头亦眩晕如有鬼神。可留心访问，有内外科好医生与深达修养性命之人，或道士或讲道之儒士、俗家。倘遇缘访得时必委曲开导，令其乐从方好，不可迫之以势。厚赠以安其家，一面奏闻一面着人伏侍送至京城，朕有用处。竭力代朕访求之，不必予有疑难之怀。你荐送非人，朕亦不怪也，朕自有试用之道。如有闻他省之人可达，将姓名来历密奏以闻，朕再传谕该省督抚访查。不可视为具文从事。可留神博问广访，以副朕意。慎密慎密。

李卫和范时捷不禁惊然。看那日期，是去年十月二十五日的，在此之前他们不知上过多少请安折子，一概都批的"朕安，勿念"。"办好尔之差事，胜于良药奉朕"之类的话头，想不到另外给弘历的是这样的旨意，意似迫不及待地在寻卜问医！

"我们边走边谈。"弘历一笑，收回折子，因见后头一个老苍头拍打着满身灰土过来，便叫进来，说道："老刘头，这三个是新进来侍候书房笔墨的，就在这书房隔壁收拾出一间来她们住。两个女孩子还小，告诉家人不可委屈了她们。"又对嫣红、英英笑道："既来之则安之，凡事不必见外，缺什么管老刘头要。我要出去到李大人府上，把墨给我磨好，回来我写字用。架上的书乱，我自己心里有数，你们不要整理。"说着便和李卫一同出来。邢家兄弟互相使个眼色便都随后跟了。

范时捷边走边道："四爷，您是便服，我们这身打扮跟着，不相宜，可否容我们回去更衣再跟着侍候？"李卫笑嘻嘻说道："我轿里随时都有各色衣服备用。范大舅子，想当叫花子还是风月楼上的王八头儿，我立时打扮得你鱼目混珠！"范时捷是李卫骂惯了的，笑道："又玠你要当小叫花儿，我就扮老叫化。你要扮小王八牵马儿，我就扮个老王八！"二人斗口，引得弘历在旁笑不可遏。一时二人从李卫官轿里出来，李卫头戴黑缎子六合一统瓜皮帽，黑缎褂子，腰里悬着槟榔荷包，瘦脸上还挂了副墨镜，活脱一个师爷。范时捷却顶了灰毡帽，灰府绸袍子外套青布褂子——却是管家模样。三人相视，不禁哈哈大笑，出了驿馆也不走大路，趱一个胡同从小巷里蹿出来，迤逦向东北——李卫为穷民专设的粥场就设在离粮库不远的玄武湖畔。

四月江南已是花谢树绿，从驿站趱北而行其实已是南京市郊，但见黄土便道两边杨柳婆娑，暖风宜人，不断头的菜花在西下的斜阳里漾荡有姿，间或有菜田，栽种着茄秧、青椒秧、小葱、水萝卜、黄瓜、菜豆、青笋等菜蔬，青翠欲淌。小孩子们在浇菜的水渠边，有的扑蝴蝶，有的捉虫子，有的在戏水玩耍，间或有滑落在水里的，被岸上一群总角小子抛泥撒沙，打着水仗，有哭的有笑的有闹的有骂的，有大人拉着泥猴一样的儿子打屁股的……一派农家田园风光。三个终日昏头昏脑钻在公事丛中角逐名利的亲贵大员，都觉耳目为之一新。弘历一边漫步走着，问李卫道："你怎么会想起设义仓设粥场呢？皇上几次跟我夸奖这事。说几时天下督抚都办起这个善举，治化极盛也就快到了。大抵太平日久，地土容易兼并，总归富的少贫的多，即使太平，也不免有水旱蝗灾，历来革命都是雄杰奸狡乘了这个'机'。从长远说，这真是庙堂百姓二者兼顾的好法子。"

"我没有皇上想那么远那么深。"李卫手里拿着一根草节儿，一点一点掐着在嘴里嚼，"我只晓得人饿急了什么滋味——看见吃的就想抢，看见有钱人就想打！我一个婶子，丈夫死了十年，守节不嫁，一场蝗灾过去，庄稼吃得像割过一样。她就卖花儿了①——她还要养活儿子呀！"他沉默着，

---

① 即卖淫。

不再言语了。范时捷点头叹道："这是真的。我在芜湖盐道，见过刘二饥民暴动，就为一斤粮没给足分量，那个刘二卖柴从那儿过，一扁担打得米店老板四脚朝天。几百饥民乘机抢米，烧店铺，抢银号，连不是饥民的也卷进去，逢大户人的门就砸，抢粮杀人奸污妇女……费了多大事才镇压下去。杀刘二是我当监斩官，外头设酒祭奠他的有几十桌，我只睁眼闭眼，不敢触这众怒，还亲自过去敬了他一碗酒这才行刑。四爷，你要身临其境就知道了，那真是一触即发，一发就不可收拾！"弘历幽幽望着远处，大约阳光下的油菜田太刺眼，略为眯缝的眼睑中瞳仁闪着光，他舔了舔嘴唇，想说什么又咽了回去。李卫眼见前面乌沉沉一片高房，四周的墙边站着岗哨，用手一指道："这就是江南粮库，过了粮库就是玄武湖，施粥场就设在湖边。"弘历问道："为什么设在这里呢？"

"那边有个破落了的五通庙，能遮个风雨。"李卫说道，"靠湖边有水，洗洗涮涮干净些，病也就少了。离粮库近，取粮方便——城里头我不许有讨饭的，外头要安置周到才不易生事。"

三个人边说边走，果然转过粮库，便见浩渺的玄武湖清波涟涌。湖南岸西侧一座大庙甚是雄伟，只年久失修，看去灰蒙蒙的。庙东一边空场，似乎是昔年过庙会的场地，空场东边一排芦席搭成棚子，旁边垛着绊子柴，棚后六个烟筒炊烟带着火星哔剥声直冲而起，轰轰直响。因快到饭时，空场上已集了上千的饥民，似排队又似散乱地站成六路，一个个破衣烂衫蓬头垢面，手里的碗敲得山响，不耐烦地等着开棚舍饭。人群中不时发出争吵声，粗野的骂声，女人奶着孩子哼儿歌声，还有小孩子挨打尖叫哭声，也不时夹杂着莫名其妙的哄笑声，乱嘈之极。范时捷一眼瞧见粮库账房的一个书吏正忙着指挥人从车上卸米，却不知姓名，"哎——"地喊了一声道："你，喂，愣你妈什么，叫的就是你——过来，有问你的话！"

"是范大人呐！"那吏目觑着眼盯了半日才认出来，颠着屁股跑过来，给范时捷打千儿道，"小的殷贵给方伯大人请安！"立起来用疑惑的目光打量着弘历和李卫，满脸堆笑，说道："您老人家怎么有工夫到这儿来啦？怪肮脏的，连个坐处也没……"范时捷不理会他啰唣，问道："在这趁粮的有多少人？"

"不一等，多的时候三四千。今儿人少，一千五百人吧。"

"按人头分发，一人摊多少粮食？"

"三两。"

"带孩子女人呢？"

"回大人，按人头算。"殷贵笑道，"孩子也一样。饭前发竹签子，一个签子一份儿，省了争吵。"

弘历在旁插嘴问道："都是本省的？外省人多不多？"殷贵瞟了一眼弘历，忙低头道："回大人，本省十停里占不到一停。李督爷有宪命，凡本省饥民给粮回乡。各县地方上还有度荒粮，这里的本省饥民多是家里没有地的。你打发他回去，他依旧来了。"

弘历不禁一笑，又问道："哪个省来这里讨饭的最多？"殷贵毫不犹豫地回道："河南。不但多，且都是一窝儿一窝儿。有的一家子三代，有的独个来了又去了，叫一群来，最下作了——你少给他盛一点，日爹骂娘地乱叫。窝子狗似的，吃定了我们江南了！"他脸上带着鄙夷睃了一眼吵吵叫叫的人们，忽又叹息道："也难怪他们，那边说叫'垦荒'，有的县巴结田中丞，报数儿越多越升官，里保甲长们撵着人放荒熟田开生田，一个不对就拆房子撵人，开出荒来种不出庄稼，原来的地也耽搁了。"范时捷见弘历脸色阴沉，只是沉吟不语，便笑道："咱们棚里看看吧？"于是殷贵导引，三个人漫步来到棚前。只见六个棚面西坐东，一字排开六口大杀猪锅，都是满满的粥。棚里垛着米袋，摊有守夜的床铺，锅沿放着几把大勺子，几个火工脱得只剩一件单衫满头油汗手握长柄勺子翻搅那米。弘历用勺子舀起翻花大滚的粥，看那颜色似灰似红，凑到鼻子近嗅嗅。微微带着股霉味，不禁皱皱眉头，问李卫："吃得饱么？"

"吃饱是差不多，这东西不顶饥，几泡尿就饿了。"李卫不禁一笑，"也不能吃饱了，也不让他饿死，这是我的宗旨。"弘历轻声叹息一声放下勺子出棚，沿着场边向西踅去。李卫这个话他在山东赈灾，听山东巡抚也讲过。舍粥是为救荒救命，不能叫灾民吃得比在家种地还强，也不能让他们饿得砸了粥棚，这里头的分寸难为了地方官。李卫和范时捷早已赶了上来，见他恍恍惚惚往西走，范时捷忙道："主子，那边是五通庙，里头住的都是这些人，没什么看头。"

弘历似乎没有听见，加快了步子来到庙前。由于快到开饭时，这边庙里几乎已没什么人，只有几个衣衫褴褛的老婆子披着破袄，偎在门洞角晒太阳。弘历抬头看时，果见庙前一块破匾，上写"五通神祠"四个泥金大字，"祠"字已经剥掉半边。楹上对联还算完整：

有灵有神辉光照八方祐国而裕民，如应如响血食临万众祸淫且福善。

下边题签已经漫漶不清。李卫在旁解说道："这祠堂红极一时。康熙初年每年都要一对童男童女灌了水银活祭呢！汤斌任南京知府，扒了神像一火烧了，撵走住持道士，说如果有祸我一身当之。汤文正公不但没事，还升了官。去年有两个洋和尚，说是法兰西的，看中了这块地皮，要建教堂，和我打了几次嘴皮。我说建庙，成！不过要建就建孔庙，或者佛寺，我不晓得你那个什么鸟耶苏孙苏的，他们也就罢了。"弘历点点头，说道："往后逢这种事要上奏。这外来的人弄的名堂我们不清楚，小心着了他们道儿——"还要往下说时，便听粥棚那边"当当当"一阵敲钟声，人们炸了窝似的欢呼"开棚了，开棚了！"锅碗瓢盆人挤马撞响成一片。弘历刚一回头，这边庙里却传出一阵撕心裂肺的叫骂声，却是河南女人的声口：

"你个杀千刀的！堂堂六尺个大男人，老婆儿子都养活不了！吃舍饭，裤子烂得遮不住蛋，还要和人赌钱……啊啦……要去你自卖自身，我这么小个丫头送出去，还有她的活命？……"

第二十二回　仁义皇子挫强救弱
　　　　　　诰命夫人闲说邪教

弘历几个人一愣，接着便听几个孩子"哇"的一声齐哭乱叫，一个壮汉子一手将一个十二三岁的女孩子挟在腰间从庙里出来，随后一个女人披头散发疯子一样追出来，一男一女两个孩子跟在后头"爸妈"乱叫。女人叫："你过你的，我过我的，咱们一刀两断！你把小丫给我放下！你个不要脸没囊气的男人啊……"那男人回身抡圆巴掌"啪"地打了女人个满脸花，跺脚怒喝："贱人！叫你撺！我不写休书，你一辈子是王家人！"那女人毫不畏惧，扑上去死死搂住已经哭哑了嗓子的女儿，扬脸骂道："我贱？你贵么？撒泡尿照照你那鳖孙样儿！我死也不叫你卖我的闺女，你给我放下，放下，放下！——我日你王老五八辈祖宗了……呜……这日子可怎么过呀……"她一转眼见弘历和李范三个站在门口，丢了孩子趴跪过来，磕头如捣蒜，哭道："你们老爷行善积德，放过我这闺女……死鬼男人争了你们亏欠，叫他去给你们当长工抵债。我这闺女才十三岁，她不会侍候人。你那个春香楼不是女孩去的地方儿……你们行行好……必定公侯万代！"那女孩见父亲发愣，一溜挣脱了身子，和弟弟妹妹一齐扑到女人身边，娘母子四人一顿抱头大哭。

弘历被这凄惨的生离死别先是惊呆了，此时才想到她把自己错认成买人的。看看三个孩子，都不到总角年纪，死死抱住母亲，用惊恐的目光盯着自己，他的心好像从老高老高的地方一下子跌落下来。弘历正要说话，身后一个人格格笑道："你求错主儿了。买主在这儿呢！"李卫范时捷都在全神贯注看这边，猛回头，见一个瘦高个儿站在旗杆石础边，旁边还有三四个街混儿打扮的人挤眉弄眼地嗑瓜子儿。王老五见他们来，憨憨地过来鞠了一躬，说道："蔡五爷，你瞅我屋里的，她不情愿……孩子也忒小，不懂事也不会侍候人。算我输了我自己，给你家打三年长工，顶了那七两银的赌债，成么？"他说道，自己却落下了泪。

"我们开堂子的，又不发佃田，叫什么长工呢？"那蔡五爷嗫着牙花子，瞟了弘历几个人一眼，手托着下巴故作为难地说道，"说实在的，这么小不丁点的孩子到我们那，现今也派不上用场。瞧你这家子这样，我心里也怪不忍的。"

弘历没想到他说出这话，打量那蔡五爷时，只见他白白胖胖一张小圆脸，五官倒也齐整，只左颊上蚕豆大一块黑痣长着三寸长的毛，猪鬃似的，好端端带出了破相。弘历心中不禁暗自嗟讶：行院里也有善心人呢！正想走开，却见蔡五爷走到那女人跟前，一手托起她下巴，笑着对几个街混儿道："你们瞧哎！我们五嫂人泼辣，模样长得可俊！别看脸黄，那是饿的了。到我那儿三个月不出，准调教出个老西施给你们看！"几个街混儿一阵哄笑，七嘴八舌道：

"是嘛，还是蔡爷眼里有水！这婆娘是脸上抹了锅灰，皂角香胰子咯吱咯吱洗出来，比蔡五爷跟前的三娘子还标致呢！"

"怪不得押宝时王老五舍不得呢！"

"喂，老五，拿堂客换了你闺女吧！"

"五嫂，跟蔡五爷去畅心楼享福吧，你这么一枝鲜花，干吗守着这堆牛粪呢？蔡爷家烧火丫头也比你这日子排场些！"

"就是的。"蔡五爷格格一笑，转身对王老五道，"拿你老婆抵债，只在我那侍候三个月我就还你。"他俯身又端详一下低头不语的王五嫂，啧啧叹道："真是个美人胎子，老五好有艳福啊！"

站在旁边的范时捷早已看不下去，跨了一步正要说话，李卫在旁轻轻拽拽他衣角，向弘历努努嘴，小声道："瞧着四爷的。"范时捷看弘历时，已是阴了脸，一手摇着扇子，咬牙冷笑着一言不发。蔡五爷用眼瞟了一下弘历几个，又劝王老五："你别迟疑，我准好好待她，还你的时候身上少了一件，我赔你！"

"好蔡爷哩，您高抬贵手我就过去了。"王老五拙讷地红着脸，"我是正经种地人家，她也是好人家——欠你七两银子，我死活挣命，半年给你挣出来，成么？挣不出来，我……我……""你说的比唱的还好听，你这'家'一拍屁股就远走高飞了，我寻李制台为你下海捕文书拿你？赌场上头无父子，我抬的什么手?”蔡五爷色眯眯地看着王五娘，嬉笑道：“自古笑贫不笑娼，害哪门子臊呢?何况我也不是天长地久霸着五嫂不放，侍候几个月，她照旧回来了。说实在的，我也怕家里那只母夜叉欺侮五嫂呢!”旁边一个街混儿见那女人只是捂着脸哭，小声对蔡五爷道：“五爷，待会儿这些吃舍饭的外省侉子们回来，要招麻烦的。”

一语提醒了蔡五爷，这里不是人市，是饥民聚集的舍饭场，饥民们吃饭回来，激起公愤不是耍的。他顿时翻转面皮，冷笑道：“好，好！你有本事赌，就有本事担待！我不要你这臭女人了，拉上他这丫头，走——我看是谁敢拦?!”他横了弘历一眼，吸了吸鼻子别转了脸。几个街混儿步喝一声，捋袖挽臂地扑上来，不由分说连撕带拽，从王五嫂怀里拉出哭得声嘶气嘎的女孩子拖起便走。那女人已全然无力再追，仰天躺卧着只是嘶声大哭：“老天爷！你就睁眼瞧瞧吧……我的娇儿啊……王老五，你个不要脸的，卖我的闺女……”蔡五爷哼地冷笑一声说道：“想要闺女你来换，多会儿想通多会儿来——我铺好床等你！——走!”几个人咋呼吆喝着便走。

“慢!”

弘历终于忍不住了，将手中折扇一合，大声说道：“他不就该你七两银子么?我代他还了你。人留下!”几个街混儿看看三个人打扮，虽不奢华，却也并不寒酸，弘历潇洒的气度黑瞋瞋的瞳仁中闪着光，不怒自威的气势更使他们心慑。一愣间，那女孩子已经挣脱了，扑身跃回母亲怀抱。蔡五爷转过脸，上下打量一眼弘历，说道：“外乡人，要知道这里是金陵城！他欠的是人债，不是钱债。人，已经是我的了。”

“就算是你的，我买下了!”

“成，七十两银子给你。”

弘历一张清秀的脸拧歪了，血一下子全涌到脸上，额头的青筋突突直跳。李卫自小侍候这个少主子，从来没见他暴怒起来这副模样，下意识地竟打了个寒战，看四周时，见邢家四兄弟正慢慢凑过来，才略觉放心。弘历狞笑着说了，向袖子里摸银票，才知道没带，范时捷忙从靴页子里抽出一张银票递上去，说道：“四爷，这是一张一百两的。”蔡五爷没想到弘历肯出十倍的价来争，倒是一怔，刁声一笑，说道：“我不卖了!”

“卖，由不得你；不卖，恐怕也由不得你。”李卫在旁冷冷说道，“这个女孩子本主是王老五，不是你姓蔡的。金陵三尺王法之地，想不到有你这样的恶霸，抢买子女为娼，当众调戏妇女，你活够了么？"范时捷曾做过一任顺天府尹，于《大清律》更是熟稔，接口便道："赌债律不追索，欠了你就欠了你的，连王老五也不必还这笔债。你这贼王八忒煞大胆，光天化日之下就敢如此作恶！"

蔡五爷横着眼盯着几个半路杀出来的程咬金，嘿地一笑，说道："你们像是咱们城哪个衙门里的，想着我蔡云程不过是个开行院的。是吧？告诉你们，就是李制台在这，也干预不了在下这点事情！这是北京万岁爷驾前三贝勒爷的差使，要买几个女孩子，教司出来送进去，大内里使唤的！他欠的债，情愿以女抵债。怎么，你们敢挡横儿？"李卫和范时捷原以为姓蔡的不过是个娼院掌柜，没想到后头竟连带着弘时，不禁都是一怔，都把目光射向弘历。弘历目光一跳，他也觉得有些意外，随即一声冷笑，却高傲地昂起了头不言声。李卫眼见邢家四兄弟过来，断喝一声：

"拿了！"

"喳！"

邢建业、邢建敏、邢建忠、邢建义四人齐应一声，转身便扑向蔡云程。几个街混儿吓得掉头便逃，被邢建义、邢建忠两个赶上，一顿拳脚打得鬼哭狼嚎，齐跪了李卫面前，捣蒜价磕头告饶："不干我们的事，不过希图吃蔡五——蔡云程几个酒钱，跟着凑个热闹……好爷们哩，别和我们这些下三滥们一个见识儿，污了爷们的手脚……"那蔡云程被邢建敏反拧胳膊擒了，仍是一脸不服气，棱着眼问："你们哪个衙门的？防备你头上的顶子！我们三爷如今是万岁爷身边第一人，就是张中堂、鄂中堂也得瞧我们爷的！只怕你上绳容易松绑难！"

"放屁，掌他的嘴！"弘历突然怒喝一声，"叫他冒充皇阿哥府里的人！"

邢建义在兄弟中性情最是暴躁，答应一声，"啪"的一个耳光，那蔡云程一只耳朵已是聋了，口中兀自不停地骂："好，好！打得爷好！你这个小白脸——我操你十八辈……"邢建义见他口中出荤，哪里容得他再骂，左右开弓，噼里啪啦打得不分个儿，蔡云程口中泛着血沫，呜呜噜噜也不知骂些什么。那王氏恨极了他，就地下车辙窝里挖出一把又腥又臊的湿泥，一纵身上去就糊了个满嘴满鼻子，顺手猛地就揪下了蔡云程脸上那一绺毛。

蔡云程一个鲤鱼挺，疼得大叫一声，已是晕厥过去。

"打！使劲打！"弘历犹自气咻咻来回踱步，"别怕他装死！"

李卫此时才猛醒过来：弘历是想要他的命——因为既不能审，也不宜断——他也生了这个念头。只是此时吃过舍饭的饥民已经陆续回庙，站了一大群听王老五一家子哭诉，因乘人不留意，拉拉邢建业的衣角，轻声道："去，弄死他！"邢建业会意，大步走上前，用脚踢了踢软得面条似的蔡云程，一脚踩在他胸口暗暗使劲，笑道："这块臭肉，也配给三贝勒爷当差？真辱没煞人！"那蔡云程遭此暗算，吐着血沫长吁一口气，腿一伸，已是鸣呼哀哉，此时早已惊动粥棚那边的兵丁，都飞也似赶过来瞧，见是主官范时捷在场，没人敢过来问。范时捷此时也舒了口气，叫过殷贵，吩咐道："这个家伙抢劫民女，叫李制台撞上了。当场打死大快人心——你去禀一声南京知府衙门备案。这个臭尸快移化人场烧掉。春荒季里闹起瘟病不是玩的。"弘历却似不留心他们说话，漫步往回走着，对李卫道："叫那个王老五一块到那边粥棚，我还有话问他们。"

"是！"

李卫恭恭敬敬回了一声，转脸又吩咐了几句，和范时捷快步赶上弘历，迤逦来到粥棚。那些棚丁们此时都知道这个少年身份了得，搬凳子绰桌子，沏茶倒水，颠得屁滚尿流，好一阵总算停当，就尽南边棚里安顿了弘历李卫三人，都退得远远地听招呼。王老五一家五口已是拖泥带水的来了，进来一排齐儿跪下。

"你这个甚是不争气，不及你婆娘多了！"弘历轻轻吁一口气，端起茶来呷了一口，皱皱眉又放下了碗，"赌钱，已是触了刑律，卖子，更不是做父亲的勾当。"

"老爷……老爷说的是……小人也是穷极了，想回乡，没奈何的……"王老五满眼是泪，结结巴巴连磕头带说，"老爷的大恩大德，我一家子变牛变马也报不完……我再也不敢赌钱了，只是死做挣钱回乡就是……其实，卖我闺女，我心里也跟刀绞似的。爷您是好人，就饶过我吧。我是再不敢的了……"

"唔。"弘历听他说得语无伦次不成章法，转脸问王氏道："你们是河南人，哪个县的？"

王氏低着头，掩着方才被撕破的前襟，已经全然没有了那股拼命的泼辣气势，腼腆地说道："回爷的话，我们是封丘县黄台镇人。"弘历怔了一下，说道："黄台？唐时武则天称号，有一首诗叫《黄台瓜辞》，很有名的，是不是你那里呀？"王氏摇头道："我不知道。不过我们村的西瓜长得好是真的。前明弘治年间一场大水过去，地也没了。成了河道，什么也不说了。"

"你们县在这里有多少人？"

"二百多个吧。"

"不想回老家么？"

王氏抬头盯了弘历一眼，叹道："做梦都想……可回去粮没粮，种没种，牲口农具都没有着落，仍旧种不成地。田中丞是个清官，可我们死也不明白，自己种熟了的地偏不让种，逼着人开荒！荒开出来，好地又沙荒了——老爷，回去不就图过个安生日子？里甲长整日敲锣撵人开荒，人心都搅碎了。唉……"

弘历站起身来，悠悠地在刷干净了的粥锅旁踱着，又站到棚口，眯着眼望着景色宜人的玄武湖和湖岸东倒西歪等着下一餐的饥民。半晌，吁了一口气，说道："垦荒，田中丞没有办错。豫南豫西有些地方地少人多，又有地荒着。你不要怨田中丞，下头州县不晓事，拿着垦荒投他缘，讨他的好儿也是有的。"王老五一家原以为弘历惹祸打死人，必定要逃的，见他这阵势，才知大有来头，齐把目光睃他。只是弘历不过十七八岁，干净爽利一个公子哥模样，再也猜不出他的身份。李卫想起晚间还要为弘历送行，赔笑正要说话，弘历却问他道："这二百多人善遣回乡，你估约得有多少银子？"

"这个我们衙门核算过。"范时捷见李卫仰着脸盘算，在旁赔笑道，"大人孩子统算，人均得五两。四爷想发遣他们回去，奴才这就拨银子。"弘历想了想，笑道："我不想惊动官府，这笔银子先从你两个身上垫出来，下次进京到我府账房里支还你们就是了。"

他这一说，李卫和范时捷都笑了。李卫说道："四爷也忒小看奴才们的了。这是爷的功德，也就是奴才的差事。奴才做了这大的官，这点子孝敬也还巴结得。爷请自放心，这事明日就办下来了。爷盘桓几日也要北上，说不定从他们那儿过路呢，奴才不敢糊弄。"

"就是这样，我让官府发遣你们回去。"弘历摸了摸那个小女孩的头，说道，"回去好好把地种起来，别往外逃了。至于垦荒的事，田中丞已经明白，前几日上折子说，'胥吏不法，借垦田为名逼民外逃，今日已知为政当因势利宜矣'——他已经明白，又是清官，不会再让你们离乡背井了。"

王老五一家听得似懂不懂，但弘历的意思是听明白了：不必一路讨饭，回乡能安生种地过日子。大人孩子像仰望神明一样凝注着弘历，喃喃祈祷："请老爷留个名讳给我们。我们给您立长生牌位……您老人家这么善行，天必定照应您中头名状元，代代公侯……"弘历听着只是暗笑，已转身出去，又对范时捷道："赏他们二十两银子，回去好置农具牲口。"

李卫和范时捷陪同弘历回到城里总督衙门，天色已经向晚。三个人联袂从仪门进了大院，只见议事厅前已站满了大大小小官员，首府首县忙得满头热汗张罗着摆布筵桌，家人们走马灯似的挂灯扛坐垫搬屏风，还有人喊叫道："进内院请问一下宪太太，制台爷回没有？"弘历一笑，说道："李卫，你不回来这里成了没王蜂，连翠儿也忙上了。我可是饥肠辘辘了，先在翠儿那吃点点心打打饥荒吧。"李卫说道："请老范这边照应一下。我陪爷进去，开筵时再出来。"因见弘历已经走远，便跟过来一同进院。老远便听夫人翠儿大声大嗓地支派："去寻老爷的人回没有？回来叫他快点来见我！主子爷是爱干净爱雅致的，那个花里胡哨的屏风弄一边去！倒是那幅虬龙凤竹松鹤图屏只怕还合适——你死瘟在门洞里做什么？去，把那套紫砂茶具——哎呀，是老爷回来了！真是的，穿这么一身到哪里——哎哟！今我这眼是怎的了，这不是我们少主子么？"她絮叨着，一反眼见弘历也在，拍手打膝过来请安，替弘历拍打着身上的灰土连说带赞，口中还夹着叹息："我小时落这个鸡视眼，每日到这时分竟是个瞎子，竟没瞧见我的少主子！这死鬼的也不吭一声，专站着瞧我的西洋镜儿。四爷，您怕有三四个月没来的了吧？我天天巴巴儿地盼，心里只是个放不下。说过去请安，日日都是使得的。偏他说四爷有话，除了逢年过节不叫我过去！怕四爷落个'交通大臣'的名声儿——我想，我跟别人不一样，我是康熙四十六年就跟了主子万岁爷在娘娘跟前侍候的。说句卖老的话，四爷临盆还是我侍候热水呢！那也真是让人诧异，满院的那个香啊，屋里的烛不知怎么那么红、那么亮，连窗户纸都映得红透了。爷头一声哭出来，嘎声亮得金钟似的，里三院的奴才们都听得一愣：爷是大贵大富大不一样的命，这是注定了的！老主子当时正禅定，您知道他老人家那脾气，天塌下来也不相干的——竟也睁开眼，听了半日才又入定过去——那可真是异样的！"……一头说，一头和李卫搀拥着弘历进了堂房。请弘历居中坐了，插烛儿般和李卫跪下拜了三拜，起身又一迭连声吩咐："先给主子送点心来，沏茶！"

"是！"

里里外外丫头老婆子见李卫翠儿都跪了，都"唿"地随着跪下，此刻忙答应着出去张罗，早有一个大丫头端着几只蛋花春卷，两个小馒头，几块细巧宫点进来，后头小丫头捧着一碗茶小心翼翼地跟着。翠儿和李卫忙接过来，亲自安放在弘历桌前，翠儿道："请主子将就着用点。主子爱用我糟的鹅掌，因说您要回北京，都收拾了装车了。还有给皇上娘娘做的鞋，皇上说比大内那些针线上人做的合脚熨帖，我也叫人封了箱子里带上。皇上娘娘有事没事赏东西都还惦记着我这老村姑，我就有一万分心也答报不了。李卫也不是什么好身板，少主子瞧他老了，好歹在北京给他找个闲衙门混。我也得沾光儿常常进宫见见我们老少主子，主子娘娘，他时不时地还能进京，我只能干看，心里念记主子的心比他还强十倍！"说道便抹眼泪儿。李卫道："大高兴的日子，你哭个什么？真是的，也不怕四爷笑！"翠儿破涕笑道："我也真是，半老了越发没成色。我是见了主子爱呀！我们老主子是佛心慈悲，外面儿上冷心里热，拔苦救难降妖伏魔。这少主子，你细瞧，这模样，这身段，这气概，还有这心地学问，扮上观音是观音，扮上佛爷是佛爷呢！"

弘历边吃点心、啜茶边听她一套接一套聒絮奉迎，从政务丛繁中游脱出来，主子奴才犹如家常闲侃，真觉得心恬意恰温馨不可名状。因笑道："你都要成'快嘴李翠莲'了！当日在我书房里侍候，还闷嘴葫芦儿似的呢！我就取你这依恋主子的心，这就叫不忘本。李卫把两江治理得好，督抚各司都听他的，相与得好。两江是天下财赋根本之地，不能没有个能干心腹大臣在这坐镇，所以现在不能想回北京，到时候我自然替你们说话的。万岁爷也时时惦着你们的，又怕门下奴才在外做官不成器，坏了他老人家名声，又怕累着了你们。他老人家想等新政有个眉目，学圣祖爷，也要南巡，是必要住到你家来的。就如今李卫去北京，也可带你。你是一品诰命，随他进京朝见一下主子、主子娘娘也是题中应有之义。见面尽容易的，何必伤感?"他又呷了两口茶，沉吟说道："今儿筵上，就说我五日后走。其实呢，后天晚上我就要起程了。"

"四爷!"李卫惊讶地望着弘历，说道，"南京官员要郊送的呀！您要微服，路上变一变装就是了。五天后我突然说您早已去了，怕下头人议论，请主子……"弘历点点头，语气变得有点沉重："我本不想大张旗鼓，而且这样一路也能看看春景，体察些子下情。你恐怕还要派些人丁暗地里维持一下，我总觉这一道儿上不甚安全似的。"

翠儿和李卫目光都是霍然一动。李卫皱着眉头冥思苦想，翠儿却道："南京人说六朝金粉繁华之地，什么能人不出来？当年朱三太子钟三郎一窝子贼，就在毗卢院山上架红衣大炮，要在圣祖爷南巡时候行刺。那里头僧道杂处，飞贼大盗多的是，哪里能一网打尽了？奴婢前些时去鸡鸣寺进香，见一个游方道士，说是红阳教的，用铁铲剜开青石板，种上葫芦儿浇上沸水，吟诵咒语，当时就长出葫芦芽，拔丝似的抽蔓爬藤开花结葫芦，圈着看的人有好几千！我说这是个有道行的，布施了五十两银子。回来跟他说，他倒派人去拿那道士，说是'白莲教'妖道惑众。四爷要出了什么事，说不定就是这些贼呢！"她说完，竟不自禁打了个寒战，双手合十喃喃道："阿弥陀佛!"李卫却问道："四爷，那首诗您能不能给奴才譬讲譬讲?"

"诗里没有恶意。"弘历不安地搓了一下手，"似乎和我游戏，报警有人暗算我。至于暗算我的人，他说是个权势极大的人。"其实李卫只要稍稍有点学问，或读过《诗经》，就知道"鹡鸰"二字特指兄弟，除了弘时没有第二人，无奈他不懂。但李卫是天分极高的人，出了名的"缠死鬼"，从"权势极大"四个字已经隐隐听出了弘历双关之意。他顿时凝住了眉头，说道："四爷，记得前年您去山东赈灾，有个叫吴瞎子的火居道士，连杀莱芜三个朝廷命官当众投案。后来您查出这三个官都是侵吞赈灾款的赃官，出脱他只定了个斩监候。我已经放了他，补在山东臬司衙门当巡捕头儿。一个月前我虑着爷回京必定微服，没人护驾不成，写信叫山东放人过来。吴瞎子是终南剑侠胡富山的关门弟子，武林和他过招七个回合没有个不败的，所以诨名'七步无常'。直隶山东河南安徽他黑道朋友多得不计其数，爷无论如何消停一下，等着他来再走，再不然请端木家来个高手也成。从这里到北京关山万里，奴才怎么放得心？奴才要亲自陪爷走的。翠儿也思念老主子，干脆都跟着，汤汤水水的也有人侍奉，可成？"

弘历笑道："我不过随口告诉你一声，多留心此地治安，你就这么闹起来，又是展期成行，又是等人，又是护送的！生死百命，你就弄得万事周全，就保得我平安？还照我方才说的办，你只发文沿途照应，这是钦差的规矩。如今不是兵荒马乱年月，太平世界法纪严森，我装神弄鬼的，叫人笑了去！"

李卫还要说话，见尹继善、范时捷后头跟着按察使毛孝先，还有一个六品官，穿着鹭鸶补服五短身材黑红脸膛，随在毛孝先后头摆着方步进来，却不认识，便住了口。四个人给弘历请了安。弘历端详一下那位官员，笑道："这不是户部的刘统勋么？怎么也在这里？"刘统勋端庄严肃不苟言笑，一躬身朗声说道："回王爷，奴才是调粮来的，已经完差，奉皇上旨意，随同王爷回京。"

"前头席面已经备好。"尹继善见弘历还要问话，忙插口说道，"公事还有办完的时候？统勋左右是要随四爷一道儿走的，我们专门来请四爷安席。"

"好吧。"弘历一笑起身，说道，"我已经吃饱了，饱汉子不知饿汉子饥么！"

第二十三回　督署堂李卫设祖饯
　　　　　　驿馆店大员互攻讦

　　饯行筵设在总督衙门签押房北的正堂里，李卫性情豪爽，好阔朗，一来南京就任总督便命人将原来一个好端端的五楹大堂拆掉。他却有办法，仍旧是五楹，只是长宽各加一倍，整整比原来大了三倍，言官们又想告御状说他奢华，偏是他除了房子大些，"奢华"家具一概不设，也性索罢了。弘历一行六人从后堂影屏中出来看时，满堂的官员翎顶辉煌，都已安坐在位。有的大说大笑，有的窃窃私语，有的几个同乡凑在角落里侃家常，人声嗡嘤噪杂不堪，见他们出来，"唰"地立起身来，又"唿"地一片跪下，齐声道："请宝亲王爷安！"

　　"这么多熟人呐！阿隆、殷德乾、姜文义、阿桂、英德、雷啸天、樊圃蕙、张化英……"弘历一边笑，向上首走着，辨识着下面赴筵的官员。他一口气点了四十多个人的名字，有的跟他视察过河工，检视过兵营，有的为他汇报过案件，调阅过文书，有的只是公事奉见一面之交，大的也不过知府，小的只是个县丞，弘历徐徐指名招呼无一错漏，连李卫也不禁惊讶"这主儿真好记性！"弘历一摆手，说道："都起来，请坐了。今儿李卫请客为我饯行，一概不要拘礼，只管痛乐了！"

　　众人安席坐了，李卫陪坐在弘历身边，一手执杯，清癯苍白的面孔兴奋得泛上红晕，大声笑道："诸位，你们有的和我共事日子不长，有的相处得很久了。"他瞟一眼范时捷，"像我们范大舅子，都几十年交情了吧？我没有设筵请过客。有人说是叫化子小气，其实我是没钱，当赃官咱做不来，凭俸禄呢又请不起客。如今皇恩浩荡，吏治刷新火耗归了公，发养廉银，我李某人也就有了两个村钱。所以这头一杯咱们饮干了，恭祝圣上万福万寿！"他"咽"地一仰而尽，将杯底一亮。众人不敢怠慢，袍袖窸窣，杯声哑啧，顿时也就饮了。

　　"这第二杯，敬咱们宝亲王，我的少主子！"李卫起身为弘历满斟一杯，笑容可掬地说道，"咱们浙江两省，最先实行了养廉银制度，又最先丈量了地土，最先摊丁入亩。皇上表彰我是模范总督，其实我肚里多少下水，诸位心里也都清爽。王爷在北京，替我李卫担待了多少，我清楚，继善老范老毛也是清楚的。我们王爷虽说年轻，处事虑世那种细密周详，待人接物那种仁德厚道，不身在其中你想也想不到，这次王爷奉钦命巡视咱们这块，事事高屋——嗯，这个这个远瞩，提耳命令。我们顺顺当当就把差事给办下来了。你们几曾见过四爷这样的金枝玉叶，赤了脚栉风沐雨巡查黄河堤，驾小船测量漕运淤泥？又有几个人和饥民拉絮家常，问长问短，到舍粥棚里亲自巡视赈灾？苏杭天堂近在一尺之远，我们四爷也没有去领略过。所以呀，四爷是咱们大清雍正朝的大梁大柱，也是我们的歇凉大树！来，为四爷福寿安康，顺风返京，我们干了！"

　　弘历听李卫连篇累牍夸奖自己，虽不无马屁上嫌疑又说得至诚天衣无缝，听他几个成语说得不地道，肚里暗笑着举杯说道："小王何德何能？这都仰仗皇阿玛宏图远虑，俯倚诸君精白忠忱实心治事，两江才治得好。李卫是大模范，诸君是小模范，大家都辛苦了，我们共勉就是！"说罢和众人举杯一倾而尽。

　　"两江天下财赋重地，"李卫笑嘻嘻为弘历和同桌的范时捷、毛孝先和陪坐的刘统勋一一又斟上，口中说道，"我来这里陛辞，皇上至嘱再三，新政推行要稳。我看我们是没辜负了皇上，又稳又快，所以不大才得了个'模范'彩头。一个篱笆三个桩，一条好汉三个帮，全亏了两省大小七百多官儿帮衬我这大字不识的总督。所以，这第三杯酒我独自饮了，以儆效尤。"众人哄堂大笑，李卫喝了酒，问范时捷："我说错了么？"范时捷笑得打跌，呛嗓儿咳嗽道："应该说'以示敬心'。'以儆效尤'是刑法布告上的话，意思是不许别人照样儿做！就连你老兄说的'高屋远瞩''耳提命令''栉风沐雨'，老范也不敢恭维。"李卫红了脸笑道："我们师爷写的稿子，我背得不好。不过我的意思十分明白，总而言之，娘希匹的你们这些小狗和我们这几只大狗，在皇上和四爷跟前怪露脸的。共举一杯，干了！"

　　他有了酒，立刻本相毕露。弘历在南京平时见他，虽也有调侃，从不见他如此放浪形骸，把自己和下属统指为狗，因悄声问尹继善："李又玠爱骂人，皇上跟我说过他粗率，平日也有这样子么？"尹继善微笑着小声道："他在主子跟前不敢放肆，今儿是吃了酒。这些官平日都早被他骂皮了。他还有一条：越是喜爱那个官，越骂得凶。给四爷说个笑话儿，前头那个中军官，原来在签押房当差。我来见又玠，他说：'告诉中丞一句话，我要升官了！'我问：'你怎么知道的？'他说，'昨儿个制台骂我"滚"了！'——果不其然，隔了两日，他的中军五品武职的牌子就挂出来了。"弘历听得忍俊不禁，但他是个体尊矜贵的人，什么都讲究规矩分寸的，因俯下身子装着捡扇子偷笑了好一阵才又坐直。李卫忙过来劝酒，又大声说道："四爷再过五六天就要走了。除了方才劝的三杯酒，奴才还有两件宝要献。"

"什么宝？"弘历心里"格登"一下，脸上已经没了笑容。李卫知道他心思，忙笑道："四爷放心，不是金银珠玉，也不是奇珍异玩。松江、常州、镇江三府去年秋天大丰收，绅民自愿乐输粳米一百万石。粮虽不算多，是子民拳拳敬天尊帝的心意。我派人去这三府查看，府库、义仓充实，藩库银账两符，确是百姓的忠输，我想，这应该算一宝的，请王爷代奏贡献。"弘历听着，脸上已经泛出红光，大为高兴道："三个府的知府，你写个保奏片子。乐输一千石的业主农户开列名单，这事我就做得主，给他们九品顶戴，以示荣宠！"弘历话一出口，立刻引起官员们一片啧啧称颂声。他先是一阵得意，陡地又觉不妥，此时也不及思量，笑问："你的第二件宝呢？"

李卫精神抖擞容光焕发，此刻一点也不像个沉疴在身的人，笑道："苏北这地方爷也去过几次，高家堰以东到清江口黄运交汇地带，过了几次大水，已经分不出哪是主河道，哪是支流。四爷为此焦虑，请户部调拨一百万两银子修治黄河，清理漕运淤塞。这是四爷心头一块病。全省推行官绅一体当差，有钱的出钱，有力的出力，不要朝廷费心，从秋季枯水开始各沿黄河府县分段治理。萧家渡以东缕堤已经全部合龙。菜花汛一过，黄水冲刷，立刻就能归复旧道，我算了算，可以淤出荒田七十万顷。四爷，那时候您就瞧李卫垦荒吧！"

"好好好！这真正又是一宝！"弘历大为兴奋，别说淤荒造田，仅就河堤合龙一项，也会高兴得雍正睡不着觉的。他杯一举："诸君共饮，不干者罚酒三杯!"说着站起身来。

所有的人都立起身来举杯过顶,一片清脆的嘎玉相撞声后,杯底都翻亮过来相验。

"不过,我叫化子的酒也不是好吃的。"李卫待众人都坐下,脸上似笑不笑徐步下了公座,踱至靠西南角一桌前站定了。弘历不知他捣什么鬼,诧异地看了尹继善一眼,尹继善忙凑到他耳旁,低声道:"李公要处置人。"弘历细看时,果见一桌桌官员呆坐如木鸡,忐忑不安地等待着这位总督发作。

许久,李卫才长透了一口气,踱到一张桌前,对一位中年官员笑道:"陈世倌,你是前年委的札,任太仓直隶州令的吧?"弘历打量那陈世倌,只见他三十五六岁年纪,戴着砗磲顶戴,八蟒五爪袍外套鹭鸶补服,方方的国字脸,一双不大的眼睛眨巴着,漆黑八字髭须下,下须微微翘起,透着精明和倔强。弘历一见便起好感,却见陈世倌从容起身答道:"大人记得不错,有什么训诲,请示下!"

"哪里!"李卫一笑,"我敬重你的才学。康熙五十一年,才二十岁的人,就中了进士。你选的墨卷我书房里有,还有你的《梅院诗抄》,虽说不大懂的,听人说都是一等一的佳作。"

"卑职谬承大人金奖,那都是雕虫小技耳!"

"客气了。"李卫淡淡说道,"你人品也好,没有伸手贪墨,也没听你那里有冤案。我去太仓,那里的人都说你是好人。你别小看了这个考语,这年头官场里能让人说人'好人'的也是难得的。你修的那个太仓书院,我看比嵩山书院还要强些。走到你衙门里,听不见板子和算盘响,琴声、棋声、吟诗声倒是有的。读书人都说你是贤令。照我看,你是个'雅官'。"

陈世倌淡淡一笑,说道:"不贪是本分,修书院是昌明圣学,也是读书人本分。我按本性做官为人。别人说我什么,也不大留心。"

"但我不明白,"李卫倏地勃然变色,"江南省七十二州县,还有浙江五十多个州县,都已经实行官绅一体纳粮,偏偏你就顶着?你凭的什么?你那里不归我管,或者是你蔑视我李卫,或者还有别的缘故么?嗯?!"

满屋里人听他夸奖陈世倌,原是心里一块石头落地,不料李卫突然翻脸连珠炮价质问起他,声色俱厉丝毫不留情面,不禁都大吃一惊。陈世佾同桌的几个官员感同身受，都蓦地出了一身汗。陈世倌像是突然挨了一闷棍，身子踉跄了一下，脸色变得青中透黄，但他很快就镇静下来，向李卫一拱手说道："制台大人，你言重了。太仓地方官绅与佃户历来不合，我前任里每年都有八月十五夺佃，或逼死佃户，或杀戮东家业主的。去年秋天河南官绅一体纳粮当差的情形传到我们那里，刁佃抗租，持械威逼业主的案子出了十几起。制台，业主是朝廷为政根基呀，王道治化，绥安地方，平日靠的就是他们。他们为佃户胁迫，本来就一肚皮的无名，我们再挤他们和佃户一处出差纳粮，斯文扫地，绅宦气短，不是助长痞恶顽钝刁民抗上犯尊，就是逼得绅士与刁民同流合污。一遇水旱歉收，那祸就不可测了。李大人，我是很敬佩你为人，也服气你做事干练的。只不知为什么我冒犯了您，今日当着王爷和上下文武，又是您的家筵，为什么无端给我难堪？"他说着，已是满面泪光，哽咽说道："我为自己难过，更为你难过，我还为太仓百姓担忧……"

李卫起先脸上还带着讥讽的冷笑，渐渐沉静，变得愈来愈苍白，最后竟是呆若木鸡，只死盯着面前这个陈世倌，头目眩晕，雷击了一样僵立不动。满庭文武屏息吞声，像古庙一样沉寂，半晌，李卫叹息一声，忽然对陈世倌一个长揖到地，低着头不肯抬起，说道："是李卫处事左了，我当众给你赔礼道歉！"

"大人，这，这如何当得起？"

"我终究不读书的过，"李卫哽咽嗓子道，"你当得起。你不原谅我，我拜到席终！"

陈世倌泪如泉涌，双手搀起李卫身躯，说道："既如此说，我勉从宪命就是。我也有不是，早已瞧出大人不满，应该早些把话说透。读书人性傲，弄到这田地，不全怪大人。何况您统管两省军民二政，又负责稽查天下匪盗，偶有不留心处，岂能以瑕掩瑜？"

"好，两个都是国家瑰宝。"弘历诧异而好奇而震惊，至此又感动又欣慰，起身一手执壶，一手执杯下来，满面春风说道，"一个折节下士，一个循礼不悖，好！我来和你们共饮一杯合息酒！"说着为二人各倾一杯，自己也斟满了，三杯酒琥珀似的，晃晃一碰，已是各自干了。李卫已是恢复了常态，嘻嘻一笑，竟上去拍拍陈世倌肩头操一口安徽话，说道："娘希匹的李卫小瞧了读书人。你大有出息,贼娘好好地搞!"

众人不禁哄然鼓掌大笑。李卫笑道:"雍正二年李绂参我一本,说我不读书不学无术,而且违旨看戏。我回奏万岁,不读书是有的,看戏是因为不读书又想懂史,所以天下督抚不许演堂会看戏,唯独我是'奉旨观剧',今儿是我家筵,借官家一席之地,叫戏子人来唱一句!"他顺手扯了陈世倌往上席走,连声道:"开戏开戏!——你来,和我坐一处说话!"

须臾,两厢笙簧齐鸣弦管应和。六个妙龄女子,一色汉装,荷绿长裙曳地,银红比甲醒神,随着节拍从屏风后冉冉而出。灯下看美人绰约掩映,销魂容光令人神往。弘历久羁在外,事务丛繁,烦恼郁塞至此一洗而尽,听那歌伎唱时,却是:

> 红樱悬翠葆,渐金铃枝深,瑶阶花少。万颗燕支赠旧情,争奈弄珠人老!扇底清歌,还记得樊姬娇小。几度相思,红豆都销,碧丝空袅……

"好,这是王沂孙的《三姝媚》了!"弘历按节而拍,细细品评,大赞道,"这曲子谱得也好,堪称绝调。"

"我终归是个俗人,听不懂。"李卫笑着呷了一口茶,望着摇曳婆娑的舞女,若有所思地摇摇头,又叹道,"没办法。""有办法的。"范时捷笑着对弘历挤挤眼,"四爷就在跟前,四爷给你做个主,翠儿不依也得依!"弘历听得入神,恍惚问道:"你们挤眉弄眼的,是怎么回事?"

毛孝先笑道:"这是李大人的情孽。先头选戏班子,有个叫豆官的小生,很投制台的缘,就收了房里做丫头,那丫头也很倾慕大人的。可惜嫂夫人风流棒喝,胭脂虎啸厉害,到如今连个名目都没有。这事可不是四爷一句话就算的么?""翠儿还是个醋坛子?"弘历笑道,"不要紧,回头我去给你告这个情。"李卫不好意思地看看一脸正色的刘统勋,说道:"他们不知情,翠儿倒也不是妒忌。一来圣上当年有话,李卫不许讨小,二来我身子骨儿也不好,就放一边了。"

几个人说笑絮语间,已经换了散曲儿。

这的是无语脉脉春海棠，这的是杏花夭桃云中藏。销魂处翠华裹
红妆，连钩凤窠，巧笑迎人，恰便似软玉塑王嫱，兰馥西施寄温
香。怎得红娘报纱窗，则俺这立功心，封侯志，英雄泪，都化了
一把情肠……

此时歌曲婉转，清音袅袅，座中客醒然半醉击节细聆，直令人心飞神越飘
渺欲仙。弘历不禁大为赞叹："今儿真个耳目一新，我在安庆听的徽调，在
江南听这散曲和昆调，堪称三绝。北边那些野台子道情比起来，简直不堪
入耳。且这词儿也编得甚好。"他随口一句话，却搔到了尹继善痒处，一边
说"这是袁子才的大作"，一边将椅子向弘历这边靠靠，便大讲起南北曲的
异同，什么声、气、韵、形、格、味，滔滔不绝。李卫插坐在他们中间，
既不懂也无兴趣，见弘历侧耳凝神听得专注，便索性起身告声"方便"，便
悄悄出来。因见给自己侍候文稿奏牍的师爷廖湘雨坐在门旁一桌吃酒，递
了个眼色便独自出来。廖湘雨会意，向众人一点头，跟着李卫下阶到天井
里，问道："东翁，有事？"

"嗯。"李卫的身影在暗中背对着光，看不清什么脸色，声音低沉浊重，
"你不要吃酒了。到前院点起我的亲兵，立刻动手，把妙香楼包围了，男女
贼犯，一个不得漏网。哦，还有个畅心楼，你知道不知道？"廖湘雨皱眉
道："畅心楼和妙香楼只隔一条路。大人，甘凤池他们一伙子一共八个人，
眼线说端午会齐，然后一道儿去山东比武。现在只到了四个，铁罗汉、吕
四娘、妙手空空、一剑道都还没来。就是这四个，现在也难说就在妙香楼。
一惊动，再想遇这么个机会可就难了。"李卫嘘着气说道："个奶奶的，顾
不了许多了，只好打草惊蛇，护得四爷平安回去就成！"

廖湘雨惊得身上一颤，下死眼盯着李卫不吱声。李卫咬着牙说道："这
里头有个分别，妙香楼要连锅端，一个不许漏网。畅心楼要网开一面，一
个也不许拿。"因见廖湘雨一脸茫然如堕五里雾中，李卫一笑，说道："你
甭问，知道的多了还不如不知道，就这样办！"

"是！"

"回来！"

李卫一招手又叫住了他："完差回来，就在我的签押房给河南田制台写

一封信，请他知会直隶李绂制台，说四爷秘道回京。江苏安徽境里安全我负全责，在他二人境里我只负半责。话要说透又不透，软里又带硬。这要看你老先生的本事了！"

看着廖湘雨匆匆出去，李卫反身回到大堂，已是换了笑脸，一进门便道："四爷赏识咱们南京的曲儿，几个戏子很给我李卫露脸，每人赏十两银子！来啊来啊，诸位请酒——有什么好的，再唱几个大家听！"

隔了一日，弘历便悄悄起程了。他扮了个茶商，刘统勋一身账房先生打扮，雇了十几头走骡，两乘驮轿，二十几个挑夫挑着茶叶，走骡则驮着弘历给雍正和皇后带的药物和珍玩瓷器，还有尹继善给母亲的寿礼，温刘氏和嫣红、英英仆女分乘了驮轿，弘历自己却是骑马，扮了走镖的邢家四兄弟腰悬宝刀，臂挽硬弓，也都骑马护送。径由滁县、定远、怀远、蒙城、涡阳、亳州取道穿越安徽，一路晓行夜宿直入河南境。那邢家兄弟既辱于妙手空空儿，又受李卫严词至嘱至托，半点不敢怠懈。一路上轮班儿在驮车上休酣，每日十二个时辰寸步不离左右卫护弘历，连走七八天，居然平安无事。待至柘城，早就奉田文镜命守候在鹿邑的河南总督衙门亲兵大队人马赶上来护送，邢建业才一块石头落了心。此时由总督衙中军护送，再也微服不成，弘历也就索性坐进了特意为他准备的鹅黄曲柄大轿。浩浩荡荡日行驿道，夜宿驿馆直趋开封。又走了三四天才到汴京，田文镜早已得报，率开封城文武直迎出十里处，在接官亭设酒为弘历洗尘，恭送入相国寺旁的驿馆里。一应安排周详，也不必细述。

"你太费周张了。"第二日早饭后田文镜来拜，一落座弘历便道，"我走的大官道，太平世界一马平川，又随这么多的人，还怕贼劫了我不成？走的时候我是单枪匹马，再不招惹你们地方官了。你就那么听李卫蛇蛇蝎蝎的老婆子嘴？"

田文镜越发瘦得可怜，连肩背看去都有些佝偻，坐在那里，时而也要一手按着胸口，呼吸时嘴唇微微翕合，似乎不胜其力。他干咳了两声，椅中一躬身说道："倒是接到李卫一封信。不过奴才迎驾是奉旨行事，不为听李卫的话，他说的都是笑话。过我河南境，凭什么他还负半责？我一根秸草的责也不叫他负。四爷要信得过，我直送您回北京。连李绂我也不叫他负责。"弘历听罢一笑，用碗盖慢条斯理地拨着浮茶，说道："河南治安皇上屡有表彰，我是很放心的。我关心的是两条，一是新政弄得如何，二是百姓平常能不能安居乐业。"田文镜早已准备好了汇报，因将新政情形大致说了，又道："火耗归公之后，我连参三名知府，官场震动，如今贪墨的，我敢说没有。河南地土已经全部丈量，富豪人家隐匿土地少缴漏缴钱粮的，我也敢说没有。各衙门整饬吏治，从我总督衙门开头，我开革了五六个师爷，又查出二十几个亲兵有关说官司人命的事，多都放了流配，还请王命在辕门斩了七个，下头也都照此清理。因此，胥吏关说案子官司的，我不敢说没有，但如此峻法严刑，敢以身试法的不多了。新政说到归根，就是治贪官污吏，苏养民生。四爷，文镜身受皇上隆极之恩，是不敢稍有懈怠的。"

"你瘦多了。"弘历点头叹道，"不要管外头有什么闲话，皇上知道你，我们也知道你。"田文镜心头一热，眼泪立刻涌上眼眶，但他是个深沉人，只作迷了眼，用手绢掩饰着揉揉，沙哑着嗓子又道："我这心只有皇上最知道，拼着这把老骨头报了这恩就是，顾不得别人怎么看，怎么说我了。"弘历笑道："这又何必伤感？虽说皇上有旨叫来查看，其实他心里有数，我们也都清亮着呢！社稷，公器也。帝王不得为私。有人告状，查看一下，不就更显你真正无私了？我知道你心里的话，怕我拿河南和江南比，说你不如李卫。你一点也不必存这个念头，以为李卫原是皇上龙潜时的旧人，心里偏向。他的长处短处，我们不掩不护，和你是一样的。戴铎你知道吧，到福建当过道台，是雍和宫出去最早的门人，只为借了库银还顶撞查账的人，一道诏谕打发黑龙江去了。李卫的事大处着眼，不拘细务，是他长处；你认真，是你的长处，取长而补短，自然政通人和了。"

二人正说话，刘统勋挑帘进来，禀道："河南布政使阿山布罗、按察使柯英、学政张兴仁在外头，还有钦差查案的，俞鸿图侍御也来拜见王爷。"

"都叫进来吧。"弘历略顿了顿，又对田文镜笑道，"你写的垦荒折子我已经拜读了，这事确不能操之过急。李卫这几年就没有垦荒，如今诸事就绪，他又出新招，围滩造田。发卖出去，值上千万两银子呢！"因将李卫席前献宝的事说了。见刘统勋已引着四名官员进来，都在天井院里跪礼大行，便大声笑道："免礼，都进来坐着说话！"

　　阿山布罗、柯英、张兴仁和俞鸿图鱼贯而入，在靠门边的长条凳上斜签着身子坐下，早有驿吏们捧茶献上。弘历向他们含笑点点头，说道："我刚从江南过来，河南情形不熟，抑光先来谈谈。我晓得你们有些芥蒂，这是常事嘛，布政使、按察使不但要听省里的，还要应酬中央各部，都有自己的难处。我不是打结子，是来解扣子的。不过今儿你们不许在我这吵闹，不然我就轰你们出去。"他这一说，屋里别扭紧张的气氛顿时缓和了不少。弘历又向俞鸿图笑道："你就是俞鸿图？好，万马齐暗之中敢作长嘶一鸣，你算一条好汉。"俞鸿图激动得脸一红，欠身一礼道："这是四爷的抬爱，鸿图不敢当。"

　　"河南与江南比不得。李卫是长袖善舞，多财善贾啊！"田文镜见他们寒暄已过，接着自己的思路说道，"这里的沙荒比江南凶得多。黄河里裹泥带沙，沙重土轻，一样的决溃，这边留下的沙滩，那边淤出了良田。粮食单产也没法比。四爷说李卫的缕堤已经合龙，您不妨看看从洛阳到太康这几百里河道，都是大条石包面儿的堤，一乡一里都有专人管。我也知道这耗力耗钱。为百年计，河南这一代人要多吃些苦，人说我田文镜心狠，也真顾不得了。"

　　弘历斜靠在椅子上，只是听不言语。俞鸿图在内务府多少年，眼见着弘历幼时天天到毓庆宫听讲，却从没有机会接近。见弘历尚带着稚气的脸庞上，目光却已变得深沉凝注，不禁暗自思忖：三爷比他大着七岁，怎么就没他这份尊严？

　　"垦荒的折子四爷想必也过目了。"田文镜不胜感慨，叹道，"文镜确有失政之处。应该按曲划布置停当，该垦的地方加紧督促，不该垦的地方想办法加壮地力，把单产提上去。有些胥吏在下边借垦荒敲剥百姓，赶着农民外流，我也有失察之罪……"弘历早就见过几个人的奏折，垦荒填报亩数报户部，田文镜为显示政绩，不甘人后，督促多垦多报是实情，见阿山布罗翕动着嘴唇想说话，知道这位满洲哈喇一开口必定要说难听话，因笑道："为政难，这个不用说得，你也不要一个劲自责。我看，已经垦出来的，想办法加增地土肥力，稳住。有的确实维持不下去的，就退荒了它，把现有的地种好。外地农民回来，要好生安置。政府补贴些农具修理钱，调拨种子粮，无息发给他们，劳役太重，人就外流，也不单是饿。"

弘历知道这几个人互讦互告，心口都不一致，他来河南，专为雍正再三密谕，协调河南三司衙门一德一心，不要闹纷争。只想私地一个个谈心化解完事，不料这几句批评带勉励的话却鼓起了阿山布罗的勇气，轻咳一声清了清嗓子说道："四爷这话实在是见透了。我们这边报垦荒，开了多少地，又是安置了多少人，朝廷、户部表彰，准备着加征钱粮。那边四川湖广安徽江南各省叫苦连天，告我们以邻为壑邀功取媚！"他话音一落，柯英立刻趁火添柴："信阳罗汉英家，老爷子是跟圣祖三次亲征准噶尔的，一个世家，又封着伯爵，只留下少夫人和两个孩子，百把顷地，原是好好的安分日子。好，又量土地，官绅一体当差，县里来一群鸟鳖杂鱼，在府里又吃又住，盘账、丈量，佃户们趁火打劫，赖账的赖账，抗佃的抗佃，没半个月，就家破人散。罗夫人带两个孩子离府出走，路上又遭了劫，竟讨饭到江西，寻着罗老将军的把兄弟杨云鹏，一场抱头大哭。杨云鹏做着江西将军，出了三万银子安置他们母子。这事惊动了礼部，连下文书叫藩司去接人回豫，几次都挡回来，罗夫人立誓永不回河南！"田文镜冷笑道："那是黄振国的'德政'，要算在我头上了？你们不是割头换命的朋友么？他没告诉你，罗家怎么败的？"张兴仁原来木坐着，打定主意不问不开口的，至此也忍不住，说道："这件事没完，四爷必定知道邓州裴晓易家裴王氏自尽一案。本来对官绅一体纳粮当差，士子们已经群情汹汹，两个案子不啻火上浇油。今年乡试近在眼前，已经有人酝酿着罢考……"

"谁敢暗地串连罢考？"田文镜一直忍着，不肯在弘历面前发作，红着脸憋着气，已是呼吸不匀，听到这里不禁气得五官错位，狞笑着道，"这事就着落在老兄身上。查出为首的，立刻除名。有再敢煽动罢考的，臬司衙门要捕了他，严办不贷！——就是诸位老兄方才说的，文镜也不敢苟同，什么'邀功取媚'又是什么'群情汹汹'？有些人的痛痒唯与豪绅士大夫相连！"张兴仁铁青着脸，冷笑一声说道："你还嫌斯文扫地得不够？三爷几次来信，钧旨要抚安读书人，不可轻易作践。我听制台的，还是三爷的呢？"田文镜道："你奉钧旨，我还奉的圣旨呢！老兄不肯办，文镜不怕坏了名声，我这个总督恐怕要越俎代庖也未可知。"阿山布罗冷冷在旁插口道："藩里也有多少事难以料理，侍候不了你这王安石！"

"你可以上表皇上辞职。"

"读书人为你为政酷苛罢考，难道你是个称职总督？"

"你那是目光短浅一叶障目！"

"你是'泰山'？"柯英当即反唇相讥，"我们处处尽让着，已帮你做了多少违心的事了！把这些孔孟之徒都提了监狱里？好大的仁政！"

弘历"砰"地一拳击在案上，霍地站起身来，已是立眉横目，恶狠狠扫视众人一眼，又无可奈何摆了摆手，说道："我刚下车，很乏。你们——退出去吧。"

"喳——"

几个人起身，互相狠狠盯了一眼，各自跪辞出去。

第二十四回　察吏情弘历巡河务
　　　　　　抗酷政秀才罢科考

一连几天弘历没有接见开封城里的官员，每天早晨起来，他便把邢建业等人叫进来，命他们分赴城郊各镇，向各地进城农民打听麦收歉丰情形，米店面店售粮价格。有粮多少，骡马市牲畜进出，饲料贵贱，又把、扫帚、牛笼嘴以及锄、铣、镢、犁铧、斧、镰、铲，多少是外地进的，多少是本地自产的，一概都要听问清楚，造册登记。众人不知道他弄这些什么用场，也不敢问，只见天天出去，稀里糊涂，竟是见货就问价，问了也不买，天晚回来归总儿在刘统勋跟前回禀交差，几天下来，都觉得琐碎无聊之极。弘历白天也不在驿馆，因乡试科场即将开龙门，相国寺、惠济河街、包府坑、南市巷一带店肆酒店住满了各府各县来省应试的秀才。今日相邀吃酒，明日同约会文，热闹不堪。弘历就在这堆人中厮混，有时到半夜才回来。一连六天过去，眼见第二日就要开考，弘历那日回来得才早些，命人"把刘统勋叫过来"。

"四爷，这是截至昨日收集到的百货价目。"刘统勋揉着熬得有些发昏的眼，将厚厚几大册簿子轻轻放在弘历案头，笑道，"除了竹木、玉器、轿杠、绸缎几样，连酱油、醋、柴、茶、青菜也都造了进去。没有师爷，都是我亲手抄录下来了。这样爷查看着方便些。"

弘历点点头，一本一本地浏览，有的地方含笑一带而过，有的地方却看得很细，时而闭上眼好像追忆着什么，口中喃喃有词，也不知念叨些什么，足有一个时辰才看完了。他恍恍惚惚地站起身来，脸上带几分刚刚睡醒的惺忪和平静在屋里转悠了几圈，对正襟危坐看着自己的刘统勋道："几份册子，叫人誊录一份留下。你这份原件，密封呈送皇上。"

刘统勋愕然，张着口盯着弘历，半晌才道："奴才明白！"

"你未必明白。"弘历一笑，说道，"这里就我们两个人，我不妨直言告诉你。我很讨厌田文镜这人，我又不得不承认他是清官、好官，难得的能员！这个话你晓得就是了，说出去我是不认账的。"

"四爷！"

"你看看这粮价，"弘历随手翻开一本，指着一栏说道，"麦价三钱四。去年是三钱七，前年遭灾，六钱；大前年田文镜把麦价由六钱降到四钱五，通常这时的麦价都在六钱五、六钱上下。这就是说，田文镜主持河南政务，遭灾年粮价与过去的平年仿佛——三钱四，太便宜了，和江南丰年的米价差不多。可还要想到，河南小麦就要开镰，粮店老板要腾仓，贱售是当然的，他们就在本地，如果河南今年小麦歉收，他就要囤积居奇了。还有你看，王二麻子镰和本地蔡家铁铺镰，价钱一样，都是五个制钱。把王二麻子的运费刨除，本地镰还贵半个子儿，你不要小看了这个——你笑什么——这是民计民生！"刘统勋笑道："奴才焉敢笑爷，奴是觉得有意思。这个本子再没想到这么大用场和学问的。奴才读书两榜进士，圣人书里没讲这些经济之道呢！"

弘历仰起了身子，清秀的双眉慢慢蹙起，良久才道："圣人设道，鸟瞰万方万物，岂能津津于这些细务？其实《大学》里头一句讲的就是这个。'大学之道在亲民，在止于至善。'教化临民，精勤求善，都融在这个'道'中。"他顿了一下，"有人以黄老无为之说劝皇阿玛，说是'无为而无不为'，似乎这是放之四海而皆准的大道，其实不懂得道不是死的，是如气如水般在流。天下繁琐，应该以宽疏纠治；天下疏纵，该繁琐时小事也得留心。所以说'一张一弛，文武之道'——朱师傅一开讲先给我们皇阿哥进的，就是这一课。"正说道，见俞鸿图自外忙忙走进来，一边在天井里行礼，一边口中道："四爷，奴才在张兴仁那里说事儿，邢建业刚刚见着奴才，来迟了些，请四爷恕罪。"弘历笑道："不迟，现在天长，离天黑还有两个时辰呢；我要到黄河大堤上去，我们骑马，一边看堤，一边说话吧。"一边说着，一边出了堂房。刘统勋刚说了声"四爷——"弘历笑道："没有什么回避的事，你也一同走走。"邢家兄弟一直候在西厢廊下，忙不迭便到后院牵马，又佩了兵器，也都骑马遥遥尾随。

"四爷，"俞鸿图上马，随辔纵送着，忧思忡忡地说道，"据奴才看，开封科场肯定要出事。"他身后的刘统勋惊得身上一颤，却听弘历道："这我心里有数。你没听张植梅怎么讲?"俞鸿图左右顾盼了一下,说道:"我和张兴仁谈了,罢考,是大清开国从来也没有过的,就是前代也很罕见,请植梅兄留意。他说他已经出榜晓示,凡有无端衅事、骚扰考场的一概要严加追究,法无宽贷,我把面门开得大大的,大家不来考,有什么法子?——看样子,张植梅是拿定了主意,要瞧田文镜的好看儿?"

弘历看着小巷中稀落的行人,许久才道:"这个张兴仁不识大体。他忘了自己是学政,是主管河南学政教化的朝廷大员!"俞鸿图道:"听他话音,衡臣相公给他有信。他说,我这个叔爷也是一朝被蛇咬,十年怕井绳。张廷璐是手长,犯了贿赂,拿我和他比不是笑话儿?有人说我仗了张廷玉的势才和田文镜挺腰子,其实只要看看我的履历,要不是张廷玉矫情,我岂止做个一省学政?人说我是树下歇凉,我还觉得我这棵草叫他遮了阳才长不高呢!"刘统勋忙问道:"张兴仁还是张廷玉族里的?"弘历点头叹道:"是五服内的族叔族孙。张廷玉一代名相,族里人既沾他光儿又吃他亏。"

他顿了一下,又问:"臬司衙门那边怎么说,查出挑动秀才罢考为首的没有?"

"我先去见柯英。"俞鸿图紧绷着面孔,"河南这些官儿都是些油锤,又滑又硬。他说,士子罢考是学政衙门的事,就是拿到人犯,也归张兴仁审理。这事既有律条又有成例,臬司衙门管不到。"刘统勋叹息一声,说道:"这里和江南风气相差太大了。我觉得一进河南,人人讲的都是'门路',人人后头都有个'后台'。中州之地,物华文明最早的,怎么出来这种陋习,真真令人纳罕。"俞鸿图笑道:"这也没什么希奇,离北京近么,骑快马两天两夜书信一个往返!北京那边扔一声石头,直隶河南就能听到响儿。那边窗户纸破了,这边就吹风。这就与江南不同。"

弘历没言声,他心里也有同感:李卫那边事权一统,讲究的是政绩,虽然也有人事扰攘,官场气也还正。田文镜锐意革新政治,却又处事僵板,乏了人情味儿,一味硬来,弄得自己四面楚歌。正思量着如何见田文镜促膝谈谈,俞鸿图在马上扬鞭指着前头,说道:"这是铁塔,再过去那高高的土龙,就是悬河了!"弘历一怔间抬起头来,这才猛地发现不知不觉间已经来到郊外。

此时天已向昏,高高的河堤几乎与铁塔塔尖平齐,像一道没有堞雉的长城，乌沉沉压在河岸，由西而来绵延向东逶迤伸去。闷响的河啸仿佛带着紫褐色的水汽隔堤弥漫过来，与带着水腥的河风扫荡着堤内广袤的沙滩。沙滩上青郁郁的花生秧，碧幽幽的西瓜地，和东一片西一片已经发黄了的麦田，仿佛经受不住这令人发悸的河啸和熏风，受惊了似的随风荡摆着，不时发出瑟瑟的抖动声。西边远处落日正在闭合它最后的余晖，不甘沉沦似的在邙山的剪影间挣扎着降落下去。弘历踏着之字形的台级登上土堤，却又和在堤内的心境不同。田文镜说的一点也不夸张，从堤顶到河床，里边全都用大条石包面严严实实砌了，一色的石灰勾缝，几处凹湾间弘历抠那石头，竟然一块也不松动，细看居然用的糯米粉浆灌的缝。此时菜花汛尚未过完，河堤上半截过水的痕迹宛然犹在，已经落至半槽，放眼向对岸不到一里宽的堤岸望去，浑黄的激流裹挟着杂草、河藻，打着旋儿，一泻东下，涌浪足有人来高，仿佛无休无止地，从河心汹汹排水而来，在堤上激起两三丈高的水花，又无可奈何地退回去，浪声漂没在可怕的啸声中，像一声声叹息被闭掩得无声无息。

"真是壮观！"弘历的袍角被堤顶的劲风撩得老高，眼中闪着惊喜激动的微芒，回头对从侍在侧的刘俞二人道，"你们看看，这要费多少工，花多少钱？田文镜纵然来河南什么都没干，这条堤也就功德无量。他就一千条错了，这一条仍够个模范总督！""四爷说的是。"俞鸿图也凑趣儿道，"圣祖爷时治河能臣靳辅陈璜，毕生也没有建起这重大堤，奴才也是这么想，老百姓不堪劳役，逃荒还可以再回来。一丢儿秀才罢考，还可以等下一科，那是什么吃紧的事？真该叫攻讦田文镜的人都到这里来瞧瞧！"刘统勋什么也没说，陶醉了一样眯着眼盯着远方，直到弘历招呼下堤才惊醒过来，偶转脸向东望去，见一个人背着手踽踽沿着堤顶走，忙道："四爷，那个人像是田制台呢！"众人一齐回头，盯了好一阵，那人才走近了，果然是田文镜。他一边走一边眺望河景，没有留心到弘历一干人。直到两丈远近，弘历才在堤腰高声道："田抑光，口里喃喃地，跟谁说话呢？"

"是四爷呀！"田文镜猛地一呆，才认出来，碎步下到堤腰，台级上不便下跪，只躬身为礼，说道，"心里闷极了，到河堤上走走我就心宽些。"

弘历望了他一眼，田文镜脸色青中透黄，头发都被河风吹得有些蓬乱，额前嘴角满都是刀刻一样的皱纹，却是凝固了的石像一样一动不动。此刻离得极近，他才留心到这位总督竟满手都是老茧，手背已都松树皮一样粗糙。弘历不由得心里一缩，说道："闷了，我就在开封嘛——"猛地想起自己曾下过逐客令的，便不再言语，一级一级漫步下到堤内。

"方才四爷问。"田文镜面无表情，漫不经心地跟着弘历在麦田埂上走着，徐徐说道，"奴才是跟皇上说话。有些人，有些事我死也不明白，有些人坐而论道口似悬河，一点实事不做，偏偏左右逢源青云直上，有些人苦死累死一心想为朝廷为百姓做点事，反而遭人唾骂。有些人做事驾了顺风船似的，扬帆就起，破浪乘风毫不费力；有些人做事处处掣肘，处处坎坷，费尽九牛二虎之力也讨不了好去……奴才……好恨自己无能……"

这是沉重得令人窒息的话题，弘历低头思索半晌，问道："出了什么事？"田文镜因见前面一个老农在刈麦，口张了张没有回答。弘历也不再问，徐步上前，轻声问那老农："老人家，您怎么开镰这么早？"

"这片种得早，地势高，已经熟了！"老人只顾低头割麦，没想到这时分会有人跟自己讲话，吓得身上一抖，直起身子，见几个陌生人不像歹人，脸上才没了戒备之色，双手用麦秆挽着捆麦"腰子"，说道，"我是叫水吓怕了，年年种的，快熟时候就别着镰在地边上转，熟多少割多少。"

弘历看他割过的地，东一块西一块，鬼剃头似的，凡没有熟透的都留了下来，不禁一笑："你好勤谨会打算。儿子们呢？他们就累你老爷子独个儿？"

"他们说今年不会过水，再等两天割也不要紧，就不来了。唉，这些年轻人……"

"你看今年会不会破堤呢？"

"不会。"老人瞟一眼大堤，头也不抬起说道，"有一年我们全家合计好第二日开镰，当晚一场雨，河涨了，冲塌了。从此熟一镰我就割一镰，我是叫吓怕了。"弘历一门心思想安慰一下身边的田文镜，遂道："你得谢谢这道大堤，不是它挡住洪水，今年你麦田早没了。"老人道："我得谢老天爷，修堤时没把命搭进去！"

弘历便觉讪讪地，又问道："这地一亩收多少麦子？"

"也就一石五斗吧。"

"这算好年景吧？"

"好年景要打到两石。"老人用草帽扇着敞开扣子的前胸，说道，"今年只能算个中等，沙土地，得要肥料。草肥、粪肥、熏肥越多越好。别看地薄，照样出粮食。可惜我们没钱，买不起粪肥呀！"田文镜忍不住插口道："开封城东专设了粪肥场，一文钱一担，算便宜的了吧，一亩买他几十石撒了，这里又不缺水，那就是铁定的旱涝保收地！"老人苦笑道："田制台不会盘算。他光知道造肥，没看看肥场离地有多远，一来回四十里，百里百斤一吊一的价，豆腐盘成肉价钱了。脚力钱也是钱呐！"

弘历肚里一阵好笑，见田文镜发怔，一把拉了就走，说："天晚了，城门就要关了。咱们回去吧。"田文镜只好随他们来到铁塔旁的驿道上，邢建业因见他没骑马，忙过来让出自己的马给他骑。田文镜一边认镫上马，一边自嘲地笑道："白日不照吾精诚，杞国无事忧天倾。我这个人是太痴了些，以为心到必定神知。我太痴了——"他猛烈咳嗽两声，用手帕子接了，见是血，手一颤，装作没事人将帕子掖了袖子里，一边放辔徐行，说道："四爷，我实是累透了，心里也不好过，出来走走。李绂他从湖广到北京，在河南穿境而过，匆匆观花，对我不满，也还情有可原，阿山布罗、柯英、张兴仁他们天天和我一个城里，不知道我是忠是奸、是廉是贪？昨晚他们三个人联名拜折弹劾我'沽宠邀功，苛酷为政'，专门抄了一份送给了我，还有万岁爷也转来一份糊了姓名的折子，说我'作践圣道，欺蔑士人'，皇上叫我具折明白回奏。我想了一夜，一字也写不出。也许我真的错了？可又不知道错在哪里。"

"我在康熙朝做了快二十年官，圣祖爷崩驾时，不过是个六品部曹。雍正爷登极，我奉命宣旨陕西，路过山西，弹劾'天下第一抚臣'诺敏，与圣主际会风云，三年之内由开封府尹晋升巡抚，又在河南特设总督衙门，委我总督，成了位极人臣的封疆大吏。且就不讲忠孝节义这个大理，我田文镜受恩如此，不知道拼死答报，我还算个人吗？"

"可如今我成了王安石一类的奸人！"田文镜尽量压抑着内心的激愤，提着缰绳的手都握得发白，"既不见容于士大夫，也不见谅于庶民。我们河南人勒紧裤带三年，这条堤修好，万事都可平安从容调理。如今堤修好了，逃荒出去的说是我逼出去的，民间说我催工派捐如虎似狼，官场说我邀功取媚说我沽宠邀功——我心里好恨！恨自己无能，不能使人知我的心，也恨这些鼠目寸光的乡愚！四爷，你大约不知道，我早已患了肝病，六十多岁风烛残年的人了，自知不久于人世。唯留此一片忠忱在这中州地上，什么也不顾忌了。天假我年，三年之内，河南若不能民殷粮足，四爷您请上方剑取了我这老头颅去！"

田文镜胸中积郁已久的话一泻而尽，泪水扑簌簌走珠儿般滚落出来。俞鸿图和刘统勋听着这发自肺腑肝膈的言语，心里一阵酸热，也不禁堕泪伤怀。

"这就是所谓'知人也难，为人知也尤难'了。"弘历在嘚嘚的马蹄声中沉默许久，已是霁颜悦色，轻松地一笑说道，"国人皆曰可杀，我意独怜尔才。别那么死了老子娘似的懊丧，我既在此，当然给你撑腰到底。你是皇上的模范总督，心胸要再开阔些，度量要再大些嘛！方才看了大堤，我也很有感触，你凭一省之力，做这么大一件事，还没耽误了其余政务，真是不可思议。我要上奏皇阿玛，有谁再说田文镜的是非，一定叫他先来黄河大堤上看看！"

弘历正极力抚慰田文镜，昏苍苍的远处一阵马蹄急响，一溜儿米黄西瓜灯摇摇曳曳赶近前来。渐渐近了，众人才瞧见是总督衙门的灯笼。田文镜一眼瞧见自己的师爷钱度和毕镇元也在戈什哈里头，提名儿叫道："你们这么张皇，是起反了么？四爷在这里呢，不许惊驾！"

"四爷，制台！"钱度一头热汗，牵着马走近来，气喘吁吁说道，"秀才们罢考了！五百多人围了书院，请见总督，请见张学台！我们遍城里寻不见督帅，去王爷驿馆，人说王爷出城看河去了，才赶到这里！"

田文镜头"嗡"地一响：天天怕罢考，天天说罢考，是祸仍旧躲不过，这群秀才真的红了眼，不要命了！当下不及细想，在马上回头对弘历说道："奴才这就去处置，四爷只管回驿馆，等着奴才的信儿！"缰绳一抖，两腿一夹，那马嘶鸣一声泼风般去了。

"四爷，"刘统勋见弘历驻马踌躇，说道，"田文镜去是正理。您是王爷，又兼着钦差大臣，和秀才们不宜善听善见。看他省里如何处置，您退在一边，有转圜余地。"弘历点头，说道："延清说的是，不过我这里没人在场也不好。俞鸿图去走一遭——只看只听不说话，去吧！"说罢，径自调转马头回了驿馆，和刘统勋摆了棋对弈，却只心绪不宁，一个劲儿走神儿。

俞鸿图放马来到书院，只见文庙街口已经戒严，沿街店铺檐下大小灯笼挂了足有五六十盏，靠墙站的开封府衙役们一手提着绳索铁链，一手举着火把，钉子似的一动不动。亮如白昼的灯烛火把下，聚集了上千看热闹的士民商人，伸着脖子往文庙街里傻看。人们有的沉默不语，有的嗡嗡嘤嘤议论，有的兴奋得鼓噪大喊，却也是意见不一：

"田制台也来了，看这些狗日的们咋办！"

"秀才造反，三年不成。嗨……"

"这都是政事不修闹出的祸。东汉太学生大闹洛阳，还不为政治昏暗？"

"你那是放屁！这些东西都是吃饱了撑的，拿住一个'嚓'地割了头，他也就安生了！"

"阿弥陀佛，罪过，都这么年轻，可惜了性命儿的！"

诸如此类不一而足。俞鸿图将马拴在街口，挨身挤了半日才到文庙街口，却被两个兵丁拦住，说："你瞎了眼了，还往里挤？里头不是秀才的，正在往外撵呢！想跟着这群王八蛋一道儿上西市么？"俞鸿图当众不便说明白自己身份，解说半日，无奈那兵丁竟是榆木疙瘩做的，好歹不放行。俞鸿图恼上性来，"啪"地一个耳光，掴得一个兵丁跟跄几步：

"你去禀知张兴仁，说是俞鸿图来了，问他叫不叫进？！"

"我管你妈的鱼红图鳖黑图，老子是奉命挡人！"那兵丁不禁大怒，"撒泡尿照你那影——还要找我们张学台！——拿下！"几个兵丁立刻一拥而上，死死架着俞鸿图便往街里走。俞鸿图一眼瞧见钱度带着几个书吏忙忙过来，大叫道："钱度，钱度！"

钱度被他叫得一怔，睃眼见是俞鸿图，忙喝退了兵士，说道："大人受惊了，这会子不是赔罪说话时候。我还要去前头见开封城门领①。叫他们带您去见制台。"说着匆匆去了。俞鸿图憋了一肚皮的火，好半日才平静下来，随着衙役们径至坐落在文庙北边的书院，一到书院门口，便被那场面惊怔住了。

罢考的秀才共是五百多人，都坐在书院过厦三楹大门外的照壁后，绕

---

① 四品武职，相当于城防司令。

书院八字墙高悬着上百盏气死风灯，还有从衙门里搜罗的各色灯笼有几千盏，将这座河南最高学府门前照得通明雪亮。秀才们都穿着青衿，灯下看蓝汪汪的一片，盘膝正襟危坐，几乎咳痰也不闻一声。一丈多高的两个大石狮子各挂一块白布，上写着血红的朱砂大字：

> 斯文焉扫地　胥吏之能以欺　乃百代奸佞陋政　大吏小吏宁不戒惧？
> 劳心者治人　劳力者治于人　此千古圣贤遗训　上智下愚岂可更易！

淋淋漓漓甚有精神。静坐场外也有十几个各衙门的师爷书吏，翻着册页瞭着人似乎在查对什么，照壁前灯影里黑鸦鸦站着三个方队，都是军士，却都没有带兵器，因此这边虽然是现场，只是沉闷压抑些，不像文庙街口那样森严肃杀。

"俞爷，请这边，从仪门里进去。"带路的书办见他看完了现场移步要上台阶，忙将手让至东边，说道，"制台臬台学台他们都在至公堂上议事呢！"

俞鸿图点头随他逶迤进了书院，果见田文镜、柯英和张兴仁都在至公堂里。这里只点了两支细烛，比起外边反而暗得多，幽幽晃动的烛影下，三个省台大员脸色变幻不定，张兴仁坐着，柯英站着，田文镜不停地踱步，清癯的身影幽灵一样不时掠过堂前的大玻璃窗。见俞鸿图进来，张兴仁欠了欠身子，说道："四爷派人来了，请俞大人主持。"俞鸿图忙转述了弘历钧旨，笑道："我是徐庶进曹营一言不发，你们该怎么办按你们的章程来。"

"秀才们并没有造反，也没有毁骂朝廷。"柯英剃得溜光的脑门子在灯下映着酒坛子一样的光，吭了一声说道，"他们就这么硬坐，请大人们出来说话。没犯王法，你叫我怎么下手，又该从谁身上开刀？"俞鸿图不言声绰了椅子坐在旁边，听田文镜道："抗拒朝廷之令，聚众拒考还不犯法?! 凡到这里的都是刁顽之徒，我看要一概拿下，剔别清楚，为首的要正法，煽动闹事的革去功名，其余的记过，允许与考。就这么办！"

俞鸿图方才在堤上对田文镜刚刚生出一点怜惜的心，一下子消失了个干净：生员们不过是对朝廷"官绅一体当差纳粮"的新政不熟悉，不领会，老老实实坐在外头请见一下大人。你再尊贵，总逃不出这个天理人情，就出去解劝一下，宣明皇上恩旨的内衷，大事化小不也是功德？一开口就立意不善，一网打尽地整治！正寻思间张兴仁已冷冷顶了回来："恐怕不能这么囫囵吞枣地处置。这里头多少都是十年寒窗苦熬了一衿，或者有些俊茂之才将来出将入相，事业功名不在我们下头。先在档上记这么一笔，也许就毁了他们一生，河南文气本来就平常，我还指望着里头出个状元呢，这事只能善罢，如要摧残，我这里就说不通！"

"田文镜！"柯英突兀地提名道姓喊了一声，"秀才们就是不满你的苛政才聚众请愿的。你为什么就不能屈尊出去见见，和息了不是更好么？"柯英是司兰布的次子，父亲在随康熙西征时是亲兵，在科布多掩护康熙突围阵亡，挡住了飞如羽蝗的箭护得康熙周全。康熙得脱大难，即在凉州城为司兰布建祠，封为城隍，司兰布子孙入镶黄旗世袭罔替的伯爵秩位。既是正牌子旗人，又无后顾之忧，常不把田文镜看在眼里。河南和田文镜闹生分，他是第一个撕破面皮的。此时柯英暴怒得青筋突起，啐了一口，骂道："天生的周兴、来俊臣——我就和你过不去，你他妈怎么样？"张兴仁在旁忙道："老柯，有话慢慢跟他理论，别动粗！""动粗？"柯英鼻子不是鼻子眼不是眼，"要由着我的性子，我还想揍他呢！"

田文镜盯着两个人，目光熠然一闪，又倏然隐去，他眯缝着眼睑，像两道能活动的土墙遮蔽着昏暗的瞳仁，良久，格格一笑道："弹劾我的文章已经拜读过了，除了两句撒野的粗话没什么新鲜东西。皇上新政旨意早已布告天下，生员为天子门生，他们自己就有宣讲布化之责，这会子还要再去按着手教给他们？这是开国头一次罢考，如不能雷厉风行从严镇夺，往后群起效尤，我们谁能承担这'始作俑者'四字？至于说我是什么酷吏，你们还可写折子嘛！"

"你就是酷吏，也会有请君入瓮那一天的！"柯英厉声说道，"河南人民不聊生，就为有你这个'模范'！"

"模范是皇上说的，不是我自封的。你这话只索再写折子！"

"你以为我不敢？"

"你当然敢，你不是有个好老子么？"

柯英气得浑身乱颤，绰椅子就要砸过去。却被张兴仁死死按住，兀自呼呼直喘粗气。田文镜冷笑道："我晓得李绂也参了我，加上你们也才四个人嘛。我等着皇上处分，也写了辩折。不过眼下我还是总督，河南军政民政财政文政的担子还是我挑着。你们怕做恶人，我是个王安石、少正卯，我不怕。既然臬司学政不肯出头拿人，我总督衙门要动手办这个案子了。"

"制台，"张兴仁站起了身子，灯光下，他的脸色毫无血色，"我来办。不过要折中一下。我去宣明制台的宪命，如果遣散了，也就罢了。然后从容追查为首的，请示圣命按旨办理。好在明日才是考期，今日静坐不要加这'罢考'二字，成么？我们弹劾你是光明正大的，有舒适话下来再撕掳。君子爱人以德，就本心而言都没有恶意。如果我这个建议你不嘉纳，也只好悉听尊命的了。"

这一刻田文镜也已完全冷静下来。罢考是一件轰动天下后世的大案，一样的"模范"，李卫的江南，鄂尔泰的云贵都没有出乱子，偏自己最要强，偏河南就罢考，也甚不体面。思量着，田文镜粗重地透了一口气，说道："好吧！且照你的办。这是为首的，一个叫秦凤梧，一个叫张熙——我已经查清了，你断不能行妇人之仁叫他们漏网。其余的只要明白按时应考，我就网开一面，胁从不问。"说着从袖子里抽出一张纸条递给张兴仁，又转脸对柯英道："这里的事交给学台，你也不用管了。"

"请俞大人回驿后代卑职请安，这里一切由张大人料理了！"柯英哼了一声，向俞鸿图一揖，理也不理田文镜拔脚便去了。田文镜也是一哼，待他走远了才独自出了仪门，恶狠狠扫视一眼静坐着的秀才，背着灯影拉过马来，朝马屁股狠抽一鞭，也自去了。

第二十五回　感皇恩抚台效孤臣　恪圣道学台纵首犯

　　田文镜一回衙，立刻叫过刑名房衙役班头李宏升，也不进屋，就黑地里站在天井院里吩咐："派人到书院，知会毕师爷和钱师爷，说我已经回来了，留几个人瞧着张大人如何处置，请二位夫子回来商量事。你亲自到驿馆禀知宝亲王爷，就说总督衙门人已经撤回，臬司也撤了。请宝亲王示下，我现在能不能过去请安，并告王爷，文镜一定将这事料理妥当！"

　　"是是是！"

　　李宏升一迭声答应着。田文镜也不理会，径自进了签押房。几个亲兵忙随进来，见屋里只点了一支蜡烛，张罗着要点灯时，田文镜摆了手道："所有灯笼都提到书院了，这盏玻璃灯是皇上赐的，不能轻易用。再添一支烛也就够用了，给我倒杯茶，你们退出去。"

　　众人知他性气不好，都无声退了下去。田文镜粗重地透了一口气，在安乐椅上半躺了下去，浑身骨节像散了架似的又酸又麻又困，肝膈间不时针刺般疼一下。他反身取了几本书垫在胁下压紧了肝部，见桌上放着当日从京师转过来的邸报，顺手抽了过来。看了一页，头一条就是户部列举各省垦荒亩数。河南是二十七万五千六百零三亩，赫然是第一名，但户部在后边加注说："据该省藩司衙门禀，数目尚未核实。待查。"还有一条是刑部的，说河南臬司衙门张行球纳贿，私和内黄县任连斌打死人命案，奉旨"着刑部会同河南按察使柯英查实奏明，钦此"。接着是表彰李卫的一条，说江南黄河河道缕堤疏水，已顺畅通过菜花汛，当年可以涸田三十万亩，也加了一条注："本年菜花汛，沿黄各省皆无水患，唯河南与安徽交界处微有决溃。奉军机处批，着两省藩司派员查看，厘清责任，限期合龙"云云。官场通习"邸报夹缝里看宪眷"一望可知，六部有高帽子就给别人戴，有尿盆子就往自己头上扣，田文镜气得将邸报揉成一团，"啪"地扔在地下。

"东翁，又生闷气了？"

门外传来毕镇远的声气。田文镜头也懒抬起，只瞥了刚进来的毕镇远和钱度一眼，说道："你们回来了，坐吧？"毕镇远俯身捡起邸报，小心地展舒着那纸团，和钱度坐了田文镜斜对面，笑道："这是扔不得的，要记档回缴呢！"田文镜冷笑道："有的省连密折朱批圣谕都缴不回去，这张破邸报有什么大不了的！张兴仁在做什么，还在那里说教么？"

"是。"钱度见毕镇远聚精会神正看邸报，恭恭敬敬欠身答道，"晚生和毕师爷走的时候，张学台还在书院门口台阶上训诲。劝秀才们安生回舍，明日按时应考。有不应考的，一概取消生员资格，有不遵宪命还要闹事者，要捕交臬司衙门严加处置。我看秀才们有些顶不住，交头接耳地议论，不知说些什么。"田文镜松弛了一下过于紧张的心情，抚着毛茸茸的前额叹息一声没有言语。毕镇远在旁笑道："怪不得群小一哄而起，皇上已经起驾去了奉天。十三爷病重，已经全然不能理事了。"

田文镜一把抓回邸报，果然见第二张邸报头一条便是："圣驾于四月二十六辰时发驾往奉天祭祖，前已有旨着睿亲王迎候。着三阿哥弘时晋封盛郡王，暂代宝亲王弘历理事。刘铁成、达格鲁乌、张五哥、德楞泰等侍卫从驾，张廷玉留京，鄂尔泰朱轼并礼部尚书尤明堂扈从前往。"急往下看，邸报又说："怡亲王允祥因沉疴历久不愈，请辞上书房大臣、军机处大臣等差。奉旨：着太医院医正刘印和率十二名御医尽夜看脉调护，着允祥子弘晈封宁郡王，入军机处值差。怡亲王与国同休之信臣，断不可一日辞差。体既不支，卧而委之可也。钦此！"下面密密麻麻还有几个省大员的奏折。却是处置地方要案的奏折被雍正驳了，另行具折说明情由的，田文镜也就懒得阅看了，将邸报放在桌子上，问道："宝亲王久在外省，如今又平白冒出个盛郡王，这里有没有什么文章？宝亲王的折子许久没有刊了。昨天邸报说，隆科多在阿尔泰山与罗刹会议，着撤去议边钦差大臣，即速回京听部严议。李绂奏称阿其那门人仍有来保定跪拜叩安的，请旨处置。总起来看，朝局莫不成又有什么动荡？你们劝我不要接阿其那来河南囚禁，看来还是对的。我其实不怕人查考我的政务，怕的倒是掉进'党争'窝里爬不出来——他们总不成把我也陷到'八爷党'里整我吧？"

"制台虑得太多了。"见田文镜草木皆兵杯弓蛇影，钱毕二人都是一笑。

毕镇远道："阿其那和隆科多这两个大案大局已定，我劝你不要让八爷来河南，是怕他来了不好侍候。豆腐掉到灰窝里，吹不得也打不得。本来制台就有个刻薄名儿，他万一病死或自尽，您更是一百张嘴也说不清楚。您是扳倒诺敏中丞起的家，诺敏是年羹尧的亲信，和隆科多也渊源甚深。您和阿其那更是风马牛不相及——您要和八爷沾边儿，那些御史言官还有六部里的大人们早炸了窝儿群起而攻之了，还等到今日了？"田文镜也觉得自己疑心太重，一笑说道："我是给人整怕了，觉得时时、事事、处处都有人跟我为难。"钱度道："您是太累了。既然还要等书院那边的信儿，不妨就在这椅上打个盹儿。我和毕师爷在隔壁给您拟折子，有事随时叫就是。"

田文镜已被方才这番话激得全无睡意，目光炯炯望着天棚说道："既是拟折子，就在这屋吧。我歇我的，你们议你们的——钱夫子写的那一稿我看过一遍，也罢了，有些地方似乎解释得不明白，皇上这人容不得半点含糊的。你们斟酌了我再看。"

毕镇远默默取过钱度递来的奏折稿凑到灯下去看，钱度取了誊稿纸，见砚里墨汁已经不多，就茶碗里倾进了些水，便磨起墨来。在霍霍的磨砚声中，田文镜的心也渐渐静下来。从雍正元年山西虚报亏空完结一案，他才和雍正皇帝真正"风云际会"。几年来已经摸透了这个主子的心性，其实最重的只有两条：一是忠诚，跟着雍正做事，不怕做错了，最怕的做错了还要文过饰非；即便做对了，要是雍正觉得你哗众取宠，那还不如不做。二是治绩，得顺着皇帝"振数百年颓风，刷新吏治"这个思路办事。你嘴再甜，差使上搪塞他，他照样掴你的耳光。雍正的耳目也真厉害，别说自己这样的大员，就是有些芥菜籽大的微末小吏的政务，也都了如指掌。去年元旦田文镜进京朝贺，山东藩司参革了即墨县令曹学明，当着几个督抚被雍正骂得狗血淋头。他永远也忘不了雍正当时那副满脸刻薄讥讽的神态：双手背着回头，像要把那藩台倒过来看似的，口中的话像刀子一样："曹学明到底因何得罪了你哈礼克？必定要挤之欲死？朕想，大约是你母亲寿诞，他只送了两包点心，或者有别的缘故也未可知。你说他诗里有'关山明月牵望眼'，是追怀前明，你诗里'春风明月总宜人'又是什么罪名儿？'学明'的名字也是罪！真是将欲加之罪何患无辞。你名'礼克'，甚么叫'礼'？公忠事君，以诚待下，你当得起这个字么？滚回去，下牌子叫曹学明以知府衔暂领即墨县令，陛见后另有听用。你当面向他认个'居心不正'的错儿——听着，再敢这么陷人以罪，朕就要将你交部议罪！"雍正冷森森阴幽幽的话至今犹在耳畔，那哈礼克几乎被骂昏了过去的情景尚在面前时隐时现……灯花爆了一下，田文镜闪眼看了看，又陷入沉思，陛辞时的情景又出现在眼前。乔引娣捧着盘子立侍在澹宁居暖阁纱屉子一旁，雍正换替着用热毛巾揩着脸，语气沉重又带着嘶哑，说道：

"抑光，你又要回去吃苦了。"

……自己说什么来着？当时心里混沌一片，嗓子哽着，已经记不清楚说的什么了。"朕知道，你一边做事一边还要防人暗算，很苦。其实朕也一样。这不，有人在背后捣弄什么'八王议政'，想夺掉这个皇权。朕尽量周全，人家要不拿朕当皇帝，也只好随他。天要下雨，娘要嫁人，多少年的事朕也只好挽个结儿，也难顾子孙们怎么想我这'雍正爷'了。有句老话'文死谏，武死战'，都是讲忠臣的，其实朕不赏识'忠'臣。国乱出忠臣，势危出忠臣，君昏出忠臣，那是什么好事！朕赏识的是'孤臣'——于艰难竭蹶之中，处荆棘榛莽之内，诚心事主不计得失，动心忍性，打碎门牙和血吞，创不世之奇勋，即一时为人误会，也能峭然孤立，特出于众——这才是真汉子，大丈夫。朕自己就是孤臣出来的，忍受了奇耻大辱，挺住了十面埋伏，终于使圣祖识得了知道了朕。虽不想当这个大任，老人家还是把这万几宸翰交付了朕。其实鄂尔泰在云贵，李卫在江南何尝不是众目所视，千手所指？他本来就在苦境中挣扎着为朕做事办差，还架得住朕再疑心他，作践他？所以愈是遭众人攻讦的，朕处置起来愈慎重，就是怕有孤臣在里头叫人给毁了。朕不敢负了圣祖托付，殚精竭虑要把天下治好，要那些四面净八面光，琉璃蛋儿哈巴儿狗溜好人马屁精的奴才做什么？"

……想到这里，田文镜如醍醐灌顶，心目顿时清亮。因见毕镇远托着下巴拧眉攒目地也在思索，笑问道："毕老头子，出神呐！"

"哦！"毕镇远惊颤一下，回过神来，拍着钱度的折子道，"晚生在思量这份折子。钱度兄的文笔是无可挑剔的，方家手腕天衣无缝。我是想，这么就事论事地辩白，无论如何分量不够。"钱度是举人出身，半路当的师爷，为人极为精明机灵，总督衙门的人给他个绰号"钱鬼子"，听毕镇远这个头号师爷这么讲，心里不受用，笑道："那就请毕老夫子指教。"毕镇远自邬思道去后成了田文镜须臾不离的左右手。田文镜也一改昔日对师爷颐指气使的性子，一口一个老夫子礼尊客敬，已替毕镇远捐了道台衔。只是衙务还离不了这位忠心耿耿的幕僚，一时没有放出去做官。毕镇远当下笑道："我们商议，说不上指教。方才看过邸报，对制台心怀不满的人很多。今天这份折子细细辩白，明日又有别人弹劾，我们再写折子细细辩白，只有挨打的份，毫无还手之力，这不是处常之法。"

田文镜低头想想，说道："说得有理。不过，敢于公然具折书之庙堂的，并没有几个人。而且皇上朱批明写着叫我'明白回奏'，怎么可以束之高阁？发下的折子又是挖去了弹劾人姓名的，就要回戈反击，又怎么措词呢？"毕镇远道："我正是在想这件事。这折子文理脉络、语气，定是李巨来公的手笔，他也是天子驾前一等一的信臣。要是扳倒了他，别的人谁还敢信口雌黄？但皇上既挖去了名字，我们措辞何其难也！"

"这不是李绂的手笔。"钱度心思灵动，他变得有点兴奋，小胡子一翘一翘说道，"我们不相信这是李公的奏折。"

"肯定是李绂！"田文镜道。

"我是这个意思，"钱度狡猾地一笑，"当然是李绂，但既挖去姓名，我们尽可装作不知道是他。"毕镇远道："装糊涂容易，文字上又该怎么变？""在'朋党'两个字上做文章！"钱度小眼睛霍地一亮，精光通人，咬着牙笑道，"对他折子上那些荒唐话可以一概不予辩白，只向皇上谢罪：因为报效皇上的心太切，做事过猛，得罪了读书人。嗯——正好这边也有罢考的事，连带着写一篇自劾文章给皇上看，就说：虽然不知道折子是谁写的，详其词意，必定是个进士。臣得罪了读书士子，进士们鸣鼓而击之，实是罪有应得，这一层一定要写得万分恳切，惶惶危惧之心见于言表。然后说自己的本心，其实异样敬重读书人，把留心选拔人才，将有真才实学的科第出身官员升迁委任的事用列出来，只是担心这些人借科名植党营私，沽名钓誉，这才时时严加训诫，也是恨铁不成钢的一份诚心。最后说明制台自己不是进士出身，有不检点处亦不能见谅于科班出身的官员。总归一条，一片好心，难为人所知，身为大员不能审势量度结好同行，取信于孔孟之徒，这就是罪——我想这篇文章就这样写，大人以为如何？"

这真是一篇老谋深算的翻案文章。雍正厌憎臣下结党，历来对科目出身的官员拉同年攀乡梓争奥援深恶痛绝，在"结党营私"上狠做文章，确是棋高一着，不显山水便把李绂送到了绝路。同时连带河南士子罢考，把总督的责任一推六二五，也全是因张兴仁和柯英、阿山布罗共主通谋串连煽动的结果。一石数鸟，真是妙不可言。这一手段虽然绝无破绽，田文镜细思，绝非光明正大之举。且李绂在湖北万众拥戴卓有政声，只是因为不赞同皇帝的新政未列入"模范"，论起雍正心中的爱重，其实也不在田文镜之下。还有一层，田文镜与李绂未达之前曾是患难之交，下此毒手，士林清议民间口碑也甚可畏。因此，田文镜略一静心，脸色又阴沉下来，喟然叹道："论起李绂这人，算不上我的私敌，这人也还正派。这个冤家结得很无谓。"

"这不是制台要整李巨来，"毕镇远略一沉吟，已知田文镜心思，缓缓说道，"是他定要跟您过不去。设如挖去的姓名不是李巨来，或果真就不是李巨来，为自卫计，制台的折子不也要这样写么？"田文镜心情沉重，点了点头正要说话，见李宏升匆匆进来，便不言语。李宏升叉手禀道："制台，秀才们已经散了。"

田文镜无声喘了一口气，"张学台呢？"

"已经回衙门。"

"那个秦凤梧和张熙呢？拿到了没有？"

"回制台，小的不知道这件事，学台衙门没有拿人。只说为首的要薄有惩戒，其余不问。叫秀才们明日按时进龙门应考。"

田文镜"啪"地一拍椅背站起身来，目中凶光闪烁，说道："罢考抗命聚众闹事，大清史无前例，早已惊动朝廷四海皆知，怎么能不疼不痒一散了之?! 这个张兴仁仗了张廷玉的势，真是胆大妄为！李宏升，你带几个刑名房衙役，立刻到南市街口殷家老店，拿了张熙和秦凤梧。那个店的秀才是发起罢考的，其余的也都带来，只不要上刑具——给我备轿，去学政衙门！他不来拜我，只好我去拜他了！"他气血翻涌，咳嗽几口，又呛出一口血来。毕镇远和钱度待上前劝时，田文镜已不管不顾，梗着脖子几步消失在黑暗之中。

但张兴仁却不在衙门里，田文镜扑了空。学政衙门司阍的见总督黄夜造访，也不敢怠慢，禀说："张学台回衙没停就又出去了，说去了宝亲王爷那儿回事儿去了。"田文镜听了掉头便走，一边上轿，厉声吩咐："不要鸣锣了，转轿去惠济河驿馆！"轿夫们"噢"地应一声，抬起轿便是一阵疾走，待远远见到驿馆前红灯时，估约也就一顿饭光景。驿馆守门的见他下轿，忙过来禀道："制台来得正好。王爷传命正要派人去请呢！"

"张学台在里边么？"

"张学台，还有柯臬台都在里头给王爷回事儿。"

田文镜不再说什么，抿紧了嘴昂然直入。到天井里正要报名，弘历在屋里笑道："文镜么？一整日几乎都在一处，不要闹这虚礼了。进来吧！"田文镜听弘历语调松快，心头的紧张愤懑稍减了些，待嫣红挑起竹帘，从容跨进室内，果见柯英和张兴仁都坐在桌子旁边，别转了脸不看自己，田文镜便也不打招呼，只向弘历打了个千儿站在一旁。

"坐着吧。"弘历笑容里带着掩饰不住的疲倦，说道，"我正在和两位台司打擂台呢！你来得好。河南千事万事，你是事主，还要你说了算。只有一条，见识不一样不要紧，不可有了生分的心。一个省和一个国道理一样，将相不和子弟离心，总归治理不好。你说是么？"

田文镜舒展了一下官袍前摆，刹那间他已经冷静下来，自己的奏辩折子其实要扫到这两个人，此时犯不着当面动肝火。一边思索，口中笑道："是为罢考的事吧？我刚刚儿从学台衙门趱到四爷这边。秀才们闹事，冲的也不是我田文镜一个人，我们毕竟在一条船上。不然他们怎么不寻我闹事，反而去了兴仁兄那里？"张兴仁大约受了弘历的申饬，也不愿再次和田文镜争吵，脸上绷得紧紧的肌肉松弛了一下，叹道："我和督帅没有私怨，意见不一致也是因为公务。我来河南时日不久，学台又是个清水衙门，仰仗地方的多着呢！怎么敢随便开罪大府？河南文气本来就不盛，多少年别说鼎甲，连个二甲进士也是凤毛麟角。文人秀士于政事意见不合，多听听他们的总没有坏处呢？何必一定要硬压清议？""他们这也算不上什么清议。"田文镜一笑说道，"均田亩均赋税均到了他们头上，惹得光火了，跳出来找茬儿。前明海刚峰施行'一条鞭'法，也是激恼了大业主，群起而攻之，罢了海瑞的官。'一条鞭'法没能弄成，也就种下了亡国之祸。前事不忘后事之师，这不可掉以轻心的。"

"当今时势和明嘉靖年绝不相同，人也不同，事也不同。"柯英立刻接口说道，"我就不信，不弄这个缙绅当差，大清就会亡国了！"弘历皱眉说道："缙绅当差是朝廷旨意，田文镜奉旨办差，柯英你说话留神些。"柯英道："朝廷旨意奴才自然奉遵。但旨意里还说，各省情形不同，要审时度势因地制宜。河南是个穷地方，大业主连江南十成之一也占不到，纳粮的事已丈量过土地，已摊丁入亩，为培养士林之气，给缙绅人家略存体面，就免了这'当差'一项，于通省财政疼痒不大。本来三个核桃两个枣的小意思，何必折腾得官场民间鸡飞狗跳，人人心里不舒服呢？"

田文镜至此已经知道弘历与他们意见分歧，顿时胆子壮了许多，格格一笑说道："我半点也不想和二位争吵。这次秀才试院闹事，是有头领也是有步骤儿的，蓄谋得久，所以'静坐'得也有条不紊，此事绝非小事，下瞒不了细民百姓，上瞒不了圣明天子。本来应该一体擒拿，根究穷治，我让一步，胁从既然不问，首作俑者难逃王章国典。我离开试院时已经委托兴仁兄代为缉捕张熙秦凤梧二人，不知拿到了没有？"

"没有。"张兴仁道，"现场不能拿人，怕重新激起事变。散了之后我派人去殷家老店查问，店里人说他们三天之前已经另挪了地方——这不是什么大事。明天他们进龙门搜身时，神不觉鬼不知的就拿了。"田文镜吊着嘴角，带着掩饰不住的轻蔑只是冷笑："老兄仁德到了糊涂的地步，张熙和秦凤梧如果自觉无罪，何必逃离殷家老店，如果自觉有罪，此刻早已远走高飞了。"还要往下说时，驿馆门政进来禀道："制台，衙门里李班头来，说有要事禀知。"

田文镜向弘历告便出来，迎面一阵冷风带着星星细雨扑上来，激得他打了个寒战，这才知道天上已经下雨，踩着抹了油一样的石板甬道出来，见李宏升已在二门口等着，便问："殷家老店人犯都走了？"

"是。"李宏升道，"原来鼓动闹事的那帮秀才，昨个都已经搬完。小的派人寻了半个城的店，拿到一个叫黄世雄的，抽了几个嘴巴才问出来，原来——"他放低了声音，"那个张熙是四川人，商丘有个老姑奶奶，他是外省生员来河南顶籍出考。秦凤梧是洛阳的，自号'龙门秀士'，和河南府罗老爷他们相与得密。三天头里学政衙门梁师爷曾和这二位一处吃过酒，以后就搬家了。"

"你是说，秦张二人如今藏在学台衙门？"

"小的不敢说。"

田文镜顿时怔住：李宏升今晚还在试院门口向自己指认了张熙和秦凤梧，这两人就是插上翅膀此刻也出不了开封城。如果要藏，听李宏升说的话风，极有可能就藏在学台衙门。但省学台衙门直隶于礼部，虽然没有实权，地位并不低于藩台，没有圣旨，何敢擅搜？搜出来还好说，搜不出来便又起轩然大波，而且更要命的是省台大衙的方面大吏都是对头。张秦二人也许藏在柯英甚至阿山布罗衙里，那更是无法搜查。田文镜搜肠刮肚一顿思索，已经有了主意，对李宏升道："你不要走，就在这等着我的号令。"说完转身疾步回上房，对张兴仁说道："张熙秦凤梧已经畏罪潜逃，下头人说是贵衙门的梁师爷窝藏了。兴仁兄正好在此，请你出个主张。"

"在我衙门里？"张兴仁心头一震，脸色一下子涨得猪肝似的，"唰"地站起身来，手指着外边大声道，"哪个'下头人'？你叫他进来！梁兴德树叶掉了都怕砸脑袋的人，会做这种事？"田文镜一躬身笑道："兴仁少安毋躁，兄弟这不是正和你商议么？""我和你没什么好说的，我忍气吞声，已经够了。"张兴仁回身向弘历一揖，说道，"田文镜实在是亘古第一位圣贤，我不配在这当学政。四爷，您将学生就地罢官，让姓田的派兵进驻书院好了。"

他态度如此强硬，田文镜心头掠过一丝不安，但他毕竟是曾经沧海难为水的人了，格格一笑，说道："兴仁兄，派兵进驻你书院，只要有旨意，我也不是不敢。这话是你说的，我可没有这个意思。秀才们这次闹事，你觉得事小，我觉得事大，你我二人不同仅在于此。就把这事原原本本奏明皇上，焉有不缉拿首犯之理？我倒好意和你相商，你这么大火气，兄弟怎么当得起？"

"这种不阴不阳的样子真让人瞧着恶心。"柯英在旁越看越觉得田文镜面目可憎，见弘历端着茶杯只是沉吟，遂大声道，"你到底想怎么样，说明白点！"田文镜毫不容让，一字一板说道："我根本不为已甚。请兴仁兄回衙自己清理一下。这开封城已被我总督衙门严密监视。人身三尺世界难藏，他们毕竟难逃我的掌握！"

弘历在剑拔弩张的气氛中紧锁眉头，几次要说话都咽了回去。柯英张兴仁同情秀才，窝藏主犯的事不见得做不出来，田文镜这般气势也逼人太甚。他也真看不下去这副嘴脸，但这种人偏偏皇阿玛就喜爱！他阴沉了脸，刚说了句："你们放肆！不审量自己身份，在我这里大呼小叫，这是什么体统？——"门外远处雨地里叽叽叽叽一阵脚步，邢建业跑到檐下禀道："四爷，外头一个秀才叫秦凤梧，要见学台大人，说他是秀才罢考的主犯，投案来了！"

几个人一同站起身来面面相觑。张兴仁脸上青红不定，柯英用得意的眼神望着目光游移的弘历。田文镜面现尴尬，干笑一声道："他来投案，那再好不过。"弘历却道："这人有胆，叫进来我瞧瞧！"

第二十六回　风涛黄水弘历遇险　同舟共济倩女显能

　　秦凤梧被带了进来，他身上青布长衫已被雨水湿透，头发也抿得紧贴在头上，发辫梢儿微微向下滴水，白皙清瘦的面孔显得很平静，进了门也不行礼，揉着刚才被拧疼了的胳膊打量着屋里几个人，良久才对张兴仁道："学台大人，您衙门口张了告示，要拿我。我是刚知道的，特地来投案，请大人发落。"说完，瞟了田文镜一眼，面向张兴仁一提袍角从容长跪在地。

　　"就你一个？"田文镜不知怎的，自觉有些狼狈，随着众人落座，咬着牙问道，"这么小个臭虫，就顶起卧单了？你的同谋呢？"

　　"晚生没有同谋。"

　　"那个张熙呢？"

　　"张熙不是同谋。"秦凤梧不屑地看了看田文镜，"我立心要罢考，做一件震动天下，惊醒后世的大事。从策划筹谋到串连秀才，领头静坐，都是我一人所为。张熙不是本省人，和我投缘，帮忙跑跑腿而已。他已经离了开封。"

　　田文镜见他一兜儿揽了，也很佩服他的胆量，盯着又问道："他既无罪，为什么畏罪逃跑？"

　　"你是田制台吧？"秦凤梧冷笑一声，说道，"我现在还没革掉生员功名，是来向张老师投案的。你要审我？"

　　按清制举人秀才犯案，不经学台衙门革去功名，地方官无权拿审，田文镜被他顶得倒噎气，咬紧了牙盯着张兴仁。张兴仁在他目光的逼视下，无可奈何暗咽了一口气，厉声道："你有大罪在身，还敢如此狂妄？回制台的话！"

　　"那好，我就实说。"秦凤梧道，"因为田制台是天字第一号的不讲理刻薄成性的人。张熙受我指使参与罢考，出头露面太多，匹夫无罪畏刑，所以跑了。"看着众人愕然惊讶的神色，秦凤梧接着侃侃而言："田制台太爱滥杀无辜了。看看他判断的几个案子就知道，只是沾边儿入案，只有重判的，没有轻恕的。晃刘氏一案，杀了多少人？葫芦庙白衣庵和尚尼姑为首的活活烧死，为从的格杀勿论！内黄县令贪渎一案，正犯斩立决，归德府六十余名府县和未入流官人牵人人连人，罢了个干干净净——难道里头一个好人也没有？以刻薄为聪察，以残酷为乐事，这就是田制台——这样的行为心田，就是无罪，谁肯往案子里卷？"

弘历年纪虽然不大，但十三岁之后屡屡奉旨巡视数省，见过不少大吏审讯江洋大盗，其中也不乏视死如归的英雄好汉刑场大骂贪官污吏，但那都是就案说案，语言粗率不堪。秦凤梧以一介书生率众罢考，毅然投案，当面指斥田文镜为政之非，侃侃直陈毫无畏惧，见识不全对，这份胆识极为罕见。他稳稳坐着，目光灼灼盯着秦凤梧，心里盘算着如何救他。柯英和张兴仁只觉得秦凤梧的话句句都是自己想说又不能说不敢说的，越听越是解气、痛快。

"你说得真痛快。我佩服你的胆子。"田文镜的脸红一阵青一阵，头也阵阵发晕，听到后来，只看见泰凤梧一张模糊面孔，已不知他都说些什么，许久才回过神来，按捺着怦怦乱跳的心，用喑哑沉闷的语气说道，"好一张利口！田文镜岂不是应该投畀豺虎的巨奸大恶了么？汉继先秦，以宽刑法；诸葛治蜀，以猛为政。我不妄攀，但可类比。河南民风刁顽，痞癞之徒悯不畏官而惧刑戮，就是因为从前太宽纵了。所以我不能不冒残苛寡情的名声从严治豫。你身为生员且是洛阳名士，胆大妄为，辄敢于煌煌太平之世邪言惑众扰乱国家抡才大典，肆口侮蔑朝廷大吏，自首虽有宽典，恐怕不及于你！兴仁公，这样的人还要留在斯文队伍里么？"

张兴仁被他当面将了一军，才意识到自己的身份。他干咽了一口唾沫，说道："学政衙门出告示时，已经革去了你的功名。张熙也是一样，已行文四川，照例除名。后生子，苦海无边，回头是岸，到了臬司衙门，好生悔过认罪。你是投案自首的，援例宽贷，还有一线生机。"

秦凤梧绷紧了嘴，傲然昂起头来，一声也不言语。田文镜憋着一肚子气摆了摆手，李宏升已带了两个衙役进来，秦凤梧揉了揉跪得发木的腿，冷漠地扫视众人一眼，跟着李宏升踽踽去了。

"就这样吧，天快要亮了。"弘历心里突然一阵别扭，站起身来想打呵欠，又止住了，"按文镜的处置办理，下海捕文书拿那个张熙。其余与考生员，凡静坐过的一律记过一次。阿山布罗、柯英和张兴仁，我劝你们去看看黄河堤岸，各写一份谢罪折子递进去。从此不要再与田文镜过不去，听不听是你们的事。这个秦凤梧，文镜可以另外具一份折子奏进去。人，让我带回京去。"说罢，不耐烦地摆了摆手。几个人退出去，弘历仍毫无睡意，只觉得身上燥热，心里乱糟糟的，说不出是什么滋味。他默然蹀出堂房，站在檐下，任冷风凉雨吹洒到身上，飘落到脖子里的细雨反而使他觉得心里清爽了许多。雨幕远处传来一声隐隐约约的鸡鸣，一切又沉沦进黑暗之中。

"今天谁也不见。"弘历对随在身边的邢建业说道，"明天一早就走，河南这地方太糟心，太没意思了。"

弘历第二天四更起身便离开了开封城。为了不惊动城中文武官员，将十几篓茶叶和走骡等一应物品都留在了驿馆。由俞鸿图出面至臬司衙门将秦凤梧从牢中提出来，弘历只带了刘统勋和温刘氏、嫣红、英英，由邢家兄弟护送连带看管秦凤梧，无声无息出了城北门。又沿堤向下游行了二里许地，见一带河面宽阔，渡口上只有两三条船，桥板旁边的沙滩上孤零零架着两间板房。此时天阴得很重，东方些微带了一点曦光，细得雾一样的雨尚在飘落，岸边稀落的麦穗在风中不安地摆动着沉重的身躯。放眼北望，黑沉沉的河面蒙在霾云一样的霰雨中无涯无际，怪啸着直泻而下，漫漫荡荡消失在混沌不清的远方。弘历见刘统勋望着河面只是沉吟，笑道："迟疑什么？快去叫门，过了河寻个店铺，我们还没吃饭呢！"秦凤梧规规矩矩站在邢建忠身边，也在眺望茫茫四野，不言声从袖子里取出三枚铜钱放在手里合掌摇了几下，抛在沙滩上。

"老实点！"邢建忠道，"你捣什么鬼？"秦凤梧没有理会他，蹲下身子看了看，失声叫道："大人！现在不能过河！"

正要去敲门的刘统勋吓了一跳，趔回身来看时，只见三枚铜钱两反一正落在沙窝里，因道："这是讼卦！——四爷，我看这天色不好，水势凶险，不急着过河，再等一个时辰，天亮定了再过河，成么？"

"'讼'卦？"弘历也转身过来看了看，又打量一眼秦凤梧，说道，"这有什么稀罕的？昔日太宗皇帝与洪承畴松山一战，也卜'讼'卦。为兵凶战危求卦，得凶反吉，懂么？这卦中有'利见大人不利涉大川'的话，所以吓住了你们。但卦象还说过'天与水违行'，我们做事能忘了'天'道么？"秦凤梧显然没有料到这个阔哥儿一样的少年如此博学。但明明是凶卦偏要强释为吉，心里自然不服，因道："生员是个人犯，淹死与刀杀无非都是个不吉。卦解中明明说'不利涉大川，入于渊也'，您非要这么说，我只好听命。""你这句话还略有道理。"弘历一来肚中饥饿，二来也怕天亮，田文镜必然知道自己已经离汴，又来许多搅扰，一笑说道，"我命系于天，违命即是不祥。你们看，这么大的船，艄公住在岸边，有家有户，不是歹人，过这条河有什么为难处？我南下金陵，扬子江的风涛比这要大一倍，也是凌晨过的江，有什么不吉处。"

他们在外边大声说话，早已惊动了板房里的船夫。门吱呀一声响，一个六十多岁的老头子咳呛着，揉着眼出来，冲西边板房喊道："阿二阿三，有客人摆渡了，还要挺尸么？天阴着，不然早就大亮了——老婆子，把夜来剩饭热热我们吃点就上艄了！"便听东板屋一个老女人声气答应一声，一阵柴火响，已冒出炊烟。两个儿子扣着钮子也推门出来，到船上起锚。一阵铁器相撞声风箱声和老头子的咳嗽声，给这阴沉可怕的凌晨带来不少活气。刘统勋上前对那老艄公说道："老人家，我们要过河，这天儿成么——怎么这渡口只有你一家？"

"上游修了新渡口，客人多，都迁过去了。"老艄公接过老婆子送过的一大碗热面条，向嘴里胡乱挑着，满是眵目糊的眼看了看渡口，说道，"这边呢，还有几条船，都在对岸，早起儿进城人多，这边没生意——这天儿怎么了？只要不是河汛涨大水，下猛雨也照样过人！"说话间阿二阿三也已吃完饭，扯着衣襟擦着嘴不言声去河边解缆。刘统勋打量他的两个儿，都体魄剽悍身材魁梧，只是阴沉得像哑巴一样，心里觉得不妥，但见弘历已经挪步上桥板登船，只好和众人跟上来。那老人把舵，阿二阿三各人手持一根长篙，在料峭的晨风中冉冉走帆，"哟——嗬——"一声长号，双篙点岸，大船一荡，悠悠地离了岸。

船很大，分着前后舱和舱底。弘历和温刘氏、嫣红、英英坐在后舱，刘统勋和邢氏兄弟看押着秦凤梧坐在前舱，十个人乘坐还显得很宽敞空落。弘历原本心情颇好的，见刘统勋几个人面色紧张得苍白，手都攥得出水来，僵坐在前舱惶然顾盼，众人都沉闷得一句话也不说，也不由得扫兴。此时隔舷窗外眺，苍苍茫茫天水相连，远近水面白浪翻涌黄水逆沸，片帆只影皆无，震耳欲聋的河啸声中不时传来舵把单调而又枯燥的咯吱响动。约一刻时辰，南岸也消失在混茫水色之中。弘历被潮湿的河风一吹，身上激灵一个寒战，陡地升起一种不吉利的感觉：我怎么忘掉妙手空空那首诗?!万一船至中流有个闪失，谁来救护？万一上了贼船……他一阵心慌，不敢沿着这个思路再想下去。定神看时，外舱依旧寂然无声，里舱三个女人倒似心情平静。嫣红手里拿着用竹圈绷得紧紧的一块生白布，用一根一根不同的丝线专心致志地抽空绣针。英英还不脱孩提之气，手心手背翻来覆去抛着抓弄一把铜钱。温刘氏神色安详，一会儿张望船外景致，一会儿含笑看着两个丫头。弘历思绪一转，打量着她们又想，这两个孩子也算长得可人意儿了，就是这个温刘氏，退回十五年，也算标致人物儿呢！想着，笑道："你们才来，驿馆里侍候的人手多，也没使唤着你们。过河再往前走，我的起居可要靠你们照应了。"

"爷这会子恐怕就要靠我们了。"温刘氏微笑道，"那个囚犯书生的卦真灵。爷，咱们上了贼船了！"

弘历身上汗毛一炸，几乎要跳起身来，双腿一软又坐了下去，惊慌地向外看看，阿二阿三仍在船头东一篙西一篙地乱点，摇舵声音也无异样，不禁失笑，说道："你要吓死我么？秦凤梧要真有这个能耐，怎么不算算自己，就落到这个地步？"外舱秦凤梧听见弘历这话，忍不住回嘴说道："'千金之子坐不垂堂'，君子知命不履于险地。即使平安过河，我的劝说也不错，不利于涉大川偏要涉就是违命。我一片好心肠半点歹意也没有，先得罪于田制台，后见误于大人，真是奇哉怪也！"刘统勋见秦凤梧如此狂放大胆，正要张口呵斥，和弘历挨身坐着的温刘氏从嫣红手里捏过一包绣花针，口中道："我这就让爷瞧个热闹——"一头说，手指卡在底舱板缝里，略一用力，那底舱板"嘎"的一声大响，已被她揭起一块。

"娘的个脚，听壁角贼！"温刘氏一边骂，右手一挥，十几根绣花针脱手激射而出，口中兀自道，"钉瞎你们狗眼！"弘历正惊怔，便听舱底"妈呀"一声惨叫，似乎是两个人的声气。大约真的是被打瞎了眼睛，只听一阵急促的跺脚声，一个破锣嗓子吼声大叫："黄水怪！失风啦！快他妈救我们！"

几乎同时，这条大船失了控。此地正当黄河中流，大船像断了线的风筝左一晃右一摆，飘飘摇摇顺流直下。邢建忠一把将秦凤梧揉进内舱，自己守了舱门。邢建业邢建敏邢建义三个人早拔刀在手一拥而出，只见那老艄公威风凛凛手持大板刀，钉子似的稳站在船头，已经扯去了胡须，竟是个三十多岁的精壮大汉！

"动手！"老艄公大喝一声，"上我黄水怪船者有死无生！阿二阿三对付那个小白脸，这三个货我包了！"

阿二阿三答应一声，在船尾拽出篙来，原来胳膊粗的篙头，还安着一尺来长的三棱钢刺。两个强盗目光一会意，一个望着舱窗里的嫣红和英英，一个盯死了温刘氏和弘历，隔着竹板从船尾猛地平扎进来，竟似要把内舱几个人蚱蜢一样连穿而过。只听"嘎啦"一声爆裂响声，阿三的竹篙从后舱直穿而过，竟透出前舱。秦凤梧紧挨舱门站着，左手上已着了利刃，觉得黏糊糊的，抬手看时，已是肉血模糊，顿时晕了过去。弘历见阿二阿三来势不善，情急之间，双手扳了舱顶横木，也不知哪来的气力，身子一翻，已紧贴在舱顶。阿二的一根篙钢刺头只扎进了一尺来长，却被温刘氏一只手紧紧攥住。阿二一扎不中，往外抽篙时，却哪里抽得动？阿二又气又急又奇怪，呜里哇啦乱叫。弘历这才知道他原是个哑巴，看嫣红和英英时，都是纤毫无伤。也不知她们用什么身法躲过了方才那凶恶无伦的一扎。温刘氏一闪眼见弘历腰间悬着一把裁纸削水果的小刀，说声"借爷的刀"，已是掣在手中，一甩手隔窗飞掷出去，阿二松手弃篙忙不迭躲时，哪里还来得及？那刀飞如疾电，正正扎在眉心当中穿脑而过，阿二"唿嗵"一声，麦个子似仰面倒在舱板上，眼见是不治了。温刘氏大喜，说道："四爷这刀真好，赏了老婆子吧？"

"好，赏你！"弘历大声道，"那是红毛国贡的，削铁如泥呢！"话没说完，见阿三端篙红着眼又刺过来，疾忙躲闪。说时迟那时快，温刘氏已伸左手摸住敌人武器，平身向后窗一跃，已跳到后舱外船尾舱板上。

船头黄水怪和邢家三兄弟早已交上了手，以三对一，堪堪打成平手，但那黄水怪船上生涯，在滴溜溜盘旋乱转的船上进退如意，三兄弟禁不住船身摇晃，时而被摆得脚步踉跄，时而将身子送往黄水怪刀下，七十余合下来，三兄弟臂上都被削伤。因怕黄水怪进舱伤了弘历，都打定了主意，守在舱口宁死不退半步。黄水怪虽渐渐占了上风，无奈这三个抱的是必死之心，招招进击，都是同归于尽地拼命杀着，不禁心中焦躁，一边挥刀劈砍，一边高声叫："阿三，了事没有？"却听阿三在后边应答："贼婆子厉害，老二死了！"

"跳水凿船！"黄水怪大叫一声，一反身便跳进惊涛骇浪之中。船尾的阿三也弃了篙，看了看倒在船尾的阿二尸身，仰天惨笑一声也投水而下。

船上已没了敌人，所有的人都集中到了弘历身边，秦凤梧捂着受伤的手刚说了句"我说的'不利于涉大川'，老爷们偏不——""信"字没出口，脸上已挨了邢建义一个耳光，邢建义骂道："都是你这臭书生晦气嘴说的了！你他妈非死到你这张嘴上不可！"

"不许吵，现在是同舟共济！"弘历此时又惊又急又光火，怒喝一声，"你们看看外边！"

众人这才留心，船已漂到一条大河与黄河交汇口。此地水面更是宽阔，浩浩渺渺两岸都模模糊糊，新注进的清水与黄水激荡着，掀起六七尺高的浪，巨大的涡流像风中纸鹞一样盘旋徘徊，时而被托起老高，时而又落到浪谷底下。眼见就要翻船，温刘氏急叫"快落帆！"话音未落，嫣红一跃出舱，用刀将绳索轻轻一搠，那大帆"哗"的一声落了下来，船体立觉平稳。众人不禁惊讶：船体摆晃得这样，这个小毛丫头竟有这样手段，轻而易举地就放下了帆！目瞪口呆间，只见嫣红飞速回身，操起阿二的竹篙，直插河底猛力撑持，那竹篙弯得像弓一样，发出吱吱的呻吟声。船，慢慢地离开了旋涡，豁然间已趋平稳——已是离了险地。她却并不急着回舱，"哗啦"一声放下铁锚，说声"好啦"，娉娉婷婷回到舱里，看了看天色，说道："咱们漂下来足有五十里。天快午时了，快商议办法！"此刻众人早已呆了。

"这条河是惠济河。"刘统勋和弘历一齐出舱，指着南边河口说道，"再往东二十里，就进了安徽境。奴才想，不如顺流而下，前边渡口水势略平稳些，不拘哪边靠岸，叫地方上送我们过河。"温刘氏说道："船上有篙有舱，就从这儿过河。河北边是封丘地面，靠岸有个索象镇，也能歇脚打尖，七八里水面，说话就过去了。"秦凤梧道："那个贼说要凿船，也不可不防。"温刘氏笑道："像这样的险地，龙王也不敢往下潜。再说的，他是图财害命，怎么舍得凿船——这条船不值五六百两银子么？"秦凤梧道："也许是图财害命，害不死恐怕又要杀人灭口呢！"

一语提醒了弘历，忙吩咐道："打开舱板，下边还有两个贼呢！"温刘氏笑道："他们中了我的散魂针，还能活到现在？"说着随手揭开两块舱板。弘历向里看时，只见两具尸体蜷缩得大虾一般，死鱼样的眼暴出，口鼻流血一动不动。弘历不禁心下骇然，盯着温刘氏和嫣红，许久才问道："你们是剑侠？真看不出竟是红线女一流人物！""我们算什么剑侠！"温刘氏扑哧一笑，"爷没见过我们老爷子的本事呢！李制台对我们家有大恩，老爷子派我们听李制台支使的。爷甭疑到别的上头去。"众人正说话，英英眼尖，指着上游说道：

"这贼是一窝子！那黄水怪带着人追来了！"

众人大吃一惊，向外望去，果然见一大一小两只船都鼓着帆逼近过来。小船船头坐着阿三，还有五六个水鬼，大船上足有二十个人，黄水怪赤膊站在船头，一手提着大板刀，一手遥指弘历等人，大声叫喊："就是这起子羔儿坏了羊圈，下水凿沉了它，一个也不要走了！"那阿三喊声"下水！"几个水鬼青蛙般都潜了下去。弘历不禁心里叫苦，想不到一念之差惹出这么大祸来，此番性命休矣！环顾众人，惨笑道："悔不听秦凤梧的话，致有今日下场。你们谁会水，自己逃命去吧！"

"嫣红下水！"温刘氏此时却十分镇静，一边脱外边大衣裳，一边冷笑道，"看是洪泽仙厉害，还是黄河鬼厉害！——你们在上头防着大船来攻！"说罢与嫣红目光一会意，二人一同无声无息钻跳入河。弘历刘统勋眼睛瞪得一眨不眨凝视着水面，只见逆波翻涌浊流如粥，什么也看不见。稍一移时，近船丈余一股红水泛上，正不知是谁受伤，一个黑衣水鬼已经浮尸上来。稍一移目，上流又泻下一缕血水，一个水鬼伸头换气，气没换完"哇"的一声大叫，死鱼一样漂了起来。眼错不见，一个水鬼手拽锚索正在透气，大约屁股上被扎一刀，惨叫一声也漂了下去。众人惊喜间，一个水鬼探身出水，双手张着，踩水向贼船逃去，一边逃一边大叫："水底下不成事，贼婆子厉害，快，快——"像被人在水下猛地一拉，他也沉了下去……温刘氏踩着水回船，恰嫣红也从后尾爬上来，一手里握着匕首，一手拧着满是泥沙的湿发，对温刘氏道："都了账了。我这里叫人扫了一凿——"她指了指胁下，"船底下这东西了得，百忙中还凿下一块板来，得赶紧堵住！"

不到半个时辰的水下恶战，敌我双方都看怔了，直到贼人水鬼悉数被歼，黄水怪才醒过神来，在船头跳脚号啕："给我杀了这些王八蛋！我的好孩儿们喽……我半辈子的心血呀……"眼见大船驶近，众人心情紧张起来。弘历把邢家兄弟等人叫到跟前，铁青着脸说道："这些水匪不像是一路人马，像是有人纠集起来有意加害我的。他们没有行务历练，要是刚才上下同时动手，我们更难应付……我们只有边战边走，你们要好生出力，天幸脱得此难，我必报此大仇。万一我死在这里……你们活着的人要面见皇阿玛，原原本本把我这话奏知他老人家……"想起在北京的雍正和母后，弘历不知怎的鼻子一酸，眼角已迸出泪花。又转脸对秦凤梧道："我就是当今驾前四阿哥，宝亲王弘历。和你缘分到这地步，我赦了你。舱底已经漏水，你不能动武，去堵漏去吧！"

秦凤梧满眼是泪，叩头说一声："我跟定了爷！"爬起身跑进了后舱。温刘氏起锚鼓帆，摇着舵缓缓行驶。敌船因为完好无损，又有人撑篙，来得飞快，已经逼到十余丈远近。船上贼人一阵阵起哄：

"看这几只羊羔子逃天边去！"

"看哪！三个女的！"

"我要那个穿红衣裳的！"

"那个小的归我！"

"老有老的滋味，掌舵那婆娘我包了！"

哄笑声中"砰"的一声，两条船已经猛撞了一下。弘历和刘统勋手里握着刀，都被颠得跌倒在舱门口，对面舱上几个彪形大汉却带着劲风一跃上船。弘历大喝一声"上！"带着邢氏兄弟就要往前冲。

"四爷，"坐在舱门口的英英忽然说道，"我来对付他们！他们人多，这么打要吃亏的！"一边说，一边将手中抓子儿玩耍的一把铜哥儿劈面甩了过去，那四个人立脚未稳，已各自中了一镖，三个人仰面倒栽进水里，只有一个略一趔趄，挥刀大叫"快跟上来！"挺刀便去刺温刘氏。

"好，你比他们结实！"英英笑着手一扬，"再补个钱儿?"一枚铜哥儿激射出去，正中那人太阳穴，那人哼也没哼便栽进水里。英英见两船离得略远一点，索性提着那串小钱到船头温刘氏身边，瞧着敌船近一点便是一把铜钱，喊声"布施你们！"便打过去，敌船伤了五六个人后，谁也不敢再伸头，偌大一只船面上，竟被她打得人影儿不见。弘历看得呵呵大笑，拍手道："今日大开眼界！"忽然见她停了手，为难地看了一眼温刘氏，说道："妈妈，没钱了。"

对面黄水怪忽然大叫一声："贼妮子没钱玩了，快撑船，靠上去！"弘历见敌势嚣张，不禁又复着忙。刘统勋一眼见弘历给雍正和三阿哥五阿哥买的云子儿扎成箱子码在前舱，忙问英英："围棋子儿成不成?"崩断纸绳，立刻取出一盒。

"成！将就着用，快拿！"英英急说一句，棋子儿已经送到手里，见一个贼在船帮上一伸头，照脸就飞过一枚，只听"咕咚"一声，显见敌人已中镖倒地，英英高兴地对温刘氏说道："妈妈，这种围棋子儿比铜钱还趁手好使！"抓了几个挥手隔船打出去，那些棋子儿呈一字形都嵌进对面船舱木板上，英英得意地大声喊道："都摸摸自己的猪脑袋，觉得比这木板硬些的，就过来尝姑奶的黑枣儿！"

对面船上人大约被英英这一手镇住了，好一阵沉默。一个中年人刁声恶气说道："妈的个屁，你死了七个，我他妈伤了十几个呢！巴巴地请我来吃板钉席，这生意做不成了——下锚转舵，送爷们回去！"话音一落，那船上咣郎郎一阵响，已经定住了。弘历此时方惊魂初定。却见秦凤梧一身泥水从舱中出来，揩着满脸泥浆，说道："两个死尸太碍事，好容易才用棉袄把洞塞住了。""唔。"弘历咕哝了一声，迈着迟钝的步子进了舱房，靠窗坐下。此时一口气松下来，才觉得又饥又渴，浑身软瘫得一点气力也无。温刘氏和邢家兄弟忍着累饿，把吃奶的力都用出来努力撑船，看看那贼船渐渐远了，消失在落日的余晖中。弘历陡然又想起妙手空空那首诗，"鹊鸰原"三字闪电一般划过脑海——果然是老三要加害于我，那说不定这一路还要有凶险。李卫召的那个吴瞎子又如何能寻到自己？凭这几个人保护能平安返京么？他的心绪一时又糟又乱，加上饿得心慌，手脚都颤得有点不听使唤。想睡又睡不着，半躺着叫了刘统勋和秦凤梧进来，却又沉默不语，良久才道："今日之险，毕生难忘。你们说，前边的道儿好走么？"

"难说。"刘统勋的声音干燥得像劈柴，"我看这些贼不像是为财谋命，像是预备得停当等着我们似的。"秦凤梧点点头，问道："晓得千岁爷禀性习惯的人多么？这些人这么锲而不舍地追杀爷，不图财又图的什么？"

弘历冷峻地一笑，说道："大约图的比财更大的物事吧！"

"难说。"刘统勋舔了舔嘴唇，"弘时"这个名字今天不知几次从心里闪过，但这个念头只敢闪一闪，他仍不敢启齿明言。嗫嚅了许久，才说道："也许有人不乐意我们君臣平安走路。这样的太平年景，仓猝之间能买通几路贼盗截杀我们，得要多大财力——也真舍得下功夫？"

弘历闭着眼养神，忽然问秦凤梧道："'讼'卦，嗯。这一节《易》还讲'讼，元吉，以中正也。'是么？"

"是。"秦凤梧一躬身应声答道，"'食旧德，从上吉也'也是象里说的。我的解说原来偏颇了。"

第二十七回　　槐树屯阿哥尝果报
　　　　　　　析案情手足惊相残

　　弘历一行人与水贼恶斗一日，天傍黑时船方靠岸，已是累饿得人人筋软骨酥。收拾了细软贡物登堤看时，一带凹地过去，果然有一座大镇，凹地上种着稻子，看样子是取土修堤留下来的，也许因为这个大坑，交通不便，才没在这里设渡口。远远望镇子，乌沉沉黑乎乎的，青白灰紫各色炊烟袅袅，间倦鸟噪，昏鸦翻跹。远处驿道上铎铃脆响，嘚嘚马蹄中不时传来车把式的吆喝声和甩鞭声，近处稻田里几个老农持着铁锹在入水涸田，不时互相答讪几句笑语。远处巷落里孩子们像是在捉迷藏，一阵阵传来嘻嘻哈哈的笑声……几个遇难不死的人，乍入人间香火之地，都有一种说不出的温馨柔和亲切之情。弘历欣慰地长出一口气，边走边说道："我真有点恍若隔世之感，今晚我们就住这镇上。也不必忙赶路，歇透了再走——秦凤梧，要不要你再卜一卦？"

　　"王爷识穷天下，这是取笑了。《易》云'再渎不告'么！"秦凤梧嘻嘻笑道，"焉有一日之内连遭凶险的事，我们爷们不是倒霉透了么？'讼'卦说'利见大人不利涉大川'，后头一句已经应了。王爷回京是要见皇上的，这里我又蒙了您的赦。这都是'利见大人'，是么？"

　　众人说道，沿稻田埂仄径过去，上了大路一箭之地，已是进镇。大约这里散集不久，牛马市上满地都是湿牲口粪，街上星星点点的"气死风"灯下，卖水煎包子的，卖馄饨、水饺、拉面、削面、饽饽馒头油烙馍馍一应汤饼的，勺锅碰撞，并有烧鸡、卤肉、牛羊肉汤锅，香气溢满街衢。这群拖泥带水衣衫不整的人经过，引来了各色各样的目光。他们也不理会，咽着口水徐步走着寻觅下处。最后在镇西偏北处寻着了一处百年老店"王记客栈"，歇脚住下，一应饮食住宿，汤水侍候周备，也不必细述。

　　在索家镇歇息三日，弘历等人已经将养得精神完足。第四日头早，他们雇了走骡驮轿，特意又买一匹马给弘历坐骑，仍是行商模样，取道黄陵、留光、牛市屯，迤逦往东北行来。路过留光时，弘历想起王老五一家，特意打听"黄台"这个地方。乡人都说黄台这地方康熙五十六年过水，已经没了，王老五更是无从打听，弘历嗟叹不已，也就罢了。一路询问田文镜官箴为人，也是众口不一：有说清廉的，也有说苛暴的；有说爱民的，也有说残民的，竟和官场对田氏评价一样莫衷一是，问到后来弘历也懒得问了。此时已入五月，天气乍热，中午时分骄阳毒晒，豫北十多天没有落雨，大车道上浮土数寸，一踩一串白烟儿。弘历先在山东赈灾中过暑，最是畏热喜寒，驮轿里闷，马上又晒得受不得，便令中午辰时歇脚，过了未时再走，虽然起得早了些，倒觉路上安逸。秦凤梧名士风流，滑稽多智，一路吟诗说词，打诨说笑，打叠了百样殷勤讨弘历欢喜，因此也不觉寂寞。

这日行至镇虎集，刚刚过了辰中。按刘统勋夜里算计，上午多赶些路，晚间便可趱行到滑县，与官府接头，就可以沿驿站直送保定——他实在被黄河遇险吓怕了，生恐这位执拗的王爷再遭不测。自己作为扈从臣子百身莫赎——偏是这天响晴无云，早已热了上来。那太阳未至当午，便把大地照得一片蜡白。道旁的早玉米、高粱和大豆红苕地热气蒸腾，远远望去，房、树像隔着水一样在气流中颤抖。庄稼的叶片都晒卷了，在逼人的暑气中耷拉下来，偶尔一阵热风吹过又归寂静，反而觉得更加燥热难当。

"你们听听，树上的蝉都懒得叫！"弘历虽当盛暑，衣冠一丝不乱，在马上一把接一把用手揩汗，对身边骑着骡子的刘统勋道，"往前四十里没有集镇，万一有人热倒了，连个救护处也寻不来。再说车夫骡子也怕受不了——延清，要走你先走，我是非要歇在这里了。"刘统勋张望一下四周的青纱帐，舔着嘴唇赔笑道："奴才也热得受不得。到前头小村里先喝点水，寻个荫凉地吃饭打尖，咱们从容计议。奴才那是为了主子好！"秦凤梧见道边有块甘蔗田，稀里哗啦趟过去，嘣嘣撅了五六根又追上来，刷去蔗叶先递给弘历一根，一边继续刷叶子，一边笑道："主子您吃根儿，梢儿留给奴才。"又递给刘统勋一根，自己撅断一根，把根儿又递给弘历，其余的都送到车上温刘氏，他龇牙咧嘴地倒啃着蔗梢，说笑道："太闷了，说个笑话儿吧。北边人和南边人在中间遇上了，北边人吹嘘，'我们那边冷，冷得紧！摸铁铁咬手，触石石沾皮。撒尿时一手拿根小棍，尿一出来就结冰，得随时敲着，不然就连人冻住了。舌头舔牙要先试试，不然就连牙冻一处了！'南边人也吹，'我们那里热，热极了！太阳地里放几个老玉米，一会儿就熟，时辰长了就爆了玉米花儿。有一回我赶猪进城，一路都不敢停步，路上寻人家喝了一碗水，出来猪都烤熟了。'……"弘历听得哈哈大笑，接过刘统勋递上来的蔗根，一边嚼着，一边说道："烤猪是没有的事，五额驸去吐鲁番，热时在石板上摊鸡蛋，一会儿就熟成煎饼了。"他指着道旁的玉米，笑道："我出一联，谁对出有赏！——今年的早玉米，旱得精细焦黄不长。"

刘统勋不长于此，一门心思想着合适的歇脚地，未及答话，秦凤梧已经对上，"到后来给个穗，下场雨还差不多。""敏捷！"弘历笑道，怔着想想，吸着气道，"怎么总觉得你对得别扭呢？"车上传来三个女人嘻嘻哈哈的笑声，英英伸头道："四爷，他少对了一个字！"弘历不禁扬鞭大笑，秦凤梧道："那就必成'下场透雨还差不多'，要再不下雨，我们这地下跑的也要变成烤猪了！"

一语逗得众人又是一阵哗笑，都觉得暑热好熬了许多。刘统勋在马上遥指前方，说道："前头三岔路口那株老槐树好阴凉，我们先歇下来再说，可成？"

"成！"弘历手搭凉棚看了看，果见前边路分两岔，一向东北，一向西北，岔道口一株硕大无朋的槐树，老桠虬根枝叶茂密，遮了足有一亩多地的大阴凉，确是歇脚的好地方。因一纵马奔过去，飞身下来，一手解着项上扣得紧绷绷的钮子，一手不停挥扇，仰脸看着浓密的树冠，待众人赶上来，笑道："这树是刘秀手植，有一千六七百年的岁数了呢！你们看那块石碑。——可煞作怪的，这一路几十里连棵大树也没有！这个树底下要是摆个茶桌棋盘什么的，再有卖瓜果酒水的，还愁没生意？这里的人真怪！"一个骡夫打火点着旱烟猛吸一口，说道："早先这里树多啦。田制台那时还没来河南，是个叫阿西喇布的什么黄子的在河南当巡抚。说这里土匪多，一把火烧净了，结果土匪也没了，那边娃娃河也干他娘的了。没有水，不光土匪不能过，好人也不行，这一带迁光了。田制台又叫栽树。说也怪，树有了，河里也有了水，只是不如先前大就是了。这一路过来的都是新迁户，黄河冲了家的，都安置了这里。说是新垦的地，其实都是过去的好地荒了，又垦出来罢了。嗨——官们的想头，咱死也不明白。"

这一番对田文镜的评介仍是有褒有贬，弘历听得多了，只无所谓地一笑。刘统勋看那石碑，只写了"汉光武帝手植此槐"，落款却是"明弘治二年"。秦凤梧便急着问骡夫："附近有客店没有，哪里能洗澡，有没有瓜田。"正乱着，古北道上过来一个小姑娘，只可十二三岁，短袖衫青布裤，赤脚穿着草鞋，手提着瓦罐沿路过来，连踢带跳的口中还哼着曲儿。见这大一群人歇在树下，诧异地看了看，指着东边道："娃娃河那边能饮牲口。洗澡不成，只有几寸深的水。"秦凤梧问："喂，有瓜田没有？"

"有的。"那姑娘又看了弘历一眼，回答道，"我爹就是种瓜的，现在瓜庵里，连锄地带看瓜。你要买么？""买，买！"秦凤梧喜得眉开眼笑，"我一买就二三百斤，吃不了兜着走！"说着跟了女孩便走。女孩又回头看了弘历一眼，像是思索着什么去了。秦凤梧张着脸只是看刘统勋，刘统勋怔了一下才想起他没钱，从袖子里取出一把散碎银子，约莫五两的样子给了他。秦凤梧抽身追了上去。

小孩子趟着高粱地埂走了一袋烟工夫便到了瓜地，把瓦罐轻放在草庵前，喊了几声"爹"，一个壮汉才答应着从青纱帐中出来，手里还提着一把锄。女孩嗔道："你就不瞅瞅天，贼热的，过了晌再锄就误了你那半亩花了！"

"天旱。"壮汉赤膊蹲在地下，喝着罐里的绿豆汤，讷讷地说道，"锄头底下三分水嘛。"女孩闪眼见秦凤梧渐渐近来，撞得高粱叶子沙沙乱响，忙凑到父亲耳边轻轻说了几句。壮汉先是一怔，放下碗盯着问道："真的？！你看清了？"

"像得很。"女孩又变得迟疑了，"舍粥棚里我跪得近，他眼下有几颗细麻子，方才离得远，没有看清，待会回去我再仔细看——"说话间秦凤梧已一头热汗过来，她便不再吱声。

原来这壮汉就是王老五，被李卫发遣回省。那二百多人，田地多被水冲坏了，有的地修河堤挖了土方，不能再种。恰河南核实垦田亩数，滑县原来垦荒的人都回了自己家乡，官府便贱卖了这一带的青苗租给这些无地难民，分五年期以粮顶债，安置了这批人。当下见秦凤梧过来，骨碌着眼珠子看瓜，王老五忙站起身，憨笑着道："官人要吃瓜？西头的好，那边上的鸡粪，随便吃！"

"我要买二百斤。"秦凤梧顺手摘了一个甜瓜，"嘣"地掰开，青皮红瓤白里儿，咬了一口道，"好甜——多少钱一斤？"

"您是远处走道儿人，出门在外的不容易，"王老五道，"二百斤瓜我给你送去，出一吊钱，成么？"秦凤梧边吃边道："成！咱们摘，我们东家等着呢！"王老五一边摘，一边套问：

"客官是做什么生意的？"

"绸缎，瓷器。"

"发财——是从南边来的？"

"我们生意大，南北都有分号。"

二人一递一答正说话，稀里哗啦一阵响，一个赤膊汉子闯到地头，摘起一个瓜掰开就吃，口中道："日他奶的，这里的人都死了，瓜地不靠路边种，叫老子好找！——常掌柜的，叫兄弟们过来，这里有瓜！"只听远处应了一声，一片声碰得庄稼乱响，冒出二十多个人来，都是满身油汗，也不理会王老五三人，满地里践踏着摘瓜，口里咬着，手里摘着，生瓜扔得到处都是。王老五气得脸色煞白，忙低声道："别言声，没见都带着刀？是——响马！"秦凤梧手一颤，瓜落到田里，心里盘算着钻青纱帐逃跑。那个叫常掌柜的趟着瓜地走来，问道："喂，你们是一家子？"

"不是。"王老五护住女儿，盘着辫子低声说道，"他是买瓜的。瓜地是我的……"

"这儿离延津县多远？"

"回爷的话，顺官道往西七十里地。"

"走直道儿呢？"

"四十多里吧？"王老五道，"宁走三里光不走一里荒，谁走这样的庄稼地呢？"

常掌柜的还要问话，一个贼人眼实，指着秦凤梧尖声叫道："这不是黄河船上那个兔崽子秀么？这世界日他妈的真小啊！"

"小就小！"秦凤梧没等姓常的醒过神来，抄起一个熟透了的甜瓜劈脸砸了过去，打了个满脸花。他也真滑溜，哧溜便钻了高粱秸子里，没命地往回跑。强盗们扔瓜抄家伙，一窝蜂般从后追了上来。一个强人用刀比着对王老五道："挑起瓜，跟着爷走！"王老五答应着一边挑瓜，一边悄声对女孩子道："杏儿，快找你妈想法子！"那强人心不在焉地盯着外头，也没有听见。

弘历一干人一边在树下歇凉说话，一边巴巴地等着秦凤梧买瓜来，忽然听到远处一阵大呼小叫。转脸看时，秦凤梧疯了似的撒腿从高粱地里钻出来，头脸乌青，张着双臂大叫"抄家伙！抄家伙！响马来了——"他一个筋斗从田埂上倒栽下来，又翻一个身，满脸灰土臭汗，已是大花脸一般，抹一把跳起身来，指着青纱帐道："贼人多！四爷，咱们赶紧到前头屯子里！"说话间高粱叶子一阵乱响，一群土匪发辫盘顶手持刀枪已拥下路来。刘统勋数一数，只有二十多个敌人，算计除了邢家兄弟，温刘氏和两个丫头武艺高强，又是大白天，尽可支撑一会儿，略觉放心，便急急说道："主子，叫温刘氏断后，邢家兄弟护着，走！"

那常掌柜的却不急于进攻，站在路当中，手含在口里尖声呼啸一声，听了听，又是一声，路南远处便传来一声口哨，隐隐约约传来哗哗的庄稼声，遥遥还有呼喊声。刘统勋见骡夫们都吓怔了，怒喝一声："快！谁敢逃，立刻大棍打死！"此刻温刘氏和嫣红已结束停当，下轿尾随护送。温刘氏掣剑在手，对远处贼人喊道："喂——听说过山东端木家么？你们要抢端木老爷子的镖么？"

"端木家还会接镖？老爷子封刀三十年了？"常掌柜的大笑道，"你真会吓唬人！——听说你们妮子暗器好准头，我挺着肚子硬挨，三镖打倒我，咱们桥走桥，路走路！"英英早已掏出那盒围棋子儿，相了相，觉得太远，没有把握地看看温刘氏。嫣红却手里暗扣着弹弓和铁丸，温刘氏一摸发髻，取出一个纸包，里边是一叠打磨得雪亮的蝉翼铁镖，口中道："你不信我们是端木爷的门下，送你个信儿就明白了！"手中那镖轻轻一捻，倏然间蜻蜓一样直飞高天——却只盘旋着舞动，乘常掌柜的凝神看天，低声道："打！"嫣红一弹弓便将铁丸激射出去，那英英也是奋力一掷，一把黑棋子儿冲胸打向常掌柜的。常掌柜的一心防着空中旋飞不定的蝉翼镖，肚皮胸前早着了五六下，却连个青包也没有鼓起。他外家硬功如此之好，众人无不骇然。说话间那蝉翼镖已又飞到常掌柜的眼前，他伸手想捉，见那镖旋转得太快，蝴蝶般上下飘忽不定，往回缩时，左手拇指已被搪了一下，略一怔间眉头又被碰了一下，顿时渗出血来，眼见那镖旋力仍强，竟像长了眼一样粘追着自己，吓得连纵带跳滚到一旁，直到飞镖落地，才惊怔着爬起身来。

温刘氏又取出一片蝉翼镖，冷笑道："你信不信这独门暗器？再给你来一枚？"常掌柜的拱手道："既是端木老爷的镖，我们不要了。车上那个小白脸跟我兄弟们有仇，你留下自己走路！"温刘氏道："你说得真美，这是我家镖主！"

"常哥，"那个黄水怪的弟子见常掌柜的迟疑，忙凑到跟前说道，"不信别人，还不信我铁头蛟的？那个小白脸真的值五十万两银子！我们黄哥要不是想独吞，早得手了，您连一文也摸不着！这几个婆娘腕子再硬，也挺不住我们四十几个好手围攻，过了这个村，可再没这个店了！"温刘氏叫道："姓常的，你是山东龟顶寨的黑无常吧？前年八月十五没去给端木老爷子贺节？为一个镖，要得罪遍绿林么？黄水怪是杂牌水鬼，你要跟他卖命？"

黑无常低头想了想，五十万两银子对他的诱惑实在太大了。他黑沉着脸再不言语，将手一挥，说道："上！杀光灭净心里清净！"土匪们噢噢呼叫着又冲上来。邢家兄弟前头护着弘历，温刘氏三人飞弹打镖且战且退，一时谁也奈何不了谁。正急切间，前边屯子里锣声大作，狗叫人嚷，谁也听不清有多少人，喊的什么话，刘统勋以为又来大股土匪，一眼瞧见大路北坡有座土地庙，忙大声喝命："都退到土地庙去！"

这是一座不大的庙宇，新建不久，只正中一殿，塑着土地公婆二人，柱子上的泥漆摸着尚未完全干燥。院落中间东西两株大榆树分居了正庙门前两厢。也许正因此地树木稀少，人们才特选了这里建庙。周围砖墙也都砌起不久，一切都十分简陋草率。众人一拥而入，立刻将弘历拥进正殿，邢家兄弟守了殿门，温刘氏和嫣红英英守在榆树下，三人六目盯着大门和院墙。喘息未定，外头便听一片嘈乱的叫嚷声，刀器碰撞声。温刘氏一跃上房，大喜说道："四爷，这里乡民忠义，和土匪动上手了！"

原来王杏儿逃回村去，气喘吁吁把外头的事一长一短告诉了母亲。那女人一听里头有救援过自己的恩人，操起铁锅出门边敲边大喊大叫："外头人①们听着，在南京送我们回来的那位爷叫土匪围在屯外了，那些鳖王八们只有二十来个，都出去打啊！谁不去是窑子②里养的了！"其时刚过正午，在家歇晌的男人也有百十人，听受难的是恩人，土匪又不多，立时筛锣打盆地叫喊聚集起来，手里举着又把铁锹、斧头、镰刀、镐锄镢锨，还有的拿着大棍，吆喝着互相壮着胆蜂拥出村。见一群土匪正要攻土地庙，双方立时混战成一团，土匪们单打独斗原是些好手，无奈这些庄稼汉人多心齐，教师③不如冒失，仓猝之间竟被打了个手忙脚乱，四散奔逃。那黑无常又踢又打又骂才将人众稳住。乱间王老五乘人不备，抽出扁担便追，却迎头碰上跑过来的铁嘴蛟，被王老五一扁担打得就地磨了几个旋儿，一屁股坐了地下发昏。

此时弘历已经出了土地庙观战，见乡民们虽勇，一来没有领头的，二来没有军事经验，知道只要匪众略加整顿，杀回来后果不堪设想，思量着大声喝命："邢建业，你们四个上，不要叫他们喘气，一个活的也不要逃掉！"

"喳！"

四兄弟叉手答应一声，立刻领头杀了过去。那群土匪喘息未定，乡民们又嗷嗷叫着冲过来，心慌意乱间已被砍翻五六个，其余的一哄而散，漫庄稼地四散奔逃。刘统勋在旁在大喝一声："乡亲们，不能留后患！拿贼呀，我们主子说了，拿住一个赏十亩地！"乡民们兴奋得大发鼓噪，立刻分头冲进青纱帐里穷追，邢家兄弟只盯死了黑无常，膏药似的粘着，跑到哪里追到哪里，那黑无常一个不留神竟掉进了井里！其余土匪虽然悍勇，无奈丧了斗志，地形也不熟，不到半个时辰，皆都束手就擒，倒是挨了王老五一扁担的铁嘴蛟见机得早，不知什么时候溜得无影无踪。也亏了弘历，临时安排，就将土地庙作了监房，挑出三十名精壮乡民随邢建义轮流看守，抚恤受伤百姓，按每亩七两银子官价发放赏银，忙得连热暑也忘记了，直到天黑才算诸事妥帖，此时滑县县令程荣青已带着衙役们赶来。乡民们放

---

① 即男人。
② 即妓院。
③ 即武功教头。

翻了两头猪，五六只羊，买酒设筵，就在王老五家大院热闹。弘历、刘统勋、程荣青坐了首桌，王老五一家和秦凤梧相陪，与众人频频举杯相贺。酒酣耳热间，乡民们手之舞之足之蹈之地描绘日间情景，无不满面红光醒然欲醉，直到起更时分方才各自归家。

程荣青却一直惴惴不安，见人散了，一边随弘历进堂房，口中请罪道："田制台宪谕早已过来了，奴才沿官道布置了一下，太草率荒唐。王爷在奴才境里出这样的事，真是辩无可辩，奴才这里专听爷的发落。"说着便跪了。

"这是外省流寇，"弘历说道，"再说你也不知道我走这条道儿。"见王氏送上热毛巾，杏儿端着热水进来，弘历将脚泡在盆子里，用热毛巾揩着脸，一边思量一边说道："这次贼人突发袭击，这个屯叫——叫槐树屯的吧——槐树屯乡民义勇兼备，奋起杀敌，匪众才得全军覆没，这都是贵县平时教化有方导民有术。因此，功劳还是你的。"因见杏儿跪上来替自己搓洗腿脚，弘历夸了一句"好伶俐丫头！"又道："你就按这个宗旨处理这个案子，申报田文镜，至于我，提也不要提。"

"这个——奴才怎敢贪天之功——"

"就这么说。"

弘历站起身来，趿着鞋适意地摆了几下双臂，又道："所有人犯，明天一早你亲自押送回县。严加鞫审！"说着踱出院外，轻轻挥着扇子遥望天上星河，众人只好亦步亦趋地跟着。

"四爷，"刘统勋说道："为首的那个黑无常，我们该带走。"

"唔？"弘历仰着脸，星光暗淡，看不清他什么脸色，却只沉吟不语。秦凤梧十分机警的人，已猜到刘统勋话中之意，因道："这伙子匪贼，苦苦穷追四爷，必定有所指使。再说，由您亲自处置，也解恨些。"他没说完，弘历已经领悟，点头道："此仇岂能不雪？就是这样，贵县报上去一个'匪首诨号黑无常者，为乡民诛杀'，也就是了。"

程荣青这才明白这位王爷的心思：不想张扬自己遇难的事。这样一来，匪首被杀，匪众全歼，一古脑儿都成了县里功劳。这真是天上掉下来的馅饼；他心里不由一阵狂喜，见弘历摆手命退，诺诺连声带着衙役退了下去。弘历便命邢建业，"把那个黑无常带到这里来！"说完趿回了上房。因见王老五一家五口都垂手侍立着，便笑道："彼此知道身份了，就有这许多形迹。你们是主人，我们是客，这就摆平。"

"不是这意思，"王氏敛衽福了两福，说道，"您不但救了我们一家，槐树屯一半的人都是爷从舍粥棚提携到这地步的。您就不是贵人，还是我们恩人呢！"杏儿便端上一盘削好了的甜瓜，小声道："井里湃过的，请爷趁凉用！"

弘历拿起一块咬了一口，沁凉香甜，不禁高兴地抚着她的发辫笑道："好丫头，可惜你娘太疼你，不然跟了我北京去，几年就出息了！"王氏忙道："死鬼那是把孩子往火坑里送，爷这样的好人家，我们巴都巴望不上呢！——痴妮子，爷收留你去北京享福，还不赶紧磕头！"杏儿早已俯下身子，就磕了不计其数的头，起身将弘历换下的衣裳便拿了去。一时见邢建业带着垂头丧气的黑无常进来，王家的人才退了出去。

"黑无常，"刘统勋见弘历给自己使眼色，便自坐了，沉着脸问道，"你知道自己犯的什么罪么？"

"知道，"黑无常梗着脖子道，"杀头的罪。走黑道那日我就预备着这一天了。呸，他奶奶的，过二十年——"

"又是一条好汉。对吧？"刘统勋道，"可惜的是不止杀头而已。你不是杀人越货，是谋害！且谋害的是当今万岁驾前皇子四阿哥，宝亲王爷！你掂量掂量，逃得掉这一剐么？"

黑无常睁大了眼，愕然打量着弘历。只见弘历穿着月白宁绸长衫跣足而坐，腰间系一条明黄卧龙带，缀着汉玉坠麝香袋，手里一把素纸湘妃扇不紧不慢地摇着，将一根油光水滑的辫子轻搭在肩头，面白如月目如漆星，看着自己轻轻点头，清华神韵中带着威气，一副龙子凤孙派头。黑无常怔了半晌，说道："就是皇上，我已经做出来了，也是没办法的事。我认命！"弘历冷丁地在旁插问了一句："黑无常，听说你是出了名儿的采花贼？"黑无常急得眼瞪得铜铃一样，大叫："你听谁说的？叫那兔崽子站出来！杀官的事我有，劫盐船的事我也有，就是不糟蹋女人！这是黑道上有名头儿的，不然我也不敢去吃端木家的筵席！起小我爹就掰着嘴教我，做强人是天作孽，弄女人是自作孽。我们黑道也有黑道的规矩道理。你只管查，查到一起，剁碎了我喂狗！"

"盗亦有道，这是庄子的话。嗯——夫妄意室中之藏者，圣也；入前，勇也；出后，义也；分均，仁也……"弘历喃喃诵念几句，只一笑又敛住了，"其实杀头、凌迟、碎剁，都不是最酷之刑。昔日魏忠贤当国，动辄活剥人皮——延清，你看他如何炮制？"刘统勋一边寻思着弘历用意，一边摇头道："明朝有剥皮之刑，都是把人杀死再从容剥皮、揎草、风干。"秦凤梧道："魏珰剥人皮是活剥。用热沥青浇灌全身，再用冷水激硬，一块一块剥下——皮剥了，人还要活十二个时辰呢！"

三个人有意渲染酷刑，连在里屋的嫣红姐妹都听得心惊肉跳，大热天儿一个劲打寒战，黑无常也苍白了脸，低着头，两腿不由自主簌簌发抖，只是不言语。

"你不肯'自作孽'，还算善根不断。"弘历冷冷盯着已被打下气焰的黑无常，"我佛作则行道以慈悲为怀。世有不可救之心无不可救之人。我取你不采花这一条，可以为你开一线生路。王臣匪贼其实只一念之差。你在盛年，又有一身本领，我亦很惜你，你不可自误！"这番话又威严又夹着温馨，既说天理又沿及人情世道，刘统勋手里不知断过多少案子审过多少人犯，老官熟牍稔知人性法律，也不由得佩服得五体投地。黑无常已自料无生理，想不到弘历竟说得如此有情有义，崩角叩头说道："老爷这么说，黑无常但凡是个人，还能不知恩，不感情的么？小的为匪，也是叫业主给逼的了。康熙四十五年山东丰收，东家八月十五夺佃，打死我兄弟卖了我侄女，我一怒之下就——烧了汪家寨，投奔龟顶山寨，当了三年小喽啰熬了个二等头目，就因为前头寨主王伦采花劫嫖妇女，我们翻脸火并，杀了他众人才推我坐了头把交椅……"他说着，触动往年伤情事，禁不住五内俱沸，伏地号啕痛哭。众人被他的破锣嗓子号得无不凄惶。

"那龟顶峰离这里往返七百余里，又是太平世道。"刘统勋柔声问道，"你怎么敢犯浑到河南劫票？你也忒大胆的了。"说完偷看一眼弘历。黑无常拭泪道："那个跑了的铁嘴蛟，他爹在世和我是把兄弟。五天头里上跟我说，有一路镖，肥得很，带的银子有十几万不说，镖主的仇人肯出五十万银子买他的人头。各路人马都调到南北官道上等吃块肥肉，谁劫下来分三十万，其余黑道朋友分二十万。总是我鬼迷心窍，带着弟兄们就下山了……"

"谁——谁出五十万？"

"回老爷，不知道。"

"嗯?!"

"真的!"黑无常抬起头来，急急分辩道，"铁嘴蛟说他也不知道。只说主人来头大极。各路都由一个道士主持，还有一个满口京腔，嘴上没长胡子的老公儿，叫潘世贵，是京里哪个贵人府里开革的。我们这一股把守延津，限期今晚赶到。别的我真的说不上来了。"

弘历听得心旌摇动，已经断然肯定了自己原来的猜想，他想不到平日温文尔雅，揖让谦逊的三哥居然下得这样的辣手，而且不惜动用江湖匪盗沿途设卡，必欲置自己于死地而后已! 思量着，已有了主意，突兀一句对黑无常道："你没有骗我，我也不骗你。我可以赦了你。你想走也可以，想留也成。"

黑无常瞪大了眼。

"我替你想，留在我这里好。"弘历脸上毫无表情，"因为你罪案未消，官府照旧要拿你。你的匪众已全数擒获，回山寨也做不成勾当。你自己怎么想?""我愿随爷左右执鞭坠镫!"黑无常毫不犹豫地说道，"不是情极无奈，这年头谁还往黑道上钻?"弘历点头微笑，指着秦凤梧道："他也是犯了罪，我赦免收留下来的。看来我还有点功德，你先前杀官劫路，这个罪名儿了不得，要分两步棋儿走。先到密云我的庄子上当个副管家，过两年事情息了，换个名字补到营里，几仗打下来挣个将军副将的，也不是什么稀罕事。这么着可成?"他轻描淡写，为黑无常勾勒了后半世的如花似锦前程。黑无常全身的血几乎都涌到了脸上，心怦怦急跳，几乎要晕过去了，半晌才捣蒜价磕头，只是喃喃一句："爷是我的再生父母……"

"我从来奉旨钦差，都是微服来微服去——人家太熟悉我的脾性了。"弘历盯着烛影叹道，"就是秦凤梧讲的，千金之子坐不垂堂，知命者不立乎险墙之下，告诉程荣青，明儿我和他同路走，通知李绂派人接我，我要风风光光进北京城!"

第二十八回　遮掩周张信口雌黄
曲心魑魅随意酬唱

　　弘历九死一生脱难回京，已是五月下旬。他自滑县入驿道传舍进京，即由李绂从保定府派来的人接着，一直护送到京郊丰台大营。那李绂也真尽心，除了派自己的中军日夕不离左右地保护，沿途驿踌关防一日一报，也都有他亲自停当曲划。弘历坐的是总督的八人绿呢大轿，警踌卤簿前呼后拥，提铃使报戒备森严，还有一棚绿营兵尾随半里之外随时策应。又怕热着了弘历，那轿都改装了，揭开顶盖，加曲柄伞，俨然就是王爷乘舆；阖上轿盖即可遮风避雨，随时用快马呈送瓜果冰块供应。因此，从马头到丰台八百余里，不但不见个贼影儿，走得也真快意。

　　当晚弘历宿在潞河驿，洗漱刚毕，外头便报"礼部尚书尤明堂请见"。弘历一边命"快请"，又对刘统勋等人道："路上的事一字不许提——"已见尤明堂撅着小胡子踏着方步进来，在天井里扎手窝脚地预备行礼，便隔门笑道："是老尤啊！免礼进来吧！"

　　"喳！"

　　尤明堂答应一声揭帘进来。他已是六十七八岁的人了，五短身材，白净面皮小胡子神气地翘着一对椒豆眼炯炯有神，看上去也只五十岁上下。尤明堂康熙三十三年就中了进士，足足做了二十多年京官，直到康熙晚年清理户部亏空，怡亲王才从郎官里将他提拔起来，几年之内不次擢升为礼部汉尚书，不声不响在京帮办中央枢务，其实若论起宠信，还在田文镜等人之上。尤明堂进来，到底还是打下马蹄袖叩安行了礼，笑道："奴才是汉军镶黄旗下，是主子的包衣奴才。您不让行礼，奴才得多少天睡不安生，就算主子赏奴才个安心好了。主子忘了，前头工部郎官瞿家祥，是庄亲王爷门下。也是有一次吩咐免礼，他也真的就没行礼，回去越想越不对，觉得没脸再见主子，愈是不见愈是更觉没脸，精神恍恍惚惚，几个月就一病不起。还是儿子们去求庄王爷，王爷到他病榻前笑着赏了他一嘴巴，骂他：'狗娘养的，快起来，爷有差使叫你办呢！'他就又欢天喜地起来办差去了——人，不可有心病啊！"他一番话啰里啰嗦连说带比，连侍立在后的刘统勋秦凤梧，想着瞿家祥的形容儿，也忍不住都笑了。弘历心情十分高兴，命人端来一盘冰湃荔枝，亲自剥了皮赏给明堂吃，又问道："我读邸报，你不是从驾去了奉天么？怎么又是你来接我？三哥是在城里，还是在园子里？衡臣相公呢？"尤明堂笑道："我已经准备好了走。皇上又来旨意，满尚书阿荣格父亲喀里领的坟在盛京，换了他从驾，就便把墓修一修。三爷如今是里里外外忙，这会子进宫给娘娘请安，不知道回园了没有。张廷玉一天要看几万字的折子，理清节略送到韵松轩三爷处裁夺，又要接见外省进京述职的大员——也真亏了他打熬得，日日月月年年就那么做事，要换了奴才，骨架子也散了——奴才刚见着他，他说一会就来，料想着他是约着三爷一道儿来呢。"

弘历心里突然一阵不是滋味。他已经几次见到雍正在奏章上的朱批，说"三阿哥处事干练不在汝之下"。"此等细心处弘时乃能体察，有子如此，吾复何忧？但汝兄弟皆如此心，则国家社稷之福也"。"三阿哥弘时昔有浮躁之病，今罕见矣"……诸如此类的话头，父皇反复批给自己看，是什么意思呢？皇阿玛虽然几次说过"弘历要懂得为君之难。栗栗懔懔如临深渊如履薄冰，即如此也难免差错，粗率大意就更不可谅了"。"你是国家之宝，要善自珍爱"。"放胆做事，但存正大之心，朕不是庸主，断不朝三暮四"——但总观熙朝，皇帝爱太子，远远超过了皇阿玛爱自己，结果还是废了。一路上出的事，已使他对弘时百倍警觉，他在众人面前又这样拼命做事广博人望，真令人不寒而栗！思量着，脸上已没了笑容，却叹息一声道："皇阿玛是病身子出京的，我真担心。离开南京前，我访查了几次，总不得个好医生。十三叔我也着实惦记着，这几日可好些了？"尤明堂哪里知道刹那间弘历转了这许多念头，一躬身说道："怡王爷也惦记着您呢！昨个我去清梵寺请安，王爷还说：'弘历在外头时日不宜太长，我已经写折子请皇上早些叫他回来。'我说：'李绂那里已经递来滚单，明日就可到京。'王爷说：'他们小弟兄几个，从小就在我膝上玩耍，我真想他，回来叫他一定抽空儿来看我。我这身子骨儿，不定哪天就随先帝爷去了。'"

尤明堂说着，已是神色黯然。弘历听得心里滚烫酸热，两滴泪在眼眶里转了几转，还是满了出来，忙拭泪笑道："待会儿见过三哥和张相，我就去清梵寺。"正说着，便见弘时满面笑容，和张廷玉联袂进了驿馆二门。弘历忙站起身来疾步出迎，就天井阶前给弘时打个千儿，起身又打一千，说道："三哥，您来了，叫我好想！"又对张廷玉道："老相越发瘦了，不过精神还矍铄！"

"老四，着实辛苦你！"弘时一把挽住弘历，"晒黑了，也瘦了些。德三上次来京，给我带的鹿胎、人参——我说给你要的药——看看都不合你用，也不是节令儿，叫他办了八两牛黄、一斤麝香，还有点冰片，叫人带了南京去，来信说你已经不辞而别。你可真行，这么热天儿微服赶路！不过看上去精神满好的——回来了，先好好歇歇，身子骨儿是要紧的……"他觑着弘历，眼中闪着欣喜温柔的光，说不尽久别重逢的兄弟亲情。弘历似乎也十分感动，拉着弘时的手不放，笑道："多谢哥哥了。你自己也是个热底子，那些药用得着的。你喜欢吃碧螺春茶，这次我给你带了二斤，真正乔婆子家的！留在开封，过几日就送来了……"又转脸对张廷玉道："给你也带了一斤，还有三令宣纸，一盒子徽墨，你可得好生写一幅字儿送我啰？"张廷玉笑得眼睛眯成一条缝，说道："老奴才怎么当得起？爷的字比奴才的强十倍呢！"

君臣兄弟话别寒暄亲如甘饴，张廷玉刘统勋都觉得平常。秦凤梧初入政门接触这些权要人物，看得一阵阵胆寒：就眼前如此雍雍穆穆，揖让谦恭如鱼游水的情景，谁能想到风涛黄河上槐荫老树下那场凶险无比的追杀？他甚至觉得弘历和刘统勋太过疑心，"是不是四爷多心了？"正自胡思乱想，几人献茶入座，弘时端杯用碗盖拨着浮沫问道："这位先生眼生得很，是新跟了四爷的么？"

"他么？"弘历呵呵笑道，"李汉三，字世杰。幼年随父母到河南光山做生意，后来家道中落入资捐了个监生，随河道衙门当了个幕宾，不但熟知河务水利，文章诗赋也都很瞧得过。河南河道阮兴吾是我的门下，夤缘从我这儿求个出身，就带了京来。"秦凤梧只微微一怔，但他素来心高胆大，又机警过人，就坡儿打滚道："这是阮公的厚爱，四爷的抬举，小子何德何能呢？后生晚辈，多侍门墙照应。"弘历不等他说完便连连吩咐设酒款待。

本来钦差完差回京，朝廷照例不设公筵，以廉俭昭天子之德。但这次一来雍正不在京，不至于酒后见驾；二来这是兄弟相逢，弘历的一片恺悌情分，众人也不便拂了他的美意。略一逊让，弘时张廷玉刘统勋便都入席，秦凤梧执壶殷殷相劝。吃酒间弘历弘时频频举杯互道思念之苦，刘统勋尤明堂满口帝德君恩兄弟敦睦恺悌。张廷玉留心实务，时时向"李先生请教"河务利弊。弘历一头要照就弘时，一头生恐秦凤梧露了蹄脚。秦凤梧说笑打诨讲诗演词，一头打叠精神卖弄学问，一头还要应付张廷玉出的冷题。幸而他沿黄游冶过山水，又读过陈璜所著《河防述要》，天分又极高，实的虚的连编带蒙，夹着还要吹捧田文镜的治河业绩。一席下来，竟是口蜜与腹剑共酌，杯酒与谎言齐飞。酒足饭饱揖让礼送二人出去，弘历揩着头上的汗笑道："我素来最怕吃酒，今儿吃酒比说话容易。我看你就改名儿叫李汉三吧！"

是时正是孟夏之仲，天虽过了亥时还不算黑。弘历本来送走他们，立刻就要去清梵寺见允祥的，已经走出房门又退了回来。半躺在竹藤春凳上望着天棚出神。刘统勋和秦凤梧既不能退，也不能说话，只好垂手干站着。

"延清啊！"许久许久，弘历才叹息一声说道，"我们许是错疑了老三了。"

刘统勋和秦凤梧交换了一下眼色，这次路上连连遭遇劫难，普通土匪根本没有这个胆量，也不会有那么灵通的信息，四面八方地集中到弘历经过的地方，准确地强袭，肯定有在朝的权要居中指挥。一目了然的事，弘历一路几次明白无误地疑到了弘时，为什么此刻又这样说呢？刘秦二人本来一无所知，也都是顺着弘历的思路去想的，现在弘历却说"我们"错疑了，这个话说得也怪。略一思量，二人立刻明白，弘历是用官话说私事：他不想张扬这事，也告诉刘统勋和秦凤梧，如果张扬，他不承当"错疑"的责任。思索着，刘统勋道："四爷说的是，这种事不像亲兄弟所为。奴才们自该慎守谨言，请四爷放心。"弘历坐直了身子，悠然地摇着扇子，说道："当初疑也不为无因，圣祖爷时兄弟们闹家务，火爆得天下皆知，前车之辙犹在，历历惊心骇目。将前比后，又身处危境，多想想也是自然之理。就昔年闹家务，哥们几个也没有下这个辣手。天下事诡变机械，万花筒儿一样，也难保有人借端生事，调唆我兄弟相疑也未可知。但你们留意，我方才说了'许是'二字，并不下定论。统勋你做过刑狱官，捉奸捉双，拿贼见赃，一语既出，这地方泼水难收。我以仁义事君待下，万不可错会了我的意。"他一番话说，像荷叶上的露珠流滚不定，又严密得点滴不漏，两个人都听得心里佩服，垂首称是。

"秦凤梧你是精熟易理的。"弘历若有所思地说道，"君不密则失其臣，臣不密则失其身，是《易经》里的话吧？其实这个'密'字不单指机密谨言。它是'周全'的意思。面面都想清楚了，就有了开锁的钥匙。胡乱用钥匙去捅，把锁捅坏了也就完了。我说的是'理'，至于'事'，并不是不要去想。且存着心里去，该用的时候它就是开锁钥匙——明白么？"

"是，奴才们明白！"二人一齐答道。至此，他们才真正领略了这位少年王爷的心胸和智量。

弘历笑道："那好。从现在起，我们不谈这件事了。统勋明儿就回部，秦——李汉三，你且留在我这里。我给你抬个旗籍，有进身机会就荐你出去。照我方才席上的话，你草拟一封信给开封河道衙门的阮兴吾。他是我的家奴出去的，信可以说透点，不要留把柄就是了。"说罢起身挺了挺腰，吩咐道："备轿！"

弘时从潞河驿辞出来，原来要打道回府的，中途变了主意，转轿便奔了张廷玉府。本来三贝勒府在鲜花深处胡同一带，张廷玉的新宅就在西华门外，二人差不多一个去向。因此他的大轿落下，张廷玉还没有进院，正在门洞里和几个外省大员说话。弘时一眼瞧见大学士尹泰也在，一边拾级上来，一边远远便笑道："尹老相也来了？"尹泰见他来，忙过来笑道请安，几个官也都跟着行礼。弘时一把挽起尹泰，说道："老相国还和我闹这个——都起来——上回弘昼受了您一礼，弄得皇上好一顿数落，您恐叫我也躬背控腰挨训么？"说罢呵呵大笑。

"就是的，我也正说尹年兄呢！"张廷玉一边揣猜着弘时来意，一边笑说，"他就放心不下继英兄，这也是情理里头的事——你知道，由道员进封按察使，不是我说了算，得省里保奏上来，我们票拟了进呈御览，下旨奉行。你别着急，安徽今年考评，考功司还没有报上来呢！但有一线之明，总不教你失望。不然嫂夫人那里我连茶也吃不上了。"

弘时一听就知道这个尹泰又来给二儿子尹继英撞木钟求官。尹泰三个儿子，长子早夭，三公子尹继善多才多艺干练聪慧，二十岁上便是两榜进士一甲及第，由翰林院编修外放知府，而道台，而布政使，到当巡抚时年纪尚不满三十岁。起初做官，不能说没有沾尹泰的光儿，但后来政声卓起，无论在江西剿匪，在广东杀贪，在南京理财治河，昌明圣道作养士人，竟是拿起甚么，甚么第一，把老爷子的名声早盖过去了。可惜的是尹继善不是嫡出，尹泰素来有季常之惧，偏是大太太的儿子继英争不起气来，屡试屡蹶，四十岁头只得捐了个监生。那大太太尹刘氏有气，只管在府里压制继善母亲张氏，动不动便把老爷子拾掇得魂魄不全。她竟而亲自出马去央求雍正，到底给儿子讨了个"恩荫"。雍正瞧着尹继善的脸，又昔年当皇子时尹泰曾在毓庆宫伴读，不好过指其意，也就成全了老尹泰这番心意。这都是前话，也不须细提。弘时却打心眼里觉得尹泰倚老卖老，不肯给他心里受用，因笑道："继英的事只是早晚的事，您甭急，我也要在皇上跟前说话的。且告诉你个喜讯，继善晋升伯爵，礼部老尤跟我说，票拟都出了。尖口坝修成，老四本章奏上来，那天皇上高兴得喝了一杯白酒，叫了我去说，尹继善真乃全才，要进贤良祠。又说尹泰也是兢兢业业，又养这么个好儿子，也该进贤良祠。嘿！一门两名臣，同入凌烟阁，我朝绝无仅有，遍查二十一史也罕见的，多咱我登门道贺。老相，把你后院埋的三十年老绍刨出来待我，如何？"

"那是皇上的垂爱，也是我祖上的胤德。"尹泰说道，"老夫和犬子受赐太多了！"他长长的寿眉和花白胡子都微微抖动，脸上露出极为复杂的笑容，像凝固了似的一动不动，半晌才莫名其妙地叹息了一声，拽着艰涩的步履，口中道："你们忙吧，我走了。唉，我是老了……"弘时冲他的背影喊道："走好！别忘了给我备酒！"

张廷玉洞明世事阅历沧桑，自然心中雪亮，他是百炼钢化了绕指柔的人，自然一切不形于色，当下掏出怀表看了看，对众人道："三爷来有要紧事，今晚谈不成了。众位老兄谁明天离京，又有非禀不可的事，那就等着，余下的明天从容再谈。"说罢将手一让，众人便纷纷辞去。

"衡臣相公，"弘时随张廷玉进了书房，接过丫头递来的茶捧在手里，劈头一句言语惊人，"我不是个爱串门的阿哥。这次老四在河南境内连连遭人毒手，险些送命，是脱难逃回京城，你晓得么？"张廷玉刚刚端起杯，热水一下子溅在手上，忙放了茶盘，死死盯了弘时一眼，倒吸一口冷气道："有这样的事?！田文镜居然不奏，一路过来的滚单，连提也不提！""那是为了机密。"弘时声音低沉而又清晰，"详细情形我还不太清楚，老四渡河坐了贼船，在铜瓦渡口上游和水匪周旋了将近一天。附近有打鱼的看见了，报案直到开封府。开封府派人去看，已经是第四天的事，在铜瓦渡口捞上七具尸体，穿着水鬼服装，身带刀伤，刚刚查明这股水匪是个叫黄水怪的领头。老四许是有高人暗中相助——因为水中打捞那么多尸体，船上还有两具都是匪盗，老四又安然无恙！田文镜的禀帖上来，我立刻下了片子叫查找老四下落，又令李绂送弘历回京。我知道的大抵就是这些了。"

张廷玉久久没有言语，心中极是不平静，这当然是天字第一号的大案，从康熙第一次南巡，杨起隆在毗庐院密谋炮打行宫，到现在几十年，天下太平已久。别说皇子，就是寻常商贾南北来往，大肆劫掠杀人越货的也极罕见。出这样的事，他当宰相的首当其冲有着重大责任。但同时，张廷玉心中又起疑云：这么大的事，这位办老了事的坐纛儿阿哥竟然不晓得知会自己一声，越过政府就自行秘密处置，是什么意思呢？李绂和田文镜辖境接壤，二人又正笔墨官司打得火热，偏偏田文镜四面受攻时，可巧就在他境里出了谋害皇子案，这背后有没有别的文章呢？思量着，张廷玉徐徐透了一口气，说道："阴阳不调匪盗纵恣，乃是宰相之责。我是太大意了。这件事还要直接问问四爷，然后奏明皇上，或由刑部，或交李卫，一定要限期破案。"

"我知道这案子已经十二天了。"弘时扳指算了算松开手，"这不是件体面事——要知道，皇上推行新政，朝野非议得很多。你见过抄报了，四川、湖广、云贵两广省城里都出了揭帖案。匪人奸徒散布流言惑乱人心，有说泰山崩的，有说太湖泛滥的，有说真主下世的，有说地震的，有说彗星出现的，总之是'人君无道天象示警'之类的话造得风雨惊心。这种事渲染出去，编戏唱道情的也许竟有的！说到责任，我当坐纛儿的更责无旁贷。但我不想惊动朝廷，也不想给皇阿玛添乱，因为与大政无益嘛！"他呷了一口茶，打住了话头，不时瞭张廷玉一眼，张廷玉拉得绷紧的心弦松开了。无论如何，弘时这片心肠皎然可对天地日月，既想到了维护大局，又想到皇帝身体身子骨儿，算得上思谋周详。张廷玉释怀地一笑，说道："三爷，政务孝道你都想齐全了。奴才老了，跟不上爷的脚踪儿了。爷这次主持韵松轩，几件事办得都叫人心服。湖广私铸雍正钱一案下来，连湖南粮价也趋平稳，杭州纺工叫歇①首犯拿了解到云贵铜矿枭首示众，我原觉得苛了一点，后来想想还是你对。果然矿工们也都安静下来没敢叫歇。不但少杀了人，而且铜矿开工更足。杀伐决断，临事机变顾全大局，都思量得面面俱到，真是好样的！"

张廷玉为相数十年，无论朝政人事，上至皇族阿哥，下至州县小吏，都以"持衡"相处，和谁也不疏远，也没有特别亲近的，平日信守"万言万当不如一默"，从没有这样连篇累牍夸奖哪一个人的。弘时不禁听得脸上放光，立刻抄起高帽子奉还，皱起眉头深沉地一叹，说道："我是后生小辈，见过几多世面？您自小儿瞧着我长大的，还不晓得我？您才真正是朝廷柱石国家栋梁之臣！上回皇上说胳膊痛，我和老四赶紧去请安，他老人家看上去再不像病疼模样，皇上说：'张廷玉病了，他是朕的股肱，和朕连着体结着心呢！'——我们这才明白是您清恙在身。您封伯爵，礼部说您没有野战功勋，也没有地方政绩，难于措词，皇上说：'张良有什么野战功勋地方政绩？决胜千里之外就是功。张衡臣就是朕的子房！'哎，对了，这次议的入贤良祠，礼部票拟您是头一名。皇上从奉天朱批回来，张廷玉不应同别人一样。既是元勋遗老，又是股肱良臣，善始而全终，应该进十哲祠，配享孔孟程朱这些圣贤。人呐，做到你这一步，算是彪炳史册辉耀千古的啦！"

他拣着好听的话一车一车地送，却忘了张廷玉是个城府极深的老宰相，一个清华皇子天潢贵胄这样捧一个臣子，太失身份了。弘时忘形时谀言佞笑的样子，口中的酒肉气息也叫他受不了。只强笑着听完，说道："'善始'我做得说得过去，'全终'还要看以后。踏实做事勉尽臣道。身后荣名大小，都是天子恩德。"这淡淡一句话立即打哑了弘时，只一笑间他又恢复了常态，换了话题道："皇上不知几时回銮，我们这边得预备接驾呢。我在思量，要不要亲自去一趟承德劝劝老爷子，这么热天儿，就在避暑山庄驻驾，

① 即今之"罢工"。

立秋后再回京，赶上审批秋决也就行了。老四回来，还是他来主持韵松轩，我想走走疏散疏散筋骨。"

"四爷刚刚回京，他是钦差大臣，得先见皇上述职才能说到别的上头。"张廷玉自觉至此才明白弘时来意，笑着说道，"您也是奉旨坐蠹儿，不奉旨就敢把差使交给别人？倒是李绂那份弹劾田文镜的奏折和田文镜的奏辩，已经发到各部几天了，要赶紧收集大吏们的意见是要紧的。皇上回京，头一件必定要问这个案子的。"

送走弘时，张廷玉看时辰，正是钟响十声。既是平日，也还不到歇息时间。门房里还有两个官员是明天一天就要离京的，叫进来问了问，却压根没有非办不可的急事。官场上的事张廷玉透熟，有事没事多见大人有益无害，耐着性子听他们说完，交代了几句应留心事项便端茶送客，自坐在书房反复思索。他只觉得心中烦躁气血不定，虽然弘历的遇险经过尚不详细，但在铜瓦渡口就发现八九具尸体，可见当时情形的险恶。弘历，那是在一百多名皇族子弟中唯一跟着圣祖侍候书房学习政务的，又是雍正儿子里唯一封了亲王的皇阿哥。除了瞎子，谁都看得出圣意所归。单只是水匪见财起意，那还只是一般盗劫案子，自己引咎请求处分，着田文镜李卫追缉漏网逃犯也就完事。但若不是这种情形呢？要是一场新的阿哥阋墙之争呢？张廷玉是亲历亲见过雍正兄弟间争夺嫡位血淋淋的场面的。投毒、截杀、刺杀、设陷于前落井下石于后……无所不用其极——要真的是这样，自己想后半生当个太平宰相的愿心就彻底完了！他想得头都涨疼了，终归知道的情节太少，得不出结论来。但弘时说的瞒着雍正，这件事却万不可行，漫说田文镜不会隐瞒，连弘时自己也保不定这会子正写密折给皇帝呢！张廷玉那张清癯严肃的脸上露出一丝不易觉察的笑容，铺开纸来，下垂的眼睑一动不动凝注良久，缓缓写道：

　　奴才张廷玉叩请圣安，敬密跪奏：适才皇三子弘时夜造奴才府……

详细写了二人对话情形，笔触一顿，接着又写道：

　　弘时敬忠之心，孝拂之情溢于言表。然据奴才思之，兹事体大，

> 长掩亦属非道。惶骇战栗之余谨陈密奏，并请皇上严加处分，以
> 为大臣疏漏失职之戒。俟奴才与皇四子弘历谈之后，自当另行具
> 折。所请当否，惟圣裁之后奉旨遵办。

写完又看一遍，满意地放下笔，仰身深深打了个呵欠。

张廷玉料得一点不假，他打呵欠时，弘时的密折已经誊清。不过他的折稿不是自己起草，是三贝勒府头号幕僚旷师爷所写，因密折不许代笔，所以由他亲自誊写。他又仔细看了一遍，和张廷玉折子不同的，前面有田文镜的奏片摘要和自己亲自处置的过程，和张廷玉谈话也略去了，只说"已知会军机大臣张廷玉，钩缉元凶"，其余都是赞誉弘历"颇识大体，雅不欲以己身安危致使皇阿玛焦虑劳心。观其情形，似曰皇阿玛龙体欠安，俟痊好之后徐徐奏知，此亦孝诚之悃，儿臣亦心折感动，黯然涕下矣"！他也打了个呵欠，对守在身边的旷师爷道："就这样发出去吧！"

"是！"那旷师爷拿起折稿回身便走。

"回来。"

旷师爷站住脚，用询问的目光盯着弘时，没有说话。他是保定人，叫旷清行，年纪不过三十五六，十二岁入学，五进考场乡试，俱都名落孙山。替别人当枪手时却是考一场中一场，索性就以此为生，有名的"旷鸟铳"。自己秋风驽钝名场失意，代挣的银子却获资巨万。李绂到任访查出来又气又笑，革掉了他的秀才，当笑话讲给张廷玉，却被弘时听了心里，辗转罗致到府里。此人不但文章又快又好，遇事思路也十分敏捷，话不多却简捷明了，只一年间便成了弘时最得用的心腹清客。弘时目光在灯下流移不定，许久才问道："都掐断了？"

"掐断了。"旷师爷道，"聂公公太扎眼，送到哪里人也能看出他是个老公儿，用的药酒。其余人知道的不多，我们犯不着杀那么多，都打发了黑山庄上，用人看着，用钱喂着——随时都能处置。只有铁头嘴，逃到了山东抱犊崮。其实，他一个土匪，知道的也不多，坏不了爷的事。"

弘时阴着脸又思索一会儿，摆手道："买通抱犊崮的黄九龄，除掉！一个后患也不可留——你去吧！"

第二十九回　避暑庄君臣论世情
　　　　　　热河宫乾纲抑党争

　　张廷玉和弘时的密折送到奉天，雍正的车驾已经离开了盛京，两封奏折辗转记档传递，刚好雍正到达承德的第二天才送到军机大臣鄂尔泰手中。按照康熙皇帝留下制度，大驾巡幸至行宫行营，本日进班的御前侍卫、乾清门侍卫大臣、侍卫章京都要昼夜随扈。鄂尔泰和朱轼都兼着领侍卫内大臣，鄂尔泰接到黄匣子，立刻到朱轼住的下处挹秀书屋，一进门便笑道："老中堂，昨晚接到四爷一份请安折子，李卫的一份奏折，今儿三爷和衡臣的密折匣子也递过来了。我们联袂而入去见驾，如何？"

　　"是秋心呐！"朱轼正歪在榻上，用神仙手给自己轻轻捶背，听鄂尔泰说话，一翻身坐了起来，笑道，"我刚吃过早点，这把老骨头越来越不中用了，昨天轿颠得厉害，这里闪了一下，疼得才好些儿。这会子皇上召见蒙古王公会宴，还早呢，不到午时恐怕下不来。"鄂尔泰这次千里从驾，风吹日晒得皮肤黝黑中泛红，平常的嗽疾也好了，当下笑道："我到底年轻几岁，托主子的福，已经不咳了。离开云南人都说我是痨疾，都到了吐血的份上了，走动走动病都疏散了——吃得进东西又不操那多的心，什么病好不了呢？您腰疼是老病，瞧气色红光满面的比出京时气色好多了。我还是康熙五十一年来过一次避暑山庄，您也八九年不来了吧？咱们早些进，慢些走，连公带私，送了匣子也看了景致，岂不是好？"几句话说得朱轼也兴头起来，命太监进来帮着换了朝服袍褂，二人竟不坐轿，骑马直到山庄南丽正门前，却由偏门德汇门径入园来。

　　其时正六月当暑。承德位居科尔沁蒙古之南，燕山中麓，本来就地高气寒，恰西边太行山位置更高，北地寒气被挡，折而东流，像一个大漏斗，从张家口到承德一带流吹入中原。兴州河、滦河、伊逊河、武烈河四河交汇从承德穿凿而过，更有热河源出于此，命中注定此地是清凉世界无暑胜地。二人进了庄中但见老木翳天枝柯交缠，水汽森森石凉苔滑，除了偶尔一声蝉鸣，仿佛提醒人们"现在是夏天"，其余但觉清清泠泠，苍苍翠翠风水宜人周身精神一爽。朱轼见鄂尔泰傻子一样东张西望，笑道："八大山庄、十二行宫间离宫别院千门万户，哪里一时就看完了？就庄里三十六景，主子住在烟波致爽斋中，我们进来那道挡水坝，叫'芝径云薆'，这地方叫'无暑清凉'。再往前走，过了延薰山馆后头那个池塘，就到万壑松风堂。其余如松鹤清越、四面云山、北枕双峰、西岑晨霞、锤峰落照……累死我们今天也看不完。"

"到了这里真令人兴消意尽。"鄂尔泰叹道，"什么出将入相，开府建牙，起居八座，位极人臣？能有这一流水一片石，一间庵置身，我看就是神仙。"朱轼笑道："那还不容易？这园里常年守护的兵，定制是九百八十二名。公事出了挂误，请罚这里守园不就结了？老实说，我头一次进来也有这个想法儿，你是乍热还凉，觉得好，其实这里人工穿凿太过，已经失了自然真趣。待到回京，见到繁华世界红楼金粉情景，又是一番情趣了。"

二人一路散步，看看这个秀亭，抚抚那株怪树，有一搭没一搭说着闲话，鄂尔泰只是嗟讶赞叹："圣祖爷真有眼力，选中这块住地，景致山水佳丽不说，离京师不远不近，离蒙古不远不近，离盛京也不远不近！"朱武道："圣祖爷不愧为'仁'皇帝！其实把山庄设到这里，还是为了便利蒙古王爷朝觐。高士奇在朝，我曾请教过他老先生：万国冕旒朝天子。蒙古外藩王爷，就多走几步到京朝觐何妨呢？要天子冒风尘之苦几百里外赶来接见，恐怕于礼上不合。高先生说：'这是天子仁德。蒙古人已出痘的叫熟身，没有出过痘的叫生身。生身不敢进京师，所以要加以体恤。赐外藩的殊礼，其实只要羁縻好蒙古，不但边患没了，连青藏也少了多少麻烦。所以又是天子深谋远虑。怀仁怀德怀远怀柔，也是礼啊！'——遥想先贤智仁之志风采，熙朝确实是后世难及。"说罢，遥指西北一带殿宇，笑道："我们那边看看——那就是狮子园，当今万岁爷潜邸扈从就在这里。宝亲王爷随扈，就在紧挨着的那处院子。"鄂尔泰见说到了雍正潜邸，下意识地弹了弹衣角，换了庄容，跟着朱轼过来看时，果见一溜五楹倒厦，朱漆铜钉大门紧闭，吊着栲栳大的铺首衔环，上悬一块泥金黑匾，上写"狮子园"三个大字。旁边还有一副楹联：

日往月来明至道
花香鸟语露真机

却是雍正亲书，龙翥凤翔气韵华贵，整个宫殿和南边的书院阒无人声，只听浓绿荫中鸟鸣啾啾，草间纺织娘嘤嘤浅唱。墙头老藤倒垂，阶前芳草萋然一碧，仿佛在向客人介绍屋主曾在这里有过一段惊心动魄的经历。

"为什么叫狮子园？"鄂尔泰问道，"曾在这里圈养过狮子么？"

朱轼指着南边的一座山峰道："你看那座山像不像一尊狮子？那就叫'狮子峰'。这宫邸是因峰而命名的——"还要说时，远处一个太监边小跑着边喊："朱中堂、鄂中堂！主子筵会下来了，正召你们过去呢！"朱轼转眼瞧见一大群人纷纷从万壑松风殿前假山中出来。料是筵会就在那边设着，便和鄂尔泰一齐赶来。迎头见几个蒙古王爷喝得满面红光，叽里咕噜说笑着过来，忙拉着鄂尔泰站了甬道旁给他们让路。

"这是朱师傅的！"一个王爷突然认出了朱轼，指着他叫道，"康熙四十八年我见过的，皇上的老师的，学问像天上的白云地上的羊一样的！"朱轼这才见是温都尔汗，忙上前打揖行礼，笑道："汗爷也来了！我的学问没有白云那么高，也没有地上的羊多，王爷你夸奖了。我来给诸位介绍一下，这位西林觉罗·鄂尔泰，原是皇上的模范总督，现在是军机大臣。文才武略兼备，学问像——大草原一样大的！"鄂尔泰听完莞尔一笑，忙上前和诸王见礼寒暄，笑道："王爷是从漠北蒙古过来的，黄沙白草数千里跋涉，不容易。足见王爷忠悃诚敬之心。"

"皇上待我好的！"温都尔汗脸上菊花一样的皱纹都笑得皱到了一处，一双短粗的罗圈腿得意地蹭来蹭去，说道，"又赏了我十万石饲料粮，一万斤茶砖的！策零阿拉布坦——皇上说是喂不熟的狼羔子的，坏了的。他要敢到东蒙古来，科尔沁、喀拉沁、扎赉特……我们，嗯？！"他用双手猛地一卡，"和他打一个七死八活，死样活气，死眉瞪眼的！"说罢和诸王嘻嘻哈哈说笑着去了。鄂尔泰扑哧一声差点笑岔了气。见高无庸和张五哥二人迎出来，忙和朱轼一同进了"万壑松风"宫院，绕过正殿，在一溜十几株银杏树旁站住。高无庸进东书房片刻，又出来道："二位中堂请。"

雍正似乎没有饮酒，脸色如常，穿一件米色葛纱袍，头上戴一顶万丝生丝珠冠，腰间束着全镶三色碧芽玖马尾纽带，大热天儿，袍子外还套着石青葛纱褂，躺在竹安乐椅上，用热毛巾敷着颏下和耳朵后。乔引娣站在旁边，从盆子里拧着毛巾给他替换。见二人进来，雍正只摆了摆右手示意在窗下木杌子上坐下，微笑着说道："去了朕当年的住处了？鄂尔泰还是头一次进来，该当的好好看看。料想你们也饿了——高无庸，弄点点心来！"又对乔引娣道："热毛巾不用了。你把他们带的黄匣子打开，钥匙在朕榻上枕头旁边。"

"是。"乔引娣低声答应一声，接过鄂尔泰递过的匣子。将李卫的奏折、弘历的请安折子捧给雍正，自己悄没声去炕边开那两个匣子。看样子她做这差使已很熟练，雍正刚翻过弘历的请安折，两封专门装密折的通封书简已经轻轻放在雍正面前几上。雍正打开李卫的奏折，看了看就放在一边，笑道："李卫真有意思，前头修了个关帝祠，请枪手大大写一篇文章奏上来，生花妙笔令人神往，今儿又奏湖山春社落成，又是一篇花团锦簇文章，还要请朕题字题联。他也真不怕麻烦了朕。"鄂尔泰笑道："李卫写给奴才有信。他想勾起主子江南之忆，一片的忠爱心肠，晓得主子宵旰焦劳国事，曲笔请求主子南巡，也好疏散疏散——"他还要往下说，见雍正已经沉了脸，便不再言语。

雍正将毛巾丢给引娣，指着两封密折道："你们两位也看看。如今竟有这种事，而且事情出在河南，真真令人不解。"说罢起身，趿着鞋子背手儿在书房里来回踱步。鄂朱二人忙上前一人捡了一份，只一看奏题便心里咯噔一下，急急瞄了几眼，又交换了看，心里打着主意如何在雍正跟前说话。

"这真是想不到的事。"鄂尔泰道，"世道清平几十年，没有出过这么大案子。煌煌白昼，省垣之下，会有水匪追杀皇子！四爷福大，万一有个闪失，朝廷何以对天下，田文镜可怎么得了？"

乔引娣初入畅春园时，几乎天天见弘历，极是潇洒倜傥，温善聪敏的一个皇子，对他颇有好感，听见这信息吓得一愣，手中一松毛巾"扑"地落在盘子里，见雍正看自己，低下了头，说道："外头道路这么凶险么？四爷金尊玉贵的，下头保护的人做什么的？这样事真吓人——四爷那么好一个人！"朱轼道："四爷是太爱微行了，白龙鱼服要受制于渔夫禽鸟的呀！

还有田文镜，也忒大意了的，如今朝野都在攻他，办事还是这样不细密！"

"这值不得大惊小怪。"雍正吁了一口气，望着外边的浓绿世界，像是对众人，又像对自己，口中喃喃道，"这种历练比在毓庆宫听讲一年学问收益还大！怕怎的，不是一根毫毛没伤，平安回京了么？"他好像想得很远又收回神来，格格一笑说道："道路凶险自古如此，朕为皇子时就住过黑店。那时李卫年纪还小，倒亏了他，不然，焉有今日？"他陡地想起那次自己遇险，是为寻访小福，心中一动，看了引娣一眼，没再说什么，端起茶来呷了一口又道："这两天留意弘历和田文镜的折子。情形不详细，模模糊糊的看不清楚。"

鄂尔泰忙躬身称是，又道："田文镜既给三爷写了信，却没有本章递上来，恐怕也是正在破案，李绂那边的案子刚刚起来，境里又出这种事，他的心情可想而知。至于四爷，恐怕想得也很多。这不是什么好事，一来怕皇上为此添了不快；二来这案子连着田文镜的官声，他势必想叩登出来。三来——"他突然觉得失口，便闭了嘴不言语。

"你这人！"雍正睃了他一眼，"怎么和朕还说半截话？"

鄂尔泰尴尬得满脸通红，他本想说，"四爷怕人因为此案疑到政争上去。"但事连弘时关系太重，无论如何自己承受不了，憋了半天才改口道："三来四爷也未必愿意张大其事，有伤皇上治化之明。"其实这个话也是不妥的，但两端皆害，算是取其轻者了。朱轼拱着手说道："宝亲王既然已经回京。在外省巡弋将近一年，路上又受了惊。鞍马劳顿的，应该歇息一段时日。这里离京不远，奴才看，不如召了来，日夕侍奉左右，连路上那个案子都问清楚了。"鄂尔泰听了心里不禁由衷佩服：一样的试探，这么好的话自己怎么就想不出来呢？

"弘时还在韵松轩维持一下吧。"雍正似乎没有留意两个大臣的心思，自蹬了青缎凉里皂靴又站起身来，"不要为弘历这事再大惊小怪了，比起朕一生遭际，他这算个小小的困厄，困厄——你们读饱了书的——是坏事么？天地厄于晦冥，日月厄于薄蚀，山川厄于崩竭。天地尚且如此，人就更不用说。《故事雕龙》里有言：'虞舜窘于井廪，伊尹负于鼎俎，傅说匿于版筑，吕尚困于棘津，仲尼绝其粮，颜回败其丛兰……此皆学士，所谓有道之仁人也。'他才十六岁，刚入志学之年，吃点苦头是好事！弘历暂时还是不回韵松轩，发旨给他，要他在京统筹天下钱粮的事，兼管兵部。"

鄂尔泰不禁一怔：这么笼统，旨意怎么着笔呢？朱轼却一躬身道："臣等领旨。""你们先用点心，朕到隔壁去看折子。"雍正笑道，"朕在这里，你们肚饿也吃个不香。"说着便带了引娣绕过北屋屏风进了书房套间。

这是一个南北很长的套间房，西边是一排糊满蝉翼纱的长窗，下半窗固定上半窗可开可阖，临窗例是侍卫太监房，可以随呼随应。北边和东"墙"都是依山凿石而成，房顶偏东开着亮窗，坐在窗下仰望，山上云树婆娑瀑布溪流宛如画图，附近绝岩泉水叮咚透窗而入——大约取了安全便于防护和观赏景致这两条，当初康熙才选中了这排并不豪华的东偏房作自己起居书房。屋里陈设也很简单，一溜儿春凳和茶几设在东窗下，靠门一座金自鸣钟，尽北又有一道活动门墙，折叠起来大炕居北面南，展开隔栅门，又像一道严严实实的屏风。沿北墙一带除了皇帝批文的御案，最出眼的是几十幅图画，密密沿墙排去——总之，与其余皇宫书房另具了一种朴实无华的文墨气。

"引娣，"雍正见引娣铺好纸，又端了茶过来，接过茶喝了一口，指着墙上的画儿道，"别小看了这个地方儿。这些画的价钱，够盖一座养心殿的！"乔引娣道："我不懂的。昨儿来也没细瞧，什么画儿值那么多钱呢？"雍正笑道："这是熙朝名手周罗英的手笔，每一幅上都有圣祖的题识，还有一首高士奇的诗。《耕图》二十三，《织图》二十三，合为《耕织四十六图》。你看这耕图，这是浸种，这是耕田，这是耙耨，这是耖，这是碌碡，这是布秧……"

引娣一看就笑了，指着道："这是割谷，这是登场，这是扬场，这是入仓……这后头是什么我可说不清，这女人怎么扯树枝子？"雍正笑道："你是山西人，这是织图，你指的那幅是《采桑》，下头择茧、窑茧、缫丝直到成衣——是成套儿的。"引娣笑道："这劳什子画儿就那么值钱？我道什么稀罕物儿呢！主子爷到我们那瞅瞅，什么布秧啊，拔秧啊，灌水放水啊的，都是平常事儿，一点也不新鲜。"

"当然。"雍正神色有点忧郁，"你当然不新鲜。朕第一次见它，可是新奇得很呢！就是你说的，阿哥金尊玉贵，住在宫里，出则是翠盖羽葆，入则是华堂高轩，锦衣绫罗钟鸣鼎食。问到它是怎么来的，就懵懂了。晋惠帝时，天下饿死人。奏上去，这位皇帝说：'肚子饿了，怎么不吃肉粥?'皇帝当到这份上，天下就完了。你明白这几十幅画挂在这里的意思了吧?"

乔引娣看了雍正一眼，她已经明白了雍正方才对朱鄂两个大臣说到弘历的话。半晌，她才叹息一声，说道："人和人不同的。"

雍正也不再说话，坐了雕龙交椅，从笔海里拔出一支新笔，扯过弘历的请安折子，濡墨写道：

> 三日请安折悉。已另有旨，着尔兼管天下钱粮事及军务事矣。尔此次视东南，尖山坝工竣，黄河漕运疏，江淮天下富庶之地，诸般新政顺畅施行而无扰攘纷纠。此固因李卫尹继善等人吏窍识大体，和睦与共勤劳王事，然尔之调停有度，张弛有当，举大而不遗细，谋远而不弃近，则江南之事定，天下各省翕然定矣。此朕委尔坐定金陵之初衷也，尔知之否? 朕东来诸事皆安。今见诸蒙王公，以恩给之以义连之，观诸王之心，与朝廷同仇敌忾，似无二情。彼策零阿拉布坦区区一部跳踉丑类，天兵一讨澌灭可期。当此之时，尔之受命，切切宜体朕之深心。

他满意地在砚中旋了一下笔，笔风一转写道：

> 黄河遇险之事，朕知之矣。昔杜鸿渐问无住禅师何谓无意、无念、无妄，无住答称此为三句法门，无意为戒，无念为定，无妄为法。尔圆明居士当以此为定力消惊存安，人有定力何事不可为? 戒之戒之。慎分以寻常祸福机转扰心，只"安之若素"四字，尔即受用无尽矣。

雍正写完，又抽过李卫的奏折，在旁边批道：

> 湖山春社落成折已览，心向往之。朕非不欲南巡，俟新政大定，海天皆欢之时与卿共游，岂不无牵无碍惬怀尽兴? 此处泉村佳色恐亦不逊春社，即观此景题联赐卿。他日亲见，亦一趣也。

写到这里，他抬起头，对引娣道："把窗子上扇支起来。"

"是。"

引娣不知他为什么正在疾书批章，突然冒这句话，答应一声扳开屈枢支起亮窗。雍正下座踱至窗前向外望望，但见空殿旷院中都是合抱粗的老树，合不着江南景色。雍正摇摇头，回身沉思间，一抬头，见引娣迎窗而立，上身酱色比甲滚边绣着红梅，雨过天青短袖纱褂露出皓腕如雪，一溜荷青长裙曳地无风自动，仿佛一枝亭亭玉立的君子兰。引娣给他瞧着，臊得满面通红，娇羞垂头，迎窗亮处站着探弄衣角，反而更增妩媚。

雍正喃喃咕哝了一句什么。

"皇上……"

"没什么。"雍正避开她的目光，回到座中，又忍不住看了她一眼，轻声道，"朕是说你长得太美了。"一边说，一边又换了支大号笔，亲自铺平宣纸，叫乔引娣："那边用镇纸压着，你手扶着这边。"

引娣给他瞧得羞红满面，又被他夸得心里直跳，慢慢过来，警惕地瞟一眼雍正，却没有照雍正的吩咐，将镇纸压了"这边"，自己站了"那边"轻轻抚纸。雍正已定住了心，在纸上援笔大书：

花枝入户犹含润，泉水浸阶乍有声。

一边轻轻吹着，笑问道："你去见十四爷，他都说些什么？要知道，从来没有人敢这样对朕，居然不缴旨，没回音！"

"我没有去。"

雍正睁大了眼："为什么？不想去了？"

"奴婢不知道十四爷在哪里，"乔引娣轻轻摇头，眼睛盯着殿角，"高无庸他们都不肯告诉我……""竟有这样的事。"雍正不禁失笑，"这是你不懂规矩，你说一声奉旨去的，高无庸有几个胆子阻你。"说罢便叫："高无庸进来！"

高无庸就站在屏风外，听招呼一转身便进来叉手听命。"回京之后，你带引娣去看看十四弟。"雍正温声说道，"可以在那里待一个时辰。你也顺便看看他还缺什么东西，有没有下人在那里狐假虎威作践他的。回来跟朕说话。"高无庸听一句答应一声，又道："鄂尔泰朱轼已经用饱了。在外头候着，因主子写字儿，没敢惊动。"

"叫进来吧。"雍正淡淡说了一句，叹息一声回到座上。乔引娣在旁又是感动又是难过。从雍正平日与自己接触中，她深有体味，这个皇帝对自己情分十分厚重。相待之间却严谨持礼，从来语不涉亵狎，生生像个温厚平和的大哥哥。怎么就和生性爽豪的允禵成了生死冤家了呢？设如没有那些肮脏政争，兄弟亲情间，自己有这么个长辈似的大哥关爱照应，那该有多好！思量着听雍正叫"赐茶"，才意识到朱鄂二人已经进来，忙答应着端茶过来。却见雍正指着晾在桌上的字道："这是赏给李卫的，朕这会子又去不了江南，只能追忆着跟圣祖南巡时情形儿心拟而已。"

鄂尔泰和朱轼随口夸奖了几句，却听雍正问道："田文镜李绂的奏折发往六部，下头都有些什么话？"朱轼一欠身说道："回皇上，六部意见还没报上来。若等着处置，奴才这就发文知会他们。"

"你们自己有什么见识？"雍正冷冷说道，"就拿你朱轼说，那么多的门生故吏，他们难道不写信给你。既写信，难道不谈自己看法？"

朱轼入相还是头一回碰这软头钉子，蓦然间已经渗出汗来，咽了一口唾沫，说道："老奴才不敢欺蒙。书信不少，都是旁敲侧击探听圣意的。皇上御制《朋党论》告诫臣下不得夤缘营私，奴才主持科场甚多，尤为警惕不以师生之情介入公事，因而所有这类信一概不回。但皇上既垂询此事，奴才自己意见应该奏明。奴才以为田文镜与李绂都是正人，二人分歧，原是政见有所不同。各自管窥高天，见仁见智，不足深责。"

"好人误会，这是你的看法了。"雍正又问鄂尔泰，"你呢？"

"李绂与田文镜与奴才私交都很浅，无从谈爱憎。"鄂尔泰说道，"田文镜锐意振作，力矫时弊不避怨嫌，这是天下有目共睹的。俞鸿图从河南发回的几封折子看，田文镜报效主恩的心切，行事急于事功，偶有失察下层的情节。以至于垦荒亩数不实，胥吏借端欺压小民流徙外省的，也有的奸邪吏员投其所好，敲剥士绅邀媚取宠以图晋身的。以至于一些匪人乘时而用制造事端——像罢考这类事就是了。李绂正如朱轼说的，是正人，且在湖广推行新政卓有治绩。但他为河南表象所迷，以为田文镜为群小所转，虚名邀功欺蒙圣君。因此酿出这一段政争。这是我的短浅之见，未必就对，请皇上圣鉴烛照。"

雍正端茶默坐，许久才道："我们不是在这里评介人物，而是在这里论世。方才朱师傅讲了朋党的事。朕是在朋党丛中吃尽苦头的人，深解其味，所谓'八爷党'，自圣祖晚年倦勤，到现在折腾了二十年。你想真正为朝廷生民做一点事，真比登天还难。弘历遇险你就可看到，连外省土匪都不在本省作案，要到河南境里给田文镜栽上一赃！如今阿其那塞思黑允禵虽然已就范，但那个'八爷党'真的就散了阴魂？你们每天奏章都是读过的，川鄂云贵两广，省会都贴出了揭帖，含沙射影攻击新政，京师还流传着些骇人听闻的'宫闱秘闻'，甚至有说隆科多得罪，是因为知道朕的'隐秘事'太多，朕治他为的灭口！"

雍正越说越怒，"砰"的一声击案而起，涨红着脸，咬着米一样细碎的牙说道："朕以仁道待人，人不以厚道感恩，再没比这个可气的！看来，阿其那他们就这么舒舒服服关起来还不成，他们触的国法，不能仅治以家法。立即发明旨，叫六部议他们的罪，该杀的朕不能姑息，天下为公，朕亦不得私治之！"本来议的是田李之争，雍正却一下子又扯到了允禩身上，朱轼和鄂尔泰都是愕然一惊。允禩的事情还不算完？但此时正值雍正盛怒，他们谁也不敢撄此锋芒。许久，朱轼才道："皇上，李绂并非阿其那一党里的……"

"你们为朕震怒之间岔开了议题，是么？"雍正哼了一声又坐下来，"其实朕说的是一回事——朋党。你们看看跟着李绂起哄的那起子人，有几个不是昔日八王府常来常往的？他们巴不得朕的摊丁入亩，火耗归公，官绅一体纳粮当差奖励农耕这些新政一夜之间都垮光了，让天下人看朕是个可笑皇帝。他们至死都不明白，朕矫治时弊推行新政振数百年之颓风，正是从根儿上孝顺圣祖，不负圣祖殷殷寄托！"雍正的眼中闪着不知是火是泪的光，喟然一叹，"他们不学无术，看不到盛世隐忧，不行耗羡归公，那就无官不贪；不追索亏空，那就府库荡然，不施雷霆之威，那就四海无甘霖。穷则变，变则通，通则久，这不是《易经》里讲的？蒙古人入主中原，九十载灭国，为什么？就是死抱着他没入关前那一套不放，毫无变通。大清入关也快九十年了吧，难道不该警醒些儿？李绂也许自恃身正，所以他要搏名，捡着朕最疼处揭疮疤儿，沾染了汉人阴柔奸狡拼死搏名的恶习，朕实感痛惜。就算他背后无阴谋，像马谡失街亭，岂得无罪？孔明杀了马谡，朕又何不能挥泪斩李绂？"

朱轼和鄂尔泰听着这激愤的言语，但觉字字惊心，句句警譬，金石般掷地有声，不禁离座长跪在地，说道："圣上高屋建瓴，深思远虑，奴才已经明白。"

"就这样，照这宗旨，不提李绂的名字发旨六部，叫他们从速议政，不要再观望。"雍正冷峻地抬起头，傲然说道。又顿了顿，摆手道："你们跪安吧，传旨给德楞泰、张五哥他们，后日——后日辰时起驾返京。"

"皇上！"

"国事纷扰，非人君宴息之时。"雍正不无依恋地看着外边青幽幽碧森森的院落，皱着眉头道，"梁园虽好，终非故乡。回京去！"

第三十回　弄神通道士疗沉疴
逞巧智阿哥迁家奴

雍正返驾北京的诏书抵达北京的头一日，弘时已经接到太监秦狗儿的禀帖，里头备细说了雍正与鄂尔泰和朱轼在热河园中对话。立刻叫了旷师爷过西花厅"鼓雨轩"来商计。旷清行正在后书房和几个师爷分门别类代弘时给各地外官写回信。听见说叫，搁笔匆匆过来，一进门便道："三爷，您叫我？"

"热得前后襟都汗湿透了。"弘时亲自端过一盘冰浸的西瓜，"来，吃一点去去心火——喏，那是秦狗儿的信，先看看再说。"说罢自歪了竹凉椅中摇着葵扇闭目沉思。

旷清行拿着那几页薄纸颠来倒去反复看了几遍。他没有言声，却踱到鼓雨轩外，站在堂檐下，晕头晕脑看着池塘边婆婆摇曳的杨柳出神，一阵阵熏风带着炙人的热浪扑面而来，树上无数只蝉一声尖似一声地聒鸣，竟似不觉不闻。许久才回身进来，对昏影里的弘时笑道："三爷上回赏秦狗儿三百两银子，回来还心疼！就这一封信，一万银子您上哪儿买去呢？"

"我不是心疼。"弘时也笑道，"皇上宫规严厉，太监结交王大臣格杀勿论。怕弄巧成拙嘛！老四就没有这些道道儿，消息不照样灵通？"旷清行摇头道："您和四爷不一样。他母亲是贵妃，先头太后身边都兜得转的。圣祖爷康熙五十一年就叫了四爷宫里头随驾读书，在里头厮混得久了，又长年主持韵松轩政务，巴结他的人多了，见面随便一句话就透了消息，还用得着苦巴巴掏银子买消息？"

弘时听得心里酸溜溜的。他密地里不知请过多少相士为自推造命，都是极贵的格。自己素常照镜子对相书也不知看了多少遍，觉得无论才智、历练、心志还是相貌，总没有逊于弘历处。怎么偏偏父皇就那么爱重他呢？正胡思乱想，旷清行又说道："秦狗儿报这个信儿，也未必就是银子的功效。四爷出去，您主持了中枢，占据了形势，这才是真正的缘由！他在宫里当差，多少给外官一点方便，大把银子有的是，决不会稀罕爷那三百两银子来巴结的。"

"李绂要倒大霉了。"弘时悠悠地扇着扇子，"还有八叔、九叔和十叔——这真可叹——他们原本算不上一路人的。李绂文章人品都强过田文镜十倍，真太可惜了的。""真正倒霉的是八爷。"旷清行眼中放着贼亮的光，"皇上其实最怕的是朋党。八爷没有失势的时候遍交朝中文武，都是些名驰文场的读书人。头脑人物虽然已经圈禁，这个'党'却依然在。三爷，那次'八王议政'的乱子在乾清宫折腾，不知您留心到没有。从头到尾没有一个人公然对着廉亲王的，开头时倒是先拿着田文镜作法！可见如今田文镜已经是根炮捻儿，攻击新政必拿着他首当其冲。所以圣上护着，谁攻田文镜，立地就疑人是冲着新政，冲着他自己。越攻越护，越护越攻。看热闹打太平拳的人，站干岸看河涨的人原先跟着八爷当走卒，现在又看笑话儿，甚至在后头写揭帖造谣言，就皇上那性子，没事见石头还要赐三脚呢，怎么容得下这么多的臣子跟他离心离德？他身上的病也是由此才越重的！"

弘时早已瞿然开目，坐直了身子，连扇子也忘了扇，说道："可谓洞若观火！我当何以处之呢？"旷清行一笑，斩钉截铁说道："两条：狠打死老虎决不手软；坐定韵松轩拼命办差。整治八爷党就顺应了皇上敌忾之情，拼命当差又顺应了皇上求治之心。至于对四爷五爷，礼尊之，诚布之，情爱之，心防之——都是他的儿子，让他自己看看谁的孝心重，能耐大！"弘时呆呆出了半日神，说道："我看皇上意图还不止于此。弘历主管天下钱粮和兵部差事，也许有意叫他带兵去和阿拉布坦厮拼呢！"

"这个我也想到了。"

旷清行阴沉沉地说道："学生自收入三爷门下，一直都在思量八王爷和皇上当年嫡位之争，为什么权倾天下的八爷深得人望，却败了，冷面冷心的'办差阿哥'居然身登九五君临天下？道理也许有一百条一千条，归到根上说只是一条，皇上始终身在机枢之位，谋机枢之事。八爷却只是在旁边收取了人心。那些权要人物对八爷俯首帖耳，弄得他有点飘飘然，以为可资为夺嫡之用。结果到节骨眼上，这些人一个也没派上用场。连十四爷身将十万重兵拥权在外，一纸诏令下来，也只好束手入京。三爷，无论如何不能再吃这个亏了。"

"那是。成者王侯败者贼，弘时敢忘前事之师？"弘时咬牙阴狠地一笑，站起身来叫道，"来人！"

几个丫头老婆子应声而入，弘时不禁失笑，原来忘情之间，以为自己是在韵松轩。因道："给我备轿进园子。告诉账房上，西街口那套三进院子我赠送了旷师爷，拨二十个家人过去侍候。"说罢一径出来升轿而去。

其时正是未中时分，略略偏西的太阳晒得大地焦干串烟，街衢上绝少行人，连狗都热得阴地四脚扑着吐舌头，家家户户门洞大开，男人赤膊，女人只穿着贴身汗衣，或冲凉或打扇喝茶消暑。偶尔只几个光屁股小儿，晒得黑不溜秋，在池塘杨柳下摸鱼打水仗。弘时一进轿便被燥热逼得退了出来，又换了竹丝凉轿，这才透迤出城。一出城情形便不同，风尽管还热，但扑到身上没了那种逼人窒息的闷气，驿道两旁密密的杨树，就是极小的风也招得它们哗哗直响，偶尔从海子边吹来的风带着水气，稍稍给人一种清凉之感。愈近畅春园，森森碧树间吹过的风愈是宜人，待近双闸门时，弘时通身大汗已经落了。正要进园子，北边不远一阵颤悠悠的钟声透过层层叠叠的青枫白杨隐隐传来。弘时不禁一怔，这几天天热，竟忘了过来给怡亲王请安了。想着，弘时在轿中轻轻跺脚，说道："转轿，先去清梵寺。"轿夫们"噢"地答应一声，这都是家养的杠房，里手行家，不知不觉间已转了轿头，在阴凉道里行了不到半里地，清梵寺已是到了。弘时下轿正要进去，见一个中年和尚匆匆忙忙夹着个土黄包袱出来，认得是寺中塔头和尚法印，便叫住了：

"秃驴，这么热天儿，贼头贼脑哪去？"

"哟，是三爷千岁！阿弥陀佛！"法印看清是弘时，已满脸堆上笑来，揩着光头上的汗过来稽首行礼，咧着嘴笑道，"爷吉祥，爷万安——可是有几日没来寺里了！我这正要北玉皇庙去呢。你瞅这天儿，半个月了，死活不下雨。十三爷昨夜里睡不着，传下王命，叫北京城所有寺院大和尚都去玉皇庙作功德祈雨。修空方丈去了，看着大钟寺的悟心师傅穿的袈裟比我们的好，特地打发我回来，把十三爷捐的掐金木棉的拿去。咱们这庙住着王爷，相爷，不能叫他们比下去了。"

弘时原本要进山门，听见这一说又站住了，笑道："你们还算出家人，在这上头争奇斗富，贪嗔痴俱全，佛祖也不要这样弟子——做这么大功德，得要多少银子香火法事钱？"法印伸出巴掌亮亮，说道："原是十三王爷独自出资五万。方先生说，这是国事，他也不能后人，也兑了三千两。张相爷不信佛，夫人和小姐各捐了一千两，共是六万五千两。"

"我出五千两。"弘时说道，"你告诉悟心大和尚，只管虔心祈雨，三天内天降甘霖，我叫礼部表彰，从国库里再拨一万银子，听着了？"说完抬脚进了山门。自从张廷玉、方苞和允祥相继住了清梵寺后，寻常香客早已摒绝，门口守的都是怡亲王府的太监和护卫。见弘时跨步进来，忙都躬身迎接。弘时问道："十三爷这会子睡中觉呢？"

一个王府太监忙道："我们王爷连着几日不歇晌觉了。他老人家挪了净心精舍，原来那地方离大非殿太近，和尚们念经聒噪得心烦——又不愿一点也听不见经声，就挪西院去了。奴才带爷去！"说着便在前头带路。却不从原来的西廊向北，一进山门便西趑。由廊后甬道向北一箭之地，便见一处坐西朝东小院掩在茂林深处，院子里却一色都是竹，凤尾森森，龙吟细细，极为清幽，门额上白地黑字一笔颜书四字：

净心精舍

弘时便道："你去吧，我自己去见就是了。"

"请王爷恕罪。"那太监却不退去，赔笑说道，"张相定的制度，无论何人见王爷，我们得有人陪着。"

"连我也不例外？"弘时似笑不笑说道，"你去吧！张相有话叫他找我。"说罢一挑帘子进了允祥屋。那太监倒也真的没敢跟进来。

弘时一进门便嗅到一股浓重的药香，因乍从亮处到这里，暗得什么也看不清，定了定神才见允祥和衣半躺在大迎枕上，大热的天儿腹部还盖着薄毯，却是形容越发削瘦，脸和手都苍白得没点血色。一个宫女长跪在地捧着药碗，弘皎偏身坐在炕沿用调羹一匙一匙地喂药。见弘时进来，弘皎点头一会意，对闭目不语的允祥轻声道："弘时三哥来瞧您了。"弘时忙跪下请安，说道："十三叔，侄儿给您请安！"

"哦，弘时呐。"允祥勉强睁开眼看了看弘时，有气无力地说道，"难为你，这么热天儿跑来瞧我。快……起来坐着吧。"弘时答应一声，稳稳重重起身坐了窗前木杌子上，赔笑说道："接着承德的信儿，皇上六月初三起驾，初九回京。这几日忙着预备接驾的事，还有些别的细务缠身，没得过来给叔叔请安。方先生偶尔见见，张廷玉日日见面的，请他们代侄儿叩安问好儿了。"允祥似乎缓慢地透了一口气，点了点头，说道："方苞方才跟我说了皇上回来的事。你们又要忙起来了。可惜我……可惜我这回可帮不上什么忙了。"说完轻声一咳，又闭上了眼。

弘时看着这位叔父，心中也不胜感慨。允祥是雍正二十三兄弟中经历最坎坷的，幼年襁褓中母亲莫名其妙地出宫为尼（参看拙作《康熙大帝》第三卷），受尽了兄弟们的欺侮凌辱，有点头脸的太监也敢整治他，唯独雍正亲之爱之，一身呵护才得以成人。在逆境中允祥养成了天不收地不管的倔烈性子，使气任侠扶危济困，是出了名的"侠王"。康熙见他人品正直与人接物无曲无阿，曾亲口夸奖为"吾家千里驹，几是拼命十三郎"。当年英风飒爽，谈吐雄健，佐雍正办差力担重任，指挥如意，在康熙晏驾当日，亲赴丰台大营斩将夺权，陈兵畅春园外，雍正才得以顺利登极。追想当日豪侠英雄风采，今日却到了气息奄奄，床簀垂目待死之人，弘时不禁暗地长叹一声，口中却笑道："十三叔别想那么多。安心静养，痊愈了做什么事都从容的。弘皎，头回我就说过，叫你请贾神仙来看看。没有请到么？"

"三哥来得正巧，贾士芳一会儿就到。"弘皎微笑道，"早就说请，方苞和张廷玉拦住了，说那是邪魔外道。后来他们大约听说贾神仙的多了，不再拦了，贾神仙又云游出京。我打听着，前日又回了白云观。请了两次，才答应今儿下午来看看的。"正说着，允祥忽然闭着眼轻声道："来了来了……人不可貌相，真真一点不假！"

弘皎弘时吃了一惊，环顾四周毫无动静，但见窗外碧树森森，窗内阴气沉沉，二人气短间便觉毛发悚然。正没做理会处，院外一个公鸭嗓子声音传进来，"神仙爷，请这边走。"接着帘栊一响，贾士芳已经进屋。弘皎忙迎上去笑道："您是贾仙长？快，快请。"

贾士芳仿佛永远只是一身装束。皂衣皂靴，一顶雷阳巾显得略大一点，连额头都遮住了，孤拐脸上亮晶晶的，像是刚刚用水洗过，白得毫无血色，却是滴汗全无。他站在门口朝三个人看了一眼，微笑道："适才已经和十三爷神会，这位是三爷，这位是七爷吧？"

"是，宗室里排行各房叫法不一，也有把我排在老六的。"弘晈惊异地打量着贾士芳，说道，"这是三爷。"此时允祥已是双眸炯炯，目不转睛地盯着这位奇人，却一声不吭。

贾士芳向允祥一揖，走到榻前，俯身轻声道："十三爷，贫道稽首了！你的病不相干的，这会子已经好些了，是么？"

"是，我觉得不晕了，眼睛似乎也清亮了些。"

"不是'似乎'，其实心明了，自然眼亮。十三爷，你胃气不展，饮食有亏啊！想不想吃点东西，比如桂花糕？"

"桂花糕？！"允祥眼睛一亮，竟不自禁咽了一口口水，"真的，我怎么就没想到它？我真的肚里饥，想吃呢！"弘晈早已看愣了，过去三天里头，父亲只勉强喝过两小碗粳米粥！醒过神便一迭连声命人"取桂花糕来！"

贾士芳含笑看着允祥吃完两块桂花糕，亲自从银瓶里倒了一杯水递过去，允祥接过来滋咕滋咕居然一气饮尽，畅快地喘了一口气，笑道："总有两年没有这样畅快饮食了，谢谢你，你怎么捣弄的，也没见你发功行气，烧符驱邪的呀！""十三爷，《道藏》三十六部经共一百八十七万六千三百八十卷。习《洞真经》者仅通'上炼'之术，习《洞本经》者仅知'按摩'之法，习《洞神经》的略明'黄庭'之道而已。万法通幽，岂能一格构之？"贾士芳徐徐而言，"那种故作玄妙，装神弄鬼之辈，原是道家下乘之辈的勾当，十三爷叫他们哄了！——你想不想起来动动？"

"当然想。"

"能做到不能？"

"恐怕不能。"

"你能的。"贾士芳笑道，"人人都能走路，十三爷英雄豪迈一世，反而不能？你起来，自己下地，趿上鞋子走几步看看。"

允祥听着他的话，好像从很远处传来，又好像清晰得耳语一样，五脏中格格微响，像有一股热气在推撼着涩滞已久的经络。一个念头"试试何妨"刚刚闪过，已经不由自主推枕而起，恍惚之间已站立在地！

"我起来了！"他惊喜叫道，通身的不适刹那间消失得干干净净，试着走了几步，居然脚步健稳，高兴得扬臂大呼，"我能走了！哈哈哈哈……"他舒展双脚，甩着臂膀冲出门去。

净心精舍所有的太监宫女都惊呆了，如果不是眼前活灵灵的事实，就说是神仙下凡他们也不信允祥的病能好得这么快！弘皎用虔诚得近乎崇拜的目光凝视着毫无自矜之容的贾士芳，"扑通"一声长跪在地连磕三个响头，说道："活神仙！你救了我阿玛的命，我给你起一座观，要赛过白云观！"

"不是救命，是治病。"贾士芳目光幽幽地看着院外欣喜适意正在散步的允祥，微笑道，"任谁的命都是本自生灭，非大善大恶不能移。十三爷命不该绝，沉疴自然能起。"弘时看着这一切，惊讶得说不出话来，半晌才道："皇阿玛也有病在身，我要荐仙长进内给他老人家疗治疗治！"

说话间允祥已经回来，说道："这一身汗出得痛快！"便脱外边大衣裳。弘皎忙要阻拦，刚说了句"看冒了风"。贾士芳便道："不妨事的。焉有冒风之理？方才居士许愿给我盖道观，我云游天下救物济人，其实用不着。现在就住白云观，只是当客人不便，要能知会那里张真人，将我的箓籍收在观中，就足感厚爱了。""这个有什么难为的？我回去就用印，叫顺天府办。"弘时笑道，"要不是张真人早已敕封过，就要你主持白云观也是理所当然！"

"道长，能不能就留在这里？"允祥坐了炕对面的椅子里，揩着汗笑道，"生死人而肉白骨这是大能耐，大本领。据小王看，凡有大本领人所不及之能耐者，必遭庸者之忌，在外于你无益。我愿随道长学一点吐纳性命之道，皇上龙体欠安已久，就便儿可以随时调理。"贾士芳随意端坐在允祥对面，笑道："什么都讲究缘分。皇上的病如果该是贫道治好，他自然要召贫道去的。就比如王爷您，如果心里压根不信我，我来了也是束手无策。请十三爷留意，贫道闲云野鹤之人，不愿受一点规矩拘束。"他站起身来，对弘皎说道："王爷原来吃的药还可以接着吃。不吃也没要紧，随意儿些，想走动就走动，想吃就吃些东西。这也忌，那也忌，世间庸医常以此卖弄学识误人性命——贫道告辞，观里许多病人巴巴地等着呢！"

一语提醒了弘时，园里也有多少要紧事等着他办，忙也起身辞出来，弘皎直送他们出门口才回去。弘时掏出金表看看，对贾士芳道："回头怡亲王必定有重礼谢你，我无物可赠，这块表是个稀罕物儿，捐给你，好么?"贾士芳莞尔一笑，说道："我是天下最懒散人，表于你有用，于我实没有一点用处。我晓得，三爷想让我推一推休咎，可以实言相告，君王侯相命系于天，非尘间术士所能预知。但敬天守命，莫不所向唯吉，大抵有所克削，都因是自克，虽有天命亦不可恃。目下王爷正在熏灼之时，因时而导势，祺祥自在。"说罢飘然而去。弘时听着这话泛得毫无边际，只一笑当即升轿而去。弘时刚到园门口，便见光禄寺寺卿弘晏站在双闸口东张西望，他是康熙长子大千岁允禔的大世子，地地道道的弘字辈大哥，已经四十五六岁了。允禔被捕圈禁时，他在黑龙江跟着巴海练兵，康熙晏驾时他又在岳钟麒军中应差，年羹尧败事他又恰在江西催粮，小心谨慎得逢人就笑，从不在背后说一句别人短长。有这些好处加上几次事变都不沾包，因而父亲的事不但没有连累他，秩位还多少升迁了一点。弘时下轿，一边精神抖擞往园子里走，一边打招呼："大哥！在这等谁呢?"

"是三弟呐！"弘晏一溜小跑过来，胖乎乎的肉一步一颤，到跟前笑眯眯说道，"你是当家人哩，大哥不找你找谁呢?"弘时看左右进进出出的人太多，笑道："大哥，走，里头慢慢谈。"

于是兄弟二人联袂而入，一路上到露华楼张廷玉那里的官员很多，还有来来往往在园里各处当差的太监见他们过来，纷纷侧身避道，请安的，问好的，故作庄重的，彬彬有礼的各色人物俱有。直到进了韵松轩，弘晏才觉心里安生。因见外厢有几个官员跪着候见，弘晏屁股略一落座便笑道："我方才从户部过来。宗学里两处房屋都破败了，今年幸亏雨少，不然早塌了，得要五千两银子修缮。还有咱们小字辈的兄弟下半年学费，得一万多银子，平郡王、英郡王、车骑都尉将军允愁家三位郡主下嫁，两位五千的，一位二千的……"

"大哥啰嗦的多了我也记不着。"弘时笑道，"你无非想要点银子，说个码子给兄弟就是了。""到底兄弟是如今摄政王!"弘晏笑道，"手面气魄风度都出尖儿的，我方才和你一道儿走就想：今番也算狐假虎威呢！——我要五万七千两。"弘时不禁一笑，扯过一张条子在上头批了几行字交给弘晏，说道："这里忙，不虚留哥哥多坐了。说归根儿，我们一个爷。记住这就成了，说不到虎还是狐的——别的没有事了吧?"

弘晏接了条子要走，又站住了脚，说道："内务府昨个禀上来，二叔的病只怕不好呢！昨儿只吃了一碗稀粥，今儿水米都不进。内务府看管的人好歹劝着，中午才喝了半碗参汤。太医院这会子去人守护，二叔已经昏晕不知人事，只口口声声要见皇上一面再西去。——你看，皇上这会子又不在北京，可怎么好呢？"

"我知道你的意思。"弘时皱起了眉头，"还有你父亲，就关在二伯伯隔院，如今疯得越发连人都不认得了。你想去看看他，是么？"

"不不不！"弘晏惊恐地向后趔了一下，双手摇着说道，"我父亲是乱臣贼子，我是国家忠良。三纲之内君臣大义为首，我怎么会想到他！"弘时道："就是想也不是罪，值得大哥吓得这样？如今可真够热闹，阿其那得了干呕的症候，塞思黑在保定肚子疼，允禵在张家口'眩晕不能自立'，十三叔和李卫咳血，田文镜肝病，大伯伯疯了，二伯伯病危……"没有说完自己已经先笑了，"人仔细想来，竟都是累出来的病，连皇上——"他想说雍正的病也是累的，话到口边改成"也为这个焦心呢"。

弘时站起来悠了几步，脸上已经没了笑容，"大哥先回去。二伯伯和大伯伯那里，我一会就指使太医院，派最好的郎中去看脉。咸安宫上驷院都是要紧去处，内务府宗人府是朝廷直接管，也受你理藩院节制。告诉他们，就说我的话，两处太监都要换一换。如今朝廷仍是多事之秋，他们垂死之人，不要沾包儿最好。"弘晏满心的话，允礽是当过四十年太子的人，如今病危，至不济弘时弘历也要去探视一下，自己随同前往，或许有机会探望一下父亲。谁知这位三爷对自己尽自礼数周到客气十分，连提也没提这档子事，心里一凉，搭讪着便起身告辞。

"大哥走好，有事只管找我！"弘时目送他出了韵松轩客厅，对身边太监道，"我进来时见九门提督图里琛在外间候着，请他进来吧。"那太监答应着出来转了一遭，回来禀道："王爷，图军门见大爷进来说话，先去见张中堂了，说稍等等再来。"弘时心里一阵不快，略一思量，笑道："那就先叫顺天府府尹汤敬吾进来。"

汤敬吾进来了。与他同时进来的还有上书房奏事处司官李文成，李文成抱着一厚叠已经拆封的奏折，轻轻放在卷案上，然后才打千儿行礼，说道："王爷，卑职刚从风华楼过来。这些折子张中堂都看过了，方先生摘要，连日加急递了皇上行在。上头画了圈儿的是要紧奏议，都放在上头。没有放到目录里，张中堂特意关照王爷，留心看保定胡什礼的折子。"

"老汤请坐。"弘时摆手示意汤敬吾坐下，抽过目录来看，前面几份是山东山西和直隶藩司报称"久旱无雨，秋赋可虑"请求朝廷预为地步，早筹赈灾粮食调拨备用的，其余的几乎清一色的是议论田李之争。尽自军机处批交六部时，批文上明写"实心王事者自有公论，党援私结之风断不可长"。但从奏折题目看，左田右李的折子还有一少半。弘时略一过目便撂了案上，见李文成要退出去，又叫住了说道："岳钟麒军里要两千架牛皮帐篷，那个片子军机处批了没有？目录上没有见。你告诉张相，我见过人就过去。"李文成忙躬身回道："岳军门那是密折，皇上批转了军机处，张中堂已经处置过了，原折退回皇上，所以目录上没有。再回王爷，废太子允礽病危。方才宝亲王爷约了张相和方相去探视，这会子只怕在路上走呢！"

弘时心头一顿，突然有一种受嫉妒被冷落的感觉，呆了一呆，摆手道："你去吧。"因见图里琛微微瘸着腿，马刺踏得地板叽叮作响昂然进来，弘时漠然一摆手道："不用行礼了。刚刚儿我还派人去叫你，老汤也在这里，我们谈谈。"

汤敬吾咳嗽一声正要说话，图里琛却抢先说道："我先说。天气早已入暑，我们军里常用的凉药还没发下来；还有夏装，顶不到秋凉就稀烂了。我下去看看，军士们都乱骂。有的营传痢疾，一倒一片，连操都练不成。请三爷早点调拨些绿豆、甘草二花、黄柏、黄连。这是半点也耽误不得的。"汤敬吾笑道："我们说的是同一件事。驻德化门的兵士和丰台大营的人，为争买药在德化桐君店前大打出手，一个店砸得稀烂，店主人告到我那里，凶手又拿不住。请示三爷和图军门张雨军门，怎么平息了这事不伤和气，药店那边也要有所敷衍。"

"这件事我听说了。"弘时看了一眼图里琛，不知怎的，他一直觉得这个满身傲气的家伙有点看不起自己。但图里琛原在东北与罗刹周旋，是有名的孤胆将军，擒拿诺敏是在他威势正盛之时，故是最得雍正信赖的满洲哈喇珠子。他也不敢开罪过甚。因又笑道："店铺砸坏物品，由顺天府赔偿。图将军，闹事为首的也要惩戒，这样才能平复人心。张雨那边我去说，你这边自己处置，要带枷示众！"

图里琛其实对弘时也没什么成见，他天生的不苟言笑，加上颏下那道长长的刀疤，谁瞧了也有些心障。听弘时说"枷号"，图里琛冷然一笑说道："我的人已经处置过了，为首三人枭首军中示众。其余的十四人枷号三日。汤大人可以去看。但药材还是得给，三爷，这误不得。"

"我稍等一会就叫户部星火来办。"弘时说道，"我想找你们另有差使。阿其那塞思黑和允禵的囚拘，无论在京在外，都归你两家管。他们是犯罪抄过家的，还都带着家眷和大群的奴才左右侍候。这样守刑，未免太舒服了。这些家人，如何柱儿、公普奇、雅齐布、翁牛行、吴达礼、毛太、佟宝，自己逍遥法外不说，还到处捏造谣言，传闻宫闱秘事，诽谤圣祖当今。不追究他们当初助纣为虐仗势欺人的罪，按现在的罪，也断不能再留京师逍遥法外为非作歹！"

弘时接连点了许多人的名字，有的是允裸允禵门下已革犯罪官员，有些则是允禵府中太监家奴。主子失势被圈禁，奴才们不服，四处串着搬弄是非，历来都有，单允禵府两千家人，抄家拿问走了不到一千，还有一千余人，有指着主人四处告穷借贷的，有熟门熟路各衙门串着吃帮边子官司饭的，有在酒肆大街使酒骂座指桑说槐的……种种不法情事皆都有的。弘时齐根儿撵了扔出京外，无论图里琛和汤敬吾都觉得省心。汤敬吾先就鼓掌称善，"三爷，这样最好！这干子二太爷们故意寻事，有时真气得干咽，那副破罐子破摔的模样，活似一堆剁不烂煮不熟的滚刀肉！远远的打发出去，不但我们耳根清净，就是八——阿其那他们，也少吃这些腌臜杀才们的挂累！"图里琛却细心，问道："三爷这么办，请过旨没有？四爷原来在这里主持有话：凡属阿其那塞思黑等几个人有关的事，无大无小都要请旨。"

"这是处置他们家奴嘛！"弘时木着脸说道，"我又没有动他们本人一根汗毛！这件事明天早晨就办。我给你们写手令，出了事都是我的。"

听见没有旨意，图里琛便有些犯嘀咕，把允禵身边人全部赶出京，流放外郡，这是几千人的大发解，不请旨就办，这个三爷也真是个荦大胆儿！他思量着，又问："不知道御驾几时回京？三爷别误会。我本人其实心里赞同你的办法。不过事情不小，还是应该请旨。"

"我不知道皇上几时回来。"弘时冷冷说道，"你是九门提督，有直奏权。要请旨，我也不能拦着。"一边说一边去取胡什礼的折子。

图里琛和汤敬吾便觉无趣，讪讪辞出来。在韵松轩前假山石旁，二人不约而同站住了脚，图里琛道："有他担着，咱们给他办！"

殿里的弘时此时目光也是一跳。原来，胡什礼的奏折上只说了一件事，这直隶总督李绂五月二十三日筵请自己，席后谈话说，"允禩罪不容诛，我们做臣子的不能叫皇上为难。老兄管着这事，可以便宜行事"。

"他想杀塞思黑，还不想沾血，"弘时阴冷地一笑，"真聪明啊！岂不知螳螂捕蝉，黄雀在后呢！"

第三十一回　八福晋撒泼闹御苑
乔引娣承恩会旧情

弘时一记杀手铜突然打向允䄉，京华震动。允䄉允禵允禟三位王贝勒府家人残余的也有将近四千人，图里琛的九门提督衙门倾巢而出各府里突袭撺人，直到辰牌时分才集齐，由顺天府宣布，允䄉家人发往云贵，允禵家人去广西，允禟家人发遣湖南四川。那些家人都是拖家带口的，立时哭声动地。无奈人在矮檐下，水火棍子无情棒逼着，也只好扶老携幼立时动身。三四千人的大起解，加上押送兵士衙役，总在五千人上下，出城又是盛夏白日，简直像一支浩浩荡荡溃败下来的军队。小的啼老的哭年轻的咒天骂地，景象惨不堪言，市民们尽有凄惶陪泪的。

但官场与民间历来不同风，老百姓见的是"形容儿"，官员们却是用心"品味儿"。张廷玉和方苞一到露华楼，第一批送上六部的奏折，拆开来，竟清一色的是弹劾阿其那塞思黑的。轻一点地说他们"纵奴为非，不思改悔"，兴头大的，就开列允䄉等人十大二十大罪状，大逆犯上，觊觎帝位，乃十恶不赦罪不容诛之人。"伏愿皇上大奋天威，效周公之诛管蔡，大义灭亲，杀阿其那之党于辇下，以儆天下后世乱臣贼子。"有的官员"反省"更为"深刻"，连带着引申雍正御制《朋党论》，从允䄉之结党不法为害邦国，联系到借科名结党，"师生贪缘，勿思纲常；科第私援，讵念君父"。点名大骂李绂，如同钱名世一样为"名教罪人，奸狡虚伪之徒"。也亏这班人文章来得快，天尚未午，已从大内军机处转到露华楼一百余份。

张廷玉已经三天没有回紫禁城，和方苞一起住在清梵寺。弘时在韵松轩施为，他竟全然不知。一下子接到这么多的奏章，心中惊疑不定，收拾了一下零乱的桌面，正要过风华楼那边去见方苞，楼梯一阵响，方苞已经上来。他一揖而坐，笑道："大王之风一夜，云树骤起波澜啊！我那边楼下楼上，和你这边一般无二。"张廷玉道："太反常了，出了什么事呢？"

"刚才我问过送折子的小太监。"方苞小眼睛眨着,椒豆一样放着光,"韵松轩发令,三府男女丁全部起解云贵川桂!这风的'青萍之末'就在这里。"

张廷玉目光悠忽望着窗外,良久,微微抽着冷气说道:"我已知道这些折子来历了。三爷魄力好了不起!"正说着,秦狗儿一溜小跑上楼来,张廷玉摆手厉声道:"我和方相正议事。今天上午谁也不见,叫他们散了吧!"

"不是……是……"秦狗儿扶着楼梯,结结巴巴说道,"是八福晋闯进园子,先去韵松轩,三爷不在,就奔这儿来了。"说着便听楼下一个女人声气吼叫:"我男人还没有革掉民王王爵!就算他犯罪,改名'阿其那',我看你还不如阿其那体尊贵重!我是八福晋,顶尖的诰命也没有革掉,就算革掉了,我还是安亲王郡主——这个身份不能见见张廷玉?弘时这个小巴儿都吓得钻沙子逃了,张廷玉算他娘什么阿物儿——闪开!"接着"啪"的一声,似乎哪个人挨了她一耳光。张方二人一愣间,一个女人大脚片子噔噔响着已经上楼,头上镂金二层朝冠上红宝石闪闪发光,颤巍巍饰着七颗东珠,身上穿着绣五爪金龙四团吉服褂,肩上披着镂金领约,重金黄绦中贯珊瑚,片金绿朝裙下露着一双天足,穿着青缎绣花鞋,年纪在四十岁上,形容却依然俏丽俊爽,却是星目含怒柳眉倒剔,盯着张廷玉——她就是允禩的结发妻子、安亲王岳乐的娇女、京师王府头号泼辣福晋观音图了。她怔怔地盯了张廷玉多时,忽然一屁股坐了楼板上放声大哭!

张廷玉忙叫:"快来几个苏拉太监扶起福晋——福晋,就是你方才讲的,你是体尊贵重的人,不要这样,有什么话慢慢说……"几个太监连扶带掖地撮弄着观音图坐了矮椅上,那观音图越发扯鼻涕丢粘珠泪滔滔大放悲声:"好张相爷哩……如今我还顾得上什么'体尊'!当年死老头子没出事时……你也常去我府,我是这模样儿么?……张相爷你是这朝里最大的官,也是当官最长远的官。早先抄了明珠的家,索额图也是圈死的,圣祖爷也圈禁过'阿其那'的兄弟大哥二哥老十三,家人们都是听其自便听其自散。哪有个狠到这地步儿,无论太监家奴,良贱老少一概充军到烟瘴远恶地的?——我那遭了瘟的老爷子!你这辈子都行的什么善?都相与了些什么兄弟啊……我那可怜无靠的老爷子,你都作了什么孽,痛得七死八活的,连个端汤送水的人也不给留啊——"正哭得凄惶,一眼见允禩上了楼,观音图一跃身长跪在地，急速膝行几步，连连磕头，越发放开嗓子哭叫：
"三哥，三哥……千不念万不念，念起先前你们兄弟一处吃酒下棋吟诗写字
儿的分上，你就放他一马……他快死的人了，还能坏了你们台面上人什么
事……他平素口不离心地钦服三哥人品学问的……啊……嗬嗬……"

"老八媳妇，别哭了。这事也不是衡臣灵皋的首尾。"允祉脸色苍白，
用阴郁的目光看着观音图，"我去了一趟八贝勒府。老八听是病得不轻，你
别在这泡着，快点回去是要紧的。我从我府里已经拨过去二十个太监，暂
时照料老八，皇上……皇上已经从承德起驾，等他回京，自然还有恩旨。"
观音图闹了一场，心舒意平了些。她原本与允禩夫妻份上平常，人前逞强
一辈子偏落了人后，借机发泄而已，听允祉给了台阶，又说雍正返驾，也
无心再折腾，起身掩面哭着去了。允祉长叹一声，坐了椅上默然不语。

方苞和张廷玉处身在皇族角逐之中，也是十分为难，此时情况不明，
更一句话也不敢乱说。三人对坐了不知多久，方苞才道："三爷，方才说圣
驾回銮的事……"

"上谕已经到了，先送上书房的。"允祉说道，"我是从老十六那边过来
的，"他不紧不慢地说道，"如今遍北京城都在议老八的事，我查阅了上书
房军机处两处档案，皇上又没有这个旨意。弘历也不知道，弘时做事太孟
浪了！"

张廷玉和方苞都没有递话。弘时的孟浪毋庸置言，但谁能担保他不是
奉了密诏行事的？眼见一夜之间官场风头大变，群起而攻"八爷党"，袒护
田文镜攻讦李绂，都因弘时这"孟浪"一举，即使不是奉诏行事，雍正也
绝不会替允禩说话。皇族夺嫡遗风和朝廷政见之争丝萝藤缠，五色迷离，
谁敢在这时候多说一句话，多走一步路？

"皇上六月初七辰时到京。你们安排礼部预备接驾吧。"允祉心里冷笑
一声站起身来，"弘时现在在弘历的会琴轩，我这去给他们传旨，就便儿先
跟你们打个招呼：弘历要主管户部兵部的事，有这两类折子，你们从明天
起直接转到会琴轩。"

张廷玉和方苞起身鞠躬送行。张廷玉问道："其余的折子怎么呈转？"

"仍旧转到韵松轩！"

允祉头也不回，说着就去了。

偌大的露华楼只剩下了方苞和张廷玉。一个是宦海老相国，一个是帝室文案夺班领袖，两个人都是胸中城府文章包罗万象的人，老辣深沉到了极处。许久，方苞才眯着眼道："昨天见了邸报，孙大炮要回京出任都老爷了。""孙大炮"是御史孙嘉淦的官场绰号，最是刚直不阿守正敢言的。雍正元年不过是户部铸钱司的一个微末小吏，公然为铸钱成色，和户部满尚书葛达浑二人扭打到养心殿，慷慨陈词直犯九重。这是雍正初登极时轰动朝野的一大新闻，雍正不但没有加罪，反而接连升孙嘉淦的官，派往云贵，为两省观风使。如今又要回京，由副都御史晋升都御史了。张廷玉当然懂方苞话的题中之意，一笑说道："瞧罢咧，也难说的。有些人原来敢说，后来就不行，官小时敢说官大时未必还敢，涉朝廷大政的敢说，涉天家骨肉又是一回事。"

"我看俞鸿图也是个有种的，"方苞笑道，"孙嘉淦不是你说的那种人。他临出京，我私地送他，他说：'灵皋先生记住我今天一句话，我是身负大罪，逃脱天罗地网的人。我为报父仇手刃仇敌，已经尽了孝，如今要做忠臣了。忠臣也有一般不好处，常为人君误会，将来我若死于刀下，请你把这话原本转奏皇上，足感厚爱。'"张廷玉听了默默点头，许久才蹦出一句："我们办事人难，三爷不好侍候，有梗直人帮着说几句真话，会好得多。"

方苞没有回答，弘时比弘历难侍候，是用不着说的。难就难在他不和你过心，你也不敢像对弘历一样诚心去倾谈什么。皇帝去承德前还谆谆告诫："弘历虽在外，和在内一样，宝亲王有的指令，要一如既往遵办不疑。"如今却把理政大权全部交了弘时，而宝亲王只管了个户兵二部！这是为什么呢？弘历又有什么地方失爱于雍正呢？他的目光游移着，停在张廷玉案上新铸的铜堪台上，那是给岳钟麒新铸的节制青海、甘肃、山西、陕西、湖南、湖北六省兵马的虎符——方苞眼睛陡地一亮：皇帝在承德接见了东蒙古诸王，又委岳钟麒这样的重任，莫非已在思量兴兵讨伐喀尔喀蒙古的策零阿拉布坦？假如真是这样，弘历主管户部，征调天下钱粮，又主管兵部，配备武官弁将，还不是天字第一号的要差？！想着，听张廷玉叹道："我们做臣子的，办差不怕，吃苦不怕，最怕的是主子没主见，怕的是天下多变。"

"不怕。"方苞"嚓"地打着火，深深吸了一口旱烟，喷云吐雾说道，

"你瞧着吧，皇上不是个轻易变心的主儿！"

　　六月六日，雍正的车驾抵达顺义境内的李家峪行宫。这里三面环山，夹成两道谷，谷口相交处一大片沙滩空场地，潮白河纵穿南下。再向前一站之地即是通州，也就算是到了北京，往年康熙东巡归京，文武百官都到通州郊迎接驾。从这里丑时发驾，辰中时分刚好可以赶到。河滩地势开阔，取水造饭也都方便，取这个地利，明珠为相时便建了驿馆，张大扩建又为行宫，工程虽不奢华庞大，也有三座九楹大殿，配房二百余间。到达行宫时，太阳刚刚压到山顶，鄂尔泰安顿雍正在思黎居歇下。请朱轼陪着御驾，自己亲自巡视行宫周匝，布置关防，又命张五哥检视军士扎寨驻营，并查看明日大驾卤簿名物等类，天将黑才算料理清楚。此时京师已送来了当日奏事目录，还有礼部的迎驾仪程。鄂尔泰也不及细看，匆匆赶来给雍正请安。

　　"难为你一路辛苦。"雍正和朱轼正在对弈，见鄂尔泰进来，边抓子儿沉思边笑道，"明天到家，朕给你七天假，好生歇歇儿。"说着，问引娣，"看热水烧好没有，先不忙洗澡，脚有些发胀，泡一泡。"

　　乔引娣轻轻答应一声出去了，一时便提着一壶水进来，说道："这是茶房里的热水，一样好用的。"将壶水倾了盆子里，又兑了些凉水放在雍正脚前，便跪下扒雍正的靴袜。雍正笑道："水和水不一样，吃茶的水都是从玉泉山用水车拉来的，不该用来洗脚。"说着脚已泡进盆子里，早有两个宫女趋身跪过来轻轻替他按摩。

　　这阵工夫鄂尔泰已看完礼部的奏折，双手递给朱轼，说道："礼部奉韵松轩指令，六部里主管尚书，还有一名侍郎到通州迎驾，各衙照常办差，其余大理寺、理藩院、都察院、翰林院、国子监是司官以上，宗人府、内务府、太常寺、太仆寺、光禄寺、鸿胪寺、钦天监这些闲衙门九品以上官员到通州接驾。"

　　"共是多少人？"

　　"两千人上下。"

　　"两千人不算少了。"雍正笑道，"大热天儿，何必一窝蜂地都出城？"

　　朱轼将折子轻轻放下，说道："老臣以为简亵了。六部所有九品以上文武官员都应到通州迎驾。"雍正一笑，说道："朱师傅又叫上真儿了。何在乎他们那几个人？朕当年陪圣祖回京，有时还专门降谕各衙门照常办差，不必郊迎呢！"

"不是这一说。"朱轼认真地说道，"圣祖在位六十一年，晚年几乎年年都要到奉天热河。皇上这是头一次，应该示天下隆礼体尊——六部差事再要紧，也没有尊君重要。这是第一层。"

"嗬，还有第二？"

"当然。"朱轼平静地说道，"老臣也是扈从过先帝南巡北巡东巡的。只有礼部定的迎送仪程太繁，皇上可以减删的，从没有臣下自作主张削减，反而叫皇上加增的。这比第一层更要紧——不能开人臣擅作威福这个例！"

雍正身上一动，已经没了笑意。他轻轻用脚踢开两个宫女，自己用腿对搓着，许久才道："万事都逃不出个理去，朱师傅的话对。倘若圣祖在外回銮，朕在京，断不能自行草率削减仪程。就照这个意思，你两个拟一道旨，连夜发给弘时。不要一朝权在手，胡乱把令行——一个钦差回北京，六部也还要照例迎接关照呢？朕为万乘之尊，冒着这暑热来回跋涉，他们就迎几步，走折了狗腿了么？"

"皇上又说左了。"朱轼笑道，"三阿哥绝没有恶意的，不过他私地体贴圣意孜孜求治，不计己身宵旰劳苦——推求格致之间见小而忘大，如此而已。只用提醒他一句，三爷自然就明白了。"他说着，鄂尔泰已挽袖援笔濡墨写了出来：

> 朕首次东巡奉天、热河，不计道里艰辛盛暑似汤，原为敬天法祖、羁縻外藩社稷安谧计。尔等自思在京办差之苦，较朕如何？尔弘时此事思虑未周也。即令阖京各有司衙门，九品以上文武群臣一体至通州迎驾，以示尊君敬天之至诚。钦此！

雍正双脚泡在水里，脚趾适意地活动着，仰脸听完这道诏谕，说道："这'名分'二字亏圣人怎么想，怎么造作出来的！没有名，不但言不顺，而且事不兴，礼乐不畅，而且使人无所措手足！想起那年二哥被废，年羹尧进京乱走门路托靠山。也是这么一盆水，朕光着脚教训他：别看我在这里洗脚吃茶，你规规矩矩跪在一边侍候，那是胎里带——天造就了我们这个名分，警诫他不要舞智弄巧鬼迷心窍。他到底也没把朕的话放在心上，落了没下场。朕这里有密折奏事匣子，你们有你们的私人函信儿——听说北京城里的事了么？"

"略知道一点。"鄂尔泰一欠身说道，"阿其那塞思黑允禵他们三家家奴太监全部发遣出京去了。还有，参奏李绂、隆科多的折子，请旨处置阿其那结党乱政，图谋不轨大罪的奏议轰动朝野——其余的信息就没有了。奴才在承德给家人写信，叫他们不要左一封右一封写信来，鸡毛蒜皮的事只管说。别说回信，连看信的工夫也是没有的。"朱轼道："老臣的信多些，都是外省的。皇上召我回到枢位，自然外头巴结的人多。臣给他们规定，不说官司，不说人事，不说自己官箴。因此，说上来的都是地方丰歉，天气阴晴百姓乞望这些事。如今直隶旱得不成样了，邯郸以东怕要绝收了，到处都是祈雨的。单是武安，一天就晒死三个寡妇……读这样的信叫人落泪。南宫县不知哪来三个道士。登坛作法下了一场透雨，道士们又借机传布'红阳教'，官府派人拿了这三个妖道，七千多人围了监狱烧香磕头，请求放了这几个人。北京城事多，外府县里事情何尝少呢？"

雍正将脚淋出盆外，由着两个宫女擦干了，趿上鞋子适意地踱了两步，笑道："有些大事看大不大，有些小事看小未必小。南宫县令想必是你的学生了？处之以正，师生也在纲常之中，朕不但不以为是朋党，还要勉励。你可以写信告诉他，现在山东大旱，直隶大旱，山西晋东旱象也未解。三个妖人既能呼风唤雨，那再好不过，绑起来到处游，哪里旱哪里去。下了雨就再换地方，不下雨就地枷号，申说上来依律处置。允祥如今也信这个。昨儿送来请安折子，说是身子骨大有起色，全亏了一个姓贾的什么道士施法相救——"

"贾士芳。"鄂尔泰插了一句。

"对，贾士芳。"雍正脸上笑容一闪即逝，"果然有真本领特异之能的，自然要另当别论，圣人于鬼神之事存而不论，并没说鬼神压根就不存。春秋列国纷乱，民不聊生纲纪不维，圣人不能分心去研讨鬼神之事而已。"

当下三人又略谈几句各地旱灾蔓延情形，因还要早起，雍正便命散了。

回到北京第五天，乔引娣奉旨由高无庸带着，到北玉皇庙探视十四阿哥允禵，雍正倒也没有提出什么苛刻的条件，只叮嘱："他是犯了国法的人，又和阿其那是一党。如今满朝文武都在上折子议他们的罪。你若真的爱他，只好劝他安分向善，苦海有涯，或者有兄弟相和重归于好的一日。他若执迷不悟相抗到底，朕仍是不能因私废公。"话虽如此，雍正看着引娣时那种爱怜、惋惜，那种带着期盼的沮丧，还是让引娣一阵搅心的难过。她突然惊觉地发现，不知什么时候开始，自己已经不是用敷衍和应付的心情对待这个年龄比自己大一倍多的中年皇帝了。

北玉皇庙街一切还是老样子，十四贝勒府前还是那一大片海子，镜面一样碧绿的水，岸边垂杨柳下摆着石条凳——那是王府兴旺时官员们等候接见的地方——在炎炎的夏日下发着明艳的光，因为没有风，活脱儿是一幅不动的风景画儿。想起当初住在此地，每当傍晚时，允禵公余带着自己，一个从人也不跟，在池边远眺落日黄昏，有一搭没一搭地讲说诗词、笑话儿和宫里的事，如今景物依旧人事已非，乔引娣打心里发出一声悲惋的叹息。

高无庸带着乔引娣绕过贴着封条的正门，从仪门进来，沿着甬道花渡柳来到贝勒府西花厅。守门的太监再次验了内务府的签票，放他们进去。一个小苏拉道："跟我来，十四爷在花厅后栏边钓鱼呢!"高无庸生怕说一声"请接旨"，惹恼了这位天不怕地不怕的皇阿哥，一点头便跟了过来。果见允禵坐在花厅栏边的石阶上，两只脚赤着泡在水里，将一根钓竿沉在水面下，呆呆地望着鱼漂子出神。因近前一步，轻声道："十四爷，奴才高无庸给您请安!"

"高无庸?"允禵回头瞟了他一眼，又把目光转向水面，"什么事?"

"奴才奉万岁旨意，来给十四爷传几个信儿，就便儿瞧瞧爷有什么需用的，回万岁爷请旨操办。"

"唔。"

高无庸见他不理不睬，小心翼翼又道："万岁爷已经从奉天回来，初七到的京。"

"唔。"

"在奉天，主子接见了外祖公乌雅老王爷，老人家身子康泰，几位舅老爷、姨妈都好，也问着十四爷好。"

"唔。"

"如今京里正是多事时候。"高无庸说道，"隆科多已经从阿尔泰山回来，昨天下旨圈禁。各部官员纷纷都上折子请重处八爷九爷和十爷——"

允禵拿着钓竿的手似乎动了一下，他没有吱声。

"万岁爷有意保全十四爷。"高无庸道，"爷住外头有点扎眼。因此要给爷挪动个地方，请爷搬进咸安宫。万岁说，'咸安咸安，大家都安宁'——"

允禵"唰"地将钓竿扔进水里，霍地站起身来，正要说话，一眼看见了站在红漆柱旁的乔引娣，他的脸色立刻变得异常苍白！

分手已经两年了，两个人谁也没想到会是在这个时候，这样的情景下见面。斯人斯世斯情斯景为造化所弄，真正不可思议！引娣心中轰然一声，觉得全身的血都沸腾起来，澎湃冲击得头也有些晕眩，四肢都在颤抖。她软着脚勉强前行一步蹲了个万福，竟一时站不起身来，喉头像被什么哽着，嘤咛说了句："十四爷……"下面的话都咽住了。

"你说的'八爷'大约是阿其那吧？"允禵瞥了引娣一眼，他心中的悲悲楚楚只是一闪，旋即恢复了平静，嘴角挂着一丝狞笑说道，"他如今又招惹了什么是非？已经圈禁待死的人了，还是不肯放过么？"高无庸在他目光的逼视下头也不敢抬，就势儿双膝跪下伏侍允禵穿鞋，下气赔笑道："爷知道，奴才是个什么阿物儿？这都是国家大事，一句多话也没有奴才说的。爷好歹体恤着奴才就是奴才的福。总之听主子说的，您和八爷不是一例处置。不然，就不会请爷迁进宫去住了。""我和老八还不一样？真新鲜！"一脸讥讽之容，冷笑一声说道，"大约是一个娘的缘故吧！你传话给皇上，除死无大事。瞧我这身板，比在西宁时候还结实，我吃得饱饱的，养得壮壮的等着上西市。俗语说的'斩草除根，除恶务尽'，既然下了手，那就一不做二不休。别那么小家子气，只杀八哥他们。杀一个也是杀，杀十个也是杀。留下我，不怕我翻墙跑了，到外头啸聚山林扯旗造反？"

高无庸硬着头皮听他这些大逆不道的言语一声也不敢递腔，直到他说完才磕头起身，赔笑道："爷就说到天边，毕竟您和万岁一个娘，胳膊断了连着筋呢！万岁不是您想的那个料儿，他想要爷的命，说句不该说的，一壶药酒就断送了爷。这不，我来传旨，皇上说引娣也着实惦记着您，叫她也跟着来，宽慰一下爷的心——引娣，你在这和爷说话儿，我各处看看房子，有漏雨的，该修的没有。"说罢一躬去了。乔引娣已是满脸泪光，缓缓站起身来，凄声说道："爷，可苦了您了……"嗓子一哽，已软瘫着坐了石栏上……

允禵心里翻江倒海，刹那间，山神庙风雪相遇，贝勒府拥膝操琴，马陵峪凄风苦雨中死别生离的往事一一涌上心头。面前这个女子，在寂寥困苦中给过自己多少温存和安慰，多少个烦恼之夜中她陪着自己或在灯下挑针刺绣，或在园林中对月咏诗，敲棋弄琴……而如今却转而去侍奉自己的死敌雍正！他又盯了引娣一眼，只见她穿着水红纱裰，葱青宁绸裙子下露着弓鞋，蛾眉淡扫微颦，靥涡不笑亦晕，隐然已是少妇，绰约丰姿尤在与自己分手时之上，心里乍然一阵酸溜溜的，讥讽地一笑，说道："你出落得越发俊俏了。"

"十四爷！"引娣压根没有听出来。这短短的珍贵时间，她也不想说这些，因道，"您瞧着也还好。原来我想着不知道憔悴到什么样子了……还是您想得开。且熬煎着等着灾星过去了……皇上其实也不算坏人，一直在惦着你，总还会有出头的日子的……"

"你怎么还穿这样的服色？"允禵恶毒地微笑着，"我原想你，又怕落了单相思，就全当你死了，看来你活得满得意嘛！不过，雍正也忒小气的，就封不了娘娘贵妃什么的，你这样姿质，还不该给个嫔御名号？我好像得喊你一声嫂夫人了吧？"

乔引娣一下子抬起头来，用惊恐哀伤的目光盯着允禵，轻轻颤声嗔道："十四爷……您信不过我？我还是原来那个引娣！我没有做对不起你的事！"

"盯着我的眼睛！"

"什么？"

"盯着我的眼！"允禵暴躁地喊道，"不许回避！"

引娣凝睇看着允禵虎虎有神的眼，她的眼神里有诧异、有爱恋、有痛惜，也有忧伤，也有纯真与勇气，但是没有允禵想察觉的胆怯与羞怯。许久许久，允禵垂下了头，一蹲身坐在石栏下的石阶上，双手猛地埋住了头，发出一阵受伤了的狼似的嚎笑："你——你这贱人！我已经忘了你，你为什么还要来看我，既然对我有情，你当初为什么不死？！啊嗬……"几个守候在花厅门口的太监听见哭声，从墙角伸头看了看，又缩了回去。

"十四爷，我来看你，实在想得慌。"引娣的泪水再次夺眶而出，挨身坐在允禵身边，哭着道，"我没有死，是死不成。我也不甘就那么寻了短见。皇上待我很好，没有欺侮我，我觉得还有脸有指望见你……"

允禵擦干了泪，抬头怔怔望着湖水，说道："指望！我还有什么指望？我原本就不该来，不该生在这帝王家！"引娣惨笑着在他身边跪下，说道："宁耐些儿熬着……爷还能跳出牢坑的。等你灾星退了，自然还是人上之人。"她一长一短说了自己入宫后的情形，又转述了雍正的嘱咐，又道："听人说八爷的奴才还在外头乱嚼舌头。朝廷下旨三家的家奴都充流到远处了。万岁说，为了这个天下，真逼急了他，他也只得担上杀弟的名声——十四爷，他是说得出也真做得到的——你和八爷不一样，何苦搅到那堆里去？何苦硬要背他的黑锅？听听引娣的话吧……我能骗我的十四爷不成？"允禵这才知道外面的情形，雍正为了上下同心求治，决意要彻底扫荡允禩的气氛了。想想允禩平素并不和自己知己，相互提防着，也和皇帝差不多，自己何苦硬要垫在里头替这个八哥拉硬弓？思量着，允禵一腔热血都化作冰水，他心灰意懒地叹息了一声，说道："人在矮檐下，不得不低头，我也认了！"

"爷这样想，就是爷的福气。"引娣远远见高无庸散着步子过来，心里一阵酸楚，哽咽着道，"爷的辫子松了，我再伏侍一次吧……这一去，不知什么时候才能再见呢……"说着替允禵打开了头发，细心用手慢慢梳拢了，归总儿打了辫子，将自己头上一根蝴蝶结解了替他挽了结，不无依恋地站起身来。

高无庸打心底里叹息一声，慢慢踱过来，向允禵一躬，对引娣道："时辰早已过了，咱们该回去了。"

刹那间死一样的沉寂，允禵迟钝地站起身来，引娣向他蹲了两个万福，说道："奴婢去……去了。"

"还能再来么？"

"要活着，要等……"

"你去吧！"允禵背转了脸摆着手道，"你不要再来了！"

第三十二回　贾道士蒙宠入宫闱
废太子染恙归大梦

　　乔引娣回到畅春园澹宁居，正是申牌时分，小宫女春燕告诉她皇帝在梵华楼赐筵，和一个大将同席共餐。还说有个山西口音的年轻人，说是五寨县的，在园门口向太监打听她的下落。引娣满心凄楚，又热又乏，起先心不在焉，见说打听自己，才留了心，问道："他打听我？有多大年纪，叫什么名字？"

　　"不知道什么名字。"春燕年纪尚在稚龄，迷迷糊糊摇头说道，"大约十六七岁的样子吧，我没见，是双闸口守门的小蔡说的。"引娣问道："小蔡就没问问他来寻我有什么事？""问了。"春燕说道，"那人说他姓高，是你邻居，进北京跑单帮，折了本钱，想找你想办法拆兑几个盘缠钱。这种事宫里有规矩，不奉旨是不得见面的。小蔡请示了守门的张五哥，五哥这人你知道，最厚道的，自己出了十五两银子打发那姓高的去了。"

　　引娣听了呆了半晌，仔细想了想自己并没有姓高的亲戚。自离家七年，日思夜想的就是自己的娘老子，后来卷进雍正和允禩兄弟相斗的感情深波之中，竟冲淡了自己思亲思乡之情。娘的满带愁容的脸在眼前一晃，她的心像猛地被针刺了一下，脸色变得异常苍白。但此时再着急，人已经打发走了也是无法。引娣还要再问，见允祥和方苞厮跟着远远踱步过来，后头还跟着一个黑衣年轻人。她此时什么人也不想见，一句话也不想说，只对春燕道："我身子不爽，里头歇着，万岁回来只告禀他一声就是了。"说罢抽身匆匆进去，躺在自己床上，辗转反侧思量着，只觉得愈思愈苦，不觉已是泪湿枕衾。

　　允祥在清梵寺养病，已经三年不出寺门一步，此时出现在澹宁居，所有侍卫、太监宫人皆都新奇惊讶。秦狗儿率着众人一齐请下安去，笑着道："爷可是大安了，只是面目还清减些，这里的奴才们日日想，夜夜盼着爷康复。阿弥陀佛！总算见爷欢欢喜喜又进来了！"允祥含笑命众人起身，笑道："你们哪里是想我，只怕是又想打我的抽丰，或者犯了错儿撞我的木钟，在主子跟前替你们说情的吧？"

"想爷也是真的。爷在跟前儿，主子脾性就好些儿，奴才们差使好办也是真的。"秦狗儿顺竿儿爬着奉迎，嬉笑着道，"四川提督岳大帅进京来了，主子的赐筵君臣同席说话，张相和朱相，鄂中堂都在那边陪着。爷想过去，奴才去禀，万岁爷必定欢喜不尽的。主子今早还说后儿是主子娘娘冥寿，要作法事演戏。只怕十三爷赶不得热闹，瞧爷这身子，竟是不相干了！"说罢偷眼看了那个黑衣人一眼。允祥笑着对方苞和黑衣人道："方先生、士芳，我们就在这等会吧。"贾士芳一笑，说道："万岁已经筵毕，和几位大人都过来了。"

方苞虽是儒学大家，几次见贾士芳，已知此人确有异能，正犹疑间，果见张廷玉和岳钟麒一左一右挨着雍正皇帝，弘历、弘时、鄂尔泰随在岳钟麒侧畔说笑着踱过来。三个人忙都俯伏在地迎接。雍正只盯了贾士芳一眼，满脸却是笑容，说道："十三弟，早就说过你在朕前免行参礼的嘛——都进来吧！"允祥三人忙叩头起身，允祥拍着岳钟麒肩头，笑道："东美大将军真活得结实！打小儿我见你就这模样，现在见你还是老样子，你吃了长生不老药了么？"

"十三爷取笑了，奴才其实也老了。"岳钟麒笑容可掬，"在川时我想着十三爷不定病成什么样儿呢，看来竟是一点也不相干！只是还消瘦，脸色也苍白。爷还得保重啊！"说笑着一齐进殿，又重新向雍正见礼。

雍正心情看上去颇好，吩咐众人坐下，叹道："今儿真是齐全，就是往常开御前会议，不是这个有事就是那个有病，总有些不尽人意处。东美方才说，四川去岁稻子大熟，是百年不遇的好年景，今年全部换了圣祖爷亲自育出来的'一穗传'双季稻，估约比去年还要长出一成。他如今兵精粮足，厉兵秣马单等朕的一声号令，就可由青海西进新疆，朕心里说不出的欢喜。"

"四川存粮可支一年军用。"岳钟麒气度雍容，脸上泛着红光，在机子上微一躬身，声朗气足地说道，"奴才身受两世国恩，不敢不用心练兵，今秋新粮下来，再请旨从李卫处调拨一百万石粮，就可移兵西宁，来春草肥击鼓西进。策零阿拉布坦一隅跳梁，挡不住我天兵一讨！"

"今天不议军事。"雍正笑了笑，接过春燕递过的热毛巾敷在左颊下，说道，"朕实想不到十三弟竟尔康复，如此神速真出人意外——十三弟，这位想必是贾先生了？"

贾士芳是随着众人"赐座"坐下的，早已觉得不安，听得皇帝问及，就势儿跪了，叩头道："道士草野黄冠，圣化治道之余流，焉敢谬承'先生'！皇上过誉了。"

"嗯。"雍正不冷不热地一笑，说道，"只要有真本领，那又何妨呢？你的道号？"

"贫道道号紫微真人。"

"好大的名字！"

贾士芳连连叩头，说道："贫道自生人世命犯华盖，父母有缘得遇异人，以《易经》演先天之数点化，如不从道，克尽我家七百老小性命，自身潦倒沟壑穷死为饿殍。如若舍身三清，则为紫微星前执拂清风使者。三岁即上江西龙虎山，斩绝人间禄籍，我师娄真人为我取号'紫微'，贫道虽有些许小术小道，其实盛名难副。常自内愧，畏命敬教，从来不敢自称这道号的。"

"那个替你推造命的是什么人？"

贾士芳头在水磨青砖地上碰得山响，却不言语，雍正知他不愿说，叹道："既不能说，敢就罢了。你很有些神通，治好了不少人的病。李卫的喘病，怡亲王的痨疾都大有起色。他们都荐你是有道之人。"贾士芳舒了一口气，说道："那是十三爷、李大人自身祖德自身修为，又托了皇上齐天洪福，贫道怎敢贪天之功！"

岳钟麒原是赐筵后随同过来谢恩的，因雍正说"不议军事"，就有点坐不住，见是话缝儿，忙伏身叩头道："奴才营务里有些细事，六部里还要走动走动。主子没有别的事，奴才要告退了。"雍正笑道："我们不误你的军机。你去吧。有些事弘历也做得主的，就不必一一奏朕，有见地不一的要商酌着办，不可掉以轻心！"岳钟麒自叩头辞了出去。

"不过，朕还不能全然信你。"雍正倏然间敛去了微笑，又对贾士芳说道，"既然朕自己'齐天洪福'为什么常年身热不退，困倦难支，且下颏上常出微疙瘩久治不愈？衡臣，你相信这些道术么？"张廷玉手一摆，极干脆地说道："老臣不信。"

贾士芳双手据地，仰面凝视着雍正，又看了看张廷玉，说道："贫道初觐天颜，胆气不壮，皇上若能赐酒一杯，贫道可立解皇上病楚。"雍正大喜，忙命："高无庸，叫引娣端一碗酒来给他壮壮胆气。"

说话间引娣已经出来。她原在自己房里躺卧着，满心凄楚无以自遣。春燕墨香几个丫头都进来说外头进来个能未卜先知的活神仙正和皇帝说话，拉拉扯扯一块儿到西隔栅处偷看偷听。听见传唤，引娣忙在隔栅后倒了一小杯酒，双手捧着袅袅婷婷送到贾士芳面前。贾士芳看见她，怔了一下接在手中，咕咕一饮而尽，定神又看看雍正君臣，说道："万岁恕贫道质直。紫禁城、雍和宫中都有戾气不散，似有不得血食之怨鬼作祟，戾气冲犯中央土星帝座，自然于龙体有碍。以祭奠血食发送，元神不损，自然就康复了。"

"怨鬼？戾气？"雍正皱着眉，死死盯着贾士芳，"你说详细一点。谁冤杀了人，又是什么样的人？"贾士芳摇头道："贫道术数有限，天眼法力有限，不能详细。万岁只要思量一下就知道了，驻驾紫禁城，不如在畅春园安宁，在畅春园，又不及承德，承德又不及奉天。若是如此，贫道说的就不假。"雍正微微仰着脸想想，似乎确实是这样。正要再问，张廷玉笑道："大内紫禁城自前明至今数百年为帝尊宴息起居之地，冤杀的人还少了？道士说的大实话，真可笑！"方苞也是格格地笑，说道："'戾气'大约就是所谓的'阴'气了？数百年古屋老殿，焉得没有点阴气？"

贾士芳知道，不显本领，终究难使这些人信服，因道："二位大人诚然说的是，皇上，您现在颏下的微疙瘩怎么样！贫道当场为您疗治。"雍正将热毛巾取下，摸了摸，说道："这疙瘩起来又有五六天了，吃药热敷，再有十几天也就平了。"贾士芳低头喃喃吟诵几句，没有再和雍正交谈，却对张廷玉笑道："相爷和方先生都是正统儒学，识穷天下。岂不知大道渊深，焉在口舌之间？方先生您左臂骨上有一骨刺，每隔半月疼痛不能举臂，可是有的？"

"有的。"方苞一下子睁大了眼。

"张相爷，您的长公子前年骑马颠下来摔伤，右腿行走不良。"贾士芳平静地问道，"可是有的？"张廷玉笑道："这事知道的人多了，不足为奇。"贾士芳笑道："您可派人现在回去瞧瞧，贵公子的腿已经行走如常！"

张廷玉一怔，笑道："谁听你这牛鼻子胡说八道！"雍正却道："是真是假一看便知——高无庸，你亲自骑快马去看，立即回来奏朕！"

"喳！"

"这是张相爷家务处置有舛天和之报。"贾士芳冷峻地说道，"张相好生回顾，有没有不仁不慈之处？"

张廷玉心里轰然一声：这何待"好生回顾"，他的二儿子张梅清随他来京，私地和一个青楼歌伎要好，被他发现，打得死去活来，女的也自触而亡，多少年想起来自咎于心痛楚怅惘。此事极为隐秘，竟被贾士芳一语道破。张廷玉一时竟呆怔无语，贾士芳笑道："请皇上再摸颏下，请方先生再摸摸骨刺，看看如何？"

雍正和方苞原已看呆了，此时惊醒过来，下意识用手触摸患处，都是平滑滋润——居然在顷刻之间，患处消逝得无影无踪！

"真有神仙？你真的是神仙？！"雍正大吃一惊，霍然起身悠了几步，但觉心明气爽，望着这个不可思议的怪人，半晌才问道，"那方先生又是因什么得病呢？"贾士芳叹道："方先生乃是一代文星，他要乡居著书，谁给他难受？他已坠入尘俗纷争之中，有了名利之心，机械阴谋为鬼神所忌，只是无大恶，所以小示惩戒而已。"

方苞心中此刻感慨万千，自己弃文从政，身为天子布衣师友，虽然只挂了个侍郎衔，其实已是权柄不下枢相的熏灼重臣。自康熙晚年进京，在诸阿哥党争之间帮皇帝出谋划策，各方周旋，说个"机械阴谋"也真不是冤枉了他。思量着喟然一叹，说道："贾道长言之不谬。我身处其间虽然为难，也只能勉从圣命，这是不得已的事。"

"这毕竟都是小术小道。"雍正陡地起了一个心念，说道，"三清大道，宗旨也是济世救人。如今数省天气亢旱，各处乞雨无效，你既有通天彻地之能，能否祈雨来，此一功德，天地必定鉴谅！"

贾士芳怔了一下，叩头道："皇上此一念之仁，上通九天下彻三泉。何必祈雨？雨已经来了！"

所有的人都一下子将目光转向大玻璃窗。众人隔窗望去，依然骄阳似炽花树明艳，朱轼不禁笑道："这个玄虚弄得过分——"话没说完便听西边极遥远的地方一声响，极似一堵高墙突然坍塌，"轰"然一声雷响，撼得大地都微微颤抖。便听远处传来太监们惊喜的吆呼声："雨来了，雨来了！好黑的云……"雍正霍然而起，亲自挑帘出外，站在澹宁居丹墀上极目西望，只见远在天边沉沉一线浓云如墨，漫漫雾霭冉冉而起，中间一带一团蘑菇似的黑云被阳光镶上一层耀眼的金边，涌动着，翻滚着，似乎缓慢又毫不犹豫地愈升愈高。隐隐间传来车轮子碾过石桥样的雷声。雍正见园中大小太监乱成一团，忙着搬运晾晒着的草苫被褥木榻等物，招手叫过秦狗儿命道："告诉他们，所有晒在外边的东西一律不许往屋里搬！"

"万岁！这雨来得不善。"

"放屁，这雨来得最善！"雍正厉声喝止道，"所有太监全部出屋子，不许避雨，衣服不湿透不许回屋里！"雍正说罢转身回殿，却不过东暖阁来，只招手叫过引娣，命她端水来盥手，拈着香喃喃祷祝几句，这才满面笑容过来，说道："贾道长，了不起！"贾士芳顿首叩头说道："这是皇上的洪福善愿上格于天；这是天下百姓熙然向化王道祥和之气凝，确与贫道无干。""能医病祛邪，能未卜先知，即是非常之人。"雍正笑道，"道长且回白云观。朕随后就有恩旨！"

贾士芳去了，此时已是漫天漠漠浓云，轰鸣的雷声中凉风习习，"唰"地一阵铜钱大的雨点扫过又停下来，接着又是两次，已是大雨如注，殿宇中已变得黄昏一样晦暗。

"皇上，"淙淙大雨打得竹木一片山响声中，朱轼说道，"贾士芳乃是一个妖人，决非善类，皇上万万不能重用！"

天上一个明闪，旋即殿中不复晦暗，紧接着便是爆竹在闷罐子里响似的雷声。所有的人心里都是一缩。朱轼在雷雨声中语调显得异常从容安详，"皇上笃信佛释已是不该，如今又信黄冠，更是不应。这些小信小惠春秋以前何尝没有？唯其不是修治天下生民生业的大道，所以圣人弃置不论。所以后世贤人如董仲舒者毅然罢斥！"他话音刚落，允祥接口道："朱师傅，您说得很对。但不能重用，不是不用。他现能治病，也许是天意让他来为皇上疗疾的。"朱轼沉静地说道："十三爷，既用又不能信用，我说的不过是警惕防范而已。"

"奴才从侍圣祖时，圣祖爷也训诲过这事。"张廷玉吁了一口气，"先贤伍次友老先生曾谏圣祖：天设儒释道，以儒为正统，譬如五谷养生育人，释道譬如药石，可以小术辅佐治道。至于以术数符令通幽鬼神，又等而下之。像贾士芳之流，即使人主有用他处，可视为俳优太监，阿猫阿狗之类，即无大害了。"

雍正扶着自己已经平滑的下巴，望着窗外的大雨只是沉吟，方才一心要贾士芳主持天下道箓的心已经凉了下来。鄂尔泰在旁又道："奴才以为朱师傅张廷玉讲的都是正理。说实话，方才奴才也为贾士芳道术震骇。细思可虑处更多。他参透天机，能治病救人固然是好，但能予之必能取之。能治人病，难道不能致人生病？请皇上留意。"

"医家所谓牛溲马勃败鼓之皮皆可入药。"方苞笑道，"他如今现能为皇上治病却苦，就是有用之人。诸公的话我也同意，戒备一点是该当的，但也不可疑虑太重，杯弓蛇影反而吓了自己。就安置在长春宫原来丘处机炼气那处宫院，用得着叫他，用不着他就去自行修炼，相安无事有何不可？"

雍正的心松弛下来，笑道："就照灵皋先生的办吧。就算御医一样养起来也不为无益。"因见引娣一直发呆，问道："引娣，你怎么了？"乔引娣一个惊怔回过神来，双手合十道："阿弥陀佛！大人们的话我不懂。我死也不明白，贾神仙这样的人会没有用处？天下这么大，哪里闹旱灾，哪里闹涝灾，就请他作法下雨，退洪水，不就年年丰收，省了皇上大人们多少心呢！"雍正笑道："要是念几声咒就天下太平四海丰稔，皇天还要降生什么天子君臣，何必设这么多文官武将白吃闲饭？"

一语说得众人都笑了。雍正正容说道："不管怎么说，有这场喜雨，省了我们多少心，几处遭旱灾的府县，用不着预先想着调粮赈灾的事了。不说这个贾士芳了，有几道诏谕要立刻明发。趁你们都在，弘时先说说，大家参酌一下。"弘时和弘历从侍在雍正身后，从康熙传下来的规矩皇帝与大臣一处说话，阿哥们不奉旨不能插言。所以贾士芳演法时他们尽自惊诧，都忍住了没有说话。只是弘时对贾士芳这一手本领倾倒得神魂迷离，只顾自己想心事，后来大臣们议论的话都听得断断续续，听雍正点自己的名才收回神来，一躬身说道："是。"又怔了一下，才道："一件是阿其那塞思黑和允禵，还有隆科多的罪，六部和外省——除了两广和福建的折子没到，西藏蒙古例不参议外——都已收齐汇总。阿其那是结党乱政图谋不轨二十八大罪。隆科多大不敬罪五条——私藏玉牒，自比诸葛亮，还有将圣祖手书赐字贴在厢房里。欺罔罪四条，淆乱朝政罪三项，奸党罪六条，不法罪四条，贪婪罪十六条，共计是四十一大罪，既已汇总上来，处分的旨意不宜拖得太久。"

"这不是一回事。阿其那做的是皇帝梦，隆科多做的权相梦。"雍正笑道，"弘时理得不清爽，说的也还明白。你们看该怎么办呐？弘时你自己是个什么主张呢？"弘时扫了众人一眼，说道："王法无亲。既已交部议处，只能按大清律办。阿其那图谋不轨，觊觎帝位，司马昭之心路人皆知，按律即应凌迟处死。隆科多欺罔乱政奸佞不法，但尚无篡逆显迹。腰斩之刑已废，应绑赴西市明正典刑。但儿子思量，几个人固然罪不容诛，到底都是天家骨肉，皇亲国戚，皇上仁德戴天遮地，可否略从缓减，将阿其那塞思黑和隆科多置斩立决，允裪令其自尽，既合国法又顾全亲情。"

他声音不高，但说得斩钉截铁，有理有据有情，殿中人人都是心中一凛。此时外间风雨更大，满院竹树在黯黑的天穹下摇曳婆娑，像有无数鬼神奔走舞蹈，更增了殿中诡异阴森之气。一阵捎带着雨星的凉风透窗袭进来，连雍正都打了个寒噤。

"恐怕重了一点。"弘历双眉枯在一起，凝神盯着殿角，"阿其那觊觎帝位固然是实情，但我觉得还算不上显迹。圣祖爷在位时他们是皇子，即有非分之想，也还有情理可据。如果穷治当年的事，在朝大臣不知还要卷进多少。儿臣以为可以界分一下。圣祖朝的罪治他结党乱政，雍正朝治他不尊皇纲无人臣礼的罪。至于隆科多，不过是个擅权奸佞，念其在圣祖晏驾时是托孤重臣，高墙圈禁起来，以为人臣结党鉴戒也就可以了。这是儿臣刍荛之见，请皇上圣明烛照。"

弘时却是一心要置这几个人于死地：允裪固然已经得罪到了死处，隆科多更是手中还捏着自己不少的把柄，活着都是自己心病。因此，弘时不紧不慢地反驳道："在交部议处之前，这几个人其实早已抄家软禁。如若无须重处，根本不用交部。现在万口一词，又有煌煌明诏，如果不温不火又放下来，群下以为朝廷只是虚声恫吓，难以杜绝党援营私之风。四弟，这也很可虑的。"

"交部议罪也是处分。"弘历笑道,"允禩党众早已离散,根本无力撼动朝政。只是他们惨淡经营数十年,私恩小意儿结交人心,有些人尚识不透阿其那伪善面目而已,这一番议罪也使不少人看清了他们。教而后诛,留点余地还是好的。"

"你说这是不教而诛?这置父皇于何地?"弘时腾地红了脸,"我倒弄不明白你了。孔孟的书写出几千年了,他们没有读过?"

雍正见弘时动了意气,不禁一笑,说道:"这是议政嘛。朕听你两个说的都是循着道理说的,何必这么躁性。祥弟,你看呢?"允祥素来看他兄弟不分轩轾。他自己饱经沧桑,雅不欲以垂死之躯再卷入阿哥纷争中,但弘时这次驱赶三千犯罪家奴远戍,自己近在咫尺,竟连个商量也没有,难免多少有点嫌心。因笑道:"这几个人都已经是笼中鸟、落水狗,处死他们和踩死一只蚂蚁一样容易,窃以为皇上初衷,不过让百官议他们该当之罪,让他们在光天化日之下现出丑形而已。杀不杀的,只要这一条收了成效也就够了。"

"弘时这番留守北京,诸事都办得好。办得最好的一件事就是赶走了阿其那的三千残余党羽。"在轰鸣的雷声中雍正的脸忽明忽暗,"因为这些家奴虽然没身份,却有工夫。天天造谣生事,装可怜相替他主子招摇过市,搅得北京没一天不出谣言。这还在其次,有些个官员离了这个'党'不能活,阿其那只是改了改名字,照样前呼后拥,照样养尊处优,就下不了这个狠心与'八爷党'分道扬镳——因为他还带着侥幸心,心里还多少有点指望嘛。所以放逐令一下,铺天盖地弹劾奏章也就上来了。"

鄂尔泰边听边想,他觉得雍正对弘时此举效用估量得过高了。因从容奏道:"皇上,这些奏章有真有假,有的倒戈一击不过是投机转舵,其人品实不足取。请万岁爷圣鉴!"

"有时假的也是好的,大致好就成了。"雍正缓缓说道,"过去说'三年清知府,十万雪花银',知府俸禄一年百把两,三年哪来十万?还不是从耗羡里抠出来的?如今耗羡归公,最冲要的肥缺一年也就五千两养廉银子。他们各地上表都说是'沐浴皇恩,竭心赞同',其实天晓得鬼知道他们心里怎么想!朕看十停里头,假的倒占九成——你剥了他八万五千两嘛——这层纸不要捅破,捅破了都成'真'的了。可什么事也做不成了。"他呷了一口茶，自失地一笑，又道："一床锦被遮盖些，不过如此而已。比如夏天，有时就是扒净了衣服也还是热。但街上并没有赤条条一丝不挂的行人。照样有衣冠楚楚的，至不济也有条短裤。明知穿上是'假'，还是不能不穿。这就是人！"

雍正正长篇大论说真道假，一转脸见高无庸在隔栅边翕着嘴唇似乎想说什么，便问："什么事？""二爷——允祄不中用了，还没咽气——太医院的人陪着他身边侍候太监都来了。"雍正怔了一下，果见两个淋得水鸡似的人站在殿门口，因道："进来吧。"不等二人报名行礼便问道："允祄很不好么？"

"前七天头就报了病危。"那御医冻得嘴唇乌青，磕头回道，"太医院去了三个医正给亲王爷看脉，昨天夜里气拥神昏，三焦不聚，已有离散之象，左脉尺浮、关滑、寸芤；里脉尺伏、关稿、寸微几乎不可扶。皇上知道，这府会太仓、藏会季胁、髓会绝骨……八会绝而不通，更兼着——"他还要往下唠叨，雍正不耐烦地一摆手止住了他，阴沉着脸道："你是显摆能耐还是报说王爷的病？到底现在怎么样？"御医吓得浑身一抖，连连叩头道："回万岁爷，王爷已经到了回光返照的光景儿，只在两个时辰上下了……"

雍正点点头，又问太监："你们爷有什么话？"太监忙叩头道："王爷只是流泪看两个世子，没有嘱咐的话。指着柜上平时抄的经书吩咐奴才说：'我死了，你把这些经书转呈皇上，皇上是佛爷转世，最爱这个的。'……"说着便拭泪。

"二哥……"雍正轻声念叨了一声，已是潸然泪下。几十年恩恩怨怨离离合合风风雨雨一下子涌上心头，潮头一撞，又缓然回落……听到允祄末路语，雍正只觉得五内都在沸腾，满腔都是悲酸的往事，他拭了一把，泪水紧接着又涌了出来，只是怔着不出声。满殿人俱都神色黯然。乔引娣自入宫，每日见雍正不是批奏折就是见人，虽也嬉笑怒骂，却是严刚多于温存，从没见过雍正伤心到这份儿上，当下也不言声只拧了热毛巾递给雍正。雍正揩了一把脸，抽咽着气问允祥："二哥早年的太子銮驾，现在还在么？"

"回皇上，都在毓庆宫封着。"允祥却不像雍正那样难过，从容一揖说道，"不过年代久了，有的地方拔缝，得修理一下才能用。"雍正道："现在是要安慰二哥的心——高无庸，传旨给毓庆宫，立刻启封，把銮驾抬到允礽那里，点上灯摆开，一定赶在他咽气前叫他亲眼看见，传话给他，就说朕的旨意，他身后朕仍用太子礼发送！"

"喳！"

"快去！"雍正断喝一声，"一个时辰办不下来这差使，你的寿限就到头了！"

"喳！"高无庸脸色苍白，趴下磕了头，几乎连滚带爬地出了殿。

雍正沉吟了一下，叹道："朕不能亲自去了。一来见面彼此更伤心，二来不愿他以臣子身份死在朕面前。本来弘历去一趟最合适，因还要商议岳钟麒的事，弘时去走一遭吧！"

"儿臣遵旨！"弘时听雍正话音，似乎更看重弘历，但转念又想，自己乃是代天子亲临，这身份也不寒碜，因一躬身说道，"儿臣一定好生抚慰，可否说一句，'请二伯伯静养珍摄，早点用药也不是不能指望的。皇阿玛说等二伯伯康复，还要召您到西山品玉泉'，这样更能慰藉他临终之心。"

雍正听着，脸上竟泛出一丝笑容，说道："很好，就这样，你快去吧！就在他身边侍候着，有什么遗言带回来就是。"

"是！"

弘时出殿，看看风雨如晦的天色，吁了一口气，披了油衣，疾步消失在雨幕之中。

第三十三回　雍正帝苛察论人心
诚亲王政暇娱府邸

雍正目送弘时出殿，回到御榻上盘膝坐了，一时间仿佛老了许多，垂头忡怔，似若不胜凄楚。张廷玉叹息一声说道："昔年允礽为太子时昏庸无能不忠不孝，先帝多方教正，两立两废，仁至义尽无以复加。老奴才都是亲见亲睹的。皇上全孝全悌，为臣子竭忠尽智辅佐太子，为帝君善保全养允礽，且从来没有以君臣之礼加于允礽。自古帝王废黜太子，或鸩或杀绝无好下场。允礽以天年善终，于圣化沐浴中归心向佛，是下场最好的。皇上，您已尽了心，他年过天命，也不为寿夭，大可不必为此圣躬伤怀。"雍正这才回过颜色，勉强笑道："衡臣这些话实在。朕也不全为悼痛二哥，回想起来天命如此无常，心里不免栗栗戒惧而已。就朕几个兄弟而言，稳坐了太子位三十九年的，翻落在地；拼了死命用尽心机想当皇帝的，偏偏一败涂地。朕一心一意要为个天下第一闲人，偏偏做了第一忙人。上天偏把这至苦至累至操心，朕至不愿担当的大任撂在了朕的肩头！这是从哪里说起？"

"皇上。"张廷玉在军机处还有一大堆事务要料理，知道雍正一说起"当皇帝苦"就没个完，忙道，"皇天无亲，唯德是辅，真正是加减乘除，一毫不爽！阿其那无德无量，卑琐阴微，落得今日下场，正是他作孽结果。依臣见识，群臣既已议了他的罪，且把案子放一放，看还有没有新罪。即便是塞思黑，若有一线生机，奴才以为也可开一线之明。此至恶至险之徒得以苟延残喘，于后世子孙也可立一个警戒榜样。若其冥顽不化，继续作恶，祭告太庙祖宗，诛之以谢天下，也不为不可。"婉转之间，张廷玉已经将议题拉了回来，连方苞也不禁佩服，暗思：此人宰相之智，清明在躬，确到了炉火纯青地步了！雍正无可奈何地叹息一声，说道："就依衡臣意见，各部还可以议，折子还可往上递，案子处置往后放放。朕已经容了他们一百次，一百零一次也无干系。塞思黑处胡什礼奏来，他病晕不思饮食，阿其那呕稀不能进食。二哥这样，大哥疯了，想起兄弟零落到这份儿上，朕实不忍再取老八老九他们性命。"

"但朕也不以杀他们为讳！"雍正眼中的温柔只是一闪而过，看着太监们燃烛挂灯，他倔强地又昂起了头。"朕不指望阿其那塞思黑和允禵'回心向善'，但盼他们不要怙恶不悛。这里放一句话给你们，朕要么就保全他们寿终正寝，要么就是俯允众议明正典刑。他们一定为非，后世说朕如何这样那般是非，朕也满不在乎！"

在场的王公大臣其实没有一个主张杀掉允禵等人的，至此才都略略放心。鄂尔泰说道："既然暂不处置，对外还要有个交代，奴才以为圈禁也是一流，高墙之内，想为非作歹也是个不成。家奴既已发遣，断没有叫返回的理，可由内务府拨人照料。"他顿了一下，见雍正点头不语，知道没有不妥当之处，因又道："既然暂不处置阿其那他们，隆科多似也可勉以宽典……"

"隆科多的事不要提他，朕听到他名字就恶心！"雍正厌恶地说道，"张廷玉草诏，隆科多身为先帝遗臣，有托孤之重，如何不精白乃心忠诚事主，乃敢植党擅权，贪婪不法，乱政欺君?！着他永远圈禁，遇赦不赦！"

"喳！"

"至于李绂。"雍正呷了一口茶，凝望着窗外风雨晦色，说道，"你们看怎么处置?"

方苞轻咳一声看了看张廷玉。李绂是张廷玉最得意的门生，举朝人人皆知，张廷玉此时只有尴尬回避，雍正见众人不语，笑谓张廷玉："衡臣，你不要为此不安。你素来持公待人，并不袒护门生，别说是李绂，张廷璐是你弟弟，伏法腰斩，也没累及你一根汗毛。你有什么见地只管说，不要有所顾忌。"

"李绂素来守正，在职清廉自隔。他出事，很出奴才意外。"张廷玉说道，"田文镜励精图治，大刀阔斧推行新政卓有政绩，李绂或者有些妒忌?奴才实在想不透这个人这件事。奴才一向这样看，李绂、杨名时、孙嘉淦像是一路人，都是有忠心，肯做实事，但墨守历来成规，不赞同皇上诸般的新政举措，没有想到里边有结党情事。就现有的情形看，说他呼朋招友共谋诬害田文镜，似乎也还证据不足。奴才的心皇上最知道，再不敢有丝毫欺隐的。"雍正微笑道："既然连你都瞧不透，可见此人深不可测。你举这三人，朕看并不是'一路人'。杨名时是一泓清泉，孙嘉淦像一道瀑布，君子心性一望可知。李绂在朕面前说话圆润，观望朕的喜怒，在你面前不知如何。三个人看似'一路人'也确有相仿之处，都有好名之癖。李绂攻讦田文镜，貌似堂堂正正，其实是见田文镜得罪的人多了，行事猛进不留后路，料着没有好下场，所以他就先奏一本，料着朕对他自己信任，绝无后患，成则收功，败则收名。朕就是瞧透了这一层，十分厌了他！"

一干臣子听着雍正解析李绂，一边和自己素日印象比照，都觉得雍正的话有道理，但挖剔得太深，一点余地也不留，又似乎太苛。有这番诛心之论，李绂就绝非"纯臣"，只是个功利之徒而已。但李绂廉隅清明、守正敢言是天下共知的，单凭着"观望风色"四字入人于罪，那就太过分了。乔引娣也见过李绂两面，原是觉得这人儒雅知礼，说话从容得体，风度十分凝重，印证雍正的话，忽尔觉得"似乎是"，但更多的却是不解。她听人说雍正细心苛刻不知多少次，一直留心体察，今日才算真正领教了。不禁暗想："李绂这样人在百姓眼里要算好的了。这么着鸡蛋里挑骨头，天下还有好人么？"正思量着，鄂尔泰道："皇上说的，奴才仔细思量，李绂确有这毛病，但依此议罪，似乎证据不足。就是胡什礼说的，李绂要加害塞思黑也是一面之词。李绂是国家大臣，轻而罢黜治罪，中外震骇，其实无益，请皇上圣鉴。""朕岂是'轻易'入人于罪之昏君？！"雍正脸一下子拉得老长，冷笑一声说道，"鄂尔泰你这话本就欠思量！胡什礼与李绂素无怨隙，他密奏这件事时，田文镜的折子还没有递进来，以朕素日器重李绂，胡什礼怎敢凭空捏造李绂有罪？"

"胡什礼也许自己没胆量，"鄂尔泰面不改色，"借李绂探听圣上意旨也未可知。"

"现在说的是李绂，想必你与胡什礼有什么瓜葛？"

"奴才不认识胡什礼。但李绂事连胡什礼，奴才的意思不能只听一面之词。"鄂尔泰免冠连连叩头，口气却毫无容让，"案情不明先审后断，乃是常情，阿其那塞思黑那么大罪，尚且慎重典刑。李绂的案子何妨也放一放，再看一看？"

雍正"砰"的一声拍案而起，脸色涨得血红，已是勃然大怒！戟手指着风雨如磐的院外大喝一声："你这个忠臣给朕滚出去，晾晾风儿醒醒神！"

"喳！"鄂尔泰恭谨一叩头，又看了一眼暴怒的雍正，低头趋出殿外，就在丹墀下雨地里跪了下去。

谁也没有想到君臣好端端正在议事，雍正会突然发火。乔引娣更是惊讶：这个鄂尔泰从来不凉不热，极寻常的一个人，会突然和雍正顶口，一时间谁也没有说话。只听院外唰唰的雨声不绝于耳，间或滚动的雷声，震得人一阵阵心悸。弘历最是伶俐心思，料是雍正因不能重处允禩心里窝火，李绂的事也不得众人拥护，因此拿了鄂尔泰出气；方苞张廷玉他们和鄂尔泰意见一致；允祥身为皇弟，久病不能参政，乍然间难以说话——正是用着自己的时候，因顿了一下，弘历赔笑道："阿玛，您素知鄂尔泰的，昔年阿玛在藩邸，他不过是个兵部司官，就顶过阿玛，阿玛很看重他这一条的。他无论如何也是一片忠君的心。您瞧外头这雨，淋得久了要生病的。"

雍正粗重地喘了一口气，回过神来，缓缓说道："叫他还进来。"他显得十分困倦，抚着剃得趣青的前额，又加了一句："叫太监拿身干衣服给他换上。"转脸又问允祥："老十三，你觉得李绂如何处置为好？"

"李绂这样的人是最难处置的。"允祥几年来从没有这样劳神过，显得有点气促，脸色又变得苍白起来，"难就难在他确实不是赃官奸臣。同声同气的官员多，鱼龙混杂贤愚难辨。恰恰弹劾田文镜的头面人物又多是他的同年，这就难逃结党攻讦之嫌。人主御下，使各取其长弃其短而已。臣弟以为无论坐实他欲杀塞思黑的罪还是联络科第同年讦告田文镜的罪，都可以作定谳。暂时搁置一下，也是一法。"

雍正听他说得委婉，仍和众人一致，皱眉想了半晌，扑哧一笑说道："看来有些事，虽然是人主也不得自专随意。就照这么办，但今日会议这些话，无论谁不许泄露，不然，朕必要真的'自专'一次，诛之以正他欺君之罪！"因见鄂尔泰更衣进来，又笑道："老西林①又回来了！好歹淋的时辰短，不妨事的吧？你总不至于有怨心的。"

"方才奴才言语不谨，也不为无罪。"鄂尔泰换了一身干燥蓬松的宁绸

---

① 鄂尔泰姓西林觉罗。

袍子，乍从雨地里回来，反觉身上十分舒适，雍正几句温言抚慰，打心里都暖透了，连连叩头谢罪，"奴才其实戆愊。盼皇上查其证听其言。但只于国事有益，何得畏惧这点子雨?! 李绂——"

雍正一摆手止住了："李绂的事已经议过了，朕听你们的意见。明天发旨叫胡什礼回京，有的事对证一下再作处置。"他仰脸看了看天，笑着对允祥道："你刚刚好一点，本来说见见就打发你歇去的，议起来就没个完。你这会子脸色很不好，外头仍旧是急风骤雨，不必急着回清梵寺，累了就在这安乐椅上歪歪。把岳钟麒的事安排定，他们跪安回去，你等雨小一点再去，成么?"允祥看了看那安乐椅，真想舒舒展展躺一会儿，却摇头笑道："谢皇上关爱，臣弟还挺得来。这都是皇上驾车奉天，京里积的案子，处置得不好，臣弟也是有责任的。"

"岳钟麒这次来京是奉了朕的密诏。"雍正面容严肃如对大宾，"六部里除了户部尚书蒋锡廷，别的人都不知道。如今策零阿拉布坦的使臣根敦现在北京，弘历已经买通了他的一个随从，阿拉布坦患了炭疽病，性命只在半年之内，他之所以派人来讲和，就因为部落之间不稳，这里头还连带着西藏和喀尔喀蒙古。我天兵进讨准噶尔，还要防着西藏有变，断我归路，也要防着喀尔喀蒙古台吉坐收渔翁之利。说起这件事朕心里就生气，允禵在康熙六十年进驻拉萨，小胜即止，纵敌逃逸，罗布藏丹增又在年羹尧眼皮子底下安然逃走，其实准噶尔部实力并没有大损。说难听一点，他们拉屎不揩屁股，养虎遗患，为党争小利忘社稷大义，殊堪痛恨!"雍正每当说到这些事总有些控制不住，朱轼眼见他话匣子打开，抖落不尽地又要数落允禵、年羹尧。众人正自担心，雍正瞥眼看见允祥疲倦不堪的神色，已是话归本题。"现在不讲细务，朕安排一下，根敦来京，朕暂不见他，朱师傅来和他周旋。兵事不论，只在一个'礼'上做文章。"

"好!"朱轼笑道，"皇上的意旨老臣明白，他不俯首称臣纳贡，老臣就和他泡上了。"弘历道："朱师傅，您只管和他们磨，磨到策零一命归西，我们什么都准备好了。"雍正点头道："就是这个意思。俯首不俯首，这一仗非打不可，打伤他的元气，再真正和他们论道讲礼，也才真有平安可言。"

几个大臣这才明白雍正的真正意图，不觉兴奋起来。鄂尔泰道："圣祖爷晚年虽有小胜，打得不解气。年羹尧虽然打赢了，斩草未除根，令人想起来就难受。这一次一定灭此朝食！""这事是宝亲王爷全局统筹，"张廷玉道，"需用什么，只用跟臣打个招呼，军机处全力操办。"方苞笑道："臣是个散轶大臣，可以为岳将军专办粮秣供应。"

"细务不能详议了。"雍正笑道，"弘历和岳钟麒已经谈了几天。西边作战，运上去一斤粮要耗二十斤粮，这自是最要紧的。当务之急要选兵，河南山东山西三省营中要选出六千精壮军士，不但弓马熟练，还要会放鸟枪，准备西征做前锋。但这事不能明着操练，兵部也不能派人去选。军机处下个签子，不拘什么理由，赶紧办了这个差使！"

张廷玉忙躬身道："这个容易。热河、京师善扑营调动一下防地，给各省下令精选士兵补充京师防务，神不知鬼不觉就办了。"弘历在旁道："还要一万方木料，户部兵部征集都有不便，也请张鄂二相急办，又要秘密，又要快。""要木料，这么多？"鄂尔泰怔了一下，旋即笑道，"征集容易，只是要个好借口。"雍正说道："畅春园要扩大一点。朕意在园北再建一座圆明园，可以用这借口以民间征集。"

"这个……"朱轼迟疑了一下，"车马宫室建造，例从内府支付，公开征集动用藩库银子，有累皇上名声，御史们难保不说话。"

雍正细碎的白牙咬着，笑了笑说道："圣祖爷扩建了畅春园，又在热河造避暑山庄。朕总也有老的一天，也要颐养天年，这点子小小供奉，御史们要说什么，只管叫他们狂吠，朕不理睬。"他一摆手："今儿实在会议得见长，有累了，道乏吧！"

天已将近子时了。风呼雨啸整整两个多时辰，雷电虽然像不知疲倦，一个劲地还在咆哮，但那雨势却明显减弱了。黯黑得锅底一样的天穹浓云仍旧压得很低，一阵急一阵缓，极有耐心地向亢旱已久的大地上洒着冷涩的雨水。

弘时的轿夫们拖着疲惫的步履，抬着他返回鲜花深处胡同。这里是北京王府麕集的地方，并没有民居，每隔里许地都有一座巍峨的王府，高高的仿宫墙棋格子一样齐整，划出一条又一条逼仄的小胡同，即使这样的雨夜，也时而能见到善扑营巡夜的兵士，举着灯笼绕各胡同巡弋。一天的奔忙，坐在轿中的弘时已被颠得昏昏欲睡，忽然雨幕中隐隐约约传来一阵细细鼓乐之声，隔轿窗望时，只见一片灯光明亮。弘时迷迷糊糊伸出头问道："怎么抬到戏园子来了？"

"回王爷，"随行太监忙凑近轿窗，赔笑道，"这是庄亲王府，不是戏园子，再往前隔两家就是咱们王府。"弘时不禁一笑，他的府邸如今还没有赐匾，只是个贝勒府，下人们自他封王，已是顺口就改了。他顺灯光看去，果见康熙亲书御匾矗在五楹抱厦门正中，因用脚一顿命住轿。探身出来，立刻就有人将一件油衣披在他身上。热身子被飘飘洒洒的凉风冷雨一激，陡地打了一个寒战，弘时立时睡意全无。因笑道："我们那边忙死，十六叔还有这份闲情逸致！人和人没法比。"

弘时一边说，鹿皮靴子淌着潦水过来。王府太监们都坐在门洞里边，见他进来，都吓了一跳，领头的王狗儿进前一步，极熟练地打了个千儿，五官都笑得挤到了一处，说道："好我的爷哩，这般时分再没想到您来！总有两个月没来了吧，奴才想煞了您老了！"弘时笑道："你这没蛋的家伙偏会说淡话——哪里是想我？不过想我袖子里的银票罢了！"边说边掏摸，因袖子里是一张五千两的大龙头银票，便不肯掏出来。只有几枚金瓜子，是前儿和弘皎猜枚耍子赢的，弘时撮出来都丢给了王狗儿，笑问："这半夜三更的，十六叔还在看戏？"

"可不是的么！"王狗儿笑道，"不但我们王爷，诚亲王爷，五贝勒爷都在里头，宝亲王原也说来的，后来又说有事来不了，只几个幕僚清客来了。这戏原为备着万岁爷祈雨用的，现在已经下雨。我们王爷请旨，说老天已经照应，我们的虔心不可缺。反正还要给太后做冥寿，练习一下进宫去演，叫万岁爷松乏一下身子，万岁就恩准了。叫的禄庆堂班子，班主葛世昌——嗬！那真叫绝了，唱生是生，唱旦是旦，唱丑是丑，一个亮相满堂彩！奴才这就带爷进去——"

弘时笑道："满院都吊着灯，我自己进去——葛世昌还用你介绍？我晓得的！"说着大步进了后院。边走边侧耳细听，却是一个小旦声气儿清越袅婷婉转传来：

惊魂蘸影飞恨绕秦娥，咱也曾记旧约，点新霜被冷余灯卧。除梦和他知他们和梦呵，也有时不作。这答儿心情你不着些儿个，是新人容貌争多，旧时人嫁你因何？

心知正排演葛世昌最拿手的《紫箫记》，加快了步子走时，听得一个老旦声在念诗：

兰叶郁重重，兰花石榴色。少妇归少年，光华自相得。爱如寒炉火，弃若秋风扇，山岳起面前，相看不相见。春至草亦生，谁能别无情。殷勤展心素，见新莫忘故。遥望孟门山，殷勤报君子。既为随阳雁，勿学西流水！

弘时听着十分耳熟，几步抢着上了台阶，只见正厅里十几盏宫灯照得满庭如同白昼，东边一溜戏箱，坐着十几个戏子，笙箫管弦鼓吹一应俱全正在奏乐。还有几个刚卸了妆的男女杂坐着嗑瓜子儿吃西瓜，正演到《泪烛裁诗》这一出。那扮霍小玉的小旦粉娇着，长袖掩泪细声正唱：

你可非烟梁笔是那画眉螺，蘸的秋痕泪点层波，佩香囊剪烛亲封过！

正是葛世昌。再看时，弘时不禁一怔：扮鲍四娘的，竟是毅亲王允礼的儿子弘庆，当老旦的，居然便是诚亲王本人！庄亲王本人扮的须生，口髯也没有取，面前放着茶杯，手执象板一脸正容，极为认真地看着场子打鼓板——一群王爷高兴，都下海作戏，戏子们反而看戏。弘时心里诧异，又好气又好笑，不言声偏身坐了戏箱上，一个戏子早已瞧见，斟一杯茶端过来，悄声道："三爷来了！您先吃茶，这一出说话就完，小的们再给您老请安。"正说着，已到戏梢，王爷们与戏子一张一翕合口齐唱：

虽言千骑上头居，一世生离恨有余。叶下绮窗银烛冷，含啼自草锦中书！

厅西一大间坐的都是各王府带来的清客相公，也都摇头晃脑轰声相和。至此第三十九出《泪烛裁诗》演毕，王爷们解衣弛步和戏子们下场随喜。允禄摘着髯口笑道："葛世昌，亏你还是个头号名角！锦中书的'书'是'输'字口白么？"

"别理他，"允祉用香胰子打着脸上的粉，一边洗一边说，"他错的何止这一韵？我早听见了，只不言声，等着叫这小粉头在万岁跟前出丑呢！"那葛世昌也不卸妆，嗲声嗲气地曳着女人腔，踏台步儿似的掠鬓扭腰，侍候了这个再侍候那个，撒娇作痴。葛世昌虽是男身，此刻上着妆，丢眼横波晕生双颊，工夫做到十分火候，真比女人还要女人。弘时看着也不禁怦然心动，上前拍了拍他屁股，笑道："世昌，你这身挑儿比我的四侧福晋还苗条些，真亏了你会玩！怎么样，等我忙过这一阵，龙门大战三百回合如何？"

葛世昌一转身见是弘时，顿时精神一振，灯下看去真个娇媚如花。一个千儿打下去，起身伸了个兰花指轻轻一拍弘时肩头，俏笑道："是三爷呐，吓我一跳！爷是贵人，怎么和奴婢们取这笑儿？再说，这么多人……"他扭怩了一下，立时召来众人一阵哄笑。允祉指着弘时道："这是咱们当家阿哥，比弘历的权还大，你的事跟他说！"

"什么事？"弘时色眯眯地看着葛世昌笑道，"又是悄悄话？"葛世昌抿嘴儿浅笑，假嗔着低声道："瞧爷这副馋相，这里这么多王爷大人呢！是这么回事，我的一个表哥去年选出来在江苏沭阳当个小县令。爷知道那是个鸟不生蛋的穷地方，苦极了的缺，想调个地方，诚老亲王已答允给尹中丞写信的。听说尹中丞就要进京，您老人家当面金口一开，还有什么难的？"弘时笑问道："他想调哪个缺？"

那葛世昌益发得不堪，搂了弘时肩站挨挨擦擦碰着向席面上走，说道："常州府金大人已经升了芜湖道，票拟都出来了，就把表弟升补上去不就结了？"弘时笑着拧他的脸蛋，说道："他哪里是想调缺？他是想升官！跟爷实说，你'表弟'送你多少银子？说实话，这事到爷这里还不是小菜一碟儿？"那葛世昌笑着斟一杯酒，手绢子捧了奉给弘时，手一推便送了弘时口中，道："那就请爷成全了吧！"弘时已是笑着喝了。

此时座中开席，绛烛高烧酒樽溢香，几位王爷和葛世昌坐在首席，一大群各府门客相公散会在周围，一厢是吆五喝六说诗道文，一厢是明珰玉佩珠动翠摇，嗲声劝酒放声粗笑，真个儿上下不分尊卑不论酣畅热闹快活。允禄这才问弘时："你怎么这早晚才来，有事么？早知道你不忙，该请你下的。"弘时偷看看众人，见大家都不在意，才把奉旨去看允礽的事拣紧要的说了。又道："二伯伯已薨了。这边吃酒唱戏，千万别叫阿玛知道了我来这里。"允祉在一旁已是听见，脸只是一顿，旋即又恢复了笑容，说道："得乐且乐，人谁不死呢？我们奉旨演戏，也说不到别的上头去。其实二哥活着，我看比死了还难受呢——这会子不要扫了大家的兴。"正说着只听旁席一阵轰然鼓掌，众人侧转身看时，却是一个门客拇战输了，要么是三大觥老烧刀子酒，要么当众占诗说笑话儿。弘时认得是弘历府里的李汉三，笑着对桌前的众人说道："是宝亲王的幕客。"

"输了输了！"李汉三喝得满面红光，已有八分酒意，"这酒吃不下去呃——非要了晚生的命不可。我……我认……认罚就是了。"

看样子这群人已不是头一次相聚，众人立时鼓掌，允祉府里的一个老清客，指着葛世昌叫道："就以小葛子为题，你口占一首绝。"

"以人为题不好。"李汉三头摇得拨浪鼓似的，转眼见帷帐旁一盆鸡冠花，笑指道，"我以花为题念一首如何？"他却不看那花，醉步踉跄出席，只是上下审视葛世昌，口中粘滞慢吞吞吟道：

> 紫紫红红赛晚霞，临死犹自弄倚斜。辗转反侧啼春晓，此种原来不是花！

吟罢，居然上前拍了拍听得发怔的葛世昌的背，接着拈了一句"——不是商女，亦无亡国恨——这是后庭花！"

众人哄然叫妙，拍桌打椅前仰后合。弘昼笑得按着腰，手指着李汉三道："是鸡冠子也是咏人，真个妙极！难为你这才地——你是四阿哥府里的？明儿我府里去玩儿，我那里有的是花儿！"又对葛世昌道："后庭花，这诗作得怎么样？"葛世昌心知不是好话，却是茫然不解，问身边的弘时道："三爷，后庭花什么意思？"众人立时又是大笑，弘时拧了他屁股一把，说道："就是你的屁股！"

"屁股说得多难听啦!"李汉三笑道,"在座的都是风雅人,那叫'白玉绵团'!"葛世昌笑着啐了一口,也放了粗话道:"你不就是那个鸡巴篾片儿相公么?和我隔壁的乌龟大茶壶也差不了上下,这么着骂人还叫'风雅'!"不料话刚说完,李汉三又嬉笑道:"鸡巴比屁股更其不雅。那叫'红霞仙杵',和'白玉绵团'正好是一联,你不懂得?"

又是一阵哗然大笑,厅中一片噪杂说笑,说粗论长更是污秽不堪。允禄是东道,又刚听允礽死讯,觉得有点出格,雍正知道了更是麻烦,忙把话题拉回来,怎么样排戏单,正日子怎么演,宫里眷属怎么安排,正颜厉色扯淡一通,大家又吃了一会才散席。

第三十四回　俞鸿图得意忘形骸
　　　　　　雍正帝折节抚远臣

　　允祁死后第三天，尹继善和俞鸿图二人同行回到北京。尹继善是回京述职，俞鸿图是完差缴旨，恰好二人同路同时而行。尹府和俞家虽然都在北京，但俞鸿图多着一重钦差大臣身份，不见过皇帝不能回家，尹继善自己没有分府另居，也不大乐意回家。于是二人同约住在潞河驿，尹继善免了家礼家规约束，俞鸿图也好有个伴儿。本来说得好好的，吃过晚饭尹继善却变了卦，执意要回家去看看。俞鸿图知道尹家家法森严，料是这位名震天下的封疆大吏怕老爷子尹泰计较他的礼数，略挽留几句便由尹继善升轿去了。俞鸿图独自占了六间上房，空落落的没个人说话，礼部的人又来交代朝廷要派员前来照例接待，又不能出门。他便要了砚笔，独自在窗下临帖。正百无聊赖间，忽然帘栊一响，转脸看时，却是自己在内务府当差时的朋友尚德祥，遂放下笔笑道："是德祥啊！怎么就你独个儿来了？老马老金他们就住这一片，他们呢？我估着你们知道我回来，一定来看的。"

　　"俞大人！"尚德祥一脸是笑，先一个起手揖，打下千儿道，"卑职给俞大人请安。"起身又是一揖。俞鸿图慌得忙双手拦住，笑道："你还和我闹这个？那年你一道去老金家吃酒，回去路上下雨，又怕湿鞋，咱两个人赤脚片子跑了十几里，歇到你家，你都忘了？"尚德祥顺他手势坐了檀木椅上，接过驿丞递过的茶，笑嘻嘻说道："到哪山唱哪山歌，做此官行此礼才能不坏交情。今儿他们不能来，先头太子死了，在内务府设祭，万岁爷御驾亲临，大大小小的王爷们都去了，内务府忙得底朝天。我讨了个巧差，专门来购纸札香烛，这才得偷个空儿来拜望大人。"

　　看着面前这位笔帖式，俞鸿图也是不胜感慨，才一年过去，几位当日一道儿跑龙套的"办差哥儿"依然如故，自己已在都察院身为台阁卿贰，奉旨出巡又奉旨回京，人的际遇真是从哪里说起！想着，俞鸿图笑道："朋友还是朋友，位份变了遮遮外人眼就是了。这会子在你们面前抖精神儿，背后不骂死我才怪呢！""谁敢骂您哟！"尚德祥用碗盖拨茶唏留了一口，说道，"太渴了！——大人不知道，您羡慕死我们了！王爷们闹殿，老马也在场。下来见我们'啪'地先掴了自己一个耳光，说：'我他妈的怎么这么浑，光顾了瞪眼看了！我要抢先一步说话，不也他娘当场升官？就算跟着姓俞的刨几句，不定也选出去弄个府县干干！'我说，这就是人跟人不同！八爷们是好惹的？东边几位王爷你惹得起？鸿图是脑袋别着上去帮皇上，你没这份忠心也没这份胆，还是老实跟我们待着，在内务府衙吃茶看邸报听司官爷招呼吧！"俞鸿图道："当时我可没想这么多，他们闹得太不像，我实在忍不住了。"

"所以我说这是大人的德行嘛！"尚德祥顿了一下，身子一倾说道，"俞大人，我这会子想仗爷你一件事，不晓得肯不肯给面子呢？"俞鸿图惊觉地看了一眼尚德祥，说道："我是御史言官，能帮你什么忙？"尚德祥打个哈哈，说道："大人消息不灵通呐！你放了四川藩台了！票拟都下来了！合京城的人都知道了！"

"真的？"

"真——的！"尚德祥拖着长声，笃定地说道，"是宝亲王爷荐的你。说岳大将军在四川，身统十几万大军，四川为天下第一军需供应重地，一定得要干练精强的人来任藩台，就荐了老爷您哪！"他不知不觉已将"大人"换成了"老爷"，又压低了嗓门儿道："岳大军门又要出兵放马了！您瞧着吧，一仗打下来，您稳稳坐定了升巡抚，不定还是总督！打仗，凭的是金山银海，你这番不但升官，那钱——"他瞪着眼，仿佛面前就有一座金山，"——海啦！"

俞鸿图微微一笑，说道："你素知道我，我是不爱钱的。""那是那是！咱们内务府还有谁比我更知道您？老爷最不希罕钱了！"尚德祥立即转篷，说道，"越不爱钱升官越快！我敢说您老爷准比李制台田制台和鄂中堂还要高发！为甚的呢？您得了圣意，又忠心又不爱钱，年纪比他们轻，身子骨儿又结实。您瞧他们几位，肝不好的肝不好，痨病的痨病，长江后浪推前浪，后风流吹前风流，轮到老爷您了！"

俞鸿图在内务府和尚德祥交情其实中等，酒饭不分家也是真的，如今龙门一跃而过，终日与尹继善李卫甚或弘历一干王公勋贵一处办差，居移气养移体，已很瞧不上这种低级马屁。但尚德祥的话也不是全无道理，雍正的"三大模范"都是病秧子，确是自己崭露头角的时机。千穿万穿，马屁毕竟不穿。俞鸿图因笑道："甭说这些话了，像个老公儿，听着叫人肉麻，你有舒适事托我呢？"

"我那个'一提挑儿'姐夫您还记得不？"尚德祥道，"——就是前年腊月初八在嘉兴楼请客的那个——叫董广兴——淮南府上叫人砸了一黑砖，前年来京就是谋起复的。托了小三爷的面子，放到四川去当了个同知还是候选的。这回又进京来引见，说话就补实缺。在这等了几天等不到您，就先走了。"俞鸿图至此已知尚德祥来意，搜寻着回忆，已是想起嘉兴楼应邀吃酒的那回事，倒也对董广兴没有恶感，正要说话，尚德祥又道："这次他进京，我们回请他。席间大伙儿都捧您，说这是我们内务府建府八十二年的头号人物儿，是咱朋友们的光彩体面。广兴说：'可惜我不能慧眼识英雄，当面错过！这是我朝郭琇张廷玉一流人物！'您瞧人家心里这份景仰！"

俞鸿图道："这太过奖了，俞某断不敢当的！""我们带着广兴去拜望了嫂夫人。"尚德祥顺着自己的思路说道，"广兴一看家里那个穷，当时就落泪。说'我们这些做外官的，就是个未入流的也比大人这房子强些'。又是'君子固穷'，还说'国而忘家'……什么的我也没记住。恰好他在北京棋盘街那一带买了一处宅子，不算大，三进三出卧砖到顶的瓦舍，几个哥儿们说合说合，就请嫂子搬过去了。"俞鸿图一下子瞪大了眼，说道："你们糊涂！怎么给我弄这种事？要我当贪官么？不行，我要搬出来！"

"老爷您别忒瞧扁了我们。"尚德祥道，"您不是白要的！堂上您写的那几副联，广兴说这字儿一百两一个也值。那副'务外非君子，守中是丈夫'广兴要去了，其余的几个兄弟你一张我一张揭了个净。拿字画换房子徐乾学老相国、李光地老相国不都这么做过，有甚的相干？他还是个朝廷命官、风雅学士，又不是大奸大恶之徒，又不是借您的势要为非作歹，老爷何必就清高到这份儿上呢？"

俞鸿图还要说话，外边隐隐传来请安声，驿丞传呼："宝亲王爷到！"尚德祥自是上不得台盘，打千儿急急道："明日早饭后嫂夫人和我们都到畅春园双闸口外接您，见过万岁爷，我们给您洗尘！"说完脚不点地溜了。尚德祥恰在二门口遇上弘历，他哪里敢抬头看一眼，忙垂手侧身让路，待弘历等人过去才闪出门去。俞鸿图已是迎到阶下，磕头叩了千儿抬起头时，不禁大吃一惊，原来雍正皇帝也站在弘历身后！

"主子！"俞鸿图十分机警的人，见雍正穿着便装，便不宜暴露他的身份，只是赶紧补行三跪九叩大礼，长跪在地道，"请主子和王爷屋里坐！"雍正点头没说话，和弘历一起拾级登阶进了堂房。俞鸿图这才小步趋进，又打千儿请安跪下。那驿丞早瞧见是雍正到了，连切了几个冰湃西瓜，选了个最好的用盘子亲自端进来，也不敢言声，蹑着脚退了出去。俞鸿图这才道："万岁爷，您怎么亲自驾到，臣子们如何当得起？再说这天儿，虽说刚下过雨不很热，也闷得很呢！"

弘历捧了一块瓜奉给雍正，笑道："万岁去吊祭了允礽二伯伯，回园子顺道过来看望你们，尹继善呢？"俞鸿图把尹继善方才情形说了，又道："他既回去了家，未必就再回驿站了。"

"你起来坐着吧。"雍正的心绪似乎不佳，皱着眉头淡淡说道，"朕刚从内城出来，拜辞了二哥的灵，心里忽忽若有所失。听说继善和你回京了，还有孙嘉淦带着岳钟麒的老母亲进京，今晚也要到，就过来瞧瞧。看不看你们无所谓，倒是朕想见见这位老太太。"俞鸿图忙道："奴才下午就到了，没见着孙嘉淦他们来。"弘历道："探马过去了，人已经到丰台，顿饭工夫就来。岳钟麒去了兵部武司，一会儿就来了。"

雍正点点头，对俞鸿图道："你这番江南之行，差使办得不坏。清江河督衙门上了折子，你监修的一百里大堤在高堰一带，可抗百年不遇的洪水。那个地方朕去过，如果修不好，洪水就会漫到淮北！这个功劳不容易立得。还有文山坝合龙，确保江西浙江和福建不受水害，五百里引水渠已经修成，可灌田两百多万亩。还有，你帮着尹继善在江南督建义仓，每乡一座，又代各乡撰写《义仓乡约》，带着各州县去看你在无锡的'模范义仓'……"他历历在目地谈着俞鸿图的政绩如数家珍，俞鸿图自己都听怔了：天下十八行省，万几宸翰政务如麻，雍正竟记得如此清爽！思量着，又听雍正道："你梗直敢言，朕原看是个御史材料儿。现在看你才地不能局限，所以准备放你四川布政使。岳钟麒就驻节在那里，你一头要应付巡抚，一头要应付军需，还要管民政。宝亲王荐了你，你不可负了他，明白么？"

"奴才明白！"俞鸿图半个屁股坐在椅上，忙一躬说道，"这是主上的隆恩，宝亲王爷的厚爱！奴才在江南，也是谨遵王命办差，和李卫尹继善通力协作，奴才平庸之材，主子如此赏识，何以克当！奴才还要谏主子几句，主上龙体一直不适，刚刚儿痊愈不久，不宜过劳，即如臣等在馆舍，有所诏谕传旨入内即可……""朕是心里闷。"雍正面色忧郁，深沉地说道，"方才在二哥灵前拈香，朕想得很多。他若不失德，勤敬修心，何能落到这一步？太子如此，皇帝也不例外。弘时回来说：'允礽见了太子銮驾，已经全然不能说话，只是用头碰枕头……'朕当时真是心如刀绞……"说着泪水便淌了出来。弘历早已听到了弘时允祉允禄他们演戏的事，暗思"亲戚或余悲，他人亦已歌"这句诗，现在连"亲戚"也在那边歌，而皇帝却在这边掉泪，人情冷暖浇薄如此，也真令人可叹。正要开口慰劝，院里一阵动静说话，几个挑夫把行李卸在西厢檐下，一个男子声气说道："岳老太太住北间套间，两个丫头在外间侍候。我住南边这间小屋，老太太有什么事只管叫我。"便听驿丞和两个女的应声称"是"，一个老妇人的声音说道："孙大人，还是你住北间，少不了有官场朋友拜见你，也方便些。我一路坐轿，吃得饱歇得够，安安生生的，住哪里不一样？"

屋里人都静了下来，弘历到门口望望，回身一躬说道："皇阿玛，孙嘉淦他们到了！"雍正隔窗看，果见孙嘉淦在檐前灯下指使家人搬行李，因起身出来，含笑站在阶下，徐徐说道："孙公别来无恙！"

"唔。"孙嘉淦应了一声，一回头立刻大吃一惊，愕然看着雍正不言语，雍正不等他说话，笑道："这位就是东美的老母亲？来，来，咱们住上房，鸿图他们住下房。"竟向前几步挽了岳钟麒的母亲。俞鸿图极敏捷地跨到另一边扶了那位惊讶不置的老太太，颤巍巍进了上房，在中间椅上坐了。孙嘉淦已是跟进来，向雍正行了礼，方对坐着发愣的老人说道："这是万岁爷！"

老人身上陡地一颤，拄着拐杖想站起来，手一软又坐回椅里，又一顿才站起身来，伏地跪倒连连叩头，没有说话，先哽咽了几声，已是泪如泉涌，说道："万岁爷，您折煞老婆子了……"雍正含笑双手挽起她，还请她上座，她却死活不肯，只侧身坐了一旁。雍正这才坐了，觑着老人道："老人家好福相，好慈祥——今年高寿？"

"犬马齿七十三了。"岳母颤着声气躬身回话，"托主子的福，身板儿还硬朗……"

"这一路几千里，难为你走。"

"不累！一路上有孙大人照料，事事都尽着我，钟麒跟着也不过这样儿。地方官走一处都来看望侍奉，我老婆子都受不得了。"

雍正还要问话，却见岳钟麒尹继善二人进来，两个人都愣在灯下，似乎有点不知所措。雍正不禁一笑，说道："东美，是孙嘉淦代你尽孝，一路照顾老太太来的，你该好好谢谢他！"

"万岁！"岳钟麒和尹继善一齐跪了下去。还要行礼，雍正命止住了，说道："都起来吧，朕就是来看看你们，看看岳老夫人，没有什么要紧的军国大事。见到老太太健朗，朕心里十分欢喜。只嘉淦是瘦了一点，既已回京，不忙着到都察院就任，先歇几天再说。你们几个比起允祥他们身子好，朕心里甚喜甚慰。我朝有几个实心办事的身子骨儿都不好，朕私里疑惑，也许朕是求治心切，累坏了下头人？这也不是小事，过了允礽二哥断七之日，又是老佛爷的冥寿，朕演大戏给你们看。"

几个人又复谢恩，岳钟麒这才给母亲请安。岳母却不急着叫他起来，双手扶杖激动得喘吁吁的，说道："儿子，跪着听你老娘说几句。你也不用问我的安，我托万岁爷的福，硬朗着呢！"

"是！"

"我十七岁入你岳家门，正是康熙十二年，算来已经五十六个年头了。"老人两眼古井一样深邃，"你爹升龙当时是永泰营的千总。永泰营游击许忠臣是你爹的顶头上司。他受了吴三桂的封诰跟着造反，升你爹当了副将。你爹是条好汉子，就那么几个兵，在自己营盘里设筵邀请许忠臣，就筵上一刀杀了这贼！

"我一辈子也忘不了那情形儿！因为谁也不防你爹突然会杀了上司，我当时也吓傻了，钉子钉到地下似的动也动不了。许忠臣的亲兵，还有你爹手下的叛兵几次进帐篷。外面喊得地动山摇，'杀掉岳升龙一门良贱'！屋里蜡烛被风吹得一明一灭。你爹对我说：'女人事夫和男子事君一个样，都是从一而终。许忠臣待我并不薄，我杀他是因为他失了大节！现在我要突围出去，你留着也只是叫别人作践，杀了你。天幸我能走出去，将来给你

立庙！'

　　"我说：'这话不用你说，不过我想全尸。'当时就用帐上的帷带悬梁自尽。

　　"谁晓得老天是什么意思，三次悬梁，那么结实的牛皮带子生生断了三次！我当时绝了念头，一闭眼说，'我的爷，你砍吧！'他的几个把兄弟拦住了，说：'嫂子节烈不死，是大福之人，命不该死。带上嫂子走，不定我们跟着沾光儿能活着出潼关！'

　　"就这样，我跟着他们十七个人逃出去。也亏了那夜风大雨密，他们逢人就杀，我见路就逃……从前半夜戌时，到天明寅时遇上瓦尔格将军的溃兵，才一道逃出潼关……"

　　岳母说到这里叹息一声，众人还浸沉在五十五年前那个可怕的秋夜里，谁也没有言声。

　　"从打那时，朝廷但有出兵放马的事，你爹没有不上阵的。"岳母眼中炯炯生光，"他的官或升或降，一直当到提督，也还罢过官。那是朝廷的章法，我不管，也没问过，可我知道，他没有怯过敌。他几次罢官受处分，都是因为贪功杀敌做事太猛。没有个阵前畏缩保名保位的！"

　　"你如今的官做得比你爹大了，功劳似乎也比他强些儿。"岳母目光温和地看着儿子，"我只是跟你说，咱们是身受两世皇恩的人家。你爹跟圣祖爷，没丢祖宗的人；你跟雍正爷，也不能给我丢脸。什么叫'夫死从子'？你为忠臣，我自然是忠臣的妈，你当奸臣，我就成奸臣的妈。你都看见两代万岁爷怎么待咱们两代了。你爹祖籍甘肃，在四川当官，圣祖爷怕你祖母孤单，把你祖母安车蒲轮送到四川；你如今官封大将军，皇上怕四川那地方热，又接我来北京……"她的眼中迸出泪花，"我有吃有穿有钱花，膝下有孙有重孙，不要你的小孝顺。今儿送我人参，明儿送我鹿茸的，你妈什么都经过见过，不希罕你那些！你给我好好替皇上带兵打仗，就是马皮包着你的骨头送到我面前，我只会欢喜，不会难过！"

　　岳钟麒一头听，一头流泪磕头称是，哽咽着嗓子说道："娘的训诲儿子句句照办……儿粉身碎骨移孝为忠，答报皇上知遇之恩，您老只管放心就是了！"至此，已是听得满座嘘唏。

　　"东美，起来吧。"雍正自己心里也热得发烫，眼中泪皆滢滢。他低缓地说道，"朕查阅过你的宗谱，你这一支是岳飞的嫡脉。岳飞这人，圣祖爷原有意定为武圣人的。只干碍当时他抗'金'，乃是满人先祖，所以才选了关夫子。"他不无遗憾地自失一笑，"但圣祖与朕多次言及，岳飞此人大忠大义震古铄今，堪足称万世楷模典型，就是抗金，那也是各为其主。当初任你威远将军，有人曾说闲话，说你是岳家后代，身拥重兵恐有不利朝廷。朕照脸啐了他一口，说，岳飞能佐宋抗金，岳钟麒自能佐清抗准噶尔！这种人不懂史也不懂事，不知天理也不晓人情。朕说这个话，是怕你权重自疑。你不要存这个念头，要听到什么闲话，就像家人父子，你写密折来，朕给你宽心开导。"岳钟麒拭泪道："主上如此待臣，臣只能磨成粉来回报了！""不要你磨成粉，要你好生办差衣锦回京。"雍正笑道，"你现在只有一条，好好办军务，一切闲话不要听。学施琅，不学年羹尧。施琅是郑成功的部将，他灭台湾收伏了郑家。这是此时天心所在。年羹尧若有你这样的贤母，若有你半分的忠忧，朕也断不教他落了没下场。凌烟阁上，朕给你留一位置！"

说了这么一排话，雍正的心绪变得非常好，起身踱了几步，至案前提起笔，略一沉吟，写道：

> 陈师鞠旅卜良朝，万里糇粮备已饶。习战自能闲纪律，临戎惟在戒矜骄。剑莹鹏鹕清光闪，旗绕龙蛇赤羽飘。听彻前锋歌六月，云台合待姓名标！

他仰面想了想，微微一笑又写道：

> 万里玉关平虏穴，三秋瀚海渡天兵。裹粮带甲须珍重，扫荡尘氛远塞清。

写完，笑道："朕素乏捷才，御极以来政务匆忙，诗词早荒疏了。勉成二章为岳钟麒壮行耳！"岳钟麒这才知道，这两首诗都是赏给自己的，慌得忙跪下磕头领受，激动得两唇哆嗦，连自己也不知道都喃喃念叨了些什么。

"很好。"雍正掏出怀表看了看，"你娘母子今晚就住这上房，好好叙谈叙谈。朕和他们到西厢北屋，我们也聊聊，待一会朕去，你们不要再送。老人家有岁数的人了，早些安歇。这次东美来京，事关军事机要，所以朕这就算亲自送过了。明儿让弘历携酒河干为你长堤饯行就是了。"

于是一干人众又跟着来到西厢。大家没有再见礼，只雍正坐在正面炕上，其余的人一概都在炕下环坐。雍正亲手切开一个西瓜分赐众人，自己取了一小块吃着，笑道："随便用吧。朕一则是累，二则是为二哥难过，心绪一直不好。倒是来这里见见你们，心里倒畅快了些。继善，你怎么不吃瓜呢？你回去了一趟，尹泰怎么样，身子还好么？你母亲好么？"

尹继善面对绿皮红沙瓤的西瓜，泪眼汪汪只是发呆，竟没有听见雍正的话，身边的弘历推了推他，才猛地惊醒过来，慌得说道："啊？啊！奴才任上诸事都好……"几个人都听得笑起来，弘历又复述了雍正的话，才慌得说道："请主上恕罪，奴才还在想着岳钟麒的母亲，不免心有感触，走了神儿了。"他跪了下去，免冠叩头，颤着声气，喘着粗气，好半日才道："臣回府……回府……"下面的话竟接不上来，弘历在旁代言，说道："尹泰没让他进府。"

"为什么？"雍正面部肌肉不易觉察地跳了一下，"儿子千里迢迢回来，竟然拒之门外，这是什么道理？这不近情理的老糊涂！"

"不不……万岁！"尹继善崩角儿头叩得山响，慌乱得不知说什么好，期期艾艾说道，"父亲只是说，奴才现为封疆大吏，位份甚高，理应先国后家。等……等见过主子述职后再……再见面不迟……"

众人一听便知，尹泰的原话决不会这么温存客气。弘历是太熟悉这家人了，叹了一口气说道："我明白了。许是我做事不谨密，送继善母亲的礼物让家里别人知道了，惹出这场闲是非来。"尹继善的头磕得越发又急又快，结结巴巴说道："王爷……王爷别这么说。话不能这、这这么说……总是继善不孝通天，一……一人之过就是了。"

"不像话！"雍正将瓜皮丢进盘子里，边揩手边仰着脸沉吟，"你起来。无非你家老醋坛子又翻了而已，也算不了大事。尹泰的生日是几时？"

"回皇上……"尹继善道，"是后日。奴才带的寿礼都在驿馆，送不回去……"说着他眼圈又红了。

雍正默谋良久，也已揣透了尹继善的为难处境：既不能说父亲的不是，也不能寻出替父亲辩白的理由，又见了岳钟麒母子亲情同沐皇恩，他不能不心有所感。这么大的才子，这么大的官，为家事被折腾得如坐荆棘丛中，雍正也不胜叹息。遂道："你的难处朕已知道，什么也不用说了。弘历——"

"儿臣在。"

"你，"雍正脸上毫无表情，"你这会子就带着继善，一道儿去尹泰府，看他见儿子不见！"尹继善大惊，忙道："万岁爷，您……这万万使不得——""什么使不得？"雍正接口说道，"朕就不信制不服你家主母那个河东狮子！你们只管去，回头朕还有恩旨。这里留着孙嘉淦俞鸿图，我们说话，朕今儿心里欢喜，这会儿只想多聊聊。明儿园里见人多，反而不得——你们上去瞧瞧岳钟麒就走吧。"尹继善还想说话，看了看雍正脸色没敢再言语，出去了一会儿，但听驿外车马一阵响动，渐渐远去。岳钟麒已是挑帘进来。

尹继善和弘历同车而行，一路都愁眉不展。弘历眼见已进城，笑道："你这人，那份干练果断英爽洒脱哪去了？有我跟着，老尹泰能抽你的鞭子？放心！"

"您能住在我府里么？"尹继善摇头苦笑道，"您不晓得，鞭子没得抽的，那份罪难受，还不如痛痛快快挨一顿鞭子！唉……主子这又何必？我还有些事想禀主子和您，就这么赶了我来了。"弘历笑问道："什么事呢？"尹继善吁了一口气："外头谣言多极了。"

弘历目光霍地一跳，盯着尹继善不言语。尹继善叹道："这会子只能简捷着说一点，都是风言风语。有说皇上得位不正，是篡了十四爷的位登极的。"弘历无谓地一笑，说道："这早听见过。说隆科多将'传位十四子'的遗诏改了'传位于四子'是吗？"

"不止这个。"尹继善道，"这皇上就是为了灭口，圈禁了隆科多。还说皇上……不仁，斩尽杀绝，阿其那塞思黑他们这些亲兄弟也放不过。还说先太后不是病亡，是皇上和太后顶口拌嘴，太后一气之下……悬梁自尽——也有说是触柱……而亡的，皇上不肯把墓修在遵化，就是怕……怕……"

"怕什么？"

"怕死后没法见圣祖和列祖列宗！"

弘历身子猛地向后一仰，他一时也惊呆了。眼见外面灯火辉煌，已到尹泰府邸。但他心里乱糟糟的一团，无论如何按捺不住起伏的心潮。弘历直到停车，还在发怔，良久才道："你先下去，我稍定一下神，我就下来的。""四爷，"尹继善道，"是我孟浪，不该这时候说这些。其实还有好消息，我和东美原准备从容密奏的。您别吃心。"说着便下车，在车边站着。待管家迎上来看时，弘历已定住了心，也下了车。

"是二老爷又回来。"那管家举灯睃了半日，笑道，"二老爷，不是小的们大胆，实在老太爷脾性不好。这会子还和老太太生气呢！方才传出来话，说二……二老爷要是再回来……还是请先回去……"

他话没说完，"啪"的一声脸上已着了一记耳光。

"你滚进去！"弘历一肚皮的五味不和，怒喝一声，"告诉尹泰，宝亲王来拜望他，问他见是不见？"

第三十五回　慰名臣妾庶封诰命
　　　　　　析谣言父子生疑猜

那管家被打得就地一个磨旋儿，愣着看了半晌才认出是宝亲王，忙不迭翻身跪倒，捣蒜价磕头道："小的是有眼无珠！没瞧见王爷您老人家……小的吃屎长大的，千岁爷千万别计较……小的这就进去报……报……"

"滚起来！"弘历被他这几句不伦不类的话逗得一笑，顺势踢了一脚，问道，"尹泰睡了没有？""没没……没呢！"管家起来道，"有位陈老爷来拜，正在……在花厅说话儿……""前头带着路，"弘历道，"给我们掌着灯！"

"是是是……"

那管家又磕了个头，屁滚尿流跑去，亲自掌了个玻璃球灯，一边殷勤带路，一边口中念念叨叨说道："其实老相爷心里很亲尹老爷的，甭看说话狠——这边拐弯，千岁爷走好，这是道月洞门坎儿——只我们老爷子生就的孤拐脾气，他见了我们哪个爷也都是脸拉得老长，我们都吓得躲得远远儿……"说着已穿过一道篱笆花墙，便听北边书房侧西花厅有人说话。尹继善蓦地一阵紧张，竟站住了脚。弘历一把拉了他冰凉的手，挑帘便进了花厅，却见是陈世倌和尹泰一处盘中放着瓜果，二人正下大棋下得入神。

"将！"尹泰一匹"马"卧槽过去，听见有人进来，不耐烦地说道，"跟你们说过，我要和陈大人下棋，不过东院去了，怎么又来了？！"陈世倌将士角炮别了马腿，笑道："阃令大于军令嘛。你是我朝的房玄龄。告诉你们大太太，老陈今晚不走了，明儿打一副银头面谢她——当头炮给你架起，你歪老将吧！"尹泰死盯着棋盘，口中道："不一定歪老将——张氏，茶凉了——快换！"

弘历见这一老一少棋瘾如此大，不禁好笑，正要说话，一个中年妇人在外答应一声，端着茶盘进来。她一眼瞧见尹继善站在一边，顿时惊得浑身一颤，竟僵立在地。尹继善面无人色头颤身摇，叫了一声"爹，娘！"扑通一声双膝跪地。

"王爷！"两个棋友这才转脸，见弘历似笑非笑站着，忙乱局起身伏地请安。尹张氏忙也捧盘陪跪。尹泰磕头说道："再没想到王爷夤夜来到臣府，上午臣陪驾去吊祭先太子，原想见见四爷。后来张五哥说四爷忙大事，连张廷玉都见不着，只好罢了。"

弘历一把拉起跪着的尹继善，命众人都起来，笑着坐了，说道："刚刚从畅春园下来，半道儿碰见继善。他说他去了清梵寺给十三叔请安，要回驿站，我说我要去老尹相公府借书。你又不是钦差大臣，泡那个驿馆干什么？论忠也不在这上头，就拉了他回来。陈世倌，几时进京的？"一边说话，命众人都落座。

"奴才今早时来的，解了一百多万两银子交了藩库。"陈世倌笑道，"李制台和范时捷都有信给爷，原说到王府的，路上碰见尹老，说四爷忙得不着屋，就拉了我来下大棋了。"他们说话，张氏早已悄悄退出去，又重沏了四杯茶端来，依次给弘历、陈世倌、尹泰置茶，到尹继善时，尹继善却先起身一揖，又长跪在地双手接过，张氏向众人福了两福，低头退到一边垂手听招呼。

弘历这才留心到她，上下打量时，不过四十三四岁，白皙的圆脸上已爬上细细的皱纹，嘴唇略显厚一点，左唇下还有一颗殷红的美人痣。她穿着一身青布衫，靛蓝裤边滚着杏黄梅花边，浆洗得干干净净，低着头一声不言语。弘历极细心的人，立时意识到了什么，便问："继善，怎么行这个礼？"

"回王爷。"尹继善胆怯地看了尹泰一眼，说道，"她是继善的生母张氏。"

弘历陈世倌立时一怔，忙也起身向张氏一揖。弘历故作惊慌，连连说道："我们太粗心，请夫人原谅！这是下人们侍候的差使，小王断断不敢当——夫人，请坐！继善，你愣什么？快给你母亲搬座儿？"尹继善早已起身，双手端了个绣花墩，放在尹泰身边，轻声道："娘——您坐着歇歇……"张氏一句话没听完，已是滴下泪来，连连后退，对尹继善道："二老爷，我不是这牌名上的人，这怎么使得？"

尹泰的脸涨得血红，勉强笑道："王爷赐你坐，你就坐呗！"张氏向丈夫一躬，才斜签着坐下。弘历装作没看见，轻松地一笑，对陈世倌道："你寻我回事儿，回什么事？"

"回王爷。"陈世倌也被弄得浑身不自在，歉意地看了一眼尹泰和局促不安的张氏，说道，"我这点事说公不公，说私也不算私。来京前，李制台准了我七天假回海宁看了看，我们家乡苦啊！那里不像苏北，一个人只顶不到二亩田，又没有荒地可垦。一人不耕数人受饥，一人不织举家无衣！前年又被了水，去年元气没有恢复过来，因各地征粮，那里的米涨至四钱二分一斗。"说着，他的泪水已经涌了出来，"这不过是一州之地。我来求四爷可怜我家乡爷老，能不能免了今年的赋？我替他们给爷磕头了！"说着离座便叩下头去。

弘历没想到是这么个题目，见众人尴尬，也想借此缓松一下气氛，因笑道："这么点子事，你跟户部说一声，省里又有李卫尹继善，还做不了主？"陈世倌道："我们那里都在设义仓，一是国库，二是义仓，无论如何不能短，是李制台下的严令，谁办不下来就撤差，谁不肯办就换肯办的去。我去问户部，户部说短一两粮宝亲王也不依，所以回过来还得求您。您松松手，漏几粒米，就够我们海宁人足家饱了……"

"好了好了，你甭难受。"弘历笑道，"我答应还不成么？"说着起身到书案上扯过一张纸，写了几行字交给陈世倌："你拿这个交给征粮司收他们照办就是。"

陈世倌喜得眉开眼笑，弘历已经站起身来，看着书架搜寻了一会儿，抽出一本《宋元学案》挟了怀里，笑道："我也该去了。世倌也是吧！叫人家爷娘父子们坐一会儿说说体己话儿。后个儿你寿诞，我亲自过来拜寿！"尹泰两道寿眉抖着，脸上似乎不笑，也说不清是悲是喜，还要起身送行。弘历说声"不必"，已和陈世倌相跟而去。

"阿爹！"尹继善看了一眼早已站起身来的母亲，忍着心里酸楚回身一揖，"您老人家七十大寿，恰恰儿子进京述职，这是天教我们合家团圆，真是不胜之喜！吏部马堂官给我去信，哥哥的事也办下来了，补了江西盐道。我给他回信，我在南京，哥子在江西都离北京太远，您已是古稀之年，大太太也望六十的人了，能好给我哥哥补到天津或保定，来往和爹娘见面方便，也能代儿子尽孝……"他又看了一眼自己的亲娘，"老马回信说，天津道出缺，可以换过来。不过江西盐道是要缺，天津道是瘦缺，叫我再商量一下。请阿爹和大太太商议一下我给他回话。儿子急着回来，也为这件事。"尹泰满是皱纹的脸似乎舒展了些，说道："这也算你一份孝心。其实我心里，你哥两个都一样，并不偏哪个向哪个。只你如今已经官居极品，你哥哥科场蹭蹬，官运也平常，未免多替他操些心就是了。"

尹继善见这位严父没有发怒，心下稍觉宽慰，从袖中取出几张纸双手捧上，说道："这是儿子给阿爹带的寿礼礼单。"张氏忙过来接住转交给尹泰，就在母子手一触的一刹那，尹继善仿佛觉得母亲的手热得发烫，心里又是一紧，问道："二姨娘，您身子不舒服？"尹泰也道："我也瞧着你脸色不好，何必这么熬着？你歇去吧。叫五姨娘她们不拘谁在这侍候，都是一样的。"

"不不，我没有病！"张氏忙道，"是方才捧着热茶，手暖得烫了些，别的姨娘早歇了。我在跟前侍候老爷子！"说完，好像生怕尹泰再赶自己走，拧了一把热毛巾递给尹泰，径站在尹泰身后，轻轻替他捶背，只目不转睛地看着自己的儿子，泪水直在眼里打转转。尹继善回避着母亲的眼神，说了自己任上的情形，弘历在南京与自己的交往和皇帝对自己的几次嘉勉。说着说着他实在看不下去了，便道："皇上待儿子真是恩高如天，还问及母亲的安来着，就是姨娘，皇上也关怀着——娘，您别总那么站着——"不知怎么，胆子一乍，竟亲自搬了张椅子拉过母亲，说道："阿爹也说了不让您劳累，您就坐下歇歇吧！"又回身喊道："来两个丫头，给老太爷捶背打扇！"

尹泰被尹继善这一连串大胆的举动弄得一怔，旋即大怒。他在外面待人接物温厚亲切，极有涵养容量的，就是比他低五六品的县令县丞，也是揖让谦恭，但一回家就成了皇帝，除结发大太太，别的人一概都是"奴才"。大太太范氏是他随康熙西征，运粮路上认识的一个镖局家姑奶奶，一身武艺，被蒙古兵包围时冒着箭雨背着他逃出重围，康熙指婚成配的。他当二品官时，太太已经封了一品诰命。初婚也还"平等"，太太生了八子，他又纳了几房妾，就恩爱犹存，平等全无，成了举朝皆知的"房玄龄"①。他本来也喜爱这个二儿子温文儒雅风流倜傥，但无奈张氏却是"乐户"②出身，根本没法和"樊梨花"似的巾帼诰命相比。偏生的大太太养的儿子名位不显，又加上他自己的侯爵是在诏封尹继善为巡抚时附笔加上的，显见是沾了尹继善的光。尹继善不到三十岁斩将夺关直上青云，做了封疆大吏，但大儿子快五十的人了，当个道台还要投门路说人情……这些诸端，他越发地压制张氏，一来为夫人息火，二来也防张氏倚儿之势压倒众人，三来自己心里也略觉好受。眼见尹继善如此举动，尹泰心中的火一蹿一蹿，用"相臣度量"压了又压，终于还是忍不住，冷笑一声，说道："你不要坐不安，有道是母以子贵，你自然是要上台盘的！继善，你如今官做大了，也历练出来了，学会了叫你爹难堪了！"

"回阿爹！"尹继善脸色雪白，却不肯服低，只长跪在地，说道，"儿子并不敢非圣无礼。母亲站着侍候老太爷是应该的，但我瞧母亲气色似乎有病，老太爷自己也说了的。礼有经亦有权③，儿子跪着代母亲侍候老太爷，如何？"

尹泰被儿子堵得一怔，他也是个大理学家，无论情、理，儿子做得无懈可击，说得天衣无缝，真也无从辩驳，因又从别处挑剔："我不指这个说，我问的是你的心！"

"儿子问心无愧。"

"我当年随先帝爷出兵放马，那时还没有你。我随今上伴读东宫，和皇上敲棋吟诗，你还穿着开裆裤！"尹泰的话刀子一样犀利，"没有我哪有你，没有我之昨日，焉有你之今日？你阿爹什么事没见过，什么事想不清爽？你以为我不知道宝亲王来意？——你本来孝顺有加，我怎么也想不到，你会请一位王爷来压制你的老爹——"他一口气噎住，立时猛烈地咳嗽起来。张氏和尹继善都一跃而起，忙不迭地给他捶背端嗽盂，口中只是劝他别多心。

---

① 唐朝宰相，著名政治家，以"怕老婆"闻名。
② 贱民，如民间吹鼓手行业。
③ 有经有权，意味有常规，但特殊情况可以变通。

尹泰却不领这母子的情，喘息略定便推开二人，说道："作民依朝廷王法，咱们家有自己的规矩家法——你们好自为之！"竟一甩手去了。

"儿啊！"张氏听尹泰脚步去远，一把揽过尹继善，"你——你叫娘说什么好？你心疼娘，还用这么说，这么做么？娘在一旁站着瞧你，心里也是熨帖的，何必在乎这些摆样子的东西？你在家还好，可你终归还要南京去的。我的不懂事的儿啊……"她浑身都在抽泣颤抖，伏在儿子坚实的肩头，仿佛一松手儿子就会突然消失似的紧紧抱着，一只手轻轻打着尹继善的背。

尹继善也是泪流满面，抽着声气道："娘，你儿是个有种的，有声气有胆量也有学问。我肩头挑得起！您一点也不用怕。大不了我接您到任上，我叫您享尽人间清福！"

"你爹要不依呢？"张氏两手紧紧扶着他肩头，"老爷子那偏性你晓得的。"

"他不肯也得肯。"尹继善想到雍正对自己的信任亲情，笃定地说，"我准能把你接到南京。这么着苦熬，万一……我一辈子都难受。"

母子二人正又哭又说，忽然听到花厅外一阵急促的脚步声，却是高无庸闯了进来，说道："尹大人，有旨意。"尹继善忙起身，对母亲道："儿子接过旨还回来。"

"不，不单你接旨。"高无庸看了看一脸可怜无告相的张氏，说道，"还有尹泰和尹泰的范夫人，还有张氏一同接旨！在前院正厅，快去！"说罢匆匆先去了。

母子二人愕然相顾，一阵慌乱过后，张氏便忙着翻衣服，尹继善道："娘，您甭打扮。旨意叫您去，就定必有您的话。您穿得再好，比得及大娘么？"说罢双手扶着母亲来到前院，已见满院都是灯烛，内务府的人站得满阶前都是。合府大小家人慌得拾爆竹似的备酒送茶前后乱窜。尹继善见母亲一脸迷惘，一边小声安慰，扶着进了正堂，早见香案已经摆好，尹泰冠袍履带齐整，"樊梨花"凤冠霞帔凝立在侧。二人似乎都有点心神不定的样子，见他们进来，尹泰淡淡说道："你们也站过来吧。"尹继善这才看见是当今皇帝的十七弟毅亲王允礼前来传旨，忙和母亲挨身站在尹泰身后。那张氏几时经过这种场面，瑟瑟抖着站不稳，只靠着儿子勉强站定。

"接旨人已齐。"高无庸给允礼打了个千儿，说道，"请王爷宣旨！"

允礼点了点头，高无庸立刻退下，转眼之间便又上来，双手捧着一个金盘，盘上放着一套辉煌华丽的一品诰命服饰，还有两个黄灿灿亮闪闪的头号大金元宝放在盘边，诰命服上压着一顶镂花金座朝冠，三颗榛子大的东珠中间攒一颗樱桃大小的红宝石，颤巍巍地在灯下灼灼生光——这套行头阖府都知道是正室夫人范氏的得意之宝，怎么又递来一套？——此刻，外间廊下仆夫长随丫头老婆子黑鸦鸦站了三四百，目不转睛地看着这场面，静得一声咳痰不闻。允礼此时才到案前南面而立，却是口宣谕旨：

"有旨：尹泰、尹继善、范氏、张氏听宣！"

"万岁！"

四个人一齐叩下头去。

"尹泰相从先帝有年，卓有劳绩，辅佐朕躬，恭心慎事，乃朕之心膂大臣。"允礼轻咳一声，接着背诵，"且尹泰训子有方，有子如尹继善者秉公畏命，怀诚事主，廉能爱民，封疆江南以来于我朝诸军国要差办理妥善，不愧古之名臣。朕思子贵父荣之义，已屡有加恩。父子并为同朝柱厅之臣，乃亦尔家之福也。然非有张氏，则无尹继善，无尹继善，则尹泰之勋名焉得如此之显？是张氏之相夫教子功亦不可泯。今继善已贵，其母仍忝青衣之列，甚有乖于母以子贵之礼。前已封诰尹泰之妻范氏为镇国将军一品诰命，今遣毅亲王允礼持冠传旨，即着张氏谨受诰诏，同为镇国将军夫人，赐一品诰命服色。尔其受之随子赴任，毋负朕望。钦此！"

四个人一齐怔在当地。

"恭喜尹老相公，范夫人。"允礼满面笑容，又向尹继善一拱，"恭喜张夫人，继善公！"因见四人僵跪不动，诧异地问道："怎么，你们不奉诏？——我可是自带酒筵要在此饱醉而去的呀！"

尹泰左右看看，似乎有些茫然，身边的三个人都低着头，各人心里什么滋味他心里雪亮。但这种绝不可能的事居然此时真真实实地出现在自己身上，他无论如何也适应不了。恍惚之间，他叩下头去，说道："老臣谢恩！"他这么一开口，尹继善三人也都参差不齐地叩头含糊不清地谢恩领旨。

"这是天大的喜事，小王今日好高兴！把我带的席面抬上来，我陪大人和二位夫人高兴！"因见范氏和张氏瘫在地下都没有起身，径上前一把挽了张氏。那尹继善何等聪明之人，疾步上前双手扶起软得面条似的范氏，径是尹泰坐了主席，两个一品诰命分坐两旁，允礼亲自开樽相陪，尹继善按捺着激动得要跳出腔子的心，转桌儿斟酒。尹泰是恼中带着对浩荡皇恩的感激。范氏是羞中带怒加着对张氏的妒忌和圣命不测的畏惧，张氏则是悲喜恐惶如对梦寐迷惘无主。允礼却是觉得有趣高兴，兴味益然。四个人各怀天差地别的异样心思同席相坐，都是来酒即饮，举杯即干，不足半个时辰，都已玉山倾颓，烂醉如泥。尹继善侍候他们各自安歇了，也几乎瘫倒在地。幸是他心思还算清明，替熟睡的母亲打了一会扇子。叫丫头过来替着，伏案提笔，挖空心思地给雍正写谢恩折子。

雍正此刻却在光火。听了弘历传来的"闲话"，他立命将弘时和弘昼都召来澹宁居。依着雍正的意思，还想叫方苞这个"老给事中"，同时叫进孙嘉淦来细问，却是弘历拦住了，说道："这都是宫闱里的细事。就是假的，也是无形消弭了的好。只可儿子遇时，套着话问来由——不过看样子，就是不问，孙嘉淦似乎也要密奏皇上的。依着儿子，就兄弟们这里问一问就是了。"

"就是四哥说的。"弘昼揉着惺忪的睡眼说道，"这种事晓得的人越少越好。咱们先就自惊自怪的，反倒叨登大了。家丑不可外扬嘛！"他是被人从被窝里叫起来的，脸上还带着睡相。弘时听他说得极不得体，瞧着他的样子真想笑，只低着头装作不听见。雍正素来威压百僚，性冷如冰，极挑剔的一个人，偏偏对弘昼这个小儿子异样宽容温和，只瞪了他一眼，说道："你胡说八道些什么！朕有什么'家丑'不可对人言？这是有人刻意造谣！原来只在京师，好嘛，现在扇到平头百姓那里去了。捉住为首的，朕必处他极刑！"

弘历方在沉思，弘时说道："阿玛说的极是，这不是无根之谣。有些宫闱里的事外头人捏造不来的。皇上孜孜求治，累了一身的病，有人心怀叵测，还在百姓中这样传言，真可令人发指痛恨！"弘昼立刻反驳，说道："三哥，我们都是皇上的儿子，'痛恨'还用说？现在不是商量恨不恨的事，是商量办法！像太后薨逝的谣言，十足的是宫里太监嚼舌头——不不，这不叫嚼舌，纯粹的捏言造衅乱政欺主！"

"高无庸！"弘昼一语提醒了雍正，他提高了嗓门叫道，"你进来。"

高无庸就守在殿门口，他从来没见这爷四个半夜三更聚在一处说机密，连引娣都支开了，心里忐忑着只觉得像要出大事。猛听雍正一叫腿一颤，忙颠着步儿跑进来，说声"奴才在"，便跪了下来。

"嗯……"雍正却觉得一时无从谈起，板着脸沉吟良久，说道，"你虽然不是六宫都太监，位份不高。但你朝夕跟朕侍候，其实比都太监还要紧。"高无庸忙叩头，说道："这都是万岁爷的抬——""不说这个，"雍正摆手止住了他，"朕有时接见大臣，只言片语的怎么就传出去了？"高无庸顿时慌了，连连碰头道："奴才是两代主子使出来的人，晓得主子的规矩，怎么敢在外头犯老婆子舌头？有时外官希图奴才传话，能早点觐见，塞给奴才一点红包儿接了是真的，再大点的坏事奴才没那个心，也没那个胆……就是这殿里侍候的，也都还规矩……"

"规矩？"雍正冷笑一声道，"甘肃布政使调湖南，他本人怎么就先知道的？"

"回万岁！"高无庸越发惊慌，磕着头苦着脸道，"那事儿已经发落了，是秦可儿传的，已经撵到了打牲乌喇去了……不干奴才的事……"

雍正没来由叫高无庸进来，见他吓成这副模样，不禁一笑，倏地又收了笑脸，说道："近来宫禁不严，门户不紧，有些不该外头知道的事传出去了！——你不要怕，朕知道不是你。但你有责任！""是是是……"高无庸揩着头上的汗连连说道，"奴才明早起来就召集他们训话，谁敢再犯舌，抽了签条撵出去！"

"你说得好轻松！泄露宫闱秘事，朕是一定杀他的！"雍正咬着牙，语气淡淡地说道，"近日之内，朕必定教你们看个样子。都给我滚吧！"

弘历这时才开口说话，皱着眉头道："太监们串茶馆吹牛犯舌头是有的，远播到云贵川的民间，简直不可思议。就是五弟说的，也无须惊怪，看看是什么苗头再说。如今有些事很怪，扑朔迷离。宁可细密过一点，疏漏断不可取。万岁爷是包容天地的人主，似乎也不必为这些闲言烦恼。"他的话其实和弘昼意见相同，"见怪不怪，其怪自败"，有的事不能认真，也不能解释，不然就会越描越黑——雍正当然听懂了的。但这件事愈是咀嚼，后味愈是不佳。文官武将之间结党，党援之中传谣，可以召集起来痛加训斥，可以捉来下狱、流放、杀头。百姓们传谣，连个解释的机会都没有！可畏的是有的地方已兴起白莲教，屡禁不止有扯旗放炮啸聚造反的。各地各行也都自有帮会各有势力，朝廷也没有当一回事来控制，也极易为匪人利用作难。想着，雍正问道："弘历，你回京曾经说过，李卫荐了一个叫吴瞎子的跟你，后来他来了没有？"

"来了，"弘历一心还在想着孙嘉淦说的那些可怕的谣传，不知道这一霎雍正已经动了那么多的心思，忙一躬身，"现就住在儿臣府里，教习儿臣些功夫，万岁想见他么？"

弘时突然一阵失望，弘历公事之余，和私邸里几个男女高手一处练习武艺，他是早已听说了的，正想着寻个题目说他"私养死士"狠狠地上一次烂药。如今这么明白认承，此事算是休矣。思量着，雍正摇头说道："朕暂时不要见他。但这些人物黑白两道都蹚得开，江湖民间消息灵动，又把握着一些帮会，要施之以恩结之以义晓之以理加之以威，他们说话办事，比朝廷方便得多。你先从兵部下个折子，让他有个明白身份，接见的事以后再说。就像这些谣言，江湖上有什么动静，须得让他留心。"

"是。"弘历吃透了雍正心思，忙道。

雍正端起茶一边呷着，出了半日神，说道："你们不要轻看这件事。谣言，小则伤人，大则灭国，朕遇这种事从来不肯轻易放过。弘历现在管军务钱粮，能留心政治，这就是有大局。弘时你管政务，琐碎事千头万绪，但有风闻也要及时密陈奏朕。弘昼，朕是看你疏散，身子骨儿也不好，所以把太常寺、太仆寺、銮仪卫、太医院这些闲差给你，并不是叫你养老。你怎么可以任事不问，只在府中胡闹？你们兄弟三人秉性才德各有所长，要各尽所长帮着你们的老阿玛治理这个天下。信这个任那个，你们瞧着是那么回事，其实朕的骨肉不就你们三个？你们三个为一体，要从心里头和睦这才成事。篱笆扎得紧野狗钻不进，没有内鬼，招不来外祟，懂么？"

"儿臣们懂了。"三个人一齐叩头。弘昼道："儿子一定记住阿玛的话。其实儿子那里有点——"他搔搔头，"有点百无禁忌，倒是人们见了儿子随便些儿，什么话都听得见。像杨名时、孙嘉淦这些正臣，还有些宦场不得意的，宫里的太监什么的，儿子都处得好。往后一定多替皇上留心。有大树才能乘凉，连这都不晓得，儿子还成个人吗？"

弘时一脸的郑重其事，说道："圣祖驾崩，皇位交接之时那些谣言，儿臣敢断言，一定是隆科多那个老匹夫造了去的。他现在已经圈禁，但谣言已经传出去，这种人岂可轻恕？杀掉他，以震慑那些不规之徒，也不失为一法。""三哥这个想头不对。"弘昼一脸皮里皮气形象儿，半笑着说道，"我倒觉得隆科多死不得。皇上当初继位继得光明正大，是八叔——哦不，是阿其那他们在后头捏造谣言，有事没事乱搅朝局，杀了他，更死无对证。他活着，不定什么时候能用得着，能给世人当个见证。"弘历说道："五弟这是聪明话。不是你提醒儿，我几乎忘了。上次允礽二伯病危我去探望，顺便看了隆科多禁所，还没有走到屋边就闻到臭气。看守的兵士悄悄回我，隆科多大小解都不能出屋。这么热天儿，非过病气不可！三哥，你赶紧换换那群看守的，隆科多罪再大，他前头还算有功嘛！"

雍正愈听愈觉不对，但"不对"在哪里，他一时也想不清楚，甚至对自己的儿子，他也不能把心思和盘托出。他一口接一口地呷着茶，神色平淡又似有着深深的忧郁，一直都不言声。弘时见众人词竭，笑着岔开了话题，说道："父皇料理事情常有出人意料的，多难办的事也都是欢喜结束。就如尹继善，他府里此刻不知怎么个热闹法呢！"雍正这才回过神来，想象着尹府情形，不禁一笑。三兄弟又凑趣儿奉迎承欢给他说笑话儿解闷，钟撞十一点子时时牌才恭肃退出。

第三十六回　隆科多囚狱告御状
　　　　　　雍正帝冥筵明孝心

　　隔了一日六月十八，是雍正生母乌雅氏的七十冥寿正日子。早晨天刚放明，雍正便从畅春园发驾回了大内。他先到寿皇殿给康熙和乌雅氏的坐像拈香，行了三跪九叩大礼，念了三遍往生咒，出来又带着高无庸秦狗儿乔引娣一干宫人到弘德殿接见早已等候在这里的允祉允禄允礼，弘时弘历弘昼弘瞻弘皖弘晓弘皎等子侄和一大群近支皇亲。军机处因奉旨照常办差，早已进来磕头拜过退了出去，只留朱轼一人随驾侍候。因为几乎都是家人兄弟子侄，见了礼后雍正便命各人随喜自便。却见管御膳房的常宁进来禀奏请旨："厨下正预备早膳，请旨，是设到这殿里，还是送到养心殿？"

　　"朕早上用过点心了。"雍正沉吟道，"这会子还早，急什么？——嗯，这样，先抬过一桌来送到寿皇殿供到圣像前，其余的设在畅音阁水榭子东边。"因见常宁听得愣神儿，雍正笑道："朕要赐筵——这么多人都空着肚子看戏？一边看戏一边进膳，熙熙和和热闹儿些，母后冥中瞧着也会欢喜的。——允祥胃气不好，告诉大厨房做的点心软和一点，须要能克化得动。朱师傅，你也不要回去当值了，陪朕一处坐坐吧。"朱轼忙跪了谢恩，起身说道："老臣千情万愿！早年臣在工部，因黄河决溃讹误处分，罚俸三年。先太后对先帝爷说：'朱老师清贫如洗，来客人连茶叶都备不起，罚俸三年可怎么过？国家制度不可废，我可是要拿体己儿赏他的。'赏了老臣三百两黄金！"说着已老泪纵横。雍正想着母亲，心里悲凄，看着朱轼，又觉伤怀。思及近日民间流传自己不孝弑母，愤怒中又带着无可奈何，苦笑道："今儿给太后作冥寿，朱师傅不要伤感了。"因见张五哥进来，又问道："你十三爷来了么？"

　　张五哥此时已年过六十皓首白发，他年轻时罹祸曾被允祥营救，犯罪绑赴刑场又被康熙赦免，极是忠诚不二，和允祥私交很深。自允祥病卧清梵寺，他几乎天天退值都要到榻前问安侍候，雍正已经习以为常，因此一见便问允祥。张五哥行礼起来，摇头一叹说道："十三爷夜来犯病儿了。这会子人事不省……老奴才惦记着主子这边，赶过来请安，就便说明十三爷不能过来。主子……"他摇着头，好像含着一个酸果，满脸都是凄楚神色。

"贾士芳呢？"雍正也是心里一颤，皱眉问道，"他怎么说？"张五哥道："已经去白云观请了。奴才想等着他来，又怕误了万岁爷这边差使，就先过来了。"雍正又问："太医们怎么说？"

张五哥拭泪道："太医们说十三爷脉相平和，和昨日一样，只是昏迷不醒，他们不敢妄断。这会子还在商量脉案……"

"你去吧。"雍正听说脉象平和，心中惊疑不定，却也知不十分凶险，因道，"朕这边还少了人侍候？你在这里牵挂两头，不如守在他跟前，朕也放心。"

张五哥匆匆去了。雍正怔怔望着他的背影，叹了一口气，轻声道："朱师傅。"

"臣在！"

"你说，"雍正偏着头道，"允祥这症候，是不是有人背后使坏，魇镇他？"

朱轼原本压根不信世间有什么"魇镇术"，但他阅世已久，这种事熙朝在皇子里头发生过，又目睹过贾士芳的手段，也有点不敢断然否定了。思量着道："圣人不说，臣不敢妄议。但略查史籍，不绝于书，似乎确有这类邪术，自古以此成事的却没有。君子于鬼神一事，敬谨回避而已。但十三爷并没有什么不共戴天的私敌，几个政敌又都身在囹圄，怎么会有人下此毒手？臣也是不得其解。"

"现在不谈这个。"雍正掏出怀表看了看，说道，"还不到辰时，离正时辰还早。朱师傅，陪朕出宫走走。""是！"朱轼躬身道，"请旨，主子要去哪里？"

"去看看隆科多。"雍正将表塞进怀里，淡淡说道。

雍正和朱轼只带了几名侍卫骑马出了神武门，向西，一路小跑，穿过部院街后胡同又向北就到了隆科多府邸。这是一处坐西朝东的大院落，和王府规制一样的五楹抱厦门顶，一色的青琉璃瓦都被用黑漆涂了，有的地方木档上露出斑驳的黄漆，好像还在炫耀着主人当年的辉煌。沿门外石阶修了一道凸形的高墙，阴沉沉挡住了锁锢得死死的铜钉朱漆大门。夏日骄阳把墙照得死人脸一样又灰又白，那墙头上已经长出了青青的狗尾巴草。雍正下马来，见朱轼老眼昏花地站在墙前发怔，便问："朱师傅，你怎么了？"

"雍正二年我来过一次，请隆科多拨款修缮皇史宬。在这门前被挡驾，说隆大人忙，叫我直接去户部接洽。"朱轼脸上似喜似悲，"打那之后我再也没有登过这个门。今天到这儿来，心里不能没有感慨……"雍正没来及说话，侍卫索伦已从北侧门那边过来，说道："已经和这里管事太监说了，咱们从北边进去。"雍正点点头，跟着索伦向北半箭之地，果见在墙上开着一个四尺多宽的洞，安着铁栅门。门洞开着，十几个太监衣冠齐整，俯伏在焦热滚烫的砖地上，个个热得满头汗流。雍正看也没看他们一眼便进了院子。里头守护的却是内务府的人，已得知皇帝来了，一群打着赤膊的衙役忙成一团在穿换公服，打头的是个笔帖式，小跑着过来，跪下就磕头，说道："主子，隆科多不在那边，请主子这边走！"

正要进仪门的雍正止住了脚步，诧异地问道："他不在正院？正院谁住？你是哪个衙门的？"那笔帖式极迅速地又双膝跪下，说道："奴才是内务府的笔帖式黄全发。隆科多本人在后院马厩。""马厩？"雍正像被刺了一下，偏着脸道，"怎么会住那里？这是谁的批令？"

"本来住在正院的。"黄全发见雍正脸色不善，忙道，"后来慎刑司来人看了，说他是犯罪的人，不杀他就是便宜，还要当老太爷供起？——就迁马厩里去了，小的只是管这院子，马厩监所又归太仆寺管。这处圈禁所是三个衙门共管的。"

"总头儿呢？"

"总头儿是太仆寺的监押司官王义。他不在这儿，只有时来看看就走了。"

雍正不再说话，和朱轼一前一后到北偏院马厩门前，里边看守的人早迎跪在地——这里又是太监在看守了。二人一进院便嗅到一股难闻的气息，却不像马粪味儿，像是一股带着腥味的臭鱼和呕吐出来的稀物混在一处，还夹着点饭菜的"香"气。雍正立刻眉眼鼻子和嘴都皱一处，手掩着鼻子跟着太监来到一个大铁栅前。这是一间厩房，有两个马槽宽，马槽早已拆掉换上了铁栅，一块油布沿房檐卷起，看来是下雨时挡风吹雨飘时用的。里边一个矮桌子，上面放着瓦罐和一只大碗一双筷子，旁边一条蚱蜢小凳，和桌子一样都是白木，没有刷漆，沾了一层似油似灰的污垢。桌子上还放着一块啃得只剩下青皮的西瓜皮。靠里边墙一张小绳床，床头放着一个大尿罐，罐上盖了一张纸——那股恶臭，大约就由此而发——床上蒿荐上铺了一领席，一个凉枕，一个竹夫人和一床薄被，便是这"屋"里全部家当。雍正走到跟前，一股臭味扑面而来，这次却是极为"味厚"，他定了定神才抑住了反胃，凑到铁栅跟前看时，隆科多正在床上脸朝里躺着，似睡不睡地晃着一把破薄扇。雍正轻声叫道："隆科多。"

隆科多没有应声。

"隆科多！"守护太监大声道，"你聋了么？皇上来了！"

隆科多身上一颤，抖着手支撑着坐起身来。一眼便瞧见雍正和朱轼站在栅外树影下，他一下子呆住了。瞪着呆滞的目光，乱蓬蓬的胡须和头发都随着头摇动着，仿佛看一个陌生人一样盯了雍正，嘴唇翕动着，好像磨磨叨叨念诵着什么。半晌，他突然清醒过来，大叫一声"主子——"疯子一样赤脚片子下床，扑到栅栏边爬跪在地，两只手紧紧握着铁栅条，嚎声叫道："老奴才又见着您了！"他惊恐的目光一眨不眨，似乎只要一瞬目，这位能决定自己生死荣辱的至尊就会突然消失！

"朕来看看你。"雍正看着这位曾经权倾朝野的"舅舅"，当初在府中跺一跺脚九城乱颤的宰相，恨、惜、怜、痛、悲一齐涌上心头，倒了五味瓶子似的什么滋味全有。他不敢正视隆科多的目光，也闻不得那屋里的恶臭，舒了一口气吩咐道："给他打开这劳什子铁门——马厩外头院里那株桧树下给朕和朱师傅设个座儿。"掌钥匙的太监迟疑了一下，说道："他有时候犯疯病，怕发作起来伤了主子……""你才是疯子！"隆科多头摇手颤，怒声低吼，"我不装疯，早叫你们打死了！"雍正怔了一下，只微微顾盼了一下便疾步出了厩院，在老桧树下的椅子上坐了。

隆科多已从极度的兴奋中恢复了理智，他的这位外甥皇帝此番探望，虽然决无不利于自己的事，也不可指望有太大的恩典：因为无论赐死自己或者释放自己，只消派一名小苏拉太监传旨就办理了。他伸展了一下又脏又皱的青布袍子，把前额上乱蓬蓬的头发向后抿了抿，将木拖鞋子后跟提着穿上，尽量步履稳重地踱到雍正面前伏地跪倒，口称："罪臣隆科多叩见皇上，伏愿皇上万岁千秋圣躬安详！"

"那边有块条石，你坐着吧。"离开那个臭烘烘热烘烘的马厩，雍正气色好看了一点，一颔首对隆科多说道，"朕来看看你——索伦，叫所有这院里人都退出去！——没有想到你如今是这个情景儿，原该关照一下的……"

"奴才是死有余辜的人，吃这点苦已是皇上的恩典，岂敢更有奢望？"隆科多道，"只是奴才还有话，有机密要事奏陈皇上，皇上这一来，臣虽死九泉，也含笑瞑目了……"说着泪下如雨。

"你说这话奇。"雍正想起隆科多方才的"疯话"，皱眉说道，"你是已经有旨永远圈禁的人，圣祖和朕都给过你免死誓书，怎么这么怕死？你有什么事要奏朕呢？"

"这里的看守要加害奴才！"

"谁敢？——他们打你？"

"万岁金尊玉贵之体，哪里知道覆盆之下暗无天日！奴才……奴才已经连着背了两晚的土布袋了。万岁不来，早则明日，迟则后日奴才必死无疑！"

雍正看了朱轼一眼，他真的不知道什么叫"背土布袋"。朱轼忙道："臣读方苞《狱中杂记》，背土布袋是私刑，将犯人夜里缚起，背上压上一只装满土的布袋，身子稍弱一点，一夜就死了，而且无伤可验。"雍正勃然大怒，问道："谁？这些杀才真的无法无天了！"

"不知道……"隆科多悲恸得浑身颤抖，伸出两只带着绳痕的手腕，"他们蒙了我的眼，缚在床腿上，又是夜里……奴才昼寝，就为挺过这一夜之苦——那是不敢合眼的……"

"你有什么事奏朕？"

"朝中还有奸臣！"

"谁？"

"廉亲王！"

"阿其那？"雍正一笑，才想起逮捕允禩前隆科多已失去自由，因道，

"你大约不知道，他现在和你一样。"

"廉亲王背后另有其人！"隆科多多少有点意外，看了雍正一眼说道，"他既然被逮，难道没有供出来？"

雍正站起身来，扇着扇在树下兜了一圈，细望着密不透光的大树冠，冷笑一声说道："这株桧树有八百年了吧，当时有个秦桧。你要做本朝的秦桧么？你就因为心术不正身陷囹圄，身陷囹圄还要怙恶不悛，还要害人，你活够了么？""罪臣焉敢？"隆科多面不改色，一揖说道，"先太后薨逝时，廉亲王要臣陈兵造乱。因为张廷玉把住了军机处调兵虎符没有成功。当时罪臣说这事情是灭门之罪，万万不可。八爷——允禩说：'就是灭门也另有其人。你以为我想当皇帝？你错了！'"他顿了一下，又道："罪臣偷借玉牒，也是奉的允禩指令。当时他说'有人要用'。也说：'这种物事我不信它，也从不用这法子治人。'——还有，万岁爷出巡河南未归，允禩叫了罪臣去，说'机会千载难逢'。命罪臣利用职权带兵进驻畅春园。罪臣当时说：'天下已定，我就占了畅春园，你能坐稳这个江山？'他说：'只要不是雍正，谁坐也都一样。'……皇上，奴才本该零刀碎割，万死犹不足辜的人，已经到此绝境，还有人想加害灭口！若无奸臣，此时又岂能于高墙之内行权作恶？"雍正听这几件事自己竟一无所知，不禁骇然，看朱轼时也是惊得面如土色，因问道："朱师傅，你看……？"

"万岁，此事非同小可。容臣细思后再奏。"朱轼心中闪过一个人，竟无端地打了个寒战，转脸问隆科多，"你还是个人臣？你受了什么人挟制甘心从恶？当初未逮时，皇上朝夕可见，你何以不自首认罪？"

隆科多看也不敢看这位双眼喷着怒火的老师相。伏下身子，将头埋在两臂间稽首叩头啜泣，断断续续说道："罪臣丧心病狂……朱相这话真使臣九泉无颜！当初皇储未定，群王争嫡，万岁势力最孤。起初是允礽，后来是允禩声势最大。我们佟家一门都和八王交好，先帝重用罪臣之后，叔父佟国维和臣密商，由我来保今皇上。立定契约，无论谁胜都要维护族门……契约不知什么缘故落到允禩手中。他们……他们就以此要挟，逼臣上了贼船，以致愈陷愈深不能自拔……臣自幼追随圣祖，又受托重任保扶皇上，本应矢志不二为君上捐躯尽劳。谁知自甘堕落为匪人所用，永坠轮回地狱，生难见天日，死难见圣祖地下之灵，千古罪人无过于臣……今天见了主子痛诉曲衷情曲。求主子将奴才交付有司明正典刑，为后世奸臣祸国者立戒！"隆科多说完痛哭失声，已是泥一般瘫倒在地。

隆科多毕竟是宦海沉浮阅世极深的人，他从看守自己监护太监的态度颜色陡变中意识到弘时要下毒手灭自己的口，因此乘机破釜沉舟地告这一刀状，却又隐去了弘时名讳，以防扳不倒这位炙手可热的阿哥，反而身罹更大的不测，且这样一来，也把自己摆在了"允禩党"里一个二等角色位置。虽然仍存机诈心，但人处绝境悲凄不胜之情却是真的，雍正见他这般，也不禁恻然涕下。良久，才徐徐说道："论起你的过恶，朕将你付之凌迟头悬国门犹有余罪！念你还有一念之心在君父上头，朕不追究了。回头给你纸笔，把你知道的都写出来。密封奏朕，你知道法度，这种事泄露到六部里，朕虽有好生之德，也挽救不下，你要慎之又慎。安生守法遵命，不要再生妄念，朕可以给你个天年。"说完站起身来，看了看表，叫过索伦吩咐道："你留下善后。隆科多不要住马厩，可以回他原来正院里住，圈禁院内不限他行动。这里守护的人全部换下来，发往——"他犹豫了一下，用征询的目光看着朱轼。

"皇上，"朱轼一边听，一边早已在心中反复权衡了，因道："隆科多今天说的不但事体极大，而且不是一时半刻料理得清的。这里守护的人有两种处置，一是直接看管的全部发往密云，找一处皇庄关起来互相告举，二不动声色，各回原在衙门照常奉差。只守管太监要由内务府看管起来，严鞫谋害隆某的凶手和谋主，密奏皇上然后再议处分。"

"好。"雍正满意地翕了翕嘴唇，"给隆科多换一身行头，看成了什么样子了！——朱师傅，咱们走！"

于是二人出门上马，雍正揽着辔绳沉吟道："朱师傅，你好好替朕想想，'有人'是谁，回头我们二人再谈。"

"是！"

雍正君臣二人返回大内正好巳末午初时分，诚亲王允祉为首，以下允祺、允祹、允裪、允禄、允礼等皇兄皇弟，以下弘时弘历弘昼弘瞻弘皖七十多个子侄，还有三四个与康熙同辈的老亲王都已齐聚在畅音阁水榭子对面的月台上，月台旁边则是一大群额驸，老的六十多岁躬背哈腰，少的正当及冠气宇轩昂，也有七八十人。这些兄弟们，女婿们难得聚到一处，都各自寻自己投缘的请安问好。大说大笑的、窃窃私语的、指手画脚说事情的，乱糟糟一片人声。帷幕后却是皇后、嫔御和几个老太妃，还有几十个和硕、固伦公主，却甚是安生，只听佩环叮当、微咳声，间或有几句说笑。听高无庸扯着嗓子叫一声"皇上驾到"！众人立时悚然屏息，黑鸦鸦跪了一片。台上戏子们已经上妆，连鼓板乐队，畅音阁供奉太监也都齐齐跪下叩头，齐呼万岁。

"今儿只朱师傅是客人，大家随意儿一点。"雍正见朱轼似乎有点不知所措，笑着扯起他的手，说道，"其实朱师傅当年已常陪圣祖爷看戏，下头这些王爷多是你的学生，也不犯着不安——都起来吧——三哥，来，朕和你、老十六、老十七，还有老二十四、朱师傅我们坐头桌。其余他们早安排好了——叫他们传膳！"

"老二十四"叫允祕，是康熙最小的儿子，今年才十二岁。雍正登极不到六天，就封了贝勒，今天本来坐在第五席。雍正越过十几个哥哥点他坐了首席，顿时招来无数双眼睛。众目睽睽下，只见他端凝起身肃冠整衣越席而来，至雍正面前跪下说道："皇上，臣弟不敢——这里这么多的叔叔伯伯，还有几位老亲王爷。皇上抬爱之情我也不敢辞，可否就叫臣弟沿席执壶劝酒？"

"好弟弟，懂事！"雍正眼中满是慈爱的目光，"圣祖爷在时，你就坐过首席的，你比弘昼还小着几岁呢。朕政务匆忙，向来却一直惦着你。写的功课朕都看了，很有进步儿。既这么说，就依你。轮桌儿劝酒，完了还到朕身边来坐。"此时满座人众看着允祕人物俊秀端庄，言语恂恂有礼，都不禁啧啧称羡。唯独允祉心里明白，当初康熙在畅春园临终传位，千钧一发之际，为口谕不清晰兄弟勃谿，就是这位六岁的"好弟弟"口无禁忌，头一个叫出来"皇上说叫传四哥"，咬得死死地说"我听得清爽"——如今雍正要报这份情义了。允祉正胡思乱想间，筵桌上水陆果珍已经递次布上来。四十张桌子间，太监们来来往往穿梭般按序摆上葡萄、荔枝、西瓜、苹果……主菜只有八个：一大盘全猪肉丝，一盘羊乌叉，猪肉茄子馅提折包子一盘，攒丝肥鸡一盘，醋熘白菜一盘，糟鸡糟肘子一盘，酸辣羊肚一盘，熏鹿肘一盘，加上四个银碟小菜，二个银螺蛳盒小菜，每人一碗稗子米干膳一盘象眼小馒头……倒也把桌子摆得五光十色琳琅满目。首席后正中供台上奉献太后冥灵的另加一桌，却是一千枚拳头大的六月白寿桃，白生生鲜亮亮的十分惹眼。雍正见菜品上齐，徐徐站起身来，向供在身后的"仁皇后"灵位躬身三鞠，拈香默祷了一会儿，回身到座上，向高无庸一点头，高无庸立刻高声道："开筵——开戏了！"

在锣鼓声中帽儿戏开场。扮了麻姑的葛世昌双手捧着个硕大无朋的桃子向王母献寿。戏班子班头掌柜飞也似跪下来，双手将戏单子捧上。高无庸忙接过来转呈雍正。

"唔，很好。"雍正漫不经意地浏览着，随手点了《天妃济世》和《咒枣记》两出，笑着对允祉道："母后生时就爱看这些神魔戏，其实朕无所谓的。三哥，你也点一出。"允祉接过戏单看了看，却点了《目连救母》，还有一出《金丹大道》。《金丹大道》也还罢了，目连一戏却是写其母生前吃人喝血恶业满盈，死后坠入轮回地狱不得超生，目连身入九幽十八狱营救母亲的故事。虽说结煞极好，但这"恶业"二字，放在乌雅氏的身上，也真是有点不伦不类。雍正脸上掠过一丝不快，又道："朱师傅，你点，不必拘神魔戏了。"朱轼也是不爱看戏的，随意点了一出《宝刀记》，笑道："臣从不看戏，也不知这'宝刀记'演的什么，应景儿承奉太后就是了。"接着允禄等人也都点了。

正戏开场，雍正便显得有点心不在焉。他瞥了一眼儿子们那一桌筵席，陡地一个念头升起来：莫非这三个孽种如今为鬼为蜮，在下头演夺嫡丑剧了？隆科多已是身居极品的人，八阿哥还敢要挟他上船，这艘"贼船"要驶往哪里？"有人"又是谁呢？又想到外省民间纷传宫闱谣言，把自己说得隋炀帝一样不堪，捏造得有鼻子有眼的，顿时心乱如麻。看看下面吃酒说笑兴兴头头看戏的勋戚，再看看高无庸身后那群直着脖子看戏的太监，雍正油然生出一股厌憎之情，只按捺着性子吃菜饮酒，搭讪着允祉允禄的话。台上只恍惚见花花绿绿的人影晃来晃去，台词竟充耳不闻。允祉和允禄他们倒是看得津津有味，时而穿插说几句京里这个班子好，那个班子败了，哪个班主使坏，用耳屎坏了庆佑堂的罗四方的嗓子……时而给朱轼解说折子戏前面的来由戏文，连朱轼都渐渐看入了戏。

"你们坐着，只管说笑看戏。"雍正心里烦躁得坐不住，一边思量着起身离席，说道，"几个老叔王、老皇姑那里，朕要去劝一杯酒。"说着便向左首两席走去。郑亲王、简亲王、老果亲王他们忙都起身相迎。

此时台上正演《混元盒》，正是《封神》故事，倏而鬼神乱窜，倏而烟雾弥漫，越发地热。那葛世昌扮的赵公元帅，直从两丈高的梯顶，一个大转回旋连翻三四个筋斗从空而降，落在台子中央，稳稳一个亮相，扯着嗓子叫道："我好——恼啊！"

"好！"二百多人轰然大叫一个堂彩，惊得敬酒刚回席的雍正身上一颤。此时恰过弘时弘历一桌，兄弟三人早已站起身来鞠躬行礼。弘历笑道："这个姓葛的戏子今儿真卖命，年纪看去也不大呀？——没有三十年工夫不敢玩这一招的！"弘昼笑嘻嘻的，说道："我枉看了半辈子戏，叫了多少堂会，总没有见葛世昌这样儿的好角儿，生旦净丑样样出色……"还要往下说，见雍正瞪自己，才想起雍正多次申斥自己"叫堂会玩戏子，不务正业！"舌头一伸，后头的话咽了回去。

弘时微笑着道："弘昼最会看戏的。今儿太后六十冥寿，姓葛的当得效力卖命！"

父子正说话，台下忽然一阵哄笑。雍正回头看时，台上已换了《郑儋打子》。扮了丑儿的葛世昌在雨点一样的板子下疾步躲闪，却又装出死命挣扎的模样。老生板子一停，便揉屁股抹嘴儿地扮鬼脸儿，逗得台下前仰后合。那老生累得气喘吁吁，吹胡子瞪眼道："你这忤逆不孝的东西，一板也打你不着，真气煞老爹！只索寻根绳儿自尽了吧！"

"别别别——您老爷子可别这么着！"葛世昌抱着板子，就势儿发科道，"雍正爷刷新吏治，这么好的太平日子，咱们爷们得好好过呢！再说了，万岁爷将来还要办千叟筵，您不去讨盅福酒吃吃？您打不着我，那是因您在常州府，葛世昌在北京，那板子太短了。打死了我，谁还看咱爷们的玩意儿呢？"

饶是雍正秉性严谨且心绪不畅，也被葛世昌逗得一笑，说道："这个狗崽子的玩意儿不错，赏他二百两银子！"又道："这会子先不用谢恩，待会儿散席了再过来。"高无庸忙躬身，趋到台上传了旨，那班戏子越发打叠精神，连鼓板也打得格外起劲了。

一时未末申初时牌，雍正便叫散场。他一边起身，笑着对朱轼道："朱老师有岁数了，不用再回军机处，回家里歇一晌，明儿递牌子进畅春园。由弘时兄弟陪朕到观音堂礼佛就是了。"弘时三兄弟正接见葛世昌发放赏银，几个门客忙着帮他们散福桃，接谢恩折子，听见叫陪驾，忙撇下众人赶了过来，随雍正到畅音阁后礼拜观音。

他们这一去，这边一群人立时如释重负，王爷、太监、戏子混到一处，也不忙收拾残席，只是说笑逗趣儿，议论今日戏文。允祉招手叫过葛世昌道："喂，葛家的！你那个亲戚常州府的票拟已经批出去了，不该谢谢爷们？""是了是了！"葛世昌一溜小跑过来，打千儿笑道，"这都是王爷和十六王爷的成全，方才三王也给小的透了风儿，小的这出《郑儋打子》活儿就做得那么清爽？"允禄一眼瞧见李汉三也在那边桌上，扑哧一笑，说道："今儿李汉三也来了？"

"是，"李汉三也忙过来，躬身一礼，又笑着对葛世昌道，"后庭花今儿出风头见彩！我们万岁爷难得这一笑呢！"允禄手上戴着个玉石大扳指，顺手丢给李汉三，道："这个赏你！"李汉三故作惊诧地后退一步，说道："这是忌讳物件，王爷怎么赏我这个？"

几个人都不禁诧异，允禄说道："这是常戴的，我从小戴到如今，没听说有什么忌讳。"

"我从打入京就听人说，北京人如今和福建人一模一样——爱男宠。"李汉三一本正经说道："女的月葵忌房——房事，男的却有痔疮，那些犯了痔的就戴个大扳指，也是回避相好儿的意思。我没这个癖好戴上这物事，不知道的还道是我也有了龙阳之好……"他没说完，众人已是大噱。允祉笑得捧着肚子道："弘历养这么个撒野的杀才，连我们王爷都开起玩笑了……"李汉三指着葛世昌手上的嵌宝石大扳指，笑得弯着腰道："王爷留心，葛家的犯了痔疮呢！"

众人又是一阵哄笑，见雍正带着弘时等人过来，才忙止住，起身肃立恭迎。

第三十七回　　杀名优皇帝严宫禁
　　　　　　诛妖僧士芳邀恩宠

大约在观音堂里静了一下，雍正心绪看去很安适，一边坐了，见小太监端上冰块，自拈一块嚼了口里，又命分赐众人。这才对葛世昌道："你的戏演得好，念打做唱都有根底，角色行当扮得也都够分寸。太后老佛爷在世别无嗜好，朕随着行孝承奉而已，今儿几出戏逗得朕也笑了，你不容易！"

"万岁爷！"葛世昌没有想到雍正这么随和，原来绷得紧紧的心弦松弛下来，连连叩头道，"小的们这些玩意儿能入您老法眼，就是小的们如天的福分！老佛爷见万岁爷勤政爱民，有一点空时辰还纪念着她老人家，就为九天圣母心里也欣慰允喜！就小的们这些下九流，如今串乡走户，乡里的百姓们都富了，都说是尧天舜地，从来没有过的太平饱暖日子，再加上风调雨顺，都盼着雍正爷万岁长生不老！这都是万岁爷一片诚孝感格了天地——连我们都跟着沾光儿。"

雍正不禁大笑，顿时显得容光焕发。他一生最得意的就是康熙曾夸他是"诚孝"之人，葛世昌戏台上赞颂雍正刷新吏治，这里又说乡户间家给人足天下饱暖太平，虽然说得秩序不清，但句句都挠到了痒处，不由大喜，叫道："高无庸，把这碟子点心赏他——可怜见的，吃这碗戏子饭不容易！"

"万岁！"葛世昌顿时浑身发热，有点飘然欲醉，连连磕头谢赏，"小的不知哪辈子修来这大福分！这碟子点心比金子贵，小的要分给班里的徒弟们，叫他们都分润皇上这份恩宠！"他顿了一下，又道："小人们虽在下流，天下人都传言万岁爷的字赛过王羲之。今儿趁主子高兴，要能赏小的个'福'字儿，小的一门九族都生生世世感恩无地了……"

像所有贪得无厌的人一样，葛世昌缺乏那种恰到好处的境界，不知道该什么时候停止最好。赏赐"福"字，是康熙晚年逢年过节时眷顾老臣宰辅和退休养居的元勋大臣时的特殊恩典。别说是戏子，一般台阁卿贰大臣也不敢轻易开口求赐。他这一开口，连弘昼也不禁心里咯噔一声，弘历弘时也都把目光射向雍正。雍正仿佛手略微颤了一下，旋即笑道："好，圣母冥寿，朕就给你个特典！"说着要过纸笔，就着膳桌大大写了个"福"字。笑道："拿回去挂起来能辟邪。省得常州府没人看戏。"本来事情到此，敬退谢恩，久了也就忘了。偏是葛世昌今天欢喜得五神皆迷，竟随口问道："万岁爷，您晓得常州知府是哪个？他是我的表台！"

"嗯。"雍正的脸色已是阴了天，嘴角挂着一丝狞笑，问道，"是么？"葛世昌笑道："这还不是皇上的恩典，您大笔一挥，他就是了。"雍正还要问详细，弘历身后的李汉三突兀一句说道："万岁！孝廉李汉三要谏主子一句：葛某只是个优伶，他可以询问国家职官调配么？"

允祉一直都在胡思乱想，一时想着要回去看三希堂法帖，一时又想着方才的戏文，见弘昼手指上戴着个亮晃晃的嵌宝石大扳指，又忍不住偷笑。猛听李汉三这一嗓子，才吓得回过神来，已见气氛不对，因大声道："李汉三，这里有你插的口？仔细失仪！"李汉三挤出身来俯伏在地，顿首正容说道："诚亲王爷，要是戏子都可以干政，太监即可以欺君。我是堂堂正正的贡生，谏君以正理，有什么错儿呢？"

"你谏得好。"雍正盯着李汉三，语气淡淡的，又瞥了一眼目瞪口呆的葛世昌，说道，"是朕疏于监戒了。确如你所言，戏子可以干政，太监即可以欺君。昔日开元之治，李隆基何其英明，耽于声色即肇天宝之乱。梨园三千弟子祸国之罪难恕——你是哪府的幕宾？"

"回万岁，我是宝亲王的执砚清客。"

"好，有其主必有其仆。"雍正格格一笑，转脸面向慌乱得不知所措的葛世昌，用冷如寒冰的目光凝视良久，问道，"你知罪么？"

葛世昌此时已面如土色，捣蒜价叩头道："小人实在不懂事，误犯了天颜，只戏文里郑儋是常州人，万岁爷提起来，小人不过巴结个高兴儿……"允祉眼见雍正的目光愈来愈阴寒，葛世昌哓哓折辩又很不得体，忙躬身赔笑道："这种戏子，除了眉高眼低巴结，什么也不懂。小人心性近之不逊远之则怨。主子何必生他的气，您的身骨儿金贵！"

"朕生他的气，他配？"雍正方才说话，早已瞧见允祉心不在焉，又偷偷发笑，心里已是大不欢喜，见他又出来替葛世昌说情，更不啻火上浇油，冷笑一声扬着脸说道，"孟子云社稷为重君为轻，朕身子骨儿金贵，这大好江山更金贵！这戏子擅索'福'字，又擅问官守。如不重处，后宫里太监有一日就要问朕的子孙'谁是军机大臣'，此祸曷可胜言——来，拖他去用大棍打！"几个太监一拥而上，老鹰撮鸡般提起葛世昌便往下疾走。那葛世昌不敢呼救，挣扎着，一脸乞容楚楚可怜，怀里的点心散落了一地。允禄弘昼满心想救，见允祉都碰了没趣，自是不敢言声，心里暗暗着急。弘时则生恐他喊出"三爷救命"，把自己也扯连进去，脸色焦黄地站着心里扑扑直跳。只弘历含笑而立，一副若无其事的样子。那班戏子早已吓得软瘫了，伏在地下只是瑟缩。允祉却仍不甘心，老着脸又赔笑道："万岁，今儿是老佛爷的冥寿，大家欢喜——"

他话没说完，东北角已传来板子敲肉的声音，那葛世昌杀猪般大声嚎叫求饶，口中却含糊其词，听着倒像一串惨厉的怪唱，夹着一声接一声的板子，听得人人毛骨悚然。允祉还要再说，高无庸小跑过来，说道："请旨，打多少？"

"这杀才嗓门儿倒真不坏。"雍正被怪唱声逗得一乐，倏地又收了笑容，对高无庸道，"打不死他，你就替他死！"高无庸被他吓得身子顿时矮了一截，再也不敢说话，脚不沾地走了，不知向行刑的嘀咕了几句什么话，只听"扑"的一声闷响，葛世昌呻吟一声"我的爷吧……"便不再言声。畅音阁这边众人立时死一般寂静。

弘历原本见葛世昌无礼，倒也赞同刑处他，但没想到雍正竟尔下此辣手，听那人的一声绝气呻吟，心里也是一寒，暗自叹道："一代名优，可怜如此下场。"

"这班做戏的无罪，戏唱得好且应该赏。"雍正笑道，"葛世昌有罪，不株连到他们。加赏他们一千两银子，外加给葛世昌五十两发送银，叫他们赶紧抬回去安葬，天热，放不得的——阿弥陀佛！"戏子们忙都胡乱叩头谢恩，一哄过去收拾尸体。雍正命高无庸传各宫总管太监来听训，见李汉三还在跪着，因笑道："莽书生，你也起来吧。你越秩奏事，也有个'不应'之罪，但你的话说得好，提醒得及时，这又有功——"他横了一眼弘时兄弟，"这个谏奏，如果是朕的儿子出来说的，那该多好！——所以朕不罪你，但也不能给你官。一言之幸加官封职也是人主之误。既是贡生，可以凭本事殿试，有这份资质胆气，谁也限量不了。"

李汉三原是瞧不惯葛世昌的卖弄男色相，又见他在皇帝跟前放肆妄为，一股气顶着贸然挺身说话的。他本来有点怕触批龙鳞，给弘历带来不利，见雍正这样从谏如流矫枉过正，心中早是一块石头落地，忙躬身道："贡生只是出于义愤，不计后果贸然行事，不敢稍有幸进之心。此戴罪之身唯有感佩皇恩，努力读书养气收敛而已。万岁爷一个'莽'字，贡生即终生受用不尽！"

"唔！"雍正若有所思地看了他一眼。他也觉得李汉三锋芒毕露，要训诫他"读书养气"，不料李汉三却自省出来，这份灵气人所难能。雍正还想考校他学问，见太监们排着队一个个控背躬腰垂手趋步过来，便命秦狗儿将御座向中央移了移，吩咐："太监无论大小，都跪下，其余不论高低，都站着。"

雍正手摇折扇，轻松地跷足而坐，轻咳一声说道："朕今儿开了杀戒，杀的是个戏子。你们大约都认得，叫葛世昌。"

他顿了一下，太监们本来伏着的身子又向下伏了一下。

"自从藩邸里朕处死叛奴高福儿，朕登极以来杀人都要叫六部议罪。朕是有这个'好生之德'的。"雍正脸容似笑非笑似怒非怒，"葛某的戏是好的，为甚的要诛他？因为他只是个戏子，演好玩意给人瞧热闹儿是他的本分。就如你们，是太监，安生侍奉主子衣食起居，主子闷时说笑取乐儿，这是你们的本分。但葛某他不安这个本分。居然乘着主子高兴，不防头的时候干问外官职守，妄求非分之福。所以，朕就治他的死罪。"

雍正还想再说几句道理，忽然觉得有点目眩，定了定神说道："人生天地之间都有个'分'，朕这么坐着，几位王爷他们都站着，你们就得跪着。这就是孔圣人定下来的制度，叫'礼'。越礼就是非圣无法，就要惩治。嗯……这一段朕忙于整顿吏治筹谋国策，宫里很有些顽钝狡奸之徒，到处嚼老婆子舌头，无中生有地散布宫闱谣传。朕本心实是想捉一个太监打杀了为妄言者戒，这个葛世昌却撞到了刀口上。杀他，明明白白说就是给你们看，给你们立个榜样。要存了'宰鸡给猴看'的心思，料着朕未必杀猴，你就只管试着来！保定府净了身子等着入宫侍候的有的是！——再敢妄言生事，朕连知情不举的也一并诛之，决无宽贷！"

弘时见雍正脸色愈来愈苍白，声音也变得嘶哑，心知他要犯病，因见是话缝儿，忙道："老爷子，这些个奴才不给他们见个真章不知道喇叭是铜锅是铁！您今个儿着实累了。且别为他们伤着自己身子。依儿臣说，先回去歇歇。他们这头儿子从今多留心些，逮着一个犯贱的拾掇了油锅炸，准成！"雍正这会儿越发目眩，心头嗵嗵像小鹿在撞，天地宫阙人物都在不停地旋转，听了弘时的话勉强咬牙笑道："好，今儿就且说到这里，言出法随，朕说一句——是一句！"弘历此时也慌了，打着手势请允祉允禄等人跪安。弘历弘昼兄弟们扶掖着他到永巷，一边悄悄叫传御医，一边上乘舆抬了雍正，暂时回了养心殿。

换了个地方，雍正觉得略好了点，胸口不是那样堵着烂絮样的又慌又闷。由着弘时兄弟七手八脚将他安置在东暖阁，喝了两口凉茶，雍正便觉得心里清凉了许多，脸色也回转上来红润，只是自觉身上热又出不来汗，命人拧了热毛巾搭在额上，轻声吩咐道："朕想安静一会儿。你们不要都围在这里，弘时可以回园里，韵松轩不知有多少人等着见，不去，又要传谣了……弘昼去清梵寺看看你十三爷。顺便问问那个贾士芳，我兄弟二人同日犯病，是不是……克冲了什么。弘历你就留这儿侍候，给朕读……诵点诗词什么的……"他无力地摆摆手，众人便都肃然退下。弘历亲手点了息香，定了神坐在一旁，一首一首舒缓而悠远地背诵：

> 一夜东风，枕边吹散愁多少！数声啼鸟，梦转纱窗晓。来是春初，去是春将老。长亭道，一般芳草，只有归时好。

"回阿玛，是曾舜卿的……"

> 秋寂寞，秋风夜雨伤离索。伤离索，老怀无奈，珠泪零落。故人一去无期约，尺书忽寄西飞鹤。西飞鹤，故人何在？水村山郭！

雍正蒙眬中眼饧口涩，兀自道："这是孙道绚的《秦楼月》。朕还记得……太……太凄凉了，背首《诗经》吧……"弘历见他眼旁挂泪珠，轻轻用手绢揩了揩，轻声诵道：

> 简兮简兮，方将万舞。日之方中，在前上处。硕人俣俣，公庭万
> 舞。有力如虎，执辔如组。左手执籥，右手秉翟，赫如渥赭，公
> 言锡爵。山有榛，隰有苓。云谁之思？西方美人。彼美人兮，西
> 方之人兮……

雍正说声"甚好"。还要命他再诵，忽然见允祉进来一躬，说道："老四，母后在慈宁宫那边，咱们一道儿过去请安吧。"

"好，我这就去。"雍正迷迷糊糊下床趿鞋，刚刚出门，却不见了允祉，身边却跟的是李卫，恍惚间已忘了是在梦境中，因问李卫，"你怎么来京了，看见你三爷过去么？"

李卫笑道："我想主子了呗。翠儿还给主子新做了两双鞋，还有给太后带了十二坛糟鹅掌，给老主子祝寿来了。"雍正笑道："如今有了养廉银子，你还穷么？"一边说便向慈宁宫方向走去，却见马齐、方苞、张廷玉都在。年羹尧却躲在宫门口的石狮子后头，似乎不敢出来。恍惚间雍正已忘了他死，冷笑一声说道："你居然有脸见朕！"

"主子，"年羹尧蹭出来说道，"我敢指天为誓，造反的事我没有——隆科多他是见证！"雍正不理会他，心里急着去见母亲，似乎怕十四弟允禵抢先到母亲那儿去讨好儿似的，头也不回说道："不造反该死也得杀！造反的该不杀朕也不杀！"忽然见太后乌雅氏老态龙钟拄着拐杖出来，却是李德全和允禵一边一个搀着，颤巍巍站在阶前盯着自己不言语。

雍正见太后神色不喜，料是允禵先行一步进了谗言，深悔自己没有和允祉一同赶来。趋跄一步跪下请安，说道："母亲安心颐和凤体，儿子不肖，但没有对母后不敬之心。您不要听谣言。"

"谁说你不敬不孝来着？"太后眼望着远处似笑不笑地说道，"那是隆科多的坏水，他把'传位十四子'改成了'传位于四子'，不干你的事！"

众人"噢"齐声欢叫，所有的人一齐变成了牛鬼蛇神狂呼乱舞，叫道："传位十四子——传位十四子——传位十四子噢啰！"雍正惊恐间，见年羹尧舌头伸得老长，滴着血扑身上来，口中道："篡位就篡位！你篡位我为什

么不能?!"惊回头却是葛世昌,一脑袋白灰又跳又叫张牙舞爪:"你冤杀我——你冤杀我——你还我命——"

"张五哥!"雍正嘶声大叫,"德楞泰!你们这干侍卫都哪去了?快护驾——打出去,打,打——呸!"忽然听见弘历的声音道:"皇上!您不要慌,儿臣在此保驾——您醒一醒儿……"

雍正蓦然间睁开眼,但见窗外日影西下,宫阙明亮,丹墀下张五哥、德楞泰挺胸仗剑而立,外间几个小太监垂手侍立,高无庸拿着一大锭墨在砚中磨得橐橐微响,只有弘历在自己身边,父子两个紧紧握着手。至此雍正方明白刚才是南柯一梦。

"阿玛……您魇着了。"弘历拭泪道,"方才您难受,真吓了儿臣一跳。御医们来把过脉了,只左尺略有点浮滑,万不相干的。您不要胡思乱想,只静摄就好了。""朕恐怕今天是杀错了人了。葛世昌其实不是死罪……"雍正喟然一叹,"朕这些日子精神绷得太紧了。杀错了人,人家自然要作祟。可为警诫太监,除了叫他们见血,别的也是没法……"

弘历给雍正去掉了额上的毛巾,摸了摸觉得并不热,问道:"还要毛巾么?"见雍正摇头,弘历轻声安慰道:"父皇杀他千当万该!这事放到圣祖爷手里,他的罪不止杖杀,是要显戮的……别说没杀错,就是真的有点上下参差,自古忠臣冤杀不知凡几,都来找主子讨命,那还成什么世界?您是累的了,儿臣憋了许久,一直想说,好阿玛您求治太切,咱们雍正朝日子长着呢,缓着点您也不至于整日倦得烦躁不安。有道是'一张一弛文武之道',父皇……你可千万要自己保重啊……"说道便低头垂泪。

"你不要自疑。"雍正几乎就要说出来"你是皇储"的话,苦笑了一下又咽了回去,"……三兄弟里人品学问你都是最好的。孝父敬友爱人有度量,朕就挑剔,除了你这'从缓'一条朕不取之外,别的也说不上。圣祖爷已经'弛'过了,朕的事业只能在'张'上做文章。迟早有一天你明白,叫你管兵是向着你——政务,你已经熟了嘛……朕若没有兵,早就翻了座儿了……"他用温热的手抚着弘历的手心手背,神情忧伤,悠着气说道:"朕……恍惚迷离……闭目就见鬼神……这是不祥之兆,你要心里有个数……"弘历心中又悲酸又喜悦,见小苏拉太监捧上药碗,忙接过喝了一口,品着味儿道:"朱砂重了一点,下一剂减二分朱砂,添二分天麻。甘草也要再加少许——请皇上用药!"见雍正闭目点头,弘历轻轻托起他身子靠在大迎枕上,一匙一匙喂药。沉静中只听一阵衣裳窸窣,引娣已经进来,还有彩云、霞姑几个宫女依次跟着,见有宝亲王亲自喂药,众人默默一蹲身退立一旁。雍正却睁开了眼,问引娣:"三阿哥呢?"

引娣见雍正容颜憔悴,几个时辰里仿佛老了十年,眼一红已坠下泪来,忙拭泪说道:"三爷去了韵松轩,他说奉旨照常办差……万岁爷,您这是咋的了?……"

"朕没什么……"雍正的眼睛竟被她哭得一亮,吁气垂脸又道,"朕还要回畅春园,这里住还是太热——你们何必来回奔呢……"引娣见他如此温情,更觉伤感,因道:"园子里宫里都不净,许是什么克撞了。那个贾士芳什么的已经在垂花门外候着,他是有道法师,主子召他进来行行法,恐怕就好了。"弘历见雍正点头,他却素来不喜与黄冠缁流厮混,因赔笑道:"儿子今晚还要见几个人,户部几个司官也要接见。万岁这里现下有人,儿子回去,就便传贾某进来。宫门下钥前儿子再进来给阿玛请安。"雍正摆手道:"去办你的正经事……今儿不要再进来了……"

弘历出去一时,便见弘昼带着贾士芳进来,贾士芳依旧那套黑衣,头发顶心挽了个髻儿,活似女人粗心梳拢错了头,几个宫女瞧着要笑又不敢。弘昼引着贾士芳在雍正榻前行了礼,笑道:"万岁,我十三叔已经恢复如初,贾某是有点真实手段的。"

"贾道长,"雍正闪眼看了贾士芳一眼,"朕若见鬼神……你瞧瞧这宫……有什么毛病……"

贾士芳漫撒一眼,笑道:"建这座宫不知请了多少喇嘛高僧星术羽士来看,至不济的也和贫道本领相埒,不会有什么'毛病'。方才五爷说了葛世昌的事,入宫时我就留心,果然有他的魂,却没有为祟,是给宫门门神挡了出不去,所以或有妖梦入怀的事。"雍正"嗯"了一声,他想起了方才的梦,喃喃合十说道:"就请士芳在御花园办个道场,清净一下这宫里吧……"

"道长,"雍正见贾士芳沉吟不语,顿了一下,"朕的大限是不是……"贾士芳扑哧一笑,说道:"皇上,《烧饼歌》里有几句,'螺角倒吹也无声,点画佳人丝自分。泥鸡啼叫空无口,一上当年心在真。'说的就是皇上这一朝。天定的数虽不可亵，但我观皇上紫气蒸蔚，日未中天，寿祚正长呢，您只管放心！"雍正自他进殿精神便陡地好转，听他这样讲，已是一抖擞身子坐了起来，问道："那朕的病怎么说也祛不退？"

贾士芳相着窗外，又看看殿门口，一边回答雍正道："凡食五谷者孰人无病苦之厄？皇上日理万机劳心最重，二竖自然为害。但今日皇上这病绝非寻常灾厄，乃是有大神通人作法危害！"

"什么！"

"有人暗算您。"

"谁？"

"不知道。"贾士芳含笑摇头，"我见有怪气贯空而入，所以这么断言。万岁想验证，贫道的真气现在护着你，贫道出殿门，您就会觉得了。"雍正点了点头，贾士芳脚步橐橐退了出去。

雍正起先还笑，贾士芳一转身他便觉得心头猛地一沉，每一步踏向金砖地的响声，都似空谷传音一样，搅得他一阵心惨头眩，贾士芳转出殿门，雍正已是脸色蜡黄，目光凝滞。乔引娣高无庸几个宫女太监眼见不对，一拥而上到榻前，递水垫腰伏侍个不停。只皇帝不发话，他们也不敢叫贾士芳进来。迟滞片刻，雍正觉得眩晕得眼前发黑，这才吃力地说道："叫士芳先生进来……"那贾士芳进门向雍正一揖，顷刻之间雍正便爽然若常。因涨红了脸，咬着牙恶狠狠说道："这是哪个贼子，与朕有这么大仇恨，无君蔑上至于此极！这……这怎么办呢？"

"是个番僧！"贾士芳目不转睛地凝望着窗外天空。不知什么时候已经阴了天，浓重的云中黑雾翻搅，如烟如霾，压在死气沉沉的紫禁城上。雍正见贾士芳从怀中取出表纸，问道："你要行法？不要在这殿里，传出去不好。你就守在朕跟前，叫他们在御苑里给你搭法台。""皇上，我从不上法台行法。我以济世救人为本，不弄那个玄虚。"贾士芳脸上毫无表情，"焚一道表问一问——我还要到民间，总留在皇上跟前怎么成？"说道一晃火折子燃着了那道表。

可煞作怪的那道表火苗儿大异寻常，本来轰然一燃就尽的东西，火苗儿一会儿紫红，一会儿幽蓝，飘飘悠悠似明似灭，扑的一声像被谁吹了一口，燃了一半就熄了。

"孽僧,密宗就那么了不起么?"贾士芳腾地红了脸,已是勃然大怒,转脸对雍正一躬,说道,"您是真命天子,法大不制道,无论如何他伤不了您。贫道也有好生之德,轻易妖孽也只驱逐而已,但这个密宗喇嘛太过不自量力。贫道要除掉他以正天规——除了这个女人——"他指定了引娣,"其余阴人一概退出殿外。皇上,我借您正气,要兴法除害!"

雍正不知哪来气力,蹶然一跃而起,摘下墙上宝剑,问道:"朕怎么助你?"

"您是万乘至尊。皇上,您想偏了。这些方外之术究竟是雕虫小技,哪能劳驾呢?"贾士芳话虽说得轻松,但他的脸色白得可怕,心里也是极度紧张,笑容也显得惨怛,"您安坐龙床,守意定神,冲虚无怖看我作法,全当是看玩意观剧就是,雷再响,它也是冲我来的,您不要怕。"

雍正本来凭一股罡气才显得"无畏",被他这一说倒有点心里发毛,但此时无论如何也要硬挺,因抽身取一部《易经》对引娣道:"你坐对面,朕给你讲《易》。"

"这最好!"贾士芳一把打散了头上髻儿,把挽髻的木剑拿在手中,咬牙笑着又焚了一道符。火光一闪,那符已经倏地燃尽。贾士芳戟指向天,左手持剑断喝一声:"太上老君急急如律令!敕——疾!"

"咔咯咯……"

上天好像爆裂了似的一声雷震应声而响,紫禁城都被撼得一颤。哨风狂飙穿殿而过,豆大的雨点顷刻之间便砸落下来,所有殿宇上的琉璃瓦一片山呼海啸价响,天色黭黑得锅底也似。雍正哪里还顾得"讲经",双手合十只是喃喃诵佛,引娣已被吓得呆若木鸡。

顷刻雨声稍减,外头永巷里似乎有躲雨太监大呼小叫着跑,一个淋得水鸡儿似的小苏拉太监哗哗蹚着水,边跑边叫"太极殿着雷起火,又叫雨浇灭了——"雍正张眼望时索伦已经迎上去"啪"地打了他个满脸花:"滚西厢里去!这会子就是太和殿着火也不能报!"雍正刚松弛了一点,接着又是一个炸雷,就像在养心殿顶炸开一样,震得殿顶藻井簌簌发抖。引娣惊得"妈呀"叫了一声便钻进雍正怀里。雍正一惊之下紧紧握住了她的手,瞠目望贾士芳时不知他什么时候竟被什么划破了脖子,殷红的血珠子已渗了出来。

"好孽僧!"贾士芳牙关紧咬,死盯着怒云翻滚的云层,"噌"地从怀中又抽出一道符表,手指蘸血在上边疾书了"太上老君"四个字。此时雷声又紧又密雨又大又急,两个红炭球似的东西一跳一跃在云中时隐时现渐渐近来,贾士芳情急之间,燃火焚符大叫"敕——疾!"顺手将木剑竟隔墙抛了出去,那木剑霎时便消失在霾云之中。贾士芳恶狠狠道:"妖僧,汝已激怒上天,难逃此劫!"

话音刚落又是接得极紧的两声暴雷,窗上嵌得紧紧的玻璃细脆一响,裂开了一条缝。玻璃照壁前一个太监不知是被击还是被震,一声不响倒了下去。

"好了。"贾士芳搓了搓手。不知怎的,他的神情变得有点忧郁,对雍正道,"贫道有罪,惊了驾了。"引娣这才发觉自己躲在雍正怀里,羞得一缩身子细步出了暖阁,站在外头只是低头发呆。

雍正看着外边雨下得平缓,雷声越去越远,长长吐了一口气,脸上已回过颜色,便见德楞泰进来禀:"太监小葵子被雷击死了!""击死拉出去埋了。"雍正无所谓地说道,又对贾士芳道,"你确是得道真人。朕自觉身上通泰无碍,病已经好了。怎么,你有心事?"

"贫道的木剑毁了。"贾士芳道,"那是——我的外师所授,丢了毁了,也许我命不久长。"

"你还有外师?你的正师是谁?"

"我的本门是龙虎山娄师垣,"贾士芳觉得自己无论如何高兴不起来,拱着手答道,"他说我聪慧太甚快手破掣,只叫我守关参玄。后来碰到一位老人同在山下打水,就熟了。他给我开了天眼,教我法门神通。其实我所学的外法真功,连本门师父也及不上了。娄师父怕我给山门招祸,叫我还俗了,我说决不为非作歹,只做济世救人的善事,决无上天降灾之理,我自认还是道士。"

"那个异人是谁?在哪里能找到?"

贾士芳苦笑了一下,摇头道:"找不到的,他是黄石公。"他缓缓跪下叩头道:"那个死头陀尸体在神武门外金水河,请万岁叫人捞出他,好生安葬。并求万岁允准贫道返回江西,用功诵经赎过消愆。"

雍正大笑,说道:"哪有广行善事反受天谴之理?不就是桃木剑么?朕好生再赐你一柄，给你盖一座观，有事为朝廷效力，无事深藏不露，何来之祸？"

"万岁爷——"外边有太监失惊打怪喊道，"神武门外头击死个黑头老和尚，掉在河里漂起来啦！"

第三十八回　庸阿哥暗会落难生　失意客撒手绝尘嚣

溽热难熬的盛夏终于渐渐过去。雍正六年的秋天，在知了愈来愈凄苦的鸣声中悄无声息地走向人间。七月十五盂兰会后接连几场雨，当天气放晴时人们惊异地发觉，早晨起来，需要披夹衣御寒了。

张熙在河南结众罢考不成，得到学政张兴仁资助得脱大难，不敢返回湖南永兴老家，却踅身浙东，遵从老师曾静临行嘱托去投奔"东海夫子"吕留良，不料赶到才知道吕留良已死十余年。吕家宗里对老爷子的私淑门生徒孙向有惯例——一概赠银送书——送了他二十两盘缠和一部《明月集》诗稿。客居繁琐难安，便辗转来了山东济宁，又登游泰山，猛然想起曾静的好友旷士臣就在泰安。急下山寻访，却又扑了空，旷家的人不似吕家大方，连饭也没有留一餐，只告诉他旷士臣已经中举，现在北京三贝勒府帮办文书，打发了张熙出来。

张熙奉遵师命"出山"，筹划是要做一番大事业的，先去江西龙虎山拜娄师垣，要求学道，娄师垣说他"俗孽未了"不肯收留。恰又遇见被娄师垣逐出师门的贾士芳，二人相晤初面倒也投缘。不料他刚吐露一点"反清复明"的意思，贾士芳便飘然离去。张熙为了学到这位奇人的道术，跟踪江西、浙江、山东直隶数省，在沙河店又有一会，再追时，贾士芳已杳然无踪。他是个牙关咬得极紧的男子汉，眼见甘凤池在南京罹难，结识江湖英雄为难，一横心到河南府投靠表姐家，改籍投考，在秀才们间串连闹事，眼见要成功，又被田文镜扑灭。

他永远也忘不了张兴仁那晚赠银送别的情景。当晚天刚黑，在学台衙门前静坐的张熙被一个陌生人叫出去，悄悄道："张学台要见你，来，跟我走。"他起身迟疑地扫视一眼默然端坐的众人，看不见秦凤梧的影子，心知事情有变，转身见那人仍在黑影里等他，快步赶了过去。

二人钻了几条胡同，在城郊长满了荒蒿的一个破砖窑前站住。张熙问道："张学政呢？"

"我就是。"一个黑乎乎的身影从窑后转出来。张熙觑着眼看了半日，始终看不清来人眉眼，正要发问，张兴仁道：

"你不用看，我绝无歹意。"

"学台大人，学生只是区区一个秀才，召了学生这里相晤，有何见教呢？"

"田制台已经会同臬司衙门、开封府衙门，并预备调驻城营兵包围闹事考生，一体擒拿。"

"他敢！"

"他有兵有权又有胆，怎么不敢？"张兴仁冷冷说道，"这是天下第一石心铁腕总督。河南官场号称第一难缠，如今人人畏之如虎。"

"难道他不怕千夫所指？"

"他要怕这个，就不敢架柴山，亲自举火焚死白衣庵葫芦庙僧尼！"（见拙著二卷《雍正皇帝·雕弓天狼》）

张熙倒抽了一口冷气，全身激灵一个寒战，问道："老大人，您又何苦救我？我与您并无渊源的呀！""我调阅过你的墨卷，也赴过几次你们文会。惜你的才……"张兴仁在暗中叹息一声，从怀中抽出一张纸递给张熙，"田文镜仗势欺人，刻意作践读书人，河南文气本来就薄，更哪堪如此蹂躏！朝廷里有奸佞，皇上为群小所围，重用匪人轻薄圣道。我无力救大局挽狂澜，只能就我职权里稍尽绵薄——这是三十两银票。你带着它远走高飞，海捕文书一下，我就护不了你了。"

"老大人……"

"你行事十分孟浪，快牛破车！"张兴仁见他伏地叩头，双手挽起他来，语重心长地说道，"——这一去再无会期，这就是我的临别赠言。我不能在这里久留，你也快走！"他手一摆，有人即牵过马来，倏然扬鞭，已消失在无尽的黑暗之中。

如今资斧将尽，故乡难返，投亲不着，怎么办呢？一阵秋风吹来，扑怀沁凉，张熙从迷惘中醒过来，但见远山含翠云盘如带，近廓村树已老，黄叶飘地，此身站在通往北京和河南的三岔道口。

　　"到北京去。"张熙几乎没有怎么想就决定了。这一路上，无论是在省垣还是县城里，到处酒肆客栈里都在流传"当今爷"弑母、篡位、屠弟的谣言，有的地方又在传说"雍正炮轰年羹尧"害功杀能，更有密地议论岳钟麒暗里私购军粮准备起兵造反："雍正爷召岳大将军进京，岳大将军畏惧，不敢奉诏"……诸如此类的蜚语，更证实了曾静老师"如今天下干柴遍布，一点即燃"的说法。到北京可以亲自看看是真是假，说不定寻出些新的机缘来。再者，不见见旷师爷，他的钱已经不够返回湖南了。张熙一路不再耽误，径由德州取道保定直趋北京，虽说也有一千多里地，但都是一马平川的驿道，又是秋凉天高气爽好天气，走了小半月也就到了。当日天色已晚，张熙打听着在城东一家小客栈住下。第二天起了个绝早赶往鲜花深处胡同北头弘时的王府。

　　此时天刚放亮，张熙觑着眼瞧，只见门口几个太监正在摘灯熄烛，十几个戈什哈挺胸凸肚按刀而立，钉子似的兀立不动。王府正门紧紧闭着，还有几个巡更的沿着胡同高墙一丝不苟地敲着梆子云锣，寒气袭人的清晨寂静中带着肃杀。他小心翼翼过去，刚开口说了句："我是远地投亲，要见府上侍候的旷——""走北偏门通报。"一个太监立刻打断了他的话，"正门不接外客！"张熙倒咽了一口气，只好向北，走了大约一箭之地，因见一道垂花抱厦门大开着，却是平出平入没有石阶，小贩们推着柴、煤、菜还有挑着一担一担的蛋肉，厨房调料，时新瓜果都从这里过往。一个小太监在门口扯着公鸭嗓子吆喝："王爷就要下值，快点！混蛋——那猪往北赶，猪不往厨房，要赶到轿房，日你姥姥的倒会想！喂，那车水是叫你喝的！是从玉泉山拉来的！"他忙着指挥，张熙叫了几遍才转过脸来，上下打量着问道："刚才你说什么？"

　　"我要见旷师爷。"

　　"你是哪里的？"

　　"我是湖南来的，旷师爷是我老师的亲戚。"

　　小太监好半日才想出他们的关系，看他一身打扮谈吐，绝然是来打抽丰的，也不说叫进不叫进，却道："你先等着，王爷下值了再说。"便奔过去张罗别的事去了。张熙无声叹了一口气，蹲身坐在下马石上，望着秋空上刚刚起飞的雁阵，心头突然一阵悲怆：母亲这时辰起来了吧，正在纺花还是造炊？哥哥呢？……正在劈柴还是已经下田？思量着，听远处有戏子吊嗓子"咿呀——"的声音，还有隐隐的拨筝调弦声传来，张熙一阵感喟，信口吟道：

> 当时只应掉头转，转得头来路遥远。何似仁王高阁上，倚栏闲唱望江南。

"好雅兴，这早晚有人在我府门前头吟诗！"身旁突然有人说道。张熙抬头看时，是一个二十出头的青年牵着马过来，身后还有一大群护卫太监家人。正要开口问，那个小太监早已叩头请安起来，对那青年笑道："这人是来寻旷师爷的，说是旷师爷亲戚的学生，老远的从湖南来了。王爷上值去了，奴才寻思着旷师爷这门'亲'也忒远了，就没让进去……"

"找我来的，湖南的？"弘时身边站着的旷师爷眼睛一亮，"你是曾求仁的学生吧？"见张熙低头称是，旷师爷转脸又对弘时道："曾求仁这人学生对王爷说过，和我都是东海夫子的私淑门生。"弘时点头笑道："那也可叫得你一声老师了。潦倒异乡望门投止而不遇，难怪他牢骚。既是外地的，先请安置用饭，完了过来我见见。"说罢便摆着步子进去了。

旷士臣就住在王府正院厢房，张熙跟着他高一脚低一脚穿堂入室，好一阵子才到。这时吊得老高的心才放了下来，迷迷糊糊跟着进了屋，按师礼给旷士臣叩拜了坐下笑道："侯门深似海，真一点不假，连回路我都记不清了。"旷士臣出外吩咐人送饭，反身回来道："曾求仁给我来信，你在河南的事他已经知道。幸亏昨天接到信，不然我也不能见你。如今四下都在拿你，你竟钻到北京来，真好胆子！"

"旷老师。"张熙笑着一躬身，说道，"我不连累您，想把我送官也可，给我几两盘缠自己走也可。"旷士臣盯视他移时，笑道："贤侄真不愧曾子学生——我不是那样人。'灯下黑'，你在这里安如泰山。不过曾先生确实有信叫你速归，待会儿你一看就明白了。"

一时二人用过早饭，旷士臣果然取出一封信交给张熙。张熙展开看时，上面写道：

农雨吾弟展笺如晤，久违岁月，迁延年华，计来已十三载矣！虽时有存问，而音容暌隔，思之神伤。吾弟子张熙已离河南，承谢详告。计来彼盘费已尽，难以返湘。其若赴京秋风，盼促其速归。十八盘抵足夜眠，畅言'百年'之事，君尚忆否？匆匆不云曾静顿首。

正是曾静老师一笔极楷正的钟王小书。张熙将信交还旷士臣，笑道："既如此，就请旷老师'秋风'些许，我这就登程——"还要往下说，院里有人喊："王爷请师爷和客人过去说话。"

"好，我这就来。"旷士臣答应一声，转身对张熙道，"王爷想知道外头情形，他问什么你直说什么，不要紧的。"说罢二人出来，却不进上房，从南边西墙月洞门进了花园，果见弘时站在书房门口送客，两个翎顶辉煌的大员一前一后迎面过来。旷士臣拉着张熙站到甬道边让路，口中笑道："孙大人杨大人走好。"那两个官员不言声出去了。

弘时招呼二人进来，见张熙只是东张西望，坐在椅上有些局促不安，便笑道："随便些，不要拘束。我有许多时候没有出京走走了，想找个人聊聊。孙嘉淦和杨名时他们过来了，不然连这点空也没有的。"张熙出身湖南佃农家，离着县城还有四十多里。那里人多地少，"家有两顷田，不把米箩担"在佃家看来就是天上人了。他跟曾静读书也在乡间，以后多次应考，也只省城里走走，连这次闯祸在内，奔逃数省，也是见官就躲，并没有真正稍涉宦海。乍然到这天潢贵胄钟鸣鼎食之家，但见宝瓶异鼎文窗窈窕间全册满架图书琳琅，眼前人物个个文绣辉煌仪威堂皇，就是廊下立的三等仆妇小厮也都遍身罗绮体态尊贵，仿佛处处都有一种看不见的威压，抑得头也抬不起来，紧张得两手里捏得全是冷汗。直到弘时开口说话，张熙才稍为松弛了一点，揩着鼻尖上的汗说道："外间……这时正是地藏王生日……是女人们过的节，有烧酬愿香的，送寄库的，点肉身灯报娘恩的……"

"不是问你这个。"旷士臣见他紧张得发呆，说话都结结巴巴，呵呵一笑起身给弘时和张熙都倒了一杯茶，一边往手里递，一边说道，"比如各地阴雨旱涝了，庄稼收成了，还有街谈巷议，你随便聊。"弘时笑着一点头，说道:"我要民间口碑,对大事有什么议论。比如说岳钟麒、年羹尧、田文镜、李卫这些人,还有我和宝亲王,阿其那塞思黑,外间有些什么议论?"

张熙这才明白弘时的意思,他毕竟是个胆大如斗的人,喝了两口茶,已渐渐镇定下来,笑道:"今年各地只是春夏之交时略旱了些,有的地方死了苗。补种了之后长势极好,河南山东直隶这三个省丰收已定。百姓们说幸亏朝廷料在前头,种子备得足,不然就辜负了夏秋这几场好雨了。我过来这几州几县,都忙着晒囤腾仓库,旧粮国库折价一半,老百姓都争着买……三爷说的这几个人都是国家大臣,老百姓指着囤里看着锅里。只要有吃的,不大说这些事的。"弘时道:"我可是听说了些闲话呢!有人说我和宝亲王闹家务争位,可是有的?""没有没有!"张熙被他闪得一惊,"并没有说爷和宝亲王闲话的。倒是说——"他突然觉得失口,便掩住了,喝口茶又改了题:"说李卫制台身子不好,还有说田制台已经病倒了,还说京师来了个神仙,使五雷法震死个老番们——"

"你这位贤令侄可真能逗。"弘时似笑不笑说道,"我问东他说北,我问南他说西!——有没有这皇上短处的,比如说他篡位?"

这兜头一问,张熙仿佛挨了一闷棍,顿时脸色煞白。旷士臣说:"三爷是何等样人,能搪塞他么?你既来奔我,应该信得我的主子!连你河南闹闹场的事他都知道!""你这老旷,看你把他吓的!"弘时莞尔一笑,说道,"老四能保秦凤梧,我难道保不得一个张熙?撤掉河南这一案,我方才已经给孙嘉淦和杨名时打过招呼——你已经不是犯人了。"

"三爷您这份宽厚心,这一举功德无量。"张熙这才心悦诚服,也放开了胆,"既这么着,我还有什么说的呢?"因将路上听来的,康熙怎么晏驾,隆科多如何矫诏,大将军王允禵奔丧回京,兄弟俩如何在慈宁宫吵架,太后怎么相劝,雍正又说"太后不可自轻自贱",气得太后碰死在柱上。雍正又为什么要杀年羹尧,因隆科多,八爷九爷十爷"见皇上不孝,也就不忠了",雍正又如何把三个弟弟打入天牢。末了又说起岳钟麒,张熙才顿了一下,沉吟道:"外间传言岳大将军害怕走了年羹尧的道儿,在四川屯兵,养威自重,朝廷很疑他要造反。这是不久才听说的,真的假的您反正只要听,所以也禀告三爷。"

弘时一直没有插话,时而啜茶沉吟,时而用扇背打手,听得极为专注。

至此笑道："当然只是说说听听而已。再说，我一只手也捂不住悠悠之口呀！岳大将军那边还有什么言传？"张熙道："这个传言不多，很新鲜的。说皇上几次下诏叫岳大将军进京，岳大将军怕夺了他的兵权，称病不敢来。暗地里招兵买马聚粮，口外的黄豆都涨了价。"说罢便看弘时。

"没有了？"弘时问道。

"没有了。"

"我没有别的意思。"弘时笑道，"当家人泔水缸，我是当家人，也不过想知道泔水什么味儿。自古以来国家有事，总是谣言先出。比如说万岁爷登极的事，硬说隆科多改的诏书——那都是满汉合璧的国书，他改得成么？但有些也不是无根之言，岳钟麒是岳飞的后代，他也确实心里有些怕——"他想起雍正说的"军务绝密"，便住了口。眼见外头一个家人一探头，招手叫进来道："夏浩财，你这探头探脑的是什么规矩？我叫你办的事怎么样了？"

夏浩财是奉弘时的命，专门打听原来监看隆科多下落和质审情形的。隆科多圈禁自雍正视察之后，调换了全部看守，都是图里琛一手管着。原来的黑院看守一夜间全被押送密云，一点消息也透不出来。夏浩财原来在密云皇庄当过二层庄头，人熟，因此派他去打听。现在他回来了，自然急着见弘时。见他当着客问，只好回说："他们那边的承审，我转了几个圈儿才摸到底细。那几个杀才口咬得很死，本来嘛，压根就没有人害隆科多。隆科多是囚急了，倒咬一口的。这事承审官刑也动了，口供也都一致，谁也没办法！"

"一个国家大臣堕落到这份儿上，令人殊堪痛心痛恨！"弘时皱着眉头，一颗心已是放下，喟然一叹说道，"得便儿我奏万岁，不能信他一派胡言。监守人贱眼狗见识，虐待他也是有的，吃点苦头，还是要放回来。"正说道，管门的太监脚步匆匆进来，对弘时说道："高公公来了，有密旨给王爷！"弘时忙立起身来说道："是！"又吩咐："请高公公进来。"旷士臣忙一把拉起坐着发愣的张熙躲进内房回避。

张熙又新奇又兴奋，觉得单为开开眼这趟北京就没有白走。到隔子窗前随缝儿往外偷瞧，只见一个中年太监，头上戴着蓝翎顶子迈着方步进来，在书案前立定。弘时忙着说："容我换换衣裳接旨！"

"不必了。"高无庸拉着公鸭嗓门笑道,"三爷也不必行礼了。"

但弘时还是跪了下去,小声道:"儿臣弘时恭聆圣谕!""阿其那病危。"高无庸脸上毫无表情,淡淡说道,"着由弘时前往探视。"待弘时叩头起身,高无庸又道:"万岁说,他毕竟还是兄弟。叫三爷悄悄儿瞧瞧,别像隆科多那样受委屈。太医也要叫好的,药要好的。一定要尽力让他终天年。还说,三爷去问问他还有什么需用的,要有什么话,好听难听都听,回来密奏万岁——外头谣言多,万岁叫三爷缜密着点——告诉爷一句话,万岁爷很不欢喜,九爷——塞思黑已经死了!"

高无庸传一句,弘时答应一声"是"。听到后来消息,目光霍地一跳,旋即笑道:"我都理会得。塞思黑死得不是时候——外人正说主子作践兄弟呢——我一定叫人好生照料阿其那。"高无庸道:"万岁爷疑心是李制台弄死了塞思黑呢!和田文镜那事两案相并,还有好戏看呢!""来人!"弘时朝外叫了一声,"给高公公取五十两黄金!"他看了一眼旷士臣这屋子,不言声送了高无庸出去,旷士臣和张熙二人忙开门出来。

"我换衣服。"弘时一进门便道,"这会子就去朝阳门外。"旷士臣忙要叫人时,弘时却止住了。"你一叫就都知道了。我自己换,你两个——"他看看张熙,"那橱里有青布衣,也换了,跟我同去。"

旷士臣不禁一怔,说道:"可我们不是衙门的公人呐!"

"恰恰不能叫他们。"弘时换着衣服说道,"越是生人越不惹眼。"

允禩已经到了生命的尽头。他原本体气就弱,不善饮食。自从弘时下令所有家人全部赶出府之后,换了一批粗手大脚的太监和几个黜进冷宫里的宫女过来伏侍。他一生下来就养尊处优,绮罗丛中,师傅保姆整日一大群围着待候,尚自三灾八难不断。骤逢大变,一夜之间从人臣极巅被推落到险不可测的深渊里,而下手的还是自己的亲兄弟,连妻子儿女都不能厮守在自己病榻前。因自三月以来允禩便患了隔噎病,稍一进食就呕秽难咽。守护的人更换之后,更是把这病不当回事,太医也忙,三天两早晨来一趟,胡乱用些不痛不痒的药,这种人情冷暖炎凉古今皆一,也就不必备述。

此刻他和衣躺在王府正殿西偏院里西配房中,这是个东西两边都开着亮窗的房子,榻也修得高,躺在上边,东边可以看到巍峨的银安宝殿,西边可以观赏花园景致，窗下临水，隔窗就能垂钓。他和隆科多不一样，这座高墙圈封的王府占地上千亩，除了正殿院锁锢，他哪里都可以去。即便过去没有势败时，其实除了元旦，他也极少启用这个正殿，他挑了这个原来下人们住的房子，一是这里轩敞，二是尽量回避自己昔日办事见人的处所，以免睹物思情……他的眼睛睁得大大的，望着西窗外的海子，那沿岸的老柳似乎还是那么绿，在灰色的云层下被西风一吹，烟雾一样涌动着，只靠湖岸一带水面上漂满了枯黄的柳叶，和睡莲们拥挤着。一阵西风漫过，满湖愁波涟漪催送着迎窗而来，不管柳叶、杂草、睡莲都在水面上惊恐不安地上下抖动，仿佛在向凝视它们的旧主人乞求着什么。允祹向它们微笑了一下：昔日这时候，管家率着仆夫天天清扫这沿岸，一片树叶落进水里也要打捞起来的，现在他觉得自己蠢得可笑：铺满了厚厚的青草上再加上一层落叶，这样的林荫小道，独自一人踽踽散步，不比铲得白亮亮的扫得纤尘不染的路上走更加适意？他第一次觉得自己的洁癖其实俗不可耐。弘时其实早已进了屋里，和旷士臣、张熙三人站在门口没有惊动允祹。张熙和旷士臣都是第一次见着这位号称"八贤王"名震天下的八爷党首脑，也还觉得无所谓。弘时却是万般感慨齐集心头，当年的允祹是何等儒雅倜傥，何等平和大度——就是弹劾过他的臣子，只要听说因诖误罢官，也都要召见，勉慰温存赠银助行。从燕台文坛七子到海南蛮荒域中刚考出来的孝廉，允祹都时加存问，照拂备至，真是熙朝辉映朝野贤名昭著的王爷，而今却落到了这一步：陋舍冷炕，秋风破屋中茕茕独卧，奄奄一息凝望天上云雁，池中秋水。一股又凉又涩的苦水涌上来，弘时喉头哽了一下，轻声叫道：

"八叔。"

允祹脸上的皱纹有点像晒蔫了的青瓜皮，轻轻抽动了一下，他已经没了翻身的力气，也没胡说话，目光搜寻了半日才见是弘时，他漠然闭上了眼睛。

"八叔，"弘时满脸是笑，向前凑了凑，"侄儿奉旨来瞧瞧您。"

允祹艰难地半侧转身子，面对弘时蠕动了一下嘴唇，说道："很好。是鹤顶红还是孔雀胆？要是黄绫布，这屋里梁太低，而且我一点气力也没有，要有人伏侍我才成。""八叔想到哪里了！"弘时听着他淡淡的话如诉家常，心里一阵阵起栗，笑道，"绝没有那种事，也永不会有那种事，万岁爷其实惦记你的病，他不方便，就由侄儿代步了。"允禩不屑地一笑，却没有吱声。

弘时端起碗，见里面还有半碗剩藕粉汤，叫人进来，吩咐道："现沏一壶茶。把我带的那盒子蛋糕，你们已经验过了——取来。"那太监忙不迭跑出去，一时和一个带顶子的管事太监一齐跑来，气喘吁吁跪安。管事太监禀道："不是他们无礼挡驾，又验东西，实在我们没接内务府的条子，不晓得爷是奉密旨来的……这里奴才给您磕头谢罪了。您体恤我们当下人的难处，哪一处都惹不起的……"

"我不是说这个。"弘时亲自沏了茶，解开点心包取出一块蛋糕，偏身坐了炕上，先喂了允禩一口水，掰开点心一点一点送到他口中，头也不回地对太监道，"八爷就是沦落到法场，侍候他归西，你也得执奴才礼，刀上也得有皇封标，这是圣人定的天理！你们这些混账王八蛋，就留了两个蠢猪样的村姑在这里，地不扫桌子不抹，碗不刷，茶不倒，这是他娘什么侍候规矩？"他又喂了允禩一口茶，顺手将多半杯茶连杯掼到那太监身上，这才返过脸"呸"地啐了一口，已是恼得通脸涨红，过来又踢一脚："滚起来！听着，自今个起，分三班人，昼夜守护侍候。我就管着韵松轩，你敢怠慢，我就有本事发配你乌里雅苏台！"又指着门断喝一声："——都给我滚！"那太监连身上的茶叶沫也不敢拂落，便和众人退了出去。

张熙万不料这位言语温和可亲阿哥发起怒来如此声色俱厉威气夺人，在旁边也被镇得发愣。却见弘时又俯下身，极耐心地又给允禩喂了几口点心，问道："八叔，可受用些？吃着好，我叫他们再送。我走得匆忙，顺手带了这么一包。"

"我还有明天？"允禩气息微弱地一笑，"我的昨天和今天被人夺得精光，现在到了穷途末路，还要那个'明天'做什么？"

"八叔——"

"听着。"允禩脸上露出一丝笑容，很像是燃尽了的炭盆中的余烬，淡红的颜色闪烁不定，声音比先硬朗了许多，说道，"我落到这样半分也不后悔，半分也不原谅你的阿玛。一夕为帝国朝共事，谁都知道谁。他不愿我死，我也不愿死，这再清楚不过。他是怕落杀弟的名声，我是想让他杀掉——就像你方才说的，刀上带'封标'一刀切下来——明正典刑……现在这种死法不明不白，我也不得清白，他也不得清白。政局上是他赢了，人情局只打了个平手，我好恨——"

他突然一阵痰厥，身子一挺，两眼反插上去，脸色灰败如土，似乎想呕吐，张着嘴呵了半日才略为定住。弘时道："我把这里的太医都撵了去，太医院马士科正在赶来。八叔，别这儿么死心眼傻想……万岁还是你的哥子么！""天家父子无亲情，何况哥哥！"允禩愤恨地说道，他看了看旷士臣二人，说道，"你们出去！"

"八叔，你有什么要紧话么？"

"你要有兵，没有兵你斗不过你四弟。"允禩热切地凝视着弘时，眼中闪着希冀的光，双手紧握着弘时的手，仿佛在聚集着最后的力量，声音也变得凝重有力，"不要瞎盘算，雍正已经坐稳了，就是我在位也弄不动——他在最后时候让你十三叔弄到了兵权。要是你十四叔当时在京，天下就不是今日局面！"他松开手，神志已经变得昏迷，只喃喃而语："天意，天意……"

弘时把他轻轻放在枕上开门出来，用手搓了一下发烫的脸。他需要仔细思忖一下这几句话。他原以为允禩只是胆小，丢失了千载难逢的机会——身统十万大军的允禵，只需一道矫诏就可以杀进关内嘛！——现在看来，雍正把丛繁的政务塞给自己，让弘历管钱管兵，竟是另有深意！眼见几个太医踉踉跄跄奔过来，摆了摆手示意他们进去，又怔了良久，才对旷张二人道：

"咱们走吧。"

当夜，这位深孚众望，一生都在威胁着雍正帝位的康熙皇子，在昏黄的烛下，望着窗外莲花云中穿行的月亮结束了他的一生。到死，他的眼睛也是睁得大大的。在他死后许多日子里，那些曾经受惠过的士大夫官员，多有悄悄夜祭他的灵魂，求上天赐福他的子孙。但毕竟随着他的死，那个本来就无形的"八爷党"也就从此消弭干净，仅仅残留在一些人的记忆里……

第三十九回 莽张熙游说西宁城
智东美苦肉诳真情

张熙返回湖南永兴，已是天近重阳。北京城此时秋霜已临，红叶满城，山染丹翠水濯清波，阔人们携友担酒登高消寒，观赏秋景，一般人家已在忙着预备柴炭，贮存冬菜，修理火炕，准备过冬。湖南地气温暖，仍旧竹树繁茂，云蒙雨洒，似是北方刚入初秋模样，山峰翠绕溪流滑畅，举目一望四野伤心一碧。他一路步行回来，顾不得身体劳倦，赶回自己家拜见了母亲，和弟弟妹妹一家吃了团圆饭，盘桓了三四天。弘时通过旷士臣送他三百两银子，他留了二百两安置好了家，便到曾家营去寻访自己的老师曾静。

"好好！"曾静听了张熙出去这一年的活动情形，把旷士臣写给自己的信放在烛上烧了，满是皱纹的脸上绽出欣喜的笑容说道，"不枉我教导你一场，你也不枉这万里奔走。真正是英才好儿郎！贤者不以成败论英雄，何况事情还是大有可为！"一边说一边叫老伴给张熙上饭。他今年五十四岁，看上去比实际年龄大一点，头发都灰白了，拉杂辫在一处，略长的脸颜色黑红，两道花白的寿眉下一双深邃的三角眼，时而一闪，透着精明强干，鬓边和嘴角的须髯梳理得一丝不乱，直垂到胸前，有点超俗脱凡的飘逸之感。见张熙直盯盯看着自己，曾静笑道："我是老了，你倒还是走时模样，只看去深沉得多了。"

张熙见师母端过饭来，忙欠身起来接过，说道："谢谢师母。"又转身对曾静道："边吃边谈吧——啊，还是家乡饭好吃！——情形就是学生方才讲的那些，后来三阿哥实在太忙，我和旷老师谈了几次，因不知道老师这边有什么安排，没往深处说。"

"何必说透呢？"曾静一笑，将两本书顺桌子推过来，"这是我的两本书，刚刚校刻出来的样书，你拿去读读——旷士臣他辅佐的是三阿哥，学的是赵高毁秦的路；我学的是张良，走义兵揭竿，天下景从的路，其行不一其心无二。如此而已。"张熙匆匆扒完了碗中的饭，剩下的鱼汤和腊肉兑了开水喝下，揩揩头上的汗，忙拿起老师著的两本新书。只见一本封皮上写着《知新录》，另一本则叫《知几录》，叫了一声"好"，说道："察情而知几，温故而知新——好！"曾静捋须微笑，说道："《知新录》都是老生常谈，我写的五胡乱华时的政情民情。还有宋辽金元的，加了自己的读书见识。'知几'篇采集古今祥瑞灾变，说的是天人感应。文章合为世而著，开章明义还是圣人的话，'夷狄之有君，不如诸夏之亡也'。"

张熙又翻看了一下，果见《知几录》中密密排行加注：彼年黄河清而天下乱，此年陨石落而英主逝，还有当时名宿的论断及后来验证情形。又以解释《易经》形式，从义理和象数细加详评，十分周密圆到。"十几万字的书，一时哪里看得完了？下去再浏览吧。"曾静按烟点火抽了一口，喷着烟雾说道，"还是你走时我说的那句话，大清如今气数已经将尽了。凡将亡之国，必定要出个昏暴之君倒行逆施。你来瞧瞧这个雍正——篡皇位、欺兄弟、逼母后、杀功臣，这且都不去说他。他的政令，一头栽培田文镜鄂尔泰李卫这样的酷吏，一头压制杨名时孙嘉淦这些敢言正臣。乡间士绅要一体完粮应差，草间小民，又逼着人家背井离乡垦荒。他自己宫室车马玉帛供奉，还要聚敛天下之财，无分贵贱良莠一网打尽地整治！纵观吏治，横看民心，他不是个暴君？

"年羹尧是征边立功勋名卓著的大将军，有功于他也有恩于他；隆科多是托孤重臣，威重望高，也是一言不合立下天牢。他这样行事，像岳钟麒这样的人怎么能不疑不惧？"

曾静斜靠在椅上，一边凝望着外边绿得像要流淌下来的山峦，一边一锅接一锅抽着烟，思索着说道："你方才说得对，秀才造反不成。要不是张兴仁这样的义烈之臣营救，你已经身首异处了，所以劝岳钟麒起兵确是上策。""学生愿意再走一趟西宁。"张熙想着老师的话，和自己的经历印证着，愈想愈觉得雍正确实是独夫民贼，已经到了众叛亲离的地步。岳钟麒高张义帜起兵东下，天下揭竿响应的壮观景象，自己从僚幕中，倚马草诏讨伐无道的事业激得他浑身热血沸腾。他腾地站起身来，声音也变得有点嘶哑："岳东美不敢进京述职，终不是长久之计，我看他还在举棋不定。这种事拖下去，朝廷准备好了，再干就迟了。所以我要早去！"

"少安毋躁嘛！"曾静磕了烟灰站起身来，在屋里踱了几步说道，"劝岳钟麒造反，事非寻常，你不准备好，等于飞蛾投火，他或者拿你去请功邀赏呢？"

"那怎么会？他是岳武穆的子孙！"

"自古忠臣出逆子，不能以这衡量，既自认是汉家儿男忠臣后代，他当初就不做这个官了。"曾静额头的皱纹折起老高，"这要好好想想，我觉得还是从利害入手劝动他再晓之以义，好生写一封书信让他能反复读，反复回味。他怕的是雍正诛戮功臣，就从这上头下手，然后再讲岳鹏举与金人为敌，忠义气概千古流芳，要他明晓春秋大义。这篇文章写不好，你不能去！"

"那就请老师构思动笔。"

曾静回头上下打量张熙，半晌才叹道："你也要想明白，你这一去犹如荆轲西行，凶多吉少。我已经老了，什么都置之度外了。你可是上有老母，下有幼弟弱妹！"

"这些我早就想好了。"张熙慨然说道，"家里我也交代过。我的母亲也是深明大义的人！"

七天之后，张熙与曾静师生洒泪而别。计算日程，从永兴到西宁要穿越湖北河南陕西甘肃四省总三千多里，张熙已抱定必死之心，也不计较山水遥远，只带了四十两银子，其余的硬塞了老师家用，背着曾静给他的一件老羊皮袍便上了路。曾静直送出二十里去，才依依挥手，直到看不见他的背影才回来。张熙一路再无半点牵挂，吃干粮住冷店夜宿晓行只是趱赶，待到西宁，已是雍正七年正月。

西宁已经是一座兵城。这里自允禵出兵入藏，多半居民已经内迁，年羹尧设空城诱敌来攻，逼着城里百姓在城外当"诱饵"，又死了一批逃亡一批，几经和罗布藏丹增在此血战，又杀死饿死不少。城里只剩下些喇嘛寺和中原来做茶马生意的商人，多数空房都号了作兵营。只有几家稀稀落落的骡马店散处城里，举目一望冰冷刺骨的劲风裹着黄沙在大街小巷横冲直闯，满街都是运粮运草的骆驼，在狂舞的风沙中不紧不慢地走着……张熙寻了一家干店，在烧得滚热的大炕上和一群骆驼驭手们挤着睡了一夜，把剩下的五六两银子都买了水，痛痛快快洗了个热水澡，换了一身衣服，穿上曾静送他的皮袍。打问清楚大将军的行辕在城西，一声不言语，提足了精神径投大营，让守门的戈什哈进去通禀："我是湖南专程来的，有故人给岳大将军的一封信，请代烦通禀。"

"请问尊驾高姓大名？"

"哦，我叫张熙。"张熙望着灰蒙蒙天穹下风沙中的大将军行辕正门，说道，"我有极要紧的书信，一定要面见岳大将军。"

那戈什哈不再说什么，带了张熙的名刺进去，约莫一袋烟工夫才出来，笑着说道："岳大帅正和几位将军会议，您跟我来。"张熙点点头，跟着那个亲兵，却从仪门进去，在校场一个偏门又进内院，在一间很高大空旷的签押房里安置了。那亲兵说道："这是大帅的签押房，他正在议事厅安排军务，一会就下来。壶里有热茶，您好坐。"说完便去了。

张熙独自一人坐在岳钟麒签押房里，突然觉得有一种离奇的感觉：前日在北京，昨日去湖南，今日又来到这风沙酷寒的西宁，人生变迁竟是如此的不可思议！打量这签押房时，中间一张公案桌放着纸砚等物，贴墙一张长条桌，叠着一摞一摞尺来高的文书；北边一条大炕，铺着虎皮褥子，上面安了个炕桌；南边靠门支着茶吊子，水气在炭火中丝丝冒着白烟；东窗下一溜白木板凳，其余一无长物。只西墙长条案上方挂着一幅字，却只有两个：

气静。

既无题头也无落款，在这屋里十分显眼。张熙心里闪出第一个念头就是"清寒"。多少有点忐忑的心安静下来。

"叫高师爷——高应天，明白么？叫他过来一趟。"外边一阵脚步声，一个粗重的声音在大声吩咐，"你去传令军需司，昨晚冻死了两个值夜站岗的，皮袍子毛都掉光了，库里要有，都换下来。要短缺，发文命甘肃将军甘肃巡抚，限七天运到！"

接着，厚重的棉帘一响，一个五短身材的中年汉子进来，九蟒五爪蟒袍外套着仙鹤补服，脚下穿着一双齐膝牛皮高腰靴子，浓眉如帚，黑红脸膛上一双小眼睛精光四射——一望可知这就是雍正朝第一名将岳钟麒。张熙已是站起身来，眼瞧着跟前来的七八个军校帮着他脱换冠服，拍打身上的浮土，岳钟麒仰着脸只是沉思，他心里蓦地一阵紧张——本来铆得很足的劲，突然信心若有所失。

"你叫张熙?"岳钟麒换了件酱色江绸面猞猁猴皮袍子，看了一眼兀立发呆的张熙，一笑说道，"好相貌，英俊男儿! 专门从湖南来下书，这个天气真不容易。"张熙这才醒悟过来，喊一声"岳大将军安好!"便跪了下去，叩头道: "小人是湖南生员张熙，奉老师石介叟之命，有机密要紧的事面禀将军!"岳钟麒诧异道: "不是说送信来的么?"

张熙顿了一下，看了看屋里几个人。"噢，你是说他们?"岳钟麒一笑，说道: "这都是老兵痞。跟我几十年，从死人堆里爬出来的，多要紧的机密大事也没有背过他们。你有话只管说，有信只管取出来。偏是你们这些读书人，忸忸怩怩的煞有介事!"几个军将听了也都一笑。张熙思量，这种情势下无论如何不能先开口，便撩起皮袍角，"嗤"的一声撕开了，小心翼翼抽出一封信双手呈上，说道: "大将军请过目。"

"一笔好字!"岳钟麒端详了一下信封，信手抽出信来，第一眼便吓得身上一震:

湘水石介叟顿首拜上宋鹏举元帅武穆少保之后东美将军麾下

他翻眼看了看张熙，接着又默读信件。那信写得很长，从略概述了岳飞抗金，百死不回的英雄气概，陈明当时情景，若是高宗信而不疑，力主决战，倾东南之力横扫中原，百代之下决无风波亭之遗恨。接着又谈历代功臣受主猜忌，勋名赫然功垂竹帛然后身死家亡的惨祸……岳钟麒一边看，觉得上面的字麻花花一片乱跳，一时间头涨得老大，陡然间曾静笔锋一转:

夫昔日之"金"即为女真之族，狼狈蹂躏中原而后遁逃长白山兴安岭改称曰"满"。是满之祖为君祖之仇，乃少保之子孙有如东美者反为仇之臣! 此岂以为孝? 彼蛮类之族，豺狼之心，蛇蝎之性，虽窃有神器，实华夏之难劫。子曰夷狄之有君不若诸夏之亡也，是以此獠非但非君，且为吾诸夏之仇也。以仇为君而事之，岂得为忠？昔年羹尧助纣为虐，杀良报功，窃得勋名无双，此固彼之不仁也，然一言不合于中朝，身死而无闻。将军以彼为法，岂得与仁与智欤？非我族类其心必异，将军乃恋栈于伪朝，苟延于危疑之间，拥兵处凶险之地，将军之危危若朝露！君知之否？五百年有王者兴，自建炎年至今，恰已适其数，君以忠良之后，英资天表，怀亿万兆华夏儿女同忾之仇，高张义帜复我汉家衣裳，则鼙鼓一鸣天下皆起，十万熊虎之士不出三秦，陆沉百年之中原可以复苏矣！石介叟疾首椎心痛陈

岳钟麒看到这里，已经通身是汗。竭力按定突突乱跳的心，岳钟麒双眉紧蹙，说道："这确是一封性命交关的信，一辈子能读到这么一封信也不枉为人了。只是——只是这石介叟，像是一个人的号，当然我不能计较。但我既承信任，总该知道他是谁，总该见一面才好呀？"

张熙拉得弓弦一样的心松了下来，岳钟麒看信时，他紧张得脸色蜡白，一颗心差点跳出腔子外，简直比熬受酷刑还要难忍。此刻心智清明，态度也就随便从容了许多，因一揖说道："现在我只能禀知麾下，这是我的老师。三坟五典八索九丘能通，天文地理风角六壬皆贯。东美大将军只要心同此意，旗帜一张，老师千里万里朝夕可至。"岳钟麒头摇得像个拨浪鼓，说道："难以凭信。"

"张熙也是七尺之躯，我留在这里为质。"张熙昂然说道，"您举事之时老师不到，您杀我祭旗就是！"

"这么大的事，单凭你我他，恐怕也难办起来。"

"只要照信上说的办，天应人归，有的是人拥护。"

"你们看看这位少年娃娃。"岳钟麒对几个听得如堕五里雾中的军将笑道，"他来劝我造反，又信不过我。我要这么带兵，你们不哗变才怪。"几个军将都以为岳钟麒开玩笑，不禁哄然大笑。

张熙感到一种被人轻蔑的羞辱，"唰"地站起身来，说道："大人如不相信，就放我走，大人如要邀功，人头就在这里。何必讥笑?!""放走——邀功——哼，讥笑？"岳钟麒冷笑一声，"你太嫩了，年轻娃娃！快讲实话，派你来的是谁，你又从哪里到这里的？"张熙此刻才知道岳钟麒的真意，此

时自己身陷天罗地网，绝无生还之理，因仰天大笑，说道："岳飞后代原来如此，哈哈哈……"

"来！"岳钟麒声音冷得像结了冰，"拿下！"

"喳！"

"拖出去，抽四十箆条，狠点！"

"喳！"

几个戈什哈眨眼间就把这个座上客揪了下来，拉到外边廊下缚在柱子上，噼里啪啦就是一顿猛抽。

"送后堂用刑，"岳钟麒听不见张熙一声呻吟，气得三尸暴炸，大声喝令，"只要不死，什么刑都可以用！"他端起杯子喝了一口水，嫌凉，又亲自去茶吊子上倒，又倾在手上，烫得手一缩，"豁啷"一声把杯子掼得稀碎。恰高应天一步跨进来，怔着道："外头打人，里头生气，大帅这是怎的了？"岳钟麒喘了口粗气，指了指案上的信，一句话也没说。

高师爷几步上前，拿起信，头一行看完两腿就是一软，顺势坐了木凳上，定着神又仔细看。岳钟麒道："尽着有人拿着屎盆子往我头上扣，他还来送把柄！这世道怎么了？似乎人人都活够了！我这里军事旁午，忙得四脚朝天，他还要把祸推给我！"高应天缓缓折起信，问道："大帅，你打算怎么办？"

"这个案子应该刑部问。"岳钟麒道，"大枷拷起解送北京！"高应天道："万万使不得。你一公开解送，或者迟滞审问，元凶首恶拿不到，御史们鸡蛋里头还要挑骨头呢，立地就要弹劾你姑纵主凶，这事办得利索了，不但那些说你是岳飞后代，图谋不轨的谣言不攻自破，说不定帮着皇上查出一个泼天造逆大案。不但无祸，而且有功呢！你把这功劳拱手送给刑部那起子龌龊官儿们么？"高应天是岳钟麒幕僚里最不起眼的一个。叫他来，原为训斥他粮草调度失宜，此刻岳钟麒早已把这事忘到了九霄云外。他用欣赏的目光看着这位其貌不扬的小个子师爷，说道："老高，这见的是！你说怎么办？我现在最怕这小子咬碎了牙一声不哼。"

高应天抚着稀疏的黄胡子，闷着孤拐脸思量，说道："那当然。那还要出新谣言，说苍蝇不抱没缝的蛋。不定说是你预约在先毁约在后又想邀功——想送您忤逆，什么话编派不出来？"他顿了一下，双手一合，眯缝着的眼睛里猫一样放着绿幽幽的光："苦肉计——对。"

"唔?"

"大帅这样干一下极好。"高应天嘻嘻笑道，"使劲打，打得吐了口最好。打不怕这厮，直娘贼的咱们再用软功。一上来就哄，他不定反而起疑心呢?"

岳钟麒咀嚼着他的话，半晌才道："我这里正保奏人呢。不拘怎的，先保你个军功道台。"

张熙被打得遍体鳞伤，昏迷中被人揉进一间小房子里。他也见过府衙过堂，也瞧过巡抚衙门三堂会审，衙役们将犯奸妇女按在烧得通红的铁链子上，一股青烟儿就人事不省。比起那个刑罚，他也觉得这干军务们下手忒毒了些……先用盐水蘸皮鞭子抽，抽得还要出米字形花样，待全身都是"花样"，渗出的已不是血，而是黄水。军校们喝着酒，慢慢烧烤着通条，一点一点照着"花"样烙描……疼昏了烙醒，烙醒了再烙昏，就这样重复……

半夜时分，在燔灼似的疼痛中，张熙渐渐醒转来。他浑身都是焦痂，反而觉得疼楚并不那么难忍，只是口中渴，渴得从咽喉到心脏都干裂了。他头稍微侧仰了一下，发现自己躺在一间隔着土墙的小套间里，身下是暖烘烘的火炕，炕下桌上依稀能看见花杯茶碗。他想喊人要水，但又倔强地绷紧了嘴，漆黑的夜中只能看见他一双眸子幽幽地闪着光。忽然，隔屏风两个人低得近乎耳语的交谈传过来：

"喂……醒了吗?"

"没有。哦，是高——"

"嘘——你们没弄点水给他喝?"

"这是个倔驴性子，醒着时候不渴，昏迷时候灌着喂了几次。"

"军医来看过没有?"

"来过了，都上了药。说请大帅放心，一点内伤也没有。当然，疼是免不了的。马军医说，只要好好吃喝，几天就好了。"

"嘘——趁他昏迷，你再去喂点水，我去见大帅。"

几声极轻的脚步响过，外间没了声息。一个穿着号褂子的老兵举着油灯进来，觑着眼瞧张熙时，张熙忙闭上了眼。一阵倒水声响，老军叹息一声过来，接着张熙便觉唇边一凉。这一次他装着不省人事，不再拒绝喝水，贪婪地喝了一大碗，又半昏半迷地蒙眬过去。

"张熙——张先生……"

一个带着哽咽的声音在耳畔叫道，接着灯光一亮，张熙睁开了眼，却是那位凶神恶煞似的岳大将军站在眼前。他哼了一声，想背转身去，箭钻心价的痛楚止住了他。

"张先生，我来看你了。"岳钟麒眼中满是柔和的光，凑近了张熙。高师爷在旁边掌灯，帮着岳钟麒查看着伤痕，小声道："不妨事的，大人，都是皮肉伤，老马他们还算会办事。"

一滴冰冷的水落在张熙脖颈上，张熙激得一颤，凝神看时，竟是岳钟麒的眼泪，高应天在旁劝道："大帅，不要伤感嘛……张先生养好了我们再细谈。"张熙一眼不眨地盯着岳钟麒冷冰冰说道："你是满家大将军，我是汉家冤魂，我们有什么好谈的？"岳钟麒像猛地挨了一棍，脸色苍白得没一点血色，缓缓却步退到一边颓然坐下，将脸埋在双臂之间，仿佛抑制着极大的痛苦，浑身抽搐着啜泣。

"岳大将军是岳飞老师的第二十一代孙。"高应天冷冰冰说道，"你要再糟蹋他，我就叫人把你拖出去喂狗！反清，是灭门九族的大祸；复明，又是光耀千古的事业。你张熙凭什么一纸书信就要我们相信？"张熙像被焦雷震了一下，浑身一个寒战，口吃地说道："原来……原来是试我？"

岳钟麒挨过身来，用粗糙的手抚着张熙的头发，缓声说道："好兄弟，去年皇上调我进军机处，我不敢弃军赴任。也有那么个人，到我军中劝我起兵，他还不知从哪弄来的朱三太子谕令给我。我信了他，结果他送出去的信给我的人截回来，原来是雍正粘竿处的细作！你知道，我一身系汉家安危，仰承祖宗英烈，要担着很大很大的干系的呀！"张熙死盯着岳钟麒的脸，但那张脸，那双眼里满都是诚实的泪水，饱经沧桑的皱纹在灯下一折一折地放着光，掩藏着心底无尽的忧患。良久，张熙也叹息一声，问道："你为什么非要现在就知道是谁派我来？"

"我们不知你根底，焉敢跟你一处做这种事？"高应天冷笑道，"你真的是太嫩了。马光佐的三万人就驻在甘肃，勒格英的一万五千人就驻在松潘。

西安将军瓦德清五万军马都挡着路，你说一声举义旗，就能出三秦？既然来共谋大事，你就该剖诚相见，你自己不诚，却要我们诚？你这个老师真有意思！"

张熙绷紧了嘴唇，岳钟麒和高应天这番做作深深打动了他，而且剖析出的理由也真是无懈可击，他翕动了一下嘴唇，又抿住了。

"张先生也累了。"岳钟麒站起身来，"老高，明天你严严实实弄乘轿，送张先生走。给他带一百两盘缠。"

"慢着！"

张熙不知哪来的劲，一撑身子竟坐了起来，说道："既是诚意，你们可愿与我结为生死兄弟？""有何不可！"高应天愣着没有回过神来，岳钟麒已经慨然答应，"来来来，就这里撮土为香，我们三人结为金兰之好！"

于是二人搀着张熙下炕，在一盏忽明忽灭的瓦台油灯下拟好誓词，南面而跪，齐声念诵：

> 今有岳钟麒、高应天、张熙三人面对昊天上帝并告祖宗神明。我三人心志同一，为天下苍生，为光复汉家伟业奋起共讨满清丑虏。生同此志，死同此心，愿生生世世结为兄弟。如有违此志，叛兄卖弟者死于刀箭之下，永世不得轮回！

一阵惊风掠房而过，砂石打得屋瓦一片声响。张熙低声说道："二位兄长，我的老师是……"

岳钟麒和高应天回到签押房，二人在灯下相视一笑。高应天道："既然已经知道了曾静，大帅怎么还和他优礼周旋？"岳钟麒道："从现在起，我不再见他，由你和他打交道，直到拿住曾静！——万一他再弄假，我这一整治，再想唱戏比登天还难呢！唉……千古艰难唯一死，张熙要走正道儿，不失为一条好汉呢！"

"皇上那头怎么交代？"高应天提起了笔，"共同盟誓的事要不要写？"

"写。"岳钟麒略一思索，断然说道，"原原本本地写。要把我们万般无奈，只好计出下策的情形写足，不必再提誓词里反满复汉的话，只说结为同生共死兄弟也就可以了。"

天色黎明时，岳钟麒的八百里加急奏折已拜发出去直呈畅春园。

四天之后，由军机处发出的八百里加紧廷谕由北京直发湖南永兴。

再越五日，永兴县衙倾巢出动，快马缇骑直奔曾家营……

第四十回　泄郁忿再兴文字狱
　　　　明心志颠倒奇料理

　　曾静张熙一案骤出，震动京华。一个小小秀才，竟敢于光天化日之下，不远数千里直奔野战军营，劝说主帅倒帜造反，这真是亘古没有见过的异事。本来已经传说得老疲的谣言再度乘风而起，有说曾静在湖南聚兵十万，专派张熙去西宁联络，和岳钟麒互为掎角之势，约同起兵两路进攻中原的；说岳钟麒的奏折是试探朝廷，如果朝廷还信任，那就押送张熙进京，如果不信任，依旧造反；更有说得玄乎的，朱三太子已从吕宋国启程回国，主持讨清复明大计……如此种种，像瘟疫一样在酒肆茶楼秦阁楚馆中散布，连六部小吏们也一改往日懒散习惯，天天一早就到班，从主管司员脸色到部院大吏只言片语，探查朝廷有没有大的行兵动向。

　　整个北京都睁大了眼睛。

　　但接着出来的旨意却是人所意料不到；刚过正月十五，弘时便带人亲自到刑部传旨："李绂、谢济世、蔡珽等人结党营奸，攻讦正人，李绂着即革职，锁拿进京交部问罪。刑部员外郎陈学海通连其中，诋毁坑陷国家大臣田文镜，其罪亦不可逭，亦即就地革职。余犯着大理寺严鞫窍实，依律定罪。钦此！"

　　旨意宣过，刑部大堂死一般寂静。李绂田文镜互讦时日已久，现在作结论，尚在意料之中。陈学海不过口风不严，生就一张臭嘴，传言了些田文镜任上的笑话儿，他竟也"不可逭"？还有对蔡珽的罪名也定得奇怪，蔡珽是康熙平定三藩时就功勋卓著的老将军了，四十多年镇守西南，人们所知道的，也就是他曾经推荐过黄振国当河南布政使，和李绂过从得近一点，时有诗文酬唱。那谢济世是出了名的戆迂人，跟李绂只是点头交情，怎么也卷了进去？因此众人一齐愣住，面面相觑着没有说话。许久，刑部尚书柯英才领衔叩头，说道："臣领旨！"

"众位大人也都起来吧。"弘时换了笑脸，"我是夜猫子进宅，来了没带好事儿。"见陈学海兀自跪着没有动，便走过去笑道："陈学海，你可知罪么？"

陈学海看了一眼弘时，重重叩头道："奴才知罪！"他挺起腰来，拍蚊子似的"啪"地扇了自己一个耳光，"奴才嘴臭！"弘时性格阴微，被他逗得一笑，便发不起火来，问道："你嘴臭，都说过田文镜些什么，跟谁说的？"陈学海道："奴才说过，田文镜是顶尖的好人。却偏他娘的跟好人过不去，真是莫名其妙。其实去河南的官，在原任各省也都是些了不起的能人，偏一去河南一个个都成了窝囊废。田文镜在河南就相信亲近过一个张球，偏偏张球是个墨吏，这也就太不给田大人长脸了！王爷别笑，我说的真心话，就是有点想不通——说他这个人，连家眷也不带。当巡抚当总督，没有一个亲眷跟着发财，他只做事，不发财，和李卫一样。凭谁论，他也不是个昏蛋。但既是好人，又和所有的好人都弄不到一处。这不怪么？我见谁都这么说，走哪里也说。我这嘴不是臭极么？"

弘时一边听一边肚里不住暗笑，但他是奉旨问话，必须拿起架势，因又问："你和谢济世说过没有？""说过！"陈学海毫不迟疑地答道，"我是见人就说。这部里没有不知道的，就在三爷您府里，宝亲王府，还有五爷府，我也说过。旨意既问到这里，奴才还敢隐匿么？"弘时想了想，又问："谢济世把你的话转述皇上，写了奏折预先和你商议过没有？"

"没有。"陈学海越发觉得轻松，装了一脸可怜相，"好三爷你哩！谢济世是浙江道，我是刑部员外郎，离着大几千里地，我们两个没有通过信，就是兔子也没有那么长的耳朵呀！"

"近段时间他来京，没有见过面？"

"三爷，奴才不知道他来京。这几日部里上下都忙，瞪着眼竖着耳朵等着湖南消息。"他果真十分饶舌，"要是永兴县审问曾静，是个串连造反的人，那招一个是要拿一个的，又怕他们不谙事，拿着良民顶供邀功，又怕他们怕事，走了要紧从犯。我们都急得了不地等着他们的信儿。三爷，我忙得连家也没空回，哪里有空找谢济世这个混账王八扯闲篇？再说……"

"好了好了！"弘时好气又好笑，摆着手道，"不就是没见面么？"想起旨意里还有革职的话，因又道："来，革去陈学海的顶戴！"

陈学海止住了走上前来的官员，自己摘下大帽子，边旋着钮子取那红缨，边笑道："这个顶子没花钱挣来，又没花钱去了。如今世事真正有意思，像田制台，花钱买捐挣的红顶子，到底戴得牢靠结实——和买东西仿佛。货真价实童叟无欺！"他交了顶子，叩头谢恩，见弘时要走，兀自追几步笑问："三爷，您还欠着我一回东道呢——几时回请？——您走好了！"

弘时打轿回畅春园，一直捺不住肚里发笑。刚在双闸口落轿，便见小太监李来苏迎上来道："奴才等了有一阵了。万岁在澹宁居等着召见您，请爷这就过去。"弘时点点头加快了步子。

进了澹宁居，弘时立刻觉得气氛不对，雍正没有在东暖阁，迎门坐在正殿的须弥座上，朱轼、方苞、张廷玉、鄂尔泰、允祉、允禄、允礼和弘历都侧身侍立身旁。一个身穿鹭鸶补服的六品官，砗磲顶子放在地下，正在激烈陈词：

"汉武帝戾太子之事乃千古帝王殷鉴。不但阿哥，即使太子，也不宜干预外事。皇子春华毓德，修身养性，万岁万年之后，期望他们辅佐垂治，才是至公之理！"

弘时不禁一怔，不言声向雍正行了礼，挨着弘历站定，悄悄问道："这是谁？""工部主事陆生楠。"弘历也悄悄说道，"已经和皇上顶了一会子了。"弘时看时，果见雍正脸色铁青，死盯着陆生楠，说道："你说这话罪不可赦！不立太子，是圣祖定的。今日朕为天下之主，也不立太子，天下如今有什么不安之处？你说的是圣祖不该废太子，还是朕不该不立太子？"

"圣祖不立太子，所以有皇上兄弟骨肉之变！"陆生楠抬起头来正视着雍正目光，"以圣祖之天纵英睿，尚且不易善后；后世子孙，皇上能使他们都似您一样？"弘时这才看清，陆生楠是个三十岁上下的青年，五官也还匀称，只眉心倒剔，一双斗鸡眼好像总在盯着前上方，脖子梗得有点歪，随时随地都是一副目中无人的傲慢相。别说和皇帝说话，就是这神态儿，能在工部衙门混到主事，也令人纳罕。再看雍正，果然已经恼得额上青筋胀起，口气也变得阴寒异常："连圣祖也不放眼里，你还算个人臣！朕与左右臣工追随圣祖数十年，竟不知道圣祖有'不易善后'的事！你既然这么大的才学，倒要请教一下！"陆生楠侧耳听着，他脸上天生的那副倨傲相越发令人瞧不受用，碰一头便直起身子，说道："圣祖晚年不立太子确是一憾，阿其那塞思黑所以敢于觊觎皇位，落了身死囹圄下场，就是因为没有太子。设如先帝早定储位，君臣相信，兄弟相安，焉有阋墙之祸？又哪来的流言蜚语充斥朝野？"

雍正身子向前一探，冷笑一声说道："原来你是在替阿其那叫撞天屈！哦，朕倒想起来了。当初阿其那闹八王议政，有几十个京官联折上奏，跟着呼应起哄，联名，其中是有你的吧？"陆生楠似乎早将生死置之度外，昂声说道："有的！皇上下诏求直言，难道是摆样子的？这么大的天下，用封建制兄弟分而治之，皇上垂拱九重统驭万方，不比现在这样早起五更夜伴明灯'宵旰'劳作好些？自周以来，国祚没有超过五百年的，就因为秦始皇为他的一己贪念，行使郡县制。人主威以愈重，为祸愈烈，就因为他可以随意赏罚，生杀予夺。人虽怒而不敢言，虽欲报复而不敢举。蓄之既深，其发必毒，难道不应警惕？"说罢叩头碰地有声。

殿中诸人此时个个面如土色。召见陆生楠，是张廷玉的建议，原本是为计议岳钟麒制造六千辆战车的事想听听司官建议。谁知陆生楠劈头说讲了一番民间流传岳钟麒的那些闲话，请雍正"先息谣言，以不疑之心用兵"，惹翻了皇帝，撤去东暖阁会议，升御座正规接见。陆生楠如果磕头认错也就罢了，但他生性倔强傲慢至死不变，又进而以谣言扯到允禩等人的死，愈说愈僵，没等几个军机大臣想出转圜办法，已经到了这个地步。弘历眼见他是脾性不好加上一副天生不讨人喜欢的尊容，要说话，连个插口的余地也没有，心里喟然一叹：此人休矣！此时连张廷玉方苞也面面相觑束手无策。

"好一篇利词！"雍正目光闪烁，脸上带着刻薄的笑容，"自秦始皇以来二百余帝，你是一个也瞧不起！圣祖也不在你眼里，何况朕这样的寻常皇帝。你既有如此通天彻地前无古人的大才，怪道得与谢济世同乡，又受李绂重用！过去有个'八爷'，弄了个大'党'，害君祸国；如今又是一个李绂，通连一位蔡铤，拉上黄振国、谢济世，又成了一个小'党'。朕御制的《朋党论》你们瞧不到眼里，不读也还罢了。连圣人的四书五经，你们也是个'蔑如'。不就是翻过朱子几篇格言评注，会抄几篇高头讲章么？就好把自己扮了诸葛亮，把朕躬看成是阿斗？——你们似乎忘了。朕为四十五年皇阿哥，并不是干领那份俸禄，一言一动听之于保夫保妇的阔哥儿！朕是水里进火里走，六部里办差，外省民间闯荡出来的铁汉子、硬骨头！朕在滔天黄水中视察河工时，你还穿着开裆裤呢！你既无忠君之义，朕又何来的爱臣之情？——来！"

"在！"

"将他官服剥掉，"雍正凶狠地一笑，对拥进来的侍卫道，"送到养蜂夹道狱神庙，和谢济世、黄振国一处关押，待李绂和蔡铤押解来京。刑部大理寺着实谳审后，自有应得之罪！"陆生楠不等人来架，急一叩头道："万岁，臣愿尽言而死！"雍正不屑地一摆手，道："刑部大堂上说去！"

几个侍卫不容分说，扑上来撮起陆生楠脚不点地便往外走，陆生楠身子一纵，说道："死则死耳，这么侮辱斯文！"仰天哈哈大笑渐渐远去，老远还听他在叫，"杀英雄头，剥英雄皮，千古一快……"叫得殿中人无不失色。

"狂生！"雍正额上青筋霍霍跳动，端起杯来喝，茶水已经震齿价凉，"豁啷"一声将杯掼得稀碎，恶狠狠笑道，"有时候刀子比四书管用——像陆生楠这样的王八蛋，吏部还保了个'清才'——传旨吏部尚书、侍郎、考功司主事，各罚俸一年，记过一次！"说着，径下御座，向东暖阁走着问道："弘时，刑部传旨过了？"

弘时边跟着进来，一一回奏了传旨经过，也亏得他好记性，滴水不漏将陈学海的话复述了一遍。说得雍正一肚子气全泄了，笑道："天下大了，什么样人全有。范时捷当顺天府尹，拿了我雍王府的人，朕那时还是掌管部务的皇阿哥。和他好说叫放人，死死顶着一定要审。老十三拧着他耳朵臭骂一顿，笑嘻嘻把人就放了。"弘历见雍正气消了，赔笑道："皇阿玛说的是。君子小人也只在人主调配得宜，各得其所而已。就如陆生楠，按情罪而言，实在也是诛不胜诛，不过一个妄人就是了，主子别生他的气。"

"你们不晓得。"雍正叹了一声，"还有一个杨名时，昨天整整在这谈了一个时辰。他当然不像陆生楠，陆生楠不单是个狂妄人，他后头是有另外图谋的，所以不一样。朕也不一律相待。像杨名时，阿其那的政见和他几乎没有多大区分，但杨名时全然是一片忠爱心，想照他那套办法辅佐朕治好事情。他说的话又都是下来私地和朕商榷，朕就喜欢分出好歹人不同料理。杨名时朕和他谈了，他学问好人品也好，也是做实事不说空话的。但天下十七省耗羡归公，发养廉银子，没出什么乱子，库银也加增了，可见朕的制度不错。他说已经想通了。朕说，既然想通了，还回去当你的云贵总督。君子不结党，结党非君子。杨名时孙嘉淦是君子，李绂这人朕原看和杨、孙是一样的，想不到背地里行为如此龌龊！"

他长篇大论地说着，众人这才明白，雍正其实心里是把这群人按允禩的余党来处置的，都不免觉得雍正这样睚眦必报搜剔无遗未免过分。但雍正此刻正在气头上，又说得振振有词，谁肯在这时候儿去触他的霉头？张廷玉思量着军机处还有许多公务，不能再为李绂一案耽误时辰，因道："李绂谢济世他们已是笼中之囚鸟，处分等部议过后再参酌也可。现在两件大事是不能轻心的。岳钟麒集兵西宁十万人，甘陕大雪，粮草都是从四川运上去的，运一斤粮要耗十七斤粮，四川的库底儿都叫俞鸿图给腾净了——俞鸿图这人还是能办事的，但这一来，得赶紧给四川调拨春荒用粮和种粮。陆生楠是专管给岳钟麒造战车的，他坏了事，车还得造，这些事情奴才们料理得。但曾静一案，是极要紧的，得赶紧把人押来北京，交刑部审理。在湖南审，京师里谣言太多，六部里都无心办差了，尽是到奴才那里探问消息的，可否请皇上下诏，限期押来，邸报一登人心自安。"

"很好。"一说到政务，雍正便忘掉了烦恼，昨天他接到了湖南初审曾静的奏折，今天召集这些臣子来，本就为了商量这事，却被陆生楠中间插了一曲。当下略一沉吟，说道："就依廷玉意见，立刻出京报，曾静张熙一案已经破获。不过这案子不能交给刑部，也不能给大理寺，刑部他们清理李绂一案就是了。""曾张一案该刑部照理。"弘历说道，"放在湖南审讯有许多不便。刑部如果人手少，可以临时从别的部抽调人去。"雍正道："湖南只是初审，为的怕案犯人数众多闻风逃逸。现在既然已经查清只是两个人，当然要调京。不过这次朕要亲自审理，由军机处调度，不交部。待审结之后，将案由交部议处，颁布天下。"

众人听了，都觉得有点匪夷所思。历来皇帝亲自过问刑案，都只在戏上见过，是一般稗官野史小说家吃饱了撑的，捏弄出来个"新奇"招徕读者。孰料最不爱看戏的雍正皇帝，居然要坐明堂亲审御案，而且案犯是两个微不足道的百姓！弘历愈想愈是不妥，但他是十分持重的人，想听清楚雍正的真意之后再说。允禄却觉得新鲜，笑道："这是千古奇案，皇上亲审再好不过。臣弟也得目睹天子坐堂的风采。曾静既说是读吕留良的《春秋大义》萌生反叛之心。臣弟建议，吕留良一并也应拿问。《春秋大义》《知几录》《知新录》都应立即查禁毁版。"

"要你现在说，岂不迟了？"雍正一笑说道，"吕留良一家早已拘禁，逆书已查到了原版。这个吕留良埋得好深。他是前明遗少，说他忠于前朝，明亡，他却没有跟着殉节，却来考了我朝秀才。既已失节，就该苟延残喘沐浴我朝圣化，却又不安分，造作逆书诋毁我朝，还造就出一批刁恶文徒。这边他的信徒曾静鼓动岳钟麒造反，你们没见，刚到的急报，山东还有个严鸿逵也是他的学生，在日记中对我大清肆口侮骂。朕以为，曾静张熙只是愚妄无知受人蒙蔽，真正的元凶首恶，是浙江那个'东海夫子'吕留良，还有那个严鸿逵，也是吕留良的得意门生。日记说海拉尔地震，毁伤满洲人四千，场面'壮观'，热河泛滥，淹死满洲人二万余，写诗'洪水亦知解人意，天岂不知天当知！'——一片心的幸灾乐祸！实属毒詈铭心之词。不知我满洲人有什么亏了他处，这般的恶毒枭獍之心！"雍正翻看着湖南、青海、浙江和山东的飞奏密折，越看越气，"啪"地一击案："丧心病狂至于此极！曾静乃是吕留良教唆，论心犹有可恕。吕留良严鸿逵好乱乐祸蛊惑人心，虽然已死，其罪难饶——着浙江巡抚立即拘押吕氏全族，听候旨意处置！"

因为这几份奏折都是特急飞递进来的，除了雍正，别人都还没有过目。鄂尔泰、方苞、张廷玉觉得曾静张熙毕竟是正犯，现在都被雍正撇开了，甚至隐隐有回护的意思，却把枪头掉转，冲着已经死了的吕留良严鸿逵，都是大惑不解。朱轼听见"严鸿逵"这个名字好生耳熟，此时才想起来，自己在康熙年间曾经推荐过严鸿逵进国史馆修纂《明史》，立时"轰"地一阵慌乱，翕动了一下嘴唇正要说话，弘历说道："曾静张熙是造逆主凶，依律应该凌迟处死。儿臣尚未看过奏章，但听阿玛方才训诲，吕、严似乎应该另案处置，这样就更清楚了。"弘时也忙道："儿臣以为老四说的是。"允祉允禄立时也都对雍正这番左袒曾静的话不佩服。允禄是个无可无不可的人，只不言声。允祉笑道："曾静张熙通同造谋，诱劝国家大臣造逆作乱，臣以为断无可恕之理。至于吕留良、严鸿逵，已经死了多年，他们是前明子遗，说一些诋毁本朝的话不算奇怪，把他们的书征集销毁也就是了。"

"老三你见的不是。"雍正近来愈来不喜允祉，觉得他这个三哥本来饱有才学，大可在自己和允祥等人身体欠安时多为国事操点心，但却仍旧高卧筵嬉游悠自在，大有看笑话的光景，因此一口就堵上了他，"你是读饱了书的，少正卯几曾唆使人叛鲁来着？孔子为相，七天就诛了他。他的罪是五条，心达而险，行群而坚，言伪而辩，记丑而博，顺非而泽。孔子说这五罪只要犯一条，'不得免于君子之诛'。吕留良的罪大过少正卯，而且他的门生有的著书立说煽惑民心，有的密谋策划造逆作乱，岂可毁版禁书草率了事？曾静张熙固有应得之罪，但他们是受人蛊惑而不自知，造下这弥天之罪，愚夫草民也不无可悯。"他偏转头问朱轼道："朱师傅您说呢？方才朕见你仿佛有话要说。"

朱轼轻咳一声镇定了一下，说道："若依律法，曾静张熙都应该寸割了。此事已经天下皆知，臣以为还是应该彰明较著公审。至于法外施恩，是人主专权。但无论如何他们身犯十恶罪，不应以'受人蛊惑'免其一死。臣竭力赞同皇上追究吕留良之罪，他的罪确实在曾静张熙之上。如果制造异端邪说的轻纵了，还会有人再学曾静张熙，再出一个张三李四蛊惑造逆，而且也还会再出一些吕留良这样的人物私作著述，坏乱世风。臣方才要说的不为这个，是臣想起当年臣曾荐严鸿逵去修《明史》，严鸿逵虽然坚拒没有应诏，但臣视人不明荐人失当，也有应得之罪。现在严鸿逵已经查明是逆党，臣自当请罪，请皇上发落！"说着便跪了下来。雍正忙道："弘历搀朱师傅起来——这是多少年的事了。你不说谁也不知道，可见你的心地光明。朕不但不罪你，还想叫左右臣工子侄们学习你呢——你议吕留良的罪也很允当，是老成谋国之见，这才是读书君子心性呢！——朕不主张严惩曾静。除了方才说的之外，还有一条，张熙被逮之初酷刑用遍紧不认供，岳钟麒为套出口供，和张熙义结金兰，指天盟誓不相负。朕杀一无用的曾静张熙，使岳钟麒背负义之名去打仗，后世人看朕是个什么主子呢？"

他这个话更是儿戏，岳钟麒套口供的誓词，本就是假话，皇帝都要替他假话负责！几个人听得都是又好气又好笑，没想到雍正相信江湖切口也迂得这么个样子！但此刻说话，立时就要牵进岳钟麒。他在外出兵放马，不宜说忌讳话扫雍正的兴，于是众人呆立不语，来了个充耳不闻。

"你们看一下曾静给岳钟麒的信吧。"雍正将几份抄誊了的信件副本递给弘时分发众人，"朕共被列了十大罪状。京师朝野传闻的谣言，这是个集大成的本子。"

张廷玉接过看，目光一滑便骇了一跳。罪名共是十条：谋父、逼母、弑兄、屠弟、贪财、好杀、酗酒、淫色、诛忠、任佞。他心里一阵阵起栗，如此毒恶的诽谤，雍正为什么还意存宽恕呢？想表明自己是仁德宽厚的君王么？这念头一闪，张廷玉立即就否定了——雍正自己也说过自己"刻薄"的。思量着，突然一个念头闪过：皇帝是想显示自己的"光明正大，无事不可对天下"，也想借机抒发一下对那些无根谣言的憎恨，借审询曾静痛快淋漓地加以反驳昭示国人。张廷玉毕竟机敏过人，揣透了皇帝的心思，当时就有了主意，却不言声等着众人开口。

"这，这——这样的人还能宽恕？"弘时脸色苍白，略为口吃地说道，"儿臣愚昧，实在不能懂得。"他和允裪的不同就在这里，他并不赞同否定雍正继统的合法——雍正是"篡位"，他和弘历的交锋就没有半点意思了——一边说，偷看弘历时，弘历也是满面通红，拿着信咬牙只是发呆。

雍正知道众人很难和自己一致，思考良久，笑道："如若单一就事论罪，曾静二人剐成肉酱也抵不了。说句实话，朕开初见这封信时惊讶堕泪，睡时梦里也想不到天下有人如此议论朕。但朕的秉性，'卒然临之而不惊，无故加之而不怒'，朕是做得到的。且不说朕的勤政爱民夙夜兴作，百代皇帝没有及得上朕的。就算朕是平常皇帝，这也是断断不受的。所以，朕不把这封信看作是诽谤。只能看他是猪叫狗吠！譬如你们，听到猪狗嗥叫，肯生它们的气，值得和它们计较么？"他从容下炕，背着手徐徐踱着，说道："所以，这是天上掉下来的奇人奇事。遇到这样的怪物也不容易，朕少不得有一番出奇料理，你们等着瞧就是了。"

"万岁，"张廷玉一躬说道，"尽管是疯狗，吠咬人主，也还是要诛戮的。就信里说的那些，奴才还是觉得最好是密审。所以万岁叫上书房审办，确实比部里去审妥当。逆信所谓十大罪状虽说都是'狂吠'，却断不是曾静和张熙二人可以面壁捏造得出的。正好顺藤摸瓜，追查前一段的谣言来源。"张廷玉猜透了雍正的用意，但他还是不能同意雍正的办法。因为这十条罪状不但雍正不能接受，弘历弘时兄弟也是深深怀恨的，康熙雍正帝位

422

交替时他自己身为宰相，也不能承担责任。无论从哪个角度，说从重办理都是妥善之策，因顿了一下，"审明之后，奴才以为还是应由法司衙门依法治罪，为天下后世儆戒。"他自觉已经尽了"有言在先"的责任，便收住了，默然后退。

雍正还有一大堆奏折要批，此时身上又乏上来，因笑道："你们为人臣的，当然该有这个想法。人解到北京再说，你们随时见朕还可以议议。别为曾张这两块臭肉耗时辰了。李绂一案要抓紧审，从重判！这个陆生楠目无君长傲慢无礼有欺君之罪，尤其不可恕。就这样，散了吧！老十三又病了，叫允礼去看，这会子也不知道怎么样。唉，四下里糟心的事太多了。"

"是！"

众人一齐跪安辞出。弘时一眼瞧见允礼从韵松轩迎面过来，忙站定了等着，待到跟前，弘时赔笑道："十七叔，从清梵寺过来了？十三叔这会子怎么样？万岁方才还说起着呢？"允礼脚步也没停，说道："贾士芳就在韵松轩，我这要去见驾，你们谈吧。"说罢便去了。弘时迟疑了一下，拽着步子回到韵松轩，果见贾士芳一身黑缎袍褂，头上戴着瓜皮帽，腰里玄色带子，脚下一双冲龙千层底靴子，正站在自己案前看邸报。他加快了步子，一进门就笑道："老贾，你这牛鼻子，穿这一身像一团黑炭，又配着这张白脸没点血色，活像个无常。方才见了十七爷，他一脸的不喜欢，十三叔身子不好么？"

"十三爷大限已到。"贾士芳神情悒郁，冷森森说道，"我这一身就是吊他的，倒是三爷这'无常'二字说得好。就是帝室贵胄，王孙公子，福命滔天，也毕竟有用尽之时。愈是养德惜命，不敢稍微妄为，上天才肯将全福全寿赐予他。三爷您说对么？"弘时一笑坐了椅上，把玩着一方玉石镇纸，说道："后唐时节皇帝求长生，宫中养活多少异能道士，自古痴人多，毕竟也没见着个真神仙。像你，也只是个'假'神仙嘛！天意你晓得？活见鬼，我就死活不信你！"贾士芳笑道："我为这里是不得已。也知道下场不好，也只好随遇安之而已。我劝三爷，您万万当心，不要玩聪明了，帝位没有您的。再玩聪明，什么也没有您的了。"

弘时像被烫了屁股，弹簧一样跳起身来，审视着贾士芳，良久，格格一笑道："道士，我也劝你安分一点。捣鬼弄术不过巫师神汉的伎俩，摆不到大雅之堂上。别以为你在皇上跟前得用，忘了自己身份根本儿，祸不旋踵！""我是个小人物，原本就无足轻重。"贾士芳道，"过去恃强好胜，得罪了师门，也得罪了不少本领高强的异能之士。我手没了那把木剑，现在不能回江湖了，在这里应付些琐碎事情，还是绰绰有余。三爷，君相之命系于天，不系于鬼，十三爷是命数已尽，我也救不了他。把你神龛底下压的那张魇镇纸收了吧，它只会害你自己，真的，听我良言没有坏处！"

"你是说我害皇上，害十三爷?!"

"对，还有弘历四爷！"

"证据呢？"

"在你心里！"贾士芳冷笑一声，"头顶三尺有圣灵，暗室亏心，神目如电！你敢对天起誓没有那些鬼祟事么？"

弘时像被人抽干了血的一具僵尸，死盯着贾士芳。未及说话，高无庸在外咳嗽一声已经进来，给弘时躬身一礼，对贾士芳道："皇上叫先生过去说话。"

"是。"

贾士芳抽身便走，高无庸随后跟出来小声问道："三爷脸色怎么那么难看？有病么？"

"要下雪了。"

贾士芳抬头看看天上绛红色的云，所答非所问地说道。

第四十一回　意未尽怡亲王骑鲸
情恋误雍正帝种祸

　　贾士芳随高无庸来到澹宁居前，几个太监已经备好了马等着。二人进殿，便见乔引娣彩云等几个丫头忙着给雍正换便衣，雍正自己系着项下斗篷带子，问高无庸："雪下大了么？"

　　"回主子话，刚刚儿飘起来，还不大。"高无庸忙道，"只白毛风冷得邪乎，请主子加衣。"雍正转脸又问贾士芳："道长，他……他还有多长时辰……"贾士芳无声透了一口气，躬身说道："十三爷将到弥留了。不过，他还有个回光返照的时间，等得着主子说话。"

　　雍正心里一酸，已是落下泪来，当时顾不得再说什么，匆匆出殿来。一个小太监伏跪在地下，雍正一边踏了他的背上马，一边大声对秦狗儿道："李卫今天要到京，叫他直接去清梵寺见朕。其余的除了王大臣朕一概不见。天冷，不要叫他们干等！"说罢回身对允礼贾士芳一点头，双腿一夹，那马泼风似的驰出。德楞泰等十几个侍卫也忙上马紧紧随后。

　　此时天色更加晦暗。彤云在劲急的北风催送下，逃跑一样争先恐后地滚动着向南。远近苍色的穹窿下，挺拔的白杨枝条碰撞着，发出单调枯燥的哗哗声。银米似的雪粒一阵一阵地撒落下来，打得人脸生疼，寺外一片广袤的白茅，枯萎的长叶带着霜一样的白色雪粒在风中波动不定，给人一种凄凉寞落的感觉。待到清梵寺前，众人下马时，雪粒已经换了不太稠密的轻羽，在灰暗的殿宇檐下摇动飞舞着坠落下来。雍正在庙前旗杆旁下马，发觉与以往气氛有点不同。细看时，庙中方丈和尚带领寺中所有和尚都鹄立在山门里边，沿甬道每隔三步不到就有一个沙弥，一色的土黄棉直裰，合掌而立喃喃吟诵。见方丈和尚印空身披袈裟迎上来，雍正一边往里走，一边问："大和尚，你坐关几年，今儿出来了？"

　　"阿弥陀佛！"印空合十回话，"太己道人（允祥道号）久居我寺，和尚坐关心动，他要归还我僧舍脱囊而去，我合寺沙弥为他送行。"雍正站住了脚，目光似喜似悲地望着愈来愈白的殿瓦，说道："有劳大和尚了，道释其实是一家。其实就是儒，何尝与释道不相沟通？你看，这场雪，万物都在带白，看来老十三真的是要去了。"

雍正强抑着心里悲怆直趋西院，但见允祥院里人来人往，有的预备着搬衣箱，有的忙着寻刀觅剪给允祥裁寿衣，有的提着水到灶屋烧，满院的药香扑鼻，檐下还有几个太医在耳语，似乎在商榷脉案处方。雍正原嗔着人多嘈乱，见众人都蹑手蹑足十分小心，便不言声上了正房台阶。众人这才留意到皇帝来了，鸦没雀静屏息一齐跪下。雍正也不理会，带着允礼高无庸和贾士芳进来。果见允祥仰躺在炕窗旁边，脸色黄蜡一样难看，闭着眼静摄，呼吸也一粗一细不匀称。因屋里暗，好一阵子雍正才看见李卫在这里，还有自己最小的弟弟允祕捧着一碗参汤站在炕前。二人目不转睛地盯着允祥发呆，连雍正等四个人进来也没有觉察。

"皇上来了。"允祕听见动静，一转脸见是雍正，忙推了推李卫，李卫这才觉得，一把拭了泪，伏地叩头。雍正点点头，轻声道："起来吧，李卫是才到的？"李卫忙道："是。奴才原要进园子去的，碰到衡臣相公下来，说主子刚议过政，身上很乏，叫奴才明儿再见驾，就折过来先来瞧十三爷的病。不想——"他看了允祥一眼泪水又夺眶而出。

允祥昏昏沉沉中听到雍正言语，睁一眼睛。他昏花的眼睛迟钝地搜寻着，见到雍正时毅然闪了一下，枯瘦的胳膊也是一动，似乎想动。雍正忙俯身按住了他，见他翕动嘴唇，又把耳朵附过去，却任是如何也听不见说的什么。雍正掉转脸看着贾士芳，问道："能想想办法么？"

贾士芳点头会意走到炕前，却也没有什么花哨举动，只对允祥说道："空明即是灵动。十三爷，我昨儿说过的，您不要紧。"他话音一落，允祥脸上竟奇迹样地泛上了血色。允祕忙凑上去，操着童音道："十三哥，这汤不热不凉，你喝了它。"李卫忙过来接了碗捧着跪下。允礼见允祕个子太矮，喂汤很艰难，趋走过来要过匙羹，一口一口喂允祥。

允祥喝了几口，精神显得更好了一点，渐渐地，脸上泛起潮红，对雍正自失地一笑，说道："老十三这回走到尽头，再不能给皇上奔走效命了。"雍正心里一阵酸热，勉强含笑道："你这傻子说傻话！忘了邬先生当年的话？你的寿是九十二善终！——士芳，邬先生断得准么？"

"儒者云死生有命富贵在天，孔子比释老看得还透。"贾士芳回避了直接答问，白得令人不敢逼视的脸上没有微笑，说道，"十三爷心放宽。士芳在这时，哪个无常敢来！"允祥已和他厮混得很熟，笑道："贼牛鼻子又说大话，我其实半点也不恐惧。邬先生神相，说我的寿，是连昼带夜，我才想明白，今年我可不是四十六岁么？"

众人方诧异他精神突然如此振作。允祥又道："我真的一点也无恐惧，这会子想着死，就像是农夫锄完了地回家，又像是读完了一本书合起来就是。我清楚贾士芳也明白，我这是回光返照。"他突然孩子气地笑了笑，说道："老贾给我护持一个时辰，我要单独和皇上谈些事情。我不要人打扰，有一个时辰就够我用了。"

"十三爷达观爽明，真是英雄肝肠。"贾士芳道，"我可以护持您一个半时辰，您放心。我就在东厢配房里作功。"他向雍正一躬就退了出去。允祥又对允礼允祕和李卫道："诸位也过去陪着贾士芳，和他谈话下棋就是。记着，和他谈话下棋。你们玩儿得安心，我才高兴。"

目送他们出去，雍正转回身来对允祥道："该安心的是你。把病治好，多少话不能慢慢说？"

"吉隆里河，英不撒坦切用，德台吉博克隆汗罗风。"①

雍正被他说得一愣，半晌才醒过来，用满语说道："弟弟，你用满语说话，他们是听不懂的，用蒙语我听着太费力，你也太耗神了。"

"你寻机会杀掉这个道士。"允祥用眼瞥了瞥厢房，用熟练的满语说道。

"为什么？"

"因为我已经看出来，他能操纵您的健康。他要你觉得自己需要他，一步都不能离开他，迟早有一天他会反过来要你做他要做的事。这其实是巫术，并不能用它来治国的。"

"这好办，我很轻易就能处置掉他。"

"不，"允祥的眼神中透着严肃，像是怕雍正突然在面前消失了，一字一板说道，"这是个有真实本领的人，不怕火烧水溺，甚至雷击，更不说刀

---

① 古蒙语，意谓：大皇帝，我有要紧的话，别人不能听。

斧之类了，除掉他并不容易。"雍正陡地想到，自己近来犯病，果然是连御医都懒得叫了，不禁心里一缩。他看着允祥说道："你好像已经有了办法？"允祥道："李卫能办这事，别的人恐怕不行。我要说的第一件事就是调李卫来京，进军机处兼管天下刑名。"

"成。"

大约说满语太耗神，允祥屏息了一下呼吸，改说了汉语，他的音调立刻充满了离愁别绪："皇上啊，我的四哥……我追随您做事三十年了。从小我就是您一手拉扯大的，现在弥留回首，我真舍不得割掉这缘分。鸟之将死其鸣也哀，人之将死其言也善，我有些心里话说出来，知道四哥不会恼我，可也担心四哥以为我是临终的昏话……"他说着，泪水已毫无节制地淌出来，雍正轻轻替他揩拭着，说道："你这么婆婆妈妈的，我都要笑你了。"

"八哥是我们一辈子死对头。"允祥望着窗外纷纷扬扬的大雪，声音显得清晰而又遥远，"现在八哥九哥都死了，十哥是个草包炮筒子，现在也到了山穷水尽之时。什么也不念记，总是一父所生的亲兄弟，宽容一点放他回京吧。"他顿了一下，怅然若有所失地一笑，眼睛直盯盯望着远处，仿佛在回顾自己壮丽的一生，"……病了这几年不少人到这里来谈谈，我也有工夫腾出空儿好好想想。自古勤政爱民的皇帝四哥您是第一，我是直心人，先帝爷留下了个金玉其表败絮其中的烂摊子，只要是个中人，没有不知道的。但天下百姓不懂这个，他们不懂得国库里只有七百万银子，既不敢打仗，也救不起灾。皇上收拾这个局面，如今有了近六千万两银子，吏治不能说毫无疵瑕，但我敢说可以与朱洪武的吏治相比！您累坏了，可也得罪了一批乡绅，读书人，得罪了很多地方官，因为一个'养廉'制度就断了他们发财的路。人都说我天不怕，地不怕，但这些墨吏的口舌，咬人一口入骨三分，我真怕了这些人。如今我也要丢下您去了，您可要更加小心。"

雍正边听边流泪，说道："这是你的心腹之言，别人说不出来，也没这个胆量。朕之所以甘冒风险大力整顿，就是因为这件事情难，留给儿孙，他们更不好料理。所以我说'当皇帝难'，因为我是骑在老虎背上的。老十三，你是个好样的，支撑住，看着我扳回舆论。我这就要借一个大案子，把心剖白给天下人。真的不能领悟，也无所谓。后世总有有心人，看出我的苦衷……"因将曾静张熙一案前后情形说了，又道："这是上天赐给我的说话机会。他们那些会写八股文的能造传谣言，我要借这机会告诉他们，我也能写文章传之天下的！岳钟麒俞鸿图他们已经说服了曾静张熙，我化教这两个冥顽的读书人，叫他们走遍天下为我的新政现身说法！"

"成么？"

"当然一定。"雍正笃定地说道，"我要和曾静直接对话，集成书印发天下，名字也想好了，叫《大义觉迷录》！"

"四哥说成，我信得及。"允祥眼中光波一闪，又黯淡下来。他的脸色渐渐转色，变得又灰又白。雍正轻轻摇晃了他一下，说道："老十三，你……很不受用么？我叫他们过来？"

"别！别……"

允祥拼着全身的劲，手和脚都在轻轻地抽搐颤抖，咬着牙吃力地说："我的话没完，来不及细说了。皇上跟前三个儿子，学问都……好，心……心性……不一……三阿哥是个好的……但心性不一，又面对皇图，皇上不能不想得更周备些……"

这确是极重要的话，雍正几乎是伏在他的身上，听着允祥愈来愈弱的声息："先前圣祖——阿哥们争……争来争……去，为的不过是您如今这个位儿……如今又是一代……这种事也是免不了的……四阿哥是个好的……有人魇镇……追杀……唉……免不了的事……"至此，允祥只是翕动嘴唇，再也听不清他说的什么了。雍正一转眼见他伸出三个指头，忙问："是老的，新的？"允祥喉中咯咯作响，脸色又转潮红，吃尽了力才说出："问问弘昼……"三个指头兀自抖着不肯垂下。

"太医！贾士芳！"

雍正大声唤叫，他的头嗡嗡直叫，眼前一片昏花，心里塞了一团烂絮样混沌不清，直到众人一拥而入，团团围住允祥抢救，才略定住神。他在旁急急说道："救醒他，朕有赏！"贾士芳见医生们切脉刺人中灌参汤只是不中用，在旁断喝一声："十三爷，再留一步！"

允祥忽地睁开了眼睛，极清晰地对雍正道："皇上保重，此番永别了……"头一歪，再也醒不过来了。这个自幼失家在宫中备受轻慢的贵王阿哥，几十年间由受雍正照拂到成为雍正的左右膀，追随雍正忠诚不二，从无半点芥蒂疑忌，而今终于走进了生命的最后归宿。当贾士芳无可奈何地说"回天乏术，十三爷已不可救"时，雍正先是一阵迷惘，胸口一甜"哇"地吐出一口血来，一屁股坐回椅中。

"皇上！"允礼允祕李卫高无庸一拥而上，扶着他躺在春凳上，几个太医丢下允祥遗体忙趋身过来为他扶脉。只有贾士芳，用怜悯的神情看着这一切，没有动，只是说道："皇上这是急痛迷心，血不归经，不要紧的。"

雍正吐了一口血，反而觉得胸口畅顺了些，呆呆望着允祥的尸体，半晌颓然说道："回去吧……"

一行众人回到澹宁居时，天已擦黑，只是雪下得大了，满园的树枝都带了雪挂，松柏竹林冬青等常青竹木上都压了厚厚的雪。宫阙殿阁也都冰雕玉砌似的，白莹莹光闪闪，映得一片明亮，并不觉得天色已经向晚。雍正被李卫和弘历搀扶着进了暖烘烘的大殿，精神兀自恍惚，听得自鸣钟连响八声，已是戌正时牌才勉强说道："高无庸，允礼、允祕、弘历、李卫、贾士芳他们在你十三爷跟前守了一天，传膳给他们用。朕累透了，要歪一歪——这天气膳不要送过来，他们到御膳房附近的平暖斋去就是了。"高无庸知道雍正心情不好，连连答应着和众人辞了出去。秦狗儿见众人都黑沉着脸一副沮丧相，忙追出去扯住高无庸问了几句才回来。见雍正坐在暖阁里炕沿上，两个小太监跪在地下替他脱靴脱袜，便踅身向下人住处寻着乔引娣，说道："乔姑娘，今儿晚请你劳神侍候主子。十三爷殁了，他心绪坏透了，别人侍奉不来。"

"十三爷殁了！?"引娣正在吃饭，手一哆嗦，放下了碗，便随秦狗儿过暖阁来。果见雍正和衣仰卧在大迎枕上，神情呆滞地隔玻璃向外望着。引娣扶膝一蹲身，说道："奴婢来侍候主子……十三爷那么好的人，去得可惜了的。不过是人总都有那一天，人死如灯灭，主子伤心伤情也没有用处。您天不明就起来，劳乏了一天，多少还该用点膳。来，主子，振作一点，您乏透了，我给您烫烫脚，再用点膳，精神就会好起来的。"几句莺声燕语杂着山西口语呢喃而言，雍正已是坐起身来。引娣端来铜脚盆，兑上热水，一边用手试着，一边命人，"把我今晚用的姜醋面片儿端来，给主子取两个小馒头，一碟子老咸菜，再滴两滴香油。"

雍正双脚泡在热水里，由着引娣两只柔嫩的小手揉搓着，一脸悲怆冷峻之气顿时融化在乌有之乡。端起那碗面片儿，一股香味扑鼻而来，说声"好香!"喝了一口，但觉满口热酸辣香，不由又说："好! 而且很素。"乔引娣道："我们家乡病人就吃这个，有点小病那也是福气。有个懒汉，到土地庙里祷告，说'大小给个病，别叫送了命。姜醋面片儿，喝个半月儿'——"她没说完，雍正扑哧笑了。引娣又道："恰好土地爷神像后睡着个叫化子，大声说'得病就死!'——吓得他一溜烟儿跑了……"雍正笑道："看来朕也是个懒汉，要喝半月面片儿了!"

"主子这个样儿做事，是天下最勤快的人。"引娣用干毛巾搓着雍正略带浮肿的脚腿，"奴婢实在看您苦受，心里也不好过，说个笑话儿给您开开心啰……"说罢便叫人端了脚盆去。雍正喟然一叹，说道："难为你了。"又沉默了一会儿，说道："你要想见十四爷，还可以过去走走。"

引娣收拾了碗筷，用抹布不停地擦着桌面，脸一红，说道："我……不想去了……""为什么呢?"雍正盯着她问道，"你不是一直惦着他么?"引娣低下了头，皱眉叹道："我也不知道……我觉得你们都和我原来想的不一样……这都是我的命……"

雍正心里一动，正要再问，高无庸过来道："几位王大臣，军机处大臣都过来了，允礼王爷他们也过来谢赐筵恩，主子这会见不见?"雍正看了引娣一眼，说道："都叫过来吧。"

高无庸出去少顷，便见窗前人影幢幢。允祉为首，张廷玉、方苞、允禄、鄂尔泰、弘时、弘昼、允礼、允祕、弘历，最后是贾士芳诸人鱼贯而入，一片声请安谢恩杂沓不一。雍正皱了一下眉头，说道："士芳是方外人，可以退下了。小弟弟也不要陪着熬，高无庸弄辆严实点的轿子送他回府。"

"十三弟可怜，"允祉和弘时聚客饮酒赏雪，被张廷玉叫人拖来，心里还在恋席，竭力皱眉苦容，瞟了一眼允祕的背影，说道，"正当壮年时说去，不言声就走了。人生，这是怎么说?"弘时也是攒眉拧目，叹道："若论十三叔这病，绵延纠缠也有几年了，再想不到这么快!"弘历却道："皇阿玛，您吐血几乎唬煞了儿子! 谁都知道十三叔和阿玛的情分，您得节哀顺变……十三叔的后事儿子们多操点心就是了……"说着便拭泪。弘昼也是和弘时同席同路的，却没有弘时那副做作相，咚咚磕了几个响头，说道："十三叔生荣死哀，也不枉了大丈夫一遭大英雄一世！儿子痛惜之情有及儿子欣羡之心！前天儿子过去给十三叔请安。十三叔说他还有一桩心愿未了，儿子以为这是最要紧的。"

他的这番话落拓不羁，与众人都不相同。允祉想起他曾"自办丧事"，不禁莞尔，却又背转脸装作搌鼻涕。雍正早一眼瞥见，心里一阵厌恶，忙屏息凝神，问道："你十三叔说了什么心愿？"

弘昼叩头道："回万岁的话，雍正四年京师大水。十三叔查勘河道，卫河、淀河、子牙河都从天津交汇入海，沧州景陵河道淤塞，堵住了洪水不能畅泻。十三叔说他真想起来办这件事，疏通了沧州砖河、青县兴济河故道，在白塘口入海处开一条直河泄水，这样就为京畿直隶河道泄了洪，还可以浇几千顷地……儿子当时听他说得很多，只劝他不要劳神，等病好了再办不迟，也没有全部记清。十三叔当时叹了一口气，说'恐怕没有那一天了'。如今既然他不幸言中，这就是他一大心愿……"

"允祥真是公忠体国的贤王，这样的人史册上难寻！"雍正确曾听过允祥谈及这事，只不料竟是允祥的心头一病，禁不住五内俱沸音容皆变。他对张廷玉道："衡臣，原说等岳钟麒军事有了眉目再办的。老十三既这么说，了了他这个心愿吧！"

张廷玉忙躬身道："是！明天就叫户部先拨三十万银子，由工部办理。奴才瞧着俞鸿图实在是位能员，涪江疏浚工程报部三年修成。他亲自下工地督办，几个月就办下来了。眼下天冷地冻，可以先备工料，等到民工募集起来再拨五十万，也就够用的了。"他顿了一下，又道："礼部的人想必已经知道了十三爷的事。怡亲王的丧仪谥号，请万岁赐下，他们办起来心里明白，就不致误事了。"

"忠也好，孝也好，无非是个'贤'。谥号就是'怡贤亲王'吧。"雍正说道，"允祥一生侠义，侠心忠忱循道不悖，'行义合道谓之"贤"'，也合着他的性格儿。朕方才说自古无此公忠体国的贤王，朕待允祥也不同于寻常亲王。举朝辍朝三日以示哀悼。朕为他素服一月，大臣们不必换素，但要停筵乐一个月。怡贤亲王的'允'字，原是避朕的讳改的，现在朕为素服兄弟平礼，自然仍应恢复为'胤祥'。——至于他的神主牌牌，"雍正站起身来，背着手在殿中兜了几步，回案前提起笔来。高无庸忙将烛架上新换的大白烛连烛台端过来。见雍正在宣纸上落笔写道：

忠敬诚直勤慎廉明贤

写完交给张廷玉等人传看，雍正说道："朕从不谀墓。这八个字加在谥号上，没有一个是虚设的。在朝诸臣工，'忠勤慎明'的可以找出不少来，'敬诚直廉'这四个字，朕不能轻许于人。赐给胤祥，也是砥砺你们几个。"允祉原对允祥并无恶感，听雍正这样一层一层给允祥加赐殊恩，心里觉得有点不是滋味，抿了抿嘴唇说道："皇上的考语极是！祥弟敬于事，诚于主那是有目共睹的。率直任侠之性得自于天，所以兄弟里边，人称为'侠王'。有这八个字，胤祥可以含笑九泉了。"因为胤祥一直吃的双亲王俸，雍正三年又加俸一万，每年俸禄比允祉要多出两万八千两银子，所以他不动声色地替雍正删掉了"廉"字。雍正生性最爱鸡蛋里挑骨头的，自然一听就明白，但允祉是唯一的掌事哥哥了，他不想过于使他难堪，因道："他的'廉'字更足称道楷模，诸王里他是唯一没有自己置庄子的。白家疃十三村朕赏给怡亲王，他也从没有收过租子。当年皇阿玛分封诸王，各得钱粮二十三万两，三哥你是三十万吧？——允祥只得了十三万。他说，'三哥家口人多，而且养活着一群人在编书，我用不着那些银子。'都辞了。其实允祥一生扶危济困恤老怜贫，有难处见地的，没有不肯相助的，这一条也极为难能。"一顿话说得允祉红了脸，再不敢多一句口。雍正想想还觉得不惬怀，又道："白家疃十三村百姓早就要给老十三建生祠，朕怕折了寿，没有许。现在可以办了，仍免白家疃租赋，另拨三十顷地为胤祥祭田，给他建祠堂！"

张廷玉听得耳不暇接，都是亲王丧仪典里没有的。不禁有点忧心，正寻思办法，鄂尔泰在旁说道："皇上这些恩典，怡亲王当之无愧，可以含笑于九泉了。但请皇上圣鉴，仅我朝在位的新老亲王郡王还有上百位，是否作为成例，请圣裁明示。"

"当然是特恩。"雍正冷冷说道，"还有谁能和胤祥并肩么？"他摆了摆手，又说道："今晚胤祥就要易箦回府，弘时兄弟三个过去代朕守灵。胤祥的丧事朕就交给三哥主持。虽说辍朝放假，你们几个恐怕更忙，今晚好生休息一下，明天叫礼部的人过来把细节奏朕——跪安吧。"

众人都辞出去了，空落落的大殿里只留下雍正和几个太监。他扯过几份奏章，都是弹劾李绂的，又推了过去；再取几份，是各地晴雨奏报，特意留心了一下河南安徽山东山西，见无灾情，也撂了一边。窗外漆黑的夜中倒卷风不时扑过来，裹的雪花都粘在玻璃上，冻成稀奇古怪的花纹，封得严严实实的双层窗纸不时一鼓一吸，居然也会有凉丝丝的风钻进来，吹得烛光摇曳不定。雍正躺在烧得暖烘烘的炕上想着胤祥临终前的言谈举止，但觉意马心猿神不守舍。起身漱了漱口，侧耳听着外间山呼海啸的树涛声风雪声，更是醒得双眸炯炯。高无庸眼见他辗转反侧不能入眠，也是个没法。灵机一动，还是去传了引娣和彩云彩霞秋菊几个宫女过来侍候。

"失眠了。"雍正爽然自失地抚着脑门子说道，"揪心的事太多，件件拿得起放不下……朕反不知是怎么了……秋菊和彩霞上炕替朕捶捶腰腿，引娣你们不要站着，坐到熏笼边和朕答答话，不定就睡着了。"彩云用单被盖了雍正的腿，和彩霞一边一个轻轻捶着，说道："该做事时想做事，该歇息时就别想事，慢慢就睡着了。"彩云道："皇上心里数数儿，数不清时不要想，重新数，就睡着了。"雍正微笑道："这些办法都不成的，朕是个'老失眠'了。"

引娣和两个小丫头点了息香，往茶吊子里续了水，靠坐在熏笼上，听着外头的风雪声，觉得这里的安谧温馨，比在宫女房里还要舒适。引娣在旁叹道："我们自小儿看戏，哪晓得皇帝是这样的！别说是万岁爷，我在一旁从头看到尾，白替着想想也是累。和大家子当家老爷一个样儿。"

"哦？"雍正闭着眼，闷声闷气问道，"你们原来想着皇帝是个什么样儿？"彩云嘴快，说道："想什么吃就有什么，想怎么花就怎么花银子。每天把人叫到朝廷，说声'有事出班启奏，无事卷帘退朝！'人们散了，就宫里花天酒地听歌看舞——再不然出去走走，瞧见哪一对才子佳人心愿难遂，就成全了他们，或者瞧见状元年少，就给他配个公主……"她没说完，雍正已经笑了。引娣笑道："你这是叫主子睡么？皇上，依着我说，既睡不着，您就索性捡着琐碎一点的事想，不要再想睡不睡的事，烦恼了就想，大不了今晚不睡着了，明天下午痛痛快快准能睡个好觉，不定就睡着了。"

雍正依言合目，索性捡着那些枯燥的公务想：哪个地方冲要的知府不胜任，该换一换了；哪一州该蠲免钱粮了；又从李卫的义仓想到赈灾，又想云南的改土归流得防着苗瑶土司据寨抗旨，该派哪个将军，张广泗，还是鄂尔泰，还是……他呼吸渐渐均匀了，忽然见小福被人缚在老柿树下，几个庄丁正举着火把要点燃柴堆烧死她。雍正一急之下，说道："朕已经是天子，你们还敢这么欺侮人？五哥！给我救下她！"

"皇上，"引娣睡得轻，一下子就醒过来，看时针时，已是丑末寅初钟下三点，几个丫头都睡沉了，彩云和彩霞都窝在炕里边轻声打鼾儿，便走过来问道，"您叫张五哥么？"

雍正已醒得毫无睡意，灯下看引娣时，粉莹莹的鹅蛋脸，水杏眼如秋波一样明净，悬胆腻脂一样的鼻子下，一张小口笑靥生晕，活脱脱就是梦魂萦绕的小福。他一把拉住了她的手便往自己怀里拽，小声说道："来，坐到朕身边……"

"别！"引娣叫了一声又捂住了自己的嘴，轻声道，"皇上，您乏透了，好好睡，有话明儿说……"

"怎么，你讨厌朕？"

"不……"

"朕不是个好皇帝？"

"您是……"

雍正盯着她只是微笑，拉着她的手向自己下身慢慢滑……引娣飞红了脸，小声说道："这不好，皇上别……"夺手时哪里夺得动，雍正翻身拉她上来压在自己身下，毫无章法连撕带拽地解着她的小衣，笑问："有什么不好，无非你和十四弟有……我们满人才不在乎这个呢……你摸摸，我的不如他的么？"说着自己的也伸向她的……喘吁吁说道："朕三个月没翻牌子了，可怜见的小宝贝乖乖……"引娣既不敢喊叫，也不敢挣扎，又怕惊醒了彩霞彩云，已是通身香汗娇喘吁吁，被他揉搓得久了，也觉动欲动情，叹息一声道："这是我的命，由你吧……"雍正不容她再说话，死死压住，在她脸上眼上乳上狂吻，吮吸着她的口……乔引娣初时不惯，几度云雨苦尽甜来，反而下意识紧紧搂住了他……

一时事毕，二人各自着衣。雍正笑问："比允禵手段如何？"引娣默然良久，突然掩面而泣，说道："我是个贱人，一钱不值的了……求皇上一件事……"

"什么事，你只管说。"

"别再难为十四爷，您已经对不起他了。"

雍正沉吟了一会儿，说道："瞧你的面子，朕再宽放他一点，叫他原来的福晋家人进去侍候吧。"

第四十二回　举丧嬉戏允祉削位
奉旨还京都院训顽

　　弘时弘历弘昼三兄弟当天夜里便将允祥遗体运回劈柴胡同北的怡亲王府。此时狂风乱雪弥漫京华，允祥府中只有一百多名家丁，一边布置灵堂，设计灵棚筵客之地，撤除府里吉色，一边通知平素要好的亲朋好友。允祥没有正福晋，两个侧福晋宁氏和察氏从来没经过事，也上不得台盘。弘晓只哭得昏天黑地，什么事也料理不开。亏得李卫随后赶来。他虽在内务府，户部吏部朋友极多，把随从戈什哈叫过来吩咐："你们通通出去叫人。这些人都办老了丧事的，就说我的话：他家里起火冒烟房倒屋塌我都不管，说一声推辞，就是嫌雪大，和我的交情也就掰了。"说着摸出一把裁好的纸条儿，上面写好的姓名住址分给众人。他自己也不怕辛苦，叫过允祥的几个管家，先命糊了门神，红灯红烛都换了素色，把正房的火撤掉然后安置灵床，点长明灯，在正房西檐下接着热水房搭起灵棚。又吩咐管家："把你家的白纸、白幔、白尺头兀绢，只管搬到东厢，等一会帮手来了叫他们办——你们这么瞎折腾，天明吊祭的人上来，连顶孝帽子都备不上。"一边说，一头一脸的雪扑打着，一边走到正房檐下给弘时兄弟和弘晓磕了个头，说道："三爷四爷五爷七爷！请各位爷到十三爷灵前磕个头，请七爷陪着三位贵客在灵棚里守着，外头的事奴才给您操办吧。您这里的管家没经过事，至于御祭，朝廷丧仪，那是另外一套，有诚老亲王料理。还有礼部，那是半点差池也不得有的。"

　　"好，我们听你的。"弘昼拉了一把哀哀恸哭的弘晓，四个人跟着李卫到堂口，在长明灯前的草苫上跪下。李卫喊了一声"举哀！"接口放声号啕大哭。兄弟四个跪在草苫上当时都一怔，忙磕下头去哭丧。弘晓是刚刚哭过；弘时迷迷糊糊，对今晚的事还在懵懂之中；弘历见人乱糟糟的，也哭不出情来；只有弘昼，眼泪鼻涕现成，丢一把擦一把，口中念念有词，唱歌似的哭得有板有眼。李卫略哭了一会儿，忍住悲痛起身，说道："爷们请起，灵棚里坐。小事奴才在外头处置，大事进来请示就是了。"

四个人进了用油毡草苫围得密不透风的灵棚，才不得不佩服李卫能干会办事。靠茶房北边已经打通了半间，四张草苫铺在烧得热烘烘的地龙上，每张草苫前放一张矮儿，除了文房四宝，还有几碟子细巧宫点，迎着灵堂一边虽然敞着口，但棚下生起人来高的棒槌炭火，连吹进棚里的风都是暖融融的。隔着火墙南边是茶房，茶吊子里的水汽丝丝响着沿墙过来，显得既洁净又不干燥，刚一坐下，一个管家已拧了热毛巾一人递一块揩脸。放下毛巾，一碗热油茶又捧了上来。弘昼吃了一口茶，不禁赞道："好！尽礼尽哀尽情理。铜锅铁刷子，李卫做事不含糊。"李卫看着外边灯影雪幕中忙里忙外的人，不知怎的神色有些忧郁吭吭地咳了几声，说道："我是大臣，更是皇上的家奴。十三爷活着待我恩重如山，这正是使着我的时候，当得给少主子们出力。可惜我身子骨儿也是个不成了……"说着眼中迸出泪花，因见自己管家进来，便问："请的人手都到了么？"

"差不多了，接了条子的都来了。"管家冻得脸趣青，揩一把鼻涕说道，"只有五六个不在家，说去了诚亲王府赏夜月吃酒，没回来。下头人去诚亲王府，见里头热闹，而且王爷也在，没敢进去叫人。"

兄弟四人不禁都是一愣，允祉受命主持允祥丧务，下圣旨时他们都在，他怎么敢回府吃酒赏雪！再说，允祥热丧刚刚易箦，他这个当哥哥的未免也太忍情了。李卫脸上掠过一丝不快，眉棱骨挑了一下，却说道："有多少算多少。来的有的官大，做屋里差事，官小的做外头差使，说李卫拜托他们，就忙这一晚上，明儿圣上来祭，事完了我酬劳众位。"弘历从敞棚里见外头一大群人进来，一递一递儿跪在允祥灵前磕头，一个个都是浑身的雪，便道："李卫，你不用这里侍候，弄几本经书，我们兄弟们边守灵边抄。你还该见见这些人——这两千两银票拿了去，有些没缺份的官来了，补贴他们一点。"李卫也不推辞，接过银票谢了赏，打个千儿便出去了。

兄弟四个也不再说话，一时一个长随送进几本《金刚经》，便各自抄经，直到后半夜乏上来，一人已经有了十几张纸，都伏在草苫上和衣倦困睡去，也不必详述。

第二天天刚放明，一阵鞭炮声便把四个人惊醒。坐起身来发怔时，李卫咳呛着匆匆进来，禀道："请爷们起驾，礼部尤明堂他们来了，抬了万岁亲书的谥号牓牌主位，爷们得迎一迎。"

四个人忙出来，弘历看表，还不到卯正时分，鹅毛片子般的大雪兀自纷纷扬扬落下，只是风已停了。雪光映着满院都是人，执着叉帚推雪板清扫着，沿厢房竟堆起六对齐房檐高的童男童女雪人，李卫重裘裹身指挥着往雪人身上披挂红绿彩纸。一班吹鼓手坐在东厢头山墙北边棚下，也是生着棒槌火，桌上有酒有菜有茶点，见他四人出来，允祥的管家忙叫一声："鸣炮，奏乐！"

霎时鼓吹齐奏，噼里啪啦的鞭炮在正房檐下崩得硝烟弥漫，乐声中李卫疾步过来双手搀定弘晓，对弘时三人道："爷们只管在十三爷灵前等着接牌子……"便和弘皖、弘晓、弘升、弘景一群近支本家兄弟一同迎了出来。此时大门口几挂万响鞭炮也同时响起，从灵棚望去，六对高大的雪人间鹄立着几百名家丁和李卫请来帮丧的小官，都是披麻戴孝手捧丧棒恭肃站立。天上是飘着的雪，房上是飘落的雪，满正房都是白幔白幢，纸花灵幡在正房檐下挂得密不透风。李卫忙了一夜，把怡亲王府变成了白得不能见底的世界。三个兄弟正自胡思乱想，外边鼓乐声渐近，四名太监抬着一座龙亭凫子，庄亲王允禄、张廷玉、鄂尔泰、方苞皆头顶白布，腰系麻带亦步亦趋跟着进了正院。礼部尚书尤明堂双手捧着敕诰祭文走在最前方，直到檐前石阶下站定。弘历见弘时弘昼站着发呆，悄悄拽他们衣襟，三个人便在草垫子上跪了。弘昼偷看那牌位时，只见上面写道：

忠敬诚直勤慎廉明贤故怡亲王讳胤祥第十三神王

看来是清晨雍正重新亲书，十分精神鲜亮。尤明堂捧敕直身站在允祥簀床前，看着弘晓和允禄等人将神主牌位请出安放好，向允祥遗体一躬，走到允禄面前道："十六爷，您知道我跟十三爷情分不寻常。请您代捧一会这敕书，容我放肆，先给十三爷磕个头。我心里这会子刀绞似的，站都难站定。"

"我知道。"允禄接过敕书，"你也该当如此。只不要哭，一开哭方苞衡臣鄂尔泰他们也都忍不住，我也听不得……"说着便拭泪。

尤明堂弓着身子到长明灯前，端起清油注了一点，泪水已是扑簌簌滚落出来，伏身叩头下去，浑身都在剧烈地颤抖，两只手爪都抓在湿漉漉的砖缝里死命地抠挖，只是不敢放声儿。弘昼忙对弘晓道："快扶起尤大人，到我们棚里，索性叫他放声，这么着老尤会伤了身子的。"……弘晓忙上前搀起他，踉踉跄跄扶到灵棚里间，那尤明堂是礼部老官，始终没敢放声，外间只听他时断时续强抑着的哭声。唯是如此，更令人觉得揪心难过。李卫眼见方苞也要掩面放声，忙大声道："举乐！"

立时乐声大起，顿时缓冲了灵堂上悲凄沉闷的气氛。允禄走到弘时三人面前，说道："礼成，起来吧，地下湿气太大。"又道："老三办得不错，都已经就绪了，彩棺也快到了吧？陀罗经被皇上一会儿亲自带来。"弘历弘时都没言声，弘昼却道："三伯伯一夜连来点点卯也没有，只怕这会子酒还没醒呢！这里的事都是李卫一手操办，人手不够，李卫连夜七拼八凑起来。亏了还是亲兄弟，要是外臣，还不知怎么样呢！"

"他竟一夜不来！"允禄大惊之下继而大怒，"他说要过来照应，叫我们在衡臣那里只管议，打包票这边不误正事。难道他回府就病了，再不然就是在马上摔死了？！"弘昼听得一咧嘴，像哭又像笑，说道："告诉十六叔一句话，三伯伯保准是吃多了酒。昨个儿是他四侧福晋的生日，还不到三十岁，出落得像个小丫头，又伶俐得能写诗会填词——"他咽了一口口水，"天塌下来，他也不肯扫了她的兴儿的！"正说着，见允祉带人抬着彩棺，还有一小车藉草进了二门，弘昼便住了口。允禄只装没有看见，一转身便进灵棚去劝尤明堂去了。

允祉昨夜确是吃醉了酒。他原说回府点一下就走的，四侧福晋新编的几个曲儿要演，硬要他润色。他刚从园里回来，又不好在寿筵上说允祥的噩耗，天上的雪又正下得紧，一点托词也想不出来，不合吃了几杯，反而勾起兴来，吃酒吟诗听曲赏夜雪，竟忘了允祥的丧事。此刻见众人已布置得齐整停当，允祉也不免面带愧色，忙着到允祥灵前施礼，默默祷告几句，指挥着众人在膀牌前又支起柩床，亲自抱了藉草细细铺了五层，命三十六个人抬着沉重的彩绘楠木棺稳稳放了上去。他也不怕脏，上前亲自揭了蒙在棺上带着雪的油布，双手抱着出了正堂。恰在此时，雍正带着朱轼冒雪从二门进来，高无庸疾步前走，高声道：

"圣上驾到!"

顷刻之间,两厢庑廊丹陛之乐大作。张廷玉带来的畅音阁供奉们建鼓编钟齐击,箫琴笙笛共扬,哀乐悠远凄漫在纷纷大雪里,与方才灵棚鼓吹的俗调迥不相同,一曲未终犹自绕梁一曲又起增人愁绪。雍正满意地看了一眼允祉,徐步走至允祥床前,为长明灯续油,拈了香三鞠躬,亲手将香插好,退到一边。尤明堂大步上前展开祭文,略舒了一口气便朗声宣读。此时院中数百人,除了雍正全都齐跪在地。但那祭文是国子监祭酒张照所撰,有名的大才子,纯用先秦四言古雅之句,写得妙笔生花,可惜读时人们很难听懂。雍正却听得极为肃穆,待到收束,尤明堂已涕泪满面,提着嗓门读道:

> ……王也其灵,惟鉴朕衷。从兹一别,人天相绝。身虽相违,心依旧榭。澍蕙芳芷,其香不灭……呜呼哀哉,述此宸怀,王其尚飨,俎豆绵长……

至此雍正已是泪流满面。允祉是奉旨主持的,见尤明堂读完祭文,方从怔忪中醒悟过来,却没见允禄递上来仪单,拉拉允禄衣襟,允禄却不言声。他情急之下喊一声:"举哀!"不料允禄同时也喊一声:"点神主!"

二人一齐发仪仗令,却又不一样,立刻引起院中一片窃窃私议。雍正顿时红了脸,此刻却不便发作,见弘晓捧了牌位来,从高无庸手中接过朱笔,在"神王"的王字上点了一点。允祉生怕再喊错,看允禄时,允禄也不言声,一时都僵住了。倒是尤明堂见机得快,哀哀已是痛哭出声。弘晓"哇"的一声扑到簀床上号啕大哭,张廷玉顺势一句"举哀",满院的人立时大放悲声,马马虎虎将方才的僵局掩了过去。雍正狠狠瞪了允祉和允禄一眼,无可奈何地叹了口气,随众也哭,但无论如何已减去了悲怆之气。

接着便是装殓入棺。偏是那棺材盖儿怎么也揭不开,几个太监累得满头大汗,后来才发现不知什么时候上头钉了两个钉子,于是又拔钉子,叮咚了半日,才算把允祥安殓进去。雍正气得手都是哆嗦着,兀自耐着性子把一床陀罗经被搭了允祥身上,至此乐声虽然还在回荡,人们已是哭得没了精神。只是弘晓已经哭软在地下,双手扒在棺材边呼天抢地,不许人盖棺。

几件窝囊事平安过去，允祉已经平静了一点。棺材里躺着的这个弟弟平素与他相与得很平和，既不知心，也算不上疏远，但不知怎的，他无论如何起不了悲痛之情。看着弘晓扑棺恸号，那只戴着大扳指的手敲得棺材咔咔直响，他竟突然想到李汉三说的"痔疮"笑话儿，竟尔"扑哧"一声笑了出来！这一来连张廷玉也忍不住怒火填膺，跪在棺旁，一手扶着哭得发昏的弘晓，恶狠狠盯住了允祉，说道："诚亲王爷，您有心搅和，不如回府去！"

"三哥太不像话！"允禄脸气得发青，"你这么没人伦，我站你远点！"

允祉此时才意识到犯了众怒，顿时面如土色，后退一步，说道："我怎么了！我招惹了谁了！"

"你招惹了十三弟在天之灵！"雍正回过头来，他额前的青筋崩起霍霍直跳，低声吼道，"别人哭，你笑！朕都听见了！你一夜不睡就昏头昏成这样？"

至此已是乐止哭歇，灵堂里外静得只闻落雪沙沙，所有的人都吓呆了。允祉扑通一声跪了下去，讷讷说道："十三弟，你是见证……你知道我的心……""你就别假惺惺了。"允禄鄙夷地瞥了他一眼，"大约主子还不晓得，三哥昨晚陪他的小老婆过生日，根本没顾着过来。你大约难逃这'违旨欺君'四个字！"

"有这种事！"雍正本来已是气得魂不归位，被允禄左一句右一句撩得怒火冲天，咆哮道，"你眼中既没有朕这个皇帝，朕也瞧不上你这个臣子。你眼中既没有胤祥这个弟弟，胤祥也未必稀罕你这哥子！你大约是想定了，朕已经处置了阿其那、塞思黑、允禵和允祴，不敢再料理你？你错了，我们皇族也就如一棵树，就算是金枝玉叶，疯枝子病枝子有一根，朕就剪一根。"

"那是！"允祉惊到极处，反而横下心，抓住雍正最后一句话的毛病，立刻反唇相讥，"皇上脾性我从小看到老，小时候您玩荷兰老鼠打架，败的被咬死，胜的你再打死。只要被皇上盯上了，逆着也不顺眼，顺着也不顺眼。总归都打下马践到脚下，才能叫你出气就是！"雍正紫涨了脸，用极为轻蔑的目光盯着允祉，他的声音倏地缓和了，像外边的天气一样又阴又寒：

"好嘛……连朕小时候踩死蚂蚁的事你都记着账！这话何其耳熟，同曾静似乎如出一辙？你是君子？当年大哥魇镇二哥，怎么你借给他邪书？阿其那塞思黑闹八王议政，你又是个什么角色？你的儿子弘晟天天往阿其那府跑，都商议些什么见不得人的事？朕已经容让你多少年了，你就不晓得'感恩'二字！你快点滚回你府里，朝廷自然有人议你当得之罪，别叫这里的人都恶心了你！"

允祉望着那张毫无通融余地的面孔，高傲地崩起嘴角，任谁也没听清他说了句什么。他用头象征性地"磕"了两下，起身头也不回地去了。

"伪君子！"雍正望他的背影恨恨说道，又望了望允祥的棺柩，说道，"朕必治他的罪，给十三弟出气！"

接连三天辍朝为允祥治丧，在紧张又不安的气氛中过去。天上的雪却没有停，断断续续地仍在下着，只是势头已经没有那样猛烈了。朝臣们在礼部的安排下，有条不紊地进怡亲王府吊唁，又拖着沉重的步履出来。在一般人的心目里，雍正性格躁急暴烈，刻薄忌猜不能容人，唯独允祥和允祉两个人的话还听得进去，往往有触怒了皇帝的，私地里去求允祥，再不然备一点雅致点的礼去求允祉撞木钟，也能挽回天心。三天之内，允祥薨逝，允祉得罪身在不测，好像皇帝身边又熄了两盏灯，宦途变得更加不卜吉凶。

第四天早晨，都察院左都御史孙嘉淦来到衙门。

这是他从云南回来后第一次到衙视事。从雍正三年，他以右副御史身份兼着云贵川观风使，一直驻节在外，又亲赴广州主持审询凌氏残杀九命焚庄灭尸一案，直到捉到包庇罪犯的年羹尧。当时年羹尧一案尚未爆发，年家一门炙手可热，两广总督孔毓珣是有名的耿直臣子也办不了这案子。孙嘉淦下车第一件事就是封年家的门，打掉年希尧的威风，几次亲临栗家湾勘查现场访问乡民，又一举擒获年希尧派来的刺客。雍正派图里琛兼程赴广州提调人犯，孙嘉淦已经将凌氏一门十人和年希尧等八名犯贪官员绑赴朱雀桥，请王命旗牌全部杀掉，连威风十足的图里琛也扫兴而归。孙嘉淦返回云南，又恰遇杨名时被参劾，同时接旨奉调回京。他偕同杨名时回任，原也打算死命谏净雍正的新政。加上雍正元年他在养心殿与户部尚书葛达浑打钦命官司，犯颜直陈时弊。因此他人在外省，已是声震天下名满京华的人了。有些先声夺人，听说他正式到衙视事，一向拖沓因循了的都御史衙门大司官、御史、监察御史们没有一个敢迟到的，早早就在衙中候着他了。卯正时分，听得外边一阵锣响，官员们一个个结束停当，都到衙门口相接这位都老爷。见他恭肃哈腰出轿，从容拾级登阶，心里都是一紧。

"不要这样。"孙嘉淦显得很从容，口气一点霸道也没有，面对一干躬背控腔的大小官员徐徐说道，"大家可以随便一点。孙某走的时候是姓孙，回来还姓孙么！"将手一让，请众人都到大堂，"我们也是久别重逢，见一见儿，我还要到大理寺观审李绂谢济世。来来来，都请坐！"说着自己先坐了公案侧边。

众人原想他不知怎么严肃冷峻的，至此身上都轻松了一下。分着议事次序都坐了，右副都御史英诚是孙嘉淦的同年，比众人随便，亲自沏了茶送到他跟前，笑道："孙大人，你在外头是个包龙图的名声，回京来又一客不见。老实话，连我也有点怕你。老实说，你这张尊范一丝笑容没有，我也怵呢！御史衙门清寒，比起六部消闲得多。我就从没见过人来得这么齐，这么早的。"

"该说你们说，该笑你们笑，我生就的这副脸，你们不要计较。"孙嘉淦晃了晃冬瓜一样泛着青色的脸，语气还是那么干巴，"但御史衙门不是个闲衙门，这正是我想说的头一条。我先前在户部也有这个看法，现在不。其实我们都是在这里'等'。等着哪一省哪一府出了案子，有人举劾，这里才动。这样子我看也不必设这个都察院。"他顿了一下，拱手道："皇上圣明在躬，整顿吏治，正是御史大显身手的时候。自从有了养廉银子，大家也都不很穷，更用不着仰着外官的鼻息过日子，坐在这里吃闲饭，别说皇恩，也对不起朝廷的俸禄！——这几天下雪天冷，就不说了。签押房的书吏把人分一分，分成三拨，一拨去外省，一拨到六部，体访民情，纠察吏治；一拨留院汇总，该建议的，该纠弹的，该谏议的理出头绪，我们有权处置的，就地就时办理，这么着还闲得起么？"

孙嘉淦轻咳一声，见众人都侧身听得凝神，满意地点点头，继续说道："我学生年轻，没有赶上一睹前辈名臣风采。唐赉成上书北阙拂袖南山，郭琇于千人大筵上当面弹劾权相明珠，才过去几十年，现在已经难见这样的人。所谓'文死谏',正是御史的本职,所以如果胆小,你趁早儿卷铺盖走路。还有一等人也不可取,事无巨细轻重,见了就写,把些鸡毛蒜皮的事一个劲做文章,自己都轻贱了自己,叫别人如何瞧得起你?谁再敢弄些'某人贪贿二两银子''某厨所制御膳甚咸''某官朝会时咳嗽一声'之类的东西搪塞,我孙某就先弹劾你个'琐碎亵渎'!"

他长篇大论,还要往下说,一抬头见刑部谳审司堂官陪着刑部尚书卢从周进来,便道:"其实我要说的就是三条:诚心辅佐朝廷;敢言;不挑剔。今儿人到得齐,由英诚老兄主持,你们议议。有不是处可以商榷。"说罢站起身来一揖手团团一拜,便和卢从周联袂出门升轿而去,都察院会议向来开起来扯皮连筋没头没尾,他这么利索,众人都不禁爽然。

卢从周和孙嘉淦来到部院街大理寺衙门,刚刚过了辰初时牌。其余衙门都倾巢出动在门口扫雪堆雪人,唯独大理寺门口三步一哨五步一岗,戈什哈们手按腰刀目不斜视站在踩得结结实实的雪上,靠石狮子旁还有两队善扑营的御林军,黑鸦鸦站在雪地里雁序排成八字,气氛显得十分森严肃穆。见他们二人哈腰下轿,一个门官高唱一声,"孙大人卢大人到!——放炮开中门!"便听三声沉闷的炮响,中门哗然洞开。二人忙一揖让拾级而上,已见大理寺卿高其倬率着几个会属迎了出来。高其倬却不似孙嘉淦那样深沉严肃,永远是一副似笑不笑的顽皮相。三人一举手见礼,便嘻嘻笑道:"从周兄倒是常见,嘉淦架子大不肯来,我也不敢去碰你的门。"孙嘉淦道:"我没有那么大架子,其倬来了我还是要有清茶相待的。"卢从周边走边问:"你出差了么?来了几次也没见着你。"

"我又走了一趟易州。"高其倬左右看看,小声道,"去给皇上看陵去了。"说着便往签押房里让,又道:"三爷一会儿也来监审,他一来咱们再升堂。"

三人在签押房坐定,孙嘉淦见满架都是书,不禁讶然,顺手抽出一本,是《堪舆家言》,再抽一本是《风水记》,连带着掉在地下的一本捡起来看,却是《易说地脉》。孙嘉淦从来不苟言笑的,也不禁破颜莞尔:"高其倬,武大郎玩夜猫子,你就看这些书!""你是除了孔子六亲不认。"高其倬笑着打火抽烟,说道,"其实天地与人相应相合,堪舆之说不离经叛道。张廷玉原来也不信,我看了他家祖茔,说处处都好,就怕要夭折一个公子。他家张梅清果然就病死了。他说要换一处风水，我说梅清已经逝了，你换也换不活他，那是极好的风水，千万不敢乱动！皇上的风水地换到易州，来了几个蒙古喇嘛一块踏看，他们也说好，只怕土气薄，不及马陵峪。我说你就这里挖，一丈五尺之内要出水出沙，你剜了我眸子去！他们就地打井，刨了两丈还不见沙水，这才服了……皇上原先也一心想在遵化建陵，挨着圣祖爷近些。我六次去看，说这里不成，几个喇嘛呜里哇啦说些什么鸡巴我也听不懂，穿了几处，里头涌出水来他们才服……"他一说风水便兴致高得不可遏止，别人想插话也插不上。孙嘉淦乘他换气，冷冷说道："照你这么说，做一辈子坏事，只要选一块牛眼地，就能胤福儿孙？"

"这你就不懂了！"高其倬正色说道，"没有德的人，他就选不到好地……"还想唾沫四溅往下说时，一抬头见弘时进来，三个人忙站起身来，高其倬道："今儿爷来，应该放炮开门迎接的呢！下头人越来越浑了。"

弘时守灵几天，大概是乏累了，脸色苍白里带着阴沉，说道："是我不想虚排场。我刚从澹宁居过来，有两个信儿告诉你们。曾静已经解来北京，皇上意思要优待，不下南狱，因到狱神庙，由弘历和鄂尔泰主审传话，你们刑部专管看押，曾静吃八品官的俸禄。第二件事诚亲王已经革去一切爵秩，迁到景山永安亭囚禁。诚亲王世子弘晟也革去世袭不入八分辅国公爵位，由宗人府严加管束。咱们这边，由其倬和从周主审，我算是个坐纛儿的。皇上这几日气性不好，我给大家提个醒儿，都要小心仔细办差。"三个人起身听了，互相交换一下眼色。卢从周道："这事自然我和高兄努力办好，断不能叫皇上为此操劳。高兄自然主审，兄弟从旁帮助就是。"

"好吧，"高其倬看了一眼面无表情的孙嘉淦，一扬颔儿对外喊道，"升堂！带李绂！"

李绂、谢济世、伍铤、黄振国和陆生楠并案五人，都已押在大理寺大堂东侧的栅房里，每人各占一间。李绂和伍铤是朝廷犯事大员，栅房里还生有火备有茶，其余三人官不过四品，便无此优待，但比起刑部大堂，无分干证罪人高低贵贱一律塞进湿漉漉的待审厅里，这里已是天堂了。听得那面硕大无朋的堂鼓响震和"带李绂"的传呼声。李绂端茶的手抖了一下，但他很快就镇定下来。两个戈什哈在栅门外给他打了个千儿行礼，打开栅门又是一躬，说道："我们大人传您过堂。请！"

　　李绂高傲地摆了摆头，又略事整理了一下头发，铁锁锒铛随着两个戈什哈到了堂口，两班皂役见他到来，黑红水火棍子双手一掬，"噢"——地拖了一声堂威，立时静得地下掉根针都听得见，满堂只听见他身上的铁链哗啷乱响。他深吸了一口气，向堂中瞥了一眼，只见高其倬卢从周分中居上而坐，弘时和孙嘉淦在公案西侧另设一桌并肩而坐，承审监审，无一不是熟透了的朋友。他似乎有点怅然，自失地一笑，双膝跪了下去，说道："犯官李绂跪见三爷，高卢二位大司寇，孙总宪大人！"

第四十三回　考校刑讯啼笑皆非
名臣强项片语释怀

"给李绂去刑。"

高其倬吩咐道。看着人提着一套刑具退下，高其倬又对李绂说道："巨来，昨为座上宾，今为阶下囚。雍正三年一别，竟成今日之局，实在也令人感慨！既是如此，敬请绂兄体仰兄弟难处，凡问答之处不可再有藏匿粉饰，审结之后自然皇上还有恩旨。该为你说话处，我们也非草木之人。"这都是大理寺审官的老套头，高其倬说得却十分诚恳，连孙嘉淦也是心里一动。卢从周接着说道："今天传你来，就为询问你与谢济世、伍铤、黄振国、陆生楠结党，陷害田文镜的事。我们只是审明结案，至于该定什么罪，你是身份很高的人，除了我们依律谳定，还要交六部议因，由皇上亲自裁决。"

"犯官弹劾田文镜是实，而且至今犯官也不觉得弹劾词中有不实诬陷之词。"李绂长跪在地，直盯盯望着堂上四个人，说道，"至于'结党'，我不明白意指云何？谢济世也是朝廷大员，他也弹劾田文镜，是他的要权。若说我指参不实情节有误，李绂自有应得之罪，说到别的上去，李绂实难认承。"

高其倬"啪"地一扣响木，厉声问道："你与蔡铤同年进士，谢济世又是你的门生，显见得黄振国在信阳说了田文镜许多不是，由你进京纠集密议弹劾。陆生楠为广西人，与谢济世同乡，你又做过半年广西巡抚，未必不与陆生楠谢济世互为党援，今既败露，更有何说？"李绂双手据地，仰面说道："高公也是读书明理之人！您与李卫同在成都府做事，又受李卫荐举做官，不才雍正三年曾上章弹劾李卫'不学无术'，能不能据此实证您与李卫串通一处陷害李绂？卢从周是鄂尔泰门人，谢济世曾经上表陈词云南不当改土归流，鄂尔泰是否串通了卢从周挟嫌报复？你问这些话不觉得脸红么？何况我离滇返任，径由洛阳，和田文镜在洛阳见的面，根本没见黄振国，又怎说我和黄振国勾连谋害田文镜？"高其倬被李绂问得脸一红，旋即镇定自若，笑道："好一张利口！既说没到信阳，你又怎么得知黄振国一案是受了田文镜冤抑？你到京之后，和谢济世、伍铤在高兴楼一处吃酒，席间都议论了些什么？讲！"他又使劲拍了一声堂木。

"回大人，"李绂哪里在乎这些虚声恫吓，直挺挺跪着，语气振振有词，"黄振国冤抑，犯官是听刑部员外郎陈学海说的。黄振国虽然是我同年，我和他没有杯水私情之交。信阳府讼平赋均百姓乐业，雍正四年田文镜报过卓异，雍正五年朝廷有旨给黄振国原任加级奖励。我说黄振国清廉，是据邸报说的。田文镜误用匪人张球，他自己也上折自劾。我的劾本指他任用匪人诬陷清廉有何错误？至于高兴楼吃酒，我是说了田文镜蹂躏读书人，说他是不可救药的偏执人，谢济世、伍铤也都有同感，但在那里我们谁也没说写本弹劾的事。'共谋商议'更是无稽之谈。当时陈学海也在场，传来一问就知道了。"

卢从周盯着侃侃而言的李绂，也觉得指他"结党营私，陷害田文镜"的罪名难以成立，在旁问道："你说黄振国是好人受屈，现从黄振国住宅搜出赃银两万，又有茶马贩子客氏指实黄某私卖茶引，客氏收据已献录在案，你现在还有什么话？"李绂道："黄振国与犯官并无深交，他犯赃既有实在凭证，犯官确是误听人言，自有应得之罪。大人问到这里，犯官唯有引咎领罪，没有别的说话。"

至此问答已成僵局，高其倬一边传命带谢济世，对李绂说道："巨来，你如今身在不测，要仔细思量承奉圣意。你既有错处，更当反躬自省，如果上表谢罪，大理寺可以代呈。"

"田文镜岂得谓好人？"李绂想也没想就站起身来拂袖而去，边走边道，"我就是上表，也只肯订正黄振国一案。他是河南总督，黄某是信阳知府，他任用黄振国屡加表彰，难道他无责任？"

接着谢济世便被带进来，他个子比李绂稍高一点，宽宽的脸苍白清癯，大冷天儿只穿一件土灰尘布夹袍，浆洗干净得纤尘不染，发辫也整理得纹丝不乱。去刑之后，他很仔细地又理了一下前额上寸许长的头发，抬起头来，静静地望着四位堂审大员。一望可知，这是个更难招惹的角色。高其倬因他官小，平时也无交情，便想劈头打下他的气势，猛地一击案，喝道：

"谢济世，你可知罪?"

"不知道。"

"你参劾田文镜的事可是有的?!"

"有的。"谢济世偏着脑袋想了想，"——那是去年五月的事——怎么，我不能参他?"

谢济世一句就顶住了高其倬。他是都察院的监察御史，官秩虽然只是四品，但却是言官，举劾不法是他的本职分内，他当然有权参田文镜。高其倬是个见机极快的，口风一转说道："你当然可以参，但不能挟怀私意！我问你，受谁的指使参劾田文镜?"

"我受孔孟指使。"谢济世不慌不忙说道，"我饱读经史，束发受教就循的孔孟之道。千古之下，哪有田文镜这样的暴虐乖戾之徒安座堂皇，不受正人弹劾的?"

他话一出口，高其倬和卢从周便面面相觑，堂下亲兵皂隶也是一片窃窃私议。孙嘉淦见审讯李绂答问都如儿戏，早已听得大不耐烦，此刻也不禁凝神贯注打量这个谢济世，心里想：此人风骨不俗，怎么早先竟不认得他? 正胡思乱想间，高其倬冷笑一声，说道："你好大口气，读了几本经史，会作几篇八股文，就自称孔孟受教门生！"

"我没说是门生。你问我答，我就是受教孔孟！至于我的学问，不在此案中，你除了看风水说堪舆别无所长，自然和我说不到一处。"

"你放肆，大胆！本部堂是有权动刑处置你的！"

"宣扬孔孟圣道是堂堂正正的事，没有什么放肆可言。我自幼读圣贤书，讲学也著书，《古本大学注》《中庸疏》都是我所作。我只知道事上尽忠，见奸不攻不是忠臣！"

高其倬不禁大怒，他平生最得意的就是他的堪舆学，一开头便被谢济世说成了不值一文的下九流，叫他如何忍得，因使劲一拍响木，大喝一声："大刑侍候！"

"喳！"

大理寺的衙役们大约从来还没有夹打过官员，略带兴奋地答应一声，"咣"地向谢济世面前扔下一副柞木夹棍，瞪着眼盯着高其倬等他发号施令。高其倬贸然间觉得不妥，但事到其间却没有平白下台阶的理。心一横便要吩咐上刑，身边的卢从周一拍堂木，大喝一声道："谢济世，你招是不招？"他带来的刑部衙役立刻助威：

"快招，快招，快招！"

谢济世绝望地望一眼弘时和孙嘉淦，忽然悲凄地放声大哭，边哭边道："你们夹吧……打吧！圣祖爷呀……您睁开眼瞧瞧，这些不争气官儿们怎的糟踏您的基业……"

他这一喊，众人立时目瞪口呆。原来雍正元年就有旨意，无论何种场合，只要一提康熙庙号，所有文武百官不得坐听，要全体起立致敬。孙嘉淦头一个腾地站起身来，弘时也忙不迭起身肃立，高其倬和卢从周便也起身。满堂衙役不知其中缘故，痴痴茫茫不知所措地站着发呆。那谢济世头也不抬，一口一个"圣祖爷"，哀声很是凄惶："……您老人家才过世几年，这些人都记不得您的话了……《圣武记》毕您一生心血写成，如今大臣们也都忘了您的训诲——'非圣者即是乖谬之臣，虽有才而不能用；言利者即是导主忘义，虽聚敛有法亦为佞幸'——这不是圣祖爷您的教诲……田文镜难道不是言利导主忘义之臣？高其倬难道不是非圣乖谬之徒？而今他们高坐堂皇，反而来审我这个迂书生！我的圣祖爷……您好歹看看这些东西……他们能算是好人么？噢……呜……"也真亏了谢济世好记性，一边哭，一边长篇累牍地引用康熙所著《圣武记》里《辨奸识忠》篇里的论断，畅似流水毫无羁滞，夹带着对自己奏折的辩护，横攻一堂审官，满朝文武骂得一无漏网："如今满朝上下，只剩下了都俞吁咈捏造祥瑞，假报政绩欺蒙当今，略略敢言的就群起攻讦，不至于死地不罢手……圣祖爷……痛心您九泉之下也不得瞑目……"至此，孙嘉淦已被他哭出一身汗来。高其倬早已听得烦躁，好容易等到个话缝儿，咬着牙大声道：

"动刑，看招是不招？"

衙役们又好气又好笑，极熟练地将棍子套到谢济世腿上，用力一收。那谢济世是个文弱书生，脸色立时惨白如雪，略一挺，大叫一声："你夹死我吧！——指使我的是孔子、孟子，还有圣祖爷——"他一下子就晕厥过去，口中呢呢喃喃还在咕哝，听时，仍旧是在念诵康熙的庙号，众人只好仍复起身聆听。

"不能再用刑了。"孙嘉淦离座，看了看昏晕不醒的谢济世，对高其倬一揖，说道，"我要回去写本，保这几个人。"又对弘时一躬，便退了出来。弘时从大堂里追出来，扯住正要上轿的孙嘉淦，说道："嘉淦，我最知道你的。从容一点，别急着动手，更不要蛮来。皇上这些天气性不好。"孙嘉淦瞟了弘时一眼，客气地说道："多承三爷关照。这明明是个文字狱。我为御史岂能坐视？就不为这个案子，我另外还有许多话要陈奏圣上的。身为都御史，我也不敢看着皇上的气性说话。谢谢三爷。"说罢也不回衙门，也不去畅春园，一径赶回府里索了笔砚就拟奏稿。

大理寺刑询李绂一案，李卫和弘历却奉旨和曾静在养蜂夹道对话。曾静被逮之初，深恨张熙卖师，原是抱定了必死之心一言不发的。湖南巡抚因为本省出这样大逆造反的案子，被降二级留用处分，他把曾静抓来后也不审问，每天二十小板，再灌一碗凉水送回监狱囚起。四天下来满身疮痕血疤，又腹泻不止，把曾静一把老骨头折腾得求死无门求活无路。又过几天，张熙由青海解到四川。圣命又到，命俞鸿图交任复京另委要差，顺途解押曾张二犯到京。俞鸿图带着张熙同到湖南时，曾静已瘦得一把干柴一样了。

那俞鸿图却甚是通达世情，一把人犯要到自己手，大一件就是把他师徒合囚在一间房里，由着他二人翻脸吵闹一夜。第二天他自己亲自来劝，又带着郎中给曾静看病。他也真放得下藩台架子，亲自灌汤侍药安排饭食衣着，一直到解押起程，绝口不提案情。一路上关防看押，也是内紧外松。殷勤将息着，连护送的人都改了长随衣着，一口一个曾老爷张老爷奉迎，但有需求都是立即照办，形同厮役皂仆。俞鸿图和他们同处一车，偶尔也说学文章词赋，打打棋谱什么的，十几天下来，居然"老俞""老曾""小张子"地叫起。眼见京师渐近，俞鸿图脸上便露出愁容，无缘无故地还时而对着车角抹眼泪儿。二人开始也不以为意，见得多了，不免诧异。曾静忍了几天，不自禁问他："俞大人，您这几天忽忽不乐，是因为雪大路难走么？"

"雪大有什么不好？"俞鸿图掀了掀驮车窗望着外头道，"这雪天只要不冻饿，读书人没个不爱的。你们看，前边那个土丘，就是燕王的黄金台，绕过这道弯儿,一条冻河过去,就是京师驿站潞河驿。去日苦多,前程途穷,二君祸在不测,我非草木之人,焉能不动情?"

两个人顺他目光向外看,但见六出缤纷雪花如绵,远村近廓树头塘坳一片玉砌冰凿世界,带着雪挂的老柳枝浑如梨花怒放,轻轻在风中摇曳生姿……一阵死一般的沉寂过后,曾静喟然一叹,说道:"这是造化驱使,事已至此,有死而已。"

"你们是犯了十恶不赦的罪,这一路我只能聊尽友谊而已,凭我俞某人,断然救不下你二位。"俞鸿图先把前途说到二十分无望,死死地绷住嘴,让两个人绝望到无可奈何。足有移时,他才又说道:"这一路一想到这一层,我心里就刀绞似的,可又无法可施。你们写的那封信,气得皇上几夜没睡,生怕你们死在湖南,所以才叫优礼送来北京。但一路相处,我觉得你们不过是误入迷途,上天有好生之德,难道真的一点办法也没有了么?"

曾静和张熙的"决心"早已在俞鸿图的软功下被暗地销蚀,此刻被他如簧之舌连推带拉如弄小儿,早已听得痴了,只是还放不下脸来询问"办法",只低下头叹息流泪。

"谁叫咱们有缘朋友一场呢?"俞鸿图目中幽幽放光,由车厢移动着身子,仿佛陷入极度的深思,徐徐说道,"现在要想活命,我苦思百计,都不中用,只有两个办法可以一试。"

"什么法子?"曾静和张熙眼中陡然放出希冀的光,竟不约而同问道,问过之后都觉失态,不禁又都红了脸,低下了头。

俞鸿图满心得意又为雍正立一大功,却装作愁眉苦脸,手撮着牙花子沉吟道:"一是张熙和岳大将军有兄弟之盟,誓同生死。皇上爱重岳钟麒军门,他又领兵在外,最忌切口。你们一定要记得这一条,要多称赞岳大将军忠义节行,提醒皇上。"他轻咳一声,"皇上是个强性子人,你们要服输,输得心悦诚服,不能带出半点口是心非。你弄假的,皇上就会觉得你们戏弄他,那就完了。你心悦诚服,皇上觉得你们顽石可化,就有一万个人想杀你们,也拗不过皇上。"见二人连连点头,已是一副乞活的猴急样,自以为已经吃准"圣意"的俞鸿图又有点犹豫,因一笑说道:"事已至此,大错铸成,苦劳焦思也都是尽人事而已。还要看天命,看你们的运气。你们照我说的，十成有七成活命指望。”

此刻，面对上座的弘历和李卫，傍坐着的俞鸿图，还有刑部侍郎励廷仪，曾静伏跪在暖融融的地龙旁边，挖空心思奏对雍正的问话。他心中突然升起一种莫名的悲哀：万一是上了俞鸿图的当，服了软，低了头仍旧不饶，那才真叫“掬尽西江水，难洗今朝羞”！他偷眼看了看座上四个人，一个个皆都表情严肃刻板，没有一点笑意。不由心里一寒，身上一颤。

“旨意问你，”弘历问道，“你在上岳钟麒书内云：‘道义所在，民未尝不从；民心所系，天未尝有违。自古帝王能成大功建大业，以参天地而法万世者，岂有私心成见介于其胸？’你生在本朝，不知列祖为天命民心所归么？还要讲这个话，是何所指？”他睨一眼这两个活宝，一个冬烘糊涂，一个顽钝无知，都是一副小心翼翼土头土脑的乡巴佬模样，半点灵爽之气也无，不禁厌恶地别转了脸。心想：皇阿玛还嫌国家朝廷事情少，和这样的蠢材大费唇舌，还要著书立说！思量着，曾静叩头回道：“弥天重犯这些话是泛说。弥天重犯生长楚边山谷，本乡本邑以及附近左右，没有个达人名士在朝，实是孤陋寡闻之极。这次赴京，俞大人一路譬讲，才知道本朝自太祖高皇帝神武盖世，开创王基。太宗文皇帝继体弘业，统一诸国；世祖章皇帝建极定猷，抚临中外。圣祖仁皇帝深仁厚泽，遍及薄海。迨至我皇上，天亶聪明，恢弘前烈，已极礼明乐海晏河清。此正是天命民心所归。从前弥天重犯实实蹈陷于不知，不是立意要如何，自外于圣世。”

弘历满意地点点头，不禁看了一眼俞鸿图：能在几天里调理出这么一对犯人，也真是一员干吏。他似乎高兴了一点，挪动一下身躯又问：“旨意问你：书信内云：‘天生人物，理一分殊。中土得正，而阴阳合德者为人；四塞倾险，而邪僻者为夷狄。夷狄之下为禽兽。’禽兽之名，是因为居处荒远，语言文字不通，所以叫‘夷狄’，并不是生于中原就叫人，生于外地就不是人！如果照你说的，中原只生人类，为什么猪狗马羊比人还多？就是人类之中，还生出你这等叛逆狂悖，沦丧天良，绝灭人理，禽兽不如之物来呢？”这是异常痛快，刁毒犀利的问词，最合着雍正的性情，倒也合了弘历此刻的意。因问过之后啜茶跷足而坐，用欣赏的目光看着曾静。曾静听得一怔，想起俞鸿图谆谆告诫，此刻才明白，做低服小，就是不可有羞耻心。羞耻之心泯灭干净，什么话都能说得畅若流水。索性便流出眼泪来，崩角叩头道："这都是弥天重犯读书减少，义理不能透彻，错以地域远近划分华夷，不知道以人之善恶分华夷的缘故。圣祖爷殡天诏书到，就是我们那深山穷谷，百姓们也奔走悲号如丧考妣。弥天重犯冥顽无知，也曾废食啜饮恸哭号涕……"他泪涔涔地，涨红了脸略一顿，"但在当时，自己都不知道这是为什么。若非圣德隆厚，皇恩浩大，何以能如此感化万众？只因为一向见《春秋》有华夷之辨，错会了经书旨要，所以发出诞妄狂悖言语……今日才知《春秋》这一说，只因楚不尊王，故攘之，和本朝龙兴情形天悬地别。今日二五之精华，尽钟于夷狄，华夏消磨，荡然空虚，是实话实理。孟子既称大舜、文王为东西夷所生，又评诋杨朱、墨翟无父无君是为禽兽。所以中原岂无夷狄？蛮荒岂无圣人？只是以'心'来分夷狄就是了。所以弥天重犯虽然昔同禽兽，今蒙皇上金丹点化，幸而已转人胎了。"曾静这一番胡说八道，任谁一个经史家都可一望而知。但雍正既然先已谬了，也只好任谁都随着。也幸得曾静精熟经史，抓住一个"心"字拼命做翻案文章，虽然七拐八弯闪烁暧昧，总算理上说得清通无碍。弘历不禁开心一笑，但想到这些问答还要辑录成书发布天下，又由不得嗫嚅。正要再往下问，李汉三从外匆匆进来，向耳边极轻地说道："万岁这会子发怒，朱师傅叫请爷进去解劝解劝。"

"唔，和谁？"

李汉三前凑一步，又对弘历耳语"孙嘉淦"三字，便后退一边，好奇地打量曾静张熙时，恰张熙也看过来，四目相对，都是吃一大惊，忙都别转了脸。弘历不敢再迁延时分，起身略一整衣，说道："这是皇上的问话旨稿，李卫在这里维持一下，叫书吏们好生记录供词。曾静，生死荣辱都存于你一念之中，好生回奏你的供词，去掉疑虑之心。皇上万几宸翰中亲自问你的供，自开天辟地以来没有的事。你不要再自误了。"说罢出来，在狱神庙门前认镫上马，加一鞭，带着李汉三直西而去。

雍正果然正在怒不可遏。孙嘉淦上书的消息，当天卢从周便密报了他。雍正早已知孙嘉淦对诸多政务有不同意见，就是李绂，雍正原本也十分爱重，也盼有个把人出来说几句话，以为自己开恩留个地步。因此卢从周密报，雍正还笑了一笑，说道："那是个铁心铁御史，朕也都堵不住他嘴。你们只管照原旨意从严审议。"

但孙嘉淦递牌子进来，呈上自己的奏折时，雍正却笑不出来了。折子是素纸贴了黄签的，厚厚的一叠，雍正一边展读，口中还笑道："什么好文章，写了这许多——"话没说完便一下子打住，因为压根就不是保李绂的，标题便赫然醒目：

为停纳捐、罢西兵、亲骨肉三事臣孙嘉淦跪奏

雍正的头"嗡"地一阵轰鸣，哆嗦着双手一点一点展开来读。看着看着，一股怒气陡地涌起，他"唰"的一声将奏折甩在地下！他离开了暖阁，背着手在正殿快步兜着圈子，满殿太监宫女都吓得悚息股栗。孙嘉淦跪在暖阁隔扇前头也不抬，他已经感到了咫尺天威即将发作的紧张气氛，深吸了一口气，准备着雍正雷霆大作。高无庸一阵心慌，眼见没一个人能说上话的大臣在跟前，悄悄溜到后院正房叫了乔引娣过来。

雍正似乎心情极为矛盾，拧眉攒目走几步，回头恶狠狠盯一眼孙嘉淦，又无可奈何地舒一口气，踅回身来亲自捡起他的奏章接着再看，瞥一眼，正看到几行字：

纳捐为千古弊政，彼以钱入官求位，将本求利，何事不可为？暴虐贪酷之吏皆由是辈所生。即微臣言，主上岂不知耶？知非而不能去，犹见善而不能举也。中平皇帝不屑为之，今皇上英睿聪亶，何以仍取此补疮而剜肉！臣甚疑皇上有非道敛财急功近利之心也……

雍正只看到这里，气得"唰"地又将奏折甩得老远。但他踱步不到半刻，又狐疑地停住了，似乎有点不好意思，满眼恨意又盯一眼孙嘉淦想去捡那奏章又停住了。引娣忙捡起平摆在案上，又拧了一把热毛巾递上来。雍正擦了一把扔下毛巾，又坐下来看。他看过了"罢西兵"这一节，似乎心情平静了一点，但看到"亲骨肉"一条，又紫涨了面孔，几行遒劲干瘦的小字剜心刺目，看得人头目眩晕。

阿其那塞思黑其自有应得之罪，乃罪之又复加以恶名，先帝之子虽众，而各王之兄弟凋零不堪，皇上陡负不悌之非议，何以率天下遵五伦之道义，又何以彰先帝慈悯之圣衷？

"你是说朕不孝？！"雍正读到这里，再也抑制不住自己愤怒之心，"你知道他们是怎么待朕的？你一个外臣，干预朕的家政，你活够了！"

孙嘉淦一直在极度紧张的气氛中挺着。雍正一开口，反而觉得身上轻松了不少，顿首说道："臣岂敢干预天家家政？但自大阿哥允禔之下，皇上七个亲兄亲弟身遭囚狱之苦，天下有目共睹，圣祖在天之灵能不伤怀？"

"朕和你想的不一样！"雍正的嗓音嘶哑沉闷，带着丝丝金属的颤音，"大阿哥二阿哥是先帝亲自处置，朕并没有难为他们之处。他们不孝不悌，气得先帝寝食不安，要朕代为受过？八阿哥一世奸雄，联络外臣图谋不轨，也是世人有目共睹！你为什么奏折里一字不提？嗯？！"这无比凶狠的一问，都自丹田而出，震得大殿嗡嗡作响。一个小太监站在外殿边，紧张得眼一黑，竟自吓晕了过去！孙嘉淦以头碰地有声，语气却毫不浮躁，一口便顶了回去，说道："臣的奏议不是为指他们的罪，臣是提请皇上留心，古有'八议'之理，他们为非应予惩处，但惩处应当有度，闲置而散其权，使其不能为非即可，何必为天下造不悌之口实？"雍正一听"谣言"二字，更加光火，怒声吼道："不轨之徒造谣生事，难道是朕的主使？！"

"当然不是。但皇上如能措置得更为妥当，曾静这些鼠辈何由而能造谣生事？"

"好！你顶得朕好！"雍正气得浑身乱颤，抓起一方端砚"啪"的一声掼得稀碎，满殿回旋着他的咆哮，"他们怎么整治朕？魇镇、投毒、刺杀、中伤，什么伤天害理的事没做出过！朕这里稍加惩处，你就出来拦横儿！你是什么忠臣？"孙嘉淦连连叩头，说道："主上息怒。臣没说不应惩处，只是皇上既为四海之主，自应有包容四海之量，百川之中岂无泥沙？殿庙宇下亦难免藏污纳垢！为皇上计，为天下后世皇子皇孙计，皇上立一宽宏大量表率有何不可？"他没说完，雍正已经大喝一声："又出去！"

孙嘉淦不等人来架，叹息一声，磕了三个响头起身便走。

"回来！"

雍正叫了一声，见孙嘉淦仍是那副不躁不急的样子，稳重安详地又跪了回来，反而略有点气馁。哼了一声又回了炕桌前，孩子一样坐着怄气。恰此时朱轼来澹宁居，在殿门口遇上疾步如星的弘历，二人略一会意便跨进殿内。弘历一进门便故作失惊，说道："这不是孙韵公么，你这是怎么了？"朱轼把一叠子文书轻轻放在案上，说道："这是臣和方苞刚刚整理的奏议节略，都是部议三——允祉的，请万岁裁夺。"

"看来朕真的要当'寡人'了……"雍正抚着剃得趣青的脑门子，不胜凄楚地叹道，"李绂结党攻讦，说朕为群小所围；杨名时反对改土归流，劝朕别受佞人蛊惑；十三弟骑鲸，朕饮食不能下咽，三哥却有心笑！民间风言风语，说朕许多不是，还冒出像曾静这样的畜生，居然敢策反岳钟麒……现在又是孙嘉淦，趁着朕心力交瘁打上门来……真的要众叛亲离了？"他哼了一声，把孙嘉淦的折子推给朱轼："你们看看，这是翰林手笔，与众不同！"

弘历忙凑到朱轼身后，看到奏折题目"亲骨肉"三字一怔，当一行行看下，那些直指雍正喜爱聚敛之臣，信任酷吏，以为凡科第出身都是"党徒"的话，还有指责雍正积财为打仗，本可抚绥的云南土司，偏要"改土归流"。策零阿拉布坦遣使来京礼节周到，也是可以一纸诏书传檄而定的，却硬要"耗资亿兆骤兴大兵"。换言之，简直是贪财奴役，聚来的钱烧得没处放，无端地又要打仗！后边说到兄弟，用词大胆，简直更是肆无忌惮。无论哪一条，都比李绂等人的"狂吠"要激烈多少倍。看着看着，弘历的脑门子上也渗出了汗：这怎么处？朱轼却拿着奏稿，仿佛在掂它的分量似的，只是沉吟不语。

"你们以为如何？"雍正要过奏稿，紧锁眉头，"怎么处置这个犯上的狂生？"

"万岁……"足有移时，朱轼才轻声说道，"孙某确实带着狂气。但臣……臣很服他的胆子！"

一句话说得雍正忍俊不禁扑哧一声笑了，看着地下一动不动的孙嘉淦道："朕也不能不服他的胆子。"

满殿的人都松了一口气。

第四十四回　文盘武功弘历纳士
　　　　　　持正割爱弘时被擒

　　弘历见父亲不再生气，放下了心，便辞出去。因见李汉三跺着脚，还在双闸口的大柳树下候着，便笑道："你先回府就是了，这里还少了护卫？再说，这是北京，辇下之地，还会有剪径大盗不成？"李汉三扶着弘历上了马，自己也乘骑紧随，瞟一眼身后尾随的护从亲兵，低声道："四爷，有件事不妙之极，我恐怕要遭狗咬！"弘历略一愣，偏转头问道："谁？"

　　"张熙那个狗崽子。"李汉三道，"他认出了我。原说叫'张熙'，我想天下重名重姓的多了，没想冤家路窄，竟真是开封和我一处闹闹的这一位！"

　　弘历勒住了马，略一沉思，立刻掂出了这件事的斤两：那张熙求生的心正盛，什么事做不出？科场案例不要紧，如果把曾静张熙和李汉三连成一线，自己就有窝藏造逆重犯的嫌疑……深一层再想，岳钟麒素来在自己府里走动得殷勤，李汉三再被人栽上一赃，两案相并，立刻就会把自己抛到滔天恶浪的中心！他抿了抿发干的嘴唇，心中闪出的第一个念头就是让李汉三逃走避风，或者干脆灭口，但他立即就否定了这个冒险念头：李汉三或死或走，万一张熙攀咬出来，更成了说不清道不明的事——如果密地里杀掉张熙呢？他又想，这当然风险小些，但张熙现在是未结案的人犯，五六个衙门公用看管，很不容易下手，如不能得手，假的也成了真的了……一时间，这位稳沉凝重的少年王爷竟有点乱了方寸。他驻马想了一会儿，说道："我不去狱神庙了，咱们回府去合计。"因叫过从人吩咐："你们不要跟着，派人叫刘统勋到府里来一趟。"说罢加马一鞭，和李汉三泼风价去了。待到进鲜花深处胡同，路过弘昼府门，却见门口正在送客，二人把马勒到墙角，却见是方苞从里边辞出来。弘历此时半点也不想应酬，只和李汉三闪进夹道里，等方苞的轿过去，才回府里，已见刘统勋在门口下马了。

"延清，你倒腿快。"弘历按捺着一腔心事，请刘统勋一同进了西书斋，一边让刘统勋和李汉三坐，微笑道，"从绳匠胡同走比这边远着老大一截子呢，比我们还先到一步。"刘统勋笑道："我是从养蜂夹道来的，李卫说您去了皇上那儿，我就来府里等了。"两个人想了想，不禁都是一笑。刘统勋是府里走动得极熟的人，因见嫣红和英英都开了脸，便笑道："都做了侧福晋了，恭喜你们高升！温刘氏呢？"

嫣红笑着给众人上茶，飞红了脸瞟一眼弘历，说道："刘大人只管拿我们下人开心！听说您已升了户部侍郎，您才高升了呢！温妈妈连日身子热，没过来侍候。"小英却只背转脸吃吃地笑。

"好，都高升！"刘统勋大笑道，"我们不都托的四爷的福么？"几个人听得都是一笑。刘统勋又道："俞鸿图修河，要户部供两千根木料，户部的木头都拨了兵部，我们梁尚书说，'你在四爷跟前有面子，你走一遭。'这是一件，我也有几日没来了，着实惦记着，就奔来了。"说着将木料调拨单呈上来。

弘历连想也没想，提起笔就签字，一边写一边笑道："这个俞鸿图了不得，一心干事，而且精明练达，又年轻，想当名臣呢么！"刘统勋笑而不答，接过调拨单，只手望空一抓，道："有这毛病儿，只怕名臣难当！"弘历目光闪了一下，问道："怎么，手长要钱？没有证据不敢妄言！"刘统勋微笑道："只听了点风言风语。"

"这个世界风言风语太多了，精明人都弄迷糊了。"弘历叹息一声道，"我叫你来，也是怕风言风语到这头上。"因将张熙认出李汉三的事说了，又道："汉三怎么跟的我，前前后后你都知道，我也不瞒你说，如果张熙狗咬人，并到这天字第一号官司里，很麻烦呢！"李汉三道："四爷，我给您招惹了事，我还是承当。我可以去刑部投案。"

刘统勋脸上已没了笑容，摇头道："投案不行。你投的什么案？曾静案跟你没瓜葛，闹场案朝廷已撤销。只要没人存着心整治四爷，这件事压根不算什么。要是诚心扳倒四爷，他也不一定用这个法子。就张熙而言，认出李汉三就是秦凤梧，不会轻易说出来。明摆着的皇上有心赦他，他干吗要节外生枝胡攀乱咬自寻死路？如果朝廷要杀剐他，临死拉个垫背的，那兴许会乱说的——这是人之常情。我判过多少案子，最笨的蠢货也晓得避重就轻。"他一番话说，弘历和李汉三都松了一口气，才意识到自己是当局者迷。嫣红和英英此时才领悟到弘历的担心，倒挂上了心思。嫣红皱眉道："要有人专门使坏，撩拨着曾静攀咬朝廷里的人呢？"

"不会。"

刘统勋默谋良久，突然一笑："你比四爷还关心，才这么想。曾张一案是四爷主持，四爷不允他们，谁敢胡乱撩拨？"他沉吟了一会儿，叹道："要是落到别人手里问案，也真难说了。不是我埋怨，四爷当初回京，应该原原本本把路上的事奏明，查他个水落石出，也许就没有今天这么多担心事了。您太宽厚，太善行，人都以为您只会笑，不会杀人，他就敢上头上脸地作践！""不会杀人？"弘历微微一笑，说道，"作皇阿哥的，心里存着个牙眼报复的念头不好，总归还是光明正大才对。不过，我也不是毫无防范。没有防范就成了烂好人，也成全不了君父事业。"他有些弛然地斜靠了椅子上，一时间已放下了心。刘统勋道："你没有留心，方才我说的是一件事，还有一件事要禀爷，先前说的吴瞎子已经来京，和奴才一道儿来的，请爷赏见一下。"

"吴瞎子，"弘历看一眼嫣红，说道，"你叫人传他进来。"话音刚落，便见窗外竹影间一声细碎响动，一个洪钟一样的声音在门外说道："吴学子叩见宝亲王爷！"弘历和李汉三都吃了一惊，只见棉帘一动，吴学子已跨步进来。弘历略为僵硬地点点头，打量着这个诨名吴瞎子的江湖豪客。只见他穿着一身酱色土布夹袍，身材与刘统勋仿佛，方脸权腮上一部漆黑的大胡子，鼻子翅微张，黑里透红的脸膛上两道浓眉，看去煞是威猛精悍，只双眼睛细眯着，好像总在眨巴。他就地给弘历叩了头道："奴才就是吴瞎子，和本名谐音，又爱挤眨眼儿，索性也就依了这个诨号。"弘历一点架子也没有，含笑看着吴瞎子，吩咐道："英英，给吴壮士上茶。"

英英轻声答应一声，却不用茶杯，将弘历从江南带的竹篾筒儿腾出来稳稳重重放在吴瞎子面前茶几上，反身回去提壶。众人都不留意，刘统勋还在埋怨："我们一道儿来，偏四爷回来，转身就不见了你。堂堂正正请你，偏要偷偷摸摸进来，江湖气不改！"弘历眼见英英提着壶过去要往竹篾"杯"里倒水，忙笑道："英英，那是笔筒儿！你也眼睛不好使么？"英英笑道："吴瞎子眼睛不济事，是上了火。竹篾儿茶水祛热，管情就喝好了。即使不行，我换杯就是了。"

"使得的，使得的。"吴瞎子笑着端起满是筛子眼儿似的"杯"，依然平静地和刘统勋攀话，"这府里有个温刘氏老婆子恶作剧，偷走了我的腰带，给我换了根麻绳，刘爷你说可气不可气？要不瞧着四爷脸上，就把麻绳给她吊起！"他说着话，"杯"里已倒满了水，可煞作怪的居然滴水不漏。弘历惊讶得双目圆睁，离座凑到跟前，仔细看，满杯的热水冒着白烟儿，筛眼间像被什么透明的胶汁护着，愣是不漏水！弘历压根没留心吴瞎子说了些什么，用扇柄划拨着热雾，说道："奇，奇！这是法术还是真功夫？"说着便要伸手端杯。吴瞎子笑道："这妮子跟前可玩不得假，这是我用气护着，四爷一端，准漏。"又仰脸笑着对嫣红道："给点茶叶，白水怎么吃？"

英英说道："四爷别信他，我看也是个江湖篾片儿，这也不是什么了不得的本领。您瞧，我也能用气护住这水不洒！"她说着便端起篾筒儿，果然也不漏水，刚说了句："你也不过如此——"突然"杯"水激箭般喷出来，恰就都溅在她的脚上。英英"哎哟"一声将杯放在茶几上，那杯也就不漏了。几乎同时，嫣红站在一丈之外，满抓一大把茶叶撒手一扬，说道："给你茶叶！"

"莫恶作剧，少许一点就够了！"吴瞎子挤着眼，双手箕张，但见半屋碎细飘摇的茶叶着了魔似的一片片旋转着聚拢，慢慢移到吴瞎子面前。吴瞎子三个指头从容取出一撮泡在水里，手一推茶团道："回去吧！"那绣球儿大的茶叶团疾飞回去，嫣红忙不迭双手来接，已是撒落地下许多。她脸一红说道："佩服，吴瞎子名下无虚。"

至此一场文盘斗功结束，高下胜负不言自明，众人粲然一笑。弘历笑道："两个泼妮子敢这么慢客，太没调教了。"嫣红道："我们过了黄河，在索家镇见过他！就算黄河渡你没赶上，后来在老槐树那一战，打得狼烟动地，你怎么敢袖手旁观？你不是奉了李爷的命保护我们主子的么？"

"小的有罪。"吴瞎子宽宏大量地一笑，说道，"槐树屯我确实在场。因为又玠公再三嘱咐，事不危急不出手。那些野高粱花子土镢头笨镰刀，我看黑无常他们就招架不住。不过，那个铁头蛟还是落在我手里，这次进京给您带来了。"他又转脸对嫣红、英英道："你们是温家嬷嬷养女，我是黑嬷嬷养子，论起狠来，都是端木家一手活计。本是同根生，相煎莫太急，好么？"说得嫣红也是一笑。

弘历听说擒了铁头蛟匪首，心中大喜，但他是个端凝持重人，只用黑瞳瞳的瞳仁盯着吴瞎子，微笑道："着实不容易，着实难为你！论起来还是李卫会办事。铁头蛟是联络各方匪徒的人，一定知道是谁主使追杀我。我此番一定审个水落石出。延清公，你说我不杀人，我只能承认我不轻易杀人。我一定叫你看看，弘历是不是懦夫孱头！"

"铁头蛟已经招了。"吴瞎子不安地看一眼刘统勋，斟酌着字句说道，"这人打不怕杀不怕，我治不了。李制台说弄几个女人试试，就在窑子里挑出几个出精儿的母狗，果然再审，承许他这几个女人，铁头蛟就一兜儿全招了。"说着又看嫣红英英一眼，二人听他粗话说得不堪，都背转了脸暗笑。刘统勋极聪敏的人，知道自己在场不方便，他也不想在这些事上知道得太多，因袖了木料调拨单起身告辞，说道："铁头蛟他们已经交给邢家兄弟看管，奴才没有审过他们，是李制台审的。他们已经开了口，四爷只问他们就是了。"弘历也站起身来，叮嘱几句公事，又道："俞鸿图你们可以半真半假地谈谈，这是个人才，可惜了材料儿的。"

送走刘统勋，弘历立刻叫人传带铁头蛟和黑无常。吴瞎子也要退出去，弘历笑道："你不要学刘统勋，他是命官，你是江湖上人。"吴瞎子笑道："是李制台钧令，不要我在官面上走动，江湖上的人一到官面上变成狗腿子，黑道上就吃不开了。"弘历大笑，说道："铁头蛟他们还能回江湖？既入这家门，就是这家人，李卫就是经你的手控制黑道的吧？我不误你们的事就是。"吴瞎子道："我也只管着沿江几省，别的省李制台怎么控制另有其人。现在李制台和黑嬷嬷、端木家有了来往，我就更不清楚了。"

"端木家是个什么身份，江湖上名声这么显赫？"

"这个——"吴瞎子道，"这两个姑娘难道不知道？"

"我是问你。"弘历一笑。

吴瞎子嗫嚅道："他们是前明年间败落的，二百多年的大世家。万历年间改名换姓走镖，从康熙三十年封刀，聚族习武种田，不再插手江湖。不过他家牌子太亮，每逢年节，各地绿林、镖局黑白两道的都还去给当家的拜贺。去年老爷子过世，临终说，'江湖上的事，谁再插手，就逐出端木门庭，太平世道，习武只为健身，种田吃饭比什么都强。'"他看着嫣红和英英笑道："别看她们有了身份，现在连个回门的地方也未必有呢！"弘历叹道："这个爷子深通养生活命之道——"还要往下说，见邢建业带着铁头蛟一前一后进来，便住了口，盯着审视这个铁头蛟。在黄河风涛中只顾应乱，听见过他吆喝几句。槐树屯二次相遇，离得远，也没有瞧清面目。此刻近在眼前，才见这铁头蛟三十岁上下，白皙清秀，半点狞恶相也没有。只个头瘦小，伶伶仃仃的，一双眼珠子骨碌碌乱转，不甚安分模样。弘历看了他足有一时，突兀一句问道：

"听说你是采花贼，是么？"

铁头蛟双手一撑，盯住了吴瞎子，说道："王爷别听别人放我的坏水儿。我练的童子功，这回被拿住才……破了戒。老端木家门前挂的铁牌，'采花贼有进无出'！我要采花，敢年年登门拜寿？这两个女娘们，是李叫花子——不，李制台送我的……"

"你为什么叫'铁头蛟'，头格外结实么？"

"小人原名范江春，水里营生走得。江湖上有人损我，叫我'泛江虫'。我嫌难听，有一次水里讨换一船瓷器，几个兄弟下凿子也没弄沉它，我一个猛子潜过去，在水底把船板顶了个大洞，从此有了这个名儿。"

这两句问答，都和弘历想知道追杀自己的主使人毫不相干。众人听得莫名其妙，正发怔时，弘历一叹说道："江湖上尽有能人好汉，可惜了一念之差去走黑道。你身为大盗，能顾惜人家妇女名节，可谓天良未泯。你好生认承，是谁主谋造意，是谁串连江湖要取我性命？本王珍惜人才，少不得还你个出身。"

"谢王爷超生，"铁头蛟连连叩头，说道，"谁主使这事，我真的不知道。原来是黄水怪负责联络，说北京有个三王爷，要取一个仇人性命。银子出到三十万，说如果在黄河了当这事，分给我十万。我想得这套富贵，从此洗手，就答应了。那王府的师爷见过三四次，有时他姓课，有时他姓王，后来又说姓谢。黄水怪失利，谢师爷骑快马去见我，叫我邀集山东好汉陆地截，送了我二百两黄金五万银票，说截下这一票再给二十五万，三十万也能商量。结果在槐树屯和爷们遇上……事败之后李大人追得我紧，我就逃到北京。先去的诚亲王府，说没有这个人。后来又去三贝勒府，门上人说姓谢的死了。后来又来了个旷师爷，又说谢师爷没死，诓我进府。我看他不怀好意，趁着小解，从花园水榭子里潜水逃出来……实话实说，就是这么个情形过节，小人再不敢有半点欺瞒的。"

弘历听得心动神摇，双目发呆。尽管早已隐隐感到这位"三哥"是几年来身边怪事迭出的渊薮，一旦证实了，他还是深深震惊了；居然出资几十万两银子收买江湖黑道人物，穷追数百里，苦苦地要自己的性命！想着弘时平素温存揖让彬彬有礼的模样，那带着恍惚神情莫测高深的笑容，弘历竟不自禁打了个寒战……如今怎么处？继续"和光同尘"装模糊断然是不成了，但要揭发此事，立时又要轰动朝野：老一辈"八爷党"余波犹在，李绂谢济世"结党案"方兴未艾，曾静一案尚在审理，突兀又是一个骇人听闻的"三爷谋嫡"大案，一直动荡不安的朝局到哪一天才能安定下来。但若隐忍不言退让，又事关自己前途，身家性命，一旦弘时得志，雍正百年之后，自己想做个弘昼那样的安乐公也是妄想。他咬牙思想着，已是拿定了主意，冷笑道："我已经让他多次了，杀人可恕，情理难容——有这个虎狼心肠的兄弟，为君为臣，都是个不得安宁。"他狞笑着看了看吴瞎子和铁头蛟吩咐道："起来吧。话说透了，我们可以化干戈为玉帛。不除掉后患，我就抬举你们，也架不住别人整治你们，要想清楚这个理儿！"

"四爷，您的意思我明白。"吴瞎子道，"江湖上头争个堂主会主，都投着下药打翻一锅汤呢！何况这大的花花世界？有什么吩咐，您只管说！""说不上完全是我的事，与你们也不少相干。"弘历的目光幽幽闪动着，"现在不拿到那个旷师爷，说不清楚河南这事情，河南的案子悬着破不了，李卫总有一天也吃挂落。此番我要斩草除根，你们助我一臂之力，擒旷师爷的事就落在你们头上。"吴瞎子怔了一下，说道："他要躲在三爷府不出门，活捉只怕难。"

弘历一笑，说道："只能活捉。姓旷的手里走了这位铁头蛟，他就得防着自己是第二个谢师爷叫人家灭了口，我断他宁肯逃出去再不敢还待在三爷府。这个人交给你们两个，办法你们去想。"铁头蛟嘻嘻笑道："我晓得，姓旷的在南市胡同养着个李大姐。咱们那里捂着他，准成！"吴瞎子笑道："那今晚咱们掏他的窝儿去！"

…………

弘历当晚就歇在书房，却是心潮澎湃，想东想西折腾得通宵难眠。好容易到后半夜才蒙眬睡去。待到醒来时，已是日上三竿。他惺忪着眼披衣起身，忙忙地要了青盐擦牙漱口，笑道："从来没起得这么迟的，幸亏在这边审办案子，有差使。不然已经误了过去给皇阿玛请安了。"正说话时，邢建敏进来，把当日邸报送到嫣红手上，说道："刑部励大人过来了，爷见不见？"弘历拈了一块点心吃着，说道："老励还和我闹客气，请进来吧。"说着看那邸报，几行题目映入眼目：

> 云贵将军蔡铤奏劾杨名时私扣盐税，请旨查拿照准。
> 部议原诚亲王允祉斩立决，旨意着部再议。
> 允祯请旨回京养病，旨意着张家口知府就地征集名医疗疾，回京事勿庸议。
> 俞鸿图奏请疏开兴济河故道，已召集民工一万，请旨补给河工银两。

弘历只细看了杨名时得罪缘由，却是为开云南洱海，私征盐税，翻他的奏辩折子，却没有。来不及整理一下思路，励廷仪已经进来请安。弘历一边叫起，笑道："圣旨问曾静那些话，早都一条条开列清爽了的，你问我问还不一样？"

"卑职来见王爷不为审曾静的案子。"励廷仪端端正正坐着，一副老学究模样，说道，"今儿回部，说要出李绂几个人的红差。去了李宗中监斩，我来见见四爷。李绂就有罪，也不该死罪，想请四爷面见万岁，请万岁开一线之明，恕了他吧！"说罢眼圈便觉红红的。

弘历腾地站起身来，又翻邸报，只有蔡铤罢职回乡，永不叙用一条，并没有李绂斩立决的旨意，励廷仪在旁说道："刚刚接的旨意，提出李绂人犯四名至午门外候斩。"弘历不禁愣了一下，"推出午门问斩"，其实是戏词，就是前明政治昏乱之时，也只是把犯事大臣拿到午门外廷杖房里廷杖。雍正怎么这样处置？思量着说道："我去畅春园，你去午门看着李绂，等着我的话再下刀。"说罢，二人匆匆出去上马各奔东西。弘历在畅春园双闸口下马进来，直奔澹宁居。此时已满天放晴，园中到处堆的雪狮子雪象雪弥勒佛白灿灿光闪闪，一树树银色雪挂枝条蟠螭交错，浓绿的常青竹上片片挂着晶莹耀目的雪，仿佛在缓缓淌流下来。他有心事的人，也顾不得欣赏，径趋身来到澹宁居，便听里头雍正正生气：

"弘历么？进来吧。"

弘历一脚跨进殿，因屋里暗，稍定了定神才看清雍正在正殿大案上写字，彩霞和乔引娣一头一个扶着纸慢慢挪动。弘历请了安并不起身，正要说话，雍正笑道："你的来意朕知道，不过是为李绂谢济世乞命吧？"弘历被他一猜一个中，不禁笑道："圣上明鉴，何尝不是！儿臣已叫励廷仪去了午门，等着儿臣请旨的消息。"

"秦狗儿去午门一趟，就说宝亲王的话，叫励廷仪回养蜂夹道办正经差使。"雍正写着字，吩咐了，又对弘历道，"你就在这等着消息。"弘历道："请阿玛告诉儿臣个准儿，不然就是在这侍候着，我也心神不定的。"雍正一下子笑起来，说道："杀的是陆生楠和黄振国。李绂和谢济世有罪，但罪不至死。朕要他们陪陪法场，收收他们的党援之心。弘历，你也是几经生死之人，要知道单是读书是不成的。学问还从历练来，叫李绂谢济世见见血，比要他们光读《四书》有用得多！"

弘历一颗忐忑的心放下来，无论如何，李绂的命先保住了。因赔笑道："李绂有矫揉造作处，这个儿子也晓得。人家送礼他不收，人家走了他懊恼。这就心地不纯，也太爱名。他有克制功夫，圣人造出来，就是给凡人用的。克制总比不克制强，爱名总比图利好。他清廉，有这一条，杀了就害大于利。"雍正点头道："这话差近于理，起来吧。"弘历起身凑近来看，见雍正临写的是楷书大幅。正是孙嘉淦的"言三事"不禁吃了一惊，失口说道："皇上要张挂这幅奏折么？"

"不，朕只抄写一下，聊以自戒而已。"雍正说道，"其实唐太宗也挂过魏征的《十渐不克终疏》，孙嘉淦就是朕的魏征，也没有什么挂不得的。今早已经发了旨意，孙嘉淦进文华殿大学士，给他升了两级——就这份奏章，他也当得起。"他一边写，住了笔又道："孙嘉淦与李绂不同之处，他心中只有君，没有他自己。李绂是一心一意给自己立功立名，这就是区分！——你明白么？朕那天大动肝火，并不为他说'亲骨肉'的话，难能的是他敢言人之不敢言。朕当时疑他'停纳捐'是为科举党援的人说话，仔细看看，没有这个意思，写奏折也没同别人参酌，天马行空独往独来的大丈夫，又是忠君一片心，措辞再激烈朕也受得，照样升他的官！先轸为将，一口唾在晋文公脸上，文公拭面认错，那是圣贤！朕就学定了晋文公这个度量！"他偏转了脸盯着弘历，"你也要有这个度量，懂么？自今而始，你要有太子的心胸办事，学习孙嘉淦的为臣之心，也要学习朕的为君之道！"

弘历万万没有想到雍正竟当面以太子相许，心里轰然一声顿时跳不止，忙双膝跪下："皇上春秋鼎盛，说这个话儿臣断不敢当！即为儿臣计，皇上此时也不宜这样说，先帝立嫡太早，致使兄弟相争，至今余波不尽，宁不使人畏惧？"雍正的精神看去很倦怠，但又很平静，喟然一叹说道："你不知道，昨夜这里是通宵热闹。弘昼、方苞、张廷玉、鄂尔泰他们天明才退出去，图理琛已经奉旨暗地拿下了弘时。此刻，朱轼和孙嘉淦正在抄检三贝勒那个贼窝子呢！"

"啊!?"弘历惊呆了，他不相信自己的耳朵，也不敢相信方才的话是从雍正口中所出，浑如梦中一样晃了一下头，结结巴巴问道，"三哥他——?!"

正在这时，高无庸挑帘进来。弘历惊怔间看他，眼圈红得发暗，显然也是通夜未眠。跪下正要说话，雍正问道："黄振国和陆生楠处置掉了?"

"回万岁，已经杀了。"高无庸说道。乔引娣和彩霞也都心头一颤，脸色立即变得苍白异常。高无庸刚从法场下来，似乎还有点余惊未息，口吃地说道："黄振国说：'辜负国恩，罪有应得。'陆生楠说：'想不到一篇文章送一条命。'"

"李绂和谢济世呢?"

"李绂是奴才问话。奴才问他：'如今知道田文镜好处么?'"高无庸看着雍正的脸，小心翼翼说道，"当时李绂撑着胳臂说，'臣至死不以为田文镜是好人！'——谢济世也问的这句话，他说'田文镜是当今周兴、来俊臣①'！——奴才不懂，他说'没来由叫你这……杀才懂'！奴才就回来复命来了。"

---

① 周兴、来俊臣都是唐武则天时的酷吏。

雍正脸上似悲似喜地望着阳光刺眼的园子，仿佛要出尽胸中的郁气，长长叹息一声，说道："传旨，李绂革去顶戴职衔，戴罪去皇史宬纂修《八旗通志》，归方苞管辖。谢济世发往阿尔泰军中效力行走。"弘历在旁说道："阿尔泰离中原近万里，蛮荒不毛之地，谢济世文弱书生，还求皇上从轻发落。"雍正笑道："那里不像你想的那么糟。平郡王福彭驻守在阿尔泰，福彭几次在朕跟前夸奖谢的品行学问，不会给他亏吃。中原各省，你叫他去，下头的官希图迎合朕意，说不定就作践了他。或者再寻出他的不是，你说杀是不杀？"

"皇上圣明！"弘历这才领悟到雍正心地，说到底还是慈祥的。一个充军发配，还有许多学问，他也受启迪不小，但此刻他更惦记着弘时的事，昨晚自己还在为捉旷士臣这个人证大伤脑筋，想不到一觉醒来，敌人已入囹圄，这世界也太不可思议了！弘历还在思量如何把话题扯回到"太子"一题上，雍正已经开口说话："弘时的事你不要管。他不交部，朕按家法处置。你从此要兼管军机处上书房和户兵二部，一来习学政务，二来也代朕担些劳。朕已经看了你多少年，别无吩咐，在这个位置上只'防微杜渐'四个字。你听说过农夫进城的故事么？一个农夫穿了新鞋进城，天刚下过雨，泥泞不大。他懒了懒，以为小心点鞋就脏不了，就没有脱。走了一阵，鞋底就污了，他还是很小心，仔细挑着干了的地方跳着走，鞋帮上一会儿也星星点点沾了泥；再走一会儿，人多了，互相溅着，鞋面上也污了。他就又想，反正已经污了，也不挑路了，也不避污水洼了，不到城门口，新鞋已经湿透，污得成了泥团一般。弘时原来穿的何尝不是'新鞋'？他不晓得这四个字，自己把自己弄得人不人鬼不鬼。朕见他落到这一步，也是难过呢！"他说着，已是流下泪来。引娣忙将毛巾捧过来，劝道："万岁，从半夜到现在，说起来就伤感流泪。三爷不好，已经拿下了，您也犯不着为这种人生气难过。"

雍正一边擦脸，泪水还在往外涌，哽咽着说道："朕的子嗣远不及圣祖，朕兄弟三十五人，序齿的二十四个，活成的二十二个。儿子呢？十个只活下来三个，弘时又变成个猪狗不如的畜生！天啊……朕是前世作孽，还是今世凉德，叫朕一日的舒心日子也不得过……"他伏在龙案上，浑身都在剧烈地抽搐颤抖着，泪水涌出来，孙嘉淦的奏稿抄纸都湿了一大片。

满殿的内侍宫女，从来只见过雍正嬉笑怒骂，或刻薄讥讽，或高谈阔论，或言语暴躁，或温馨宜人，谁也没见过这位刚愎强悍的皇帝如此伤心落泪。弘历高无庸和引娣几个将他扶到东暖阁，做好做歹哄孩子似的说了一阵安慰话，雍正大约是累极了，眼上带着泪花沉沉睡去了。

弘历向睡着了的雍正默默一躬，退出殿径往韵松轩。这里已经挤满了等着候见弘时的大小官员，都还不知道弘时已经出事，见弘历进来，忙齐站起身来让道，有的人还小声叽咕，四爷既来了，三爷也就该来了。忽然内幔一动，张廷玉闪出身来，向弘历一躬身，又转脸对众人道："众位，三阿哥弘时王爷身子欠安，皇上有旨，四爷还回来办事，兼管军机处上书房和兵部户部机宜，并代批御折。我这里交代一声，凡是部里军机处能办的事，不要到这里特批。我们做不了主的，自然要请示宝亲王爷。从今天起，军机处和六部都在这外间派有章京官员随时联络。大事小事都来这里搅四爷，我知道了是不依的，可明白了？"

"明白！"

众官员马蹄袖子打得一片山响，向弘历叩下头去，哈腰恭肃辞了出去。这一刹那间，弘历已经品出了"太子"的滋味，无论管韵松轩，还是管部务，做阿哥就是比不了。正要回身说话，一个官员留住脚步，手捧着禀帖说道："四爷，下官陈世倌有事请见。"弘历见张廷玉一脸不高兴，因笑道："这是我在江宁认得的，一会儿准哭，不信你瞧着。"将手一让请张廷玉坐了，又问陈世倌："你几时到京的？是我保荐你到河工上帮办河务的，民工钱物都归你管，要仔细料理。你人品我信得及，不要叫下头吏油子们糊弄了你。"

"是！四爷。"陈世倌恭恭敬敬说道，"世倌一介书生，不谙世务烦琐，那些个老河工油子，我不敢使。想请四爷从户部拨几个盘账算账能手来使。使自己家里人，又怕他们仗势施为作威作福，坏了名声不说，朝廷的事也办不好。"张廷玉原来讨厌陈世倌这时分搅来谈话，听了听觉得此人心田不错，因笑道："这是正经主意，军机处原来从户部抽人盘点阿其那塞思黑家户的几个吏目，我看还算精干，拨给你用就是了。"陈世倌喜得站起身谢道："这么着我就放心了，我实在担心的，自己不通这庶务，办砸了差使，四爷就不说，我这脸也没处放……"他又叹一口气，说道："我看那些民工实在可怜，下河掏烂泥，有时齐腿根都到水里，一条腿上下都是细血口子。昨天我那棚里又冻倒了几个……一个老河工说，'先前康熙年间，这时候出河工，有羊肉汤喝，有酸辣汤还有黄酒，有口热汤，下水就不伤身子了。'想请四爷发慈悲心，可怜这些劳力人，拨点银子在工地设几个汤酒棚，朝廷就赔几个，也是有限的……"说着，便用袖子抹泪。

弘历笑道："衡臣相公，你瞧，我就知道这位陈世倌准要为百姓哭。好啦，别难过，给河工上每个民工每天加二斤黄酒钱，到三月清明为止。汤棚由你去设，好吧？"陈世倌这才连连称谢退了出去。弘历想起弘时，脸上的笑容顿时敛去，问道："衡臣，三哥是怎么回事？"

"是十三爷临终时举发的，说的什么皇上也没说，只说十三爷到死还举着三个指头。"张廷玉道，"这些天来方苞一直独自操办这事，昨天夜里传叫弘昼来，爷两个密谈了半个时辰，叫了我进来，传说弘时行施魇镇法害父灭弟，连太后冥寿那天雷震死的番僧也查清了，是蒙古黄教的巴汉格隆喇嘛。四爷，您知道我对这些是不信的，但接着图里琛连夜抄了弘时的家，抄出许多法物名器，还有几卷邪经，都是白莲教里使的。在府里还拿住个姓旷的师爷，从他那里抄到了几封江湖上窝盘匪盗的书信，言语暧昧，抽了几个鞭子也招了，说是曾在河南设伏谋害四爷您。皇上当时就气晕了过去……事情就这么着叨登开，东窗事发就不可收拾。我们几个也议到万岁当时出巡河工，隆科多擅自带兵进驻畅春园的事，整整一夜，谁也没睡……"他叹息一声没再说话，其实他的弟弟张廷璐贪贿被杀，弘时事前请托，事后落井下石见死不救，昨晚他也一吐痛快。但此刻又觉得自己多此一举，心里有些懊悔，也就不再向弘历复述了。弘历听得目中幽幽发光，问道："皇上没说怎么处置？"张廷玉微微摇头，说道："皇上最后口气很淡，又说要抄孙嘉淦的奏折静静心，我们就退出来了。四爷您知道的，皇上越是淡，脾性越是发作得……"下面的话碍难出口，便打住了。

"没想到三哥这么没人伦！"弘历眼中怒火闪烁了一下，但语气很快便转得异常柔和，"此时七事八事，皇上心里窝着一团火，我们这时候最好不说话，等事情凉一凉，从容再说情会更好些。"

张廷玉没言声，弘历的话他当然懂，他也赞同：不救这个弘时。

第四十五回　义天亲挥泪诛亲子
　　　　　　勤躯倦忧时托政务

一夜之间，弘时由王爷就成了囚徒。他懵里懵懂被家人叫进来，说有大人黉夜来拜，睡眼惺忪到西花厅"接见"图里琛。没等他发问，图里琛就向他宣布圣命："着图里琛前往密查皇三子弘时家产，并将弘时暂行密囚。"多余的话一个字也不说，弘时便被九门提督衙门的人用八人大轿严严实实送到了畅春园风华楼西边一处闲置多年的小院落里。从文绣幔帐，宝鼎兽炭，一大群丫头老婆子太监拱着的王府中，突然跌落到这冷清凄凉的土壁房中，他才清醒过来，那一夜的惊心场面并不是梦。他抱着双膝孤零零坐在烧得暖烘烘的炕席上，靠在墙上只是冥思苦索：到底哪里出了毛病？然而心里像泼了一盆糨糊的乱丝，无论如何理不出头绪：张廷璐一案已是死无对证。凭着张廷玉的小心翼翼，就是有什么证据，绝不敢事过多年突然举发。隆科多当然恨自己，但他手中没有证据。他不过是一条囚禁了的疯狗，谁会相信他猖猖狂吠？隆科多擅自带兵进驻畅春园，搜查紫禁城，都是借手允禩命令他干的。允禩既死，连最后的证人也没有了，他怎敢攀咬自己这个身居九重之侧的管事阿哥？那么，是追杀弘历？主持这事的谢师爷已经灭口，就算捉到几个江湖匪豪，能凭他们含糊不清的口供定自己的罪？巴汉格隆行法魇镇雍正，他原本不同意，后来旷师爷力劝，说："不管皇上藏在乾清宫匾后的遗诏传位给谁，三爷您在韵松轩，掌握了中央机枢权。只要事发突然，乱中有意为之，谁也替不了您！"结果更奇，一个神通广大的蒙古活佛，竟在雷霆大震中被摄得无影无踪，死在金水河畔！但旷士臣并没有被捕过，白天还在书房帮自己看稿子，他怎么会无缘无故地告发自己？……

"莫不成是图里琛勾通弘历，假传圣旨造乱？"

这个念头陡然袭入弘时心里，他霍地跳下炕，趿了鞋到门边拉门，只听"咯啷"一响，那门在外边死死地扣锁定了，哪里拉得动？他心慌气促，越想越真越想越怕，又跳上炕，死命掀那亮窗，憋出一身汗，那窗户也是纹丝不动。恼上来他"砰"地一拳打碎了窗玻璃，双手握在窗棂上，使劲大叫："来人哪！你们这些乌龟王八蛋——我要出去，我要见皇上！开门！你们这群混蛋……"喊着，嗓子已经带了哭音。一个守门的军士过来，用莫名其妙的目光看着疯子一样的弘时，冷冷问道：

"三爷，您犯了痰气么？大呼小叫的，有什么事？"

"你才犯痰气！"弘时隔窗照脸啐道，"你们那个图里琛才犯痰气！凭什么把我关在这屋里？"

"这个小人不知道，我也是奉命行事。三爷您老鉴谅着点，安生着点，您也好受点，我们差使也好办了。"

"我不要听你胡说八道，我要见皇上！叫图里琛来！"

正嚷得不可开交，图里琛进了院子，亲自启钥打开门进来，便嗔着军士："这办的什么差？三爷是天潢贵胄金尊玉贵之人，连口茶水，一碟子点心也不备？混蛋！""我不要你假惺惺，你这瘸腿子狗！"弘时狂躁地喊道，"我很疑是你假传圣旨捉了我来！我要见皇上，我要见！不然我就不吃不喝不睡，到死为止！"图里琛英俊少年将军，所憾的一腿受伤微跛，最忌人叫"瘸子"，他颏下一道暗红的刀疤抽搐了一下，捺住心头拱起的火，冷笑道："三爷您安生一点，我还把您当三爷看；您要发疯，我就要当疯子看！您瞧瞧外头，那就是风华楼，楼南边就是澹宁居，我假传圣旨，敢把您带到这里来？您要验旨，圣谕还在这里，您自个看，是真是假！"说着他甩过一张纸来。

弘时紧张地接过那张圣谕，仔细地看那笔字——再熟悉不过的一笔楷书，连一笔矫饰也没有。再看看冻得干干的树枝间露出的风华楼角，这才确认是雍正亲自下诏拿自己，自己也确实囚在畅春园。他亢奋的情绪像是从很高的地方一下子跌落破碎，突然变得忧郁低沉下来。用迷惘的神情环视一眼四周，不言声蹲在了炕角，双手埋头一句话也不再说了。

"三爷要什么吃用的，不要委屈了他。"图里琛看了看弘时的可怜相，但觉顽钝可憎，轻蔑地微笑着吩咐，"把窗子碎玻璃弄干净，用窗纸糊上。"说罢皮靴咯吱咯吱一阵响，去了。

在难熬的岑寂中暮色降临了，军士送进一支白烛，又给弘时换了一壶热水，掩门退了出去。随着几声细碎的金属碰撞声，一切又归寂然，只远处偶尔传来上夜人悠长凄凉的吆呼声："宫门——下钥，下千斤，小心灯火——啰！"弘时挪动着麻木的身躯，就着开水吃了两块点心，觉得心里好受了点，既然事到临头，又想不出什么结果，且就听天由命吧！他拉过一块毡，在炕头叠了个枕头，拽过一床毯子，正要和衣卧倒，门一响，雍正已经进来，图里琛拿着钥匙站在他身边。

"你出去。"雍正对图里琛说了一句。回转身来，用一种难以描绘的神情看着弘时，一时没有说话。弘时的脸色苍白得厉害，似乎稍微受一点惊吓就会昏晕过去。眼睛绿得发暗，在微陷的眼窝里，幽幽闪着鬼火一样的光。嘴角微翘，似哭又似笑，似讥讽又似发怒。弘时早已坐直身子，用惊愕的目光盯着父亲，恍惚如对噩梦。半晌，才伏下身去叩头道："儿臣无礼，因为儿臣都糊涂了，浑如身在梦境，既不知身在何处，也不知怎么来的……"不知怎的，他的声音发颤，身子也在不停地抖动。雍正似乎迟疑了一会儿，说道："你起来，坐着说话吧。"说着自盘膝坐了炕上。

弘时听雍正口气并不严厉，甚至还带着平日少有的温和，心里略觉放宽，叩头起身，在靠门小杌子上坐了。便听雍正干涩的嗓音问道："听你的口气，并不知罪，且是很委屈，是吧？"

"是，儿臣确实不知道是怎么了。但雷霆雨露，皆是浩荡皇恩，儿子只想知道原因，并没有怨尤之心。"弘时愁眉苦脸，顿了一下，又道，"儿臣生性不如弟弟们聪敏，办差或有失误，但自问敬上爱下，没有使过黑心！"

"没有？！至今你居然还敢如此大言不惭！"雍正的火顿时被他撩起，腿一动就要下炕，却又自制住了，用冷得发噤的语气问道，"八王议政一案，你充的什么角色？你和允禄十六叔都说了些什么？还有永信、诚诺！陈学海你接见没有，说了些什么？"弘时先听"八王议政"还觉得这是陈年老账，虽然心慌，并不惊悸，见雍正摆出了自己密地接见的人，才知道这件事情也不小。脸上顿时一红一白，期期艾艾说道："时日久了，儿子记不清爽……"雍正一口截断了他的话，说道："'祖制就是八王议政，闹一闹给万岁提个醒儿也不是坏事。'可是你说的？还有，说'先帝和当今都是圣明天子，万一后世出了昏君，有个八王议政，能主持废立的事，于江山社稷还是有好处的'!"

弘时没想到这最隐秘的话，也都给人兜了出来，顿时背若芒刺，硬着头皮说道："这是儿子当时一点蠢想头，想着恢复祖制是堂堂正正的事，圣躬独裁，遇上明主还好，遇上昏君就会坏了江山。皇上不说，儿臣至今还没有觉得错误……""巧言令色！"雍正沉闷地说道，"你和朕打马虎儿！你私调他们进京，又调唆他们这些话，睿亲王不和你们串连，你就安排他远远住到潞河驿。你心心意意怕弘历立太子，自量德力不够，要控制八王，亲掌上三旗，坐定了摄政王地位和弘历平分秋色！你妒忌弘历，是么？""没有没有！"弘时仰脸看着雍正，慌得连连摆手，"儿子纵不肖，怎么会妒忌弟弟？"

"不妒忌？"雍正冷冷说道，"既不妒忌，你告诉朕，那个姓谢的师爷现在哪里？他到河南山东几处地方都做了些什么？"

弘时惊恐地望着雍正，又躲闪着雍正刀子一样的目光，两只手下意识地死死攥住了小杌子，好半日才道："阿玛这话我听不懂。我府姓谢的倒是有一个，发痧死了……""只怕不是发痧！"雍正的声音嘶哑中带着沉闷，像是从一只坛子里发出的声音，"他联络匪盗，两次堵截追杀弘历，事情不成功，自然是要灭口的——你不要忙着申辩。你那个旷士臣，生恐当了谢师爷第二，昨天下午偷盘了你一处当铺款要逃，已被图里琛拿住。他没有你嘴硬，连同你魇镇朕和弘历的法物，连同你勾结巴汉格隆图谋要你阿玛的命，都招了！"

"这一定是弘历！"弘时突然绝望地叫道，"他见我主持韵松轩政务，心生妒忌，设计陷害我！"

"算了吧！"雍正冷笑道，"演这个像生儿有什么意思？弘历替你开脱说情，你倒攀咬他，你可真是个大好人！你怕隆科多揭发你下令闯宫的事，所以你叫他背土布袋。你怕阿其那情急把你的丑事张罗出来，所以遣散他的家人，故意不给他治病！宁肯让你的皇阿玛背上屠弟杀功臣的恶名——"他陡然间提高了嗓门，"你可以算做个人？！上苍白给你披了一张人皮！夫人有五伦：父子有亲，君臣有义，夫妇有别，长幼有序，朋友有信——这是镜子，你照照自己的形容儿，可有半伦一伦？张廷璐受你之托科场行奸，事情败露处刑腰斩，你整日围着朕，连一句减刑的话也不曾说。像你这样的东西，做恶事坏事也是毫无章法，哪个人跟着你不要留一手？哪个人肯替你出力卖命？"

弘时浑身已经瘫软下来，不知什么时候已经从杌子上溜跪到地下，直到雍正说完，他都像听着天上的雷，一声一声沉重地打击着他本来已十分衰朽脆弱的心。他张皇四顾，似乎在寻着什么可以依靠的东西，但这屋里，除了那支闪着一幽一明的光的蜡烛和一个毫不动情的皇帝，什么也没有。半晌，他忽然无望地发出狼嚎一样的悲啼，边哭边叩头，说道："皇阿玛圣明，皇阿玛圣明……那都是冤枉的……您从小儿看着儿子长大。儿子虽然愚顽不肖，做坏事的心胆是没有的……"

"朕半点也不'圣明'。"雍正看也不看弘时，像是自言自语地说道，"杀张廷璐，你一句话也没说，朕只是觉得你'忍'。他的事朕过后有疑惑也有所不忍，所以自他之后，朕废除了大清律里的腰斩之刑，也为恕自己的心。八王议政，朕只是觉得你暧昧，心地阴暗，想和这群污糟猫王爷分一杯羹。隆科多搜园，朕对你已经十分警惕，还想着你毕竟是儿子，能包容就包容了，也许是你不掌权，想着好比一只狗，喂饱了也就不咬人了。孰料你进而要杀人，杀你的父亲，还杀你的弟弟。你可以说是古今天底下最贪恣暴虐的衣冠禽兽了！"弘时向雍正爬跪了几步，悲号道："皇阿玛，皇阿玛……您是儿的父亲，那些事……有的有，有的没有……你不要听信外人谗言……""你也是读过书，受过明师指点教诲的，"雍正一脸鄙夷的神气，继续说道，"岂不闻杀人可恕情理难容？你身为皇阿哥，万岁之侧千岁之体，若不为非，哪个敢来动你，又有谁敢来离间父子之情？朕若证据不足，又焉肯将你贪夜捉拿到此？朕若无情，又焉能不把你交部严议明正典刑！"

"皇阿玛！您听我说……"弘时的精神堤防，在雍正排炮一样的轰击下突然崩溃了。他像一座受潮的糖塔，委顿着软瘫在地，说道："……总归可怜儿子糊涂，听了下头人调唆，以为……以为除掉了弘历，儿子……占定嫡位是顺理成章的事……所以有魇镇的事……河南追杀弘历……那是他们办过了我才知道，并不是儿子生谋造意……阿玛……您要把我交部议罪么？……啊？您说话呀……"

雍正听他哭得凄惶，一股又酸又涩的口水涌上来，眼泪已夺眶而出。

他像石头人一样站在当地，听着弘时撕心裂肺的哭声，突然想起那年承德事变，太子允礽和十三阿哥允祥被囚，狮子园里一片恐怖，奶妈子抱着刚满两岁牙牙学语的弘时逗自己开心的往事。又忆到让弘时骑在自己脖子上去捉爬在树干上的蝉，尿了自己一身……雍正不禁长叹一声。但这温存只是一霎间闪过。很快地，他的眼睛里又像结了冰一样阴寒，放过这逆子天理人情不容。别说后世，就是张廷玉鄂尔泰这些近臣也会腹诽自己处心不公。往后每说一次"光明正大"都等于当众打自己的耳光。他用沉缓的语调说道："朕瞧不起你这模样，大丈夫死则死耳，做得出就当得起，你起来！"

"是！"弘时爬起身来，已是额青眼红，畏缩地又坐回小杌子上，说道，"请父亲训诲……""你弑父杀弟，欺君灭行，依着《大清律》，除了凌迟，没有第二条刑罚。"雍正幽然说道，"朕思量，把你交部，又是哗然天下一件大案，不但你死，还要带累多少人，家丑也外扬了。所以朕一开头就是密地捕你，为的不招众议。"弘时用感激的目光看着父亲，低声说道："谢父皇成全呵护恩典。"

雍正也看着这个不成器的儿子，从心底无可奈何地叹息一声，走下炕来，背对着弘时，用不容置疑的口吻说道："你知恩就好！你的罪犯在十恶，断无可恕之理，但朕与上书房军机处等人商计，不能把你交部显戮。一是国家禁不住大案迭起，二是朕也觉得丢不起这个人。"

"那——皇阿玛打算——圈禁？"

"……"

"到岳钟麒军中……效力恕罪？"

雍正依然摇头，说道："没法给你判，没法给你身份，你到军中没有名目。"

"那么儿子只有削发为僧，在佛前忏悔赎罪了……"

雍正倏地转身，灯影里看不清他的神色，只听语气深重得让人透不过气来："你还是尽想着活命之道！凭你这身份，哪个庙藏得住你？你借忏悔之名求生活命，不怕有一日暴露，让你伤透了心的老阿玛再蒙羞耻？且不说你的罪没法恕，就是可恕，你的心可恕么？既然你自己不愿想，朕就替你说，你除了自尽没有第二条可以恕心谢罪的路！"

"皇阿玛！"弘时顿时吓得泪流满面，"嗯"地跪直了身体扑上前，紧紧搂住雍正双膝，摇撼着，哭泣着，说道，"儿子有罪当死……原没有可辩之处……念起皇阿玛子胤单薄，儿臣一死不足惜，带累孙子都是有罪之人，宗室近亲更是零落……""你此刻才想到'宗室'？晚了！"雍正见他一副苦乞命相，心中更增反感，冷冷说道，"朕不想和你纠缠，你这副可怜相打动不了朕！一条是你今夜从速自尽，朕念父子血胤相关，关照你的家人子女不受株连，给你一个小小处分塞了众人耳目。一条你就这么挺着，朕自然将你的罪名证据一并发给大理寺刑部议处。他们若肯饶你，朕不加罪。他们不肯饶你这人神共愤的逆子，朕只有依律处置，绝无宽贷之理！因为朕已经加恩，亲自来劝，你不受这个恩！"他的语调变得异常沉痛，"虎毒不食子，朕何忍置你于死地？但你细想，活着有什么面目见朕，你又怎样见你的弘历弟弟？你又怎么样面对你的妻儿？如何周旋于王公大臣之间？不但你，连朕也羞得无地自容……但你若自尽一死之血可以洗清你的罪，世人怜你是做得当得的汉子，不至于让你的家人再蒙羞辱……儿子，你……你自己思量吧！"他后退一步，挣开弘时的双手，拖着深重的步履出来，对守在门口的图里琛说道："给你三爷把东西预备好。抬一桌酒席，要丰盛些！"

图里琛身负雍正安全，一直紧靠门站着听里边动静，父子二人的对话听得明明白白。他心里也是紧缩了一团，恍惚迷离半日才回过神来，躬身道："喳！臣遵旨！"看了看屋里半晕半瘫伏跪在地的弘时，忙着便去为他张罗绳子、刀和药酒。

弘时没有谢恩，也没有再说一句话。

雍正迈着灌了铅似的步履回到澹宁居，正是子初时分，殿角人来高的大金自鸣钟沙啦啦一阵响，当当连撞十一声，仿佛四周都在呼应。一声午炮的沉响隐隐从极远的城内拱辰台那边传来，清梵寺的夜钟也悠然入殿。因雍正没有睡，满殿太监宫女都在亮如白昼的灯下垂手等候。张五哥刘铁成扶着他进来，众人见雍正脸上并无怒容，才略觉放心。几个大太监忙趋步过来给雍正除掉大衣裳，搀着他坐了大暖炕沿上。彩霞彩云拧了热毛巾请他揩面，雍正挥手命道："这么亮得刺眼，怎么歇息？留两支就够了，你们也不用在跟前侍候。朕烫烫脚，留下引娣，彩霞彩云在这说会子话，今晚不批奏折了。"

于是众人纷纷撤灯退出。引娣拿了花样子坐在雍正对面刺绣，彩霞和彩云用热水泡了雍正的脚，一边一个跪着替他揉捏搓洗。

"唉……"

好半日，雍正才深长叹息一声，注目着烛火，眼中熠熠闪着光，却没有说话。引娣放下手中活计，跪到他身后轻轻捶背，温声说道："主子，您心里郁的气太重了，说说话儿兴许会好些儿的。"

"朕知道，但朕无话可说。"雍正垂了一下眼睑，又睁开了眼，"说句心里的话，当初圣祖爷料理儿子，朕是觉得他样样都好，就是不善调停，连自己的儿子们都管不住……如今轮到朕，这才知道难。朕还不如圣祖，你们知道么？朕方才去了穷庐，弘时就因在那里，朕要他自裁，以谢列祖列宗之灵……"彩云彩霞都吃了一惊，齐停了手张大着口望着雍正。引娣也忘记了给他捶背，顿了一顿方缓过气来，说道："论理我们不该插口，可他是您的儿子呀……"

"他是鸱鸮——夜猫子！"雍正双腿动着互搓，慢吞吞，带着幽咽的嗓音说道，"你们总能明白为什么杀他……他没有半点人伦……"雍正说着，忽然觉得颏下火燎一样热，用手一摸，仍旧是老地方起了一层细如米粒的小疹泡，刚开口说叫传贾士芳，又想起允祥的话，改口说道，"老毛病犯了。朕就这么歪一歪……有引娣在这里就够了，彩霞你们去吧……"

彩霞彩云知趣，答应着退了下去。雍正由引娣给自己按摩，闭着眼说道："引娣。"

"嗯……"

"朕心狠，是么？"

"有人这么说。我不这么看，您其实内底里善，不过脾性太烈，眼里不能揉沙罢了……"

"说得好！"雍正闭着眼道，"圣祖爷晚年倦勤……天下文恬武嬉，朕若不扳这个吏治，不扭这个颓风，就要学了元朝，八九十年天下散乱不可收拾。朕处在这个地位，命中注定是要吃些苦，背些黑锅的……朕和曾静诏书对话，就是要世人明白朕的心。"引娣道："我不懂，我也不想问，您必有您的道理。""朕想叫天下人都懂，所以朕不惜纡尊降贵，耐烦琐碎和两个土佬儿大费笔墨唇舌。"雍正说道："要天下人都懂得大清得位之正，并不是从朱家手里得的天下，而是替朱家报仇，灭了李自成，从闯贼手里夺的江山。要天下人都懂夷狄之人也可以为圣君，要天下人都懂朕为什么要整顿这个吏治，处置像阿其那塞思黑这样一群人！朕好恨……连自己的儿子都要伙同外人，图谋杀父害弟……连养心殿贾士芳斗法，雷击死的喇嘛也是弘时家里养的！朕一行一动别人说朕是'铁腕'，其实别人扼朕时，何尝留过半点情？"他缓缓说着，已又流出泪来。

引娣忙下炕给雍正倒水取毛巾，这才觉得自己不知什么时候也哭了。一边自拭，又轻轻替雍正擦着泪，笑道："不说这伤心的了，作恶的不是都败了么？才见天也容不得他们。倒是自己的病得留心，依着我说，明儿一早还叫贾神仙来给您瞧瞧……"

"什么假神仙真神仙……"雍正渐渐定住了神，见引娣这样，穿着水红裙，蓬松长发挽在肩头的葱黄坎肩上，灯光下只见皓腕如雪，酥胸如月，兼之脸上泪痕未尽，不由得动火，一把拉了她到怀中，做了个嘴儿，笑道，"放着个活仙姑，还治不了朕的病？"说着一翻身便压了她在下头。乔引娣却还浸沉在方才那个可怕的话题里，一点心绪也没有，又怕扫了他的兴，只不言声由着他遍体抚摸，许久才道："万岁，您今晚别……"雍正淫兮兮笑道："'别'什么？为什么'别'？"

"这是你办事见人批奏折的地方，"引娣被他压得有点透不过气，"我不惯……"

"那好，明天在西边再建一间偏宫……"

"偏宫？"引娣一笑，"我算什么牌名的人？"

"朕先晋你嫔，然后妃，然后贵妃。这也和官一样，一步一步儿升……"

引娣吃地一笑掩住了脸……由着雍正折腾了，替他擦着额上的汗，柔声说道："您得当心身子……我留心来着，你越是心里苦闷，身弱，越是爱翻牌子……你这人真怪！"雍正微喘着笑道："是么？朕自己也没留这个心。那你往后看朕心情不好，多到跟前侍候嘛！"引娣挪出身来，在炕下洗了洗下身，穿好衣服，又侍在雍正身边，说道："好了，皇上该安心睡一觉了。"

"嗯。"雍正答应着，却毫无睡意，直盯盯看着慵妆妩媚的引娣，问道，

"知道朕为什么待你最好么？"

引娣不好意思地一笑，说道："知道……我生得……俊呗……"

"也为这个。不过，宫里朕身边人，也都不丑。"雍正翻身坐起来，双手抱膝，索性漫谈起当年的事来：怎样到淮安治水，又怎样洪水破城，和仆人高福儿倚着一个大鱼缸漂水逃命，又怎样遇救，和小福儿相好。小福儿又触了族规，在大柿子树下被族人聚火焚死，他又带着李卫去高家堰寻访，又如何在黑风黄水店遇贼逃生……足足说了多半个时辰。那乔引娣已是听得痴了。雍正末了说道："你一定是小福儿托生，来完朕这一片夙愿的。不然，怎么活脱和她长得一样。你总该明白，朕为什么不讲情不讲义，生把你从允禵那里要来？这事朕确是不讲道理，若论起'理'，朕也只有这件事做得霸道，不过朕不后悔。你如今……后悔么？"

"唉……叫我怎么说呢？我不后悔……不过要一开头就遇上您……就更好了……"她抬起了头，望着窗外无尽的暗夜，讷讷说道，"几次打听，我们老家也迁了，我娘他们，这会子不知流落到哪里了……"

"这不要紧，交代给李卫，这是个地里鬼，什么事他都有办法……"

两个人有一搭没一搭地说着话，虽然身倦心疲，都靠在大迎枕上蒙眬对答，一直到窗纸发白才倦极而眠。但雍正满腹心事的人，只略睡了一会，便被自鸣钟声惊醒，悄悄起来，替引娣掩掩被角，放下幔帐，自出外殿来。值夜太监早已惊动，忙过来侍候，高无庸却挑帘从外头进来，给雍正请了安，呵着冻得发红的手说道："奴才一夜都在穹庐那边。三——弘时今晨丑正时牌已经悬梁自尽。图里琛正在装殓他入棺，叫奴才瞧着主子醒了禀一声。"说着将一张纸双手捧上，又道："这是弘时的绝命词儿……"雍正接过看时，一色钟王小楷写道：

> 茫茫无数痴凡夫，机关众妙门难入。泉台将至昏灯尽，残月晓风向谁哭？计程西去漏三更，回首斯世情已输。寄语我家小儿女，清明莫将新柳赋。

"扯淡！"雍正将纸放在烛上，看着它烧卷了发黑变灰，面颊不易觉察地抽搐了一下，说道，"他至死不悟，还以为是自己计算不周！"说罢大步出来直趋韵松轩。

张廷玉、鄂尔泰、允禄、允礼、方苞、弘昼还有李卫都在韵松轩，他们知道迫在眉睫的是弘时的事，几乎都是一夜不睡，寅正时分已经进园，在弘历这边等候。待雍正一脚跨进来，已是满屋烟雾缭绕，众人忙都一齐跪了下来。

"起来吧，"雍正一摆袍角坐了弘历原来的位置，凌晨中，他的声音显得惺忪，又很清晰，"弘时不肖，危害宗庙社稷，朕已令他昨夜自尽，以正国典家法！"见众人一齐噤住，雍正严峭的面孔放松了一点，说道："朕知道你们要说什么，但朕只能用一把天平量世界。不这样，人就不能服，法令也不能真正遵行。"

"皇上睿断果决，义灭亲子，千古帝王无人能及！"张廷玉原来心中也是猛地一收，但很快就平静下来。他已真正看到这位皇帝的风骨，真的领教了雍正推行新政，刷新吏治的决心，因也不再作无谓的安慰，正容说道："臣乍闻之下，为皇上悲为皇上惊，细思且为皇上喜，今日天下，大清开国以来小民最富，国库最盈而吏治之清，数百年仅见。这不单是皇上夙夜宵旰孜孜求治，更要紧的是皇上励身作则，为天下之先，风节之烈与日月同昭。以此化天下，无不化之天下，以此化人，无不可化之人。臣唯有时时涤虑肝肠，追随皇上努力明德资政，皇上为尧舜之君，臣等也得为皋、夔之臣……皇上，您且得保重，您……不容易呀……"说着眼圈便觉热热的。众人听他说得既堂皇又贴心，句句都发自肺腑，也都垂头感泣。

雍正原是准备了一大篇剀切沉痛的训词的，此时倒觉得多余，勉强笑道："衡臣说的是，愿我们君臣共勉吧。趁着都在这里，朕安排几件政务。朕近年身子愈来觉得支持不来，要儿子帮朕分劳。弘历自今天起移到澹宁居，在御座前另设一案办事见人，奏折也由他代拟。大事疑难事朕就地随时决策。十七弟富力强，又带过兵，即以果亲王身份摄政，统领卫戍大内的责任，督促军机处上书房办差。允禄和弘昼襄助协办，兼管内务府、顺天府事宜。弘昼就袭和亲王位，帮着你十六叔十七叔办差。其余的都是朕亲信任用大臣，已经各有差使。允祕今天没来，回头传旨给他，朕的弟弟里他年纪最小，朕也最疼他，叫他进园在韵松轩读书，得便学习参与政务。朕现在外间新政吏治都已经有了规矩章法，你们只管照着努力去做就是。要紧的事有三件，岳钟麒的西路军事、西南苗瑶的改土归流和曾静一案的审理结案。你们不要小看了这案子，朕一生心血行迹，都要用这本《大义觉迷录》昭示天下。朕之磊落光明，正大无私之心，不但要你们知道，还要借曾静之口，演示百代之后。"他搓了一下略带浮肿的脸颊，侧转脸问张廷玉，"这样安排可成？"张廷玉忙躬身道："奴才以为十分妥帖。"

"就这样，你们跪安吧。"雍正说道。看着众人纷纷跪辞，他心里觉得踏实安生了许多，但又升起一种寞落孤寂之感，坐在弘历的案前看着自己的儿子，一时舍不得离开。

弘历深知他的心事，还在为弘时难过，亲手端了参汤捧给雍正，说了一阵俞鸿图河工进展，又回了岳钟麒战车制造情形，将雍正的思绪拉回到政务上，雍正阴沉的脸才开朗了些，说道："你放心，弘时死，朕不伤心，朕要舍不得他，难道就不能给他别的处罚？朕如今每每回心，一想起阿其那他们，就愀然不乐，但国法家法俱在，该怎么办还怎么办。社稷，公器也，虽天子不得以私据之，你一定得明了这一条。朕老了，身子骨儿愈来愈差，精神也渐渐不济。圣祖爷晚年放任了点，天下就变得异常难治。你就在朕身边措置政务，朕就懒怠一点，你多操办也一样的。"

"身子欠安，还是要瞧御医，这是正道。"弘历说道，"皇阿玛，十三叔曾说——"他顿了一下，顺手从书架上取下一本《易经》翻开来，递给雍正看。雍正看时，却是一张纸条，上写"诛贾士芳"四个字，目光一闪说道："你十三叔曾跟你说过么？这要李卫来办。他有神通，朕现在用得着，而且现在有功无过，不能无缘无故处置。你要谨密，说不定他能猜测出你这纸条的！"弘历笑道："他要能连《易经》都看穿了，也就制不住了。我和十三叔谈话，都是用这部宋版《易经》，决无相干的。"

雍正笑着点点头，说道："你很会想事情，朕现在还是用得着他。到时候也用《易经》给你传旨。"说罢起身踱去了。

当晚便有旨意，乔引娣晋位"贤嫔"在畅春园造宫居住。

第四十六回　当断不断畏祸失机
邪道伏诛血溅红楼

　　雍正断然绝情杀子，虽然没有明诏布告天下，但弘时因"处事妄诞，放纵不羁"，当时就革掉了王爵，数日之后便传出他"羞愧自尽"的消息。数年之内瘐死允禩允禟，囚禁允祉和"舅舅隆科多"，加上弘时这个亲生儿子，凡有党援情事的勋贵格杀殆尽，真个苞苴不行于铁面，亲情不移其刚肠。这种唯法是行六亲不认果真惊世骇俗震慑了官场猥琐龌龊之风。尽自天下官员地主对雍正新政火耗归公，改发养廉银，摊丁入亩，士民一体当差完粮……这些措置心里仍旧腹诽不已，对田文镜鄂尔泰曲阿圣意，刻意剥削，假报考成邀功图进的"小人行径"切齿仇恨，但也确实没人再敢作仗马之鸣，攻讦他树的这几位"模范总督"了。不但雍正，就是张廷玉，鄂尔泰等大臣，也觉得令行禁止雷厉风行，政务绝少滞碍。

　　政务顺手，军务却十分棘手，云南广西改土归流，当地土司本来就不服，新选派的州县官到这些穷乡僻壤做官，事多任繁，又毫无油水可榨，许多地方州县衙门没有主管，任凭胥吏上下其手敲剥苗瑶百姓，激起民变。自雍正五年镇沅土司刁瀚率苗民聚众放炮，焚烧府衙，几次用兵征剿，都是"兵来我进山，兵去我再来"，总不能平服。鄂尔泰是以"改土归流"投合"圣决"入为枢相的，当然深感不安，亲自请缨返回贵阳主持。雍正自然照准，仍命他以军机大臣身份督办云贵军政，命贵州提督哈元生为扬威将军，湖广提督董芳为副将军，都由鄂尔泰节制，进剿扫荡叛苗。岳钟麒大军自雍正七年正式誓师出兵，大军共分北路军与西路军，钳形西进，岳钟麒坐镇西路军，由将军纪成赋，副参领查廪护理北路军。临出征前上疏雍正，言有十胜把握，写得酣畅淋漓：一曰主德，二曰天时，三曰地利，四曰人和，五曰粮草广储，六曰将士精良，七曰车骑营阵尽善，八曰火器兵械锐利，九曰连环迭战，攻守咸宜，十曰士马远征，节制整暇。断言策零噶尔丹跳梁小丑不难指日荡平。雍正也大加奖赞，升任岳钟麒的长子岳睿为山东巡抚，亲自在太和殿择吉日为岳钟麒送行，命岳睿直送父亲到西宁军中以示恩礼隆重。

正当旌旗蔽空士马饱腾，即日升纛开拔之际，突然前军来报，准噶尔派特使特磊进京朝见，路过西宁，要求请见岳钟麒。

其时正是雍正九年七月，塞外胡杨正青草原雨多草茂，西宁城无风无沙，湟水如带横亘于苍天茫野之中。岳钟麒刚刚巡营回来，听见这一消息不禁一怔，总兵张元佐、樊廷、冶大雄恰都在身边，因用征询口气问道："见他不见？"

"这是策零阿拉布坦的缓兵之计。"张元佐说道。他是曾随允禵和年羹尧两度和噶尔丹打过仗的，深知这个小阿拉布坦奸诈异常，略沉思了一下说道："他既是朝见的特使，不干咱们的事，放他去北京，咱们该怎么干还照计不动。"冶大雄是个兵士出身的老行伍，说道："这个时候士气正旺，最忌这种事。下头知道要讲和，有些旗人听说能不打仗，烧香磕头还来不及呢！依着标下建议，权当拿住了奸细，割了他的鸟头，三军号示他娘！"樊廷却道："万一他来投降呢？擅杀来使，皇上怎么想？见见面于我何损呢？"冶大雄道："这种事犯什么嘀咕？仗打赢了就总有理，仗打败了就百无是处。将在外君命有所不受，宰了这个兔崽子，得胜回朝有人说话老冶顶着！"

几个将领意见不一，岳钟麒一时犯难：军中满汉将领心思不齐，满人骄横无能，汉人心怀不满又招惹不起，特磊是奉命到北京朝见雍正的，自己半路截杀了，保不定就有人写密折，砸自己黑砖。以雍正专断权威，亲子尚且不姑息，万一将来军事稍有失利，大祸只在顷刻。但与特磊接谈，又确实于士气有碍。思量了好一阵，才道："在侧耳配庭见见他。"说着带着马弁戈什哈进了大将军署，在正殿西边亲兵守值的耳房坐定了，不一时便见人带着一个五十多岁的蒙古人进来。岳钟麒不等他坐定，便道："你叫特磊？如今两家兵戎相见，不在喀尔喀等死，到我军中有何贵干？"说着目视通译官。

"不要这个蹩脚的通译官了。"特磊没听完通译官的翻译就笑了，"我能说汉话，我自幼随阿爸在张家口做茶马生意，我的母亲也是汉人，我和汉人有很亲近的情分。"他是那种很深沉很干练的蒙古汉子，黑红的脸膛上，浓眉长出了寿眉，一双饱经沧桑的眼睛晶莹闪光，满脸都是慈祥温和的笑容。一口流利的汉话略带了晋北口音，不知道的根本听不出是蒙古人。特磊顿了一下，说道："我不是给将军下战表的，我身上带着息争和平的使命。"

岳钟麒用难以置信的目光看着特磊，不动声色地说道："谁能相信你呢？你们准噶尔人已经几次遣使去北京，只会骗人，一句真话也没有。一边在北京恭敬朝见，一边背地里进兵青藏！我见你没有别的意思，只是好奇，看看你是个什么东西。"

"我不是'东西'，是人。"特磊一本正经说道，"岳将军怎么汉话也说不好？"

有此误会，便显出特磊毕竟是蒙古人，几个将军不禁掩嘴葫芦。岳钟麒问道："是谁派你来的？策零阿拉布坦？"

"啊，将军。"特磊大约嫌屋里热，袒了一只袖子，说道，"《孙子》里曾经说，'知己知彼百战不殆'，将军对我准噶尔情形可以说一无所知。策零阿拉布坦去年十一月已经病死，现在我们准噶尔各部是由噶尔丹策零大汗台吉执掌权力。噶尔丹策零汗爷一向尊容中央道统，仰慕中华文明，谨守西疆为中央屏障，几次击退哥萨克侵略。他臣守喀尔喀蒙古是康熙博格达有诏书特许的，修表称和也是有诚意的。我来，是为消除误会，争取和平而来。"

"误会？"岳钟麒格格一笑，"雍正二年春，被我天兵在青海击败的罗布藏丹增，不是你们窝藏起来了吗？"

特磊在椅上欠身一躬，说道："将军须知，当时和现在的政情不一样，当时我们执政的是策零阿拉布坦。鉴于老阿拉布坦、老噶尔丹与罗布藏世家的渊源，不能不予收留，汉人叫这为'讲义气'。但罗布藏丹增是一条毒蛇，是草原上的豺狼。他在我们的地盘里收罗旧部，联络噶尔丹残部，借祝寿为名带兵入帐，要杀害年轻的噶尔丹策零。我们的台吉汗爷正好要与朝廷修和，就把他们一网打尽，命令我把罗布藏丹增押解北京，以表我们博格达汗朝廷的忠忱。但是——"他皱紧了眉头，对目瞪口呆的岳钟麒道："我走到科舍图西的三叶河，就遇到了将军的部队正在向西挺进扎营。逃亡的蒙古人都告诉我，岳将军要率军横扫喀尔喀蒙古。我不能带着我们主人的忠诚之心身入不测之地，因此暂时命人把罗布藏丹增押回了伊犁。将军，每一条生命都是珍贵的，请您将我的话转奏雍正陛下，我就留在军中做您的人质。这样好吧，将军？"

"好吧。"岳钟麒听着一篇天衣无缝的说辞，一时实在挑剔不出什么毛病，因起身道，"我这就奏上去。你大约要在我营中等半个月，给你划一处小院子住。你和你的从人食膳都有人照应，只是半点不能越轨，否则休怪我军法无情。"

当天，岳钟麒就将特磊来朝的情形备细具折奏陈，并说："策零阿拉布坦奸诈为怀，素无信义，特磊所言多不可信。请旨将特磊就地正法，以励士气。"

十二天后就接到了雍正发来的八百里加紧朱批谕旨：

> 夫不战而屈人之兵，上胜也。东美未闻之耶？噶尔丹策零果能谨守臣道，俯伏阙下，朕亦不必以犁庭扫穴而后快。即将特磊妥送来京，俟朕亲询，我军暂缓西进。唯恐特磊有诈，戒备不可稍懈，汝将军事布防调停恰妥，亦同特磊进京可也。钦此！

岳钟麒明知此举不妥，但旨意毫不含糊，雍正的性子又半点违拗不得。只得连夜安排军务，带了几十名亲兵，快马护送特磊赴京。特磊带的贡品驼队，则由驿站递传进京。

几十骑人马日夜趱行，赶到北京时已是将近八月中秋。当年河南、山东、山西都丰收，正是清风潇洒金谷登场之时，北京城里人已在忙着制月饼，扎兔儿爷，供小财神，走斋月宫，一片热闹。城外丹枫染秋艳色杂陈，山含淡翠云薄西岭，永定河子牙河清潦流素，两岸杨柳未老，依旧伤心一碧。正是北京天气景致最佳之时，众人一路奔波，却都是满身风尘，眼倦腿胀，哪里有心思观赏？当晚在潞河驿安歇住，张廷玉已来慰问，传旨明日进园，召见噶尔丹特使特磊。同来的还有工部尚书俞鸿图，新升任的京畿道李汉三，礼部外藩司长陈学海，大家吃西瓜品葡萄说闲话。那陈学海仍是饶舌，又是河修治得好，又是各地丰收，又说荷兰国、日本国、法兰西国、罗刹国"万国来朝"。东洋鬼子西洋鬼子怎么恭敬，万岁高兴得病都去了一大半……一有话缝儿就插进来乱嘈，众人也都不计较他。热闹说话一阵便各自散去。

第二日清晨，岳钟麒冠袍履带结束停当，与特磊并马来到畅春园双闸门口。高无庸已在候着，二人一下马他便宣旨："特磊在此候旨。岳钟麒进去。"见特磊恭恭敬敬双膝跪下。岳钟麒没言声，抿了抿嘴唇便随高无庸进园，径趋澹宁居。

"东美一路辛苦。"雍正盘膝坐在大炕上，李卫和朱轼从侍在旁，炕西靠南窗设着一案一椅却是弘历坐着。见岳钟麒进来行礼毕，雍正笑道："弘历替朕扶一把东美。这会子都是朕的亲臣，坐着说话儿。"

岳钟麒打量雍正，只见雍正穿着驼色江绸夹袍，外边罩着绣石青江绸棉金龙褂，项间挂着蜜蜡朝珠，腰间系着金带头线纽带，戴着一顶天鹅绒纱台冠，正襟危坐在东阁大炕里，精神比两年前离别时要好得多。只是身上削瘦，连衣服都看着有点不合体，岳钟麒觑着眼看雍正，边坐边道："圣颜比奴才离开时还清减了些，鬓边头发更苍了。皇上依旧只是吃素么？奴才是个厮杀汉，释佛道理不懂，但供佛也还用三牲，他也不禁荤。所以皇上还要增进些肉食。奴才离开时皇上戴着斋戒牌，今仍旧戴着，难道主子用的常斋不成？""朕生性喜爱素食，倒也不禁血食。但今天是田文镜头七之日，朕为他超度。"雍正咳嗽一声，一个小太监忙捧着漱盂过去，咯了一会儿却没有痰，又坐正了，叹道，"你大约不知，田文镜已经去了。社稷少一人呐……不说这些了，说说你那个特磊吧。"岳钟麒从河南过，田文镜死，当地缙绅大户爆竹连天响地祝贺，他亲眼所见。他这个话无论如何不能在雍正跟前提说，因双手按膝，将军备西征情形诸多事务一长一短说了，又细细说了接见特磊的经过，奏道："《春秋》云一鼓作气，再而衰，三而竭，士气最要紧。准噶尔部历来反复无常狡诈难测，盼皇上掷还他的贡品书表，斥见来使，以示天朝讨敌不共戴天之决心。奴才在西边大营鸣鼓扬旗而进，不难殄灭丑类。"

"文死谏，武死战，你的这个想头原不错。朕见他，也是想看看他的虚实再作定夺。"雍正说道，"你大约见了邸报，睿亲王多尔衮的案子，已经平反昭雪，鳌拜的子孙也复了世职。朕不是个烂好人，但若能以德服人，少杀生而获胜，朕是求之不得。特磊万里迢迢来了，还是要善见善言。近来十几个外藩国如日本、琉球、荷兰、法国等遣使朝贡，礼仪周备，措辞谦抑，这种祥和之气是大清的洪福么！假如噶尔丹策零果然安分守己臣服西疆，朕又何必一定赶尽杀绝？上天有好生之德嘛——高无庸。"

"奴才在！"

"传特磊晋见。"

"喳！"

待高无庸出去，雍正笑道："法兰西国贡来二十支双筒镶金鸟铳，赏给你六支。回头你到宝亲王那里领去。"弘历忙起身答应，又笑道："东美大将军你好风光，我才得了两支，李卫才一支。你一人就得六支——儿臣看日本国进的倭刀也好钢火，请阿玛赏给岳钟麒几把。""好，赏二十把。"雍正笑道，"大将军有八面威风么！东美的亲卫队可以抖一抖。"岳钟麒忙又躬身谢赏，笑道："这是圣上激励我全军将士的，钟麒不敢据以为私。擒斩敌上将一名，奴才转赠鸟铳一支；擒斩敌千夫长一名，赠赏倭刀一柄，如何？"李卫笑道："岳大将军这法子好。这么说我也厚脸皮，向主子再讨两把倭刀，像吴瞎子这些不领俸禄，为朝廷缉拿山野大盗，赏他一把，比封他的官还要管用呢！"说话间高无庸进来，雍正便问："怎么这么久？"

"特磊从双闸口三步一拜进来，走得特慢，奴才先进来禀一声。"高无庸赔笑说道，"他说，准噶尔部落历年来叛服不常，他是有罪之人，不能以常礼晋见天子博格达汗。还送了奴才这个，叫奴才在主子跟前替他美言——"他从袖子里取出一块金饼，足有烧饼来大，少说也有二百多两，呈给雍正。从人见他出手如此大方阔绰，都是心中一动。

"既然赏你的，你主子知道了，收起来吧。"

雍正听见特磊如此恭谨有礼，高兴得脸上泛光，又道："特磊如此知礼，事情有几分指望。钟麒，你和李卫可以退下了。既然已经回到北京，索性放心歇息一下，前方军事奏章，军机处接到就转给你，只留心些就罢了。这部《大义觉迷录》刚刚刻成，已经颁布天下学宫。这是样书，赐你一部，拿回去仔细参详。像曾静，张熙这样的人，只要向化，不但不杀，还有官给他做，由他们游学天下现身说法，比朕自己四面八方地应付谣言不是强得许多么？"他把一部切得整整齐齐的书递给岳钟麒，看了一眼朱轼和弘历。朱轼和弘历都是力主要杀曾静的，只低了头不言语。

李卫和岳钟麒出殿，见特磊手捧贡单，才拜到蔷薇墙洞旁。二人绕开了，从花间小径到双闸口。岳钟麒要回潞河驿，李卫生拖住了，笑说道："那个驿里闷死了，这会子还有屁的军务，你跟我来，和你说说话儿——我如今要办一个要差，得借你一点威气呢！"李卫是出了名的顽皮，岳钟麒虽然不苟言笑，也禁不住他这死乞白赖的顽筋，只好一笑，说道："人都说你病得七死八活，我看你阳寿早着呢！拿你没办法，到哪里玩儿，这威气又怎么个'借'法呢？"

"我这身子骨儿得谢谢我们贾神仙。"李卫一边和岳钟麒认镫上马，笑道，"——也是来京之后承他咒诵些个，果然就无碍了。"

二人在马上一纵一送正向东边城里来，走了约一里许地，只见一乘二人小轿闪悠闪悠迎面而来，旁边还有四名顺天府的衙役护送，走得飞快。岳钟麒正奇怪这样的缠藤轿怎么能抬到禁苑，李卫已跳下马去，笑嘻嘻拦住了，说道："老贾出来！"正自诧异，那轿已经顿住，贾士芳已笑着躬身出来，岳钟麒知道他在雍正跟前身份，也便缓缓下马。李卫一把扯了岳钟麒，指着贾士芳笑道："如今也是宫里说一不二的人物儿了，又使不完的金银，还是个出家人，仍旧勒唶，坐这样的小轿！""岳大将军安详！"贾士芳神采奕奕，向岳钟麒一稽首，说道，"——你小瞧这轿么？比马还快呢！我本来爱骑驴，庄亲王爷说没个骑驴进出紫垣的，太扎眼了，我就换了这乘轿。"

"你这小藤轿不显眼么？"李卫仍旧嬉笑着，说道，"你这会子不要进园子了，皇上正忙着接见外臣呢！他现在身子没事，进去也是闲着。来来，随我到个好去处，我给你二位开开眼，一个是杀人不眨眼大将军，一个是砍不掉脑袋的牛鼻子道士，加上个饿不死的叫化子，好玩呐！"岳钟麒笑道："我带一辈子兵，就我身上这把刀，不知杀了多少人。总没见还有砍不掉脑袋的人！"李卫笑指贾士芳，说道："这位就是了！上回在荷风亭他吹出来，张五哥不信，连砍他三刀，都像砍在弹簧上，刀蹦起老高，脖子连个红印也不起！"岳钟麒只当玩笑话，贾士芳也只笑而不语。

于是三人弃马辍轿，干脆步行入城，在宣武门西大廊庙转了一会儿。这里却十分热闹，一街两行书画、玉器、碑帖、烟料、料器、瓷器、花木、旧书、唱本书的……应有尽有。旁边有狗市、蝈蝈市，一片声嘈叫乱叫。卖耗子药的大声吆喝：

"一包管保六个月，坐地户儿，药不死耗子您找我！"

卖首饰的说："买过的您知道，戴过的您认得，露出铜色给我拿回来！"

"金回回的膏药！五劳七伤骨断筋折只用一帖管好！"

"买孟家百补增力丸！不损阴不伤阳，一夜管睡百姑娘！"

岳钟麒看着周匝把式卖艺的，说相声弹弦子把式耍又卖眼药的，乱哄哄人来人往，笑着对李卫道："你真是个乞丐儿，专爱转悠这些地方。我来北京这多次数，从不知还有这种地方！"李卫显得如鱼得水，买了十几个雕镂蝈蝈葫芦说是"送给小主子（小阿哥）们玩"，又要了三大串冰糖葫芦，给贾士芳和岳钟麒一人一串，还有什么云片糕、桂花糖、饧人儿，每人怀里塞得满满的，笑道："能天天到这里转转玩玩是福气！你到西边出兵放马，想起今儿准会思念我这叫化子。你别小看了这西庙会，没听人家说，'东西两庙货真全，一日能消百万钱，多少贵人闲至此，衣香犹带御炉烟！'别以为你我身份高——你瞧，那不是五爷?!"两个人眼花缭乱，口里塞着，怀里揣着，耳朵里听着，已被这位"缠死鬼"总督弄得五神皆迷。顺他手指看去，果见新封的和亲王弘昼头戴红绒结顶六合一统青缎帽，一身月白府绸夹袍，脚下蹬着双梁起明检鞋，握着一柄汉玉坠儿湘妃竹扇一步一踱自东悠闲着过来。岳钟麒忙拉贾士芳，说道："咱们躲躲！"李卫笑道："不成，五爷已经瞧见咱们了！"

"原来是你三个！"弘昼身边也有人耳语了一下，他目光一跳，加快了步子赶过来，笑道，"李卫这狗才，你们想躲我么?"李卫嬉皮笑脸道："是东美想躲，怕不好见礼。您瞧我买这蚰子葫芦儿，有永璧小世子爷一份子呢！"弘昼笑道："这种地方行什么礼呢？方才我还见小叔王带几个太监那边玩，见面一笑就罢。"

李卫见弘昼说着就要走，笑道："五爷，有什么好地方儿玩，带携我们则个。好歹今儿碰上，也是我们的缘分。我们都打园子里才来，可怜见的饿得前胸贴着脊梁骨，吃这些个充饥！"

"别他娘装穷卖苦了！"弘昼笑道，"不是我不带你们，其实我去庆云堂，有吃的有玩的，怕的是你们嘴不严，漏出去我就得写谢罪折子。再说，士芳是出家人，到那种地方，万一破了戒，往后狗皮膏药卖不成。"贾士芳便知他去的地方邪僻，因道："贫道如没有大定力大神会，焉能修到这一步？我无欲，欲何能诱我？我们道中也尽有男女修合采补御女成道的，不过我不从那一路出就是了。'天地由我主持，鬼神由我支使，'上回我给主子发气疗病，主子不高兴，说，'你都主持支使了，朕呢？'我说，'您是人主，管人嘛！'既这么着，你们去玩，我回去读经了。"说着便要走。李卫哪里肯放他走，死乞白赖拽住了，说道："臭牛鼻子，天天嚼你的烂经簿子！什么意思嘛？走，扰定了五爷的，他老有的是钱，咱们帮衬！什么鸡巴定力见了真的你不动心，那才是真神仙！"连说带撕拽，岳贾二人都拗不过他，便跟了弘昼向西，又向北。走了一段胡同，出到棋盘街口，一带粉墙，仿江南沈园式样的歇山顶二层酒肆矗在街北，便是有名的"庆云堂"了。

四个人穿过热闹嘈杂的前店酒楼门面，趄过楼北一个小侧门，由后梯拾级登楼，迎门便是一座镶金嵌玉的玻璃屏风①，又向北折，出门来，却是一座加亭空中游廊，窗上糊的都是碧绿色如云的蝉翼纱。脚下是海子，满塘的莲叶，远处的水榭、池心亭、曲曲弯弯的石栏桥透窗可见，模模糊糊的影子映着，廊中都铺满了猩红地毡，汤裱铺糊的米黄壁纸，每隔不远就悬一盏小巧玲珑的宫灯……到了这里，处处都有一种身处仙境，隔绝尘寰之感。见弘昼不由人引导，穿堂入室走得熟门熟路，李卫不禁笑道："我的爷！再想不到庆云堂后头还有这么大景致！这和内苑比也不相上下。""别瞎扯了，"弘昼在前头走着，笑道，"这是专门接待王爷的堂子！——那不是老鸨？"

三个人眼迷神怅，发怔时，果见一个袅袅婷婷的中年女子，年纪不过三十，淡施粉黛轻步迎出，相貌端丽举止娴雅，迥异寻常妓院老鸨那副赶前赶后，絮絮叨叨蛇蛇蝎蝎的俗像。至四人跟前，只瞟了岳钟麒一眼，稳稳重重蹲下身去，说道："五爷您来了！爷们吉祥！"

"我是五爷，你是五娘，咱俩刚好配对儿。"弘昼笑道，"这是我几位朋友，都没有开过洋荤，我带他们来玩玩儿。"那五娘脸红了红，笑道："人

---

① 当时玻璃尚是极名贵的装饰用品。

都在后头水榭子上排戏，这里只有小五子小六子。爷们且进去坐着，叫她们唱曲儿听，我这应叫她们过来——不知爷们要开西洋荤，东洋荤？"

弘昼见几个人都瞠目不知所云，笑道："你别问他们，都是土佬儿——就来东洋秘戏，下次再见识西洋的。"说着便进来。三个人傻子一般跟着弘昼进了楼，这才看清是一座环楼，原是个四环天井院，上头封了顶子，院内一色的红毡铺地，四角挂着盏粉色玻璃灯，既照楼上又照楼下，都映得一片柔润晶莹的光，不刺眼也看得清。沿四周栏杆的天井中间，幔着一层雾一样的云纱，楼下情形一览无余却又模模糊糊。天井院下四壁都挂的小红烛灯，比楼上亮得多，这样，楼下人就看不清楼上的人。四个人在临栏前坐下，弘昼和贾士芳对面倚栏，中间隔着条案，李卫和岳钟麒，一个挨弘昼，一个挨贾士芳居正而坐。正看得没头脑，那五娘带着两个云鬟小丫头，捧着条盘、酱西瓜、荔枝、葡萄、菠萝、香蕉、苹果一一进上来，最出奇的还有一大盘鲜桃，绝非时令果品，也献了上来。李卫先就咂舌道："别的也罢了，这桃子希罕！五爷，到这来玩一晌，怕得几十两银子吧？"

"几十两！"弘昼扑哧一笑，转脸对五娘道，"你听他是个土佬儿吧！想开东洋荤，得一千五百两银子，开西洋荤，得两千两呢！"说得五娘、小五子、小六子都是一笑。五娘道："什么一千两千，人意儿比钱贵重！小五子小六子，给爷们来一套《春宵帐》，我献个丑讨爷点赏！"弘昼顺手抽出一张银票递给五娘，说道："难得你巴结。这是两千两的票子，今儿揽总儿有了，你自己调停分赏就是！"

五娘笑着领了，略一顿首，小五子琵琶，小六子筝，旁边一个小丫头吹箫伴奏，微微调弦试调，一阵轻舒、柔缓、温滑的曲调如流水行云悠然而起。五娘轻舒皓腕，眄目四流柔声唱道：

> 自将杨柳品题人，笑拈花枝比较春。输与海棠三四分，再偷匀，一半儿胭脂一半儿粉……

"太柔靡了。"岳钟麒听着五娘的曲音，如风送春水，细雨润石般袅袅萦绕，若有若无，若断若续，突然想起冰天雪地的青海，不禁叹道，"像我这样的人，不宜听这歌的。"李卫笑道："人生能得几回欢？好好听着罢！别惦记你那些兵，听起来就入耳了。"

此时乐声再起一叠，岳钟麒见贾士芳听得心不在焉，侧耳小声说道："贾道长，我想求问一件事——"

"唔？"

"西线军事，想必你推过休咎的……"

贾士芳神情似乎恍惚不定，很随便地一笑，说道："半凶半吉吧……再过几天就有消息……"岳钟麒还要问，李卫道："老贾别理他，这会儿听曲子。"贾士芳便不言语，看弘昼时，却是闭着眼如痴如迷地双手拍节，五娘唱道：

> 海棠红晕润初妍，杨柳纤腰舞自翩。笑倚玉奴娇欲眼，粉郎前，一半儿支吾一半儿软……

五娘一边风荷摆塘般婉转嘤鸣而唱，一边向席上送风情媚眼，人似烟中仙姝，歌如软金缠玉，除了贾士芳，都听得如身在醉乡，随拍按歌微摇着身躯。忽然，弘昼欠身倚栏，指着纱幕下的天井说道：

"你们看，东洋海歌舞！"

四个人齐往下看，六对男女歌手从楼下屏风两边翩翩而出，楼上五娘这边乐止，楼下笙管竹丝之声却冉冉而起，与五娘的歌声衔接得丝丝入扣，却已换了曲调牌子：

> 开帘怯睹落花红……

只这一句男女柔声齐唱，便似柔金软玉十丈红飞，令人销魂不禁，饶是岳钟麒铁石心肠将军，也把剥了半个的荔枝落了案上。

> 安顿春愁……亭午中……

那两队舞手接着唱，岳钟麒定神看，只见六个是妙鬟云鬟的少女，小可十四五，大可十八九，都穿的一色枣花碧罗紧袖衫，浅红吴丝裤微露紫绢履，腰围绣带下垂于膝。娈童则都一色紧身玄色衣靠，黑缎皂靴。从上往下看，女的宛如桃李之丰，男的犹似牙琢玉雕，一边随节而舞一边互送媚眼秋波，偶尔横斜一眼楼上，勾得弘昼等人都是神魂俱失。且听歌词时却是：

> ……吩咐呢喃双燕子，替人千万骂东风。同眠转觉绣衾宽，哪识秋生午夜寒。最是晓窗鸳枕畔，红腮无计避郎看……

"你们瞧！"李卫心中一片杀机，脸上却毫不带出，指着楼下道，"各是各的一对儿，脱衣服了……"说着，他自己也咽了一口水。

其实不用他指点，几个人都在张着嘴看，先是六个女郎，旋转歌舞着委拽脱衣，男的也开始松带解钮，交拜舞蹈中口中仍在唱：

> 为浴兰汤羞避人，红寮掩映碧纱新。闻欢昨夜调家婢，一笑花间事恐真……

唱着唱着，十二个韶颜男女已是脱光了衣服，竟是赤条条一丝不挂在红毡地上徐徐蹈步，交错搂抱着旋舞，所有的男女互相拥抱亲吻之后，年岁仿佛的一对儿便滚倒在地下。至此歌歇乐停，只余一缕似有似无的箫声仍在隐隐吹奏，配着下面六对男女寻欢鱼水，真个淫靡万端。此时从楼上往下看，男的女的已经分成六对，都在互相抚摸，犹如柔道，缠绵翻滚皆有制度。有的口索足交紧紧缠着打滚，有的女坐男身男吮女乳交媾。有的女男劈叉交媾，女的和另一男的亲吻，男的又抓抚另一女的大腿下阴。最出奇的还有一对颠倒相抱口淫，男的舌奸女阴，女的则把弄着那活儿亲吻狂吮……楼上楼下一片淫喋浪语之声。楼上几位看客都是面热神昏，连五娘和两个丫头也都直喘粗气。忽然下头几个女的乐极呻吟，小亲亲、小乖乖、亲妈好妹子混叫一气，那弘昼头一个掌不住，一把便拖过了身边的五娘。李卫也抱了个丫头做嘴儿，他有心的人，瞥一眼红筋暴胀的岳钟麒，已是垂头侧身不能自已，不禁一笑。

贾士芳以定力自诩，开头还能自持，胡乱吃两个葡萄，削一片菠萝，后来倚栏微笑着看。下面的淫媟浪话不时传起来：

"往下一点，奴的亲哥……"

"你用手导引一下……"

"我的小心肝儿肉……"

"奴的亲达达哟……留着点劲……别弄坏了！"

贾士芳把持不住，合掌闭目守定，但李卫偷看时，他胸部起伏呼吸愈来愈粗，双手也在不停地抖……李卫轻轻放开那丫头，踱至栏边，说声："真好风流相！"猛然间"刷"地抽出岳钟麒腰中悬剑，空中弧光一闪，"噌"的一声，贾士芳已经身首异处！那颗头直滚到天井幔中间，兀自含糊叫了一声："好李卫！"

这一突如其来屠手疾如闪电，直到血如缤纷之雨溅得楼上楼下都是，岳钟麒才惊醒过来，所有的人都惊木了，都原姿势不动盯着这位满脸阴笑的两江总督。

"坏了你们好事，污了你们宝地。"李卫笑着用粉纱擦干净剑上黏糊糊的血，把剑还给岳钟麒，"请五爷再赏他们点银子，奴才这就给万岁爷缴旨。"

第四十七回　　烽火起西疆再传惊
　　　　　　　神思昏御苑扰邪祟

　　李卫杀掉贾士芳，见众人都吓得痴痴茫茫呆若木鸡，笑道："明儿是八月十五，我今儿给你们先挂一彩！冤有头债有主，贾士芳要报冤自然寻我李卫。东洋戏西洋戏是我和五爷苦心研磨出的办法。他既一死，你们开堂子万不可再演，国法天理都不许的。五娘给我和五爷备马，我们这就要进园子复命缴旨。"弘昼笑道："没想到这牛鼻子脑袋这么不经砍，原想连西洋秘戏图双料演练来着！东美将军、五娘，你们都受惊了！"岳钟麒此时才知道这是二人奉旨精心设计，专为杀贾士芳的办法，自己无意中被拉来作了跑龙套的。他脸上回过神来，说道："这法子杀人新鲜，不过太费钱了。"说着，三人一齐下楼逶迤，但见前楼座客仍旧吆五喝六划拳吃酒，酒保小二举菜端酒穿行其间，外间街市依然车来轿往，嘈杂之声不绝于耳，都有恍若梦醒之感。

　　三人骑马出宣武门，岳钟麒因恐有旨传到驿中，或有朋友来拜，匆匆打马去了。按李卫的意思，要和弘昼一同进畅春园。弘昼却道："我在府里给贾士芳预备着往生水陆道场，他是真有道行的人，得防着他作祟，你自个去缴旨就是。"因也放马回府，李卫只好独自进园，到澹宁居见雍正。不知怎的，李卫原来极兴奋的心，突然变得有点失落低沉，进园连着碰见几个熟人，打招呼都有点心不在焉。他悠着步子在澹宁居石阶前站定，看一眼西边正在丹垩修饰的配宫。正要禀报，小太监秦媚媚已挑起帘子，说道："主子叫进呢！"李卫这才收神定性，几步跨进殿内，却见雍正正和孙嘉淦、朱轼说话，忙伏身叩头行礼。

　　"你气色像是不大好，受惊了的模样。"雍正侧转脸看了看李卫，说道，"挨着孙韵公坐吧！高无庸，把朕的那碗参汤赏了李卫。朕用一碗奶子就成。"高无庸忙答应着去了。

朱轼接着方才的话题说道:"河南地处中原,其实没有多少军务要办,当初设这个总督衙门,是因为田文镜资望政绩应升总督,河南又离不开,所以一身兼了总督巡抚二职。田文镜既出缺,这个总督衙门设着似无必要。现在王士俊是署理安徽巡抚,到河南任巡抚也略有提拔,不如就便撤裁掉总督衙门,省了许多事。"李卫这才知道是安排田文镜身后公务,深觉朱轼说得有理。但雍正却道:"王士俊在安徽疏通淮河,清理漕运,差使办得极好,升任总督也是该当的,为田文镜死王士俊去,恰就撤衙,反见这衙门专为田文镜设的了。西边岳钟麒军事未了,河南为运粮周转之地,也算军务,暂时留着这个总督衙门吧。"孙嘉淦道:"王士俊在安徽民间有个诨号叫'王一光',和田文镜的'抑光'谐音,犯的一样毛病。求主上留意,务请他效文镜之长,弃文镜之短。"

"田文镜晚年精力不济,政务有许多不是处。"雍正语气平缓,像是咀嚼着什么似的慢吞吞说道,"他的急功事利是明摆着的,人都说朕袒护他,不知私地里朕申斥过他多少次!一个人存了这念头事君,就是心诚,天也会不许。河南近几年连连有灾,就是上天的儆戒。你们将来看朕给他的朱批谕旨就明白了,他是报喜报惯了,又屡蒙奖赞,有忧也不敢报。看来上天总不肯叫人一点毛病也没有,想做个'完人'谈何容易呢?朕不明指田文镜缺憾,一来他确实对朕赤诚不二,办事尽心到十二分。二来他也有病,又是累出来的,朕也不忍。他能全名而终,也是朕的心愿。"说着,见弘历进来,只点头示意他在自己案前坐,又转脸对李卫道:"漕运的粮船盐船,在山东安徽境里几次被截,折子转给你看了没有?"

李卫喝完一碗参汤,精神好了许多,忙赔笑道:"励志廷已经转了奴才那里,只粗粗过目,还没有细看,已经安排了人沿运河去查。奴才已经杀掉了贾士芳,这几日也要出京,回南京任上料理一下衙务,专心办理漕运,主子尽管放心。"

"贾士芳已经处置了?"坐在侧旁边听边看奏折的弘历失口问道,"几时?"雍正也问道:"弘昼呢?"朱轼和孙嘉淦不禁对望一眼,他们方才陛见还在向雍正谏说"方士道释之流,像贾士芳这样的,其实是妖人,应该逐出皇宫,以清内苑"。雍正只笑不说话,忽然顷刻之间,贾士芳已经人头落地?这也太惊人,太不可思议了!

李卫忙离座伏身回话，说道："和亲王爷回府，给贾士芳办往生道场去了。回四爷话，奴才刚刚儿割掉他首级，一路不停就赶到这里来了。"因将方才庆云堂楼上的情形拣着要紧的回奏了，笑道："奴才知道这法子龌龊下作。但几次玩笑试过，这贼道不怕水溺，不怕火烧，不怕刀砍，还能平白的就没了影儿……实在是个妖精！没法儿，只好用下三滥门道……朱大人孙大人必定要笑我。我本就是个叫化子，玩叫化子手段也只凭大人笑去。"

"以其人之道还治其人之身，是为正道，"孙嘉淦笑道，"以毒攻毒众妙之门，这一点也不丢人。"朱轼仰脸想了想，说道："我也不笑你。大宗旨是除患嘛！这办法台湾的刘国轩曾经用过，也是有个头陀，会些邪术，在郑成功军中骄纵不法。刘国轩设筵歌舞，乘其不备挥剑杀掉了他。我朝名相熊东园以为，刘国轩虽然投主不明，处事机断杀伐有度合道。李卫这么做是为国家君主，自然更为光明正大。"

李卫最怕这差事办成，又要遭人非议攻讦，见朱轼和孙嘉淦都这么说，不禁高兴得脸上放光。雍正也深感欣慰，看了看表，笑道："朕用贾士芳这些黄冠释流，不过万几余暇偶尔和他们讲道说禅，娱乐而已。这两年来朕身子不爽，只要医者能用药，从来不轻易传叫贾士芳。贾士芳几次为朕按摩，口诵咒语，天地鬼神都由他主持管辖，不经之言不臣之心已经溢于言表，是他自罹于杀身之祸。他要修己自隐敬天畏命，就在朕跟前侍医，何至于落到这一步？唉……不去说他了。明儿八月十五，你们几位是朕股肱，朕为你们单独赐筵。天色已经向晚了，弘历替阿玛陪一陪吧。"

"是。"弘历忙起立躬身说道，吩咐高无庸传旨备筵，整理着案上卷宗，捡出一份呈给雍正，赔笑道，"这是今年秋决名单，刑部才送上来的。下头这一份粘单是云南巡抚朱纲的，请旨勾决杨名时。还有一份附件，说杨名时在云南邀结士民围攻督署衙门为自己请命，皇上先看看。儿子遵旨，没有勾决杨名时。因有这些新奏件，并请皇上圣裁。"雍正一边接过看，口中道："朱纲已经有旨署理云贵总督，他是急着要得正差职！杨名时早已下狱囚禁，又怎能去'邀结士民'？若是平日就'邀结'了，不又恰证杨名时是清官？杨名时这人断不能杀，他的案子还要再看看，再复审。"

朱轼和孙嘉淦原已站起身子的，见议说到这事，朱轼跨前一步，说道："老臣愿意走一趟大理，复审杨名时！"孙嘉淦道："臣根本不信杨名时会有贪污的事。"李卫笑道："奴才也不信。奴才是参劾过杨名时的，当时觉得有理有据，但一直心里犯嘀咕，怕冤了他，奴才也以为另派钦差复查复审是正理。"

"你们用膳去吧。"雍正摆了摆手，"这不是说说就清楚的，朕自有主张。"

人们都退了出去，澹宁居九楹大殿立时显得空落落的，雍正看了一眼平时贾士芳为自己疗疾前打坐的蒲团，突然感到一阵莫名的恐怖，一阵心悸，身上竟起了一层鸡皮疙瘩，忙命秦媚媚："把那个扔到后院烧掉，看引娣这会子做什么，叫过来和朕说说话儿。"秦媚媚去了一刻，果见乔引娣带着两个宫女过来。乔引娣是新封的嫔，头上戴着二层顶的东珠冠，朱毦璎珞上衔的十七颗珍珠闪闪摇摇晶莹生光。身上还穿了一件石青色片金绿朝褂，彩兑上绘着云芝瑞草，全身上下簇新，走一步珠动佩摇叮咚乱响。雍正笑道："这么一打扮，把头髻梳起，任谁也看不出你是汉人了。西偏宫已经造好了，现在正在丹垩修饰。这会子天晚，我们出去走走，顺便看看你的宅子，好么？朕今儿杀了那个贾士芳，心绪也有点不宁，想疏散一下。"

"啊！贾士芳死了？"乔引娣惊愕得张大了口，半天才道，"怪不得秦媚媚方才去烧那个蒲团！"雍正笑道："杀他，是因为他有罪。有什么惊怪的？过了中秋，朕还要勾决几百死囚。非惩恶不足以扬善，这就是孔子的章程。走吧走吧，不要想这件事了。贾士芳一个出家人来侍候朕，不晓得韬晦深藏，却借机会掌握朕——他要朕好朕就好，要朕病就病——这样的人当着不可怕么？"雍正说一句，乔引娣念一声佛，说道："我不是怕，是想着这人生不可捉摸……大前天见他，他还有说有笑，说我和娘就要见面了，转眼儿几天，他已经伏法了……"一边说一边随雍正出来。

此时太阳已经落山，殷红的晚霞像渐渐冷却的一块红铁，变得又灰又暗，几处云薄的地方，泛着死鱼肚一样苍暗的白色。一阵又一阵的西风，吹得满园竹树都在不安地摇曳发抖，影影绰绰像无数舞蹈着的黑影子。森凉的风时而扑面，带着浸骨的凉意，袭得人直打寒战。雍正和引娣在苍色中绕着西偏殿看了，那殿还没有装饰好，工人们没用完的浆料、颜色桶杂乱无章地放在阶前。脚手架被风吹得吱吱咯咯作响，听得人很不舒服。雍正下意识地回头，见张五哥德楞泰两个老侍卫不远不近跟着，心里安宁了点。一边踏着花径走，一边问道：

"你家还有什么人？"

"娘、爹，还有个弟弟。"

"你入京后，有他们消息儿么？"

"自从打诺敏一案，我卷进去，和家里就失散了——家里人怕，也许地方官巴结诺敏欺侮人，待不住——后来我又连着遭事，只想……死罢了，也没顾上。前次内务府有人山西出差，我托他们打听，人还没回来……贾士芳虽不好，料事还是神的，但愿他说中了……阿弥陀佛！我娘也是四十岁的人了，再隔几年，见面兴许都不认得了呢！"说着便拭泪。

雍正被风吹得身上一阵阵发噤，把引娣揽在怀里，一边往回走，小声安慰道："他要打听不出来，朕明儿写密谕给山西巡抚叫他查！你每年也有两千两银子进项，在这京里花五六百两银子能买一处上好的宅子。朝廷制度你不能随意归宁，但你娘每月照例能进来看你的……啊哟——这是什么？！"

"什么？"引娣正听得受用入神，忽见雍正似乎绊了一下，俯身用手去摸什么，忙凑到跟前。雍正却吓得暴然后跌一步，引娣的手已是触着了那团黑乎乎的东西，只觉得是冰凉黏湿，水桶来粗长的东西，还在蠕蠕而动。她叫了一声"老天爷！"身子一软就瘫了下去……

雍正惊得两眼圆睁，此时园中暮色晦晦如暝，微风吹来树动草摇鬼影幢幢，什么也不清爽，看着那东西蠕动着进了草丛，急过来扶起引娣，颤声问道："你……怎么样？"引娣一反身便扑进雍正怀里，说道："是蛇！又凉又湿的……"雍正蓦然间毛发森树，说道："朕……朕摸着是刺，狠狠扎了一下，出血了呢！"二人惊悸间，林中突然一阵刺耳的鸥鹝怪叫"血利利……格格格格……"像煞是贾士芳平日得意时的笑声。雍正紧紧护住引娣，大声喊道："侍卫，侍卫！"

"奴才在！"

张五哥和德楞泰就在林边石甬道边，已经听见这边动静有异，边跑边答应："奴才来了……"雍正自己身软难支，还勉强架扶着引娣，竭力镇定着慌成一团的心，说道："叫两个太监来搀着引娣主儿，你们点着火把搜这片草丛！"说话间，有两个小太监飞也似跑来，一边一个扶了引娣，和雍正出了那边小树林。那德楞泰和张五哥也不点火把，见那片草丛也不大，又手拽脚踢混搜一气。约莫半袋烟工夫，五哥大声喊道：

"有了！畜生，哪里跑？"

雍正此刻站在澹宁居檐前灯下，听见这一声，又吓得心里一悸。听得两个侍卫脚步蹬蹬地跑过来，张五哥用衣服裹着一团东西，抖开摞地下瞧时，却是一只豪猪！雍正说道："不对，这里怎么会有豪猪？再说，引娣说摸着又凉又湿，黏滑的……朕摸的是刺……"

"主子您瞧。"五哥笑道，"您摸着这厮的刺了，引娣主儿摸了它的鼻子……这地方紧挨着放飞泊，圆明园南边还有一座放生园。刺猬、豪猪、鹿、狍子常有跑到这边觅食的呢！"

雍正这才松了一口气，才觉得浑身内衣都汗湿透了，勉强笑道："还是放生吧，吓了朕一跳！"乔引娣也从殿里出来看看，双手合十念佛道："阿弥陀佛！吓死人了……"她很快就恢复了平静，见东边灯笼导引着朱轼孙嘉淦李卫，由弘历陪着一路过来，料是领筵已毕过来谢恩的，闪身便回了自己下处。众人随雍正进殿，这本是照例行礼虚应故事的事，雍正却又叫住了，说道："弘历退出去吧，明儿还有多少事等着呢！你们几个——叫方苞也过来，再陪一会朕，朕今儿心绪不宁，想听你们说说话儿……"

这是个不成理由的理由，弘历似乎迟疑了一下，想说什么又咽了回去，良久，退了出来。李卫眼尖，见雍正神思恍惚目光如醉，眼内微微潮红，额前和颏下却发暗，不时地摇头发噤，因笑道："主子，奴才瞧您似乎受惊了的模样……敢是方才在园子里克撞了什么了？"

"嗯，也没什么。"雍正留下这几个人其实没话说，但他就是不愿让他们走，因将方才的事约略说了，又道，"虽说是一场虚惊，朕仍是不能释怀快心，神思不净若有鬼神……朕疑心是贾士芳冤魂作祟……"说话间，方苞也进来了，后边还跟着弘昼，方苞笑道："张五哥都说给臣了。主上安心宁耐，入定一会儿也许就好些。那贾士芳以妖术要挟人主，上获天谴，罪在不赦，皇上不过代天惩罚他罢了。这种人，死一万个也不足挂怀，也无足为祟！"朱轼道："臣以为贾某不过是个会变戏法的骗子，世上压根没有鬼神，这都因皇上信佛的过。皇上，你闭上眼想想，世上谁真的见过鬼，见过神，见过什么神天佛菩萨？你不信他，他就祸害不了你！"孙嘉淦道：

"圣天子百灵相助，哪个妖邪敢近？这是皇上心障罢了。如有什么，奴才一身当之！"

弘昼却是个什么都信的，这些"君子之言"一句也听不入耳，忙起身叫过高无庸，叫他寻《玉匣记》《青囊传》来混翻一气，吩咐小苏拉太监到园里焚香烧表发送。李卫却另是一种做派，笑着对雍正道："我借皇上朱笔用一用。"见雍正点头，要过一张黄表纸，蘸了朱砂写字。弘昼凑过来看时，上头歪歪斜斜写道：

> 贾士芳：操你妈的牛屎道士！生情造意杀你的是叫化子李卫，割你鸟头的还是李卫！五爷已经寄（给）你做了水绿（陆）道场，还不赶紧投胎混张人皮？要聒噪你崩（甭）寻我们主子，到我宅里咱们折腾！不然，我就叫龙虎山真人五雷劈你，万姐（劫）不得复生！李卫切告。

李卫口中喃喃呢呢煞有介事地念诵一阵，将那表放在烛上烧了，几个人都想笑又不敢。雍正比先前安生了许多，端膝趺坐着，呼吸匀称，脸色也好了。听众人俱各不安，雍正叹道："朕好些了，这里不要人多，留一个在门口侍候，余下的回去歇着。"他这样一说，几个臣子都争着要留下守候。弘昼道："依着我说，朱师傅有年纪的人了，回府歇着。李卫值头半夜，孙嘉淦有煞气，值子夜，后半夜我值，我年轻……"正说着，太医院医正刘绍宜亲自带着两个太医匆匆进来，刚要诊脉，雍正说道："谁这么蛇蛇蝎蝎叫你们来的？朕没有病，你们退出去！就照弘昼的话办。"

"跟我来。"朱轼越看雍正越像有病，招手叫过几个茫然不知所措的医生，"这里留下李卫，别的人都到东书房。"孙嘉淦虽觉张罗太过，但雍正有病似乎不假，因便跟了众人一同过东边小书房商议办法。

"我已经叫人去兵部请四爷了，这里的事暂由五爷维持。"方苞老鼠胡子翘着，两只小眼睛椒豆一样又黑又亮，"头一件就是不能张扬，皇上这病知道的人越少越好。今晚要能不犯病，大抵也就过去了。明儿八月十五，照例要筵赐百官，怎么着不显山水过去，大家想一想，一会请四爷定准。"

"好，我先说，"弘昼说道，"我瞧着这里没有一个信神的。不过我相信，因为谁也没有我知道这个贾士芳。《三国演义》里头有个左慈你们知道吧？贾士芳就是今日的左慈。为什么要杀他，因为他是左慈。为什么这会子我特别防他，还为他是左慈！四哥一会来了，他也是不信神鬼的。所以我这会子就告诉你们，前一个月我已经派人去江西请龙虎山娄师垣真人，我估摸着也就要到京了。原请他来，是为降伏这个贾士芳，现在来了，我要在这园里设场子降他。我先说一声儿，你们不要拦着我。"

他这一说，几个人齐皱眉头，雍正不过碰一只豪猪，略受了点惊，这么大事铺张闹起来，叫外头臣子瞧着乌烟瘴气的，这公明朝廷算怎么回事？正发怔间，弘历已经进来，众人忙都起身相迎。

"我刚接见过岳钟麒。"弘历语气很深重，说道，"准噶尔人两万人偷袭北路军，科舍图两军已经交战，岳钟麒得连夜赶回大营，这是头等军务，大家说，要不要奏？"

几个人听了不禁面面相觑：这边皇帝有恙，那边要请道士降妖，突然又冒出绝大一件军国要务，驴唇不对马嘴似的不协调。弘昼绷着脸问道："特磊呢？叫这王八蛋出来解说！""这也是一件事，"弘历似乎心里很焦急，皱眉说道，"是杀是放，我们不便做主的。"

"这样办，"朱轼说道，"请四爷五爷这会子过澹宁居看看，如果主子能理事，还是要请旨，如果不能理事，就叫张廷玉、鄂尔泰、十六王爷十七王爷进来，由四爷主持决定。等万岁龙体好一点再奏。"

眼下也只有这个办法最好，弘历起身招手叫过弘昼。二人一齐出了书房，一边往西走，一边说话。弘历因笑问："你方才说有什么事来着？好像还怕我知道！"弘昼将要设坛的事说了，又道："你是个道学君子，我怕你不同意。"弘历一边走一边默谋，说道："好弟弟，这是孝道嘛，病急乱投医，还说什么道学不道学。贾士芳在阿玛那里许多年，他有些道术，那是一点不假的。我也有些心障呢！怎么拦着你？只密些儿，不要闹得满世界都知道了，御史们又要唠叨了。"说着李卫已迎了过来，弘历便问："皇上这会子怎么样了？"

"皇上一直睡不着，坐一会躺一会的，不能安宁。"李卫忙道，"您听，这又起来漱口了，爷们要见，这会子最好。"说着先挑帘进了殿，一时便出来，小声道："二位爷请进。"

弘历和弘昼进殿行礼毕，抬头看雍正时，不禁都吃一惊，刚刚离开一会儿，雍正就仿佛老了许多，头发也有点蓬乱，颧骨凸起处还有一点斑红。弘历这才知道雍正的病比众人说的还厉害些，因跪着劝道："皇阿玛，听说您不叫太医看脉，儿子不以为然，您身子骨儿是受了风寒，神不守舍，所以恍惚不安。这是常见病，几剂药就会好的。"

"朕没有病……朕是让贾士芳给缠上了……一闭眼就是他在面前，直冲着朕笑……"雍正半歪在大迎枕上，看着昏幽幽的烛光，炯炯地睁着双眼，气弱声微地说道，"有病自然叫太医，但这确实不是他们治得了的，治不好还要张扬出去……方才贾——贾士芳来，说朕碰到的是年羹尧……年羹尧不有个绰号叫'年豪猪'么？唉……体气一弱，譬如衰草，一点风都经不得了……"

兄弟两个听着这似梦呓似真切的话，都觉得汗毛根儿直炸。弘历正要安慰，雍正却问道："西边军情有变，是么？弘历。"弘历忙叩头道："是……皇阿玛，您……？"

"贾士芳……方才告诉朕的……"雍正惊悸不安地震颤了一下，一支烛"嘭"地一爆，弘昼吓得身上一缩。仿佛那具血淋淋的尸体就站在面前，他不安地挪动了一下双腿，靠近了一点弘历，却听雍正微微一笑，说道："他……他已经退下去了。说吧，说说正经军务，朕还好过一点。"

弘历压抑着极度的不安，把西部科舍图一带敌军异动情形，条理清晰地说了，又把方才众人意见奏明，俯身等着雍正旨意。

"朕现在这个样子太憔悴，不愿见臣子。你兄弟两个代朕送送岳钟麒，命他火速回营处置军务……"雍正此时不觉得心悸，但却觉得心跳得厉害，额前的青筋都胀了老高，无可奈何地一笑，又道，"要有什么紧急军情，朕又不能料理，弘历自己可以做主，但要和众人商议着，集思广益。你虽聪慧，到底没有历练过军事……"

"是，儿臣明白。"弘历咬了咬牙，说道，"那特磊是专为欺君而来，准噶尔部三番五次耍这种伎俩，朝廷不能示弱。儿臣以为应该诛之以儆后来。"

雍正听了深深太息，说道："朕何尝不知道特磊该杀？但朕的手软了，更不愿杀这个自投罗网的人。各为其主嘛……特磊是条汉子呢！当年他曾在科布多围困过圣祖，他也不避讳，都对朕说了……老噶尔丹自尽，他是亲兵，就在他身边……这是个百战之余的汉子，朕不忍下这个手。"弘昼说道："皇上赏他那么多东西，至少应该收回！"

"人都饶了还说什么东西？别那么小家子气。弘历照朕这些话传给他，叫他回去打仗。"雍正显得很是慵懒无力，剖断却依然明晰，"你们退下吧。明儿八月十五，朕不能接见臣子们了。朕也不愿他们到园子里聒噪，由你十六叔，十七叔，你兄弟还有军机处所有大臣代朕在乾清宫赐筵，朝朕的御座磕头完事。不要张扬，反正朕这几年时好时不好的，人们已经惯了。"

"是！"兄弟二人深深叩下头去，慢慢却步退出了澹宁居。

他们退出去，时钟正敲十一声，天交子时。疲累已极的雍正却不敢合眼，听着外边的风声，细微得像远处有人不停地吆呼，一会儿又传来白杨树叶哗哗的响声，又像无数的人在鼓掌欢笑，在这凄风冷月深苑静夜中显得格外阴森。高无庸几个大太监侍坐在隔栅子外边，几次挑那蜡烛芯，总觉得挑不亮，心里越是发怵。青黯的烛下幔幛微动，几案死寂，仿佛隐藏着什么怪物，随时都要扑出来似的，听着外头动静，都一阵阵心里发懔身上起怵……

突然，窗纸上一阵细微的沙沙声，像是谁在上面撒了一把土，接着檐下铁马叮咚乱响，像是还不够热闹，几只鸽子惊起，扑棱棱带着哨音飞去，中间还带着怪笑一样的咯咕声。雍正腾地撑身而起，直瞪瞪盯着挂衣服的一丈红，恶狠狠道：

"是朕！你怎么样？君臣无狱①——别说你罪有应得，就杀错了你也不能报！"

几个太监几乎被他吓瘫了下去。满殿寂然青灯绿暗，几案似乎都在蠕动，又像有几团霾雾一样的黑影在无声移动。雍正索性闭上了眼，立时便见贾士芳那张惨白的脸，上边还涂了一层垩粉，盯着自己直笑；笑着，眼中流出血来！雍正再也撑不住，大叫一声："侍卫们何在？把他打出去！"

"臣在此保驾！"孙嘉淦几步跨进殿来，向雍正一躬身，朗声说道，"臣孙嘉淦在此，主上安息，哪个邪魅敢近？！"

---

① 指君臣之间不以平等身份判别是非。

　　"噢，嘉淦!"

　　雍正的神志一下子清明过来，一把拖了孙嘉淦说道："坐到朕跟前——你在跟前，朕很安心……"孙嘉淦望着惶恐不安的雍正，心里一酸，已是坠下泪来，把持着说道："臣就坐万岁爷身边。您不要忧心，只管放心好好睡一觉。贾士芳一蕞尔妖道，他何能作祟?!"雍正点点头闭住了眼，果然没有见神见怪，口中兀自喃喃说道："有你在，朕安心……你是朕自元年就识定了的臣子，还要留给儿子使。貌丑心正孙嘉淦，清廉循良杨名时，朕知道的……"他终于稳住了呼吸沉沉睡去。

　　孙嘉淦脱掉官靴，轻步满殿游弋，什么怪变也没有，连太监们也都平静下来。

第四十八回　　军情失利边将讳败
　　　　　　　亲情乍变鸷君董忧

　　岳钟麒离京半个月后，科舍图前线八百里红旗报捷，清兵与小噶尔丹蒙古部落大战于叶河畔，斩敌两千四百人，缴获火炮两门，辎重粮草无算……此时雍正病体痊愈不久，张廷玉接到奏折，顾不得身边十几个大员等着请示事情，立即赶往澹宁居见驾。

　　"也不枉了朕信赖岳钟麒一场，难为他尽心办差！"雍正看着折子，眼睛放出光来，对身侧的弘历道，"你拟旨给岳钟麒，有他在西线，朕安枕高卧待捷！查廪前有失机之罪，后有斩将之功，将功折罪免议处分。纪成斌、樊廷着加赏二级，待准噶尔部面缚来京，朕还要大封功臣！"他看上去比以前苍白清癯了许多，本来就又细又白的手更没有多少血色，多少有点神经质地时而颤抖几下，但尽自瘦弱，仍是修饰得干净利落，雪白的马蹄袖里子翻着，看去显得精干清明。弘历答应着"是"，写了几行，又迟疑了，看着父亲说道："是否不用明发？这其实只是小胜，击溃敌军主力再颁旨布告中外，似乎好些。"雍正下炕来，蹬上靴子踱了两步，问张廷玉："衡臣的意见呢？"

　　张廷玉其实只是图个雍正高兴，赶来报喜，他也看出这份折子叙事含糊言语支吾，因躬身说道："前天鄂尔泰报来镇沅叛苗未能全歼，逃遁入山。古州、台拱地方苗民聚众焚烧都匀府的凯里县，皇上不喜。无论如何这是个好消息，臣赶来为讨皇上一个宽心。岳钟麒这折子没有报明我军损折伤亡，所以这个'胜仗'难保没有水分。臣以为四爷说的是，密折批出去为好。"

　　"不。"雍正沉默良久，微笑着说道，"你说的这个，朕也看出来了，但西南闹得凶，鄂尔泰似乎办法不多，要激励他一下；岳钟麒那边经特磊这样折腾，兵气也不扬；借此可以督促再接再厉。朕心里想的是这个，倒不为粉饰太平。"弘历听皇帝已经定了主意，便不再言语，援笔疾书，已将诏诰写好。张廷玉忙过来，亲手转呈雍正。

张廷玉昨天转来李汉三参劾京畿总河河督俞鸿图冒滥支银贪贿不法的折子，正想问雍正看了没有，高无庸用盘子端着一丸药小心翼翼呈上来，秦媚媚忙就银瓶里倾一杯温水过来侍候。张廷玉见那丹药艳红如朱砂，大可如蚕豆，知道是娄师垣炼的丹，不禁叹了一口气，说道："皇上，娄师垣驱鬼有术，医好了龙体，奖励他还山就是。这种药奴才知道，最是霸道燥性的，万万不可常服……皇上，说句忌讳话，奴才一见这药，不自禁就想起了前明的'红丸案'……"他低下了头，没再说下去，弘历赔笑道："阿玛，还是用太医院配的消热散，功效虽然慢，那是有益无损的。"

"朕也并不天天都用。"雍正和水吞了那药，说道，"这药并不是娄师垣配的，倒是白云观的秘丹，几百年道士们常用的，里边加了百草霜，确有清热功效。娄师垣倒是劝朕不要用这些药的。你们放心，这一颗丹药原有核桃大小，多少人尝过朕才用呢。"张廷玉还要说，雍正笑道："不要谏了，你要学孙嘉淦，专挑朕的不是么？朕往后不用这药，成不成？"

一句话说得两个人都笑了，弘历道："这次阿玛欠安，实吓坏了儿臣。当时儿臣许愿，阿玛病愈，要请旨停止勾决一年。今儿您高兴，就便说出来请旨裁度。"张廷玉也道："皇上登极已近十年，停勾一年也好。"

"这是你们的忠孝心，高兴不高兴，朕都要酌量成全。"雍正微皱着眉头，仿佛自失似的一笑，"朕用法严峻是情势不得不如此，你们是知道的，就停勾一年吧。不过，有两种人朕还是不饶，一是像山东王老五，扯旗放炮与朝廷作对的；二是像俞鸿图，身在朝廷受朕不次之恩，悍然不畏刑法贪渎受贿的墨吏，该杀的请旨斩立决，不算秋决，也顺了天地肃杀之气。你们看怎么样？"

张廷玉沉吟叹道："俞鸿图再不想会出这种事，是个人才呢！河道上头办差很用心的……但他贪吞的数目太大了，又没法入缓决罪。我朝自靳辅陈璜于成龙之后，没几个像样的人能承担河务，我心里很惜的。"弘历也是神色黯然，说道："他其实有点暴发户味道，去四川前我就和他谈，要学会像李汉三，历一事长一智，谁知竟如此令人失望——在四川他虽不受贿，但给人办过事后，礼物还是收的。"

"俞鸿图的案子朕反复思量过。"雍正带着掩饰不住的惋惜神情,很艰难地说道,"天下吏治能到今天这样子,是朕几十年不懈于心,躬身于行的结果。败家容易兴家难,你饶了他,别人照此办理,还怎么说话?杀吧……不用迟疑了。人才,我们还可慢慢罗致。"雍正说着,蓦然想起当年允禩和铁帽子王大闹乾清宫,俞鸿图挺身而出慷慨陈词的往事,心里不禁一酸,却摆摆手吩咐道:"你们有什么事接着谈。朕乏了,要到西偏殿歇息一会儿。"

乔引娣的殿里已经生火,乍从深秋凉风里进来,雍正觉得全身都热烘烘的。引娣正和几个宫人讲究织"璇玑图"针法,见他来就脱大衣裳,忙过来侍候,笑道:"皇上总有五六天没来了,今儿兴致!内务府那边送来几只石鸡,刚刚上火糊上,您累了就歪着歇歇,熟了我叫您。"雍正笑道拧了她脸蛋一把,说道:"还是汉装好,出落得越发标致了。几天没来——朕在皇后和李氏耿氏那边,人家也得应酬一下不是?"引娣红了脸,说道:"我才不妒忌呢!我看都是张太虚和王定乾他们炼的那丹药的过……您从前没有这么'龙马精神'的。一夜有时几次……"

"几次?几次什么?"

雍正坐在炕边将她揽在怀里,抚着一头油黑的秀发,笑道:"没有儿子的嫔御终久吃不开,朕不也是为你?倒也不全是丹药,药也许有效,朕这些时心也略闲些。岳钟麒和鄂尔泰军事改流差使办好了,朕更要舒展些呢。"引娣听着,揉弄着衣角,许久才道:

"皇上……"

"唔。"

"您怎么待我这么好?"

"朕也说不清楚。"

"人家说,您年轻时候相好的那个贱民女子。"引娣微笑道,"为这,您还特意下旨除掉贱民籍,是么?"

雍正轻轻放开了引娣,点头说道:"是的,天生斯民于世,并不分贵贱,操业不雅,就成了贱民,所以朕下旨除籍,给这里头人一点盼头,一个进身机会。"他显然被引娣的话勾起了往事思绪,缓缓立起身来踱着步子,望着外边清澈明净的秋空,说道:"你很难想象,那种事有多惨!……

几十个壮丁叠起柴山，把她缚在老柿树杈西桠上，柴山泼上清油，哔哔剥剥就燃着了。那个夜晚也是这个季节，多么黑，多么冷啊！朕就伏在不远的青纱帐里，看着她活活受火刑。那么红的火焰，血似的，那么黑的头发飘着，乌鸦似的……她只是疼得挣扭身子，直瞪瞪地望着远处。到死，没有一声呻吟，没有一句话！唉，一晃二十多年……"

乔引娣已是第二次听雍正说这段故事了，还是被他的神气嗫得心里揪成一团。她明白，就是因为自己长得酷肖小福，才引得雍正如此痴情不二，心里不由一阵感动，因道："早就过去了，皇上别为这事牵心了，您再念记，她能活过来么？告诉您个好信儿，您派出去那个去岳钟麒营里劳军的鄂善，在山西打听到了我娘的信儿。山西那个布政使叫——"雍正关注地望着她，说道："叫喀尔吉善。""对，喀尔吉善。他已经密地派人去定襄相证。定实了，就妥送到北京。"引娣不胜欣喜地笑道，"我攒的体己钱不多，皇上能否再赐一点，好叫她也舒展几年。她这一辈子也不容易。"

"这不算事儿。"雍正一笑说道，"圆明园东边就有一处好宅子，赏了你娘，见面尽容易的。"

但定襄那家姓乔的却不是引娣要寻的。

乔引娣有哥哥，那家人有个儿子，却比引娣小得多，就坐实了不是引娣的家。不过，喀尔吉善因此知道皇帝在山西有这门子亲戚，下决心就翻塌了太行山吕梁山也要寻出来。接连两年间他就寻出了十五家"定襄乔家"，都住过乔家呑而且都有个女儿叫"乔引娣"的失踪离散。此时喀尔吉善已升任山西巡抚，他得知引娣已经升了妃，更是不怕麻烦，每找到一家叫"乔本山"人家，就详细开列履历，由家奴直送内务府"转呈乔娘娘"。世态冷暖、人情炎凉引娣是经过的，开头还每家布施点银子，后来见一窝又一窝的"娘家"层出不穷地往外冒，也就不敢再"鼓励"了。这期间朝里也出了几件大事，岳钟麒的兵在科舍图的那次报捷，原来竟是假的。准噶尔两万人马偷袭大营，劫掠牲畜十几万头。查廪逃遁，求救总兵曹襄，曹仓猝出战，损兵三千大败而回。樊廷张元佐冶大雄三人死命相敌，才把敌人抢走的牛羊辎重夺回来。兵士伤亡敌少我多，"夺得"的战利品原是自己丢失的，仗打得窝囊之极。但雍正前有明诏褒扬，尽自生气岳钟麒讳败报胜，也只好打碎门牙和血吞。西南改土归流和西北差不多，鄂尔泰尽管累得吐血，终于控制不住崩溃局面。镇沅民变没有压下去，又冒出个"苗王"，以古州、台拱为据点，攻陷镇远府黄平城，又焚劫都匀府凯里，围困丹江厅，叛众十万糜烂全省，贵阳省城为之戒严。气得雍正连着几个月寝食俱废，加派刑部尚书张熙为抚定苗疆大臣，削去鄂尔泰伯爵令其回京"养病"，任用允礼弘历弘昼张廷玉，户部尚书庆复主意办理苗疆事务。盘算着岳钟麒西线胜利，调兵南进云贵，彻底踏平苗寨叛民……引娣都不大留意这些事，随着位份愈来愈尊贵，更加思念双亲，索性叫人带信给李卫，查询母亲家人是否流落外省。待到雍正十三年六月，终于有了信息。还是那个锲而不舍的喀尔吉善，竟在大同一个穷山坳里找到了引娣的母亲乔黑氏，和引娣介绍的情形处处丝丝入扣，只是父亲乔本山已经亡故五年。喀尔吉善生怕马屁拍错了，专程从定襄带上乔本山的本家兄弟认定具结，又绘了乔黑氏的小像敬呈送给引娣，还带了乔黑氏给引娣的一包信物，由内务府转交高无庸。如今引娣身份地位均非昔比，高无庸哪里敢怠慢，立刻赶往澹宁居西偏殿，一脚跨进门便笑道："贤主儿，喀中丞那儿又有信来了，这回十拿九稳要寻着老太太了！"

"是么？"引娣正在用纸牌开牌卜卦，起身过来，一边读喀尔吉善给鄂善的信，问道，"皇上这会子在哪里？怎么两三天也没过来照面儿了？"高无庸看着她的脸赔笑道："前儿李娘娘有点犯痰涌，主子过去看了看，昨晚就宿在澹宁居。方才召见李卫，皇上脸上才带了点喜相。说是李制台在山东擒住了白莲教一个大师兄叫王老五，亲自解送进京来了。江西那边'一枝花'聚的山贼，也叫李爷给打散了……""一枝花，真好名字。"引娣漫不经心地放下信，拆解那张卷着的图，一边笑问，"是个女的吧？"

高无庸也是一笑，说："是。'一枝花'是桐柏山的人，不知在哪修成的道行，能腾云驾雾撒豆成兵。宝亲王爷上回还说要亲自去罗霄山活捉了她瞧瞧，看是个什么妖精……"引娣边听边笑，已是展开了那幅画。她看得很仔细，从头到脚慢慢抚摸着，时而点头，时而摇头，高无庸在旁端详，赔笑道："眉眼间有几分像娘娘呢！就是颧骨似乎高了一点……"

"娘颏下有个小痣，低着头就瞧不见。"引娣凝视着画儿，脸上似喜似悲，"画工许是没有留心。唉！这里对了——娘给人家缝洗衣服，手指受冻左手中指伸不直，这个女的……手指也曲着的！"她急忙又打开那包"信物"，顿时心头轰的一声，身子一软坐了下去！恰雍正此时挑帘进来，刚开口要问，引娣腾地起身扑过来，紧紧搂住雍正胳膊兴奋、急切地说道："娘——是娘！主子，我寻到我娘了！万岁爷您看，这是半枝银簪子……可怜我到江南，上路时家里一文钱也没有，娘把这簪子拔了给我……"她的泪水无声地涌淌着，"……我说，我跟人去学手艺，有吃有穿，这簪子一掰两半，我们娘母女留个心念儿……万一我在外头病了死了……也算有件娘给的物件留在身边……"说着，已是泣不成声。

雍正看了看桌上的图画和信，心里已经明白了七八分，也替她欢喜，笑道："莫哭，这是喜事嘛！既然已经认准了，朕叫山西把她妥送进京，来回十天半月，你们准能见面！"引娣一手拉了雍正过来，用簪子指着那画儿，一点一点给雍正譬讲，"皇上您瞧，这条眼纹，自我记事时就有的，还有这片胎记，偏着脸，画工只画了小半儿边。……只头发白了，右边也稀落了些……人老了，哪能一点不变样呢？您再瞧……"她又说又笑，兴奋得喘不过气来，雍正一眼瞧见她手里拿着的那柄断簪，笑问："那是什么？"

"这是我们娘俩分手时娘给的心念儿信物。"引娣又看了一眼簪子，这才递给雍正，"簪头是个攒花如意……是爹爹给娘的……"

雍正拿着那半枝银簪，只见是约有三寸许长的簪尾。簪尖儿打平磨光了，恰似一枝耳挖子，因年深月久，簪身宝色已退，黑油油的发亮。他用手指轻轻摩挲着，慢慢看清了上面的龙形花纹。突然，雍正像挨了电击一样，手一颤，那枝簪"叮"地落在地下！雍正忙亲自又捡起来，翻来覆去地细看，他的脸上神色已经没了喜容，诧异中带着一些莫名的慌乱，见引娣不解望着自己，问道："这簪子像大内造的……是你家相传的？"

"不知道。"乔引娣蹙眉思索着，喃喃说道，"是爹给娘的。"

"你……母亲姓什么？"

"姓黑。"

雍正身子一震，腿软了一下，又问："她是山西的祖籍？""不是。"引娣惶惑地摇头，说道，"逃荒从外地来的。"

"哪里来的？"

"不知道。"

"她会唱歌，会弹琴么？"

"没听她唱过弹过。"乔引娣奇怪地盯着雍正，"皇上，您怎么会问这些个？"

雍正轻轻舒了一口气，说道："没什么。朕是看你能棋会唱，想着是你母亲的家教。"引娣一下子笑了，用银匙调着一小碗冰糖银耳羹捧给雍正，说道："那也不值得这么煞有介事地问呐！我会的这几句唱儿，在江南学过几天，后来——"她突然顿住，后来的琴法棋艺都是允禵在马陵峪因所把着手教的。因改口道："后来自己没事摸索着练的，这两年嗓子不好，早撂开手了。不过棋谱儿还打一打，几时主子闲了，我再侍候玩两盘……"

"唔，好。"

雍正喝着那碗银耳汤，呆着脸只是发怔，心猿意马地哼哈着。坐了一会儿，更觉心里空落落白茫茫一片，什么也想不成，因起身笑道："这些天事情多，没有心情，等略闲些陪朕下几局，看你有没有长进。朕还要前头去批折子见人，回头再来看你。这银耳汤很好，你也是常常肺热嗽喘，要多用些……"他勉强笑了笑，又道："你娘来了告诉朕。朕要看是个什么样的女人，能生出你这么俊的女儿。"说罢去了。

雍正回到澹宁居，兀自心中惚惚不安，因见李卫张廷玉方苞正和弘历议事，便问："是苗疆又有事了么？"三个人见他进来，忙跪了下去，弘历缓缓起身说道："张照奏章到了。他刚去，打了个小胜仗，歼敌五六百，说奏给主子先宽宽心。还有岳钟麒的奏章，请皇阿玛过目。平郡王是给军机处一封廷寄，说谢济世在军中当差用心，且身体有病，请儿臣代奏，可否免罪放还……""叫谢济世回来，看哪个部有缺，先补个员外郎。"雍正定住了心，接过一叠子奏章，一边看一边说道："谢济世学问不坏，福彭的面子也要紧。"挪过一份看时，是工部黄永的，因是"侍郎"，人们叫串音，喊他"黄鼠狼"，因觉得不雅训，请旨改外任。雍正丢给弘历，笑道："黄鼠狼不但吃鸡，也吃老鼠嘛。总是他不自尊，别人才放肆，这个不准。"又见一份是礼部侍郎蔡毓青的，说是请了几个星士算命，今年流年不利不宜出京，请求"皇上矜全，免以外差委臣"。雍正偏着头想想，说道："这一份弘历裁度着办，别派他外差就是了。"

"是！"弘历接过奏折，赔笑道，"岳钟麒上折请罪，建议十六条，请在吐鲁番屯田，在哈密、吐鲁番之间设哨所为久战之计……"

雍正看也没看岳钟麒的折子就撂了一边，忿忿说道："你给他批回去，身统两万九千名前敌猛士，屡战屡挫，不是将军之罪？过去他倡言要'长驱直入'，今天又说取守势，为'久战之计'，没有算计一下后方粮草消耗是多少？这样黏糊，死不死活不活地熬，能保必胜么？——不准，驳下去！"又扯过张照的奏本，前后看了看，亲自在上面加批：

> 尔之不负朕恩原可信得及。黔省苗变已成糜烂之势，然毕竟一隅跳踉之类，不足为深虑，从容收拾军力，调和各部协力徐图恢复不难也。兵者凶也，战者危也，勿徒以文章词赋之事等闲视之，朕日寄厚望焉。

写罢交给弘历，又道："张照文学之士，把打仗看得太容易了，你再细看看加批，有不明白处和你十七叔商酌着办。"

"儿臣遵旨。"

弘历双手接过奏本，嘴唇嚅动了一下。允礼也是没有实战过的王爷，他很想请旨去十四叔允禵讨教，但自引娣晋升嫔位，允禵早已辞病杜门，再次和雍正生分，想了想没敢开口，咽了口唾沫坐了下来。雍正见李卫要告退，因道："这几日你离京不离？"

"天太热了，奴才原本不急着走，"李卫忙赔笑道，"继善来信，说今年长江汛期长，水量大，怕苏东浙江有的地方堤防不保险，他要到下游巡视，南京得有人坐守，请奴才回总督衙门视事。还没给他回信，南京如今热得火炉子似的，奴才想等两天，可想着山东安徽漕运上头还有不少事等着料理，方才已经索了宝亲王，想一路慢慢走，顺道儿办事，到南京天气就凉快了。这里头带着奴才的私意儿，没敢禀老主子呢！"

雍正看看左右都是太监，门外还有几个大臣等着接见，遂起身道："你跟朕走，到后边屋里说话。"说着起身下炕，便往西北穿堂走。

"是。"李卫答应一声，又给弘历打了个千儿，跟着雍正去了西北后廊，径在后院尽北一处大一点的套间房里坐了。澹宁居他不知来了多少次，却还是头一回到这所在，见院外不少宫女都在晾晒衣服，还有几个太监挑着水桶来来往往，因问道："主子，这是什么地方儿？"

说话间秦媚媚端着一大盘冰湃西瓜进来，又有两个小太监将两小盆冰块安放在雍正身边，肃然退下。雍正这才笑道："这原是贤妃的住处，朕在前头办事乏了，偶尔也进这里歇歇。那都住的是宫人。"他取了一块瓜咬了一小口，将盘子向李卫推了推，说道："这瓜很好，就是太凉，你用一块吧。"李卫忙谢恩称是，也吃了一口，说道："果然好。臣年轻时要遇上这个，非吃个肚儿圆不可。如今胃气不成了，容臣慢慢用……"

"叫你来，是朕为一件事忧愁疑惑——这事情你狗儿原来是知道端底的。"雍正仿佛颇难启齿，慢吞吞说道，"你是朕藩邸里使出来的人，一向伶俐，口也紧密，说给你，替朕想想，拿个主意。"说罢叹息一声，将乔引娣与自己瓜葛一长一短说了，又道："世上哪有这么巧的事？一模一样炼出两根带耳勺的簪子？偏偏他母亲也和小福一样姓'黑'！朕更怕的是，引娣年岁也和这故事相合，万一……"说到这里，雍正打了个噎儿，"那可怎么好呢？""皇上，小福烧死了的呀！"李卫吃一大惊，忙道，"您怎么想到别的上头了？""这件事朕一直是这样想的。"雍正话中带着深深的忧虑，"别忘了还有个小禄，和小福是双胞胎，长得一样！烧死的是小禄——这个念头朕越想越真！"

李卫心里咯噔一声，口中西瓜连籽儿咽了下去，这故事里就有他，当年就曾和雍正一道去寻访过小福，想不到过了二十多年又冒了出来，而且摆了大大一个难题给自己——假如证实小福就是乔引娣的母亲，那引娣就是雍正的……这个现实太可怕，饶是李卫智计百出聪明伶俐，头上顿时冒出一层虚汗。他不敢顺这思路想，又绕不过这个可怕的思路，低着头想了半日说道："乔黑氏已经再嫁，也许真的引娣是姓乔呢！"

"真的万事俱休，怕就怕是朕的孽种，这可怎么好！"

"万岁，"李卫说道，"不会的！您忘了，我们住黑风黄水店，马老板说，'是个大胖小子'。"雍正摇头道："想起来过，那马老板自己就是个贼，他要是敷衍咱们呢？"李卫哑住了，怔了半日，说道："奴才讲些不知深浅的话，这件事只能装糊涂，万不可钻牛角尖。越清楚，您心里越受不了。您不和那个乔黑氏见面，不去对证这件事，那就引娣也不知道，乔黑氏也不知道。"他终于找出了办法，口齿也就伶俐了许多，"慢说贤主儿未必是，就是真的，那也是无意巧合，不知者无罪，一床锦被遮盖了——人，也不就是几十年么？至于奴才，到死封紧口，决不会这么想，或不防头说给人的。"

但雍正却是个喜欢钻牛角尖的人。道理上觉得李卫说得对，心里的乌云却驱散不开，想到小时跟朱轼读书，讲到春秋齐文姜兄妹苟且，《北齐书》中冯翊王与母通奸，朱轼唾骂，"匪类祸国衣冠禽兽！"脸上那种憎恶的表情，想到自己贵为天子，万一流布载之史册，一生辛勤争胜要强，都将被这一笔抹得臭不可闻。雍正觉得心中焦热如火，冲得五脏六腑隐隐作痛，冲得脸上燔灼一般火辣辣的。他掩住了脸，说道："你去好好办差，朕听你的劝告……"

第四十九回　　鼎丹烛影千古谜案
　　　　　　白虎玉兔同赴大真

　　绕不过去的事终于还是绕不过去。中秋节刚过乔引娣的母亲黑氏安车蒲轮，被喀尔吉善妥送进京。内务部总管鄂善立刻一边奏知雍正，禀明贤妃乔引娣，一边将老太太安送到圆明园东雍正赐的宅子。雍正一来心里有鬼，二来也确实西线西南军事旁午，战事打得不如意。他又是个躁性，一生政务出尖儿，扳回了吏治，不肯在军事上露出无能，连诏急催岳钟麒要在大雪封山前，出奇兵截断准噶尔通往新疆富八城的粮道。因此一二日内仍旧到偏西殿见见引娣，仍旧亲切关怀，却绝不肯再有狎亵燕私之举了。引娣虽然微有感觉不似平日温存，但母亲新到，蒙恩旨不拘自己探望，每日都能天伦阔叙，她心里十分欢喜感激，也没有放在心上。原本想就便儿带母亲进紫禁城开开眼，谒见一下皇后，等着雍正高兴接见一次，不介母亲高兴，自己脸上也风光些。

　　但八月十二日内务府就传旨，文武百官今年十五随皇帝到天坛祭祀，祈祝来年丰稔，祷求西路军事大捷。皇后要随同前往以示虔重，其余宫妃宫嫔恩允归宁母家团圆。这一来，宫中所有有名分的贵妃、妃、嫔、答应、常在如渴临甘露般欢喜不尽，唯独引娣微觉扫兴，头天就禀雍正，十五晚上要陪母亲团圆整宵，雍正只叮咛："叫秦媚媚跟你侍候，关防得严密些。从来也没有嫔妃归宁在家过夜的，你是孤母寡女，可以例外，别叫别人犯了妒忌。朕这阵子忙，过了节，十六七朕过去看你。"

　　但雍正十六也没来西偏殿，十七了也没来。他接到了张照的奏折，一力主战请缨前敌时说得慷慨激昂的张照，突然一反常态，认为改流建制不合时宜，不合民情，不合地宜，眼下军事滞缓，"应强力为不可为之事"，请求下旨改"剿"为"抚"。张廷玉为相三十年，一看就知道这是打了败仗。果然，接到张照奏折不到两个时辰，将军张广泗就有弹章飞递进来，说张照"大言欺君畏敌如虎，且心地偏私行法不公"，支持董芳压制哈元生，致使"将帅不和军心离散。老龙洞一战，张照率劲兵数千，苗夷仅以数十人袒臂赤膊出塞迎战，数千之众如乌合之散，马踏滚涧逃遁而亡者不计其数。张照只身逃亡臣军帐中，犹自惊魂不定，战栗无人色……"张廷玉惊出一身汗来，半点不敢怠慢，叫过一个小太监，说道："你到我府去，叫他们送饭来，要有人在府里等着接见，告诉他们进园来，别在家里呕等。"说罢夹着奏折出西华门，匆匆向守在门外等着传见的几十名官员一个团揖，压抑着心头慌乱说道："朱相在里头，凡事也都主张得。老兄们先见见，有需兄弟料理的，回头再安排。"说罢升轿扬长而去。待到双闸口时，已近午正时牌，张廷玉下轿便见高无庸出来，问道："你要出去传旨么？"

"这真巧极了。"高无庸脸上也一红一白的不是颜色，忙迎过来说道，"旨意叫你呢。"他压低了嗓门，对张廷玉耳语道："岳大军门打了败仗，阿尔泰将军和平王爷递个密折奏进来，皇上气得发昏呢！"

张廷玉腿一软，几乎坐到地下，高无庸忙过来扶他时，却被他轻轻推开。只这一刹那间，他已恢复了平静，一边思量着应对局面，一边想着安慰雍正，脚下加快了步子。果然一到殿门口，便听到雍正喑哑沉闷的声音："劳师糜饷丧师辱国，他还有脸折辩？岳钟麒之罪断无可恕之理！他耗了近两千万库银，给朕的是大大小小的败报，庸将无能！立即发旨，岳钟麒辜恩溺职，朕亦羞见，令其军前自尽以谢天下！"张廷玉略定了定心，雍正娴于政务，疏于军事是明摆的事，先是对前方将军期望过高，又要显摆自己不外行，处处"指点"提调，受了挫折又责备太严，吓得将军无所措手足。但这种短处别说是君臣之间，就是朋友，也不宜直接去呲着。雍正这种乖戾自傲的性子，谁敢直陈其过？所以今日接连致败，张廷玉内心深处并不意外。一边拿着主意，一边提高了嗓门报道："臣张廷玉见驾！"

"进来吧。"

张廷玉哈腰进殿叩拜起身，才见允礼、弘历、方苞都在，还有鄂尔泰也在一边，看样子刚刚咨询过西南改土归流的事。雍正用碗盖拨着杯面上的浮茶，脸色又青又白，颊边还带着一丝暗红，一头灰暗的头发微微发颤，扶碗盖的手也有点哆嗦，显然在盛怒之间。他舒了一口气，对鄂尔泰道："你也起来吧，虽说你有处分，并没有免你的军机大臣嘛！"张廷玉想，与其让皇帝气平了再发脾气，不如归总一并倾泻出来，反而好些，心一横，硬着头皮将张照和张广泗两份奏折递上去，低声道："主上，您得保重！奴才从小儿看着主子的，多少惊涛骇浪急流险滩，主子都处之泰然的，何况这都是些疥癣之疾，皮毛之病，从容料理，扳回局面不是难事。"他给雍正呈递折子，从来没有这许多话的，弘历方苞鄂尔泰看着，便知必定又有大恶消息，本来吊得老高的心又高了寸许。

"痛可忍，痒不可耐啊，衡臣！"雍正略迟疑地接过那两份奏折，先看张广泗的，便炮烙似的一缩手，搁一边又看张照的，立时之间脸色又涨得血红！他摇了一下头，似乎不大相信，又拿起张广泗的折子，比着看了看，突然爆发出一阵歇斯底里的大笑，"好，好！又一个欺君的！哈哈哈哈……"雍正磨旋儿样转了一圈，像一捆割倒了的稻子，一下子晕瘫在榻上……

"皇阿玛！"

"皇上！"

五个人一拥而上围住了雍正，高无庸和几个小太监唬得面无人色，上炕来七手八脚将雍正身子摆平放正，有的要出去传御医，有的要去叫道士，还是弘历喝住了，说道："去一个太监到我府，叫温刘氏和两个侧福晋过来给皇上发气治病！"说话间，雍正已是醒过来。

"弘历呐，别让他们可嗓子张扬……"雍正脸色黄得褪尽了血色，神志却显得异常清楚，"朕不要紧。娄师垣回江西了，叫张太虚他们过来给朕发气疗治一下，不要劳动媳妇们了……"

弘历哽着嗓子"嗯"了一声，却道："嫣红小英他们也都有些功夫的，道士们不可靠，还是咱们自家一家子信得及……她们学的先天内气功，不带一点邪气，儿臣试过的……"雍正闪眼见张廷玉站在炕边，伸出枯瘦冰凉的手握住了张廷玉的手，眼却看着方苞和鄂尔泰，说道："胜负是兵家常事，朕并不糊涂到那个份上。朕心里恨张照和岳钟麒，是因为朕把心都掏给了他们，他们还要哄弄朕。小败不报，到败得掩不住才告诉朕，叫朕颜面扫地，叫人议朕无知人之明……"

张廷玉道："万岁，您这会子静摄养息，我们且不言政好么？"

"好……"雍正闭上了眼，口中尚自喃喃而言，"岳钟麒怎么会这么无能？张照书生误国，情殊可恨……真是败得奇哉怪也……军力粮饷我都过敌数倍的呀……"

雍正昏晕谵语，几个大臣都坐在旁边关切地看着，一时又有太医进来诊了脉退了出去，一时又进了药方，几个人小声参酌。过了大约小半时辰，温刘氏和嫣红英英进来，张廷玉鄂尔泰等人回避时，弘历却摆手止住了，命三个人给雍正发功放气。方苞儒学大宗，除了孔孟百事不信，原以为她们也要焚符烧香绰神弄鬼地折腾，但见三人齐跪在雍正榻前，绝无其余花哨，只是双手五指箕张对着雍正全身，人虽然不在榻上，也能见到恍恍惚惚若有若无的彩光在雍正身上扫动。似乎还有一股似麝非麝似檀非檀的香气在殿中飘渺流移，呼吸之间沁凉清爽，心目为之一开。正诧异间，三个女子已经收功。温刘氏说道："皇上试着张开眼睛……您头还会有点晕，那是您饮食不调，进膳太少。……晚间用点粥就会好的……"

"嗯。"雍正慢慢睁开了眼。他晃了晃脑袋，脸上泛出笑容，看着嫣红和英英，慈祥地说道，"这是朕的两个小媳妇子？好，贤惠而且有本领！弘历是个大造化的，你们也有福相。好！是汉人？"

嫣红和英英怯怯生生地看着雍正这位皇帝老爷子，叩头道："是。"雍正此时颜色已经回过来，坐起身来对温刘氏笑道："朕头也不晕。你是她们的嬷嬷？好本领，真是真人不露相！朕赏你四品诰命衔——无庸取柜顶那两把如意，给朕的媳妇们。"

"是！"

"朕给你们抬籍入旗吧。"雍正微笑道，"大的赐姓高佳氏，小的赐姓金佳氏……"

"奴婢们谢主隆恩！"

雍正一笑，说道："那是戏里的话。高无庸，带她们去，这几日就住韵松轩，随时能给朕发功治病。"方苞等人见雍正不但身体恢复，气性也平和下来，心里顿觉欣慰。张廷玉便道："主子身上不爽，今儿且好生将息，奴才们明儿再递牌子进来。"说罢和方苞、鄂尔泰、允礼一同辞了出来。

四个大臣退出来，天色已经向暝，出了双闸，互相对视一眼都不由自主地站住了脚。

"我是奇怪，主子的性气是越来越怪了。"允礼望着晦色中的漠漠秋云，

"他好像一点也管不住自己似的。"

鄂尔泰道："他是有病，又比前世帝王格外的惜名要强，心里又孤寂，才变得性格无定。其实从心底说，极慈祥心软的。""我看皇上是有点灰心，岳张二人太叫皇上失望了。"方苞说道，"你们想，这两仗打下来胜仗，西疆绥宁，西南建府置县，又是什么光景？这是圣祖爷都梦寐以求的事啊！"

张廷玉没有加入议论：他觉得他们说的都有道理，但都没有盖全。雍正是个谁也说不清楚的人，像这个世界，谁也解释不清。许久，张廷玉才道："要下雨了。"

雍正只休息了一天，八月十八、十九、二十接连三天，在淙淙的大雨中接连召集上书房军机处会议，听取兵部、刑部、工部、户部尚书汇奏两方用兵兵源、粮秣、银饷、军需供应情形，接连下旨。

即着张广泗为云贵川鄂湘两广七省经略大臣、统一军事进剿。原经略大臣张照锁拿进京交部议罪；

即着承顺郡王锡保代为靖边大将军。原大将军岳钟麒着革去顶戴花翎，撤差回京待罪。原参赞大臣陈泰于和通泊之役临阵弃军逃遁，即着军前枭首示众。

当日傍晚，张廷玉又接到弘历代批的谕旨："朱轼自入军机处襄赞以来，政务多有荒疏，举荐颇见荒谬。本应严议，念其先帝遗臣，且年老身弱，即着革去军机处大臣、上书房大臣职衔，仍任原文华殿大学士之职。钦此！"张廷玉顿时吃了一惊，仔细想想，张照是朱轼推荐的，以雍正的严刚不苟性子，自然要追究责任。但反思自己，当初也曾力荐岳钟麒为将西征，此时自也应该引咎请罪。刚要叫备轿，张廷玉又犹豫了，此时天已戌时，又下着这么大的雨，特地为"引咎"进园见雍正，又没有军国重务要请示，未免显着太矫情，为自己的事太郑重其事了；若为朱轼说情，雍正那种石头里挤油，鸡蛋里头挑骨头的性子，加上连日心绪极坏，保不定还要落个"明是为朱轼，实是为自己"的把柄。想着，张廷玉无可奈何地叹了一口气，打消了立刻见雍正的念头。

第二日早晨，雨还没有住的意思，但已小得多了，均匀得像从箩筛过的细雨，雾一样在空中荡来荡去，把天、地、房屋街衢和行人都影影绰绰笼罩起来。满街的潦水被冰冷刺骨的秋风吹掠而过，泛起粼粼细波，上面还缀着密密麻麻的雨花儿。张廷玉一夜没有好生睡，只匆匆吃了两块点心，喝了一碗奶子便赶往澹宁居来见雍正。

"皇上昨晚在圆明园皇后那里。"弘历也是刚进澹宁居，见张廷玉呵着冻得发红的手进来，一边让座，一边说道，"昨晚是温刘氏给他发功治病，又用了一碗药，精神才好些。说今儿要见孙嘉淦和傅鼐。您稍坐一时，皇上就过来了。"弘历看样子也没睡好，两眼睛圈都有点发暗，但他素来极修边幅，虽然看上去带着倦色，仍是通身上下精干利索，已经穿旧了的灰府绸袍也浆熨得挺括齐整。看着弘历，张廷玉不禁想起自己年轻时的情景，他微笑着，却又回到了现实，叹息一声道："唉……我是老了。"弘历亲自给张廷玉倒了一杯奶子送过来，笑道："昨儿晚皇上也说这个话。其实累得狠了，都有这个想头。消停一下就好了。"正说着，见雍正扶着高无庸肩头进来，二人便忙跪下请安。

雍正精神气色还好，但也显着憔悴，穿着驼色江绸棉袍，外边还罩着件小风毛石青江绸羔皮褂，一边踱到炕边坐下，一边要了热奶子吃着，淡淡说道："衡臣起来吧，你也很乏的，往后不要过来这么早。""是奴才自己有心事。"张廷玉谢恩起身，略一思忖，将自己夜来的想法说了，又道，"如今两处失利，奴才即便没有举荐失当的事，也不能安居相位，恬然自适。请皇上降罪处分，奴才才安得下这个心来。"雍正淡然一笑，喊道："高无庸，朕过来时见孙嘉淦他们在月洞门候着，叫进来吧。"这才温声对张廷玉道："朕也仔细想了想，两处仗打得不利落，朕也有过失。朕筹划得虽然不错，但没有想到将帅临敌失机的权宜之计，这是朕的无能不明，怎么能推到你们身上？至于朱师傅，举荐张照一个文学之士去打仗，一心想要他立功，确实有过失，不能不稍加拂拭。叫下头弹劾出来再处分，不是更失体面？这也是保全他的意思。"

"是，"张廷玉听着，觉得有点鼻酸，哽着嗓子道，"主上如此矜全，奴才更是思愧无地……"因见孙嘉淦和户部郎中傅鼐一前一后进来，便住了口。雍正见张廷玉要告退，笑道："还是昨天军机处会商的，你是宰相，一道见见他们吧。"

张廷玉这才坐下来。雍正神色忧郁，望着外面阴得很重的天，许久才道："嘉淦、傅鼐，你们两个当初都是不赞同出兵准噶尔的。如今战事……情形你们都知道了。朕想听听你们的意见。"他顿了一下，又道："是接着整顿再打，还是退兵？"

"朝廷不能示弱。"孙嘉淦叩头说道，"臣以为日前不宜再打，但也不能退兵。就地屯兵，整顿军务，稍事恢复之后，还是要打。"傅鼐也道："孙嘉淦言之有理。奴才以为无论西北西南，我军都是小挫。比较实力，都大过敌军数倍。前见邸报，策零部又在遣使求和，可见他们也打不下去，不能只看到我军失利小战受挫。如今大军已经占领了科布多，新疆边缘已经是前线。如果退兵，将来收复仍要耗兵耗力。可以降恩旨，接受准部蒙人求和，但我军不宜后退，以至于前功尽弃。"雍正用嘉悦的神情看着两个臣子，笑道："好，讲的是。朕本来还迟疑，就这样定了，和策零阿拉布坦讲和。"孙嘉淦道："皇上仁慈之心上通于天，这实在是社稷之福。"

雍正含笑看着傅鼐，默谋了一会儿，说道："你还这么年轻，有大局观，很好的。朕一向因为你是个国戚，局限了你。孙嘉淦身子骨儿不好，你以宣旨钦差大臣身份去一趟科布多，全权和策零使者议和。大的有三条：他上表谢罪称臣，补交历年贡物；退回他原来驻地，不得东进一步；他侵吞喀尔喀蒙古的事可以既往不咎，但不能再侵犯漠北蒙古和东蒙古。其余细节，由张廷玉给你们布置。"正要说西路兵马冬季供应和屯田事宜，秦媚媚进来了。他见雍正在东暖阁和大臣说话，没敢过来，只对高无庸耳语了一句什么，退在熏笼旁垂手侍立。雍正见高无庸脸上微微变色，知道又有了事情，自己觉得身上不很自在，便道："这不是小事情，弘历主持一下，叫上方苞鄂尔泰一处商量。总之要'周全'二字。朕有些乏累，今儿不见人了，你们到韵松轩那边去。"待到众人都退出去，雍正方叫过高无庸和秦媚媚，皱着眉问道："出了什么事？你们两个嘀嘀咕咕的？"

"回皇上话，"高无庸道，"乔黑氏殁了！"

"什么？！"

"真的！"秦媚媚道，"昨天奴才在贤主儿这边侍候，今早家主儿起得迟，奴才方才过去——""别啰嗦！"雍正一口打断了她的话，"怎么好端端的就死了？是什么病？"

秦媚媚低下了头，说道："老太太不知道什么事想不开，是……上吊了的！"

"啊！"雍正轻呼一声回坐了下去。他忽然间觉得一阵眩晕，说道，"把王定乾张太虚的丹药取来朕用！"高无庸因奉过弘历的命令，不得再让雍正服丹药，便道："丹药还有几粒在宜主儿那边放着，主子既要用，奴才过去取来。"秦媚媚却道："外间殿里珐琅盘子里还放着一粒呢！"说着便取过来，掰了一多半一伸脖子咽下去，将剩下的一小半捧给雍正。高无庸见那药比平时多了约一倍，刚要拦止，雍正已经全吞了下去。高无庸只好说道："这药最是霸道，宝亲王爷再三吩咐，他不尝，不许奴才们给主子用呢！"雍正道："断不至于有事的，朕平日有时比今天还用得多呢！"

那凉凉的、带着麻咸味、散发着浓重的麝檀香气的丹药似乎有一种神奇的功效，雍正服下去少顷，焦烦燥热的感觉便渐渐平静下去。"人死万事俱休"，雍正望着外边灰蒙蒙的天空，苍暗的色调笼着静谧的澹宁居，有一种催人欲眠的感觉。他舒了一口气，安稳地躺在了炕上，心里想："她这一死，显见是已经知道了过去的隐秘，但她既死，这隐秘也就永远揭不开了……"忽然心中又是一动，"也许引娣和她母亲已经说透了呢？……"他挣了一下身子，但觉得身子铅一样沉重，躺着又无比地舒适安稳，他带着浓重的睡意，喃喃说道："不要人来打搅朕……给朕诵《金刚经》，朕要歇息一会儿……"高无庸立刻焚香，跪在雍正炕下，轻声诵读：

> 如是我闻，一时佛在舍卫国祇树给孤独园，与大比丘众千二百五十人俱。尔时，世尊食时，着衣持钵，入舍卫大城，乞食于其城中。次第乞已……

在朗朗侃侃的诵经声中，雍正沉沉睡去了。

直到戌末时牌，雍正才醒过来。这沉沉的四个时辰的觉，不知怎么，并没有使雍正压抑到极处的心境舒缓过来，他觉得心里像晒焦了的木炭一样，只要一晃火折子就燃着了。大冷天儿，连喝了两碗冷开水才略压住了，头也疼，心头嘣嘣直跳。想了想，睡梦里做的全是噩梦，更觉烦躁。因见园中风止雨歇，他低头叹息一声，说道："高无庸秦媚媚随朕到引娣那里坐坐。"

"万岁爷……" 乔引娣正在灯下梳理一头浓黑的头发，见雍正进来，惊慌不安地站起身来，声音也有点发颤，"您请坐，我给您倒杯茶水。" 她的脸色异常苍白，脚步也有点塞滞艰难，给雍正倒了茶，连碗盖也没有扣就端过来。见雍正似乎精神恍惚，便轻轻放在他面前案上，默默坐了一旁。雍正勉强笑了笑，说道："这几天军机处事情多，没过来看你。朝廷打了败仗，朕心里很不好过……" 引娣顿了一下，说道："败了？我听……听人说，战事只是不大顺手嘛！"

雍正点点头，说道："这就和两人打架一样，一个壮汉子和一个小孩子打了个平手，那还不是败了？所以，要逮回岳钟麒和张照，依律处置。"

"皇上打算怎么处置呢？"

"恐怕不能活命。"

"不能恩宽一点么？"

"凭什么要恩宽？" 雍正冷冷一笑，"朕为了追索亏空，冒着人言，艰难竭蹶二十多年，国库里这六千万两银子，是多少百姓的血汗？他们两个几年就挥霍了一半，换来的是朕的骂名，换得的是一个又一个的败仗！" 他突然抑制不住自己，站起身来，如困兽一样匆匆踱了几步，倏然回身，脸色在灯下泛着青色，"朕空有心胸，要承继恢弘圣祖事业，做千古一代令主，但命运竟是如此不济，命运竟如此捉弄朕，把朕放在一个可笑的位置上令后人羞辱！"

引娣承受不住他狰狞可怕的目光，惊恐地回避着，说道："皇上，没有人那样想……"

"有的！" 雍正盯着引娣，他突然意识到了自己的失态，因见大金漆柜顶放着的丹药，亲自取一丸，和水便咽了下去，口中兀自道，"朕为扳回圣祖爷晚年朝局颓败之风，得罪了多少人？兄弟，大哥二哥三哥、八弟九弟十弟，还有……十四弟、年羹尧、诺敏，杨名时、岳钟麒、张照……天下所有的读书人，天下所有的豪门大户！今人视朕为铁腕皇帝，后人必有的指斥朕为暴君独夫——是的，小民百姓说朕好，贱民也会说朕好，因为朕不许贪官污吏苛剥他们，朕除掉了他们的贱籍……可这有什么用，有什么用?! 他们没有笔，也没有口，后世谁能知道朕？"

雍正原以为这丸药下去，会使自己平静下来，不知是药性不一还是用药过量，他的五脏六腑都燃烧起来，连眼睛都燃得血红。他像一只饿极了的狼，狂躁地在水磨砖地下囊囊踱着，双手神经质地颤抖着，低吼："朕想打出这两场胜仗，与民休息，也与官休息——可这两个畜生，耗了朕库中多少银子——不明不白，不死不活地把战事搅得一塌糊涂……"他瞪着一支昏黄的蜡烛，突然爆发出一阵闷哑的干笑，似乎在哭一样的笑声，却是一滴眼泪的也没有。他仰着脸喃喃说道："人们都在骗朕，连你引娣不也是这样么？"

"皇上！"

"住口！"雍正摆手命吓呆了的高无庸和秦媚媚，"出去看着，无论谁不叫不许进来——你没有骗朕，你母亲是什么人？"

引娣的脸色一下子变得雪白，就在这一刻里，她突然变得异常镇静，惨然一笑说道："这事是一层窗户纸，再没有捅不破的，皇上不说我也羞在人间。天啊——我有什么罪，您要这样惩罚我？……先把我拐卖到江南，又把我送进京师，先配我的亲叔叔，再配……"她的头剧烈地颤抖着，像一个无主的游魂踉踉跄跄在空旷的大殿里游移。她没有眼泪，也没有哭声，茫无目的地用目光搜寻着什么，口中喃喃而言，"我……本想问问清楚……可现在……还用得着么？……噢，老天爷……"突然，她在炕边抓到了剪花样用的剪刀，看了看，格格一笑，猛地向自己胸口扎去……

雍正此时热血奔腾暴涌，也已完全失去理智，疾步抢上前去，拔出那把带血的剪子，一声狞笑，向自己胸口扎去！但这一剪刀并没有刺中要害，昏沉中见引娣伏在案上，似乎还没有死，雍正吃力地说道："好……很好……你冲这里帮朕……帮我一把，再来……"他踉跄站过去，翻过引娣的脸看，引娣身子一下子倒在地上一动不动，眼见已是死了。雍正耐着胸中焦热欲焚的火，用血蘸着在青玉案上写了几个字：

　　　不许难为此女，厚葬！

"此"字没有写完，血已经写不显字了。他也不再去写，在极度的燥热、兴奋、愤懑与痛苦中再次高高举起剪子，对准自己的心窝猛地刺了下去……

夜，已经深了。

深秋的狂风透骨浸凉，吹得一苑竹树都在婆娑舞蹈。忽然，一股哨风鼓帘入殿，殿中所有烛光都闪烁着晃动了一下……

《雍正皇帝·恨水东逝》全卷终

1993 年 6 月于宛

中国最后一个封建王朝的
鼎盛与危机

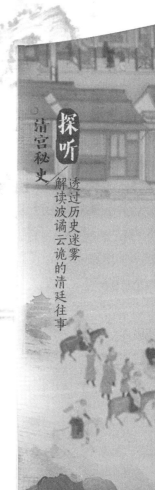

留言 / 读者心声

提交阅读感悟
细品文韵只言片语皆是心声

评说 / 是非功过

剖析三代帝王
于王朝盛世中瞥见帝国危机

之历史

小说家 / 论千秋评古今
共赏书中人物的权谋武功

探听 / 靖宫秘史

透过历史迷雾
解读波谲云诡的清廷往事